Pumori
푸모리봉

KHUMBU GLACIER
쿰부 빙하

Base Camp
베이스캠프

Khumbu Icefall
쿰부 빙폭

NEPAL
네팔

Camp One
제1캠프

WESTERN
웨스턴

Miles
0   2

Kms.
0   2

Nuptse
눕체봉

MOUNT EVEREST
The Southeast Ridge Route
에베레스트산 남동 능선 루트

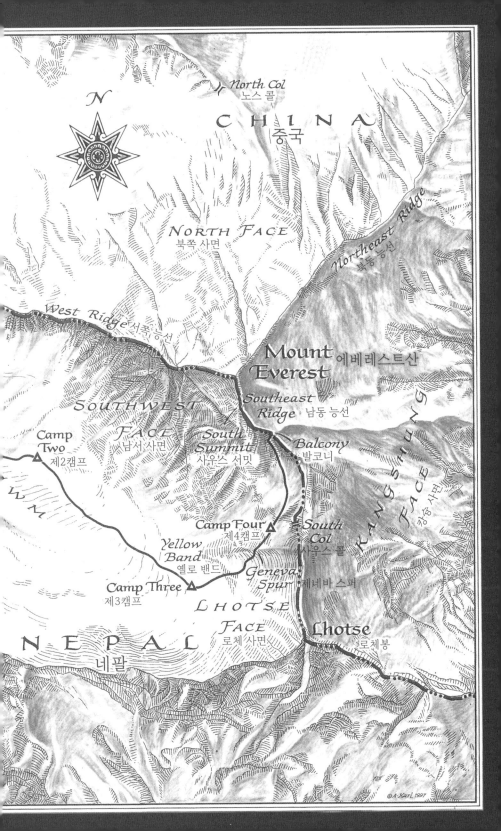

정상 도전을 앞두고 에베레스트 베이스캠프에서.

앞줄 왼쪽부터 더그 한센, 수전 앨런, 존 크라카우어, 앤디 해리스, 로브 홀, 프랭크 피슈벡, 남바 야스코.
뒷줄은 존 태스크, 스튜어트 허치슨, 헬렌 윌턴, 벡 웨더스, 루 카시슈케, 마이크 그룸.

희박한 공기 속으로

INTO THIN AIR

INTO THIN AIR:

A Personal Account of the Mt. Everest Disaster

by Jon Krakauer

희박한 공기 속으로

INTO THIN AIR

존
크라카우어

김훈
옮김

민음인

린다에게.

그리고 앤디 해리스, 더그 한센, 로브 홀, 남바 야스코, 스콧 피셔, 앙가왕 톱체 셰르파, 첸 유난, 브루스 헤러드, 롭상 장부 셰르파, 아나톨리 부크레예프를 추모하며.

사람들은 문명화된 세계에서 펼쳐지는 비극이 사실이라
믿지 않기에 비극을 연기한다.

— 호세 오르테가 이 가세트

JON KRAKAUER

5월 10일 오전 7시 20분, 발코니, 해발 8,412미터
아이스 피켈에 기대어 숨을 고르는 스콧 피셔 팀의 두 세르파 뒤로
앤디 해리스가 오르고 있다. 다른 대원들은 바로 아래에서 쉬는 중이다.

5월 10일 오후 1시, 사우스 서밋에서 바라보이는 정상 능선

스콧 피셔가 고정 밧줄 끝 지점에 서서 정상으로 오르는 사람들을 올려다보고 찍었다.
힐러리 스텝 바로 위에 세 사람이 보이고 스텝 중간에 또 한 사람이 올라가고 있다.

SCOTT FISCHER/WOODFIN CAMP & ASSOCIATES

힐러리 스텝

산 정상에서 수직으로 70미터 아래에 있는, 정상 능선의 이 가파른 절벽은
에베레스트 표준 루트에서 가장 고난도의 등반 기술을 요하는 곳이다.

SCOTT FISCHER / WOODFIN CAMP & ASSOCIATES

5월 10일 오후 2시 10분경, 힐러리 스텝의 병목 현상

스콧 피셔가 스텝 밑에서 위를 올려다보면서 찍었다. 전면 왼쪽에 옆모습을 보이고 있는 더그 한센이 고정 밧줄을 오를 차례를 기다리고 있다.

5월 10일 오후 4시 10분경, 정상 능선을 내려다보면서
피셔가 힐러리 스텝 위에서 레네 가멜가르드, 팀 매드슨, 샬럿 폭스(왼쪽에서 오른쪽 순서대로)가
자기보다 앞서서 하산하는 광경을 내려다보고 있다.
사진 상단 오른쪽 귀퉁이에 닐 베이들맨과 샌디 피트먼의 모습이 작고 희미하게 보인다.

JON KRAKAUER

5월 12일, 강풍이 에베레스트 정상을 할퀴고 있는 광경

폭풍이 잦아든 뒤 제4캠프에서 하산하던 크라카우어가 7,620미터 지점에서 돌아본 정상.
그곳에서 그의 친구인 홀과 해리스, 한센, 피셔가 목숨을 잃었다.
남바는 캠프에서 불과 20분 거리밖에 안 되는 사우스 콜에서 사망했다.

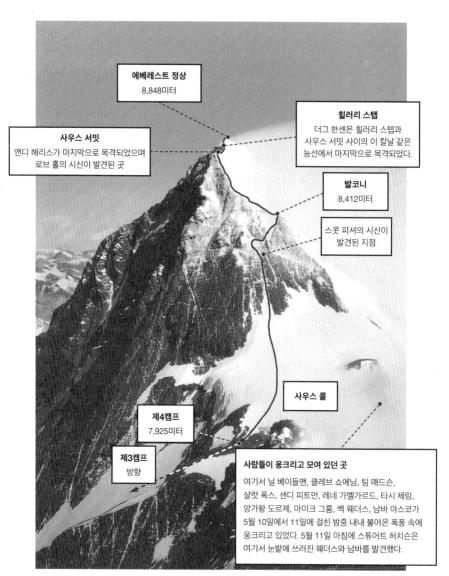

에베레스트 정상
8,848미터

힐러리 스텝
더그 한센은 힐러리 스텝과
사우스 서밋 사이의 이 칼날 같은
능선에서 마지막으로 목격되었다.

사우스 서밋
앤디 해리스가 마지막으로 목격되었으며
로브 홀의 시신이 발견된 곳

발코니
8,412미터

**스콧 피셔의 시신이
발견된 지점**

사우스 콜

제4캠프
7,925미터

제3캠프
방향

사람들이 웅크리고 모여 있던 곳
여기서 닐 베이들맨, 클레브 쇼에닝, 팀 매드슨,
샬럿 폭스, 샌디 피트먼, 레네 가멜가르드, 타시 체링,
앙가왕 도르제, 마이크 그룸, 벡 웨더스, 남바 야스코가
5월 10일에서 11일에 걸친 밤중 내내 불어온 폭풍 속에
웅크리고 있었다. 5월 11일 아침에 스튜어트 허치슨은
여기서 눈밭에 쓰러진 웨더스와 남바를 발견했다.

ED VIESTURS

로체봉 정상에서 바라본 에베레스트의 윗부분

에베레스트 표준 루트인 동남 능선 정상에서 강풍에 날린 눈으로
에베레스트의 트레이드 마크가 되다시피 한 깃털구름이 형성되어 있다.

JON KRAKAUER

로브 홀

뉴질랜드인, 35세, 어드벤처 컨설턴츠 등반대 대장

SCOTT FISCHER/WOODFIN CAMP&ASSOCIATES

스콧 피셔

미국인, 40세, 마운틴 매드니스 등반대 대장

KYODO NEWS INTERNATIONAL

남바 야스코

일본인, 홀 팀의 대원,
47세로 에베레스트 정상에 오른 최고령 여성

PHOTOSOUTH

앤디 해리스

뉴질랜드인, 31세, 홀 팀의 가이드

AP/WIDE WORLD PHOTOS

더그 한센

미국인, 46세, 홀 팀의 대원,
에베레스트 등정의 꿈을 이루기 위해 밤낮으로 일한 우체국 직원

차례

머리말

머리말

1996년 《아웃사이드》에서는 나를 네팔로 보내 가이드가 딸린 등반대의 일원으로 에베레스트에 오르게 하고 그에 관해 글을 쓰게 했다. 나는 로브 홀이라는, 뉴질랜드 출신의 유명한 가이드가 인솔하는 등반대의 여덟 고객 중 한 사람의 자격으로 그곳에 갔다. 5월 10일, 나는 에베레스트 정상에 올랐으나 그 대가는 혹독했다.

정상에 오른 다섯 명의 동료 가운데 홀을 포함한 네 사람이 우리가 아직 그 봉우리 높은 데 있는 동안 아무 예고 없이 불어닥쳐 온 맹렬한 폭풍 속에서 사망했다. 내가 베이스캠프로 내려올 즈음 네 팀의 등반대에서 아홉 명이 사망했으며, 그 달이 가기 전에 세 명이 더 사망했다.

나는 그 등반으로 인해 심한 충격을 받아 그에 관한 기사를 쓰기가 여간 어렵지 않았다. 그러나 네팔에서 돌아오고 나서 5주가 지났을 때 《아웃사이드》에 원고를 넘겨줬고 그건 그 잡지 9월호에

게재되었다. 그 일이 끝난 뒤 나는 에베레스트의 기억들을 마음속에서 몰아내고 일상생활에만 전념하려 했지만 그건 불가능했다. 나는 혼돈스러운 감정들의 안개 속을 더듬으면서 그곳에서 일어난 일들을 명확히 파악하려 애썼으며 내 동료들이 죽게 된 정황을 규명하는 일에 강박적으로 매달렸다.

《아웃사이드》에 수록된 기사는 그때의 상황에서 내 나름대로 최대한 정확하게 쓴 것이었다. 하지만 원고 마감 기일은 가차 없이 다가왔고 에베레스트에서 연이어 일어난 사건들은 더없이 복잡 미묘했으며 생존자들의 기억은 피로와 산소 부족, 충격으로 인해 심하게 왜곡되어 있었다. 그 기사를 쓰는 동안 나는 세 사람에게, 나까지 포함한 네 사람이 그 산에서 목격한 일에 대해 이야기해 달라고 부탁한 적이 있는데, 당시 누구누구가 현장에 있었고 누가 어떤 말을 했는가 하는 아주 중요한 사실들에 대한 증언이 서로 엇갈렸다. 기사가 인쇄에 들어간 지 불과 며칠 지나지 않아 나는 내가 쓴 내용 중에서 몇 군데가 잘못되었다는 걸 발견했다. 대부분은 원고 마감 기한에 쫓길 때 필연적으로 일어나게 마련인 사소한 실수 정도에 불과했지만, 그중 하나는 그냥 보아 넘길 수 없는 중대한 실수였으며, 그건 희생자 중 한 사람의 가족과 친지들에게 큰 충격을 안겨 주었다.

사실을 잘못 서술한 실수들보다 약간 덜 당혹스러운 것으로는, 지면이 부족하여 얼마간의 내용을 누락시킬 수밖에 없었다는 점도 얘기하고 넘어가야겠다.《아웃사이드》편집장인 마크 브라이언트, 발행인 래리 버크는 내게 예외적이라 할 정도로 많은 지면을 할애해 줬다. 17,000자(영어 단어 기준 — 옮긴이)에 해당되는 지면은 전형적인 잡지 기사의 네다섯 배나 되는 양이었다. 그럼에도 내 입장에서는 그 비극을 제대로 다루기에는 지면이 너무 좁다는 느낌을 지울 수 없었다. 그 등반으로 인해 삶 전체가 뿌리째 뒤흔들렸으므로 내게는 그 사건들을 지면의 제약을 받지 않고 면밀하게 추적하고 기록하는 일이 더없이 중요했다. 이 책은 바로 그런 강박증의 결실이다.

높은 고도에 오른 사람의 정신 능력을 크게 신뢰할 수 없다는 점은 이 글을 쓰는 데 많은 어려움을 안겨 줬다. 나는 나 자신이 지각하고 기억하는 내용에만 의존하는 걸 피하기 위해 그 사건의 주역들 대다수와 여러 차례에 걸쳐 인터뷰를 했다. 그리고 베이스캠프에 머물렀던 사람들이 기록해 놓은 무선 교신 일지를 참조해서 이 글의 내용을 보강하려 애썼는데, 그 일지들에 수록된 내용이 너무 간결해서 선명한 인상을 포착하기는 어려웠다. 《아웃사이드》의 기사를 자세히 읽은 독자들은 그 기사에 나온 내용의 일부와 이 책의 내용이 서로 엇갈리는 경우(기본적으로 시간대의 불일치)를 발견할 수도 있을 텐데 그건 그 기사가 나온 이후 새로 밝혀진 사실들을 토대로 하여 내용을 일부 수정했기 때문이다.

내가 존경하는 몇몇 작가들과 편집자들은 내게 이 책을 너무 빨리 쓰지 말라고 충고했다. 그분들은 나와 그 사건 사이에 어느 정도 거리가 있어야 좀 더 넓고 명확한 시야를 확보할 수 있으니 이삼 년 정도 기다리는 게 좋을 거라 권했다. 그분들의 충고는 옳았으나 결국 나는 그걸 무시했다. 그 산에서 일어난 일들의 기억이 끊임없이 나를 괴롭히고 있었기 때문이었다. 나는 이 책을 씀으로써 내 삶에서 에베레스트를 완전히 몰아낼 수 있으리라 생각했다.

물론 그건 뜻대로 되지는 않았다. 게다가 나는 내가 한 것처럼 작가가 일종의 카타르시스적인 행위로서 글을 쓰는 일이 독자들한테 피해를 줄 수도 있다는 점에 동의하는 사람이다. 하지만 나는 그 참사로 인한 생생한 충격 속에서, 사건 직후의 혼돈과 고통 속에서 내 온 영혼을 쏟아부음으로써 뭔가 얻어지는 게 있으리라 기대했다. 내 글이 생생하고 무자비하다 할 정도의 정직성을 갖기를 원했으며, 그런 건 시간이 지나고 고통이 가라앉음에 따라 걸러져버릴 위험성이 있을 것 같았다.

내게 너무 빨리 쓰지 말라고 충고한 사람 중 일부는 애초에 에베레스트에 가지 않는 게 좋다고 말한 사람들이기도 했다. 가지 말아야 할 타당한 이유는 너무나 많았다. 하지만 에베레스트에 오르려 하는 건 본질적으로 비합리적인 행위다. 현명한 분별에 대한 욕구의 승리. 정말로 에베레스트에 오를 생각을 가진 사람이라면 의당 이성적인 분별의 영역을 벗어난 사람에 가깝다고 봐야 한다.

사실은 나도 그걸 알고 있었으나 결국 에베레스트에 가고 말았다. 그리고 그렇게 함으로써 선량한 사람들의 죽음과 관련된 사람이 되어 버렸다. 그런 사실은 오랫동안 두고두고 내 마음을 괴롭히리라.

1996년 11월 시애틀에서
존 크라카우어

1장

정상에서

1996년 5월 10일

에베레스트 정상

해발 8,848미터

이제까지 그 누구도 밟아 보지 못했을 그 거봉들의 꼭대기 부근에는 일종의 차단선 같은 것이 둘러쳐져 있는 듯한 느낌이 든다. 그러나 이제까지 그곳이 전인미답의 영역으로 남게 된 건 고도 7,600미터에 이르면 낮은 기압이 인체에 여러 가지 악영향을 미치는 탓으로, 힘겨운 등반을 하기가 불가능하고, 가벼운 폭풍도 치명적인 결과를 미칠 수 있으며, 가장 완벽한 기상 조건이 주어질 때를 제외하고는 성공할 가능성이 거의 없고, 등반의 마지막 단계에서 그 어떤 등반대도 정상에 오르기에 적당한 날을 선택할 수가 없다는 사실에서 비롯되었다……. 에베레스트에 오르려는 최초의 몇몇 시도가 실패로 돌아간 건 그리 놀라운 일이 아니다. 거대한 산들은 좀처럼 인간의 접근을 허용하지 않는 법이므로 성공했다는 것이 오히려 놀라운 일일 것이다. 슬픔을 안겨 주는 일일 것이고. 우리는 얼음 발톱과 고무창이라는 신기술을 창안해 내고서 이 시대에는 그 어떤 기술적인 어려움도 다 극복해 낼 수 있다는 마음과 함께 다소 교만해진 것도 같다. 우리는 그 거봉들이 아직도 비장의 카드를 갖고 있으며 자기네 마음이 내킬 때만 인간의 접근을 허용할 것이라는 사실을 잊었다. 등반이 아직도 많은 사람의 마음을 사로잡는 이유도 바로 그 때문이 아니겠는가?

— 1938년, 에릭 십턴, 『그 산에서』

나는 세계의 꼭대기에서 한 발로는 중국 땅을, 또 한 발로는 네팔 땅을 디딘 채 바람을 막기 위해 한쪽 어깨를 숙이고 내 산소마스크에 달라붙은 얼음을 떼어 내고는 드넓은 티베트 땅을 멍하니 내려다봤다. 정신이 몽롱한 가운데서도 내 발밑에 펼쳐진, 무수한 굴곡을 지닌 끝없는 대지가 보기 드문 장관이라는 걸 희미하게나마 의식했다. 지난 몇 달간 이 순간을, 그리고 이 순간의 감격스러운 기분을 머릿속에 그려 보곤 했다. 그러나 막상 에베레스트산 정상에 서고 나자 기운이 하나도 없어 별다른 감흥이 일지 않았다.

1996년 5월 10일 이른 오후의 일이었다. 나는 57시간 동안 잠을 자지 못했다. 지난 사흘간 먹은 것이라고는 라면 국물 한 그릇과 M&M 땅콩 한 줌뿐이었고, 그나마도 안 넘어가는 걸 억지로 넘겼다. 그리고 지난 몇 주 동안 심한 기침을 해 댄 끝에 이제는 숨을 한 번 쉴 때마다 양쪽 갈빗대에서 격렬한 통증이 일곤 했다. 해발

8,848미터의 대류권 속에서 아주 적은 양의 산소만이 뇌에 흘러들어 오는 바람에 내 사고 능력은 웬만한 어린애만도 못했다. 상황이 그러했으므로 추위와 피로 말고는 그 어떤 것도 느낄 수가 없었다.

나는 영리적인 목적으로 조직된 미국 등반대를 안내하는 러시아인 등산 가이드 아나톨리 부크레예프가 정상에 오르고 나서 몇 분 뒤에 거기에 이르렀다. 뉴질랜드 사람들이 주축이 된, 내가 속한 팀의 가이드 앤디 해리스가 바로 뒤에 올라왔다. 부크레예프와는 그저 안면만 있는 정도였지만 해리스와는 지난 6주 동안 아주 가까운 사이가 되었다. 나는 정상을 밟는 포즈를 취하고 있는 해리스와 부크레예프의 모습을 급하게 네 장의 사진에 담은 뒤 돌아서서 내려가기 시작했다. 손목시계는 오후 1시 17분을 가리키고 있었다. 나는 세계의 지붕에서 5분도 채 머물지 않았다.

잠시 후 나는 걸음을 멈추고 우리가 올라온 코스인 동남 능선을 사진에 담았다. 정상으로 다가오고 있는 두 명의 등반대원에게 렌즈의 초점을 맞추다가 이제까지 용케 내 시선을 피한 뭔가를 발견했다. 한 시간 전까지만 해도 쾌청했던 남쪽 하늘에 걸린 구름 한 자락. 그 구름은 이제 푸모리와 아마다블람, 그리고 에베레스트 주위에 늘어서 있는 좀 더 낮은 다른 봉우리들을 감싸고 있었다.

훗날, 여섯 구의 시신을 찾아내고 나머지 둘을 찾는 작업을 포기한 뒤, 그리고 외과 의사들이 우리 팀 동료인 벡 웨더스의 썩어 들어가는 오른손을 절단한 뒤 사람들은 물었다. 기상이 악화되기 시작했는데 어째서 산 정상으로 오르던 사람들이 그런 불길한 징후들에 신경을 쓰지 않았느냐고. 어째서 베테랑급 히말라야 가이드들이 안전하게 에베레스트에 오르게 해 주는 대가로 한 사람당 6만 5000달러 거금을 지불한 미숙한 아마추어들을 계속 정상으로 오르게 해서 죽음의 구렁텅이로 몰아넣었느냐고.

그 누구도 그 참사와 관련된 두 팀의 리더들을 대변해 줄 수 없다. 그들은 이미 죽었으니까. 하지만 나는 5월 10일 한낮에 살인적인 폭풍이 곧 다가오리라는 걸 암시해 주는 징후는 하나도 없었다고 단언할 수 있다. 산소가 고갈되어 멍한 내 눈에 웨스턴 쿰* 위에 걸린 그 엷고 성긴 구름은 전혀 위험해 보이지 않았다. 찬연한 한낮의 햇살을 받아 빛나는 그 구름은 거의 매일 오후만 되면 그 골짜기에서 올라오곤 하는 습한 상승 기류와 다르지 않아 보였다. 별다른 피해를 주지 않는 평범한 구름.

정상에서 내려오기 시작했을 때는 몹시 초조했는데, 그건 날씨 때문이 아니라 내 산소통에 부착된 계기의 바늘이 산소가 거의 바닥났다는 걸 알려 줬기 때문이다. 나는 급히 내려가야만 했다.

에베레스트 동남 능선 가운데 정상에 가까운 부분은 바위와 바람에 쏠린 눈으로 이루어진 눈 차양들로 연속되어 있는데, 그 가는 능선은 산 정상과 그보다 좀 더 낮은 사우스 서밋이라는 봉우리 사이로 400미터가량 구불구불하게 뻗어 있다. 그 톱니 모양의 능선은 중간에 별다른 장애물이 없어 어렵지 않게 나아갈 수 있지만, 허공에 고스란히 노출되어 보기에는 좀 섬뜩하다. 산 정상을 떠나 골짜기로부터 2,000미터 이상 치솟아 오른 까마득한 낭떠러지 위

---

* 1921년, 조지 리 맬로리가 네팔과 티베트 국경에 위치한 높은 고개인 롤라로부터 역사상 최초의 에베레스트 원정 길에 나섰다가 그곳을 처음으로 목격했다. '쿰(Cwm)'은 웨일스 말로 골짜기 또는 협곡을 뜻한다.

를 15분간 조심조심 걷다 보니 어느새 악명 높은 힐러리 스텝에 이르렀다. 능선 중간에 움푹 팬 그곳을 통과하려면 어느 정도의 기술을 동원해야 한다. 나는 고정 밧줄에 고리를 걸고 그 가파른 벼랑을 내려가려 하다가 놀라운 광경과 맞닥뜨렸다.

10미터 아래에 있는 힐러리 스텝 밑바닥에서 열 명도 넘는 사람들이 죽 늘어서서 자기 차례가 오기를 기다리고 있는 게 아닌가. 세 사람은 이미 내가 타고 내려가려 한 밧줄을 붙잡고 올라오고 있었다. 나는 어쩔 수 없이 고리를 풀고 옆으로 비켜섰다.

그 좁은 길목에 잔뜩 몰려선 사람들은 세 팀의 대원들로 이루어져 있었다. 뉴질랜드 출신의 유명한 가이드 로브 홀이 돈을 내고 참여한 고객들을 이끄는 팀(나도 그의 팀 고객이었다.), 미국인 가이드 스콧 피셔가 이끄는 팀, 그리고 비영리적인 타이완 팀. 그 사람들은 고도 8,000미터에서는 누구나 따라야 할 일종의 정석 같은 것이 되다시피 한 달팽이처럼 느린 속도로 하나하나 스텝을 오르고 있었고 그동안 나는 초조하게 차례가 오기만을 기다렸다.

내가 정상을 떠난 뒤 곧바로 내 뒤를 따른 해리스가 이내 그곳에 도착했다. 나는 탱크에 남아 있는 산소를 아끼려는 생각에서 그에게 내 백팩에 손을 집어넣어 산소 공급 조절장치의 밸브를 잠가 달라고 부탁했고, 그는 그렇게 했다. 그다음 10분간 내 기분은 아주 상쾌했고 머리는 씻은 듯이 맑아졌다. 피로감도 산소 공급을 받을 때보다 훨씬 덜한 듯했다. 그러다 문득 숨이 막히면서 눈앞이 캄캄해졌고 머리가 빙빙 돌기 시작했다. 바야흐로 의식을 잃기 직전이었다.

산소 부족으로 정신이 없던 해리스가 밸브를 잠근다는 걸 잘못해서 활짝 열어 놓았고, 그 바람에 나는 얼마 남지 않은 귀중한 산소를 제자리에 가만히 선 채 허비해 버리고 만 것이다. 80미터 아래에 있는 사우스 서밋에는 또 다른 산소통이 나를 기다리고 있으나 거기까지 가려면 보충받을 산소도 없는 상태에서 동남 능선 길 가운데 가장 위태롭게 노출된 길을 내려가야만 했다.

그리고 우선 당장은 사람들이 다 올라올 때까지 기다려야 했다. 나는 이제 쓸모없게 된 산소마스크를 벗어 버리고 능선을 뒤덮고 있는 얼음판에다 아이스 피켈을 찍어 둔 뒤 바닥에 쭈그리고 앉았다. 내 곁을 지나가는 등반대원들에게 축하한다는 식의 상투적인 인사말을 던지면서도 속으로는 미칠 것 같은 심경이 되었다. '서둘러, 서두르란 말야! 너희가 여기서 꾸물거리고 있는 사이에 내 머릿속에서는 수백만 개의 뇌세포가 죽어 가고 있어!'

그곳을 지나는 사람들은 대부분 피셔 팀 대원들이었으나 그 행렬이 거의 다 끝나 갈 즈음 우리 팀 동료 두 사람이 나타났다. 로브 홀과 남바 야스코. 올해 마흔일곱에 행동이 조심스럽고 말수가 적은 편인 남바는 이제 40분 뒤면 에베레스트에 오른 최고령 여성이 될 것이며, 이른바 '7대륙 최고봉(Seven Summits)'이라고 하는 모든 대륙의 최고봉을 모두 오른 두 번째 일본 여성이 될 것이다. 몸무게는 비록 41킬로그램밖에 안 되지만 참새처럼 가냘픈 그 몸속에 무서운 결단력을 간직한 야스코는 정상에 오르겠다는 강렬한 갈망에 힘입어 이제까지 놀랍다 할 정도로 꿋꿋하게 잘 올라왔다.

그 뒤에는 더그 한센이 스텝 꼭대기에 이르렀다. 우리 등반대의 또 다른 대원인 더그는 시애틀 교외에서 우체국 직원으로 근무하는 사람으로 그 산에서 나의 가장 친한 친구가 되었다.

"이제 다 왔어요!"

나는 짐짓 즐겁다는 듯이 소리쳤다. 피로에 지친 더그가 산소마스크를 쓴 채 뭐라고 웅얼거렸지만 나는 무슨 소리인지 알아듣지 못했다. 그는 내 손을 힘없이 잡아 주고는 위로 터덜터덜 올라갔다.

행렬 맨 끝으로 올라온 이는 스콧 피셔였다. 우리 둘 다 시애틀에 살고 있어 나는 그 전부터 그에 관해 대충은 알고 있었다. 피셔는 강인한 의지와 엄청난 에너지로 전설적인 명성을 지닌 사람이었으므로(그는 1994년에 산소통을 사용하지 않고 에베레스트에 올랐다.) 나는 그가 아주 느리게 움직이고, 나한테 인사하기 위해 마스크를 벗었을 때 얼굴이 형편없어 보이는 것에 적지 않게 놀랐다.

"브루우우우우스!"

그는 억지로 쾌활한 척하면서 장난스럽게 소리쳤다. 그의 트레이드마크가 되다시피 한 개구쟁이 같은 인사법. 기분이 어떠냐고 묻자 피셔는 좋다고 했다.

"오늘은 왠지 엉덩이가 좀 무거운 것뿐이에요. 별일 아네요."

마침내 행렬이 끊기자 나는 오렌지색 밧줄에 고리를 걸고는 아이스 피켈 위로 무너지듯 쓰러지는 피셔의 몸을 재빨리 돌아 밧줄을 타고 그 가파른 비탈을 내려갔다.

3시가 좀 지난 시각에 사우스 서밋에 도착했다. 안개의 옷자락들은 어느새 8,511미터 높이의 로체봉 꼭대기를 휩쓸고 지나가면서 피라미드 모양의 에베레스트산 정상 밑까지 육박해 왔다. 이제 기상은 그다지 온화해 보이지 않았다. 나는 새 산소통을 움켜쥐고 조절장치를 연결한 뒤 점차 짙어져 가는 구름 속으로 서둘러 내려갔다. 사우스 서밋을 떠난 지 얼마 되지 않아 가벼운 눈발이 날리기 시작하면서 시계(視界)가 아주 짧아졌다.

거기서 130미터 위에 있는, 티 없이 맑은 코발트 빛 하늘 밑 찬연한 햇살을 받아 빛나는 산 정상에서 내 동료들은 이 행성의 최정상에 오른 걸 기념하기 위해 국기를 펼쳐 들고 사진을 찍으며 귀중한 시간을 허비하고 있었다. 아무도 자기네 발아래에서 끔찍한 지옥이 다가오고 있음을 눈치채지 못했다. 그 기나긴 하루가 끝날 즈음에는 1분이라는 짧은 시간이 생사를 좌우할 만큼 소중한 것이 되리라고는 누구도 예견하지 못했다.

2장

가장 높은 꿈

1852년

인도 데라 던

해발 681미터

나는 겨울철에 산들과 아주 멀리 떨어진 데서 리처드 핼리버튼이 쓴
『세상의 경이들』이라는 책에서 흐릿한 에베레스트 사진을 발견했다.
톱날 같은 봉우리들이 음산하다 할 만큼 어둡고 험상궂은 하늘을
배경으로 하여 하얗게 떠오른 조악한 사진. 전면의 봉우리들로부터
멀찌감치 물러앉은 에베레스트는 가장 높은 봉우리처럼 보이지
않았으나, 그런 건 중요하지 않았다. 그 산은 가장 높은 산이었으니까.
전설은 그렇게 말했다. 그 사진에서 가장 중요한 건 꿈이었다. 한 소년이
그 산으로 들어가 바람이 휘몰아치는 능선에 올라 이제는 그다지 높아
보이지 않는 정상을 향해 한 발 한 발 다가가는 꿈…….
그것은 성장하면서 내 잠 속에서 수시로 출몰한 자유로운 비상(飛翔)의
꿈들 가운데 하나였다. 나는 에베레스트에 관한 꿈이 나 혼자만의
전유물이 아니라고 확신하고 있었다. 지상에서 가장 높고 그 누구도
접근할 수 없는, 순결한 그 봉우리는 그곳에 오르기를 열망하는 수많은
소년과 어른을 위해 거기 존재했다.

— 토머스 F. 혼베인, 『에베레스트: 서쪽 능선』

사건의 구체적인 전말은 명확하지 않으며, 훗날 거기에 덧보태진 여러 가지 신화들로 인해 더욱더 모호한 것이 되고 말았다. 하지만 사건이 일어난 해는 1852년이고, 무대는 데라 던의 북쪽 산자락에 자리 잡은 인도 삼각측량(Graet Trigonometrical Survey of India)국이었다. 사건에 관한 가장 그럴싸한 한 가지 설에 의하면, 어느 날 직원 하나가 측량국장인 앤드루 워 경의 방으로 뛰어들어 와 캘커타 지부에서 파견 나와 있던 라다나트 시크다르라고 하는 뱅골 출신 컴퓨터가 "세상에서 가장 높은 산을 발견했다!"라고 소리쳤다고 한다.(워가 살던 시대에 컴퓨터는 기계가 아니라 직업을 뜻하는 용어였다.) 그 산은 금단의 땅인 네팔 왕국 내에 있는 히말라야산맥에서 돌출한 산으로, 3년 전에 24인치 경위의(經緯儀, 수평각이나 수직각을 측정하는 데 쓰는, 망원 렌즈가 달린 정밀 기계 ─ 옮긴이)로 그 산의 고도각을 처음으로 측정한 현장의 측량 기사들은 그것에 15봉이라는 이름을 붙였다.

시크다르가 측량 자료를 정리해 산의 높이를 계산해 내기 전까지만 해도 15봉에 관심을 기울일 만한 점이 있다고 생각한 사람은 아무도 없었다. 그 산을 삼각측량한 여섯 군데의 측량소는 모두 북부 인도에, 그리고 하나같이 산에서 160킬로미터 이상 떨어진 곳에 자리 잡고 있었다. 그 산을 측량한 기사들은 15봉의 앞쪽에 많은 고봉이 우람하게 솟아 있고, 그중 몇몇이 15봉보다 더 높아 보이는 바람에 15봉은 대수롭지 않게 생각했다. 그러나 시크다르의 (대지의 굴곡, 대기 굴절, 추선의 편차 같은 요소들을 고려한) 꼼꼼한 계산에 의하면 15봉의 해발 고도는 8,840미터*나 되었다. 이 지상에서 가장 높은 지점이었던 것이다.

　시크다르의 계산이 맞는다는 것이 확인되고 나서 9년이 흐른 뒤인 1865년, 워는 전임 측량국장인 조지 에베레스트 경의 공적을 기리는 뜻에서 15봉에 '에베레스트산'이라는 이름을 붙였다. 하지만 그 위대한 산의 북쪽에 사는 티베트 사람들은 이미 이전부터 산에 '이 세상의 여신이자 어머니'를 뜻하는, 초모롱마라는 좀 더 운치 있는 이름을 붙였고, 그 남쪽에 사는 네팔 사람들은 '하늘의 여신'을 뜻하는 사가르마타라는 이름을 붙였다. 그런데도 워는 군이 이러한 토착 지명들을 무시하는 편을 택했으며(그로 인해 토착 지명이나 현지에서 전래되어 온 옛 명칭을 보존하기를 장려하는 영국 정부의 공식적인 정책도 함께 무시해 버린 셈이 되었다.) 이후 에베레스트라는 이름은 그대로 굳어지고 말았다.

---

* 오늘날 레이저나 최첨단 도플러 위성 송신 방식을 이용하여 측정한 정밀한 수치와 불과 8미터 정도의 오차밖에 나지 않는다.

일단 에베레스트가 지상에서 가장 높은 봉우리임이 판명되자 사람들이 그곳에 올라가야겠다고 결심하는 건 시간문제였다. 1909년 미국인 탐험가 로버트 피어리가 북극점에 도착했다고 주장하고, 1911년 로알 아문센이 노르웨이 팀을 이끌고 남극점에 이른 뒤 이른바 제3극에 해당되는 에베레스트는 탐험의 영역에서 가장 매혹적인 대상으로 떠올랐다. 저명한 알프스 등산가이자 초기 히말라야 등반에 관한 기록을 남긴 바 있는 귄터 O. 디렌푸르트는 에베레스트 정상에 오르는 건 "인류가 시도해 봐야 할 보편적인 과제요, 그 어떤 희생이 따르더라도 절대로 물러설 수 없는 크나큰 대의"라고 선언했다.

훗날 그 희생은 적지 않은 것임이 판명되었다. 1852년 시크다르가 그 산이 지상의 최고봉임을 밝히고 나서 101년이 지난 뒤에야, 그리고 열다섯에 이르는 원정대들이 거듭 시도를 하고 그 와중에 스물네 명이 목숨을 잃은 뒤에야 비로소 인류는 에베레스트 정상에 첫발을 내디뎠다.

×　×　×

등산가들이나 지형 전문가들은 에베레스트를 특별히 아름다운 산으로 꼽지 않는다. 산의 폭이 지나치게 넓어 전체적으로 너무 둔중해 보이고 선들도 아주 거칠어 보인다. 하지만 그 압도적인 중량감은 건축학적인 결점들을 벌충해 주고도 남는다.

네팔과 티베트를 가르면서 골짜기들 위로 3,600미터 이상 치솟아 오른 에베레스트는 번쩍이는 빙하와 줄들이 평행으로 나 있는 검은 바위들로 이루어진 피라미드형 봉우리다. 에베레스트 등정을 시도한 첫 여덟 팀의 원정대는 모두 영국인으로 이루어졌으며 그들은 하나같이 북쪽 사면(斜面), 곧 티베트 사면으로 오르는 편을 선택했다. 그것은 그쪽 사면이 난공불락의 요새처럼 버티고 있는 그 봉우리에서 가장 약한 부분처럼 보여서가 아니라, 1921년에 티베트 정부가 오랫동안 봉쇄해 온 국경선들을 외국인에게 개방했기 때문이다. 네팔 정부는 여전히 완강한 쇄국 정책을 고수했다.

그 무렵 에베레스트 등반길에 오른 사람들은 우선 산의 밑자락까지 가기 위해 인도의 다르질링을 출발해 티베트고원을 가로지르는, 650킬로미터에 이르는 멀고도 가파른 길을 걸어야 했다. 게다가 그들은 인체에 치명적인 영향을 미치는 고산병에 대해 아는 바가 거의 없었고, 장비도 오늘날의 기준에서 보자면 애처롭다 할 만큼 빈약하기 짝이 없었다. 하지만 1924년, 영국의 세 번째 원정대의 일원인 에드워드 펠릭스 노튼은 최정상에서 불과 275미터 아래에 해당되는 해발 8,573미터 지점까지 올랐다가 심한 피로와 설맹(雪盲)으로 인해 물러서고 말았다. 그것은 놀라운 성취였으며 '아마도' 그 후 29년간 깨지지 않은 기록일 것이다.

나는 노튼이 정상 등정을 시도하고 나서 나흘 뒤에 일어난 사건 때문에 '아마도'라는 표현을 썼다. 1924년 6월 8일 첫새벽에 같은 원정대의 다른 두 동료인 조지 리 맬로리와 앤드루 어빈이 가장 높은 곳에 자리 잡은 캠프를 떠나 정상으로 향했던 것이다.

에베레스트와 떼려야 뗄 수 없는 관계를 지닌 맬로리는 1차에서 3차에 이르는 에베레스트 원정대를 떠받쳐 준 중요한 인물이었다.

그는 미국 각지를 순회하면서 슬라이드 강연을 하는 동안 에베레스트에 오르고 싶어 하는 이유를 꼬치꼬치 캐묻던 어느 신문 기자에게 쏘아붙이듯이 "그 산이 거기 있기 때문에.(Because it is there.)"라는 유명한 말을 했다. 1924년에 맬로리는 세 아이를 둔 서른여덟 살의 기혼자이자 교사였다. 영국 상류 계급 출신인 그는 유미주의자이자 아주 로맨틱한 감성을 지닌 이상주의자였다. 활달하고 매력적인 성품, 멋진 체격과 잘생긴 얼굴을 지닌 탓으로 리튼 스트레이치(영국의 전기 작가 ─ 옮긴이)와 블룸스베리 그룹(20세기 초 런던의 블룸스베리 지구에 모여서 지적인 교류를 즐겼던 저명한 작가, 예술가, 사상가들의 집단 ─ 옮긴이)의 총아가 되었다. 에베레스트산자락에서 야영하는 동안에도 맬로리는 자기 동료들과 더불어 『햄릿』과 『리어 왕』을 번갈아 가며 낭독하곤 했다.

1924년 6월 8일 맬로리와 어빈은 에베레스트 정상을 향해 느린 속도로 올라갔는데, 그 피라미드 모양의 정상부에는 안개가 굽이쳐 흘러 더 낮은 지점에 있는 동료들이 둘의 모습을 지켜보는 걸 방해했다. 그러다 12시 50분에 안개구름이 잠시 갈라진 사이에 팀 동료인 노엘 오델이 봉우리의 꽤 높은 지점까지 올라간 맬로리와 어빈의 모습을 분명히 목격했다. 그들의 전진 속도는 예정된 스케줄보다 다섯 시간가량 늦었으나 그럼에도 '빠른 속도로 착실하게' 정상을 향해 나아가고 있었다.

그러나 그날 밤 두 사람은 텐트에 돌아오지 못했고, 그 후로 그들을 본 사람은 아무도 없었다. 그들이 그 산에 혼을 묻음으로써 전설적인 존재가 되기 이전에 둘 중 하나라도, 혹은 둘 다 정상에 이르렀는지는 이후에 격렬한 논란거리가 되어 왔다. 양측이 제시하는 증거들이 팽팽하게 맞서 결론을 내릴 수가 없었던 것이다. 아무튼 명확한 증거가 없는 탓에 그들은 최초의 정상 등정자들로 공인받지 못했다.

1949년 네팔 정부는 몇백 년간에 걸친 쇄국 정책을 풀고 외부에 문호를 개방했고, 그로부터 1년 뒤 중국을 통일한 공산당 정권은 티베트 국경을 폐쇄했다. 그리하여 에베레스트에 오르려는 사람들은 그 산의 남쪽 사면으로 관심을 돌렸다. 1953년 봄, 군사 작전을 방불케 할 정도로 엄청난 물자를 동원하고 강력한 열정으로 무장한 채 현지로 떠난 영국의 대규모 원정대는 네팔에서 에베레스트 등정을 시도한 세 번째 팀이 되었다. 두 달 반에 걸친 엄청난 노력 끝에 5월 28일에 그들은 동남 능선 8,504미터 지점에 허술하게나마 마지막 캠프를 설치하는 데 성공했다. 이튿날 새벽, 키가 크고 팔다리가 긴 뉴질랜드인 에드먼드 힐러리와 노련한 셰르파 텐징 노르게이는 산소통을 짊어진 채 정상을 향해 출발했다.

그들은 오전 9시에 사우스 서밋에 올라 정상으로 이어지는, 보기만 해도 아찔할 정도로 비좁은 능선을 바라보았다. 한 시간 뒤 그들은 힐러리가 "그 능선에서 가장 끔찍해 보이는 난관, 곧 높이가 13미터나 되는 거대한 바위 계단"이라 말한 곳의 발치에 이르렀다. 힐러리는 그곳을 이렇게 서술했다. "표면이 고른 편이어서 잡을 데가 거의 없는 그 바위는 영국의 호수 지방에서 등산을 하는 노련한 산악인에게는 일요일 오후를 재미있게 즐길 수 있는 가벼운 소일거리 정도에 불과하겠지만, 여기에서는 기력이 떨어진 우리가 도저히 넘어서기 어려운 엄청난 난관으로 다가왔다."

힐러리는 가파른 암벽들과 그 가장자리에 수직으로 달라붙은 눈지느러미들 사이의 갈라진 틈으로 몸을 밀어 넣고, 훗날 힐러리 스텝으로 알려지게 될 험난한 코스를 한 발 한 발 오르기 시작했으며, 아래에서는 텐징이 초조한 표정으로 올려다보면서 밧줄을 풀어 줬다. 그는 굼뜬 동작으로 악전고투하기는 했으나 끈질기게 달라붙은 끝에 결국은 그곳을 돌파했고, 훗날 그때의 상황을 이렇게 적어 놓았다.

마침내 나는 그 바위 꼭대기에 이르러 갈라진 틈에서 넓은 바위 선반으로 기어 나왔다. 숨을 고르기 위해 잠시 누워 있었는데, 그때 처음으로 이제는 그 어떤 걸림돌에도 굴하지 않고 기필코 정상에 오르고야 말겠다는 투지가 끓어오르는 걸 느꼈다. 나는 두 발로 그 암반을 든든하게 딛고서 텐징에게 올라오라는 신호를 보냈다. 텐징이 갈라진 틈에서 두 손으로 밧줄을 붙잡고 힘겹게 버둥거리면서 올라오는 동안 나는 밧줄을 힘껏 잡아당겨 줬다. 이윽고 갈라진 틈에서 기어 나온 텐징은 낚시꾼과의 사투 끝에 막 뭍으로 끌어올려진 거대한 물고기처럼 기진맥진해서 암반 위에 풀썩 쓰러졌다.

두 사람은 피로와 싸우면서 파도처럼 울퉁불퉁한 능선을 계속 올라갔다. 힐러리의 기록은 다음과 같이 계속된다.

정신이 몽롱한 가운데서도, 우리에게 과연 끝까지 올라갈 수 있을 만한 힘이 남아 있을까 하는 회의가 깃들었다. 내가 또 다른 바위 뒤로 돌아갔을 때 갑자기 능선이 사라지면서 저 멀리로 티베트가 훤히 내려다보였다. 고개를 쳐든 내 눈앞에는 원뿔 모양의 눈더미 하나가 솟아 있었다. 텐징과 나는 아이스 피켈로 바닥을 찍으면서 조심스럽게 몇 걸음 다가간 끝에 마침내 맨 꼭대기에 이르렀다.

그렇게 해서 1953년 5월 29일 정오 직전에 힐러리와 텐징은 에베레스트산에 오른 최초의 인물들이 되었다.

그로부터 사흘 뒤 그들의 등정 소식이 대관식 전야를 맞은 엘리자베스 여왕에게 전해졌으며, 런던의《타임스》는 6월 2일 새벽 첫 판에 그 소식을 보도했다. 제임스 모리스라고 하는 젊은 특파원이 경쟁지들이 특종을 가로채는 걸 막기 위해 암호를 이용한 무선 통신 메시지로 그 긴급 뉴스를 에베레스트에서 런던에 전했다. 그로부터 20년 뒤 작가로서 명성을 떨치게 된 그는 성전환 수술을 받고 여성이 되었다는 점으로도 유명해지게 된다. 제임스라는 이름도 잰으로 바꾸었다. 40년 뒤 모리스는『에베레스트 대관식: 첫 등정과 여왕의 대관식에 광휘를 더해 준 특종』이라는 책에서 그 기념비적인 등정에 관해 다음과 같이 썼다.

우연히 동시에 일어난 두 사건(대관식과 에베레스트 등정)을 영국인들이 신비로운 현상으로 생각하고 크게 기뻐했다는 걸 지금으로서는 상상하기 어려울 것이다. 영국인들은 2차 세계 대전 이래 계속돼 온 엄격하게 내핍된 생활에서 마침내 벗어나기는 했으나, 제국의 판도를 상당 부분 상실하며 필연적으로 닥쳐온 국력 쇠퇴라는 현실을 직면하고 있었다. 그래서 젊은 여왕의 왕위 계승이 새 출발의 상징, 혹은 신문들이 곧잘 쓰는 표현을 따르자면 신(新) 엘리자베스 시대의 상징이라 반쯤 확신했다. 대관식 날인 1953년 6월 2일은 애국심에 불타는 모든 영국인이 크나큰 기쁨을 맛볼 상징적인 희망과 환희의 날이 될 터였다. 그런데 바로 그날 머나먼 땅에서(사실 구舊제국의 변경에서) 영국 등반대가…… 이 지상에 남은 탐험과 모험의 대상 중에서 으뜸가는 곳, 즉 세계의 지붕에 올랐다는 더없이 놀라운 소식이 날아왔다……. 그 경이로운 소식에 영국인들의 가슴속에 잠재된 진한 감정들이 한꺼번에 분출되어 나왔다. 자부심, 애국심, 옛 시절의 전쟁과 영웅적인 행위에 대한 향수, 새로이 소생하는 미래에 대한 희망……. 일정한 연령층의 사람들은 오늘날까지도 가랑비 내리던 그날 아침 런던에서 대관식 행렬이 지나가기를 기다리고 있을 때, 세계의 정상이 결국 자기네 것이 되었다는 그 신비로운 소식을 들었던 순간을 생생하게 기억하고 있다.

텐징은 인도와 네팔, 티베트 모두가 그를 자기네 나라 사람이라 주장하는 바람에 세 나라 모두에서 국민적인 영웅이 되었다. 엘리자베스 여왕으로부터 기사 작위를 수여받은 에드먼드 힐러리 경은 우표와 만화, 서적, 영화, 잡지 표지에 나온 자신의 모습을 목격했다. 그 갸름하고 뾰족한 얼굴을 한 오클랜드 출신의 양봉업자는 하룻밤 사이에 이 지상에서 가장 유명한 사람 중 하나가 되었다.

× × ×

힐러리와 텐징은 내가 잉태되기 한 달 전에 에베레스트에 올랐으므로 나는 전 세계를 휩쓴 집단적인 자부심과 경이감에 동참하지 못했다. 나보다 좀 더 나이 든 한 친구의 말마따나 그것은 모든 이들의 내면에 깊은 충격과 감동을 안겨 줬다는 점에서 인간의 달 착륙과 비교될 만한 사건이었으므로 온 세상 사람들이 들뜰 만도 했다. 하지만 그로부터 10년 뒤 또 다른 사람들이 그 산을 오른 사건은 내 인생의 진로를 확정하는 데 큰 도움을 주었다.

1963년 5월 22일, 서른두 살의 미주리 출신 의사 톰 혼베인과 서른여섯 살의 오리건 출신 신학 교수 윌리 언술드는 이전에 그 누구도 오르지 못한 험악한 서쪽 능선을 통해 에베레스트 정상에 올랐다. 그 무렵에는 이미 네 팀의 등반대에 소속된 열한 명의 산악인이 정상을 밟았지만, 서쪽 능선은 이미 확보된 두 개의 루트, 즉 사우스 콜을 경유하는 동남 능선이나 노스 콜을 경유하는 동북 능선보다도 훨씬 더 오르기 어려웠다. 그러므로 혼베인과 언술드의 등정은 등산 연대기나 등산사에 당연히 위대한 업적의 하나로 기록되었고, 여전히 그렇게 기록되고 있다.

정상을 향해 출발한 날 늦은 시각에 두 미국인은 가파르고 푸석푸석한 바위층, 즉 악명 높은 옐로 밴드를 올랐다. 그 절벽을 타넘으려면 엄청난 힘과 고난도의 기술이 필요했다. 일찍이 그렇게 높은 곳에서 그렇게 어려운 걸림돌을 넘어선 사람은 아무도 없었다. 일단 옐로 밴드 꼭대기에 이른 혼베인과 언술드는 자신들이 과연 무사히 그곳을 내려갈 수 있을지 확신이 서지 않았다. 그리하여 그들은 살아서 산을 내려가려면 정상을 넘어 사람들에게 잘 알려진 동남 능선 루트로 내려가는 것이 최선이라는 결론을 내렸다. 이미 시간이 꽤 늦었고, 앞으로 나아갈 코스의 지형에 대해 제대로 알지 못했으며, 또 산소마저 급격히 바닥나고 있는 상황에서 그것은 아주 대담한 계획이 아닐 수 없었다.

오후 6시 15분, 두 사람은 막 해가 지고 있을 때 정상에 도착한 탓으로 부득이 8,500미터 이상되는 고지의 한데에서 밤을 새워야 했다. 당시 그것은 역사상 가장 높은 곳에서 비박(예정하지 않은 곳의 한데에서 잠자는 것 — 옮긴이)한 기록에 해당했다. 그날 밤은 몹시 추웠지만 다행히 바람은 불지 않았다. 언술드의 경우 발가락이 얼어서 나중에 잘라 내야 하긴 했지만, 두 사람은 무사히 살아남아 그들의 이야기를 세상에 전할 수 있었다.

당시 나는 아홉 살이었고, 언술드의 집이 있는 오리건 코밸리스에 살고 있었다. 아버지가 그와 가까운 친구 사이라서 나는 가끔 나보다 한 살 위인 언술드의 큰아들 레건, 그리고 한 살 아래인 작은아들 데비와 함께 놀곤 했다. 윌리 언술드가 네팔로 떠나기 몇 달 전 나는 아버지와 윌리, 레건과 함께 내 생애 최초로 높은 산 정상에 올랐다. 캐스케이드산맥에 속한, 지금은 리프트를 타고 꼭대기까지 오를 수 있는 볼품없는 2,700미터급 화산이었다. 1963년의 에베레스트 대장정에 관한 이야기는 당시 소년이었던 내게 깊은 감동을 안겨 줬고, 그 후로도 내 마음속에 오래도록 살아남았다. 친구들은 존 글렌, 샌디 쿠팩스, 조니 유니태즈 같은 이들을 영웅시했지만 내 영웅들은 혼베인과 언술드였다.

나는 언제고 직접 에베레스트에 오르겠다는 은밀한 꿈을 갖게 되었으며, 그런 야심은 오래도록 나를 사로잡았다. 이십 대 초반 무렵 내 삶은 온통 등산에 초점이 맞춰져 있었고, 이외의 것들에는 아무 관심도 없다시피 했다. 산 정상에 오르는 일은 확고부동하고 항구불변하며 실질적인 일이었다. 등산하는 과정에서 으레 따르게 마련인 여러 가지 위험들은 그 일에 내 삶의 다른 측면들에서는 크게 상실되어 가고 있는 목적의 중요함을 더해 주는 역할을 했다. 나는 진부한 삶의 평면을 뒤집어엎는 데서 오는 새로운 관점 속에서 쾌감을 느꼈다.

등산은 일종의 소속감 같은 것도 안겨 줬다. 산악인이 된다는 건 세상의 관심권 밖에 있고 또 세상의 타락상에 크게 물들지 않은, 과묵하고 아주 이상주의적인 집단에 들어간다는 걸 뜻했다. 등반 문화를 특징짓는 건 강렬한 경쟁심과 요즘의 세태에 의해 희석되지 않은 마치스모(Machismo, 남성 중심 문화 — 옮긴이)였다. 대체로 그 구성원들은 상호간에 깊은 인상을 안겨 주는 일에만 관심을 두고 있었다. 그들에게는 산 정상에 오르는 일 자체보다 어떤 식으로 그곳에 올랐는가가 훨씬 더 중요했으므로, 가장 험난한 루트를 최소한의 장비를 갖고서 가장 대담한 방식으로 도전한 사람만이 높은 명성을 얻었다. 그리고 밧줄이나 그 밖의 장비를 갖추지 않고 맨몸으로 혼자 정상에 오른 몽상가들, 이른바 '프리 솔로이스트(free soloist)'를 제일 높이 쳤다.

그 시절 나는 1년에 오륙천 달러로 생활하면서 오로지 산에 오르기 위해 살았다. 목수로 일하거나 팔기 위한 목적으로 연어 낚시를 하다가 부가부산맥이나 티턴산맥, 혹은 알래스카산맥에 오를 경비가 마련되기만 하면 만사 제치고 산으로 달려갔다. 하지만 이십 대 중반 어느 무렵엔가 에베레스트에 오르겠다는 소년 시절의 꿈을 버렸다. 그즈음 전문 산악인들 사이에서는 에베레스트를 '잡석 더미'로, 그러니까 기술적으로 큰 난관도 없고 미학적인 매력도 결여되어 내가 간절히 되고 싶어 했던 '참다운' 산악인이 오를 만한 가치가 없는 산으로 무시하는 게 유행이었다. 나는 지상에서 가장 높은 산을 경멸하기 시작했다.

그런 속물근성은 1980년대 초에 이르러 전 세계의 산악인들이 에베레스트에서 가장 쉬운 길, 곧 사우스 콜을 경유하는 동남 능선을 100회 이상 올랐다는 사실에서 비롯되었다. 동료들과 나는 에베레스트 동남 능선을 "야크(티베트 고산 지대에 사는 털이 긴 들소 — 옮긴이)나 다니는 길"이라 불렀다. 1985년에 등산 경험이 얼마 없는, 딕 배스라는 쉰다섯 살의 부유한 텍사스 사람이 데이비드 브리셔즈라는 뛰어난 젊은 산악인의 안내를 받아 에베레스트에 오르며 모든 매스컴의 열렬한 관심의 대상으로 떠올랐을 때, 우리의 경멸감은 더해지기만 했다.

과거에 에베레스트는 대체로 엘리트 산악인들의 전문 영역이었다. 《클라이밍》의 편집장 마이클 케네디는 잡지에 이렇게 썼다. "에베레스트 원정대의 일원이 되는 건 그보다 낮은 산들을 오르는 오랜 수련을 거친 뒤에나 얻어지는 영예였으며, 한 산악인이 일단 그 정상에 오를 경우 그는 스타급 등산가의 반열에 오르게 되었다." 그런데 배스의 등정은 모든 걸 뒤바꿔 놓았다. 그는 에베레스트에 오름으로써 7대륙 최고봉* 모두를 오른 최초의 인물이 되어 세계적으로 유명해졌으며, 다른 많은 주말 등산객이 자신의 뒤를 따르게 하는, 그리고 그로 인해 에베레스트를 갑작스럽게 포스트

모더니즘 시대로 편입시키는 역할을 했다.

지난 4월 에베레스트 베이스캠프로 걸어가는 동안 시본 벡 웨더스는 진한 콧소리가 섞인 동텍사스 사투리로 이렇게 말했다.

"나처럼 나이 든 월터 미티(단조롭고 따분한 생활에서 벗어나기 위해 모험에 찬 근사한 삶을 사는 자신의 모습을 몽상하곤 하는 평범하고 소심한 사람 — 옮긴이) 같은 유형의 사람에게 딕 배스는 하나의 영감으로 다가왔지."

마흔아홉 살의 댈러스 출신 병리학자인 벡은 로브 홀이 이끄는 1996년 등반대의 여덟 고객 중 한 사람이었다.

"배스는 에베레스트가 평범한 사람들도 접근할 수 있는 영역 안에 있다는 걸 보여 줬어요. 웬만큼 건강하고 어느 정도 여윳돈이 있는 사람이라면 최대의 걸림돌은 직장에서 휴가를 얻는 것과 두 달간 가족과 떨어져 지내야 한다는 점일 거예요."

에베레스트 등반 기록을 보면 수많은 산악인에게 직장에서 어느 정도의 시간을 빼내고 많은 경비를 염출해 내는 게 넘어설 수 없는 걸림돌은 아니라는 점이 드러난다. 지난 5년 동안 7대륙 최고봉, 그중에서도 특히 에베레스트를 오른 사람들의 숫자는 놀라울 만큼 늘어났다. 1996년 봄, 서른 팀에 이르는 등반대가 에베레스트에

---

* 일곱 대륙의 가장 높은 산들, 곧 8,848미터인 에베레스트(아시아), 6,960미터인 아콩카과(남아메리카), 6,193미터인 매킨리(디날리라고도 한다, 북아메리카), 5,895미터인 킬리만자로(아프리카), 5,642미터인 엘브루스(유럽), 4,897미터인 빈슨 매시프(남극 대륙), 2,230미터인 코지어스코.(오스트레일리아) 딕 배스가 그 모든 봉우리들을 오른 뒤 패트릭 마로라는 캐나다 산악인은 오스트레일리아를 포함한 오세아니아 지역에서 가장 높은 산은 코지어스코가 아니라 그보다 훨씬 더 오르기 어려운 인도네시아의 이리안 바랏 지방에 있는 카르스텐즈 피라미드(5,040미터)이므로 7대륙 최고봉을 최초로 오른 인물은 배스가 아니라 마로 자신이라 주장했다. 그런 식의 '7대륙 최고봉'이라는 개념을 비판하는 사람 가운데는 각 대륙에서 가장 높은 봉우리들보다 두 번째로 높은 봉우리들을 오르는 게 훨씬 더 어렵고, 특히 그중에서 두 군데는 정말 오르기 어렵다는 점을 지적하고 있다.

도전했는데, 그중에서 최소한 열 팀은 돈을 벌기 위한 목적으로 조직된 등반대였다.

네팔 정부는 많은 사람이 에베레스트로 몰려드는 게 안전 측면에서나 환경 보전 측면에서 심각한 문제를 불러일으키고, 또 보기에도 좋지 않다는 걸 깨달았다. 네팔 정부의 장관들은 그 문제를 해결하기 위해 고심하다가 등반 인원을 제한하면서 동시에 국가의 빈약한 재정에 큰 보탬이 될 만한 해결책을 생각해 냈다. 즉 등산 허가증의 요금을 올리는 것이었다. 1991년 네팔 관광 장관은 구성 인원의 숫자와 관계없이 에베레스트에 오르려는 모든 팀에 일률적으로 2,300달러의 요금을 부과했는데, 1992년에 이르러서는 그 요금을 팀당 1만 달러로 인상했고, 한 팀의 인원이 아홉 명을 넘어설 경우에는 인당 1,200달러의 추가 요금을 부과했다.

그러나 요금 인상에도 불구하고 에베레스트 등산객들은 계속 불어나기만 했으며, 1993년 봄 에베레스트 첫 등정 40주년을 맞아 열다섯이라는 전례 없이 많은 숫자의 등반대들과 294명의 산악인들이 네팔 사면으로부터 그 산에 도전했다. 그해 가을, 관광 장관은 요금을 팀당 5만 달러라는 엄청난 금액으로 다시 인상했고, 한 팀의 인원이 다섯 명을 넘어설 경우에는 최대 일곱 명까지 한 사람당 1만 달러의 추가 요금을 부과했다. 거기에 더해 네팔 정부는 한 계절에 네 개의 등반대만 출입을 허가하겠다는 법령을 공표했다.

그러나 네팔 정부는 중국 정부가 티베트 사면에서 그 산에 오르려는 모든 팀에게 일률적으로 1만 5000달러의 요금을 부과하고 한 계절에 등반하는 등반대의 숫자에 아무런 제한도 가하지 않는다는 점을 고려하지 못했다. 그리하여 에베레스트 등반대들은 자연히 네팔에서 티베트로 발길을 돌렸고, 그로 인해 수백 명의 셰르파가 일자리를 잃었다. 그에 대한 항의의 소리가 높아지자 1996년 봄, 네팔 정부는 부득이 등반대의 숫자를 넷으로 제한하는 조치를 철회했다. 그렇게 하면서 또다시 요금을 대폭 인상했다. 이번에는 한 팀당 7만 달러를 부과하고 한 팀의 인원이 일곱 명을 넘어설 경우에는 한 사람당 1만 달러의 추가 요금을 부과하는 식이었다. 올봄에 에베레스트에 도전한 서른 팀 중에서 열여섯 팀이 네팔 사면으로 올랐다는 사실로 미루어 보면 높은 허가 요금은 별다른 걸림돌이 되지 않는 듯하다.

1996년, 계절풍이 불기 전 등산 시즌에 참사가 일어나기 이전에도 영리적인 목적의 등반대가 급증하는 현상은 많은 논란을 불러일으켰다. 전통을 고수하려는 사람들은 세계 최고봉이 벼락부자들에게 팔리고 있다고 분개했다. 그런 부자들의 일부는 가이드의 도움을 받지 못할 경우 아마 레이니어산(미국 워싱턴주 서부에 있는 높이 4,390미터의 산 — 옮긴이)같이 평범한 산도 오르기 어려울 것이다. 등산의 순수성을 고집하는 산악인들은 에베레스트가 상업주의로 오염되고 더럽혀졌다는 걸 눈치챘다.

그들은 또 에베레스트 등반이 상업화된 탓에 한때 신성시되었던 그 산이 이제는 미국 법의 늪으로 끌려들어 갔다는 점을 지적했다. 에베레스트 등반 안내를 받는 데 거액의 돈을 지불한 몇몇 사람들은 정상에 오르지 못했다는 이유로 자신의 가이드들을 고소했다.

"가끔 자기네가 정상 정복 티켓을 샀다고 생각하는 고객들을 만날 때가 있습니다."

열한 차례 에베레스트 등정길에 올라 그중에서 네 번이나 정상에 올랐던, 많은 사람의 존경을 받는 가이드인 피터 에이선스는 이렇게 개탄했다.

"일부 사람들은 에베레스트 등반대가 스위스의 산악 열차처럼 수월하게 정상으로 올라갈 수 없다는 점을 이해하지 못합니다."

슬프게도 모든 에베레스트 소송 사건이 하나같이 다 부당한 것만은 아니다. 무능하고 태만한 가이드 서비스 회사들이 애초에 약속한 바와는 달리 아주 중요한 물자, 곧 산소 같은 것을 지원해 주지 못한 경우가 몇 차례 있었기 때문이다. 어떤 등반대의 가이드들은 돈을 낸 고객들을 대동하지 않고 자기네끼리만 정상에 올라갔고, 그로 인해 분개한 고객들은 자신들이 오로지 계산을 치러 주기 위해 거기까지 간 거라는 결론을 내리지 않을 수 없었다. 1995년, 어떤 상업적인 등반대의 리더는 그 등반대가 산에서 내려오기도 전에 고객의 돈 몇만 달러를 갖고 도망쳐 버렸다.

× × ×

1995년 3월, 나는 《아웃사이드》의 편집장으로부터 전화를 받았다. 그는 내게 닷새 뒤에 출발할 예정인, 가이드 딸린 에베레스트 등반대 일원으로 에베레스트에 가서 최근에 널리 확산되고 있는 에베레스트 상업화 풍조와 그에 따르는 논란에 관한 글을 써 보지 않겠느냐고 제안했다. 그 잡지사의 편집자들은 내가 정상에는 오르지 말고 그저 베이스캠프에 머물면서 티베트 쪽 사면의 발치께에 있는 이스트 롱북 빙하에서 기사를 보내 주기만을 바랐다. 나는 비행기 편을 예약하고 필요한 예방 주사들까지 맞으면서 그 제안에 대해 심사숙고하다가 마지막 순간에 가서 사양했다.

나는 오랫동안 에베레스트에 대한 경멸감을 토로해 왔으므로 주위 사람들은 내가 평소의 지론에 따라 거절한 것이라 생각할지 모르나, 사실 《아웃사이드》의 전화는 뜻밖에도 가슴속에 오랫동안 잠재되어 있던 강렬한 갈망을 불러일으켰다. 내가 그 제안을 거절한 건 순전히, 베이스캠프보다 더 높은 곳에는 오르지 않은 채 에베레스트산 그늘에 파묻혀 두 달을 보내야 한다는 게 참을 수 없이 짜증스러울 거라는 생각이 들어서였다. 굳이 아내의 곁을 떠나 지구 반대편까지 날아가 두 달 가까운 시간을 보내야 한다면, 그 산에 올라갈 기회를 갖고 싶었다.

나는 《아웃사이드》 편집장인 마크 브라이언트에게 그 임무를 열두 달간 연기해 줄 수는 없겠느냐고 물었다. 그 정도 기간이면 정상에 오르는 데 필요한 몸을 만들 수 있으리라. 더불어 그 잡지사에서 비교적 평판이 좋은 가이드 서비스 회사에서 파견하는 등반대에 나를 끼워 넣어 주고 그에 따르는 6만 5000달러의 수수료를 지불함으로써 내게 정상에 오를 기회를 제공해 줄 용의가 있느냐고 물었다. 나는 사실 그가 이런 계획에 찬동하리라 예상하지 않았다. 15년간 《아웃사이드》를 위해 60편에 가까운 취재 기사를 써 왔지만 그런 임무를 위해 할당된 여행 경비로 이삼천 달러 이상을 받아 본 적이 거의 없었기 때문이다.

브라이언트는 하루 뒤에, 《아웃사이드》의 발행인과 의논해 보고 나서 내게 전화를 했다. 그는 자기네 잡지사로서는 현재 6만 5000달러라는 거금을 지불할 처지가 못 되나 그와 다른 편집자들은 에베레스트 상업화 현상을 중요한 기삿거리로 생각하고 있다고, 그리고 만일 내가 정말로 에베레스트에 오를 용의가 있다면 자기네 잡지사에서 좋은 방안을 찾아낼 수 있을 거라고 말했다.

× × ×

스스로를 산악인이라 부른 33년 동안 나는 어려운 일들을 몇 가지 해냈다. 알래스카에서 무시스 투스(Moose's Tooth, '큰사슴 이빨'이라는 뜻을 지닌 지명 — 옮긴이)의 아주 험난한 새 루트를 개척했고, 아주 외진 곳의 빙설 위에서 홀로 3주간을 보낸 것을 포함하여 데블스 섬(Devil's Thumb, '악마의 엄지'라는 뜻의 지명 — 옮긴이)을 단독으로 올랐다. 캐나다와 콜로라도에서는 엄청나게 높고 가파른 빙벽을 여러 차례 올랐다. 현지 사람들의 표현을 빌리자면, 바람이 '신의 빗자루(la escoba de Dios)'처럼 무섭게 대지를 휩쓸고 지나가는 남아메리카 남단 부근에서 높이가 1,600미터쯤 되고 때로 암벽이 머리 위 허공을 뒤덮거나 완전히 수직으로 치솟은 무시무시한 화강암 봉우리를 오른 적도 있었다. 시속 100노트가 넘는 강풍이 휘몰아치고 부서지기 쉬운 흰 서리로 뒤덮인 그 봉우리는 한때(지금은 그렇지 않지만) 세상에서 가장 오르기 어려운 봉우리로 여겨졌다.

하지만 이런 엉뚱한 짓거리들은 아주 오래전 일이었다. 몇몇은 몇십 년 전인 이삼십 대 때 이루어졌고. 이제 나는 잿빛 턱수염과 좋지 않은 잇몸, 칠팔 킬로그램의 군살이 낀 배를 지닌 마흔한 살의 중년이 되어 등산의 전성기를 지나도 한참 지난 셈이었다. 나는 열렬히 사랑하던 여자와 결혼했으며, 그녀 역시 나를 사랑해 줬다. 나는 그런대로 괜찮은 일거리를 찾아낸 덕에 생애 처음으로 그렇게 어렵지 않은 생활을 꾸려 나가고 있었다. 요컨대 행복이라는 한마디 말로 귀결될 수 있는 사소한 만족감들로 인해 등산에 대한 갈증은 많이 무뎌졌다.

게다가 과거에 오른 산들 중에서 웬만큼 높은 산은 하나도 없었다. 솔직히 말해 5,242미터를 넘는 산은 한 번도 올라가 본 적이 없었고, 그건 에베레스트 베이스캠프의 높이 정도도 올라보지 못했다는 걸 뜻한다.

나는 등산의 역사에 깊은 관심이 있는 터라 1921년 영국 등반대가 처음으로 에베레스트를 찾은 이래 그 산에서 130명 이상이 사망했고(정상에 오른 네 명당 한 명꼴로 사망한 셈이다.) 그렇게 죽은 사람 가운데 상당수는 더 강하고 높은 산에 오른 경험이 나보다 훨씬 많았다는 걸 알고 있었다. 하지만 나는 소년 시절의 꿈들은 여간해서는 사라지지 않으며, 그럴 때 사리 분별 따위는 아무 소용이 없다는 걸 깨달았다. 1996년 2월 말, 브라이언트는 내게 전화해서 곧 출발할 예정인 로브 홀의 에베레스트 등반대에 자리가 있다고 했다. 그가 내게 정말로 이 일을 해내기를 원하느냐고 물었을 때, 나는 그 말이 끝나기가 무섭게 곧장 "그렇다."라고 대답했다.

3장
낯선 사람들과
한 팀이 되어

1996년 3월 29일
인도 북부 상공
해발 9,144미터

갑자기 말을 꺼내면서 나는 그들에게 한 가지 비유를 들어 얘기했다.
내가 얘기하는 건 해왕성이라고. 나는 낙원에 관해서는 아는 바가 없기
때문에 낙원이 아니라 평범한 보통의 해왕성에 관해 얘기하는 거라고.
그러니 당신들은 이것이 당신들을, 바로 당신들을 겨냥한 얘기라는 걸
알 것이다. 이제 그곳에는 내가 말한 거대한 암석으로 된 지점이 있으며,
나는 해왕성 사람들이 특히 스스로의 줄에 묶인 채 살아간다는 점 때문에
아주 어리석은 사람들이라는 걸 당신들에게 미리 경고해야 할 것이다.
그들의 일부, 내가 특히나 언급하고 싶은 일부 사람들은 바위로 된 그
산에 대해서만은 절대적인 신념을 갖고 있다. 당신들은 믿지 않겠지만,
그들은 살고 죽는 문제나 효용 가치 따위는 아랑곳하지 않고 무조건 그런
습관에 젖어 왔다. 그리하여 이제 그들은 그 일대의 아주 가파른 모든
암벽을 오르내리면서 자신의 영광의 구름을 좇는 일에 모든 여가 시간과
에너지를 허비하며, 그 과정에서 다들 더없이 생기발랄해진다. 그도
그럴 것이, 해왕성에서조차도 대다수는 좀 더 쉬운 암벽을 아주 안전하게
오르는 것으로 만족하는 게 상례니까. 하지만 어쨌든 간에 거기에는
크나큰 희열이 있다. 그들의 단호한 표정이나 흡족해하는 눈빛에서는
쉽사리 그걸 엿볼 수 있다. 내가 이미 지적했다시피 그런 더없는 환희와
희열은 낙원이 아니라 해왕성에 존재한다. 아마도 높은 곳에 오르는 것
말고는 달리 할 일이 없을 행성에 말이다.

— 존 멘러브 에드워즈, 『한 인간이 보내는 편지』

타이항공 311기를 타고 방콕에서 카트만두로 두 시간을 날아가는 동안 나는 좌석을 벗어나 기내 뒤편으로 갔다. 우측으로 화장실들이 죽 늘어서 있는 부근에서 나는 먼발치에서나마 산들을 볼 수 있을까 해서 고개를 숙이고 허리 높이의 작은 창문을 통해 밖을 내다봤다. 헛된 기대는 아니었는지 기우뚱한 지평선 저 멀리에 히말라야의 울퉁불퉁한 송곳니들이 솟아 있는 게 보였다. 그때부터 나는 공항에 도착할 때까지 빈 음료수 캔과 반쯤 먹다 버린 음식물들로 가득 찬 쓰레기통 위로 어깨를 잔뜩 숙이고 차가운 아크릴 창에 얼굴을 들이댄 채 홀린 듯이 밖을 내다봤다.

　이내 8,586미터의 거대한 위용을 뽐내는, 지상에서 세 번째로 높은 산인 칸첸중가를 알아봤으며 15분 뒤에는 다섯 번째로 높은 산인 마칼루를 발견했다. 그러다 마침내 에베레스트의 뚜렷한 윤곽이 시야에 들어왔다.

그 피라미드형의 정상부는 주위의 다른 봉우리들 위로 아주 선명한 윤곽을 그리면서 시커멓게 떠올라 있었다. 제트 기류 속으로 돌출한 그 산은 눈에 보일 정도로 깊게 갈라진 상처를 드러냈으며, 그 상처 자국에서는 시속 120노트의 강풍을 받아 반짝이는 얼음 조각들이 비단 스카프처럼 동쪽으로 길게 휘날리고 있었다. 허공에 가로걸린 그 하얀 얼음 조각 구름을 지켜보는데, 문득 에베레스트 정상부가 일정한 기압을 유지하며 하늘을 나는 그 제트기와 정확히 같은 높이로 떠올라 있다는 데 생각이 미쳤다. 그리고 그 순간 에어버스 300기의 순항고도로 솟아오른 산에 오르겠다고 자원한 일이 터무니없이 무모한 일처럼 여겨져 양쪽 손바닥이 땀으로 질척해졌다.

40분 뒤 여객기는 카트만두에 착륙했다. 세관을 통과해서 공항 로비로 걸어 들어가자 말끔하게 면도한, 골격이 큰 젊은이 하나가 내 큼직한 더플백 두 개를 유심히 바라보더니 이내 내게로 다가왔다.

"존 씨 아니세요?"

그는 로브 홀의 고객 명부에 수록된 복사한 여권 사진을 힐끗 들여다보고는 경쾌한 뉴질랜드 악센트가 가미된 말투로 물었다. 그러고는 악수를 건네며 자신은 홀의 가이드 중 하나인 앤디 해리스로, 나를 호텔까지 안내하기 위해 나왔다고 소개했다.

서른한 살의 해리스는 또 다른 고객이자 미시간 블룸필드힐스 출신의 쉰세 살의 변호사 루 카시슈케도 방콕에서 날아온 그 여객기에 타고 있었을 거라고 말했다. 카시슈케가 가방들을 찾는 데 한 시간이나 걸리는 바람에 우리는 그를 기다리는 동안 서부 캐나다에서 우리 둘 다 오른 적이 있던 몇몇 힘겨웠던 등반 코스에 관한 감상을 교환했으며, 스키와 스노보드 중 어느 쪽을 타는 게 더 나은가를 두고 이야기를 나눴다. 나는 등반에 대한 갈증과 산에 대한 순수하고 진실한 열정을 지닌 앤디를 보면서, 등반이 세상 그 무엇보다도 더 중요했던, 내 삶의 궤적을 내가 올랐거나 앞으로 오르고 싶은 산들을 중심으로 해서 그려 나갔던 옛 시절에 대한 향수에 젖었다.

귀족적인 풍모를 지닌, 키 크고 건장한 은발의 신사 카시슈케가 세관 앞에 줄지어 늘어선 사람들의 대열에서 빠져나오기 직전, 나는 앤디에게 에베레스트에 몇 번이나 올랐느냐 물었다. 그러자 그는 거리낌없이 솔직하게 털어놨다.

"사실은 나도 당신처럼 그 산의 정상에 오르는 게 이번이 처음이 될 겁니다. 그러니 내가 어떻게 그곳에 오르는가 지켜보는 것도 흥미로운 일이 되겠죠."

홀이 우리가 묵을 숙소로 예약해 놓은 가루다 호텔은 카트만두의 활기 넘치는 관광 지구 타멜의 심장부에 있는, 아주 낡았으면서도 친근한 느낌을 주는 건물이었다. 그곳은 혹시 얻어걸릴 게 없나 싶어 이리저리 배회하는 사람들과 인력거들로 가득한 좁은 거리였다. 오래전부터 히말라야를 찾아오는 등반대들에 인기가 높은 가루다 호텔의 사면 벽은 거기서 묵은 적이 있는 유명한 산악인들, 곧 라인홀트 메스너, 페터 하벨러, 키티 캘훈, 존 로스켈리, 제프 로 같은 이들의 서명이 박힌 사진들로 뒤덮여 있었다. 내 방으로 가기 위해 계단을 오르다가 지상에서 가장 높은 에베레스트와 두 번째로 높은 K2, 네 번째로 높은 로체를 뜻하는 '히말라야 삼부작'이라는 제목이 박힌 커다란 원색 포스터를 봤다. 그 포스터에는 등산복을 완전히 갖춰 입고 환하게 웃는 턱수염 난 한 사내의 모습이 세 봉우리를 배경으로 하여 크게 부각되어 있었다. 그 산악인이 로브 홀임을 알리는 글자가 박힌 포스터는 1994년도에 두 달 동안 세 봉우리를 모두 오른 홀의 인상적인 업적을 기리는 동시에 그의 등반 안내 전문 회사인 어드벤처 컨설턴츠를 선전할 목적으로 제작된 것이었다.

한 시간 뒤 나는 홀을 직접 만났다. 그는 190센티미터에 가까운 키에 장대처럼 비쩍 마른 모습이었다. 얼굴은 천진스러워 보이는 구석이 있기는 했으나 서른다섯이라는 제 나이보다 훨씬 더 들어 보였는데, 아마도 그건 양쪽 눈꼬리 부근에 깊이 파인 주름들이나 전신에서 풍기는 묵직한 분위기 때문이리라. 그는 하와이언 셔츠에다 한쪽 무릎에 음양 태극 문양의 천을 덧대어 박은 빛바랜 청바지 차림이었고, 이마에는 구불구불한 갈색 머리칼들이 아무렇게나 늘어져 있었다. 턱수염이 무성하게 자라 손질을 좀 해 줘야 할 필요가 있어 보였다.

천성적으로 사람 사귀기를 좋아하는 홀은 신랄한 뉴질랜드식 위트로 넘치는 뛰어난 이야기꾼이었다. 그는 한 프랑스 관광객과 불교 승려와 유난히 털이 무성한 야크가 포함된 긴 이야기를 늘어놓다가 개구쟁이처럼 슬쩍 곁눈질하며 사람을 깜짝 놀라게 할 만한 얘기를 툭 던져 놓고는, 상대방에게 그 얘기의 효과가 먹혀들어 가게끔 한 박자 늦춘 뒤 자기가 꾸며 낸 이야기에 스스로 즐거워 어쩔 줄 모르겠다는 듯 머리를 뒤로 젖히고 폭소를 터뜨렸다. 그 웃음은 강한 전염성을 지니고 있었으며, 나는 이내 그가 마음에 들었다.

홀은 뉴질랜드 크라이스트처치의 노동자 계층 출신으로, 독실한 가톨릭 신자인 부모 밑에서 9남매 중 막내로 태어났다. 그는 머리가 좋고 과학적인 소양이 있는 편이었지만 열다섯 살 때 남달리 권위적인 한 교사와 정면으로 충돌한 뒤 학교를 중퇴했고, 1976년에는 등산 장비 제조 회사인 앨프스포츠에 입사했다. 당시 그와 함께 앨프스포츠에서 일했으며 지금은 유명한 산악인이 된 빌 앳킨슨은 이렇게 이야기했다.

"그 친구는 처음에는 이상한 일들을 했습니다. 이를테면 재봉틀을 돌리는 일 같은 것 말입니다. 하지만 로브는 열예닐곱 살 때부터 이미 두드러지게 나타난 뛰어난 조직 능력 때문에 곧 회사의 생산 부문 전체를 관리 운영하는 일을 맡게 되었죠."

홀은 몇 년간 열렬히 산을 찾아다녔다. 그는 앨프스포츠에 근무하며 틈틈이 암벽과 빙벽 타기를 계속했다. 홀과 자주 산에 오른 앳킨슨의 말에 의하면 그는 "누구에게서나 기술과 마음가짐을 흡수할 수 있는 능력을 지닌 덕에" 등산에 관한 모든 걸 빠르게 배워 익혔다.

1980년에 이르러 열아홉 살이 된 홀은 에베레스트 남쪽으로 24킬로미터 떨어진 곳에 있는, 높이 6,795미터의 더없이 아름다운 봉우리 아마다블람의 험준한 북쪽 능선 등반에 참여했다. 처음으로 히말라야에 오르는 그 기간 동안 그는 잠시 일행을 떠나 에베레스트 베이스캠프에 들른 뒤 언젠가 세계에서 가장 높은 그 봉우리에 오르겠다고 결심했다. 그로부터 10년의 세월이 흐르고 세 번의 시도가 실패로 끝난 뒤 1990년 5월, 홀은 마침내 에드먼드 경의 아들 피터 힐러리가 포함된 등반대의 리더로서 에베레스트 등정에 성공했다. 정상에서 홀과 힐러리는 무선으로 본국 뉴질랜드에 그 소식을 전했으며 그것은 뉴질랜드 전역에 생방송되었다. 그들은 고도 8,848미터에서 제프리 파머 수상으로부터 축하 인사를 받았다.

그즈음 홀은 이미 산에 모든 시간과 열정을 쏟는 전문 산악인이었다. 대다수 동료와 마찬가지로 그 역시 거액의 히말라야 등반 경비를 마련하기 위해 기업체 스폰서들로부터 자금 후원을 얻어 내려 애썼다. 그는 뉴스 매체들로부터 주목을 받으면 받을수록 기업체들이 수표책을 열게 하기가 더욱더 수월해진다는 걸 잘 알고 있었는데, 공교롭게도 그는 인쇄 매체에 자기 이름이 나게 하고 TV에 자기 얼굴이 나오게 하는 데 남다른 수완을 갖고 있었다. 앳킨슨도 그 점을 인정했다.

"맞아요, 로브는 늘 선전에 대한 감각이 좀 있는 편이었죠."

1988년, 개리 볼이라는 오클랜드 출신의 한 가이드가 홀의 첫째가는 등반 파트너이자 가장 가까운 친구가 되었다. 볼은 1990년에 홀과 함께 에베레스트 정상에 올랐으며 뉴질랜드로 돌아온 직후 그들은 일곱 대륙의 최고봉들에 오를 계획을 세웠다. 딕 배스의 전례를 따르되 일곱 달 안에 일곱 봉우리를 오름으로써 딕의 기록을 깨기로 한 것이었다.(배스가 일곱 봉우리를 오르는 데는 4년이 걸렸다.) 그 7부 합창 가운데 가장 어려운 에베레스트는 이미 올랐으므로 홀과 볼은 전기를 공급해 주는 거대 공기업체인 파워빌드로부터 후원금을 얻어 낸 뒤 대장정 길에 올랐다. 1990년 12월 12일, 그들은 미리 정한 일곱 달이라는 기한이 끝나기 불과 몇 시간 전에 남극 대륙의 최고봉인 높이 4,897미터의 빈슨 매시프에 등정함으로써 일곱 봉우리의 정상에 올라 뉴질랜드 전역을 흥분의 도가니로 몰아넣었다.

이러한 성공에도 불구하고 홀과 볼은 전문 산악인이라는 그들 직업의 장기적인 전망을 비관적으로 바라봤다. 앳킨슨은 그 점에 대해 이렇게 설명했다.

"우리 산악인들이 기업체들로부터 계속 후원을 얻으려면 판돈을 자꾸 높여야 해요. 다음 등반은 먼젓번보다 좀 더 어려운 것이 되어야 하고 좀 더 극적인 것이 되어야 하죠. 그건 일종의 악순환 같은 것이 되어 결국에 가서는 더 이상 등산을 할 수가 없는 지경에 이르게 됩니다. 로브와 볼은 조만간 자기네가 까마득한 절벽 위에서 위태로운 곡예를 할 수 없게 되거나 아니면 불운한 사고를 당하든가 죽든가 할 거라는 걸 잘 알고 있었어요.

그래서 그 친구들은 방향을 바꿔 고산 등반을 하려는 사람을 안내하는 일을 하기로 마음먹었습니다. 사람들을 안내할 때는 자기가 가장 원하는 방식의 등반은 할 수 없게 되고, 고객들을 무사히 올라가게 하고 내려가게 하는 일이 가장 중요한 과제가 되는데, 그런 일은 다른 종류의 만족감을 안겨 주죠. 하지만 끊임없이 후원을 얻으려고 쫓아다니는 것보다는 그편이 훨씬 안정적인 자금원이 되어 줍니다. 좋은 성과를 안겨 주기만 하면 고객은 얼마든지 확보할 수 있을 테니까요."

홀과 볼은 '일곱 달 안에 일곱 봉우리'라는 광상곡을 연주하는 동안 고객들을 일곱 봉우리로 안내하는 일을 하기 위해 한 가지 계획을 짰다. 돈은 많지만 높은 산들을 제힘으로 오르기에는 경험이 부족한 몽상가들로 이루어진 미개척 시장이 존재한다고 확신하고 어드벤처 컨설턴츠라는 회사를 차린 것이다.

그들은 회사를 설립하자마자 곧바로 인상적인 기록을 세웠다. 1992년 5월에 여섯 명의 고객들을 에베레스트 정상에 오르게 한 것이 그것이다. 그로부터 1년 뒤 그들은 단 하루에 마흔 명이 에베레스트 정상에 오른 어느 오후에 또 다른 일곱 명의 고객들을 정상에 올려 보냈다. 그러나 등반을 마치고 고국으로 돌아온 그들은 뜻밖에도 에드먼드 힐러리 경으로부터 공개적인 비판을 받았다. 힐러리 경은 홀이 에베레스트 상업화를 부채질하는 역할을 하고 있다고 비난하며, 돈을 낸 대가로 안내를 받아 그 산의 정상까지 오른 초심자들이 "그 산을 경시하는 풍조를 불러일으키고 있다."고 분개했다.

힐러리는 뉴질랜드 국민들이 가장 존경하는 인물 중 하나로서 뉴질랜드의 5달러짜리 지폐 앞면에 그의 울퉁불퉁한 얼굴이 박혀 있을 정도다. 홀은 자신의 어린 시절의 영웅 중 하나였던 옛 산악인이자 반신(半神)으로부터 공개적으로 비난받은 것에 몹시 당혹하고 상심했다. 앳킨슨은 이렇게 말했다.

"이곳 뉴질랜드 사람들은 힐러리를 살아 있는 국보처럼 생각하고 있기 때문에 그의 말 한마디 한마디에는 대단한 무게가 실리고, 따라서 그에게 비판을 당할 경우에는 큰 상처를 입을 수밖에 없습니다. 로브는 자신을 옹호하는 공개적인 진술을 하고 싶었지만 언론 매체를 통해 그런 인물과 맞선다는 건 승산이 없는 일이라는 걸 깨달았죠."

힐러리한테서 비판을 당한 지 다섯 달쯤 지났을 때 홀은 좀 더 강력한 타격을 받고 휘청했다. 1993년 10월 개리 볼이 해발 고도 8,167미터로 세계에서 여섯 번째로 높은 산인 다울라기리 등정을 시도하던 중 높은 고도가 원인이 된 뇌수종 증세로 사망한 것이다. 볼은 그 봉우리 높은 곳에 설치된 조그만 텐트 속에서 혼수상태에 빠진 뒤 홀의 두 팔에 안긴 채 숨을 거뒀다. 다음날 홀은 자기 친구를 어느 크레바스(빙하의 갈라진 곳—옮긴이) 속에 묻었다.

그곳에서 돌아와 뉴질랜드의 어느 TV 방송사와 인터뷰하는 자리에서 홀은 침울한 얼굴로, 볼과 자신이 세상 그 무엇보다 좋아했던 등산용 밧줄을 붙잡고 볼의 몸을 그 빙하의 밑바닥으로 내려보낸 과정을 자세히 이야기하면서 이렇게 말했다.

"등산용 밧줄은 원래 몸에 잘 달라붙게 만들어진 거고, 우리는 그게 미끄러지게 해서는 안 됩니다. 그런데도 난 그것이 내 손아귀 속에서 미끄러져 내려가게 해야 했습니다."

1993, 1995, 1996년에 홀의 에베레스트 베이스캠프 매니저로 일한 헬렌 윌턴은 이렇게 말했다.

"개리가 죽었을 때 로브는 엄청난 타격을 받았지만 아주 조용히 그걸 극복해 냈어요. 그런 게 바로 로브의 방식이에요. 조용히 여러 가지 일들을 계속해 나가는 것."

홀은 어드벤처 컨설턴츠를 혼자서 운영해 나가기로 결심했다.

그는 계속 회사의 하부 구조와 서비스를 조직적으로 정비해 나갔으며 아마추어 산악인들을 머나먼 땅의 높은 산들 정상까지 안내해 주는 데 탁월한 솜씨를 보였다.

1990년에서 1995년 사이에 홀은 서른아홉 명을 에베레스트 정상으로 올려 보냈는데 그것은 에드먼드 힐러리 경의 첫 등정 이후 20년 동안 정상에 올라간 사람들의 숫자보다 셋이나 더 많은 숫자다. 따라서 홀이 어드벤처 컨설턴츠가 그 어떤 등반 안내 회사보다도 더 많은 사람들을 정상으로 올려 보낸 '에베레스트 등반의 선두 주자'라 광고하는 건 당연했다. 그가 고객이 될 만한 사람들에게 보낸 소책자에는 다음과 같은 내용이 수록되어 있다.

여러분은 모험에 대한 갈증을 갖고 있습니다! 아마도 여러분은 일곱 대륙의 높은 산들의 정상에 올라서는 걸 꿈꾸실 겁니다. 우리 대부분은 자신의 꿈을 감히 실천에 옮기지 못하며, 내면의 깊은 갈망을 좀처럼 인정하지 않거나 남들에게 그것들을 털어놓지도 못합니다.
어드벤처 컨설턴츠는 모험에 찬 산악 등반을 조직하고 안내하는 전문 회사입니다. 꿈을 현실화시킬 수 있는 구체적인 기술과 능력을 겸비한 우리는 여러분의 목표를 이루기 위해 여러분과 더불어 일할 겁니다.
우리는 여러분을 산꼭대기로 잡아끌지 않습니다. 여러분 스스로 힘겹게 올라가야 합니다. 하지만 우리는 여러분의 모험의 안전과 성공을 최대한 보장해 드립니다.
자신의 꿈과 감히 직면하는 사람들에게 그 체험은 필설로 형용하기 어려운 특별한 것을 제공해 줍니다. 그러므로 여러분이 우리와 더불어 여러분의 산으로 오르시기를 권유합니다.

1996년, 홀의 고객들이 그의 안내를 받아 세계의 지붕으로 올라가려면 1인당 6만 5000달러라는 거금을 내야 했다. 그것은 어떻게 생각해 봐도 실로 엄청난 금액이었다. 시애틀에 있는 우리 집에 걸린 저당 액수와 맞먹는 금액이다. 그리고 네팔까지 날아가는 항공 요금과 개인 장비를 구입하는 비용은 각자가 따로 부담해야 했다. 하지만 홀은 이전의 놀라운 실적 덕분에 여덟 차례에 걸친 에베레스트 등반대의 인원을 채우는 데 아무 어려움도 겪지 않았다. 만일 누군가가 그 정상에 오르고 싶은 간절한 염원을 갖고 있고 그 정도의 돈을 마련할 능력이 있다면 어드벤처 컨설턴츠야말로 가장 적합한 등반 안내 전문 회사였다.

×　×　×

카트만두에 도착한 지 이틀 뒤인 3월 31일 오전, 어드벤처 컨설턴츠의 1996년 에베레스트 등반대 대원들은 트리부반 국제공항의 활주로를 가로질러 에이션 항공사 소속의 러시아제 Mi-17 헬리콥터에 올랐다. 기체 곳곳에 아프가니스탄 전쟁의 상흔이 남아 있는 그 26인승 헬리콥터는 스쿨버스만큼이나 컸고 마치 누군가의 뒷마당에서 조립된 것처럼 엉성해 보였다. 조종사는 문의 걸쇠를 걸더니 우리더러 귀를 막으라고 솜뭉치를 건네줬다. 잠시 후 그 덩치 큰 하마는 사람의 정신을 쏙 빼놓을 정도의 엄청난 굉음과 함께 허공으로 떠올랐다.

헬기 바닥에는 더플백, 백팩, 판지 상자가 산더미처럼 쌓여 있었고 기체 가장자리에 빙 둘러 마련된 접었다 폈다 할 수 있는 좌석에는 인간 화물들이 맞은편 사람들과 얼굴을 마주하고 무릎을 잔뜩 오그린 채 앉아 있었다. 그건 편한 여행은 아니었지만 불평하는 사람은 하나도 없었다.

1963년 톰 혼베인의 등반대는 카트만두에서 20킬로미터가량 떨어진 바네파를 출발하여 에베레스트까지의 긴 도보 여행 길에 올라 꼬박 31일을 길에서 보낸 끝에 베이스캠프에 도착했다. 우리는 오늘날의 에베레스트 등반대 대다수와 마찬가지로 그 가파르고 먼지투성이인 머나먼 길의 대부분을 훌쩍 뛰어넘는 편을 택했고, 헬기는 히말라야산맥의 2,804미터 지점에 있는 루클라라는 마을에 우리를 내려 주게 되어 있었다. 거기까지 날아가는 동안 헬기가 추락하는 일만 없다면 우리는 혼베인이 그 길을 가는 데 걸린 기간에서 3주 이상을 절약하게 될 것이다.

나는 헬기의 넓은 기내를 둘러보면서 팀 동료들의 이름을 기억속에 새겨 두려 애썼다. 가이드로는 로브 홀과 앤디 해리스 말고도 네 아이의 어머니이자 베이스캠프 매니저로서 세 번째 시즌을 맞아 캠프에 돌아가는, 서른아홉 살의 헬렌 윌턴이 있었다. 경험 많은 산악인이자 의사인 이십 대 후반의 캐롤라인 매켄지는 우리 등반대의 전속 의사로 헬렌과 마찬가지로 베이스캠프 이상으로는 올라가지 않을 사람이었다. 공항에서 만난 적이 있는 점잖은 변호사인 루 카시슈케 및 페더럴 익스프레스 도쿄 지부에서 인사과장으로 일하는 마흔일곱 살의 과묵한 남바 야스코는 둘 다 일곱 봉우리 가운데 이미 여섯을 오른 기록을 갖고 있었다. 마흔아홉인 벡 웨더스는 댈러스에서 온 병리학자로 말이 꽤 많았다. 티셔츠 차림에 지적이고 다소 우유부단해 보이는 인상의 서른네 살 난 스튜어트 허치슨은 캐나다의 심장 분야 전문가로서 어느 연구 기관의 연구원으로 일하다 휴가를 얻어 이곳으로 왔다. 나이가 쉰셋으로 우리 대원들 가운데 가장 나이가 많은 존 태스크는 브리즈번에서 온 마취 전문의로 오스트레일리아 육군에서 전역한 뒤 등산에 취미를 붙인 사람이었다. 나이 쉰셋에 홍콩에서 온 단아하고 예의 바른 출판업자 프랭크 피슈벡은 홀의 경쟁 상대인 한 등반 안내자와 더불어 에베레스트에 세 번이나 도전했고, 1994년에는 정상에서 수직으로 불과 100미터 아래에 위치한 사우스 서밋까지 오른 기록을 갖고 있었다. 미국에서 우체국 직원으로 근무하는 마흔여섯 살의 더그 한센은 1995년에 홀과 함께 에베레스트에 도전했는데 피슈벡과 마찬가지로 사우스 서밋까지 올랐다가 아깝게 하산했다.

나로서는 내 동료 고객들을 어떻게 생각해야 할지 알 수가 없었다. 그들은 겉보기로나 경력상으로나 나와 함께 산에 올랐던 골수 산악인들과는 아주 달랐다. 하지만 그들은 그런대로 점잖고 인간성이 좋은 사람처럼 보였으며 밥맛없게 구는 이는 하나도 없어 보였다. 적어도 등산의 초기 단계라 할 수 있는 현재까지 자신의 참모습을 드러낸 사람들 가운데서는. 하지만 그들과 나 사이에는 공통점이 거의 없었다. 더그만 빼고. 낡은 미식축구공을 연상시키는, 때 이르게 풍상에 찌든 얼굴에 강인하고 단단해 보이는 더그는 27년 동안이나 우체국 직원으로 일해 왔다. 그는 어드벤처 컨설턴츠에 지불할 요금을 벌기 위해 밤에는 야근을 하고 낮에도 짬짬이 건설 현장 인부로 일했다고 했다. 나는 작가가 되기 전에 8년 동안

목수로 일하며 생계비를 번 적이 있고, 우리 둘 다 다른 고객들과 확연히 구분되는 특징인 저소득층이라는 점 때문에 벌써부터 더 그와 함께 있으면 마음이 편했다. 다른 고객들과 있으면 왠지 불편했다.

시간이 지날수록 마음이 점차 불편해졌는데 나는 가장 큰 이유를 그런 큰 집단에, 더구나 완전히 낯선 사람으로만 이루어진 집단에 끼여 등산해 본 적이 없었다는 점 때문이라 생각했다. 21년 전에 알래스카에 갔던 때만 빼고 나머지 등반은 전부 혼자 아니면 믿을 만한 친구 한둘과 함께했다.

등반할 때 동료들을 신뢰한다는 건 대단히 중요한 일이다. 한 사람의 행위가 팀 전체의 안위에 영향을 미칠 수 있기 때문이다. 매듭을 엉성하게 묶어 놓는다거나 발을 헛디딘다거나 돌을 건드려 굴러떨어지게 하는 등 모든 부주의한 행동은 팀 동료들에게 심각한 잘못으로 받아들여질 가능성이 있다.

하지만 동료들을 신뢰한다는 건 가이드가 딸린 등반 고객으로 서명한 사람으로서는 기대할 수 없는 사치다. 그들은 동료 대신 가이드를 믿을 수밖에 없다. 헬리콥터가 루클라로 날아가는 동안 나는 홀이 능력이 의심스러운 우리 고객들을 신중하게 선별했기를, 그리고 우리 각자가 서로의 부족함으로 인해 피해를 입지 않을 수 있게 방책을 마련해 놓았기만을 빌었다. 그걸 나만큼이나 간절히 바란 사람이 또 있었을까?

4장

여신의 발치로
다가가다

1996년 3월 31일

파크딩

해발 2,800미터

게으름을 피우지 않는 사람들의 경우 하루의 도보 여행은 오후 일찍
끝난다. 하지만 얼마 전까지 우리는 더위에 지치고 다리가 너무 아플
경우 지나가는 셰르파에게 어쩌다 한 번씩 묻곤 했다. "캠프까지 얼마나
더 가면 되죠?" 그러면 그들의 대답은 한결같이 "3킬로미터만 더 가면
됩니다, 나리."였고, 우리는 그들이 서구인들이 물으면 무조건 그런
식으로 대답한다는 걸 곧 눈치챘다.
저녁 시간은 고즈넉했다. 고요한 대기에 가라앉은 연기로 어스름 녘의
풍경이 꿈처럼 부드럽게 풀려 나가고, 내일 우리가 야영을 할 능선은
황혼빛으로 물들었으며, 내일 우리가 넘어가야 할 높은 고개에는
구름이 걸려 있었다. 가슴속에 그득 차오르는 흥분으로 인해 내 마음은
거듭거듭 서쪽 능선으로 치달았다…….
해가 질 때는 외로움도 역시 찾아들었다. 이제 회의에 빠지는 일은 극히
드물었으나 그럴 때면 흡사 내 전 생애가 내 뒤에 펼쳐져 있기라도 한
것처럼 가슴이 덜컥 내려앉곤 했다. 나는 우리가 일단 그 산에 오르기만
하면 눈앞에 가로놓인 과제에 깊이 몰입하는 바람에 그런 기분은 사라질
거라는 걸 알고 있었다. 아니, 그렇게 믿었다. 하지만 이따금, 결국
내가 찾던 게 뒤에 남겨 놓고 온 어떤 것이라는 걸 깨닫기 위해 이렇게
멀리까지 온 건 아닌가 하는 회의가 깃들곤 했다.

— 토머스 F. 혼베인, 『에베레스트: 서쪽 능선』

루클라에서 에베레스트로 가는 길은 어슴푸레한 협곡을 가로질러 북으로 뻗어 있었고, 그 협곡 밑바닥에는 둥근 돌들이 잔뜩 깔리고 빙하가 녹은 싸늘한 물이 소용돌이치는 두드코시강이 흐르고 있었다. 우리는 강 위의 경사면에 자리 잡은 선반처럼 평탄한 땅에 대여섯 채의 주택들과 여관들이 옹기종기 모여 있는, 파크딩이라는 마을에서 도보 여행의 첫날밤을 보냈다. 어둠이 내리자 겨울이 오기라도 한 것처럼 공기가 싸늘해졌다. 이튿날 아침에 산길을 오를 때 보니 철쭉 이파리들에 서리가 반짝이고 있었다. 하지만 에베레스트 지역은 북회귀선 바로 위인 북위 28도 선상에 위치해 있어, 햇살이 그 골짜기 밑바닥에 이를 정도로 해가 높이 떠오르자 기온이 급상승했다. 정오경에 높이 걸린, 흔들거리는 좁은 다리로 그 강을 다시 건널 즈음(그걸로 그날 하루에만 그 강을 네 번째 건너는 셈이었다.) 턱 밑으로 땀이 비 오듯 떨어져 내려 나는 겉옷을 모조리 벗고 반바지와 티셔츠 차림이 되었다.

그 흙길은 다리를 건넌 뒤 두드코시의 둑을 벗어나 향기로운 소나무 숲이 우거진 가파른 골짜기의 벽을 따라 지그재그로 뻗어 올라갔다. 눈앞에는 흰 눈으로 덮이고 세로 홈들이 파인 거대한 산봉우리 탐세르쿠와 쿠숨캉구루가 수직으로 3,000미터 이상 허공으로 돌출해 있었다. 그곳은 이 지구상의 어떤 곳보다도 더 압도적인 인상을 주는 장대한 고장이었다. 하지만 그곳에는 이미 몇백 년 전부터 사람들이 살고 있었다.

경작 가능한 땅에는 어디든 보리와 메밀, 감자가 자라는 계단식 밭들이 늘어서 있었다. 그리고 산자락 사이에 늘어진 줄들에는 기원의 뜻이 담긴 깃발들이 매달려 있었으며, 가장 높은 고갯길에조차도 고대 불교 유적인 초르텐*들과 정교하게 조각된 마니석** 벽이 파수병처럼 늘어서 있었다. 강과 헤어져 위로 올라가자 길이 도보 여행자와 야크***의 행렬, 붉은 가사를 걸친 승려들, 등에 땔나무나 등유나 청량음료들을 짊어진 맨발의 셰르파들로 북적북적해 앞으로 나가기가 그리 쉽지 않았다.

강 위로 90분쯤 올라간 끝에 돌로 쌓아 올린 야크 우리들의 열을 지나 넓은 능선 꼭대기에 이르자 갑자기 셰르파 집단의 사교적·상

---

* 대체로 돌로 되어 있고 성인들의 조각이 새겨져 있는 경우가 많다. '스투파'라 부르기도 한다.

** 티베트 불교의 주문인 '옴마니 반메홈'을 뜻하는 산스크리트 문자들이 섬세하게 새겨져 있는 조그맣고 판판한 돌로, 길 한가운데를 따라 쌓여 낮은 마니석 벽을 이루고 있다. 불교 의례는 여행자들이 항시 마니석 벽 왼쪽으로 지나가야 한다고 규정하고 있다.

*** 전문적으로 얘기하자면 사람들이 히말라야에서 보는 '야크'들 대부분은 야크와 소의 교잡종 수컷인 '쪼프교'나 교잡종 암컷 '쫌'들이다. 그리고 순종의 암컷 야크들을 부르는 정확한 용어는 '나크'다. 하지만 대부분 서구인들은 그 텁수룩한 짐승들을 구분해서 말하기 어려워 모두를 뭉뚱그려 야크라 부르곤 한다.

업적 중심지인 번화한 남체 장터가 나타났다. 해발 3,444미터에 위치한 남체는 가파른 산자락 중간쯤, 접시형 위성 수신 안테나와 꼭 닮은 기우뚱하고 거대한 사발 모양 땅에 자리 잡고 있다. 그 바위 비탈에는 좁은 길들과 통로들로 미로처럼 얽힌, 100채도 넘는 건물들이 아슬아슬하게 둥지를 틀고 있었다. 마을의 아랫부분 변두리에서 쿰부여관을 발견하고 앞문 구실을 하는 담요를 옆으로 젖히자 내 동료들이 한구석의 탁자를 둘러싸고 앉아 레몬 차를 마시는 광경이 눈에 들어왔다.

그리로 다가가자 로브 홀은 내게 우리 등반대의 세 번째 가이드 마이크 그룹을 소개해 줬다. 오스트레일리아 출신으로 홍당무 빛깔 머리에 마라톤 선수처럼 깡마른 몸매를 지닌 서른세 살의 그룹은 브리즈번에서 배관공으로 일하면서 가끔가다 한 번씩만 가이드 일을 했다. 그는 1987년에 8,586미터인 칸첸중가 정상에서 내려오다 부득이 한데에서 하룻밤을 보낸 뒤 발이 동상에 걸리는 바람에 발가락을 모조리 잘라 내야 했다. 하지만 장애도 히말라야를 오르고자 하는 그의 열정을 가로막지 못해 그는 K2, 로체, 초오유, 아마다블람을 차례로 올랐고, 1993년에는 에베레스트 무산소 등반에 성공했다. 아주 조용하고 신중한 그룹은 좋은 친구이긴 하나 누가 먼저 말을 걸지 않는 한 스스로 말하는 법이 거의 없고, 질문에 답할 때도 듣기 힘들 정도로 낮게 웅얼거리곤 했다.

저녁 식탁에서의 대화는 의사들인 스튜어트와 존과 벡이 주도했다. 특히 벡이. 그리고 그런 패턴은 등반 기간 내내 자주 되풀이되었다. 다행히 존과 벡은 여간 익살맞지 않아서 사람들은 자주 배꼽을 쥐었다. 하지만 벡은 혼자서 실컷 장광설을 늘어놓다가 괜스레 방향을 틀어 오줌싸개 같은 자유주의자들을 통렬하게 비난하고 조롱하는 습관이 있었다. 그런데 그날 저녁 어느 순간에 나는 그의 말을 반박하는 실수를 저질렀다. 최저 임금을 올리는 것은 꼭 필요한 정책이자 아주 지혜로운 정책으로 보인다는 식으로. 원래부터 아는 것 많고 토론하는 데도 아주 능숙한 벡은 내 서투른 주장을 논리도 안 서는 웃기는 얘기로 만들어 놓았고, 나는 그의 말을 반박할 재주가 없어 결국 혼자 속으로만 씩씩거릴 뿐 입을 꾹 다문 채 속수무책으로 당할 수밖에 없었다.

그가 동텍사스 특유의 질척하고 느린 사투리로 사회 보장 제도의 수많은 어리석은 측면을 계속 매도하자 나는 그대로 주저앉아 굴욕스런 꼴을 당하느니 나가는 게 낫겠다 싶어 그 자리를 떠났다. 얼마 후 식당으로 되돌아와 맥주 한 잔을 주문하려고 주인에게 다가갔다. 셰르파족 출신으로 아담하고 품위 있는 그녀는 한 무리의 미국 산악인들로부터 주문을 받는 중이었다. 혈색 좋은 한 사내가 먹는 시늉을 하면서 지나치게 크게 소리쳤다.

"우리 배고프다. 포-테이-토가 먹고 싶다. 야크 버-거. 코-카콜-라. 그런 거 있나?"

그러자 그녀는 캐나다식 말투가 살짝 가미된 똑 떨어진 영어로 분명하게 말했다.

"메뉴를 보고 싶으신가요? 우리 식당에는 대단히 많은 음식이 준비되어 있답니다. 갓 구운 애플파이도 아직 남아 있을 거예요. 디저트로 그걸 들고 싶으시다면요."

그 미국인은 산악 지대에 사는 그 사람이 완벽한 본토 발음으로 자기에게 얘기하고 있다는 게 이해가 가지 않는지 여전히 그 우스꽝스런 암호 같은 말투를 되풀이했다.

"멘-유. 그래, 그래. 맞아, 맞아, 우리 멘-유를 보고 싶다."

셰르파족은 로맨틱한 비단 장막을 통해 그들을 바라보는 경향이 있는 대부분의 외국인에게 여전히 수수께끼 같은 존재로 남아 있다. 히말라야 일대의 인구 통계에 대해 정통하지 못한 사람들은 종종 네팔 사람들이 죄다 셰르파족인 줄로 알고 있다. 그러나 사실, 넓이가 노스캐롤라이나주만 한 네팔에는 50개가 넘는 종족으로 구성된 2000만 명의 인구가 살고 있는데 그중 셰르파족은 2만이 채 되지 않는다. 산악 종족이자 독실한 불교도인 셰르파족의 조상들은 사오백 년 전에 티베트에서 남쪽으로 이주해 왔다. 네팔 동부의 히말라야 전역에는 수많은 셰르파 마을이 흩어져 있으며 시킴과 인도의 다르질링에도 제법 큰 셰르파 마을들이 있다. 하지만 셰르파 나라의 심장부는 쿰부다. 에베레스트산 남쪽 사면에서 흘러내리는 몇 가닥의 골짜기들. 보는 이들의 입을 딱 벌어지게 할 정도로 높낮이가 심한 그 좁은 지역에는 도로와 자동차, 그리고 바퀴 달린 그 밖의 탈것들이 전혀 없다.

골짜기들이 너무나 높고 춥고 가파른 벽들로 둘러싸인 탓에 농사짓기가 어려워, 셰르파 사람들은 일찍부터 티베트와 인도 사이를 넘나들며 장사를 하거나 야크를 방목해서 먹고 살았다. 그러다 1921년에 영국인들이 처음으로 에베레스트 원정을 시도하면서 셰르파 사람들을 보조 인력으로 고용하게 되자 셰르파 문화에는 큰 변화가 왔다.

네팔 왕국이 1949년까지 국경선을 계속 봉쇄했기 때문에 최초의 에베레스트 정찰대와 그 뒤를 이은 여덟 차례의 원정대들은 부득이 티베트를 가로질러 북쪽으로부터 그 산에 접근해야 했고, 따라서 쿰부 근처에는 얼씬도 하지 않았다. 하지만 그 최초의 아홉 개 원정대는 많은 셰르파들이 이주해서 살아온 다르질링에서 티베트로 출발했다. 다르질링은 셰르파들이 이미 오래전부터 현지의 식민지 지배자들 사이에서 힘든 일을 잘하고 성품이 온순하고 영리한 사람들이라는 명성을 쌓아온 지역이었다. 거기에 더해 대부분의 셰르파는 몇백 년에 걸쳐 2,700미터에서 4,300미터에 이르는 고산 지대의 마을에서 살아왔으므로 생리적으로 높은 고도의 어려움에 잘 적응했다. 1921년의 에베레스트 원정대는 셰르파들과 광범위한 지역을 돌아다닌 스코틀랜드 출신의 의사 A. M. 켈라스의 권유에 따라 많은 셰르파를 짐꾼과 캠프 보조 인력으로 고용했고, 그 이후 75년 동안 현지 사정에 어두운 거의 모든 원정대는 그런 관행을 따랐다.

좋건 나쁘건 지난 20년 동안 쿰부의 경제와 문화는 매년 등산 시즌만 되면 그 지역으로 몰려오는 1만 5000명가량의 산악인 및 도보 여행자들과 점차 긴밀하게 결부되어 온 탓에 돌이킬 수 없을 정도로 엄청난 변화를 겪었다. 전문적인 등반 기술을 익혀 높은 봉우리들을 오르는 셰르파들, 특히 에베레스트를 등정한 셰르파들은 그들 사회에서 대단한 존경을 받는다. 그리고 슬프게도, 등산의 스타가 된 그들 역시 목숨을 잃을 가능성이 있다는 점에서는 외부에서 온 사람들과 다를 바 없다. 영국인들의 제2차 원정 동안 일곱 명의 셰르파들이 눈사태로 목숨을 잃은 1922년 이래 많은 셰르파가 에베레스트에서 죽었다. 전하는 바에 따르면 모두 합해 쉰세 명이었다. 그들의 숫자는 에베레스트에서 죽은 모든 사망자 숫자의 3분의 1이 넘는다.

그런 위험에도 불구하고 전형적인 에베레스트 등반대의 정원에 해당하는 열여덟 명 가운데 열두 명의 자리를 두고 셰르파들 사이에서는 치열한 경쟁이 붙는다. 가장 부러워하고 탐내는 자리는 전문적인 등반 기술을 지녀 외지의 산악인들과 함께 높은 봉우리를 오를 수 있는 셰르파들의 자리다. 그런 사람들은 두 달간의 위험한 작업을 하는 대가로 1,400달러에서 2,500달러를 받을 수 있는데, 그 정도의 돈은 1인당 연 수입이 160달러밖에 안 될 정도로 혹심한 가난에 허덕이는 그 나라에서는 대단히 많은 액수다.

쿰부 지역 일대에는 날로 늘어나는 서구 산악인들과 도보 여행자들을 수용하기 위해 새 여관과 찻집이 속속 세워지고 있다. 하지만 그런 건설 붐이 특히 더 현저한 곳은 남체 장터다. 나는 남체로 가는 길에 저지대의 숲에서 갓 베어 낸 45킬로그램이 넘는 목재들을 지고 남체로 향하는 수많은 짐꾼 곁을 지나쳤다. 그 고된 노역을 하는 대가로 그들이 받는 일당은 고작 3달러다.

오래전부터 쿰부에 자주 들르곤 하는 외지인들은 관광 붐과, 초창기 서구 산악인들이 지상 낙원 혹은 현존하는 샹그릴라(소설 『잃어버린 지평선』에서 유래된 말로써 이상향을 뜻함 —옮긴이)로 생각한 그곳에서 일어나고 있는 엄청난 변화에 서글픔을 금치 못한다. 땔나무들의 수요가 자꾸 늘어나는 바람에 그 일대의 모든 골짜기에서는 숲이 사라지고 있다. 남체의 오락장에서 노닥거리는 십 대들은 이색적인 전통 의상보다는 청바지와 시카고 불스 티셔츠 같은 걸 입고 있는 경우가 훨씬 더 많고, 가족들 역시 비디오 주위에 둘러앉아 최근에 나온 아널드 슈워제네거의 영화를 보는 경우가 많다.

쿰부 문화의 변화가 누구의 눈에나 아주 바람직해 보이는 방향으로 나아가고 있지는 않다는 건 확실하다. 하지만 나는 많은 셰르파가 그런 변화를 슬퍼하고 있다는 얘기는 듣지 못했다. 도보 여행자들과 산악인들이 떨구고 가는 돈이나 그들이 후원하는 국제 구호 단체가 제공하는 기금 덕에 학교와 병원이 세워지고, 유아 사망률이 낮아지고, 다리가 서고, 남체와 그 밖의 마을들에 전력을 공급해 줄 수력 발전소가 건설되었다. 서구인들이 쿰부에서의 삶이 좀 더 단순 소박하고 꿈같이 아름다운 모습을 지녔던, 좋았던 옛 시절을 잃은 것에 슬퍼하는 건 어찌 보면 오만한 자세일 수도 있다. 그 척박한 산지에 사는 사람들 대부분은 현대 세계로부터나 인간 진보의 어지러운 흐름으로부터 단절되고 싶은 마음은 추호도 없는 듯하다. 셰르파들이 가장 바라지 않는 건 인류학 박물관에 어느 한 종족의 표본으로 보존되는 것이다.

× × ×

잘 걷는 사람이나 고도 상승에 잘 적응하는 사람이라면 루클라 헬기 착륙장에서 에베레스트 베이스캠프까지의 거리를 이삼일에 주파할 수 있으리라. 하지만 우리 대부분은 막 해수면 정도의 높이에서 그곳에 도착했으므로 홀은 우리 몸이 점차 희박해져 가는 공기에 적응할 수 있도록 좀 더 느린 속도로 나아가게 하려고 꽤 신경을 썼다. 그 바람에 우리는 하루에 서너 시간 이상 걸은 적이 거의 없었다. 홀이 고산에 적응할 시간이 좀 더 필요하다고 생각해서 하루를 그냥 묵게 한 경우도 며칠이나 되었다.

고도에 적응하기 위해 남체에서 하루를 묵은 다음 날인 4월 3일, 우리는 다시 베이스캠프로 출발했다. 마을에서 20분을 걸어 막 산굽이 하나를 돌아나가자 놀라운 광경이 눈앞에 펼쳐졌다. 그 일대를 뒤덮은 거대한 바위틈 사이로 저 600미터 아래에서 두드코시강이 은빛으로 반짝이며 구불구불하게 흐르는 광경이었다. 3,000미터 위쪽으로는 푸른 하늘을 배경으로 하여 검은 실루엣으로 떠오른 아마다블람의 거대한 봉우리가 마치 환영처럼 그 골짜기 위에 걸려 있었다. 그리고 20킬로미터 위쪽으로는 눕체에 거의 가려지다시피 한 에베레스트가 아마다블람을 왜소해 보이게 만들면서 하늘 높이 치솟아 있었다. 늘 그렇듯이 그 산 정상에는 제트 기류의 폭력성을 드러내듯 깃털 같은 눈구름이 연기처럼 수평으로 흐르고 있었다.

나는 강풍이 휘몰아치는 에베레스트 정상에 설 때 어떤 기분이 들까 생각하면서 한 30분가량 그 산을 응시했다. 이제까지 오른 산들은 몇백 개지만, 에베레스트는 그 어떤 산과도 닮지 않아 기분이 어떨지 좀처럼 상상이 가지 않았다. 그 정상은 너무 춥고 너무 높고 너무 멀어 보여 도저히 오를 수 없는 봉우리처럼만 여겨졌다. 차라리 달에 착륙하기 위해 우주 공간을 날아가는 게 더 나을 것 같은 기분. 이윽고 몸을 돌려 산길을 올라가는 동안 내 마음은 초조한 기대감과 숨 막힐 것 같은 두려움 사이를 왔다 갔다 했다.

그날 오후 늦은 시각에 쿰부 지역에서 가장 크고 가장 중요한 절인 텡보체*에 도착했다. 총바 세르파는 우리 등반대의 베이스캠프 요리사로 심각한 표정으로 자주 생각에 잠겨 있곤 하는 사람인데 우리에게 림포체와의 만남을 주선해 주겠다고 제안하면서 말했다.

"네팔 전체에서 으뜸가는 생불이고 아주 성스러운 분입니다. 그분은 어제 막 장기간의 묵상을 끝내셨습니다. 지난 3개월간 말을 전혀 하지 않으면서 지내신 거죠. 우리는 그분의 첫 방문객들이 될 겁니다. 이건 더없이 영광스럽고 경사스러운 일입니다."

그리하여 나와 더그, 루는 총바에게 각각 100루피(대략 2달러)씩을 건네 림포체에게 바칠 하얀 비단 스카프인 의식용 카타 구입을 부탁한 뒤 신발을 벗고 총바를 따라 절 뒤에 있는 조그맣고 통풍이 잘 되는 방으로 들어갔다.

그 방에는 머리를 윤이 날 정도로 말끔하게 밀고 검붉은 가사를 걸친 땅딸막한 사람이 비단 방석 위에 가부좌를 틀고 앉아 있었다. 그는 아주 늙어 보였고 또 몹시 피곤해 보였다. 총바는 경건하게 절하고 그에게 셰르파어로 짧게 말한 뒤 우리더러 앞으로 당겨 앉으라 지시했다. 그러자 림포체는 우리가 구입한 카타를 우리 일행들의 목에 차례로 둘러 주면서 축복해 줬다. 그런 뒤 환하게 웃으면서

---

* 셰르파어는 그와 밀접한 연관을 지닌 티베트어와는 달리 문자 언어가 아니며, 그로 인해 서구인들은 부득이 소리나는 대로 적을 수밖에 없다. 그 결과 셰르파 말이나 인명, 지명을 표기하는 방식은 사람마다 제각각이다. 예컨대 텡보체(Tengboche)는 Tengpoche나 Thyangboche로 표기되기도 하며, 이와 유사한 혼란상이 다른 셰르파 말들을 표기할 때도 자주 나타난다.

우리에게 차를 권했다. 촘바는 엄숙한 목소리로 나에게 말했다.

"에베레스트* 정상에 오를 때까지 이 카타를 두르고 있어야 합니다. 이것은 부처님을 기쁘게 해서 여러분이 해를 입지 않게 해 줄 겁니다."

나는 유명한 옛 부처님의 살아 있는 화신인 이 성스러운 사람 앞에서 어떻게 행동해야 하는 건지 알 수가 없어서, 행여 나도 모르는 사이에 무례한 언동을 하게 되지나 않을까, 돌이킬 수 없는 결례를 저지르게 되지나 않을까 몹시 염려했다. 내가 안절부절못하면서 괜스레 차만 마시고 있자 그 생불은 곁에 있는 농을 뒤지더니 화려하게 장식된 커다란 책 한 권을 꺼내 나한테 건네줬다. 나는 더러운 두 손을 바지에 문질러 닦고 조심스럽게 그걸 펼쳤다. 그건 앨범이었다. 알고 보니 그는 근래에 생전 처음으로 미국을 여행했으며, 그 앨범에 여행 동안 찍은 사진들을 모아 뒀다. 림포체가 워싱턴의 링컨 기념관과 우주 항공 박물관, 혹은 캘리포니아의 산타모니카 부두에 서 있는 모습을 찍은 사진 등이 들어 있었다. 림포체는 환하게 웃으면서 앨범에서 자기가 가장 좋아하는 두 장의 사진을 가리켰다. 하나는 그 생불이 리처드 기어 곁에서, 또 하나는 스티븐 시걸 곁에서 포즈를 취하고 있는 사진이었다.

× × ×

도보 여행의 처음 엿새간은 꿈결처럼 그윽하게 흘러갔다. 우리

---

* 티베트어로는 '초모룽마'고 네팔어로는 '사가르마타'지만 대부분의 셰르파는 평소 대화할 때 그것을 그냥 '에베레스트'라 부르는 듯하다. 다른 셰르파들과 얘기할 때도 그렇다.

는 향나무와 키 작은 자작나무, 소나무와 철쭉, 굉음을 내며 쏟아져 내리는 폭포, 둥근 돌들이 깔린 매혹적인 정원, 끊임없이 재잘대며 흐르는 시냇물 곁을 지나며 앞으로 나아갔다. 고개를 들기만 하면 내가 어린 시절 이래 줄곧 읽어 온, 험준한 봉우리가 하늘을 꿰뚫을 듯 치솟은 장엄한 스카이라인이 보였다. 우리 장비의 대부분은 야크와 짐꾼들이 나르고 있었으므로 내 백팩 속에는 재킷 한 벌과 캔디바 몇 개, 카메라 정도만 들어 있었다. 짐도 별로 무겁지 않고 서두를 필요도 없어 이국적인 아취가 물씬 풍기는 낯선 고장을 홀가분한 기분으로 즐기면서 걷다 보니 자주 황홀한 도취 상태가 찾아오곤 했다. 하지만 그때마다 그런 상태는 오래가지 않았다. 문득 내가 지금 어디로 향하고 있는가 하는 데 생각이 미치면서 에베레스트의 거무스레한 영상이 번번이 내 마음에 그림자를 드리우곤 했으니까.

우리는 각자 자기에게 맞는 속도로 걷다가는 길가에 있는 찻집에서 휴식을 취하거나 지나가는 사람들과 잡담을 나눴다. 나는 우체국 직원인 더그 한센이나 느긋한 성품을 지닌 젊은 가이드 앤디 해리스와 어울려 걷는 일이 많았다. 뉴질랜드 친구들이나 로브가 '해럴드'라 부르는 앤디는 미국미식축구연맹(NFL)에서 뛰는 쿼터백같이 우람하고 강건해 보이는 체구에 담배 광고에 나오는 사내들처럼 소박하고 사람 좋아 보이는 인상을 지닌 청년이었다. 그는 지구 반대편에 있는 뉴질랜드에 겨울이 오면 대단히 수요가 많은 스키 가이드로 일했고, 여름철이 되면 남극 대륙에서 지질학 연구를 하는 과학자들의 일을 거들거나 뉴질랜드의 남알프스로 등반객들을 안내하는 일을 했다.

산길을 오르는 동안 앤디는 그리워하는 표정으로 동거하고 있는 피오나 맥퍼슨이라는 의사 얘기를 했다. 바위에 걸터앉아 휴식을 취할 때 그는 백팩에서 사진 한 장을 꺼내 보여 주었다. 그녀는 금발에 키가 크고 운동선수처럼 강인해 보이는 인상이었다. 앤디는 자기와 피오나가 퀸스타운 교외의 산자락에 집을 짓고 있다고 했다. 앤디는 서까래를 톱질하고 못을 박는 단순한 일의 즐거움에 관해 열심히 얘기하다가, 로브가 처음 에베레스트 가이드 일을 해 보지 않겠느냐고 제의해 왔을 때 어떻게 해야 좋을지 몰라 무척이나 갈팡질팡했다고 말했다.

"피와 그 집을 떠나는 건 정말 어려운 일이었어요. 우리는 겨우 지붕을 올린 참이었으니 그럴 만도 하지 않겠어요? 하지만 그렇다고 해서 에베레스트에 오를 기회를 어떻게 거절할 수 있겠어요. 특히 로브 홀 같은 사람하고 함께 일할 기회를 얻었을 때 말입니다."

앤디는 과거에 에베레스트에 오른 적이 없긴 했지만, 히말라야에 관해 아주 모르는 편은 아니었다. 1985년 그는 에베레스트에서 서쪽으로 50킬로미터쯤 떨어진, 높이 6,683미터의 험준한 봉우리인 초부체를 등정했다. 그리고 1994년 가을에는 해발 4,270미터 지점에 자리 잡은 페리체 마을에서 진료소를 운영하는 피오나를 거들면서 4개월간 머물렀다. 그곳은 바람이 거세고 음산해 보이는 작은 마을로, 우리는 4월 4일과 5일에 그 마을에서 숙박했다.

히말라야구조협회(HRA)라는 재단이 운영 자금을 대는 그 진료소는 주로 고산병 증세를 치료하고(현지의 셰르파들에게도 무료 진료 혜택을 주기는 하지만), 도보 여행자들에게 너무 높은 지대를 너무 빨리 오를 때 자기도 모르게 찾아오기 마련인 여러 위험성들을 교육하기 위해 설립되었다. 1973년 일본의 어느 한 도보 여행 팀의 회원 네 명이 그 근방에서 고산병 증세로 쓰러져 사망한 것이 설립의 계기였다. 그 진료소가 세워지기 전에는 페리체 마을을 지나간 500명의 도보 여행자 중에서 고산병으로 인해 사망한 사람들이 대략 한두 명꼴로 나왔다. 우리가 방문할 당시 의사인 남편 짐 리치, 또 다른 젊은 의사 래리 실버와 함께 방 네 개가 딸린 그 진료소에서 일하고 있던 활기찬 미국 변호사 로라 지머는 이 놀라운 사망률이 등반 사고로 인한 사망자들을 포함시켜서 왜곡시킨 게 절대 아니라고 강조했다. 그 희생자들은 '널리 알려진 안전한 등산로 이외에는 올라가 본 적이 없는 아주 평범한 도보 여행자들'이었다.

진료소에서 자원봉사하는 직원들이 교육적인 목적으로 행하는 세미나와 응급 처치 덕에 이제 그 사망률은 도보 여행자 3만 명당 1명도 안 되는 비율로 떨어졌다. 페리체 진료소에서 일하는 지머 같은 이상주의적인 서구인들은 급료를 받지 않을 뿐만 아니라 네팔에 들어오고 나가는 데 드는 여행 경비까지 본인이 부담해야 하지만, 이는 세계 전역으로부터 뛰어난 실력을 갖춘 지원자들을 끌어들이는 신망 높은 자리다. 홀의 등반대 전속 의사인 캐롤라인 매켄지 역시 1994년 가을에 피오나 맥퍼슨, 앤디와 함께 그곳에서 일한 적이 있었다.

홀이 처음으로 에베레스트에 등정한 해인 1990년에 그 진료소를 운영하던 사람은 실력을 갖춘 뉴질랜드 출신의 자신만만한 내과 의사 잰 아널드였다. 홀은 에베레스트에 오르기 위해 페리체를 지나던 길에 그녀를 만나고는 대번에 그녀에게 빠져들었다. 홀은 페리체에서 첫날밤을 보내는 동안 옛 시절을 회상하면서 말했다.

"에베레스트에서 내려오자마자 잰에게 나와 함께 이곳을 떠나자고 했죠. 첫 데이트 때 알래스카로 가서 매킨리산을 함께 오르지 않겠느냐고 제안한 겁니다. 그러자 그 사람은 순순히 그러자고 합디다."

그로부터 2년 뒤 그들은 결혼했다. 1993년, 아널드는 홀과 함께 에베레스트 정상에 올랐고, 1994년과 1995년에는 에베레스트 베이스캠프로 와서 홀의 등반대 전속 의사로 일했다. 아널드는 올해도 다시 에베레스트로 돌아올 예정이었으나 첫아이를 임신한 지 7개월째라 합류하지 못했다. 베이스캠프 전속 의사 자리가 매켄지에게 돌아간 건 바로 그 때문이었다.

페리체에서의 첫날밤인 화요일 밤, 로라 지머와 짐 리치는 저녁 식사 후에 홀과 해리스, 우리 등반대의 베이스캠프 매니저인 헬렌 윌턴을 진료소로 초대해 축배를 들고 이야기를 나눴다. 시간이 흐르면서 화제는 에베레스트 등반 과정, 그리고 등반 안내를 하는 과정에 언제나 따르게 마련인 여러 위험성에 관한 얘기로 흘러갔는데, 리치는 그 자리에서 나왔던 얘기들을 섬뜩할 정도로 선명하게 기억하고 있었다. 홀과 해리스, 리치는 조만간 많은 수의 고객이 포함된 대참사가 '필연코' 일어날 수밖에 없다는 데 완벽한 의견 일치를 봤다. 하지만 그 전해 봄에 티베트에서 에베레스트에 오른 적이 있는 리치는 이렇게 말했다.

"로브는 자기는 거기에 해당되지 않을 거라는 느낌을 갖고 있었어요. 로브는 그저 '다른 팀의 얼간이들을 구조하는' 문제에 대해서만 염려하고 있었고, 그 불가피한 재난이 일어난다면 그건 '분명 좀 더 위험한 북쪽 사면(티베트 사면)에서 일어날 것'이라고 확신하고 있었어요."

×　×　×

토요일인 4월 6일, 우리는 페리체를 떠나 몇 시간 올라간 끝에 에베레스트 남쪽 사면으로부터 20킬로미터가량 흘러내린 거대한 얼음의 혀, 쿰부 빙하의 끝부분에 이르렀다. 그 빙하는 우리를 정상까지 인도해 줄 큰길 역할을 하리라. 아니, 나는 그렇게 되기를 간절히 바랐다. 해발 4,877미터인 그 지점에 이르고 보니 초록빛 식물들의 자취는 이미 사라지고 없었다. 빙하 끝부분에 형성된 빙하 퇴적 지형 꼭대기에는 스무 개의 석조 기념비들이 음울한 모습으로 열을 지어 선 채 안개에 휩싸인 골짜기를 굽어보고 있었다. 에베레스트에서 죽은 이들을 추모하는 기념비들. 그 주인들은 대부분 셰르파였다. 그곳에서 우리가 올라갈 곳을 바라보니 암벽과 바람에 휘날리는 눈으로 뒤덮인, 황량하고 을씨년스러운 장대한 흑백의 풍경만 펼쳐져 있었다. 나는 속도를 잘 조절하면서 올라왔음에도 고도가 높아진 데 따른 영향들을 느끼기 시작해 머리가 어질어질하고 계속 숨이 찼다.

이곳의 길은 여러 군데서 사람 키 높이의 눈밭에 파묻혀 있었다. 오후의 햇살에 눈밭이 노글노글해지면서 야크들의 발굽이 얼어붙은 겉껍질 속으로 푹푹 빠져 들어가 야크들은 눈밭에서 허우적거렸다. 야크를 모는 사람들은 투덜거리면서 채찍질을 해 야크들을 앞으로 나아가게 하거나 방향을 돌리게 했다. 우리는 그날 늦은 시각에 로부제라는 마을에 도착해 비좁고 몹시 지저분한 어느 오두막에서 밤의 한기를 피하기로 했다.

쿰부 빙하 가장자리의 지형지물에 기대 서 있는, 지붕이 낮은 낡은 건물들로 이루어진 로부제는 황량한 마을로 열두셋의 각기 다른 등반대 대원들과 셰르파들, 독일인 도보 여행자들, 비쩍 마른 야크 떼로 북적거렸다. 그들은 모두 거기서 하루 거리인 에베레스트 베이스캠프로 갈 사람들이었다. 로브는, 사람들이 그렇게 몰려 있는 게 예년보다 때늦게 많은 눈이 내린 탓이라 하면서 어제까지만 해도 야크들이 일절 베이스캠프로 접근할 수 없었다고 했다. 그 마을에 있는 대여섯 채의 숙소들은 완전히 만원이어서 눈으로 덮이지 않은 손바닥만 한 진흙땅마다 텐트들이 촘촘히 늘어서 있었다. 저지대에서 온 수십 명의 라이족과 타망족 짐꾼들(그들은 얇고 바람이 숭숭 들어오는 허름한 옷만 걸치고 있었다.)은 동굴 속이나 마을 주변 바위 밑에서 노숙을 했다.

돌로 쌓아 올려 만든 서너 채의 마을 공중화장실들은 문자 그대로 똥으로 넘쳐났다. 화장실들이 하나같이 끔찍할 정도로 더러워서 네팔인이고 서구인이고 간에 뒤가 마려운 사람들은 빈 땅 아무데서나 일을 봤고, 그 바람에 사방이 구린내 나는 똥 천지여서 그걸 밟지 않고 걸어가기가 불가능할 지경이었다. 그리고 마을 한가운데를 관통하는, 눈 녹은 물로 이루어진 개천은 뚜껑 없는 하수구였다.

우리가 여장을 푼 숙소의 넓은 방에는 서른 명이 잘 수 있는 목조 평상들이 마련되어 있었다. 나는 2층 평상 위에 빈자리가 하나 있는 걸 보고 벼룩과 이를 떨궈 버리기 위해 요를 걷어 열심히 털어 낸 뒤 그 위에다 내 슬리핑 백을 펼쳤다. 벽 가까운 데에는 마른 야크 똥을 때는 조그만 무쇠 난로가 놓여 있었는데, 해가 진 뒤 기온이 빙점 이하로 떨어지자 짐꾼들이 밤의 한기를 피하려고 난로 주위로 모여들었다. 원래 마른 똥의 화력이 그리 대단치 않은 편이고 산소가 희박한 해발 4,938미터의 고지에서는 특히 더했으므로, 우리 숙소는 마치 디젤 버스의 매연이 배기관에서 곧장 방 안으로 뿜어 나오기라도 하는 것처럼 짙고 매운 연기로 가득 찼다. 나는 밤에 걷잡을 수 없이 터져 나오는 기침 때문에 신선한 공기를 쐬기 위해 두 번이나 밖으로 도망쳐 나와야 했다. 아침에 깨어나 보니 눈은 잔뜩 충혈된 데다 눈자위가 아렸고 콧구멍에는 검댕이 잔뜩 묻어 있었다. 그리고 그날 밤부터 자꾸 마른기침을 해 대는 증상이 생겼고 그 증상은 등반이 끝날 때까지 계속 붙어 다녔다.

로브는 원래 베이스캠프까지 10킬로미터 정도 되는 길을 떠나기 전에 우리 몸이 고도에 적응하게끔 로부제에서 딱 하루만 더 묵을 생각이었다. 우리 등반대의 셰르파들은 이미 며칠 전에 베이스캠프에 도착하여 우리가 묵을 텐트를 치고 에베레스트 아래 사면에 우리가 오를 등반로를 확보하는 작업에 착수했다. 그러나 4월 7일, 셰르파 한 사람이 베이스캠프로부터 좋지 않은 소식을 갖고 숨을 헐떡이며 달려 내려왔다. 로브가 고용한 젊은 셰르파 텐징이 깊이

50미터 되는 크레바스에 떨어졌다는 소식이었다. 네 명의 다른 셰르파들이 그를 끌어냈는데, 죽지는 않았지만 중상을 입었다. 넓적다리뼈가 부러진 것 같다고 했다. 얼굴이 창백해진 로브는 자신과 마이크 그룸이 텐징을 구조하는 작업을 지휘하기 위해 내일 새벽에 베이스캠프로 급히 떠날 거라고 발표하면서 한마디 덧붙였다.

"이런 말을 하게 되어 유감입니다만, 여러분은 우리가 그쪽 문제를 해결할 때까지 해럴드와 함께 이곳 로부제에 남아 기다려 주셔야겠습니다."

나중에 알게 된 일이지만, 텐징은 그때 다른 네 명의 셰르파와 함께 제1캠프 위쪽 길을 정찰하기 위해 쿰부 빙하의 비교적 완만한 구역을 오르는 중이었다. 그 다섯은 일렬종대로 걸었고 그건 현명한 처사였다. 하지만 그들은 밧줄을 사용하지 않았다. 그건 등산 수칙에 크게 어긋나는 짓이었다. 텐징이 다른 넷의 맨 뒤에서 그들이 남긴 발자국을 정확히 디디면서 나아가고 있던 중, 크레바스 위를 살짝 덮고 있는 얇은 눈 판자 속으로 발이 푹 빠지면서 미처 고함을 지를 틈도 없이 빙하의 어두운 내장 속으로 바윗덩어리처럼 떨어졌다.

해발 6,248미터나 되는 사고 지점은 헬기로 환자를 싣고 떠나기에는 너무 높았다. 그 정도의 고산에서는 공기가 너무 희박해 헬기의 회전 날개가 힘을 받지 못하므로 내리고 뜨거나 그저 공중을 맴도는 것 정도도 대단히 위험한 일이 된다. 그리하여 로브의 일행은 환자를 대동하고 베이스캠프까지 수직으로 1,000미터 가까이 내려와야 하는 건 물론이고 중간에 에베레스트에서 가장 가파르고 위험한 곳인 쿰부 빙폭을 타 내려와야 했다. 그러니 텐징을 산 채로 조심스럽게 실어 내려오려면 실로 엄청난 고생을 각오해야 했다.

로브는 늘 자신을 위해 일하는 셰르파들의 복지에 특별히 신경을 썼다. 우리 일행이 카트만두를 떠나기 전 그는 우리 모두를 앉혀 놓고 늘 셰르파 대원들에게 감사하는 마음을 가져야 하고 적절히 예우하는 자세를 보여 줘야 한다는 점을 유달리 엄격하게 주지시켰다.

"우리가 고용한 셰르파들은 이쪽 방면에서 가장 우수한 사람들입니다. 그들은 서구의 기준으로 봐서는 얼마 안 되는 돈을 받는 대가로 아주 어려운 일을 수행합니다. 우리가 그 사람들의 도움 없이는 에베레스트 정상에 오를 가능성이 전무하다는 점을 모두들 명심하셔야 합니다. 다시 한번 되풀이하겠습니다. 우리 셰르파들의 지원이 없이는 우리 중 그 누구도 에베레스트에 오를 기회를 얻을 수 없습니다."

그 뒤에 자유롭게 이야기를 나누는 자리에서 로브는 과거에 셰르파 대원을 소홀히 대한 몇몇 등반대 리더들을 자신이 아주 못마땅하게 여겼다고 털어놨다. 1995년에 한 젊은 셰르파가 에베레스트에서 죽었는데, 홀은 그 등반대의 리더가 '적절한 등반 훈련을 받지 못한 젊은이를 높은 산에 오르도록 허락해 준 탓으로' 사고가 일어났다고 생각했다.

"나는 고산 등반대를 인솔하는 사람들은 그런 사고를 예방할 책임이 있다고 믿어요."

그 전해에 가이드가 딸린 한 미국 등반대가 카미 리타라고 하는 셰르파를 요리사로 고용했다. 스물한두 살 정도의 나이에 강인하고 야심만만한 그 젊은이는 자신을 고봉에 오르는 셰르파로 써 달라고 열심히 로비를 했다. 카미는 그 열성적이고 헌신적인 자세에 힘입어 몇 주 뒤 소원을 이뤘다. 등산 경험도 없고 정식 훈련을 통해 적절한 등반 기술을 익히지도 못한 사람이.

에베레스트 동남 능선을 오르는 정식 코스는 6,700미터에서 7,600미터 사이에서 로체 페이스로 알려진 가파르고 위험한 얼음 경사면을 타고 오르게 되어 있다. 모든 등반대는 늘 안전 조처로 경사면의 바닥에서 꼭대기까지 밧줄들을 고정시켜 놓으며, 대원들은 그곳을 오를 때 스스로를 보호하기 위해 그 고정 밧줄에 자기 몸에 부착된 짧은 안전 밧줄을 걸게 되어 있다. 그런데 젊고 경험 없고 잘난 척하기 좋아하는 카미는 고정 밧줄에 안전 밧줄을 거는 게 꼭 필요한 일이라 생각하지 않았다. 그러던 어느 날 오후 카미는 짐을 갖고서 로체 페이스를 오르다 암벽과 단단한 얼음으로 뒤덮인 지점에서 고정 밧줄을 놓치고 600미터가 넘는 바닥으로 추락했다.

우리 팀의 일원인 프랭크 피슈벡은 그 사건을 직접 목격했다. 1995년에 그가 카미를 고용한 미국 등반대의 고객으로 에베레스트에 세 번째로 도전해서 로체 페이스 윗부분을 오르고 있을 때였다. 프랭크는 곤혹스런 목소리로 말했다.

"고개를 들어 보니 위에서 사람 하나가 머리를 아래로 하고 미끄러져 내려오는 게 보이더라고요. 그 사람은 내 곁에 핏자국을 남기고 쓸려 내려가면서 비명을 질러 댔어요."

　몇몇 대원들이 카미가 쓰러져 있는 로체 페이스 바닥으로 서둘러 내려갔다. 하지만 카미는 위에서 떨어지면서 몸 전체에 입은 광범위한 부상으로 이미 죽어 있었다. 대원들은 그의 시신을 베이스캠프로 옮겼고, 거기서 카미의 친구들은 불교식 전통에 따라 사흘간 망자에게 음식을 공양했다. 그리고 나서 시신을 텡보체 부근의 한 마을로 옮겨 화장했다. 시신이 불에 타는 동안 카미의 어머니는 날카로운 바위에 자기 머리를 짓찧으며 울부짖었다.

　4월 8일 첫새벽에 로브와 마이크가 텐징을 산 채로 무사히 에베레스트에서 내려보내기 위해 급히 베이스캠프로 떠날 때, 로브의 가슴속에는 카미의 영상이 무겁게 걸려 있었다.

5장

베이스캠프 도착

1996년 4월 8일

로부제

해발 4,938미터

우리는 수많은 얼음 탑이 높이 솟아오른 팬텀 앨리(Phantom Alley, 유령의 오솔길 — 옮긴이)를 가로질러 거대한 원형 극장의 밑바닥에 해당되는, 돌들이 잔뜩 널린 골짜기에 들어섰다. …… 여기서 빙폭은 남쪽으로 급히 방향을 틀면서 쿰부 빙하가 되어 흘러내려 갔다. 우리는 그 굽이의 바깥 가장자리를 이루는 5,425미터의 빙하 퇴적 지대에 베이스캠프를 설치했다. 사방에 널린 거대한 바위들은 그곳의 지반이 든든하다는 느낌을 안겨 줬지만 우리 발밑에서 구르는 작은 돌들은 그런 느낌이 잘못된 것임을 일깨워 줬다. 빙폭과 빙하 퇴적 지형, 눈사태, 강추위를 포함해, 보이고 들리고 감지되는 모든 건 그곳이 인간이 거주하기에 적당한 곳이 아님을 알려 주고 있었다. 물도 흐르지 않고 어떤 식물도 자라지 않는 세계, 일체가 파괴되고 무너지는 세계…… 바로 그런 곳이 우리가 그 산에 오를 때까지 몇 달간 지낼 곳이었다.

— 토머스 F. 혼베인, 『에베레스트: 서쪽 능선』

4월 8일, 어둠이 내린 직후 로부제의 숙소 밖에서 앤디의 무전기가 자글자글 끓었다. 베이스캠프에서 로브가 송신해 온 것이다. 로브는 반가운 소식을 전해 왔다. 그날, 몇 개의 등반대에서 차출되어 구성된 서른다섯 명의 셰르파 팀이 종일 고생한 덕에 텐징을 무사히 베이스캠프로 데려왔다는 소식이었다. 그는 알루미늄 사다리에 묶인 채 빙폭을 무사히 통과해 지금은 베이스캠프에서 한시름 돌리고 있으며, 날씨만 괜찮다면 해가 뜨고 난 뒤 헬기가 그를 싣고 카트만두에 있는 병원으로 데리고 갈 예정이라 했다. 로브는 우리 귀에까지 들릴 정도로 한숨을 푹 내쉬고는 우리더러 내일 아침에 로부제를 떠나 베이스캠프로 올라오라고 지시했다.

　우리 고객들 역시 텐징이 무사하다는 소식에 크게 안도했다. 그로 인해 로부제를 떠날 수 있게 됐으니 이제는 살았다 싶은 기분이었다. 존과 루는 불결한 환경으로 인해 일종의 악성 장 질환에 걸렸다. 우리의 베이스캠프 매니저인 헬렌은 고산 증세로 인한 심한 두통에 시달리고 있었다. 그리고 내 기침 증세 역시 연기로 꽉 찬 숙소에서 둘째 날 밤을 보내고 난 뒤 한층 더 악화되었다.

그 마을에서 세 번째로 밤을 보내야 하는 이날 나는 독가스 같은 연기를 피해 숙소 바깥에 설치된 텐트에 들어가 자기로 했다. 그 텐트는 로브와 마이크가 베이스캠프로 올라가면서 비워 놓고 간 것이었다. 앤디도 그 텐트에서 자기로 했다. 오전 2시경, 나는 앤디가 내 곁에서 벌떡 일어나 앉아 배를 움켜쥔 채 신음하기 시작하는 바람에 잠에서 깨어났다. 나는 슬리핑 백에 누운 채 물었다.

"괜찮아요, 해럴드?"

"잘 모르겠어요. 저녁에 먹은 무언가가 소화가 잘 안 되는 것 같아요."

잠시 후 앤디는 지퍼로 여닫게 된 문을 허겁지겁 열어젖히더니 머리와 상반신을 밖으로 내밀기가 무섭게 토했다. 앤디는 구역질이 가라앉은 뒤에도 텐트 밖으로 몸을 반쯤 내민 상태에서 얼굴을 두 손과 무릎 속에 파묻은 채 몇 분간 꼼짝하지 않았다. 그러다 그는 벌떡 일어나 텐트 밖으로 몇 미터쯤 황급히 달려가 급하게 바지를 까 내리더니 요란한 소리를 내면서 설사를 했다. 그는 그 밤의 나머지 시간을 밖의 한데에서 배 속의 내용물을 모조리 쏟아내면서 보냈다.

이튿날 새벽 앤디는 몸의 물기가 쫙 빠져 버리고 기운이 하나도 없는 상태에서 부들부들 떨고 있었다. 헬렌은 앤디더러 기운을 되찾을 때까지 로부제에 남아 있는 게 좋겠다고 했지만 앤디는 완강히 거부했다. 그는 양 무릎 사이에 고개를 처박은 채 이를 갈면서 선언했다.

"하늘이 두 쪽 나는 한이 있어도 이놈의 똥구덩이에서는 하루도 더 안 있을 겁니다. 오늘 당신들과 함께 베이스캠프로 가겠어요. 기어서 가는 한이 있어도."

오전 9시경 우리는 짐을 꾸려 들고 출발했다. 다른 사람들이 활기 있게 길을 올라가는 동안 헬렌과 나는 앤디와 함께 가기 위해 뒤처졌다. 그는 한 발 한 발 옮기는 간단한 일을 하는 데도 영웅적인 고투를 해야 했다. 그는 가다가 거듭거듭 걸음을 멈추고 스키폴대에 온몸을 기댄 채 가쁜 숨을 몰아쉬며 휴식을 취하다가 다시온몸의 에너지를 끌어모아 앞으로 나가곤 했다.

그 길은 쿰부 빙하 옆구리의 빙하 퇴적 지대에 흩어진 바위들을 오르내리며 몇 킬로미터쯤 계속 위로 올라가다가 이윽고 빙하 그 자체로 접어들었다. 화산에서 분출된 다공질의 현무암 바위 부스러기, 자갈, 화강암으로 된 둥근 돌들이 빙하의 상당 부분을 뒤덮고 있었으나 이따금 반질반질한 줄대리석처럼 빛나는 반투명한 빙하가 빠끔히 모습을 드러내기도 했다. 녹은 물이 빙하 표면과 내면의 수많은 수로를 통해 세차게 흐르면서 빙하의 몸체를 통해 음산한 음향의 하모니를 반향시키고 있었다.

오후 중반쯤에 우리는 사방에 수많은 얼음 탑이 솟아 있는, 팬텀 앨리라는 괴이한 곳에 이르렀다. 그중에서 가장 큰 것은 높이가 30미터나 되었다. 따가운 햇살에 의해 부조된, 터키석처럼 청록빛을 발하는 그 탑들은 사방에 널린 돌무더기들 속에서 거대한 상어의 이빨들처럼 불쑥불쑥 솟아나 있었다. 이 일대를 무수히 답사해 본 헬렌은 이제 목적지에 거의 다 왔다고 했다.

거기서 3킬로미터쯤 더 나아가자 빙하가 동쪽으로 급히 방향을 틀면서 우리는 긴 경사면의 꼭대기에 이르렀으며, 우리의 눈앞에는 각기 다른 수많은 빛깔을 지닌 나일론 돔들로 이루어진 도시가 펼쳐졌다. 열네 개의 등반대에 소속된 대원들과 셰르파들이 묵고 있는 300채 이상 되는 텐트가 둥근 돌들이 널린 빙하를 현란하게 수놓고 있었다. 우리는 그 복잡한 도시를 20분간이나 헤맨 끝에 우리 등반대의 텐트들이 모여 있는 곳을 찾아냈다. 우리가 마지막 언덕을 오르자 로브가 우리를 맞기 위해 성큼성큼 내려오더니 씩 웃으면서 말했다.

"에베레스트 베이스캠프에 오신 걸 환영합니다."

내 손목시계에 부착된 고도계에는 5364라는 숫자가 떠올라 있었다.

×　×　×

다음 6주 동안 우리 기지 역할을 할 그 마을은 금단의 벽처럼 솟아오른 산들로 둘러싸인 천연의 원형 극장의 머리 부분에 자리 잡고 있었다. 캠프 위쪽의 절벽에는 빙하들이 커튼처럼 드리워져 있었는데, 그것들은 밤낮을 가리지 않고 가끔가다 한 번씩 엄청난 굉음과 함께 거대한 눈사태를 일으켰다. 거기서 동쪽으로 400미터쯤 가면, 눕체에서 뻗어 나온 가파른 산줄기와 에베레스트 서쪽 능선 사이에 낀 쿰부 빙폭이 좁은 틈으로 무수한 얼음 파편들을 쏟아내고 있었다. 그 원형 극장은 남서쪽으로 열려 있고 그리로 햇살이 홍수처럼 쏟아져 들어와서, 바람이 없는 맑은 날 오후에는 티셔츠만 걸치고 밖에 나와 앉아 있어도 좋을 만큼 따뜻했다. 하지만 해가 서쪽으로 베이스캠프 바로 곁에 솟아오른 높이 7,165미터의 원뿔형 푸모리봉 너머로 가라앉자마자 기온은 영하 25도 안팎으로 곤두박질쳤다. 밤에 텐트로 돌아와 누우면 끽끽 쿵쿵 하는 소리로 이루어진 밤의 연가가 울려와 내가 움직이는 얼음의 강 위에 떠 있다는 사실을 새삼스레 일깨워 줬다.

주위의 혹독한 자연환경과는 아주 대조적으로 우리 열네 명의 서구인들(셰르파가 우리를 하나로 묶어서 지칭할 때는 '대원들'이나 '나리들'이라는 표현을 쓴다.)과 열네 명의 셰르파들의 본부인 어드벤처 컨설턴츠 캠프에는 정신적 육체적 위안을 제공해 주는 갖가지 문명의 이기들이 갖춰져 있었다. 굴처럼 깊숙한 대형 천막 구조물인 우리 식당 안에는 거대한 석조 식탁, 스테레오 시스템, 도서관, 태양열로 밝혀지는 전등이 있었고, 그 곁에 있는 통신용 텐트에는 위성을 통해 송수신되는 전화기와 팩스까지 있었다. 그리고 주방 일을 맡은 셰르파들이 데워 주는 뜨거운 물을 채운 양동이와 고무호스로 샤워도 할 수 있었다. 며칠마다 한 번씩 신선한 빵과 채소가 야크 등에 실려 올라왔고. 거기다 총바와 그의 조수인 텐디는 초창기 등반대들이 확립해 놓은 식민지식 관례에 따라 매일 아침 우리 고객들의 텐트에 일일이 들러 아직 슬리핑 백 속에 들어가 있는 우리에게 김이 무럭무럭 나는 찻잔을 건네줬다.

나는 에베레스트가 날로 늘어나는 등산객들로 인해 쓰레기장으로 변하고 있으며, 그런 결과의 주범이 바로 상업적인 등반대들이라는 얘기를 많이 들어왔다. 1970년대와 1980년대에는 베이스캠프가 정말로 쓰레기투성이였으나 최근에 와서는 아주 깨끗한 곳으로 변했다. 내가 남체 장터를 떠난 이래 본 곳 가운데 가장 깨끗한 곳으로. 그리고 그렇게 된 데에는 상업적인 등반대들이 기여한 바가 컸다.

다른 방문객들이야 한 번 왔다 가면 그만이므로 별 상관없지만 그런 등반대의 가이드들은 매년 고객을 에베레스트에 유치하는 입장이므로 그 문제에 나름의 이해관계를 갖고 있었다. 1990년, 로브 홀과 개리 볼은 등반의 일환으로 베이스캠프에서 5톤의 쓰레기를 치우는 작업의 선두에 섰다. 홀과 그의 동료 가이드 몇몇은 에베레스트를 계속 청결한 상태로 유지하는 방향으로 산악인들을 유도할 수 있는 정책안을 마련하기 위해 카트만두의 정부 각료들과 협의하기 시작했다. 그리하여 1996년, 정부는 각 등반대에게 등반 허가 요금 이외에 4,000달러를 따로 예치하도록 요구했다. 그 돈은 등반대들이 미리 정해진 양의 쓰레기를 남체나 카트만두까지 되돌려 놓을 때에만 환불되었다. 심지어 우리 화장실에서 수거한 분뇨통들조차도 나중에 우리가 산 아래로 옮겨다 놓아야 했다.

베이스캠프는 개미집처럼 수많은 사람으로 바글거렸다. 그 산에서 홀보다 더 큰 존경을 받는 사람은 없었으므로 어떤 의미에서 홀의 어드벤처 컨설턴츠 기지는 베이스캠프 전체의 정부와 같은 기능을 했다. 무슨 문제가 생길 때마다 사람들은 홀의 자문을 구하기 위해 우리 식당 텐트에 들렀다. 이를테면 셰르파들과 일 문제로 갈

등이 생겼거나 시급히 후송해 줘야 할 환자가 발생했거나 등반 전략에 관한 중요한 결정을 내려야 할 경우들이었다. 그럴 때마다 홀은 고객들을 두고 자신과 경쟁을 벌이는 처지에 있는 라이벌들에게 오랫동안 축적된 지혜를 아낌없이 나눠 줬다. 그의 경쟁자 가운데 가장 대표적인 이는 스콧 피셔였다.

과거에 피셔는 8,000미터급 산*에 고객들을 무사히 안내한 적이 있었다. 1995년에 파키스탄의 카라코람산맥에 있는 높이 8,047미터의 브로드봉에 올랐던 것이다. 그는 또 에베레스트에 네 번 도전해서 1994년에 딱 한 번 정상에 올랐다. 하지만 그때는 가이드로서 오른 게 아니었다. 그러니 그가 상업적인 등반대의 리더로서 에베레스트에 오르기는 이번이 처음인 셈이었다. 홀의 등반대와 마찬가지로 피셔의 등반대에도 여덟 명의 고객들이 포함되어 있었다. 집채만 한 화강암에 매달린 거대한 스타벅스 커피 선전 깃발로 인해 금방 식별되는 그의 캠프는 홀의 캠프에서 불과 5분 정도 걸으면 나타날 정도로 가까웠다.

이 세계의 가장 높은 봉우리들을 오른 것으로 두각을 나타내는 다양한 부류의 남녀들은 내부 지향적인 소규모 클럽을 형성하고 있다. 피셔와 홀은 사업상 라이벌이기는 하나 높은 산을 오르는 산악인들 가운데 가장 유명한 인물들로서 같은 산에서 자주 마주치곤 하며, 어느 면에서는 서로를 친구로 여기고 있었다. 피셔와 홀

---

* 해수면 위로 8,000미터 이상 솟아오른 이른바 8,000미터급 봉우리들은 모두 해서 열넷이다. 다소 자의적이기는 하지만 산악인들은 항시 8,000미터급 봉우리들에 오르는 것에 특별한 의미를 부여해 왔다. 라인홀트 메스너는 1986년에 그 열네 봉우리를 모두 올랐다. 오늘날까지 메스너 외에 그 위업을 이룬 사람은 네 명뿐이다.

은 1980년대에 러시아령 파미르에서 처음 만났고, 그 뒤로 1989년과 1994년에 에베레스트에서 많은 시간을 함께 어울려 지냈다. 그들은 이번에 고객들을 이끌고 에베레스트에 무사히 오른 직후에 네팔 중앙에 있는 높이 8,163미터의 험준한 마나슬루를 함께 오르기로 굳게 약속했다.

피셔와 홀의 유대 관계는 그들이 세계에서 두 번째로 높은 봉우리 K2에 각자 개별적으로 도전했을 때인 1992년에 굳어졌다. 홀은 그의 절친한 벗이자 사업상의 동업자인 개리 볼과, 피셔는 에드 비스터즈라고 하는 뛰어난 미국 산악인과 함께 그 봉우리 등정을 시도했다. 광란하는 폭풍 속에서 정상을 내려오던 피셔와 비스터즈, 그리고 제3의 미국인인 찰리 메이스는 거의 의식을 잃은 볼을 끌고 내려가려고 사투하던 홀을 만났다. 그 당시 볼은 생명을 위협할 정도로 심각한 고산병 증세로 인해 제힘으로는 움직일 수가 없는 처지였다. 피셔와 비스터즈, 메이스는 홀이 폭풍설을 뚫고 눈사태가 휩쓸고 지나간 그 산의 더 낮은 경사면까지 볼을 끌고 내려가는 걸 거들어 줌으로써 볼의 목숨을 구하는 데 한몫했다.(그로부터 1년 뒤 볼은 다울라기리 사면에서 비슷한 병으로 사망했다.)

마흔 살인 피셔는 키가 크고 건장한 몸에 사교적인 성격을 지녔고 금발의 머리끝을 말꼬리처럼 묶고 다니는 사람으로, 항시 조증(躁症)에 가까운 에너지로 넘쳤다. 그는 뉴저지의 배스킹 리지에서 학교를 다니던 열네 살 무렵 우연히 TV에서 등산에 관한 프로를 보고 대번에 등산에 매료되었다. 이듬해 여름 그는 와이오밍으로 가 국립 야외 지도자 양성 학교(NOLS)가 주관하는 야외 생활 훈런 코스에 등록했다. 그는 고등학교를 졸업하자마자 서부에 정착해 NOLS에서 훈련 시즌에만 일하는 강사가 되었으며, 등산을 자신의 우주의 중심으로 삼고 뒤도 보지 않고 달려나갔다.

피셔는 NOLS에서 일하던 열여덟 살 때 자신이 가르치던 코스에 등록한 진 프라이스라는 여학생과 사랑에 빠졌다. 그로부터 7년 뒤 그들은 결혼하는 것과 동시에 시애틀에 정착하여 앤디와 케이티 로즈를 낳았는데, 피셔가 에베레스트로 떠난 1996년에 그 아이들은 아홉 살과 다섯 살이 되었다. 프라이스는 민간 항공기 조종사 면허증을 따서 알래스카 항공사의 기장이 되었으며, 그건 보수가 꽤 좋은 유망한 자리여서 피셔는 그 덕에 등산에만 전념할 수 있었다. 또한 아내의 높은 수입에 힘입어 1984년에는 등반 안내 전문 회사인 마운틴 매드니스(등산광이라는 뜻 ― 옮긴이)를 설립할 수 있었다.

홀의 회사인 어드벤처 컨설턴츠(모험 상담자라는 뜻 ― 옮긴이)라는 이름이 등산에 대한 홀의 체계적이고 질서 정연하고 까다로운 접근 방식을 반영하고 있다면, 마운틴 매드니스는 피셔의 개인적인 스타일을 좀 더 정확하게 반영하는 이름이라 할 수 있으리라. 이십 대 초반 무렵 피셔는 앞뒤 안 가리고 무모하게 돌진하는 식으로 산에 오르는 걸로 유명했다. 그의 등산 경력 전체를 통틀어, 아니, 특히 초반기에 끔찍한 재난을 여러 차례 당하고서도 그는 별 탈 없이 살아남았다. 웬만한 사람 같으면 죽어도 여러 번 죽었을 험한 고비들을 겪었는데도 말이다.

그는 암벽을 타다가 25미터 이상 되는 높이에서 지상으로 추락한 적이 최소한 두 번은 되었다. 한 번은 와이오밍에서, 또 한 번은 요세미티에서. 그리고 NOLS의 젊은 강사로서 로키산맥의 일부인 윈드리버산맥에서 학생들의 실습을 지도할 때는 딘우디빙하의 20미터가 넘는 크레바스 바닥에 밧줄도 매지 않은 상태로 추락한 적이 있다. 하지만 가장 유명한 추락 사건은 그가 아직 빙벽 등반의 초보자였을 때 일어난 사건일 것이다. 그때 피셔는 경험이 별로 없었음에도 유타의 프로보대협곡에 있는 브리달베일폭포라고 하는 험난한 빙폭을 첫 등정하기로 결심했다. 두 명의 노련한 산악인들이 그 빙폭을 경쟁하듯 오르고 있을 때 피셔는 밑에서 중심을 잃고 35미터 아래의 지상으로 곧장 떨어졌다.

그런데도 그가 비교적 가벼운 부상만 입은 상태로 일어나 자리를 떠나는 걸 보고 그 사건을 목격한 사람들은 모두 놀라서 입을 벌렸다. 하지만 그가 지상으로 한참 추락하는 동안 빙벽용 장비인 관(管) 모양의 쇠막대(아이스바일 ― 옮긴이) 끝이 장딴지에 박혀 반대쪽으로 삐져나왔다. 그가 그 속이 빈 쇠막대 끝을 잡아 뽑았을 때 장딴지 근육의 일부까지 뽑혀 나왔고 그 바람에 그 부분에는 연필을 꽂을 수 있을 정도로 큼직한 구멍이 남았다. 피셔는 얼마 안 되는 돈을 그런 하찮은 상처를 치료하는 데 낭비할 이유가 없다고 생각해서 헤벌어져 곪고 있는 상처를 그대로 내버려 둔 채 다음 여섯 달 동안 계속 산을 탔다. 15년 뒤 그는 나한테 그때 입은 상처를 자랑스럽게 보여 줬다. 아킬레스건 밖으로 툭 튀어나온, 동전 크기만 한 반질반질한 상처를.

브리달베일폭포 추락 사건 직후에 피셔를 만나 다음 20년 동안 피셔의 조언자 비슷한 입장이 되고 간간이 피셔와 함께 산에 오르곤 했던 미국의 유명한 산악인 돈 피터슨은 이렇게 회상했다.

"스콧은 육체적인 한계 너머까지 자신을 계속 밀어붙이곤 했죠. 그 친구의 의지는 놀랄 만했어요. 그 친구는 자신의 몸이 제아무리 고통스러워도 그걸 무시해 버리고 계속 앞으로 나아갔어요. 발이 좀 까져서 쓰라리다고 해서 돌아서는 그런 사람은 절대 아니었죠.

스콧은 위대한 산악인, 이 세상에서 최고 가는 산악인이 되고자하는 뜨거운 열망을 품고 있었어요. NOLS 본부에는 다소 엉성하나마 체육관 비슷한 곳이 있었는데 스콧은 규칙적으로 그 방으로 가서 열심히 체력 단련을 했어요. 속이 못 견뎌서 먹은 걸 토할 정도로 지독하게, 그리고 꾸준히. 그 정도로 엄청난 추진력을 가진 사람을 만나기는 그리 쉽지 않죠."

사람들은 에너지로 넘치고 너그러우며 교활한 면이 거의 없고 어린애 같은 열정으로 가득 차 있는 피셔의 모습에 끌리곤 했다. 그는 천진하고 감성적이며, 속으로 꽁하는 면이 거의 없다시피 해서 누구하고나 잘 어울리는 데다 사람을 강하게 끄는 천성을 갖고 있어 만나자마자 그와 평생의 지기가 된 사람들이 아주 많았다. 그를 한두 번 정도 만난 데 불과한 사람들까지 포함해서 수백 명에 이르는 사람들이 그를 막역한 친구로 여겼다. 그는 또 보디빌더처럼 잘 빠진 근육질의 몸매에 영화배우 뺨치게 잘생긴 얼굴을 지녔다. 그에게 끌린 사람들 가운데는 여자들도 적지 않았는데 그는 여자들이 자기에게 관심을 갖는 데 대해 초연하지 못했다.

피셔는 왕성을 식욕을 지닌 데다 대마초도 많이 피웠고(산에 오르는 동안에는 그러지 않았지만) 술도 정도 이상으로 많이 마셨다. 마운틴 매드니스 사무실 뒷방은 피셔의 은밀한 클럽하우스 같은 곳으로 쓰였다. 그는 아이들을 잠자리에 눕힌 뒤 친구들과 함께 그 방에 들어앉아 대마초 파이프를 돌리면서 험준한 고산에서 자기네들이 용감하게 전진하는 모습을 담은 슬라이드를 보는 걸 즐겼다.

1980년대에 피셔는 사람들에게 강렬한 인상을 심어 줄 만한 등정을 꽤 많이 해서 시애틀 일대에서는 약간의 명성을 얻었으나 전 세계 산악인들에게는 거의 알려지지 않은 편이었다. 당시 그보다 좀 더 유명한 산악인들 일부는 기업체의 후원을 얻어 여유 있게 산을 오르곤 했으므로 그도 그런 걸 얻어 보려 무진 애를 썼지만 별 성과가 없었다. 그는 그런 톱클래스 산악인들이 자기를 존경하지 않을까 봐 조바심을 쳤다.

피셔의 절친한 친구이자 홍보 담당자고 마운틴 매드니스 등반대와 함께 에베레스트 베이스캠프까지 와서 인터넷에 올릴 기사를 작성하는 일을 맡고 있던 제인 브로멧은 이렇게 말했다.

"스콧에게 남들의 인정은 아주 중요했고 그걸 얻고 싶어 몸살을 앓았죠. 스콧은 남들이 잘 모르는 아주 취약한 일면을 갖고 있었어요. 좀 더 많은 사람이 자기를 대단한 산악인으로 알아주지 않는 것에 괴로워했어요. 무시당하는 것 같은 기분을 느꼈고 그 때문에 상처를 받았죠."

1996년 봄에 네팔을 향해 떠날 즈음 피셔는 좀 더 많은 인정을 받기 시작했고 그는 그걸 당연하게 여겼는데, 그 상당 부분은 1994년 에베레스트 무산소 등정에 성공한 것에서 왔다. '사가르마타 환경 원정대'라는 이름의 피셔 팀은 또 그 산에서 2,250킬로그램의 쓰레기를 수거하여 에베레스트를 정화하는 데 크게 기여했으며 그건 홍보 효과상 정상 등정보다 더 나은 것임이 판명되었다. 1996년 1월, 피셔는 자선기금을 모으기 위한 목적으로 아프리카 최고봉인 킬리만자로를 등정했는데, 그것이 매스컴에 크게 부각되어 자선 단체인 케어(CARE)에 50만 달러의 기부금을 안겨 주는 성과를 얻었다. 1996년에 에베레스트로 떠날 즈음 피셔는 주로 1994년의 에베레스트 정화(淨化) 원정과 1996년의 자선 등반에 힘입어 꽤 널리 알려졌고, 시애틀의 뉴스 매체들에도 자주 이름이 오르내리게 되었다. 바야흐로 산악인으로서 그의 명성은 급상승하고 있었다.

신문 방송 기자들은 피셔와 인터뷰할 때마다 꼭 그의 저돌적인 등산 스타일로 인해 일어난 위험한 사건들에 관해 물었고, 그런 일들을 남편이자 아버지로서의 위치와 어떻게 조화시켰는지 궁금해했다. 그에 대해 피셔는, 자기는 이제 좀 더 신중하고 보수적인 산악인이 되어 무분별한 청년기 때와는 달리 그런 위험스런 일을 당하는 경우가 극히 드물다고 답했다. 1996년, 에베레스트로 떠나기 직전에 그는 시애틀의 언론사 기자인 브루스 바코트에게 이렇게 말했다.

"저는 무사히 돌아올 거라고 백 퍼센트 확신합니다. …… 제 아내 역시 백 퍼센트 확신하고 있고요. 아내는 제가 고객들을 안내하는 입장일 때는 늘 올바른 선택을 하리라는 걸 잘 알고 있기 때문에 저에 대해 전혀 염려하지 않습니다. 저는, 사고는 항시 인간의 실수 때문에 일어난다고 생각합니다. 그러므로 가급적 실수를 하고 싶어 하지 않죠. 저는 젊은 시절에 많은 등반 사고를 겪어 봐서 잘 압니다. 사람들은 등반 사고에 대해 여러 가지 이유를 대지만 궁극적으로 그건 인간의 실수에서 비롯되는 겁니다."

피셔의 확신에도 불구하고 산악인으로서 늘 객지를 떠돌아다녀야 하는 그의 처지는 가족에게 많은 어려움을 안겨 줬다. 그는 아이들을 몹시 사랑해서 시애틀에 머물 때면 아이들을 지극정성으로 돌봤지만, 산에 오르는 것 때문에 정기적으로 몇 달씩 집을 비웠다. 아들이 생일을 아홉 번 맞는 동안 생일날 집에 없었던 적도 일곱 번이나 되었다. 그의 친구들의 말에 의하면 그가 1996년에 에베레스트로 떠날 무렵에는 아내와의 사이가 아주 좋지 않았다 한다. 늘 집을 떠나 지내는 것에 더해 재정적인 면에서 아내에게 의존하는 입장이 되는 바람에 상황이 더 악화된 것이다.

마운틴 매드니스는 대부분의 경쟁사들과 마찬가지로 그 시초부터 간신히 손해나 안 볼 정도로 빠듯하게 움직여 나갔다. 1995년에 피셔는 겨우 1만 2000달러를 집에 들여놨다. 그러다 마침내 좀 더 밝은 전망이 보이기 시작했는데, 그건 피셔의 명성이 높아진 것과 더불어 동업자 겸 사무실 운영 책임자인 카렌 디킨슨의 노력 덕이었다. 모든 업무를 조직적이고 합리적으로 처리해 나갈 줄 아는 그녀의 능력은 모든 걸 짐작 내지는 감으로 때려잡거나 얼렁뚱땅 넘어가는 피셔의 방식을 훌륭하게 보완해 줬다. 피셔는 로브 홀이 에베레스트 가이드 사업에 성공하고 또 그 결과로 거액의 수수료를 요구할 수 있는 처지가 된 것을 보고 자기도 에베레스트 시장에 뛰어들 때가 됐다고 판단했다. 자신이 홀에 버금가는 존재가 될 수만 있다면 마운틴 매드니스를 수익성 있는 사업체로 키우는 건 시간 문제가 될 터였다.

피셔에게 돈 그 자체는 그다지 중요한 게 아닌 듯했다. 그는 물질적인 것에는 별로 관심이 없었으나 존경받는 것에는 몹시 연연했다. 자기 가족, 동료, 더 크게는 사회로부터 존경을 받고 싶어 했다. 그리고 우리 문화에서 돈은 성공의 제일가는 척도라는 걸 잘 알고 있었다.

나는 1994년에 시애틀에서 피셔와 우연히 만난 적이 있었다. 피셔가 에베레스트 등정을 성공리에 마치고 귀국한 지 몇 주가 지났을 무렵이었다. 나는 그와 잘 아는 사이는 아니었지만 그의 친구이자 내 친구인 사람들이 몇 명 있었고, 또 우리는 험준한 산에서나 산악인들의 파티에서 가끔 마주쳤다. 그럴 때면 그는 나를 붙잡고 자기가 계획하고 있는 에베레스트 등반 안내 사업에 관해 장황하게 얘기하고는 어떻게 해서든지 나를 설득해 자기네 등반대의 일원으로 에베레스트에 가게 해서 《아웃사이드》에 그 기사를 쓰게 하려 애썼다. 내가 나처럼 높은 산에 오른 적이 없는 사람이 에베레스트에 오르려 하는 건 미친 짓이라고 하자 그는 말했다.

"사람들은 경험을 지나치게 높이 평가하는 경향이 있다니까. 중요한 건 고도가 아니라 마음가짐이오. 당신은 잘 해낼 거요. 당신은 참으로 고약한 봉우리들을 여러 차례 올랐어요. 에베레스트보다 훨씬 더 오르기 어려운 봉우리들을 올랐잖소. 우리는 그 빅 E(덩치 큰 에베레스트 — 옮긴이)를 속속들이 파악하고 완전히 우리 수중에

넣었어요. 요즘 우리는 정상까지 노란 벽돌길을 깔아 놨다고요."

피셔는 그 자신이 깨닫고 있는 것보다 훨씬 더 내 흥미를 자극했다. 그리고 그는 계속 나를 몰아붙였다. 나를 만날 때마다 에베레스트 얘기를 꺼냈고, 《아웃사이드》편집자인 브래드 웨츨러에게 거듭 그런 착상에 관해 역설했다. 1996년 1월, 피셔의 맹렬한 로비가 적지 않은 작용을 해 그 잡지사는 나를 에베레스트에 보내겠다는 확실한 언질을 줬다. 그리고 웨츨러는 아마 내가 피셔 등반대의 일원으로 가게 될 거라 암시했다. 피셔의 마음속에서 그건 이미 성사된 일이었다.

그러나 출발 예정 시일 한 달 전 웨츨러가 전화를 걸어 원래의 계획에서 한 가지를 변경해야겠다고 하면서, 로브 홀이 잡지사에 훨씬 더 나은 조건을 제시했으니 피셔의 등반대 대신 어드벤처 컨설턴츠를 따라가는 게 어떠냐 물었다. 나는 피셔와 그런대로 잘 아는 사이였고 또 그를 좋아했으며, 당시 홀에 대해서는 아는 바가 별로 없었으므로 처음에는 좀 뜨악해했다. 하지만 믿을 만한 등산 친구한테서 홀이 훌륭한 산악인이라는 얘기를 듣고 난 뒤 어드벤처 컨설턴츠와 함께 에베레스트에 가는 데 적극적으로 찬동했다.

어느 날 오후 나는 베이스캠프에서 홀에게 왜 그렇게 나를 데려가려고 애썼느냐 물었다. 그러자 그는 솔직하게 심경을 털어놓았다. 자기가 정말로 관심을 가진 건 내가 아니고, 또 내 기사가 불러일으킬 일반의 관심도 아니라고. 가장 유혹적이었던 건 《아웃사이드》와 맺은 계약을 통해 거둬들일 소중한 홍보 효과였다고.

홀은 내 수수료로 1만 달러만 받고 나머지 돈은 자기네가 그 잡지의 값비싼 광고 지면을 얻는 것으로 대치하자는 협정을 맺었으며, 그 광고가 겨냥하는 대상은 건강한 신체에 모험심에 불타는 마음을 지닌 상류 계층이라 말했다. 즉 그의 잠재적인 고객들의 핵심이다. 그러면서 홀은 가장 중요한 건 '그들이 미국 독자라는 점'이라 했다.

"아마 가이드 서비스를 통해 에베레스트나 일곱 봉우리에 오를 잠재적인 고객들의 팔구십 퍼센트는 미국에 있을 겁니다. 이번 시즌이 지난 뒤 내 친구 스콧은 에베레스트 가이드로 확고히 자리 잡을 거고, 그 친구는 미국에 있다는 이유 한 가지만으로 어드벤처 컨설턴츠보다 훨씬 더 큰 이점을 누리게 될 겁니다. 그러니 앞으로 그와 경쟁하기 위해서는 그 잡지에 우리 광고를 점점 더 많이 실어야 하겠죠."

1월에 홀이 나를 가로채 갔다는 걸 알게 된 피셔는 기절할 듯이 놀랐다. 그는 콜로라도에서 내게 전화를 걸어 생전 처음 들어 보는 아주 격앙된 목소리로 자기로서는 홀에게 승리를 양보할 수 없다고 주장했다.(피셔도 홀처럼 자기가 관심을 갖고 있는 건 내가 아니라 그에 따르는 명성과 홍보 효과라는 점을 굳이 감추려 들지 않았다.) 하지만 결국 그는 홀이 잡지사에 제시한 조건에 버금가는 것을 내놓을 의향이 없었다.

내가 마운틴 매드니스 팀이 아니라 어드벤처 컨설턴츠 팀의 일원으로 베이스캠프에 도착했을 때 피셔는 원한을 품은 사람 같아 보이지 않았다. 그의 캠프에 들르자 그는 내게 커피 한 잔을 부어 주고는 한 팔로 내 어깨를 끌어안았다. 나를 만난 게 그저 반갑기만 한 듯했다.

× × ×

베이스캠프에 많은 문명의 이기들이 갖춰졌음에도 불구하고 우리가 해수면 위로 5,000미터 이상 되는 지점에 와 있다는 사실은 잊으려야 잊을 수가 없었다. 식사 시간에 식당 텐트에 가서 앉고 나면 몇 분 동안 몹시 숨이 가빴으며, 잠자리에서 너무 빨리 일어나 앉으면 머리가 핑핑 돌면서 현기증이 일었다. 로부제에서 생긴 마른기침 증세는 날로 악화되어 갔다. 밤에는 숙면할 수가 없었는데, 그건 고산병의 전형적인 징후이며 그중에서도 가벼운 징후라 할 만하다. 거의 매일 밤마다 나는 질식할 것 같은 기분과 함께 숨을 헐떡이면서 서너 시간을 뜬눈으로 보냈다. 베이거나 긁힌 상처들도 좀처럼 낫지 않았다. 식욕이 완전히 달아나 버렸으며, 음식을 소화시키려면 많은 산소가 필요했으므로 내 소화 기관 역시 배 속에 억지로 넘긴 대부분의 음식을 그냥 밖으로 쏟아내 버렸다. 그러자 내 몸은 영양분의 결핍 상태를 보완하기 위해 몸을 축내기 시작했으며, 그로 인해 팔과 다리는 막대기처럼 마르기 시작했다.

동료 중 몇몇은 희박한 공기와 비위생적인 환경 속에서 나보다 더 심하게 고생했다. 앤디, 마이크, 캐롤라인, 루, 스튜어트, 존은 장에 탈이 나 수시로 화장실로 달려가야 했고 헬렌과 더그는 심한 두통으로 시달렸다. 더그는 그 증세를 나한테 이렇게 표현했다. "누군가가 내 두 눈 사이에 못을 두드려 박는 것 같은 기분이오."

더그가 홀과 함께 에베레스트에 온 건 이번이 두 번째였다. 작년에 로브는 시간이 너무 늦었고 정상으로 이어지는 능선이 불안정한 깊은 눈더미에 파묻혀 있다는 이유로, 정상에서 수직으로 불과

100미터 아래에 있는 지점에서 더그와 다른 세 명의 고객을 돌아서게 했다.

"정상이 바로 조 앞에 있었는데 말예요." 더그는 쓸쓸하게 웃었다. "정말이지, 그 후로 그때 일을 생각하지 않은 날은 하루도 없었어요."

로브는 더그가 정상 바로 앞에서 돌아선 것이 안타까워 더그더러 다시 한번 에베레스트에 가자고 권유했으며, 그가 다시 시도할 마음을 갖게끔 요금을 대폭 할인해 줬다.

내 동료 고객들 가운데 더그는 전문적인 가이드의 도움 없이 많은 산을 오른 유일한 사람이었다. 그는 엘리트 산악인은 아니었지만 15년에 걸친 등산 경력 덕에 높은 산에서 자기 자신을 제대로 돌볼 능력을 갖추고 있었다. 나는 우리 등반대에서 정상에 오를 가능성이 있는 사람으로 더그만 한 사람이 없다고 생각했다. 그는 강인하고 강력한 추진력을 갖고 있었으며 이미 에베레스트 정상에 거의 다 오른 적이 있는 사람이었으니까.

마흔일곱 살에서 두 달이 채 못 찬 나이에, 아내와 이혼을 하고 17년간 홀아비로 지낸 더그는 그동안 여러 여자들과 깊은 관계에 빠졌지만, 그들은 하나같이 산에 대한 그의 애정을 자기 쪽으로 돌리려 애쓰다가 진력이 나 결국은 그의 곁을 떠나고 말았다고 내게 털어놨다. 1996년, 에베레스트로 떠나기 몇 주 전에 더그는 투손에 있는 친구를 만나러 가던 도중에 또 다른 여자를 만났고, 그들은 이내 사랑에 빠졌다. 그들은 얼마 동안 열나게 팩스를 주고받았는데 요 며칠 동안은 그녀에게서 일절 소식이 없었다.

"내가 어떤 인간인지 대충 감을 잡고 차 버린 겁니다." 더그는 풀죽은 얼굴로 한숨을 내쉬었다. "아주 근사한 사람이었는데, 이번만은 잘 될 수도 있다고 생각했는데."

그는 그날 오후 늦게 내 텐트로 와서 새로 온 팩스 용지를 흔들었다. "캐런 마리가 시애틀로 이사하는 중이래요!" 그는 황홀한 표정으로 말했다. "후와! 뭔가가 될 수도 있을 것 같아요. 그 사람이 마음을 바꾸기 전에 저 정상에 오른 뒤 내 안에서 에베레스트를 싹쓸어내 버리는 게 좋겠어요."

더그는 그 소중한 새 여자와 팩스를 주고받는 것에 더해 그의 등반을 돕기 위해 티셔츠를 판, 워싱턴주 켄트에 있는 선라이즈 초등학교 학생들에게 수많은 엽서를 쓰는 것으로 바쁜 시간을 보냈다. 그는 내게 자기가 쓴 엽서들을 여러 장 보여 줬는데 바네사라는 여자아이한테 보내는 엽서에는 이런 내용이 들어 있었다. "어떤 사람들은 큰 꿈들을 갖고 있고, 또 어떤 사람들은 작은 꿈들을 갖고 있어. 네가 어떤 꿈들을 갖고 있든 간에 중요한 건 꿈꾸기를 그치지 않는 거란다."

더그는 다 자란 두 아이, 곧 그가 홀아비로서 키운 스물일곱 살 제이미와 열아홉 살 앤지에게 팩스 전문을 쓰는 데 더 많은 시간을 보냈다. 그는 내 바로 곁에 있는 텐트에서 지냈는데 앤지에게서 팩스가 올 때마다 싱글벙글하며 내게 큰소리로 읽어 줬다. "나 같은 멍청이가 어떻게 그렇게 훌륭한 애를 키울 수 있었는지 상상이 갑니까?"

나는 남들에게 팩스나 엽서를 쓰는 일은 거의 없었고 그 대신 베이스캠프에서의 자유 시간 대부분을 앞으로 그 산, 특히 7,600미터 (25,000피트) 이상 되는 죽음의 지대(Death Zone)를 올라갈 일에 대해서 생각하는 것으로 보냈다. 나는 고난도의 암벽과 빙벽에서 다른 고객 대부분과 상당수의 가이드보다 훨씬 더 많은 시간을 보냈다. 하지만 전문적인 등반 기술은 에베레스트에서는 별 의미가 없었으며, 내가 고산 지대에서 보낸 시간은 우리 등반대에 소속된 대부분의 다른 고객보다도 훨씬 더 적었다. 사실상 에베레스트의 발치에 불과한 베이스캠프에 도착한 것만으로도 이미 이제까지 등반한 그 어느 산보다 더 높은 곳에 올라온 셈이었다.

홀은 그런 점에 대해 그다지 염려하지 않는 듯했다. 그는 일곱 차례에 걸쳐 에베레스트에 등반한 뒤 아주 효과적인 고도 적응 플랜을 정밀하게 짜 놓아서 우리 모두를 대기의 산소 부족 현상에 잘 적응시켜 줄 수 있다고 설명했다.(베이스캠프의 대기에는 해수면 대기 산소량의 대략 반 정도만이 존재하며, 정상에 이르면 그 양은 해수면의 3분의 1로 줄어든다.) 고도 상승과 직면할 때 인간의 몸은 여러 가지 방식으로 적응한다. 호흡수의 증가, 혈액의 pH 변화, 산소를 나르는 붉은피톨의 급격한 증가 등. 그리고 그런 전환이 완료되는 데는 몇 주가 걸린다.

하지만 홀은 우리가 베이스캠프 위로 각 단계마다 수직 600미터 정도의 3단계 여정을 차례로 밟기만 하면, 우리 몸은 해발 8,848미터의 정상에 안전하게 오를 수 있을 만큼 제대로 고도에 적응하게 된다고 주장했다. 내가 마음에 떠도는 여러 가지 의심을 털어놓자 홀은 히죽이 웃으면서 단언했다.

"그런 방법은 이제까지 서른아홉 차례나 잘 먹혀들었어요. 그리고 나와 함께 정상에 오른 사람치고 당신처럼 처량하게 구는 사람은 거의 없었어요."

6장

얼음 궁전으로의 첫 나들이

1996년 4월 12일

에베레스트 베이스캠프

해발 5,364미터

상황이 점점 더 극한으로 치닫고 (등반자가) 감당해야 하는 요구 조건들이
점점 더 가혹해질수록 피는 그 모든 긴장에서 놓여나 더욱더 힘차게
흐른다. 위험의 가능성은 그의 자각도와 통제력을 예리하게 해 주는
기능만 할 뿐이다. 아마도 이것이 모든 위험한 스포츠의 기본 원리일
것이다. 사소한 일들이나 잡생각으로부터 마음을 정화하기 위해 노력과
집중의 강도를 일부러 높이는 것. 그것은 우리 삶의 축소판 모형이긴
하나 일상의 삶과는 한 가지 차이가 있다. 실수를 얼마든지 벌충할 수
있고 적당히 절충할 수 있는 우리의 평이한 삶과는 달리 거기서 한순간에
이루어지는 행위들은 생사를 좌우하는 치명적인 것이 될 수 있다.

— 알프레드 알바레즈, 『자살의 연구』

에베레스트에 오르는 건 길고도 지루한 과정이며, 내가 과거에 알았던 식의 등반보다는 거대한 건설 공사에 좀 더 가깝다. 우리 팀에 소속된 셰르파들만 해도 스물여섯 명인데, 가장 가까운 도로에서 160킬로미터 이상 떨어져 있고 높이가 5,300미터가 넘는 곳에서 그들과 고객들 모두를 먹이고 재우고 건강하게 지내게 하는 일은 실로 보통 일이 아니다. 그런데도 홀은 타의 추종을 불허하는 뛰어난 병참 장교 같은 사람이었고 그 어려운 과제를 즐겼다. 베이스캠프에서 그는 보급과 관련된 자잘한 세목이 담긴 컴퓨터 프린트 용지들을 열심히 들여다봤다. 식단표, 예비 물품, 연장, 약품, 통신 장비, 짐 운반 스케줄, 동원할 수 있는 야크의 수 등등. 타고난 엔지니어인 로브는 인프라스트럭처(일반인들의 경제 활동의 기반이 되는 시설이나 제도, 곧 에너지 산업, 수송 시설, 통신 시설 따위 — 옮긴이), 전자 공학, 모든 종류의 기계 장치들을 사랑했다. 그는 여유 시간을 태양

전기 장치를 붙잡고 끝없이 씨름하거나 달이 지난《파퓰러 사이언스》잡지들을 읽으며 보냈다.

홀은 조지 리 맬로리나 에베레스트를 등정한 그 밖의 대부분 사람들의 전통을 이어받아 성을 포위 공격하듯 점진적으로 에베레스트를 공략하는 전법을 구사했다. 셰르파들은 베이스캠프를 떠나 바로 아래 캠프에서 수직으로 대략 600미터 위에 자리 잡은 네 개의 캠프를 차례로 설치하고, 음식과 취사용 연료와 산소 같은 성가신 짐들을 한 캠프에서 다음 캠프로 차례로 올려다가 사우스 콜의 7,900미터 지점에 자리 잡은 마지막 캠프를 포함한 모든 캠프에 필요한 물품들을 충분히 비축해 놓을 것이다. 그리고 만일 모든 것이 홀의 원대한 계획에 따라 순조롭게 이루어지면 우리는 앞으로 한 달 뒤에 가장 높은 캠프, 곧 제4캠프에서 정상 공격을 개시할 것이다.

우리 고객들은 짐을 올리는 일*에 참여하라는 요구를 받지는 않았지만, 고도에 적응하기 위해 정상 공격 전에 자주 베이스캠프 위로 기습 공격을 감행해야 했다. 로브는 4월 13일에 고도에 적응하기 위한 최초의 출격이 있을 거라고 공표했다. 쿰부 빙폭 꼭대기, 곧 베이스캠프에서 수직 800미터 위에 자리 잡은 제1캠프까지 하루에 왕복하는 여행이었다.

우리는 내 마흔두 번째 생일날인 4월 12일 오후를 등산 장비를

---

* 최초의 에베레스트 등반 이래로 상업적인 등반대나 비영리적인 등반대나 가릴 것 없이 대부분의 등반대는 산 위로 짐을 옮기는 일의 상당 부분을 셰르파들에게 의존해 왔다. 하지만 가이드 서비스를 받는 우리 같은 고객들은 약간의 개인적인 장비를 제외하고는 일절 짐을 옮기지 않았으며, 그런 점에서 우리는 예전의 비영리적인 등반대와는 큰 차이가 있었다.

점검하는 일로 보냈다. 옷가지를 분류하고 등산 도구들을 점검하고 안전 밧줄을 준비하고 등산화에 크램폰(빙판에 등산화가 미끄러지지 않게 하기 위해 등산화 창에 고정시키는 5센티미터짜리 강철 못들의 얼개)을 잡아 묶기 위해 둥근 바위들 사이로 우리의 장비들을 쫙 펼쳐 놓는 바람에 캠프는 널찍한 장터처럼 변했다. 나는 벡과 스튜어트, 루가 새 등산화를 꺼내는 걸 보고 은근히 놀라고 또 걱정되었다. 그들은 자기네 등산화가 거의 사용하지 않은 것이라 시인했다. 나로서는 그들이 새 등산화를 신고 에베레스트에 오를 때 감수해야 할 위험성을 알고나 있는지 궁금했다. 나 역시 20년 전에 새 등산화를 신고 등반길에 올랐다가 길이 들지 않은 무겁고 딱딱한 등산화는 발에 큰 손상을 줄 수 있다는 혹독한 교훈을 얻은 적이 있었다.

캐나다 출신의 젊은 심장 전문의인 스튜어트는 자신의 크램폰이 새 등산화에 들어맞지 않는다는 걸 알고 당황했다. 다행히 로브가 별의별 것들이 다 들어 있는 연장함과 독창적인 기술을 동원해서 등산화에 별도의 가죽끈을 부착시켜 크램폰을 사용하는 데 별 지장이 없게 해 줬다.

이튿날 아침에 지고 갈 백팩을 시험 삼아 어깨에 둘러매 볼 즈음, 나는 동료 고객들이 모든 에너지를 쏟아붓지 않을 수 없는 일의 중압감과 가족들의 요구에 밀려 살았고, 그들 중에서 지난해에 한두 번 이상 등산할 기회를 가져 본 사람이 거의 없다는 걸 알게 되었다. 그들은 겉으로 보기에는 모두 당당한 체구를 갖추고 있었지만, 현실적인 여건상 실제로 산을 오르기보다는 헬스클럽이나 체육관 같은 데서 신체 단련을 하는 것으로 그쳤다. 나는 그걸 알고 뜨악한 기분이 되었다. 등산하는 데 신체적인 조건은 중요한 한 가지 요소가 되기는 하나 그 외에도 중요한 요소가 많았으며, 그런 요소들은 체육관에서 단련할 수 있는 성질의 것들이 아니었다.

하지만 나는 내가 잘난 체하는 속물처럼 구는 것인지도 모른다고 생각하며 자신을 나무랐다. 어쨌든 동료들은 모두 내일 아침에는 진짜 산에서 크램폰을 얼음판에 박으며 나아가게 되리라는 생각에 나만큼이나 흥분하고 있었다.

정상을 향한 우리의 루트는 그 산의 하단부에 있는 쿰부 빙하를 따라 올라간다. 그 거대한 얼음의 강은 빙하의 위 끝에 해당되는 7,010미터 높이의 베르크슈룬트*로부터 웨스턴 쿰이라 하는 비교적 완만한 골짜기를 따라 4킬로미터를 흐른다. 그 빙하가 쿰의 밑바닥에 있는 지층의 튀어나온 부분들과 꺼진 부분들 위로 조금씩 이동하면서 무수한 수직의 균열, 즉 크레바스들이 생긴다. 그 크레바스들 중에는 가볍게 넘어갈 수 있을 정도로 좁은 것도 있으나 큰 것은 폭 25미터, 깊이 100미터가 넘고 끝에서 끝까지의 길이가 1킬로미터 가까이 되어 우리의 등반에 성가신 걸림돌이 되기도 한다. 그리고 눈이 그 표면을 살짝 덮을 경우에는 큰 사고를 유발할 가능성이 있는 위험한 곳이 되나, 쿰의 크레바스들이 안겨 주는 문제는 시간이 흐르면서 충분히 예견할 수 있고 얼마든지 처리할 수 있는 것임이 입증되었다.

그런데 빙폭의 경우에는 얘기가 다르다. 빙하가 쿰의 아랫부분

---

* 빙하의 위쪽 끝을 경계 짓는 크레바스. 빙하의 몸체가 바로 위에 치솟아 오른 좀 더 가파른 암벽으로부터 미끄러져 내려오면서 빙하와 암벽 사이가 떨어지는 바람에 형성된다.

의 끝을 빠져나오는 지점인 해발 6,000미터 부근에서 빙하는 갑자기 가파른 비탈 너머로 곤두박질치는데, 그곳이 바로 사우스 콜 루트 전체에서 가장 통과하기 어렵고 사람들이 가장 두려워하는 곳인 악명 높은 쿰부 빙폭이다.

그 빙폭에서 빙하는 하루에 90 내지 120센티미터가량 이동한다. 빙하는 가파르고 불규칙한 지형을 따라 발작적으로 미끄러져 내려오면서 '세락(serac)'이라 하는, 흔들거리는 거대한 얼음덩어리들로 쪼개지는데 그중에서 어떤 것들은 사무실 건물만큼이나 크다. 사우스 콜 루트가 수백 개에 이르는 그 위태로운 탑들 사이나 밑으로 지나가기도 하고 그 주위를 돌아가기도 하기 때문에 그 빙폭을 통과하는 여정은 흡사 러시안룰렛을 하는 것처럼 아찔아찔하다. 조만간 어떤 세락이 아무 예고도 없이 무너질 것이고 그곳을 오르는 사람들은 그것이 쓰러질 때 자기가 그 밑을 지나는 중이 아니기만을 바랄 수밖에 없다. 혼베인과 언숄드의 동료인 제이크 브라이튼바크라는 사람이 무너지는 세락에 깔려 그 빙폭의 첫 희생자가 된 1963년 이후로 열여덟 명이 거기서 사망했다.

다른 해 겨울과 마찬가지로 작년 겨울에도 홀은 올봄에 에베레스트에 등반할 계획이 있는 모든 등반대의 리더들과 상의한 끝에 어느 한 팀에 그 빙폭을 통과하는 길을 열고 유지하는 책임을 맡기기로 합의했다. 쉽지 않은 일이기 때문에 그 일을 맡은 팀은 에베레스트에 오르는 다른 팀들로부터 팀당 2,200달러의 돈을 받게 되어 있었다. 근년에 이르러 이러한 협조 체제는 만장일치까지는 아니라 하더라도 비교적 폭넓게 받아들여지고 있었다. 하지만 항상 그래 왔던 건 아니었다.

한 등반대가 그 빙폭을 통과하는 다른 등반대들에게 통행료를 부과한다는 발상은 1988년에 처음 나왔다. 자금이 풍부한 어느 미국 등반대가 자기네가 개척한 그 빙폭 루트를 따라 지나갈 의향이 있는 등반대는 자기네한테 2,000달러를 지불해야 한다고 선언했을 때였다. 그해에 에베레스트에 온 다른 팀들 중 일부는 이제 에베레스트가 단순한 산이 아니라 일종의 상품이기도 하다는 점을 이해할 수가 없어 그 말을 듣고 몹시 분개했다. 그리고 그런 발상을 못마땅하게 생각하여 가장 목소리를 높여 성토한 사람은 자금이 달랑달랑한 소규모 뉴질랜드 팀을 이끌던 로브 홀이었다.

홀은 그 미국인들이 '산의 신성함을 더럽히고' 있으며 수치스러운 산적 행위를 하고 있다고 매도했다. 하지만 그 미국 팀의 리더이자 냉철한 변호사인 짐 프러시는 꿈쩍도 하지 않았다. 결국 홀은 이를 앙다문 채 프러시에게 돈을 지불하겠다고 약속한 뒤 그 빙폭을 통과했다.(훗날 프러시는 홀이 차용 증서에 기재된 액수를 지불하지 않았다고 밝혔다.)

그러나 2년도 채 지나지 않아서 홀은 그 빙폭을 유료 도로로 간주하는 것이 나름대로 일리가 있다는 사실을 수긍하고 처음의 태도를 바꿨다. 그리고 1993년에서 1995년에 이르기까지 자진해서 그 루트를 개척하는 일을 맡고 직접 통행료를 징수했다. 1996년 봄, 그는 그 책임을 맡지 않기로 했으나 그것을 인계받은 자신의 라이벌이자 또 다른 상업적인 등반대의 리더이며 스코틀랜드 출신으로 에베레스트에 대해 환한 베테랑 산악인인 맬 더프에게 기꺼이 요금을 지불했다.* 우리가 베이스캠프에 도착하기 훨씬 전에 더프가 고용한 셰르파 팀은 길이 1.5킬로미터가 넘는 고정 밧줄을 설치하고 빙하 표면의 갈라진 부분들에 60개가량의 알루미늄 사다리를 걸쳐 놓는 식으로 해서 세락들 사이를 지그재그로 달리는 길을 열었다. 그 사다리들은 고락솁이라는 마을에 사는, 돈 버는 재주가 좋은 셰르파 소유로 그는 매 시즌마다 그것들을 빌려줘 쏠쏠한 수익을 올렸다.

그리하여 토요일인 4월 13일 오전 4시 45분, 미명의 강추위가 맹위를 떨치는 유명한 빙폭의 발치께에서 나는 크램폰을 등산화에 잡아 묶었다.

평생을 위험 속에서 살아온 까다로운 늙은 산악인들은 젊은 초보자들에게 산에서 살아남으려면 자기 '내면의 소리'에 주의 깊게 귀 기울여야 한다고 충고하기를 좋아한다. 투명한 대기 속에서 모종의 불길한 진동 같은 걸 포착한 뒤 일행을 따라가지 않고 슬리핑백 속에 그대로 남은 덕에, 그 전조들에 주의를 기울이지 않은 다른 사람들을 휩쓸어 버린 큰 재앙에서 살아남은 산악인들에 관한 얘기는 어디서든 쉽게 들을 수 있다.

나 역시 우리의 잠재의식이 발하는 신호에 유의해야 한다는 점에서는 아무 이의가 없었다. 로브가 앞장서기를 기다리는 동안 발

---

* 나는 영리적인 목적으로 조직된 등반대를 지칭할 때 '상업적'이라는 용어를 사용하기는 하나 상업적인 등반대라 해서 하나같이 다 가이드의 역할을 하는 건 아니다. 예컨대, 고객들에게 홀이나 피셔가 요구하는 6만 5000달러보다 훨씬 적은 금액을 요구하는 맬 더프 같은 사람은 인솔자의 역할을 하고 에베레스트에 오르는 데 꼭 필요한 물품들, 즉 식량, 텐트, 산소통, 고정 밧줄, 셰르파로 구성된 지원 팀 등을 제공해 주기는 했으나 가이드 역할까지 떠맡지는 않았다. 그는 자기 팀 대원들을 제힘으로 안전하게 에베레스트에 오르고 내려올 수 있을 만한 능력을 지닌 사람들로 간주했다.

밑의 빙하는 작은 나무들이 부러지는 것 같은 요란한 소음들을 냈으며, 나는 그런 소리가 들릴 때마다, 그리고 서서히 이동하는 빙하 저 깊은 데서 먼 천둥소리 같은 게 울려올 때마다 움찔움찔했다. 그런데 문제는 내 내면의 소리가 겁쟁이를 닮았다는 점이었다. 그것은 내가 곧 죽을 거라고 비명을 질러 댔다. 하지만 그런 비명은 등산화 끈을 묶을 때마다 거의 예외 없이 터져 나왔다. 그리하여 나는 신파조로 굴러가는 상상력을 무시해 버리고 오싹하는 기분과 함께 로브를 따라 그 음산한 푸른색 미궁 속으로 들어섰다.

나는 쿰부 빙폭만큼 섬쩍지근한 빙폭에 오른 적은 없지만 그 밖의 빙폭들은 꽤 많이 오른 편이다. 그동안 아이스 피켈이나 크램폰 같은 장비와 고난도의 등반 기술이 필요한, 수직으로 곤추선 빙폭이나 머리 위에 가로걸린 빙폭들을 올랐다. 쿰부 빙폭에도 가파른 빙벽들은 꽤 많았지만 그런 곳에는 하나같이 사다리나 밧줄이, 혹은 그 두 가지가 다 걸려 있어 빙폭을 오를 때 꼭 갖고 다니는 장비들이나 고난도의 빙벽 등반 기술 같은 건 대체로 불필요했다.

에베레스트에서는 산악인의 필수적인 장비인 밧줄조차도 옛날과는 다른 방식으로 쓰이고 있다는 걸 나는 곧 알게 되었다. 예전의 산악인들은 다른 한두 명의 대원과 길이 50미터가량의 밧줄로 서로 연결되어 있어 그들 각자의 행위는 다른 사람들의 목숨과 직접적으로 연관되어 있었다. 이런 식으로 오르는 건 대원 상호 간의 깊은 신뢰를 바탕으로 한 아주 진지한 행위다. 그런데 그 빙폭에서는 편의주의적 발상에 의해 남들과 물리적으로 일절 연결되지 않은 상태에서 각자 독자적으로 오르게 되어 있었다.

맬 더프의 셰르파들은 그 빙폭의 바닥에서 꼭대기까지 한 줄의 밧줄을 고정해 놓았으며 내 허리에는 끝에 카라비너(금속제의 D형 고리 —옮긴이) 혹은 스냅 링크라고 하는 것이 부착된 1미터의 안전 밧줄이 달려 있었다. 그리고 나의 안전은 동료들과 연결된 밧줄에 의해서가 아니라 그 고정된 밧줄에 내 안전 밧줄을 거는 것으로 확보되었다. 내가 오름에 따라 고정 밧줄에 걸린 내 안전 밧줄도 따라 올라가는 식으로 되어 있는 것이다. 우리는 이런 식으로 해서 그 빙폭의 가장 위험한 부분들을 최대한 빨리 지나갈 수 있었으며 등반 기술이나 경험이 어느 정도인지 알 수 없는 동료들에게 자신의 생명을 내맡길 필요도 없었다. 나중에야 알게 된 일이지만 그 등반의 전 과정을 통해 내 몸과 다른 대원의 몸을 밧줄로 연결해야 할 필요가 있었던 경우는 단 한 번도 없었다.

그 빙폭에서는 정통적인 등반 기술이 거의 필요 없는 대신 완전히 새로운 기술의 레퍼토리가 필요했다. 예를 들면, 보기만 해도 등골이 오싹한 깊은 틈새에 가로걸린, 사다리 세 개의 끝과 끝을 밧줄로 잡아 묶어 연결한 흔들흔들하는 다리를 크램폰이 부착된 등산화를 신은 채 까치발을 하고 건너야 하는 묘기 같은 것이다. 그곳에는 그런 다리가 많았고 나는 그것들을 건너는 일에 좀처럼 익숙해질 수 없었다.

어느 한 지점에서 그런 사다리의 양쪽 끝을 떠받쳐 주는 얼음이 마치 지진이라도 난 것처럼 흔들리기 시작했을 때, 나는 마침 미명의 어슴푸레한 빛 속에서 몸을 뒤뚱거리며 그 불안정한 사다리의 한 단에서 다른 한 단으로 발을 옮기는 중이었다. 잠시 후 머리 위쪽으로 아주 가까운 어딘가에서 거대한 세락 하나가 엄청난 굉음과 함께 무너져 내렸다. 그 순간 심장이 덜컥 내려앉으면서 나는 얼어붙었다. 하지만 사태가 난 것처럼 무너져 내리는 얼음 더미들은 왼쪽으로 50미터쯤 떨어진, 내 눈에는 보이지 않는 지점을 휩쓸고 지나갔고 아무 피해도 입지 않았다. 나는 두근거리는 가슴을 가라앉히기 위해 몇 분쯤 기다린 뒤 다시 뒤뚱뒤뚱 걸어 사다리 끝에 이르렀다.

빙하가 끊임없이 움직이고 간혹 그 움직임이 격렬한 양상을 보이는 것 역시 사다리를 건너는 일을 어렵게 만드는 한 요소가 된다. 빙하가 이동함에 따라 어떤 때는 크레바스가 달라붙으면서 사다리를 플라스틱 이쑤시개처럼 뒤틀어 놓기도 하고, 또 어떤 때는 더 넓게 벌어지는 바람에 사다리가 양쪽을 떠받쳐 주던 얼음에서 벗어나 허공에 대롱대롱 매달리는 사태가 벌어지기도 한다. 오후의 태양이 사다리와 밧줄을 지탱해 주던 앵커* 주위의 얼음과 눈을 녹이는 바람에 앵커가 빠지는 일도 수시로 일어났다. 매일매일 손을 보는데도 어느 지점에서 밧줄이 사람의 몸무게를 이기지 못해 늘어질 때는 정말로 위험하다.

그 빙폭은 그처럼 힘들고 무서운 곳이긴 하나 또 아주 놀랄 만큼 매혹적인 곳이기도 하다. 날이 밝으면서 하늘에서 어둠이 걷히자 그 조각난 빙하는 환상적인 아름다움을 지닌 입체적인 풍경으로 떠올랐다. 기온은 영하 14도였고 내 크램폰은 빙하의 겉껍질 속에

---

* 밧줄과 사다리를 눈 비탈에 고정하는 데는 피켓이라 부르는 길이 90센티미터쯤 되는 알루미늄 말뚝을 사용하고, 단단한 빙하 지형일 때는 '아이스 스크루'라고 하는, 속이 비고 나선형 골이 파여 있는 길이 25센티미터쯤 되는 큰 나사를 빙하 속에 돌려서 박아 넣는다.

제대로 잘 박혔다. 나는 고정된 밧줄을 따라 푸른빛의 수정처럼 빛나는 얼음 석순들이 줄줄이 늘어선 미로를 이리저리 나아갔다. 빙하 양쪽 가장자리에는 가파른 암벽들이 빙하를 압박하면서 사악한 신의 양쪽 어깨처럼 하늘 높이 솟아올라 있었다. 나는 그 황홀한 풍경에 취한 데다 그곳을 오르는 게 워낙 힘들어 등반의 순수한 기쁨 속에서 나 자신을 망각했다. 한두 시간 동안 두려움조차도 잊었다.

제1캠프까지의 코스를 4분의 3가량 갔을 때 홀은 휴식 장소에서 빙폭의 상태가 과거 그 어느 때보다도 좋다고 말했다.

"이번 시즌에 이 루트는 완전히 고속도로예요."

하지만 거기서 약간 더 올라간 5,790미터 지점에 이르자 아슬아슬하게 버티고 선 아주 거대한 세락 하나가 나타났다. 12층 건물만큼 높은 그 우람한 세락은 우리 머리 위로 30도쯤 기울어져 있었다. 고정된 밧줄이 지시하는 길은 머리 위로 돌출한 그 세락의 빙벽을 타고 예각으로 구부러지면서 올라가는 천연의 좁은 통로로 이어졌다. 우리는 괜히 그 밑에서 어물어물하다 깔려 죽는 불상사를 피하기 위해 위태롭게 흔들거리는 탑을 넘어가야 했다.

나는 내 안전이 속도에 달려 있다는 걸 깨닫고 비교적 안전한 그 세락의 정상을 향해 모든 힘을 다해 헉헉거리며 올라갔다. 하지만 고도 적응이 제대로 되지 않은 탓으로 가장 빠른 속도라고 해 봤자 기어가는 것보다 별로 나을 게 없었고, 네다섯 걸음을 옮길 때마다 밧줄에 기대선 채 한 번씩 쉬어야 했다. 나는 물 위에 오른 물고기처럼 계속 헐떡이면서 희박하고 싸늘한 공기를 들이마셨는데, 그

때마다 폐가 찢어질 것처럼 아팠다.

　나는 용케 그 세락이 무너지는 불상사를 피해 평탄한 그 꼭대기에 올라 가쁜 숨을 몰아쉬면서 털썩 주저앉았다. 심장은 휴대용 착암기처럼 요란하게 들뛰었다. 그로부터 잠시 후인 오전 8시 30분경, 나는 마지막 세락들 바로 너머에 있는 빙폭 꼭대기에 이르렀다. 하지만 제1캠프의 안전함도 마음에 평화를 가져다주지는 못했다. 거기서 얼마 떨어지지 않은 곳에 위태롭게 서 있는 거대한 얼음덩어리에 대한 공포가 뇌리에서 좀처럼 사라지지 않았으니까. 만일 내가 에베레스트 정상에 오를 작정이라면 앞으로 흔들거리는 얼음덩어리 밑을 적어도 일곱 차례는 더 통과해야 하리라. 그 길을 야크나 다니는 길이라 비웃는 사람들은 쿰부 빙폭을 지나가 본 적이 없는 사람임이 분명했다.

　우리 일행이 제1캠프를 떠나기 전, 로브는 한낮의 태양이 그 빙폭을 좀 더 불안정하게 만들기 전에 베이스캠프로 돌아가야 하니 일행 중 일부가 제1캠프에 도착하지 못한다 해도 오전 10시 정각에는 무조건 돌아서야 한다고 말했다. 정해진 시간 안에 제1캠프에 도착한 사람들은 로브와 프랭크 피슈벡, 존 태스크, 더그 한센, 그리고 나뿐이었다. 로브가 무선으로 연락해서 모두 돌아서라고 지시했을 때 가이드들인 마이크 그룸과 앤디 해리스의 안내를 받아 오르던 남바 야스코, 스튜어트 허치슨, 벡 웨더스, 루 카시슈케는 제1캠프에서 수직으로 70미터 아래 지점에 떨어져 있었다.

　이날 우리는 다른 동료들이 오르는 광경을 처음으로 목격했으며, 그로 인해 앞으로 몇 주 동안 서로서로 의지하게 될 사람들의 강점과 약점을 좀 더 명확히 파악할 수 있었다. 더그와, 쉰세 살로 팀에서 가장 나이가 많은 존은 아주 견실해 보였다. 하지만 가장 인상적인 사람은 행동거지가 점잖고 말도 부드럽게 하는 홍콩 출신의 출판업자 프랭크였다. 그는 과거에 에베레스트에 세 번이나 도전하면서 얻은 지혜를 십분 발휘해, 처음에는 시종 같은 페이스를 유지하며 남보다 느리게 올라갔으나 빙폭 꼭대기에 이를 무렵에는 어느새 거의 모든 사람을 추월했다. 거기다 한 번도 숨을 헐떡이는 모습을 보인 적이 없었다.

그와는 아주 대조적으로 팀에서 가장 젊고 또 가장 강인해 보이는 스튜어트는 처음에는 일행의 선두에서 돌진해 나가더니, 금방 지쳐 빙폭 꼭대기에 이를 즈음에는 맨 뒤에 처져 눈에 띄게 헐떡였다. 베이스캠프를 향해 도보 여행길에 오른 첫날 오전에 한쪽 다리의 근육을 다쳐 걷는 데 지장이 있는 루는 느리긴 했지만 그런대로 잘 따라왔다. 반면 벡과 야스코는 형편없어 보였다. 특히 야스코가 더 그랬다.

벡과 야스코는 사다리에서 크레바스로 떨어질 뻔한 위기를 몇 번이나 겪었다. 그리고 야스코는 크램폰 사용법을 거의 모르는 듯했다.* 교사로서의 천품을 타고난 데다 참을성이 아주 많은 사람이라는 사실이 드러났고, 또 젊은 가이드로서 일행 맨 뒤에서 가장 느린 고객들과 함께 오를 임무를 맡은 앤디는 오전 시간 전부를 야스코에게 기본적인 빙벽 등반 기술을 가르치는 일로 보냈다.

---

* 야스코는 과거에 아콩카과, 매킨리, 엘브러스, 빈슨을 오르는 동안 크램폰을 사용하기는 했지만, 그 산들의 지형은 기본적으로 눈과 바위 파편 같은 자갈로 뒤덮인 완만한 비탈로 이루어져 있었기에 본격적인 빙벽 등반을 해야 하는 경우는 거의 없다시피 했다.

우리가 각자 그 나름의 약점들을 갖고 있음에도 로브는 빙폭 꼭대기에서 우리 일행 모두가 보여 준 결과에 아주 만족스럽다고 선언했다. 그는 자식을 자랑스럽게 여기는 아버지처럼 말했다.

"모두들 아주 잘 해 주셨습니다. 올해에는 아주 강한 분들을 모신 것 같습니다."

베이스캠프로 돌아가는 데는 한 시간이 조금 더 걸렸다. 텐트들이 있는 곳으로부터 100미터쯤 떨어진 데서 크램폰을 벗고 있는데 마치 해가 내 두개골 꼭대기에 구멍을 뚫고 있는 것 같은 느낌이 들었다. 그리고 몇 분 뒤 식당 텐트에서 헬렌과 총바하고 잡담을 나누다가 갑자기 격렬한 두통이 일었다. 그렇게 심한 두통은 평생 처음 겪었다. 양쪽 관자놀이 안쪽이 완전히 으스러지는 듯한 느낌이었다. 통증이 너무 심해 몇 차례 심한 욕지기가 일었고 조리 있는 말로 얘기하는 게 불가능했다. 나는 뇌졸중 같은 게 온 건 아닌가 두려워하면서 그들과 얘기하던 도중에 일어났다. 비틀거리며 텐트로 돌아와 슬리핑 백 속으로 파고든 뒤 모자를 눈 위에까지 깊숙이 눌러썼다.

머리는 금방이라도 터져 나갈 것 같았다. 도대체 무슨 이유로 그렇게 아픈지 알 수가 없었다. 베이스캠프로 돌아올 때까지는 말짱했기에 고도 탓 같지는 않았다. 내 망막과 뇌를 불태운 자외선에 대한 반작용일 가능성이 더 커 보였다. 원인이 뭐든 간에 그 아픔은 말로 표현할 수 없을 만큼 컸다. 이후 다섯 시간 동안 나는 자리에 누운 채 감각에 어떤 자극도 주지 않으려 애썼다. 눈을 뜨거나 눈을 감은 채 눈동자를 좌우로 굴리기만 해도 심한 통증이 몰려왔다. 해가 질 무렵 아픔을 더 이상 견딜 수 없어서 우리 등반대 전속 의사인 캐롤라인한테 조언을 구하려고 비틀거리며 진료 텐트로 갔다.

그녀는 강력한 효과를 지닌 진통제를 주면서 물과 함께 넘기라 했다. 하지만 나는 물을 몇 모금 마신 뒤 알약들과 물, 그리고 점심 먹은 것까지 토해 버리고 말았다.

"흐으음." 캐롤라인은 내 구두 위에 튀어 오른 토사물을 내려다보면서 잠시 궁리를 하다가 말했다. "방법을 좀 달리 해 봐야겠네요."

그녀는 구토를 가라앉혀 줄 조그만 알약 하나를 혀 밑에 물고 있다가 그게 다 녹은 뒤에는 코데인(진통제, 진정제, 수면제, 기침약으로 쓰인다.—옮긴이) 정제 두 개를 삼키라고 지시했다. 한 시간 뒤 통증은 가라앉기 시작했다. 나는 감사한 마음에 울고 싶은 기분과 함께 무의식의 나락으로 굴러떨어졌다.

× × ×

슬리핑 백 속에 누워 반쯤 조는 상태에서 오전의 햇살이 텐트 벽에 아른거리게 하는 그림자들을 바라보고 있는데, 헬렌이 외치는 소리가 들려왔다.

"존! 전화요! 린다예요!"

나는 샌들을 꿰어 신고 통신 텐트까지 50미터를 전력 질주한 뒤 호흡을 가다듬으려 애쓰면서 송수화기를 받아들었다.

전화와 팩스가 장착된 그 위성통신 장비 전체는 휴대용 컴퓨터

보다 약간 큰 정도였다. 통화 요금은 분당 5달러 정도로 아주 비쌌으며 항상 통화가 되는 것도 아니었다. 하지만 나로서는 내 아내가 시애틀에서 열세 자리의 숫자를 눌러 에베레스트산에 있는 나와 얘기할 수 있다는 사실이 그저 놀랍기만 했다. 전화가 온 건 큰 위안이 되었지만 지구 저편에서 날아오는 린다의 희미한 목소리에는 체념한 듯한 기색이 어려 있었다. 그녀는 안심하라는 듯이 말했다.

"난 잘 지내고 있어요. 하지만 당신이 없어 허전해요."

열아흐레 전 네팔행 여객기를 타려는 나를 공항까지 바래다줬을 때 그녀는 눈물을 흘렸다. 그녀는 솔직히 털어놨다.

"울음을 그칠 수가 없었어요. 당신한테 작별 인사를 했을 때야말로 내 인생에서 가장 슬픈 때였어요. 마음 한구석에 당신이 돌아오지 못할 수도 있다는 생각이 도사리고 있었나 봐요. 그건 도무지 쓸데없는 짓 같았어요. 어리석고 무의미한 짓 같았고요."

우리는 15년 반 동안 함께 살아왔다. 결혼을 하는 게 어떻겠냐는 얘기를 처음으로 나눈 뒤 일주일도 채 안 되어 치안판사를 찾아가 일을 저지르고 말았다. 그때 나는 스물여섯 살이었고, 때마침 등산을 끊고 좀 더 진지하게 살기로 결심했던 터였다.

처음 린다와 만났을 때는 그녀 역시 산타기를 좋아했다. 그녀는 등산에 남다른 재질을 타고난 사람이기도 했다. 하지만 한쪽 팔이 부러지고 허리를 다치는 사고를 당한 뒤 등산이 위험한 스포츠라는 걸 자각하고 정신을 차렸다. 린다는 나한테 등산을 포기하라고 요구할 생각 같은 건 한 번도 해 본 적이 없었다. 하지만 그녀가 나와 결혼하기로 결심한 데는 등산을 그만둘 생각이라는 내 얘기가 적지 않은 역할을 했다. 그러나 나는 등산이 내 영혼을 얼마나 강렬하게 사로잡고 있는지 미처 깨닫지 못했다. 그것이 방향타도 없이 표류할 가능성이 있는 내 삶에 분명한 목표를 제시해 준다는 것도 의식하지 못했다. 나는 그것이 빠진 삶이 얼마나 공허할 것인지 전혀 예견하지 못했다. 그리하여 결혼한 지 1년도 채 안 되어 창고에서 밧줄을 살그머니 꺼내들고 암벽으로 돌아갔다. 위험하기로 악명 높은 아이거 북벽에 오르기 위해 스위스로 날아간 1984년, 린다와 헤어지기 일보 직전에 이르렀으며, 내가 산에 오르는 것이 우리 갈등의 핵심이었다.

아이거 등정에 실패한 뒤 이삼 년 동안 우리 관계는 계속 험악했지만 파국에까지 이르지는 않았다. 결국 린다가 내가 산에 오르는 걸 받아들인 것이다. 그녀는 등산이 내 존재의 중요한(동시에 사람을 곤혹스럽게 하는) 일부라는 걸 알았다. 등산이 내 인간 됨됨이의 도저히 변할 수 없는 이상한 측면의 본질적인 표현이어서 그게 변하기를 기대하는 건 내 눈 빛깔이 변하기를 기대하는 것이나 다름없다는 걸 알았다. 이런 미묘한 화해가 진행되는 중에 《아웃사이드》에서 나를 에베레스트에 보내기로 했다는 연락이 왔다.

처음에 나는 산악인으로서가 아니라 언론인으로서 가는 척했다. 에베레스트 상업화라는 주제가 흥미로운 주제이며 보수도 아주 좋기 때문에 그 일을 수락한 척했다. 린다한테나, 내가 히말라야에 오를 만한 능력이 있는지 의심하는 사람들에게 나는 아주 높이 올라갈 생각은 없다고 했다.

"아마 베이스캠프에서 약간 더 올라가는 정도로 그칠 거야. 높은 고도라는 게 어떤 것인지 맛만 보는 정도로."

물론 그건 거짓말이었다. 그 여행에 소요되는 기간과 그에 대비한 훈련을 하는 데 들여야 하는 시간을 감안할 때, 집에 머물면서 다른 글을 쓰는 게 돈벌이로는 훨씬 나았다. 나는 에베레스트의 신비에 사로잡혔기 때문에 그 일을 받아들였다. 사실 난 그 산에 오르기를 간절히 원했다. 이제까지 원했던 그 어떤 것보다도 더. 네팔에 가기로 동의한 순간부터 나는 남과 별반 다르지 않은 내 다리와 폐가 허용하는 한도 내에서 최대한 높이 오를 작정이었다.

나를 공항까지 태워다 줄 즈음 린다는 내 속을 훤히 꿰고 있었다. 아니, 그보다 훨씬 전부터. 그녀는 내가 진정으로 바라는 게 뭔지 분명하게 감지했고 그 때문에 두려워했다. 그녀는 절망감과 분노가 뒤섞인 목소리로 대들었다.

"당신이 죽는다 할 때 그 대가를 치를 사람은 당신 하나뿐만이 아니에요. 나 역시 치러야 해요, 남은 평생을. 당신에게는 그게 아무렇지도 않나요?"

나는 대꾸했다.

"난 죽지 않을 거요. 괜히 감상적으로 굴지 말아요."

7장

사고의 예감

1996년 4월 13일

제1캠프

해발 5,944미터

하지만 이 세상에는 도저히 이를 수 없는 것에 특별한 매력을 느끼는
사람들이 있다. 그들은 대체로 전문가들이 아니다. 그들의 야망과
환상은 좀 더 신중한 사람들이 가짐 직한 회의를 쓸어내 버릴 만큼
강력하다. 결단력과 믿음이야말로 그들의 가장 강력한 무기다. 이
세상에서 그런 사람들은 잘하면 괴짜 정도로 취급받으나 잘못하면
미친놈 취급을 받는다…….
에베레스트는 그런 사람들의 일부를 유혹했다. 그들의 등반 경력은
전혀 없는 경우에서 약간 있는 정도까지의 편차를 보였다. 그중에서
에베레스트 등반을 할 만하다고 인정할 수 있을 정도의 경험을 가진
이는 아무도 없었다. 그들 모두가 공통으로 가진 게 세 가지가 있었으니
스스로에 대한 믿음, 위대한 결단력, 인내심이 바로 그것이었다.

— 월트 언스워스, 『에베레스트』

나는 한 가지 야망 혹은 결심을 품은 채 성장했다. 그것이 없었더라면
훨씬 더 행복하게 지냈으리라. 나는 늘 생각에 골몰하느라 몽상가
특유의 몽롱한 눈빛을 하고 지냈다. 머나먼 고장에 있는 그 높은 산들은
항시 나를 사로잡았고 그들의 영혼 속에 나를 끌어들였으니까. 나는
끈기라는 자산과 그 밖의 사소한 장점들로 내가 무엇을 이룰 수 있을지
알지 못했다. 하지만 표적은 이미 높이 설정되어 있었으며, 한 차례씩
좌절을 겪을 때마다 적어도 한 가지 큰 꿈만은 어떻게 해서든지 이루고야
말겠다는 결심은 더욱더 굳어졌다.

— 얼 덴먼, 『에베레스트에 홀로 오르다』

1996년 봄의 에베레스트 산비탈에는 적지 않은 몽상가들이 모여 있었다. 그 산에 오르겠다고 온 사람 중에는, 등반 자격증이라고는 나처럼 군살 없이 여윈 몸 하나가 전부인 사람들이 꽤 많았다. 각자가 자기 능력을 평가하고 세상에서 가장 높은 산의 막강한 도전에 그 능력을 견주어 볼 때가 되자, 베이스캠프에 모인 사람들의 반수는 망상증 환자로 낙인찍힐 만한 사람들이 아닌가 싶을 때가 가끔씩 있었다. 하지만 이건 전혀 놀랄 만한 일이 아닐 것이다. 에베레스트는 항시 괴짜, 명성을 추구하는 사람, 구제 불능의 로맨티스트, 비현실적인 사람을 유혹해 왔으니까.

1947년 3월, 얼 덴먼이라는 캐나다 출신의 가난한 엔지니어가 인도의 다르질링에 도착한 뒤, 등산 경험이 거의 없을 뿐만 아니라 티베트에 들어갈 수 있는 공식적인 허가장을 얻지 못했음에도 에베레스트에 오를 작정이라고 말하고 다녔다. 그는 어찌어찌해서 앙 다와, 텐징 노르게이라는 두 명의 셰르파를 설득해서 함께 가겠다는 약속을 받아 내는 데 성공했다.

나중에 힐러리와 함께 에베레스트에 첫 등정한 바로 그 사람인 텐징은 1933년에 에릭 십턴이라는 영국의 저명한 산악인이 이끄는 원정대에서 일자리를 구할 수 있지 않을까 하는 기대를 품고 네팔에서 다르질링으로 이주했다. 그런데 그해 봄에 에베레스트로 출발할 예정인 그 등반대는 유감스럽게도 그 젊은 셰르파를 선택하지 않았다. 하지만 그는 인도에 그대로 머무르던 끝에 십턴이 이끄는 1935년의 영국 원정대에서 일자리를 얻었다. 1947년, 덴먼과 함께 가기로 동의할 무렵 텐징은 이미 그 산에 세 번이나 도전한 경력을 갖고 있었다. 훗날 그는 덴먼의 계획이 무모하다는 걸 처음부터 알고 있었지만 자기 역시 에베레스트의 흡인력에 저항할 힘이 없었다고 털어놨다.

그건 완전히 무모한 짓이었다. 우선 우리는 티베트에 들어가지도 못할 공산이 컸다. 둘째로, 설령 들어간다 해도 우리는 아마 붙잡힐 것이고 가이드의 입장인 나도 덴먼과 마찬가지로 큰 곤경에 처하게 될 것이다. 셋째로, 나는 설령 우리가 그 산에 도착한다 해도 우리 같은 팀이 그 산에 오를 수 있으리라고는 추호도 믿지 않았다. 넷째로, 그 시도는 대단히 위험한 것이 될 것이다. 다섯째로, 덴먼은 돈이 별로 없어 우리한테 넉넉한 보수를 지불할 능력도, 우리한테 무슨 일이 생겼을 때 우리의 부양 가족에게 충분한 보상을 해 줄 능력도 없는 사람이었다. 이런 것들 말고도 문제는 무수히 많았다. 제정신이 박힌 사람이라면 당연히 '노(No)' 했어야 했다. 그러나 나는 '노'라고 하지 않았다. 나는 어떻게 해서든지 그곳에 가고 싶었으며 이 세상에서 에베레스트만큼 나를 강하게 잡아끄는 존재는 다시 없었다. 나는 앙 다와와 몇 분간 상의한 끝에 마침내 결정을 내리고 덴먼에게 말했다. "좋아요. 해 봅시다."

그 소규모 원정대가 티베트를 가로질러 에베레스트를 향해 나아가는 과정에서 두 명의 셰르파들은 점차 그 캐나다 사람을 좋아하고 존경하게 되었다. 그는 등산 경험이 부족한 사람이었지만 셰르파들은 그의 용기와 육체적인 강인함에 탄복했다. 그리고 덴먼은 셰르파들과 더불어 그 산의 가파른 사면에 도착해서 냉엄한 현실과 부딪쳤을 때 자신의 약점을 서슴없이 인정할 줄 아는 훌륭한 사람이었다. 6,700미터 지점에서 거센 눈보라와 직면했을 때 덴먼은 패배를 자인했다. 그리고 그 세 사람은 돌아서서 출발한 지 불과 5주 만에 안전하게 다르질링으로 돌아왔다.

덴먼의 시도가 이루어지기 13년 전에 이상주의적이고 자주 우울한 기분에 빠져들곤 했던 모리스 윌슨이라는 영국 사람이 그와 비슷한 무모한 등반을 시도했는데, 그의 경우는 덴먼만큼 운이 좋지 못했다. 인류를 돕겠다는 엉뚱한 소망을 품은 윌슨은 에베레스트에 오르는 것이야말로 금식(禁食)과 신의 권능에 대한 믿음을 통해 인류의 무수한 불행과 고통을 치유할 수 있다는 자신의 확신을 내외에 널리 알릴 완벽한 방법이 되리라는 결론을 내렸다. 그는 소형 비행기로 티베트까지 날아가 에베레스트 산비탈에 동체 착륙한 뒤 거기서부터 정상으로 올라갈 계획을 세웠다. 등산이나 비행기 조종에 대해 아는 게 전혀 없다는 사실도 그에게는 큰 걸림돌로 여겨지지 않았다.

윌슨은 날개가 천으로 된 집시모스(Gypsy Moth)기를 구입하여 에버 레스트(Ever Wrest)라는 이름을 붙이고 기초적인 조종법을 배웠다. 그리고 등산에 관해 알 건 알아야겠다는 생각에서 그다음 5주 동안 웨일스의 스노도니아산맥(높이 1,085미터의 스노든산이 거기서 가장 높다.—옮긴이)과 잉글랜드의 호수 지방(호수가 많은 산악 지방—옮긴이)의 완만한 구릉들을 답사했다. 그러고 나서 1933년 5월 그는 드디어 그 조그만 비행기를 몰고 이륙하여 카이로, 테헤란, 인도를 경유하여 에베레스트로 날아갔다.

그 무렵 윌슨의 계획은 이미 많은 신문 잡지에 크게 보도되었다. 그는 인도의 퍼탭포르로 날아갔으나 네팔 정부가 네팔 상공을 비행해도 좋다는 허가를 내주지 않아 하는 수 없이 비행기를 500파운드에 팔아 버리고 육로로 다르질링까지 갔다. 거기서 그는 티베트 입국 허가가 나오지 않았다는 걸 알았으나 이번에도 역시 당황하지 않았다. 1934년 3월, 그는 불교 승려로 위장하고 세 명의 셰르파를 고용한 뒤, 현지 당국자들의 권위를 무시하고 몰래 시킴의 숲과 황량한 티베트 고원을 가로지르는 500킬로미터의 여정에 올랐다. 그리고 4월 14일에는 드디어 에베레스트의 발치께에 이르렀다.

사방에 돌이 널려 있는 이스트 롱북 빙하를 오르는 여정에 접어든 그는 처음에는 순조롭게 나아갔으나 빙하 등반에 관해 아는 바가 전혀 없어 거듭 길을 잃고 헤맸고, 그로 인해 좌절감에 허덕이고 기운도 많이 빠졌다. 하지만 그는 포기하기를 거부했다.

5월 중순, 그는 이스트 롱북 빙하의 정상인 해발 6,400미터 지점에 이르렀으며 거기서 에릭 십턴이 이끌었던 1933년 원정대가 등정에 실패한 뒤 은밀한 곳에 숨겨 놓고 간 식량과 장비를 훔쳤다. 윌슨은 거기서 노스 콜로 이어지는 사면을 오르기 시작했다. 이윽고 6,920미터 지점까지 올랐을 때 그의 앞에는 도저히 오를 수 없는 수직의 빙벽이 버티고 있어 하는 수 없이 십턴이 물품들을 숨겨 둔 곳으로 물러났다. 그런데도 그는 그곳을 떠날 생각이 없었다. 5월 28일, 그는 일기장에 "이것은 마지막 시도가 될 것이고 이번에는 성공할 것 같은 예감이 든다."고 썼다. 그러고는 또다시 그 산을 향해 올라갔다.

1년 뒤 십턴이 새 원정대를 이끌고 다시 에베레스트로 돌아왔을 때 그의 대원들이 노스 콜 발치의 눈밭에 쓰러져 있는 윌슨의 얼어붙은 시신을 발견했다. 시신을 발견한 대원 중 하나인 찰스 워런은 그 일에 대해 이렇게 기록했다. "얼마 동안 의논한 끝에 우리는 그를 크레바스에 묻어 주기로 결정했다. 그때 우리는 모두 모자를 벗었으며, 내가 보기에 모두들 기분이 울적한 듯했다. 나는 이제 내가 죽은 사람을 봐도 별로 동요하지 않게 되었다고 생각했지만 그 정황들로 인해, 그리고 그가 결국은 거의 우리만큼 해냈다는 사실 때문에 그의 비극이 남의 일처럼 여겨지지 않았다."

×   ×   ×

요즘 에베레스트를 오르려는 현대판 윌슨과 덴먼 같은 사람들 (내 동료들의 일부처럼 산을 오를 능력이 있는지 의심스러운 몽상가들)이 급증하는 현상은 많은 비판을 불러일으켜 왔다. 하지만 누가 에베레스트에 오를 만하고 누가 그렇지 못한가를 규정하는 문제는 보기보다 그리 간단치가 않다. 거액의 돈을 지불하고 가이드가 딸린 등반대에 들어왔다고 해서 무조건 그 사람이 그 산을 오르기에 부적합한 사람이라고 단정할 수는 없다. 사실, 1996년 봄에 에베레스트에 온 상업적인 등반대 중에서 최소한 둘은 가장 엄격한 기준에 비추어 보더라도 히말라야에 오르기에 충분하다고 간주할 만한 베테랑 산악인들을 포함하고 있었다.

4월 13일, 내가 제1캠프에서 동료들이 빙폭 꼭대기에 오르기를 기다리고 있을 때 스콧 피셔의 마운틴 매드니스팀에 속한 두 명의 대원이 아주 활기 있는 걸음으로 내 곁을 지나쳐 갔다. 한 사람은 과거에 미국 스키팀의 멤버였고 현재는 시애틀에서 건축 청부업자로 일하는 서른여덟 살의 클레브 쇼에닝이었는데, 그는 남달리 힘이 좋은 편이긴 했으나 고산에 오른 경험이 거의 없다시피 했다. 그러나 그와 함께 걷는 그의 숙부 피트 쇼에닝은 히말라야의 살아 있는 전설과도 같은 인물이었다.

낡고 빛바랜 고어텍스 차림에 키가 껑충하고 등이 살짝 굽었으며, 두 달만 있으면 예순아홉 살이 되는 피트는 오랫동안 히말라야를 떠났다가 다시 돌아왔다. 1958년에 그는 강력한 추진력으로 파키스탄의 카라코람산맥에 속한 높이 8,068미터의 히든 피크를 첫 등정하는 개가를 올렸으며, 그것은 그때까지 미국 산악인으로서는 가장 높은 산에 오른 기록에 해당했다. 하지만 피트는 힐러리와 텐징이 에베레스트 정상에 오른 해인 1953년에 그의 팀이 K2 등정을 시도했다가 실패했을 때 영웅적인 역할을 한 것으로 훨씬 더 유명했다.

여덟 명으로 구성된 그의 등반대가 K2 높은 지점에서 정상을 공격하려 하다 격렬한 눈 폭풍을 만나 그것이 지나가기를 기다리고 있을 때, 아트 길키라는 대원이 높은 고도로 인한 치명적인 응혈 현상인 혈전 정맥염 증상을 보였다. 피트와 다른 대원들은 그의 목숨을 구할 가능성이라도 기대하려면 당장 길키를 데리고 하산해야 한다는 걸 깨닫고는 환자를 데리고 눈 폭풍이 맹위를 떨치는 가파른 아브루치 능선을 내려가기 시작했다. 그런데 7,620미터 지점에서 조지 벨이라는 대원이 미끄러져 굴러떨어지면서 다른 네 명의 대원까지 함께 끌고 내려갔다. 그 순간 피트는 반사적으로 그 밧줄을 자신의 양어깨와 아이스 피켈 주위에 휘감고는 한 손으로 길키를 붙잡은 채 굳건하게 버텨 다섯 명의 대원들이 굴러떨어지는 걸 저지하는 데 성공했다. 훗날 등산 연대기들에 놀라운 위업 중의 하나로 기록된 그 사건은 그저 자일 확보(The Belay)*라는 고유 명사화한 간단한 용어로 등산 역사에 영원히 남게 되었다.

그리고 이제 피트 쇼에닝은 피셔와 피셔의 두 가이드 닐 베이들맨, 아나톨리 부크레예프의 인도를 받아 에베레스트를 오르고 있었다. 콜로라도에서 온 힘 좋은 산악인인 베이들맨에게 쇼에닝과 같은 대단한 고객을 안내하는 소감이 어떠냐고 묻자 그는 쑥스러운 듯이 웃으면서 얼른 내 말을 정정해 줬다.

"나 같은 사람은 단 한순간도 피트 쇼에닝을 '안내'할 입장이 못

---

* 한 사람이 밑에서 오르는 동료들의 안전을 지켜 주기 위해 밧줄을 고정시키는 행위를 뜻하는 등산 용어

됩니다. 그저 그분과 같은 팀에 있다는 것만도 대단한 영광이라 생각할 뿐이죠."

쇼에닝은 자기를 정상으로 안내해 줄 가이드가 필요해서가 아니라 등산 허가를 받고, 산소와 텐트 설비와 식량을 확보하고, 셰르파의 지원을 포함한 그 밖의 잡다하고 번거로운 일들을 손수 해야 하는 부담을 피하기 위해 피셔의 마운틴 매드니스 팀에 동참한 것이다.

피트와 클레브가 자기네의 제1캠프로 가기 위해 내 곁을 지나친 뒤 몇 분쯤 지났을 때 그들의 동료인 샬럿 폭스가 나타났다. 서른여덟 살에 정열적이고 조각처럼 잘 빠진 몸매를 지닌 폭스는 콜로라도 애스펀에서 스키 안전 요원으로 일해 왔으며 과거에 8,000미터급 봉우리 둘을 오른 적이 있었다. 파키스탄에 있는 8,035미터의 가셔브룸 2봉과 에베레스트 곁에 있는 8,152미터의 초오유였다. 폭스 다음에는 맬 더프가 이끄는 상업적인 등반대 대원인 스물여덟 살의 베이카 구스타브손이라는 핀란드 사람이 올라왔는데, 그는 과거에 에베레스트와 다울라기리, 마칼루, 로체를 등정한 기록을 갖고 있었다.

반면 홀의 팀에 속한 고객 중에서 8,000미터급 봉우리에 오른 사람은 하나도 없었다. 피트 쇼에닝 같은 사람이 메이저리그 스타에 해당하는 인물이라면, 내 동료 고객들과 나는 아담한 소도시 출신의 소프트볼 선수들에 지나지 않는 주제에 뇌물을 써서 단번에 월드시리즈에 진출한 엉터리들의 집합인 셈이었다. 그러나 빙폭 꼭대기에서 홀은 우리를 '아주 강한 분들'이라 했다. 어쩌면 홀이 그 이전에 에베레스트로 안내한 다른 고객 집단보다는 강할 수도 있을 것이다. 하지만 우리 가운데 홀이나 그의 가이드들, 셰르파들로부터 큰 도움을 받지 않고 에베레스트 정상에 오를 수 있는 사람은 아무도 없었다.

그러나 그 산에 온 다른 팀 대원들 가운데는 우리보다 훨씬 더 못한 사람도 많았다. 히말라야 등반 경력이 그리 대단치 않은 한 영국인이 이끄는 상업적인 등반대에는 능력이 아주 의심스러운 대원이 몇 명 끼어 있었다. 하지만 에베레스트에 온 사람들 가운데 가장 능력이 떨어지는 사람들은 등반 안내 회사의 고객들이 아니라 전통적인 방식으로 조직된 비영리적인 등반대 대원들이었다.

나는 베이스캠프로 돌아가기 위해 쿰부 빙폭의 아랫부분을 지날 무렵 아주 이상해 보이는 복장과 장비를 갖춘 두 사람을 앞질러 갔다. 첫눈에 보기에도 그들이 빙하 등반 기술을 거의 갖추지 못했고 그에 필요한 표준적인 도구들에도 전혀 익숙지 못하다는 게 금방 드러났다. 두 사람 중에서 뒤에 선 사람은 자기 크램폰에 가랑이가 자꾸 걸려서 뒤뚱거렸다. 나는 그들이 크게 아가리를 벌린 크레바스 위에 두 개의 사다리를 이어 만든 휘청거리는 다리를 건너기를 기다리고 있다가 그들이 앞뒤로 붙어서 함께 건너는 걸 보고 충격을 받았다. 그건 전혀 불필요한 위험한 행동이었다. 그 크레바스 한끝에 이르러 그들이 다리를 건너는 데만 정신을 집중하지 않고 뭐라고 얘기를 나누는 소리를 듣고 나는 그들이 타이완 등반대 대원들이라는 걸 알았다.

그 타이완 등반대에 관한 평판은 에베레스트 등반 이전에 이미 널리 퍼져 있었다. 1995년 봄, 그 팀은 1996년의 에베레스트 등반에 대비한 훈련의 일환으로 알래스카의 매킨리봉에 오른 적이 있었다. 아홉 명의 대원들이 정상에 올랐으나 그들 중 일곱이 하산하던 길에 눈폭풍을 만나 길을 잃었다. 결국 그들은 5,913미터 지점의 한데에서 하룻밤을 새운 끝에 값비싼 희생을 치르기는 했으나 그곳 국립 공원 직원들이 애쓴 덕에 아슬아슬하게 구조되었다.

미국에서 가장 노련한 산악인 축에 드는 알렉스 로와 콘래드 앵커는 공원 순찰 대원들의 요청을 받고는 타이완 등반대원을 돕기 위해 자기네의 등반 계획을 중단한 채 4,389미터 지점에서 급히 위로 올라갔다. 그 무렵 타이완 팀 대원들은 거의 다 죽어 가고 있었다. 로와 앵커는 자기네의 목숨을 잃을 위험까지 무릅쓰면서 무진 고생한 끝에 무력한 상태에 빠진 타이완 대원들을 5,913미터 지점에서 5,242미터 지점까지 하나하나 끌어내리는 데 성공했으며, 그 지점에서 헬리콥터가 그들을 산 아래로 후송했다. 헬기로 후송된 다섯 명의 타이완 대원 중에서 둘은 심한 동상에 걸려 있었고 하나는 이미 사망했다. 그 사건에 대해 앵커는 이렇게 말했다.

"단 한 명만 죽었을 뿐입니다. 하지만 알렉스와 내가 제시간에 도착하지 못했더라면 두 명이 더 죽었을 겁니다. 그 전부터 우리는 타이완 사람들의 등반 솜씨가 아주 서툰 걸 보고 그들의 동정에 신경을 써 왔어요. 그들이 곤경에 처하게 된 건 전혀 놀라운 일이 아닙니다."

그 등반대의 리더이자 프리랜서 사진 기자이며 마칼루봉을 오른 뒤 스스로를 '마칼루'라고 소개하고 다니는 쾌활한 성품의 고 밍

호는 동상에 걸리고 완전히 탈진한 상태에서 알래스카 가이드 두 사람의 부축을 받으며 그 산을 내려왔다. 앵커는 그에 대해 이렇게 말했다.

"알래스카 사람들이 그를 산에서 데리고 내려오자 마칼루는 아무 일도 없었던 것처럼 사람들이 곁을 지나갈 때마다 '만세! 만세! 우리는 정상을 정복했어요!'라 소리치더군요. 내게는 마칼루의 그런 허세가 참으로 괴이하게 비쳤습니다."

1996년에 이르러 매킨리 참사의 생존자들이 에베레스트 남쪽 사면에 나타났을 때도 그 팀의 리더는 여전히 마칼루 고였다.

타이완 팀이 에베레스트에 나타난 건 그 산에 온 다른 등반대 대부분에게 큰 근심거리가 되었다. 타이완 대원들이 큰 사고를 당하는 바람에 자기네가 부득이 그들을 도우러 나서야 하고, 그들 때문에 정상에 오를 기회를 잃는 건 둘째치고 자기네 목숨까지 잃을지도 모른다는 점 때문에 몹시 우려했다. 하지만 기준에 까마득히 못 미치는 팀이 타이완 팀 하나만은 아니었다. 베이스캠프에서 우리 바로 곁에 자리 잡은, 페테르 네비라고 하는 스물다섯 살의 노르웨이 청년은 히말라야 등반 경력이라고 해 봐야 열심히 걷는 것 이상의 별다른 기술이 필요치 않은, 로체봉 주 능선에 딸린 보조 능선에 돌출한 6,180미터의 아일랜드봉에 두 번 오른 적밖에 없는데도 에베레스트에서 가장 위험하고 가장 고난도의 기술을 요하는 서남사면을 단독 등반할 예정이라고 얘기하고 다녔다.(네비는 그걸 '단독' 등반이라 선전했지만 사실 그에게는 짐을 날라 주고 밧줄을 고정해 주고 캠프를 설치해 주고 정상까지 안내해 줄 열여덟 명의 셰르파가 딸려 있었다.)

거기에 또 남아프리카공화국 사람들이 있었다. 요하네스버그의 주요 일간지인 《선데이 타임스》가 후원해 주는 그 팀은 자국민의 민족적인 자부심을 드높여 줬으며 출발하기 전에 넬슨 만델라 대통령이 직접 그들의 장도를 축복해 주기까지 했다. 그들은 에베레스트 등반 허가를 받은 최초의 남아공 등반대로 그 정상에 최초의 흑인을 오르게 하기를 열망하는 혼성 팀이었다. 리더는 서른아홉 살의 이안 우달로, 그 수다스럽기 그지없는 쥐 같은 사내는 1980년대에 남아공과 앙골라의 길고도 잔혹한 전쟁 동안 자신이 적진 후방에서 특수 기습 부대원으로 활약하던 중에 일어난 여러 가지 일화를 지껄이기를 좋아했다.

우달은 남아공에서 가장 강인한 산악인 세 사람, 곧 앤디 데클레르크, 앤디 해클런드, 에드먼드 페브루어리를 끌어들여 자기 팀의 중추로 삼았다. 그 팀이 흑백의 두 인종으로 구성되었다는 건 말투가 점잖은 마흔 살 난 고(古)생태학자이자 국제적 명성을 지닌 산악인인 페브루어리한테는 특별히 중요한 의미를 갖고 있었다.

"우리 부모님은 내게 에드먼드 힐러리 경의 이름을 붙여 주셨죠. 에베레스트에 오르는 건 내가 아주 어렸을 때부터 간직해 온 은밀한 꿈이었습니다. 하지만 그보다 훨씬 더 중요한 게 있습니다. 나는 우리 등반대를 과거의 상처에서 벗어나 그 자체를 통합하려 애쓰고 민주주의를 향해 나아가려 애쓰는 젊은 민족의 강력한 상징으로 봤습니다. 여러 가지 면에서 내 목에 아파르트헤이트(인종 분리 정책—옮긴이)라는 엄청난 멍에를 쓰고 성장했고 지금도 그걸 생각하면 억장이 무너집니다. 하지만 이제 우리는 새로운 민족입니다.

나는 우리나라가 올바른 방향으로 나아가고 있다고 확고히 믿습니다. 우리 남아공 사람들이 흑백이 함께 어울려 에베레스트 정상에 오를 수 있다는 걸 보여 주는 것, 그것이야말로 참으로 중요한 일입니다."

전 민족이 그 등반대를 성원했다. 데클레르크는 말했다.

"우달은 참으로 절묘한 시점에서 그런 계획안을 제시했습니다. 아파르트헤이트가 종말을 고하면서 남아공 사람들은 드디어 자기네가 원하는 곳이면 어디든 여행할 수 있었습니다. 우리 스포츠 팀들은 세계 어디서나 경기를 할 수 있었고요. 남아공은 막 럭비 월드컵에서 우승했습니다. 온 나라가 민족적인 자부심과 뜨거운 환희로 들끓고 있었죠. 아시겠습니까? 그리하여 우달이 와서 남아공 에베레스트 원정대를 조직하겠다고 하자 모두가 다 좋아했고, 그 바람에 그는 엄청난 돈을 끌어모을 수 있었습니다. 미국 돈으로 수십만 달러에 해당하는 돈을. 그에게 이것저것 캐고 드는 사람은 아무도 없었습니다."

우달은 자신과 세 명의 남성 산악인, 영국 산악인이자 사진작가인 브루스 헤러드에 더해 여성 한 사람을 포함시키고 싶어, 남아공을 떠나기에 앞서서 육체적으로는 고되나 등산 기술은 거의 필요치 않은 5,895미터의 킬리만자로 등반에 여섯 명의 여성 후보자를 초대했다. 2주간의 시험이 끝났을 때 우달은 후보자들을 두 명의 최종 후보자로 압축했다고 발표했다. 등산 경험이 별로 없는 신문학과 전임 강사로서 아버지가 남아공에서 가장 큰 회사인 앵글로 아메리칸의 중역으로 있는, 스물여섯 살의 백인 여성 캐시 오다우드. 그리고 도시의 흑인 주거 구역에서만 자라 등산 경험이라고는 전혀 없는 스물다섯 살의 체육 교사 데션 데이젤. 우달은 두 여성이 베이스캠프까지 자기네와 함께 올라갈 것이며, 그들이 거기까지 올라가는 걸 관찰하고 나서 에베레스트에 올라갈 사람 하나를 선발하겠다고 했다.

4월 1일, 우리 일행이 베이스캠프를 향해 출발한 지 이틀째 되던 날 남체 장터 아래 길에서 나는 그 산에서 내려오는 페브루어리와 해클랜드, 데클레르크와 우연히 마주치고서 몹시 놀랐다. 내 친구였던 데클레르크는 자기네 셋과 전속 의사인 샬럿 노블이 산 밑에 이르기도 전에 그 등반대에서 탈퇴했다고 했다.

"리더인 우달이라는 놈, 알고 보니 완전히 쓰레기 같은 놈입디다. 변태적인 폭군이고. 도무지 믿을 수가 없는 놈이에요. 놈의 말은 어디까지가 사실이고 어디까지가 거짓말인지 전혀 종잡을 수가 없어요. 우리는 그런 놈한테 목숨을 맡기고 싶지 않아서 떠난 겁니다."

우달은 데클레르크와 다른 사람들에게 자기가 8,000미터급 봉우리들을 포함해서 히말라야의 여러 봉우리를 올랐다고 주장했다. 그런데 사실 우달의 히말라야 등반 경력이라고는 1990년에 맬 더프가 이끄는 상업적인 등반대의 고객으로 안나푸르나봉의 6,492미터 지점까지 오른 게 전부였다.

거기에 더해, 우달은 에베레스트로 떠나기 전 그 등반대의 인터넷 웹사이트에서 영국군 졸병으로부터 출발해 '훈련의 상당 부분을 히말라야에서 치르는 정예 장거리 산악 정찰대 대장'으로까지

승진한 자신의 화려한 군 경력을 자랑했다. 또 《선데이 타임스》에 자신이 샌드허스트에 있는 영국 육군 사관학교에서 교관으로 근무한 적도 있다고 했다. 그런데 실은 영국군에 장거리 산악 정찰대 같은 부대는 없으며 우달이 샌드허스트에서 교관으로 근무한 적도 없었다. 앙골라에서 적진 후방에서 싸운 일도 없었다. 영국군 대변인 말에 의하면 우달은 영국군에서 사무직원으로 일했다고 한다.

우달은 네팔 관광 장관이 발급해 준 에베레스트 등반 허가증*에 기재된 대원 명단에 관해서도 거짓말을 했다. 애초에 그는 캐시 오다우드와 데션 데이젤 둘 다 명단에 올랐으며 정상 도전 팀에 누가 초대될지는 베이스캠프에서 결정될 거라고 말했다. 그러나 데클레르크는 그 등반대를 떠난 뒤에, 오다우드가 우달의 예순아홉 살 아버지와 티에리 르나르라고 하는 프랑스 사람(그는 남아공 팀에 참가하면서 우달에게 3만 5000달러의 요금을 지불했다.)과 더불어 명단에 올라 있었으나, 거기에 데션 데이젤은 빠져 있다는 걸 발견했다. 이것은 우달이 처음부터 데이젤을 산에 올려 보낼 의사가 전혀 없었다는 사실을 암시해 주는 한 증거였다.

우달의 횡포는 거기에서 그치지 않았다. 남아공을 떠나기 전 그는 미국 여성과 결혼하는 바람에 이중 국적을 갖게 된 데클레르크에게 네팔에 입국할 때 남아공 여권을 사용한다는 데 동의하지 않을 경우에는 대원으로 받아들이지 않을 거라고 으름장을 났다.

---

* 1인당 1만 달러가 드는 공식적인 허가증에 기재된 대원들에게만 베이스캠프보다 더 높은 곳으로 올라가는 일이 허가된다. 이런 규정은 엄격하게 시행되며 위반하는 사람들은 엄청난 벌금을 물고 나서 네팔에서 추방된다.

"우달은 우리가 최초의 남아공 에베레스트 등반대이기 때문에 그게 아주 중요한 문제가 된다고 하면서 난리를 피웠어요. 하지만 나중에 알고 보니 우달 자신은 남아공 여권을 갖고 있지도 않았더라고요. 놈은 남아공 국민도 아니었어요. 영국인이었지. 놈은 영국 여권으로 네팔에 입국했어요."

우달의 무수한 사기는 국제적인 스캔들이 되어 영연방 전역의 신문들 맨 앞 페이지를 장식했다. 언론이 자신을 비난하고 있다는 걸 알게 된 그 과대 망상적인 리더는 비난에 등을 돌려 버리고 자기 대원들을 다른 등반대 사람들로부터 최대한 격리시켰다. 그는 또 《선데이 타임스》로부터 재정적인 후원을 받는 대가로 그 신문사 기자 켄 버논과 사진 기자 리처드 쇼리가 '언제 어디서건 그 등반대와 동행할 수 있다.'는 걸 명문화한 계약서에 서명했음에도 그 둘을 등반대에서 추방했으며, 그건 '계약 파기를 불러일으킬 만한' 행위가 되었다.

《선데이 타임스》의 편집장 켄 오웬은 당시 남아공 에베레스트 등반대와 합류하게끔 일정을 짠 도보 여행 길에 오른 터여서 우달의 여자 친구인 알렉상드린 고댕이라는 프랑스 여성의 안내를 받아 자기 아내와 함께 베이스캠프로 올라가는 중이었다. 페리체에서 오웬은 우달이 버논과 쇼리를 받아들이지 말라는 지시를 내린 걸 알고 깜짝 놀라 우달에게 자기네 신문사는 그 두 사람을 배제할 의도가 없으니 다시 등반대에 합류시켜야 한다는 내용의 메시지를 올려 보냈다. 그걸 받아본 우달은 격노한 나머지 단번에 베이스캠프에서 페리체로 뛰어 내려왔다.

오웬의 말에 의하면, 우달과 말다툼을 벌이는 동안 데이젤이 허가증 명부에 올라 있느냐고 그가 따지고 들자 우달은 "그건 당신이 상관할 문제가 아니다."라고 대꾸했다 한다.

오웬이, 그렇다면 "당신은 그 등반대를 남아공을 대표하는 팀인 것처럼 보이게 하기 위한 상징적인 제스처로 데이젤을 이용한 것에 지나지 않는 것이 아니냐."라고 하자 우달은 오웬과 그 아내를 죽여 버리겠다고 위협했다. 그리고 어느 한순간 너무 흥분해 제정신을 잃은 우달은 "네놈의 대가리를 잡아 뽑아 네 똥구멍에 쑤셔 박아 버리겠다."라고 소리쳤다.

그 직후 남아공 등반대 베이스캠프에 도착한 켄 버논 기자는 "싸늘한 표정을 한 오다우드로부터 캠프에 받아들일 수 없다."라는 통고를 받았으며, 그 사건은 그가 로브 홀의 위성통신 팩스로 보도한 첫 기삿거리가 되었다. 후에 버논은 《선데이 타임스》에 이렇게 썼다.

나는, 그녀에게는 우리 신문사가 돈을 지불한 캠프에 나를 들어가지 못하게 할 권리가 없다고 했다. 내가 좀 더 강하게 밀어붙이자 그녀는 우달 씨한테서 '지시받은' 대로 할 뿐이라고 말했다. 그녀는, 쇼리는 이미 캠프에서 쫓겨났으며 나 역시 그 캠프에서 음식과 잠자리를 제공받지 못할 테니 순순히 물러나는 게 좋을 거라고 말했다. 나는 거기까지 올라오느라 지쳐 그때까지도 다리가 후들후들 떨렸으므로 우달의 칙령과 맞설 것인가 물러날 것인가를 결정하기에 앞서 차 한 잔만 달라고 했다. 그러자 못 주겠다는 대답이 돌아왔다. 오다우드는 그 팀의 셰르파 리더인 앙 도르제에게 가서 큰소리로 말했다. "저 사람이 켄 버논이에요. 우리가 얘기한 두 사람 중의 하나죠. 저 사람한테는 어떤 도움도 줘서는 안 돼요.”
앙 도르제는 강인하고 육중한 바위 같은 사람으로 우리는 그 전에 이미 그
지방 특산의 독한 술인 창을 몇 잔 나눈 적이 있었다. 나는 그를 쳐다보고
말했다. “차 한 잔도 안 줄 거요?” 그는 손님을 환대하는 세르파들의
훌륭한 전통에 따라, 오다우드를 쳐다보고 “웃기지 마쇼.”라고 말하고는
내 팔을 잡아끌고 식당 텐트로 들어가 김이 무럭무럭 나는 차 한 잔과
비스킷 한 접시를 대접했다.

오웬은 페리체에서 우달과 만나 ‘소름끼치는 입씨름’을 벌이고
난 뒤 ‘그 등반대의 분위기가 험악해서 《선데이 타임스》 기자들인
켄 버논과 리처드 쇼리의 목숨이 위험할 수도 있다.’는 판단을 내
리고 버논과 쇼리에게 남아공으로 돌아가라 지시했으며, 신문사는
그 등반대에 대한 후원을 취소한다는 사고(社告)를 냈다.
　하지만 우달이 이미 후원받은 돈을 받아 챙겼으므로 그것은 순
전히 상징적인 행위에 불과했으며, 에베레스트에서의 그의 행동에
거의 아무런 영향도 미치지 못했다. 우달은 등반대의 리더 자리를
내놓기를 거부한 것은 물론이고, 국가적인 이해관계가 걸린 문제
니 화해하라고 종용하는 만델라 대통령의 친서를 받은 뒤에도 전
혀 타협하려 들지 않았다. 우달은 자기네 등반대는 자기의 지휘를
받아 애초 계획한 대로 등반을 진행할 거라면서 완강하게 버텼다.
　그 등반대에 등을 돌리고 케이프타운으로 돌아온 페브루어리는
자신의 실망감을 이렇게 술회했다.
　“내가 순진했던가 봅니다.” 그는 북받쳐 오르는 격정으로 인해

말을 더듬었다. "하지만 나는 아파르트헤이트에 짓눌리면서 성장했던 시절을 증오했습니다. 앤드루와 그 밖의 다른 사람들하고 같이 에베레스트에 오른다는 것은 옛 질서가 무너졌다는 걸 보여 주는 크나큰 상징이 되었을 겁니다. 하지만 우달은 새로운 남아공의 탄생에 대해서는 아무 관심도 없었습니다. 그는 우리 민족 전체의 소중한 꿈을 자신의 이기적인 목적을 이루는 데 이용했습니다. 그 등반대를 떠나기로 한 것이야말로 내 일생에서 가장 힘겨운 결단이었습니다."

페브루어리와 해클랜드, 데클레르크가 떠난 뒤 그 등반대의 남은 대원 가운데(등반 허가증 명부에 자기 이름을 올리기 위해 그 등반대에 참여했을 뿐 그 뒤에는 자기가 고용한 셰르파들을 데리고 혼자 따로 등반한 프랑스 출신의 르나르는 예외로 하고) 충분한 등산 경력을 갖춘 산악인은 한 사람도 없었다. 데클레르크의 말에 의하면, 적어도 그들 가운데 둘은 "크램폰을 착용하는 방법조차 몰랐다."

단독으로 정상에 오르겠다고 하는 노르웨이 청년과 타이완 팀, 그리고 특히 남아공 팀은 홀의 식당 텐트에서 자주 화제가 되곤 했다. 4월 말의 어느 저녁 무렵 홀은 이맛살을 찌푸리면서 말했다.

"무자격자들이 에베레스트에 이렇게 많이 몰려들었으니 아무래도 큰 사고 없이 이번 시즌을 보내기는 틀린 것 같아요."

8장

셰르파들과
백만장자

1996년 4월 16일

제1캠프

해발 5,944미터

이 세상에 고산 지대에서의 생활을 즐긴다고 주장할 사람이 과연
있을까? 말 그대로 평범한 의미에서의 즐김 말이다. 물론 느린 속도로
힘겹게 위로 전진해 가는 데서 일말의 만족감을 느낄 수도 있긴
하다. 괴로운 가운데서의 만족감 같은 것. 하지만 우리는 그런 작은
위안조차도 찾을 수 없는, 고산 지대에 설치된 더없이 지저분한 캠프
속에서 많은 시간을 보내야 한다. 담배를 피우는 건 불가능하다.
음식을 먹어도 금방 토해 버릴 때가 많다. 짐의 무게를 최소한으로
줄여야 했기에 읽을 거라고는 통조림의 상표에 박힌 글자들밖에 없다.
텐트 바닥에는 정어리 기름, 연유, 꿀 등이 쏟아진 자국이 사방에 널려
있다. 텐트 속에서 보이는 거라고는 모든 게 뒤죽박죽인 을씨년스러운
풍경과 수염투성이로 지저분한 동료의 얼굴뿐이라 극히 짧은 순간을
제외하고는 즐거운 기분이 들 때가 거의 없다. 그나마 한 가지 위안이
되는 건 바람 소리 덕에 동료의 헐떡이는 숨소리가 잘 들리지 않는다는
점이다. 가장 고약한 건 급한 일이 일어나도 손가락 하나 까딱할 수 없을
것 같은 혹심한 무력감이다. 나는 내가 이번 원정에 참여하게 되었다는
걸 알고, 불가능한 꿈으로 여겨졌던 것이 현실화되리라는 사실에
전율했던 1년 전의 그때를 떠올리는 것으로 마음을 달래곤 한다. 하지만
고산병 증세는 육체뿐만 아니라 정신에도 영향을 미쳐 내 머리는 노상
흐리멍덩하며, 바라는 것이라고는 그저 어서 빨리 이 끔찍한 일을 마치고
사람이 살 만한 고장으로 내려갔으면 하는 것뿐이다.

— 에릭 십턴, 『그 산에서』

우리는 베이스캠프에서 이틀간의 휴식을 취한 뒤 4월 16일 화요일 미명에 두 번째 적응 훈련을 시작하기 위해 다시 빙폭으로 올라갔다. 나는 얼음 탑이 무질서하게 늘어선 그곳을 불안한 기분으로 요리조리 나아가다 문득, 처음 그곳을 여행했을 때만큼 숨이 가쁘지 않다는 사실을 깨달았다. 이미 내 몸은 그 고도에 적응하기 시작하고 있었다. 하지만 무너지는 세락에 깔릴지도 모른다는 두려움은 전에 못지않게 컸다.

　나는 픽서 팀에 속한 어떤 재치 있는 친구가 '쥐덫'이라고 명명한, 5,800미터 지점에 있는 그 거대한 탑이 이미 쓰러져 버렸기를 바랐으나 막상 가서 보니 그것은 전보다 더 심하게 기운 채 여전히 위태롭게 서 있었다. 나는 다시 그 무시무시한 그늘에서 벗어나기 위해 내 심장 혈관이 견뎌 낼 수 있는 한도 내에서 급하게 올라갔으며 그 세락의 정상에 이르렀을 때도 역시 저번처럼 무릎을 꿇고 털썩 주저앉았다. 나는 혈관에서 들끓고 있는 과다한 아드레날린으로 인해 몸을 떨면서 가쁜 숨을 몰아쉬었다.

지난번 적응 훈련 때 제1캠프에서 한 시간도 채 머물지 않고 베이스캠프로 내려간 것과는 달리 이번에 우리는 제1캠프에서 화요일 밤과 수요일 밤을 보내고 제2캠프로 올라가 거기서 다시 사흘 밤을 보낸 뒤에야 베이스캠프로 하산하게 되어 있었다.

오전 9시경 내가 제1캠프에 도착하자 우리 팀의 등반 싸다*인 앙 도르제**가 단단하게 얼어붙은 눈비탈에 우리 텐트들을 칠 판판한 자리를 닦고 있었다. 스물아홉 살인 그는 여윈 몸에 민감한 인상을 지녔으며 수줍음을 잘 타고 과묵한 편이지만 놀랄 만큼 강인한 몸을 갖고 있었다. 나는 동료들이 올라오기를 기다리는 동안 그를 거들기 위해 여분의 삽을 집어 들고 눈을 파기 시작했다. 하지만 몇 분 지나지 않아 기운이 쪽 빠져 바닥에 주저앉아 버리자 그는 배꼽을 잡고 웃었다.

"기분이 좋지 않은가 봐요, 존?" 그는 조롱하듯 말했다. "여기는 해발 6,000미터에 위치한 제1캠프에 불과해요. 여기 공기는 아직도 빽빽하다고요."

앙 도르제는 해발 4,000미터의 험한 산자락에 기대선 돌집들과 계단식으로 쌓아 올려 만든 감자밭들로 이루어진 팡보체 마을 출

---

* 싸다(Sirdar)는 우두머리 셰르파를 뜻한다. 홀의 팀에는 앙 체링이라는 베이스캠프 싸다가 있었는데 그는 그 등반대에 고용된 셰르파들 전체를 지휘했다. 등반 싸다인 앙 도르제는 앙 체링의 지휘를 받아 일하지만 등반을 할 셰르파들이 베이스캠프 위로 올라가 있는 동안에는 자신이 그들을 지휘 감독했다.

** 남아공 등반대에 소속된 셰르파와 이름이 같아 혼동하기가 쉬울 것이다. 펨바, 락파, 앙 체링, 앙가왕, 다와, 니마, 파상 등과 같이 앙 도르제라는 이름 역시 셰르파 사이에서는 아주 흔한 축에 든다. 1996년의 에베레스트에는 두 명 이상의 셰르파들이 같은 이름을 가진 경우가 많아 이따금 혼란이 일어나곤 했다.

신이었다. 그의 아버지는 존경받는 등반 셰르파로 아들이 장차 서구의 등반대들에서 일할 수 있게끔 어렸을 때부터 등반의 기본기들을 가르쳐 줬다. 그러다 아버지가 백내장으로 눈이 멀자 십 대 중반이 된 앙 도르제는 돈을 벌어 가족들을 부양하기 위해 학교를 중퇴했다.

1984년에 그는 서구인들로 구성된 도보 여행 팀에서 보조 요리사로 일하다가 캐나다 출신의 부부인 매리언 보이드와 그레임 넬슨의 눈에 띄었다. 보이드는 당시의 기억을 이렇게 말했다.

"난 우리 아이들을 그리워하던 중에 앙 도르제와 가까워졌는데 그 애를 보면 우리 맏아들이 떠오르곤 했어요. 앙 도르제는 영리하고 매사에 흥미가 있었으며, 뭐든지 열심히 배웠고 거의 극단적이라 할 만큼 양심적인 아이였어요. 그 애는 고산 지대에서 과중한 일을 떠맡고 있어 밤마다 코피를 쏟았죠. 난 곧 그 애한테 폭 빠졌어요."

보이드와 넬슨은 앙 도르제의 어머니의 허락을 얻은 뒤 그 젊은 셰르파가 학교로 돌아갈 수 있도록 재정적인 후원을 해 줬다.

"앙 도르제가 (에드먼드 힐러리 경이 세운, 쿰중에 있는 초등학교에 들어가기 위해서) 입학시험을 치를 때의 일은 결코 잊지 못할 거예요. 그 애는 사춘기에 들어서기 직전의 나이였고 키가 아주 작았더랬죠. 우리는 교장 선생님하고 네 분의 선생님과 함께 작은 방으로 들어갔어요. 앙 도르제는 방 중앙에 서서 무릎을 달달 떨면서 구술시험에 통과하기 위해 과거에 배운 지식을 되살려 내려고 안간힘을 썼죠. 우리 모두 진땀을 흘렸어요. …… 하지만 그 애는 1학년 교실에서 어린아이들과 함께 공부해야 한다는 조건으로 입학 허가를 받았어요."

앙 도르제는 실력 있는 학생이 되어 8학년 수료증을 받은 뒤, 학교를 떠나 등반 팀과 도보 여행 팀을 돕는 일로 되돌아왔다. 그 뒤 몇 번이나 쿰부로 돌아온 보이드와 넬슨은 그가 성숙하는 과정을 지켜봤다. 보이드는 말했다.

"생전 처음으로 질 좋은 식사를 하게 되자 그 애는 키가 부쩍 크기 시작했고 힘도 좋아졌어요. 카트만두에 있는 수영장에서 수영하는 법을 배웠을 때는 몹시 흥분해서 우리한테 그 얘기를 해 줬어요. 스물다섯 무렵에는 자전거 타는 법을 배웠고 잠시 마돈나의 음악에 폭 빠졌더랬죠. 세심하게 신경을 써서 고른 티베트 양탄자를 우리한테 처음으로 선물했을 때 우리는 그 애가 정말로 어른이 되었다는 걸 알았어요. 그 애는 받는 사람이 아니라 주는 사람이 되고 싶어 했거든요."

앙 도르제가 힘이 좋고 상황 판단 능력이 뛰어난 셰르파 산악인이라는 소문이 서구 산악인들 사이에 널리 퍼짐에 따라 그는 곧 싸다의 직위로 승격했으며, 1992년에는 에베레스트로 가서 로브 홀을 돕게 되었다. 로브 홀의 1996년 등반대가 조직될 무렵 앙 도르제는 이미 세 번이나 에베레스트 정상에 올랐다. 홀은 존경과 애정이 담긴 말투로 그를 "내 오른팔"이라 말하곤 했으며 앙 도르제의 역할이 우리 등반대의 성공을 좌우한다는 얘기를 몇 번이나 했다.

내 동료 중에서 맨 마지막 사람이 제1캠프에 합류할 무렵 햇살은 화창했다. 하지만 정오가 되자 남쪽에서 새털구름 한 자락이 바람에 밀려왔고, 오후 3시경에는 짙은 구름이 빙하 위에서 소용돌이치더니 심한 눈보라가 몰아쳐 우리 텐트들을 뒤덮었다. 눈은 밤새 내렸다. 이튿날 아침, 더그와 함께 잔 텐트에서 기어 나와 보니 30센티미터가 넘는 눈이 빙하를 뒤덮고 있었다. 위의 가파른 절벽에서 수십 차례의 눈사태가 일어났지만 우리 캠프는 현장에서 멀찌감치 떨어져 있어 안전했다.

4월 18일 목요일 첫새벽에는 하늘이 말짱하게 개어 우리는 각자 소지품들을 챙겨 들고 거기서 수직으로 520미터 위쪽에 있고 거리상으로는 6.4킬로미터 떨어져 있는 제2캠프를 향해 출발했다. 그 길은 쿰부 빙하로 인해 에베레스트 대산괴(大山塊)가 말편자 모양으로 둥글게 파여 나가 이루어진, 지상에서 가장 높은 협곡 웨스턴 쿰의 완만하게 경사진 바닥을 따라 나아갔다. 해발 7,861미터인 눕체봉에서 뻗어 나온 산줄기가 쿰의 오른쪽 벽을 이루었고 에베레스트 대산괴의 서남사면이 왼쪽 벽을 이루었으며, 눕체봉 너머로는 하늘 높이 치솟은 로체 사면의 넓은 빙벽이 희미하게 다가왔다.

우리가 제1캠프에서 출발했을 때는 기온이 엄청나게 낮아 두 손이 아플 정도로 곱았지만, 아침의 첫 햇살이 빙하를 내리비치면서 번쩍이는 얼음벽으로 둘러싸인 쿰은 거대한 태양 오븐처럼 그 복사열을 모아서 증폭시켰으며 그로 인해 갑자기 온몸에서 진땀이 나기 시작했다. 나는 베이스캠프에서 나를 완전히 뻗게 만든 것과 같은 격심한 두통이 또다시 찾아올까 봐 겁이 나서 겉옷은 물론이고 소매가 긴 속옷까지 벗어 버리고 눈을 한 움큼 뭉쳐 야구 모자 속에 집어넣었다. 그다음 세 시간 동안 나는 물병의 물을 마실 때와 헝클어진 머리 위에 얹어놓은 눈덩이가 다 녹아 새 눈덩이를 모자 속에 갈아 넣을 때만 빼고는 쉬지 않고 꾸준히 그 빙하를 따라 올라갔다.

해발 6,400미터 지점에 이르러 쿰의 열기로 머리가 빙빙 돌 무렵 나는 길가에서 푸른색 화학섬유 천으로 감싸인 큼직한 물체 하나를 발견했다. 내 회색 눈이 높은 고도로 인해 제 기능을 잃어버린 탓으로 나는 일이 분가량이 지나서야 비로소 그게 인간의 몸이라는 걸 알아차렸다. 나는 놀라고 당혹한 나머지 몇 분 동안 멍하니 그걸 응시했다. 그날 밤 로브에게 그 시신에 관해 묻자 로브는 자기도 확실히 알지는 못하나 3년 전에 죽은 셰르파의 시신이 아닐까 싶다고 말했다.

해발 6,492미터에 자리 잡은 제2캠프는 빙하 가장자리에 형성된 빙하 퇴적 지형의 드러난 바위 곳곳에 흩어져 있는 120채의 텐트로 이루어져 있었다. 그곳의 고도가 내게 사악한 힘을 미치는 바람에 나는 마치 레드 와인으로 인한 심한 숙취에 시달리는 듯한 기분이 되었다. 밥을 먹을 수도, 책을 읽을 수도 없을 정도로 몸이 괴로워 다음 이틀 동안 대부분의 시간을 가급적 꼼짝하지 않으려 애쓰면서 두 손으로 머리를 받친 채 누워서 지냈다. 토요일이 되자 기분이 약간 나아져 고도 적응 훈련 겸 운동 겸해서 캠프를 떠나 수직으로 300미터가량 위쪽에 있는 쿰의 맨 위 지점까지 올라갔다가 눈 속에 파묻혀 있는 또 다른 시신을, 정확히 말하자면 시신의 하반신을 목격했다. 옷차림과 가죽으로 된 구식 등산화로 미루어 그 희생자는 유럽인인 것 같았고 그 산에서 적어도 10년 내지 15년 정도 묵은 듯했다.

먼젓번에 시신을 처음 봤을 때는 몇 시간 동안 몸이 떨렸지만 이번에는 충격이 금방 가셨다. 그 두 시신 곁을 지나가던 다른 사람들은 하나같이 힐끗 쳐다보고는 이내 눈길을 돌려 버렸다. 마치 그 냉동 건조된 시신들이 현실적인 존재가 아닌 척하는 것이 그 산에서는 일종의 불문율이 되기라도 한 것처럼, 혹은 우리 중 그 누구도 여기서 자칫 잘못하면 어떤 일이 벌어질 것인지를 솔직하게 받아들일 용기가 없는 것처럼.

×　×　×

제2캠프에서 베이스캠프로 돌아온 다음 날인 4월 22일 월요일, 앤디 해리스와 나는 남아공 등반대 대원들을 만나 보고, 어째서 그들이 인도의 불가촉천민처럼 다른 등반대 사람들로부터 따돌림을 받는 처지가 되어 버렸는지 나름대로 알아보려는 생각에서 남아공 캠프로 가 봤다. 우리 캠프에서 빙하를 따라 15분 정도 내려가자 빙하 퇴적물로 이루어진 둥근 언덕 꼭대기에 그들의 텐트가 모여 있었다. 두 개의 높다란 알루미늄 깃대에 네팔과 남아공 국기뿐아니라 코닥과 애플 컴퓨터를 비롯한 여러 후원 회사의 깃발이 걸려 있었다. 앤디는 식당 텐트 문에 고개를 들이밀고는 히죽이 웃으면서 소리쳤다.

"여보세요. 거기 누구 없어요?"

알고 보니 이안 우달과 캐시 오다우드, 브루스 헤러드는 제2캠프를 떠나 빙폭을 통과하는 중이었다. 하지만 우달의 여자 친구인 알렉상드린 고댕은 우달의 남동생 필립과 함께 남아 있었다. 그리고 데션 데이젤이라고 자기를 소개한 활달한 젊은 여성도. 그녀는 즉각 앤디와 나를 텐트 안으로 불러들여 차를 대접했다. 그 세 사람은 이안의 파렴치한 행동에 관한 기사들과 그 등반대가 곧 해체될 거라는 소문에 그다지 신경 쓰지 않는 듯했다.

데이젤은 여러 등반대 사람들이 빙벽 등반 기술을 연습해 온, 가까이에 있는 세락 쪽을 가리키면서 흥분 어린 목소리로 말했다.

"요전날에는 처음으로 빙벽 등반을 하러 갔는데 아주 짜릿했어요. 며칠 내에 그 빙폭에 올라가 봤으면 싶어요."

나는 데이젤에게 이안의 거짓말에 관해 얘기하고 그녀의 이름이 에베레스트 등반 허가증 명부에서 빠져 있다는 사실을 알려 준다면 어떤 반응을 보일까 궁금했지만, 데이젤이 너무나 명랑하고 천진스럽게 행동하는 바람에 차마 그런 말을 꺼낼 수가 없었다. 20분 동안 이런저런 얘기를 나눈 뒤 앤디는 이따 저녁때 "우리 캠프로 와서 한 모금씩 빨자."라면서 이안을 포함한 그 등반대 사람 전원을 초대했다.

캠프로 돌아온 나는 로브, 닥터 캐롤라인 매켄지, 스콧 피셔 등반대의 전속 의사인 잉그리드 헌트가 잔뜩 긴장한 표정으로 거기보다 더 높이 올라가 있는 누군가와 무선으로 이야기하고 있는 광경을 봤다. 피셔는 그날 이른 시간에 제2캠프에서 베이스캠프로 내려오다가 그의 등반대에 소속된 셰르파 중 하나인 앙가왕 톱체가 해발 6,400미터 지점의 빙하에 앉아 있는 광경과 맞닥뜨렸다. 올해 나이 서른여덟 살에 롤왈링 계곡 출신의 베테랑 산악인이며 앞니

사이가 뜨고 사근사근한 성격을 지닌 앙가왕은 지난 사흘간 베이스캠프 위쪽에서 짐을 나르는 것을 비롯한 여러 가지 일들을 해 왔으나 그의 셰르파 동료들은 그가 제 할 일을 하지 않고 많은 시간을 앉아서 노닥거린다고 불평했다.

피셔가 앙가왕에게 왜 그러느냐 묻자 그는 지난 이삼 일간 몸이 약해져 기운이 하나도 없고 숨이 차다는 사실을 솔직하게 털어놨다. 그러자 피셔는 그에게 즉시 베이스캠프로 내려가라고 지시했다. 하지만 셰르파 문화에는 사나이다운 기백을 높이 치는 일면이 있어서 셰르파 남자들은 몸이 약해지거나 병이 있어도 좀처럼 인정하려 들지 않는 경향이 있었다. 그리고 셰르파들은 고산병에 걸려서는 안 되었다. 특히나 강인한 산악인들을 배출한 것으로 유명한 롤왈링 계곡 출신들의 경우에는. 게다가 병에 걸리고 공개적으로 그것을 인정할 경우에는 요주의 인물로 찍혀 그 후 다른 등반대에서 일자리를 구하기가 쉽지 않았다. 앙가왕이 하산하라는 피셔의 지시를 무시하고 그날 밤을 보내기 위해 제2캠프로 올라간 것도 바로 그런 이유들 때문이었다.

그날 오후 늦게 제2캠프에 도착한 앙가왕은 반쯤 정신이 나가 술 취한 사람처럼 비틀거렸고 기침을 할 때마다 피가 뒤섞인 핑크색 거품이 튀어나왔다. 그건 너무 높은 지대를 오를 때 폐에 체액이 너무 빨리 차서 생기는 불가사의하고 치명적인 병인 고산폐부종(HAPE), 곧 높은 고도로 인한 폐부종*이 꽤 진행된 상태임을 알

---

* 의학계에서는 이 병이 산소 부족과 폐동맥의 높은 압력이 복합적으로 작용해서 동맥의 혈액이 폐 속으로 스며들어 가는 탓으로 생긴다고 믿고 있다.

려 주는 전형적인 징후들이다. 고산폐부종을 치료할 수 있는 유일한 방법은 환자를 데리고 급히 하산하는 것뿐이었다. 그리고 환자를 고산 지대에 너무 오래 방치할 경우에는 사망할 가능성이 매우 높다.

홀은 대원들을 베이스캠프 위로 올려 보낼 때 늘 가이드도 함께 딸려 보내 면밀히 돌보게 하는데, 반면 피셔는 고도 적응 훈련을 하는 기간에는 고객들이 알아서 자유로이 산을 오르내리게 하는 것이 좋다고 믿고 있었다. 그로 인해 앙가왕이 제2캠프에서 중한 병에 걸렸다는 사실이 알려졌을 때 그곳에 가이드는 하나도 없고 네 명의 고객들, 곧 데일 크루즈, 피트 쇼에닝, 클레브 쇼에닝, 팀 매드슨만 남아 있었다. 그리하여 일단 앙가왕을 데리고 하산할 책임은 클레브 쇼에닝과 매드슨에게 떨어졌다. 콜로라도 애스펀에서 스키 안전 요원으로 일해 온 서른세 살의 매드슨은 이번 등반 전까지만 해도 4,200미터 정도를 오른 게 고작이었으며, 히말라야 등반 경력이 풍부한 그의 여자 친구 샬럿 폭스가 함께 가자고 설득하는 바람에 여기까지 왔다.

내가 우리 등반대의 식당 텐트로 들어갔을 때 그 안에서 닥터 매 켄지가 제2캠프에 있는 누군가와 무선으로 이야기하고 있었다.

"앙가왕에게 아세타졸아미드와 덱사메타손을 주사하세요. 서블링궐 니페디핀 10밀리그램도……. 예, 나도 그 위험성은 알아요. 아무튼 그냥 그렇게 하세요. ……우리가 그 사람을 여기까지 옮기기 전에 그가 고산폐부종으로 사망할 위험성이 니페디핀이 그의 혈압을 지나치게 낮은 수준으로 끌어내릴 위험성보다 훨씬 더 커요. 이 문제에서는 제발 날 믿어 줘요! 그 사람에게 그 약들을 주사하라고요! 빨리!"

하지만 앙가왕에게 그런 약들을 주사하고 산소를 공급해 준 것도, 그를 가모 백(대기압을 더 낮은 고도의 수준으로 증가시킬 수 있고 어느 정도까지 부풀릴 수 있는 관 크기의 신축성 있는 플라스틱 백)에 집어넣은 것도 별 도움이 되지 않는 듯했다. 그리하여 햇살이 설핏해질 무렵 쇼에닝과 매드슨은 안의 공기를 뺀 가모 백을 임시변통의 눈썰매처럼 사용하면서 앙가왕을 산 아래로 끌어내리기 시작했다. 한편 가이드인 닐 베이들맨과 셰르파 팀은 가급적 빨리 그들과 만나기 위해 베이스캠프를 떠나 급히 산으로 올라갔다.

베이들맨은 해거름녘에 빙폭 꼭대기 부근에서 쇼에닝과 매드슨을 만나 앙가왕을 인계받고는 그들에게 적응 훈련을 계속하고 싶으면 제2캠프로 다시 올라가도 좋다고 했다. 베이들맨의 말에 의하면 앙가왕의 폐에 너무나 많은 체액이 차 있어서 '그가 숨을 쉴 때마다 유리잔 바닥에 깔린 밀크셰이크를 빨대로 빨아들이는 것 같은 소리가 났다.'고 한다.

"빙폭을 반쯤 내려왔을 때 앙가왕은 산소마스크를 벗고는 흡입밸브에 장갑 낀 손을 집어넣어 그리로 흘러든 콧물을 닦아 냈어요. 손을 빼냈을 때 내가 헤드램프로 그의 장갑을 비췄는데 앙가왕이 기침을 해 대면서 산소마스크에 쏟아 낸 피로 장갑이 완전히 새빨갛게 물들었더군요. 얼른 그의 얼굴을 비춰 봤더니 얼굴 역시 피로 뒤덮여 있더군요."

베이들맨은 말을 계속했다. "앙가왕과 눈이 마주친 순간 나는 그가 몹시 두려워하고 있다는 걸 알았어요. 그래서 재빨리 생각한 끝에 거짓말을 했죠. 조금도 걱정할 필요 없다고, 그 피는 입술이 터진 데서 나온 거라고. 그 말에 그는 약간 안심하는 눈치더군요. 그래 우리는 계속 내려왔어요."

앙가왕이 몸을 과도하게 움직일 경우 폐부종 증세가 더 악화되므로 베이들맨은 빙폭을 내려오는 동안 몇 번이나 환자를 들쳐 업고 내려왔다. 그렇게 해서 그들은 자정이 지난 뒤에야 겨우 베이스캠프에 도착했다.

화요일인 이튿날 아침 피셔는 5,000 내지 1만 달러를 들여 앙가왕을 헬기로 카트만두까지 후송할까도 생각했다. 하지만 피셔나 닥터 헌트 모두 이제 앙가왕이 제2캠프에서 1,100미터 이상 내려왔으므로 그의 상태가 금방 호전될 거라고 확신했다. 원래 고산폐부종에서 완전히 회복되는 데는 900미터 정도만 내려오는 것으로도 충분하기 때문이다. 결국 그들은 앙가왕을 헬기로 후송하는 대신 다른 사람들의 부축을 받으면서 골짜기를 걸어서 내려가도록 조치했다. 그러나 앙가왕은 베이스캠프를 떠난 지 얼마 되지 않아 길바닥에 쓰러졌고 동료들은 그를 다시 마운틴 매드니스 캠프로 업고 가 치료를 받게 했는데 그날 그의 상태는 자꾸 악화되기만 했다. 헌트가 그를 다시 가모 백에 집어넣으려 하자 앙가왕은 자기는 고산폐부종도 아니고 그 밖의 어떤 고산병 증세도 앓고 있지 않다고 주장하면서 완강히 거부했다. 피셔 팀에서는 무선으로 미국인 의사인 짐 리치에게 연락해 베이스캠프로 급히 올라와 앙가왕을 치료하는 일을 도와달라고 요청했다. 그는 고산병 전문가로 널리 알려진 의사로 그해 봄에 페리체에 있는 히말라야구조협회의 진료소에서 일하고 있었다.

이즈음 팀 매드슨 역시 앙가왕을 끌고 웨스턴 쿰을 내려오다 기진맥진한 탓으로 가벼운 고산폐부종 증세를 보였기 때문에 피셔는 그를 데려오기 위해 제2캠프로 올라갔다. 헌트는 베이스캠프에 있는 다른 팀 의사들에게 자문을 구하기도 했으나 피셔가 없는 탓으로 부득이 몇몇 중요한 결정을 혼자서 내려야 했다. 그리고 다른 의사들 중 한 사람의 말마따나 "그녀는 제힘에 넘치는 일들을 감당해야 하는 처지였다."

산에 오른 경험이 거의 없고, 막 가정의 레지던트 과정을 끝낸 이십 대 중반의 헌트는 네팔 동부의 산악 지대에서 자원봉사자로 여러 방면의 의료 구조 활동에 참여하기는 했으나 고산병 환자를 다뤄 본 적은 전혀 없었다. 그녀는 몇 달 전 카트만두에서 막 에베레스트 등반 허가 수속을 끝낸 피셔를 우연히 만났으며, 그 후 그한테서 곧 조직될 그의 에베레스트 등반대의 전속 의사 겸 베이스캠프 매니저로서 함께 올라가자는 권유를 받았다.

헌트는 1월에 피셔한테 보내는 편지에서는 그 권유에 대해 망설이는 태도를 보였으나 결국 그 무보수직을 수락하고는 3월 말에 네팔에 와서 등반대의 성공에 기여하려고 나름대로 애썼다. 그러나 베이스캠프를 운영하면서 그와 동시에 스물다섯 명의 건강을 책임진다는 건 그녀가 애초에 예상했던 것보다 훨씬 더 힘에 부치는 일이었다.(헌트가 무보수로 혼자서 감당하고 있는 일을 로브 홀이 두 명의 노련한 유급 직원, 곧 팀 전속 의사인 캐롤라인 매켄지와 베이스캠프 매니저인 헬렌 윌턴에게 맡긴 것과 비교해 보면 알 일이다.) 게다가 베이스캠프에 머무는 동안 고소 적응이 잘 되지 않아 심한 두통과 호흡 장애로 시달릴 때가 많은 것은 그녀의 어려움을 더욱 가중시켰다.

화요일 아침, 앙가왕이 골짜기를 걸어서 내려가려다 쓰러져 베이스캠프로 업혀 온 뒤 상태가 점점 더 나빠지고 있었으나 헌트는 그에게 산소를 공급해 주지 않았는데, 그건 그가 한사코 아프지 않다고 우겨댄 탓도 일부 작용했다. 저녁 7시경 페리체에서 급히 달려 올라온 닥터 리치는 즉각 앙가왕에게 산소를 최대한 공급해 줘야 하고 곧바로 헬기를 불러야 한다고 단호하게 말했다.

그 무렵 앙가왕은 의식이 들락날락했으며 호흡하는 데 극심한 어려움을 겪고 있었다. 수요일인 4월 24일 아침, 헌트가 헬리콥터를 보내 달라고 요청했으나 짙은 구름과 눈보라로 헬기가 뜰 수 없어 부득이 앙가왕을 바구니에 실어 셰르파들이 번갈아 가며 지고서 페리체까지 내려갈 수밖에 없었다. 그 곁에서 헌트가 환자의 상태를 살펴보면서 따라갔다.

그날 오후 홀은 걱정으로 이맛살을 찌푸리면서 말했다.

"앙가왕의 상태가 안 좋아요. 폐부종 증세가 그렇게 심한 건 처음 봤어요. 그 사람들은 어제 환자를 헬기로 내려보내야 했어요. 그때가 기회였는데. 만일 앙가왕이 셰르파가 아니고 스콧의 고객들 중 하나였다면 그렇게 위험천만한 취급을 받지는 않았을 겁니다. 환자가 페리체에 도착할 때쯤에는 시간이 너무 늦어 구할 기회가 없을지도 몰라요."

환자는 바구니에 실린 채 베이스캠프를 떠나 열두 시간의 여행

끝에 수요일 저녁 무렵 페리체에 도착했다. 그런데 이제 4,300미터 지점(앙가왕이 대부분의 생을 보낸 고향 마을보다 별로 높지 않은 곳이었다.)까지 내려왔음에도 상태가 더 나빠지기만 해 헌트는 그가 한사코 거부하는데도 팽팽하게 부풀어 오른 가모 백 속에다 그를 집어넣어야 했다. 앙가왕은 그 의료 기구가 자신에게 유익하다는 것을 믿을 수가 없어 두려운 나머지 라마 승려를 불러 달라고 부탁했고, 폐소 공포증을 불러일으키는 그 기구 속으로 들어가는 데 동의하기에 앞서 기도서들도 함께 집어넣어 달라고 요구했다.

가모 백이 제대로 기능하려면 간호하는 사람 하나가 발로 밟는 펌프로 그 좁은 방 속에 신선한 공기를 계속 주입해 줘야 했다. 수요일 밤, 헌트는 48시간 동안 줄곧 환자를 간호해 오느라 지쳐 펌프질하는 일을 앙가왕의 셰르파 친구들 몇 사람에게 인계했다. 그녀가 꾸벅꾸벅 졸고 있는 동안 셰르파 중의 한 사람이 그 플라스틱 창문으로 안을 들여다보다 앙가왕이 입에 거품을 물고 있는 걸 발견했다. 숨도 끊어진 것처럼 보였다.

헌트는 그 얘기를 듣고 놀라 황급히 백을 열고는 심폐 기능을 소생시키기 위한 처치를 시작하면서 히말라야구조협회 진료소의 의료 자원봉사자 중의 한 사람인 닥터 래리 실버를 불렀다. 실버가 앙가왕의 기도(氣道) 속에 튜브를 집어넣고 '구급 주머니'라고 하는 펌프를 손으로 계속 꾹꾹 눌러 환자의 폐에 공기를 주입하기 시작하자 앙가왕은 다시 숨을 쉬기 시작했다. 하지만 그 사이에 환자의 뇌는 최소한 사오 분가량 산소 공급을 받지 못했다.

이틀 뒤인 4월 26일, 금요일, 마침내 헬기가 뜰 수 있을 정도로 날씨가 좋아져 앙가왕은 카트만두에 있는 어느 병원으로 후송되었으나 그는 회복하지 못했다. 그 뒤 몇 주 동안 그는 그 병원 침상에서 두 팔을 양옆으로 잔뜩 오그린 채 천정만 바라보면서 소리 없이 시들어 갔다. 그의 근육들은 서서히 제 기능을 잃어 갔고 몸무게는 36킬로그램 이하로 줄었다. 그리고 6월 중순경 그는 롤왈링에 아내와 네 딸을 남겨 둔 채 사망했다.

× × ×

묘하게도 앙가왕이 중병에 걸렸다는 사실은 그 산에서 아주 멀리 떨어져 있는 수만 명의 사람들이 에베레스트에 머물고 있는 대부분의 산악인보다도 훨씬 더 상세히 알고 있었다. 정보의 그런 편향성은 인터넷 탓이었으며 베이스캠프에 있던 우리에게 인터넷은 흡사 놀라운 마술처럼만 여겨졌다. 예컨대 에베레스트에 와 있던 산악인들이 위성통신 전화로 집에 전화를 했다가 뉴질랜드나 미시간에 앉아 월드 와이드 웹을 서핑한 배우자들로부터 남아공 사람들이 제2캠프에서 무슨 짓을 하고 있는지 알게 되곤 했으니까.

적어도 다섯 개의 인터넷 사이트가 에베레스트 베이스캠프에 머무는 통신원들이 보낸 최신 정보들을 전해 주고 있었다.* 남아공

---

* 매스컴이 '에베레스트와 월드 와이드 웹을 곧바로 연결해 주는 직통 라인들'에 관해 요란하게 선전을 해 대기는 했지만 여러 기술적인 제약으로 인해 베이스캠프에서 인터넷으로 바로 들어가는 건 불가능했다. 그리하여 통신원들이 작성한 기사를 위성통신 전화를 이용해 팩스나 육성의 형태로 송고하면 뉴욕이나 보스턴, 시애틀에 있는 편집자들이 그 기사를 컴퓨터에 넣어 웹을 통해 유포시키곤 했다. 그리고 카트만두에서 접수한 전자 우편은 프린터로 출력되어 야크 등에 실려 베이스캠프로 전달되었다. 마찬가지로 웹을 통해 전송되는 모든 사진은 우선 야크 등에 실려 산 아래로 내려간 뒤 항공 운송업자들이 뉴욕으로 보냈다. 인터넷 채팅 역시 위성통신 전화와 뉴욕에 있는 타이피스트의 손을 통해 이루어졌다.

팀과 맬 더프가 이끄는 인터내셔널 커머셜 팀은 각자 자기네의 웹사이트를 갖고 있었다. PBS TV 쇼 프로그램 「노바」는 맥길리브레이 프리먼 아이맥스 등반대* 대원들인 라이즐 클라크와 저명한 에베레스트 역사가 오드리 샐켈드가 매일매일 보내 주는 최신 정보들을 다루는, 아주 상세하고 유익한 웹사이트를 제작했다. 그리고 스콧 피셔 등반대에는 두 명의 통신원이 있어 이들은 서로 경쟁하는 두 군데의 웹사이트에 기사를 전송하고 있었다.

아웃사이드 온라인**에 매일 전화로 기사를 보내는 제인 브로멧은 피셔 팀 통신원 중 하나였지만 에베레스트 등반 허가를 받은 고객이 아니어서 베이스캠프 너머로는 올라갈 수 없는 처지였다. 그러나 피셔 팀의 또 다른 인터넷 통신원은 정상까지 올라가기로 마음먹은 고객이어서 계속 장소를 옮겨가며 날마다 NBC 인터랙티브 미디어에 기사를 내보냈다. 그녀의 이름은 샌디 힐 피트먼으로 그 산에 있는 사람 가운데 그녀보다 더 강렬한 인상을 심어 준 사람은 아무도 없었다. 그녀보다 더 많은 가십거리를 제공해 준 사람도 없었고.

백만장자에 사교계 저명인사이고 또 산악인이기도 한 샌디는 세

---

* 수상 경력이 있는 뛰어난 영화감독이자 전문 산악인인 데이비드 브리셔즈를 리더로 하는 아이맥스 팀은 당시 에베레스트를 등반하는 과정을 담은 550만 달러짜리 아이맥스 영화를 찍고 있었다. 데이비드 브리셔즈는 1985년도에 딕 배스를 에베레스트 정상까지 안내하기도 했다.

** 몇몇 신문 잡지들은 내가 아웃사이드 온라인의 통신원이라는 잘못된 기사를 내보냈다. 그런 혼란은 제인 브로멧이 베이스캠프에서 나와 인터뷰하고 나서 그 내용을 아웃사이드 온라인 웹사이트에 송고한 사실에서 비롯되었다. 그러나 나는 아웃사이드 온라인과는 아무 관계도 없는 사람이었다. 나는 뉴멕시코 산타페에 있는 《아웃사이드》 잡지사의 일로 에베레스트에 갔으며 그 잡지사는 자기네 기사들을 인터넷에 보도하기 위해 시애틀에 있는 아웃사이드 온라인과 느슨한 협력 관계를 유지하고 있는 독자적인 실체였다. 그러나 《아웃사이드》와 아웃사이드 온라인은 내가 베이스캠프에 도착하기 전까지만 해도 아웃사이드 온라인이 통신원 한 사람을 에베레스트에 올려 보냈다는 사실조차 모를 정도로 서로 독자적으로 움직여 나가고 있었다.

번째로 에베레스트에 도전하기 위해서 왔다. 그녀는 올해에는 기필코 그 산 정상에 올라 매스컴에 널리 알려진 일곱 봉우리 등정을 완료하기로 단단히 마음먹고 있었다.

샌디는 1993년에 사우스 콜과 동남 능선 루트로 해서 정상 등정을 시도하려 한 어느 가이드 서비스 등반대를 따라서 에베레스트에 왔는데, 아홉 살짜리 아들 보와 그 애를 돌볼 유모 한 사람까지 데리고 베이스캠프에 나타나 사람들을 깜짝 놀라게 했다. 그러나 그녀는 여러 가지 문제에 봉착해 고작 7,300미터 지점까지 오른 뒤 하산하고 말았다.

1994년, 그녀는 북아메리카에서 가장 뛰어난 산악인 네 사람, 곧 브리셔즈(그는 NBC TV와 계약을 맺고 그 등반 과정을 필름에 담았다.)와 스티브 스웬슨, 배리 블랜처드와 알렉스 로의 도움을 얻기 위해 기업체 스폰서들로부터 25만 달러 이상의 후원금을 얻어 낸 뒤 에베레스트에 다시 돌아왔다. 세계적으로 널리 알려진 만능 산악인인 로는 엄청난 보수를 받기로 하고 샌디의 개인 가이드로 고용되었다. 그 네 사람은 샌디보다 먼저 출발해 더없이 어렵고 위험한 캉슝 사면, 곧 티베트 사면에 고정 밧줄을 설치하는 일을 분담해서 해냈다. 그러고 나서 샌디는 로가 일일이 쫓아다니면서 많은 도움을 주는 데 힘입어 고정 밧줄을 타고 6,700미터 지점까지 올라갔다. 그러나 그녀는 능선을 뒤덮은 눈의 상태가 대단히 불안정한 탓으로 이번에도 역시 정상을 눈앞에 두고 돌아서야 했다. 그녀뿐만 아니라 나머지 사람들도 다 마찬가지였다.

나는 샌디에 관한 소문을 오래전부터 들어오긴 했지만 직접 만나 본 적은 한 번도 없다가 이번에 베이스캠프로 올라가는 길에 고락셉에서 우연히 맞닥뜨렸다. 1992년《맨즈 저널》은 내게 할리 데이비슨 오토바이를 타고 뉴욕에서 샌프란시스코까지 달려가는 여행에 관한 기사를 써 달라고 부탁해 왔다. 나 혼자 가는 게 아니라 잰 웨너(《롤링 스톤》, 《맨즈 저널》, 《유에스》의 발행인이자 전설적인 명성을 지닌 엄청난 부호)와 그의 부자 친구들, 곧 샌디의 남동생인 로키 힐, 샌디의 남편이자 MTV의 공동 창설자인 밥 피트먼과 함께 오토바이로 여행하면서.

잰이 내게 빌려준, 번쩍이는 크롬으로 뒤덮이고 고막이 찢어질 정도로 요란한 폭음을 내는 오토바이를 타고 달리는 기분은 참으로 장쾌하고 짜릿했으며 떼부자 동료들은 내게 아주 다정하게 대해 줬다. 하지만 나는 그들과 비슷한 점이 전혀 없다시피 했으며, 내가 잰을 돕는 고용인으로 그들을 따라다닌다는 사실을 잊은 적은 한 번도 없었다. 저녁 식사 때면 밥과 잰, 로키는 그들이 가진 여러 기종의 항공기들을 서로 비교했고(잰은 다음번에 내가 개인 전용 제트기를 살 때면 걸프스트림 4기를 사라고 권했다.), 자기네가 가진 부동산들에 대해 의견을 교환했으며 또 그 무렵 매킨리산을 오르던 샌디에 대해서도 얘기했다. 밥은 나 역시 산악인이라는 걸 알고는 "언제 시간이 나면 샌디와 함께 올라가 봐요."라고 말했다. 그로부터 4년이 흐른 이제 우리는 밥의 말대로 같은 산을 오르고 있었다.

샌디 피트먼은 키가 백팔십으로 나보다 5센티미터나 더 컸으며, 해발 5,200미터 지점에 와 있는 그 순간에도 말괄량이처럼 짧게 커트한 그 머리는 아주 맵시 있고 세련되어 보였다. 늘 활기에 넘치고 솔직 담백한 그녀는 캘리포니아 북부에서 성장했는데, 그곳에서 그녀의 아버지는 어린아이였던 그녀를 데리고 하이킹도 하고 야영도 하고 스키장에도 갔다. 샌디는 산이 안겨 주는 즐거움과 자유로움에 도취해 대학 시절 내내, 그리고 그 뒤에도 자주 산에 올랐다. 1970년 중반 첫 결혼에 실패하고 뉴욕으로 이사한 뒤에는 산을 찾는 횟수가 크게 줄어들긴 했지만.

맨해튼에서 샌디는 본위트텔러의 구매 담당자로,《마드모아젤》의 광고 편집자로,《브라이드》라는 잡지의 뷰티 편집자로 활동하다가 1979년에 밥 피트먼과 재혼했다. 끊임없이 대중의 관심의 초점이 되고 싶어 했던 샌디는 바라던 대로 유명 인사가 되었고 뉴욕 매스컴의 각종 사교란에 고정적으로 등장하는 인물이 되었다. 그녀는 블레인 트럼프, 톰 브로코와 메레디스 브로코, 아이작 미즈라히, 마사 스튜어트 등과 친하게 지냈다. 샌디와 그녀의 남편은 코네티컷에 있는 호화로운 저택과 센트럴파크 서부 지구에 있는, 미술품으로 가득하고 제복 입은 고용인들이 시중을 드는 아파트 사이를 좀 더 효율적으로 왕래하기 위해 헬리콥터 한 대를 사서 그걸 타고 오갔다. 1990년, 샌디와 밥 피트먼은 '이달의 부부'로《뉴욕》표지에 등장했다.

그 뒤 얼마 지나지 않아 샌디는 많은 비용을 들여가며 일곱 봉우리를 등정한 최초의 미국 여성이 되기 위한 길에 나섰고 그 계획은 당연히 각종 매스컴에 대대적으로 보도되었다. 그러나 마지막으로 남은 에베레스트는 좀처럼 그녀를 받아들이려 하지 않았으며 1994년 3월에는 마흔일곱 살의 알래스카 산악인이자 조산원인 돌리 르페버에게 그 영광을 빼앗기고 말았다. 그럼에도 샌디는 여전히 에베레스트에 도전하려는 의지를 굽히지 않았다.

어느날 밤 벡 웨더스가 베이스캠프에서 말했다.

"샌디가 산에 오르는 방식은 당신이나 나하고는 아주 달라요."

1993년 벡이 남극 대륙에서 가이드 서비스 등반대 고객으로 빈슨 매시프를 오를 때 마침 샌디도 다른 가이드 서비스 팀의 일원으로 그 산을 오르고 있었는데 벡은 그때의 일을 회상하면서 연신 킬킬거렸다.

"샌디는 들어 올리는 데만 네 사람쯤이 필요한, 맛있는 음식으로 가득한 엄청나게 큰 더플백을 갖고 왔어요. 그리고 텐트 안에서 영화 감상을 하려고 포터블 TV와 비디오도 가져왔고. 내 말은, 샌디한테는 누구나 두 손 바짝 들 수밖에 없다는 거요. 산에 오를 때 그렇게 요란뻑적지근하게 오르는 사람은 많지 않으니까."

벡은 샌디가 자기가 갖고 온 맛있는 음식들을 다른 대원들과 인심 좋게 나눠 먹었으며 '사람들에게 둘러싸여 있는 걸 좋아하고 즐겼다.'고 했다.

샌디는 1996년에 에베레스트에 다시 도전하면서 이번에도 역시 다른 산악인의 텐트에서는 쉽게 볼 수 없는 장비들을 가져왔다. 네팔을 향해 출발하기 전날 NBC 인터랙티브 미디어에 송고한 첫 기사에서 샌디는 이렇게 늘어놨다.

내 개인적인 소지품들은 다 챙겼다. …… 나는 등산 장비 못지않게 많은 컴퓨터와 전자 장비들을 갖고 가게 될 것 같다. IBM 휴대용 컴퓨터 두

대, 비디오카메라 한 대, 35밀리 카메라 세 대, 코닥 디지털카메라 한 대, 테이프 레코더 두 대, 시디롬 플레이어 한 대, 프린터 한 대, 그리고 그 모든 장비에 충분한(그렇게 되기를 바란다.) 동력을 공급해 줄 태양 전지판과 전지들……. 넉넉한 양의 딘앤델루카의 중동 블렌드와 내 에스프레소 커피 메이커를 준비하지 않고 뉴욕을 떠난다는 건 상상도 할 수 없는 일이다. 게다가 우리는 에베레스트에서 부활절을 맞을 예정이어서 나는 포장지로 감싼 네 개의 초콜릿 달걀도 꾸려 넣었다. 해발 5,500미터에서 부활절 달걀을 구할 수 있을까? 어디 두고 보자!

그날 밤 사교계 칼럼니스트인 빌리 노리치는 맨해튼 중심가에 있는 넬즈에서 샌디를 위한 송별 파티를 열어 줬다. 거기 초대된 인물 가운데는 비앙카 재거와 캘빈 클라인도 있었다. 샌디는 이브 닝드레스 위에 고산 등반복을 걸치고, 크램폰을 장착한 등산화를 신고, 카라비너들이 매달린 벨트를 하고, 아이스 피켈을 들고 등장했다.

샌디는 히말라야에 도착해서도 상류 인사들의 생활 방식을 최대한 고수하려는 경향을 보였다. 베이스캠프까지 도보 여행을 하는 동안에는 펨바라고 하는 젊은 셰르파가 매일 아침 그녀의 슬리핑 백을 말아 배낭에 꾸려 넣어 줬다. 4월 초 그녀가 피셔 팀의 다른 대원들과 함께 에베레스트 발치에 도착했을 때 그녀의 산더미 같은 짐들 속에는 베이스캠프의 다른 주민들에게 나눠주기 위한, 자신의 동정에 관한 신문 잡지 기사가 잔뜩 들어 있었다. 그리고 베이스캠프에 도착한 지 며칠 지나지 않아 발 빠른 셰르파들이 DHL

월드와이드 익스프레스 회사를 통해 온 샌디의 짐꾸러미를 메고 정기적으로 베이스캠프에 들르곤 했는데, 그 속에는 가장 최근에 나온 《보그》, 《배니티 페어》, 《피플》, 《얼루어》 등의 잡지도 들어 있었다. 셰르파들은 거기 나온 란제리 광고들에는 잔뜩 혹했으나 향수 냄새가 나는 천 조각들은 별로라 생각했다.

스콧 피셔 팀은 기질이 서로 잘 맞는 응집력이 강한 집단이었다. 샌디의 동료들 대부분은 그녀의 특이 체질에 쉽게 익숙해져 별다른 말썽 없이 그녀를 자기네의 일원으로 수용했다. 제인 브로멧은 이렇게 회상했다.

"샌디는 남들의 주목을 받지 않으면 못 견디는 사람이어서 늘 자신에 관해 수다를 늘어놓곤 했기 때문에 쉽게 피곤해질 가능성이 있었죠. 하지만 부정적인 유형은 아니어서 집단의 분위기를 흐려 놓지는 않았어요. 샌디는 거의 매일 활기에 차 있었고 매사에 즐거워하곤 했죠."

그럼에도 그녀의 팀에 속하지 않았던 몇몇 뛰어난 산악인들은 샌디를 대중의 이목을 끌기 위해 요란하게 설쳐대는 아마추어 정도로 간주했다. 1994년에 캉슝 사면으로 해서 에베레스트에 등정하려는 시도가 실패로 돌아간 뒤, 그 등반대의 주요 스폰서였던 베이스라인 인텐시브 케어 사가 TV 광고에서 샌디를 '세계적인 산악인'으로 부각시킨 것은 식견이 있는 산악인들의 비웃음을 샀다. 그러나 샌디는 스스로를 그런 식으로 과장되게 내세운 적이 한 번도 없었다. 사실 그녀는 《맨즈 저널》에 쓴 글에서 자신이 브리셔즈, 로, 스웬슨, 블랜처드를 고용한 건 "산이 좋아 미친 듯이 산을 오른다고 해서 그것이 세계적인 수준의 기술을 뜻하는 건 아니라는 걸 제대로 파악하기 위해서였다."라고 강조했다.

1994년에 그녀와 함께 에베레스트에 오른 유명한 산악인들은 그녀를 헐뜯는 얘기를 일절 하지 않았다. 적어도 공개적인 자리에서는. 사실, 그 등반이 끝난 뒤 브리셔즈는 샌디와 가까운 사이가 되었으며 스웬슨은 그녀를 비판하는 사람들에 맞서 거듭 그녀를 옹호했다. 그들이 에베레스트에서 돌아온 직후 시애틀의 어느 사교 모임에서 스웬슨은 나한테 이렇게 말했다.

"샌디는 위대한 산악인은 아닐지 모르나 캉슝 사면에서 자신의 한계를 인정하는 지혜로움을 보였어요. 알렉스와 배리, 데이비드와 내가 앞에서 길 안내를 하고 일일이 밧줄을 고정해 준 건 사실이지만 샌디도 등반 자금을 모으고 언론을 상대하고 시종 긍정적인 마음 자세를 갖는 것으로 나름대로 그 등반에 기여했어요."

그럼에도 샌디 피트먼을 비방하는 사람들은 적지 않았다. 아주 많은 사람이 그녀가 서슴없이 부를 과시하는 것에, 그리고 노골적으로 스포트라이트를 좇는 것에 불쾌감을 느꼈다. 《월스트리트 저널》에 다음과 같은 기사를 쓴 조앤 코프먼이 그랬듯 말이다.

일부 품위 있는 서클에서는 샌디 피트먼을 산악인(mountain climber)이 아니라 사회적인 명성을 추구하는 사람(social climber)으로 간주했다. 그녀와 미스터 피트먼은 그럴싸한 모든 연회의 단골손님이고 웬만한 모든 가십란의 주요 상품이다. 과거에 사업 관계로 미스터 피트먼과 가까운 사이였던, 익명을 요구하는 한 인사는 이렇게 말했다.

"샌디 피트먼이 붙잡고 늘어지는 바람에 많은 사람의 연회복 뒷자락이 구겨졌죠. 샌디는 남들에게 널리 알려지는 것에 관심이 있었습니다. 아무도 모르는 가운데 산을 올라야 한다고 했으면 그녀가 과연 올라갔을까는 의문입니다."

공정한 평가든 아니든 간에 샌디를 비판하는 사람들의 입장에서 샌디는 딕 배스가 저지른 모든 과오의 축소판 같은 존재였다. 딕 배스는 일곱 봉우리를 대중화시키고 뒤이어 이 세상에서 가장 높은 산을 싸구려 산으로 전락시킨 인물이었으니까. 하지만 샌디는 많은 돈과 확고한 자아도취, 돈을 받고 고용된 사람들로 인해 외부와 절연된 탓으로 자신이 남들의 마음에 불러일으킨 분노와 경멸감에 대해 전혀 개의치 않았다. 그녀는 제인 오스틴의 엠마만큼이나 무관심하고 무지했다.

9장

제3캠프
도전 실패

1996년 4월 28일

**제2캠프
해발 6,494미터**

우리는 살기 위해 우리 자신에게 이야기를 한다. …… 우리는 자살에서
교훈을 찾으며, 다섯 건의 살인에서 사회적 의미 내지 도덕적 의미를
찾는다. 우리는 우리가 본 것을 해석하고, 수많은 선택 가능성 가운데
가장 쓸 만한 것을 선택한다. 우리의 삶은 전적으로, 서로 완전히
이질적인 이미지에 일정한 이야기의 흐름을 부여하는 것에 의해, 우리가
우리의 실제 체험인 변화하는 환영들을 동결시키는 데 써먹어 온
'개념들'에 의해 영위된다. 특히 우리가 작가들일 때는 더더욱 그렇다.

— 조앤 디디온, 『하얀 앨범』

손목시계에 들어 있는 자명종이 삑삑거리기 시작한 오전 4시에 나는 이미 깨어나 있었다. 나는 희박한 대기 속에서 숨을 쉬려고 헐떡이면서 밤을 꼬박 새우다시피 했다. 그리고 이제 거위 솜털로 된 따뜻한 고치에서 빠져나와 6,492미터의 살벌한 추위 속으로 나서는 두려운 의식을 치러야 할 때가 왔다. 이틀 전, 그러니까 금요일인 4월 26일, 우리는 정상을 공격하기 위한 준비로 세 번째이자 마지막 적응 훈련을 시작하기 위해 단 하루 만에 베이스캠프에서 제2캠프까지 줄곧 기어 올라왔다. 그건 참으로 긴 하루였다. 그리고 우리가 밟을 모든 여정을 처음부터 끝까지 꼼꼼히 구성해 놓은 로브의 전체적인 계획서에 의하면 이날 오전 우리는 제2캠프에서 제3캠프로 올라가 해발 7,315미터 지점에서 하룻밤을 보내게 되어 있었다.

　로브는 그 전날 우리한테 기상 시간에서 불과 45분 뒤인 4시

45분 정각에 떠날 준비를 해 놓으라고 미리 일러뒀는데 그건 부랴 부랴 옷을 걸치고 캔디바를 차와 함께 목구멍에 욱여넣고 크램폰을 묶기에도 빠듯한 시간일 터였다. 베개 삼아 베고 잔 파카에 걸려 있는 싸구려 온도계에 헤드램프를 비춰 보니 비좁은 2인용 텐트 안의 온도는 영하 22도였다. 나는 내 곁의 슬리핑 백 속에 파묻혀 있는 큼직한 덩어리를 향해 소리쳤다.

"더그! 이제 떠날 시간이오. 깨어 있는 거요?"

더그는 피곤한 목소리로 투덜거렸다.

"깨어 있냐고? 잠을 잤어야 깨든지 말든지 하지. 기분이 엿 같아. 아무래도 목구멍에 탈이 났나 봐요. 이제 이런 일을 하기에는 너무 늦었어."

밤새 우리가 토해 낸 구린내 나는 날숨이 텐트 내벽에 응결되어 푸석푸석한 하얀 서리가 낀 바람에 잠자리에서 일어나 앉아 옷을 찾기 위해 어둠 속을 더듬거리자니 자연 텐트의 나일론 벽들을 건드리지 않을 수 없었고, 그때마다 텐트 안에는 때아닌 눈이 내려 그 안의 물건들을 하얗게 뒤덮었다. 나는 부들부들 몸을 떨면서 솜털 같은 보풀이 인 폴리프로필렌 속옷을 세 겹으로 껴입고 바람을 차단해 주는 나일론 파카를 걸쳐 입은 뒤 화학섬유로 된 무겁고 투박한 등산화를 신었다. 등산화 끈을 팽팽하게 잡아당기다 말고 나는 손가락의 아픔으로 몸을 움찔했다. 지난 두 주 동안 손가락 끝들이 갈라져 피가 나는 증세는 추운 공기 속에서 계속 악화되어 가기만 했다.

나는 캠프를 떠나 로브와 프랭크 뒤에서 헤드램프로 길을 비춰 가며 얼음 탑과 바위 파편 사이를 헤치고 나아가 빙하의 본체에 이르렀다. 다음 두 시간 동안 우리는 초심자용 스키 슬로프만큼이나 경사가 완만한 비탈길을 올라가 마침내 쿰부 빙하 위쪽 끝을 경계 짓는 크레바스인 베르크슈룬트에 도착했다. 그 바로 앞에는 하늘 높이 치솟아 오른 로체 사면이 버티고 있었다. 골짜기로 비껴 들어오는 새벽의 희미한 빛 속에서 지저분한 크롬처럼 번쩍이는, 경사진 드넓은 얼음 바다. 흡사 하늘에 걸려 있기라도 한 듯이 그 경사진 얼음 바다 아래로 늘어져 있는 9밀리미터의 밧줄 하나가 잭의 콩줄기처럼 우리를 유혹했다. 나는 약간 닳아 해어진 그 밧줄의 맨 끝을 잡고 내 주마*를 거기에 끼워 올라가기 시작했다.

태양이 웨스턴 쿰을 내리비출 때마다 발생했던 태양 오븐 효과를 예상하고 옷을 좀 얇게 입고 나간 터라 캠프를 떠난 이래 나는 줄곧 오들오들 떨었다. 그런데 오늘 아침에는 해가 나왔음에도 산 위쪽에서 거세게 불어 내려오는 칼날 같은 바람으로 풍속 냉각 현상이 빚어지면서 기온이 영하 40도 정도로 뚝 떨어졌다. 백팩 속에 여분의 스웨터를 갖고 오긴 했지만 그걸 입으려면 밧줄에 대롱대롱 매달린 채 장갑, 백팩, 바람막이부터 벗어야 했다. 그러다 팬스레 뭐 하나라도 떨어뜨리면 큰일이므로 나는 밧줄에 매달리지 않고 제대로 설 수 있을 만한, 경사가 좀 더 완만한 비탈에 이를 때까지 기다리기로 했다. 그리하여 줄곧 위로 올라갔고 그럴수록 추위는 점점 더 심해지기만 했다.

---

* 등강기라고 불리기도 하는 지갑 크기만 한 기계 장치로 그 속에 있는 금속 캠이 밧줄을 단단히 붙잡아 준다. 그 캠은 별일 없을 때는 주마가 위로 순탄하게 미끄러져 올라가게 해 주나 주마에 무게가 걸릴 때면 밧줄을 꽉 잡아 문다.

거센 바람이 불러일으킨 거대한 눈가루의 소용돌이가 해변에 부서지는 흰 파도처럼 로체 사면을 휩쓸고 내려와 내 옷을 하얀 서리로 뒤덮었다. 고글에도 두꺼운 얼음 껍질이 뒤덮여 앞을 볼 수가 없었다. 발의 감각이 무뎌지기 시작했고 손가락들 역시 딱딱하게 굳어졌다. 그런 악조건들 속에서 계속 올라간다는 건 위험한 일처럼 여겨졌다. 맨 위에서 올라가던 나는 7,010미터 지점에 이르러 나보다 15분 거리 정도 뒤처진 우리 가이드 마이크 그룹을 기다렸다가 그 문제를 상의해 보기로 했다. 그러나 마이크가 내가 있는 데까지 거의 다 왔을 때 그의 재킷 속에 들어 있던 무전기에서 로브의 목소리가 터져 나왔다. 그는 올라오던 걸 멈추고 로브에게 응답했다. 마이크는 바람 소리 때문에 있는 대로 목청을 높여 소리쳤다.

"로브가 모두 내려가랍니다! 어서 빨리 이곳을 빠져나가래요!"

우리는 정오 무렵 제2캠프로 되돌아가 피해 상황을 점검해 봤다. 나는 몸이 좀 피곤한 것만 빼고는 다 괜찮은 편이었다. 오스트레일리아 출신 의사인 존 태스크는 몇 개의 손가락 끝부분에 가벼운 동상을 입었다. 그러나 더그의 경우에는 좀 더 심했다. 등산화를 벗고 들여다보니 그의 발가락 몇 개가 가벼운 동상에 걸려 있었다. 그러지 않아도 더그는 1995년에 에베레스트에서 한쪽 엄지발가락 살의 일부가 떨어져 나갈 정도로 심한 동상을 입어 영구적인 피순환 장애 증상을 갖게 된 터라 추위에 특별히 약한 편이었다. 그런데 이제 또다시 동상에 걸렸으니 그는 산 위의 가혹한 기상 조건에 한층 더 취약해진 셈이다.

하지만 그보다 더 심각한 문제는 호흡기 손상이었다. 네팔로 떠날 날이 두 주도 채 안 남았을 때 더그는 목에 가벼운 수술을 받았고 그 바람에 기도가 외기의 영향에 아주 취약한 상태였다. 그러다 오늘 아침 눈가루로 가득한 싸늘한 공기를 폐 속 깊숙이 들이마신 탓으로 후두가 얼어 버린 듯했다. 더그는 구중중한 표정과 함께 제대로 들리지 않는 아주 낮은 목소리로 투덜거렸다.

"젠장할, 말도 제대로 할 수가 없네. 아무래도 나한테 에베레스트 등산은 무리인가 봐."

로브가 말했다.

"아직은 포기하지 말아요. 한 이틀 정도 상태를 지켜보도록 해요. 당신은 강한 사람입니다. 일단 몸이 회복되기만 하면 얼마든지 저 위에 오를 수 있을 겁니다."

그래도 더그는 자신이 서지 않아 맥없이 우리 텐트로 돌아온 뒤 슬리핑 백을 머리끝까지 뒤집어쓰고 누웠다. 그가 그렇게 낙담하는 걸 보니 내 기분도 좋지 않았다. 그는 내 좋은 친구가 되었고 1995년의 등정이 실패로 돌아갔을 때 얻은 지혜를 나에게 아낌없이 나눠줬다. 그리고 나는 이번 등반 초기에 더그가 준 부적을 목에 걸고 있었다. 팡보체 절에서 스님이 축복해 준 성스러운 불교 부적. 나는 나 자신이 정상에 올라가고 싶어 하는 것에 못지않게 그 역시 정상에 올라가기를 간절히 바라고 있었다.

그날의 남은 시간 동안 제2캠프에는 불안하고 우울한 분위기가 감돌았다. 에베레스트가 최악의 면모를 드러낸 것도 아닌데 우리는 안전을 도모하기에 급급했으니까. 그리고 기가 죽고 자신감을 잃은 건 비단 우리 팀만이 아니었다. 제2캠프에 와 있던 다른 등반대들도 사기가 많이 떨어진 듯했다.

그런 이상 기류는 로체 사면 루트의 안전을 확보하는 데 꼭 필요한 1.6킬로미터 이상의 밧줄을 확보하는 책임 분담을 둘러싸고 타이완 팀 및 남아공 팀의 리더들하고 홀 사이에 벌어진 말다툼에서 뚜렷하게 드러났다. 4월 말경, 로체 사면 루트의 반에 해당하는 쿰의 꼭대기와 제3캠프 사이에는 이미 한 줄의 밧줄이 가설되었다. 그 작업을 완료하기 위해 홀과 피셔, 이안 우달, 마칼루 고, 토드 벌리슨(가이드 서비스 등반대인 알파인 어센츠의 미국인 리더)은 4월 26일에 각 팀에서 한두 명씩의 대원들을 보내 제3캠프와 해발 7,900미터에 위치한 제4캠프 사이에 밧줄을 가설하게 하기로 합의했다. 하지만 작업은 순조롭게 진행되지 않았다.

4월 26일 아침, 홀 팀 소속의 앙 도르제와 락파 체링, 피셔 팀의 가이드 아나톨리 부크레예프, 벌리슨 팀의 셰르파 한 사람이 제2캠프를 출발했을 때 남아공 팀과 타이완 팀에서 보내기로 한 셰르파들은 협조를 거부하고 슬리핑 백 속에 그대로 누워 있었다. 그날 오후 제2캠프에 도착한 홀은 상황을 파악하고는 왜 약속을 이행하지 않았는지 알아보기 위해 즉각 무선으로 상대방들을 호출했다. 타이완 팀의 싸다인 카미 도르제 셰르파는 백배사죄하고 어떻게 해서든지 자기네 몫을 해내겠다고 약속했다. 하지만 홀이 무선으로 우달을 불러냈을 때 그 고집불통 리더는 모욕적인 말투로 응답해 왔다.

홀은 사정하듯이 말했다.

"우리 좋은 말로 얘기합시다, 형씨. 난 우리가 협정을 맺은 걸로 아는데요."

우달은 자기네 팀의 셰르파들이 텐트에 그대로 머무른 건 아무도 그들을 찾아와 도움이 필요하다고 얘기해 주지 않았기 때문이라 했다. 그러자 홀은 앙 도르제가 가서 그들을 몇 번이나 깨우려 했지만 그들은 그의 부탁을 무시했다고 반박했다.

그러나 우달은 소리쳤다.

"당신이 거짓말쟁이든가 아니면 당신네 셰르파가 거짓말쟁이든가 둘 중 하나겠지."

그러더니 자기 팀의 셰르파 두어 명을 보내 앙 도르제를 두들겨 패서라도 "진상을 가려내게 하겠다."라고 협박했다.

그런 불유쾌한 입씨름이 오간 뒤 이틀 동안 우리 팀과 남아공 팀 사이에는 계속 험악한 분위기가 감돌았다. 그리고 앙가왕 톱체의 병세가 악화되었다는 불길한 소식이 전해지면서 제2캠프의 분위기는 한층 더 침체되었다. 낮은 데 내려와서도 그의 상태가 자꾸 나빠지기만 하자 의사들은 그게 단순한 고산폐부종이 아니라 폐결핵이나 이미 존재하는 폐 질환이 복합된 병인 것 같다고 추측했다. 그러나 셰르파들은 다른 식의 진단을 내렸다. 그들은 피셔 팀의 대원들 중 한 사람이 에베레스트, 곧 하늘의 여신인 사가르마타를 화나게 해서 그 여신이 앙가왕에게 앙갚음을 한 거라 믿었다.

문제의 그 대원은 로체 등정을 시도하는 한 등반대 대원과 관계를 맺었다. 텐트들이 다닥다닥 붙어 있는 베이스캠프의 주거 환경에서 프라이버시 같은 건 존재하지 않아 그 팀의 다른 대원들, 특히 셰르파들은 당연히 그의 텐트 안에서 어떤 일이 벌어지고 있는지 눈치챘다. 셰르파들은 그들이 사랑을 하는 동안 텐트 밖에 쭈그리고 앉아 텐트를 손가락질하면서 낄낄거렸다.

"X와 Y가 붙었다, 붙었어."

그들은 한 손을 말아쥐어 둥그런 구멍을 만들고 거기다 다른 한 손의 손가락을 넣었다 뺐다 하면서 연신 낄낄거렸다.

그 셰르파들은 웃고 있었지만(그들의 그 악명 높은 고약한 제스처는 논외로 치고), 그들은 근본적으로 사가르마타의 신성한 산자락에서 결혼하지 않은 남녀가 섹스를 벌이는 걸 용인하지 않았다. 날씨가 험악해질 때면 으레 한두 명의 셰르파가 정색을 하고 하늘에서 들끓고 있는 구름을 가리키면서 말하곤 한다.

"누군가가 붙었다. 재난을 불러일으켰어. 이제 폭풍이 불 거야."

샌디 피트먼은 1996년에 인터넷에 올린 1994년의 일기장에 이런 미신을 기록한 바 있었다.

1994년 4월 29일
티베트 캉슝 사면의 에베레스트 베이스캠프(5,425미터)

…… 이날 오후 우편물을 전달해 주는 사람이 편지들과 고국의 어느 산악인이 장난삼아 이곳의 친구에게 보내 준 누드 잡지 한 권을 갖고 도착했다. …… 셰르파들의 반수는 그걸 좀 더 자세히 들여다보려고 자기네 텐트로 가져갔다. 하지만 다른 반수는 자기네가 그걸 들여다보는 바람에 틀림없이 재앙이 닥칠 거라고 걱정을 해 댔다. 그들은, 초모룽마

여신은 자신의 성스러운 산에서 '지기지기' ─ 부정한 모든 것 ─ 를 절대 용납하지 않는다고 주장했다.

쿰부 고지대에서 행해지는 불교식 관례들에서는 애니미즘적인 특성이 뚜렷이 드러난다. 셰르파들은 그 일대의 협곡, 강, 봉우리에 거주한다고 하는 수많은 신이나 영혼들을 숭배한다. 그리고 그런 신들에게 적절한 경의를 표하는 것이야말로 그 위태로운 지역을 무사통과하는 데 아주 중요한 요소가 된다고 생각한다.

여느 해와 마찬가지로 올해도 셰르파들은 사가르마타를 달래기 위해 베이스캠프에 열두 기 이상의 초르텐을 세워놓았다. 한 등반대에 한 기씩에 해당하는, 돌들을 정교하게 쌓아 올려 만든 아름다운 제단들. 우리 캠프에 세워진, 높이 1.5미터가 되는 그 완벽한 정육면체의 제단 맨 위에는 조심스럽게 고른 뾰족한 돌 세 개가 얹혀 있고 그 위에는 높이 3미터의 장대가 세워져 있으며 그 장대 꼭대기에는 우아한 모양의 향나무 가지 하나가 얹혀 있었다. 그리고 그 장대에서는 우리 캠프에 해가 미치지 않게 해 주는, 밝은 빛깔의 기도 깃발*이 매달린 다섯 가닥의 긴 줄이 방사형으로 뻗어 나와 우리 텐트들 위를 지나고 있었다. 매일 새벽마다 우리 등반대의 베이스캠프 싸다(성품이 따뜻하고 다른 셰르파들에게 큰 존경을 받는 사십 대의 셰르파 앙 체링)는 초르텐 앞에서 가는 향들에 불을 붙이고 염불을 외

---

* 거기에는 '옴마니 반메훔' 같은 성스러운 불교식 주문들이 적혀 있으며 깃발이 한 번씩 흔들릴 때마다 그 주문들은 신에게 전해진다. 가끔 주문뿐만 아니라 날개 달린 말 그림이 그려진 경우도 있다. 셰르파의 우주관 속에서 말은 성스러운 동물로 여겨지며, 그들은 말이 아주 빠른 속도로 날아가 그 기도문을 하늘에 전해 준다고 믿는다. 셰르파들의 언어로 기도 깃발은 '룽 타'이며, 그것을 직역하면 '바람의 말'이 된다.

왔다. 그리고 서구인들과 셰르파들 모두 쿰부 빙폭에 들어가기 전에는 향 연기로 가득한 제단 곁을 지나면서 앙 체링의 축복을 받았는데, 제단을 지날 때는 항시 그 오른편으로 지나가야 했다.

셰르파들이 그런 의식을 소중히 여기고 많은 공을 들이긴 하나 그들의 불교는 독단적인 요소가 거의 없는 대단히 유연한 종교다. 예컨대 맨 처음에 빙폭으로 들어갈 때는 어느 팀이든 간에 우선 사가르마타의 자비로운 은총을 빌기 위해 푸자라는 복잡한 종교의식을 치르게 되어 있다. 그런데 푸자를 주재할 노스님이 사정이 있어 예정된 날짜에 멀리 떨어진 마을에서 그곳까지 올 수가 없게 되자 앙 체링은 우리가 가능한 빨리 푸자를 치를 뜻이 있다는 걸 사가르마타가 알고 있으므로 그대로 빙폭을 통과해도 괜찮다고 선언했다.

셰르파들은 에베레스트산자락에서의 혼외정사에 대해서도 그와 비슷한 느슨한 태도를 가지는 것 같았다. 그들은 그 금제를 입버릇처럼 얘기하기는 하나 적지 않은 셰르파들이 자기네 동족의 그런 행위는 예외로 취급했다. 1996년에 한 셰르파와 아이맥스 등반대에 속한 미국인 사이에 꽃핀 로맨스가 그 한 예다. 그러므로 셰르파들이 앙가왕의 병을 마운틴 매드니스 팀의 한 텐트에서 벌어진 혼외정사 탓으로 돌리는 건 이상해 보였다. 그러나 내가 피셔 팀의 스물세 살 등반 싸다인 롭상 장부에게 그 불일치를 지적하자 롭상은, 진짜 문제는 피셔 팀의 한 명이 베이스캠프에서 '이성과 붙은' 데 있는 게 아니라 그녀가 그 산 높은 데서 애인과 함께 계속 잠을 잤다는 데 있다고 주장했다.

그 등반이 끝나고 나서 두 달 반쯤 지났을 때 롭상은 내게 엄숙하게 말했다.

"나에게 에베레스트산은 신이다. 나뿐 아니라 다른 모든 사람들에게도. 정식으로 결혼한 남편과 아내가 함께 자는 건 괜찮다. 하지만 X와 Y가 함께 잠을 잔 건 우리 팀에게 불길한 징조였다. …… 그래서 나는 스콧에게 얘기했다. 스콧 당신은 대장이다. 부디 부탁이니 X에게 제2캠프에서 남자 친구하고 잠을 자지 말라고 얘기해 달라. 하지만 스콧은 그저 웃기만 했다. 그리고 X와 Y가 텐트에서 하룻밤을 보낸 직후에 앙가왕 톱체는 제2캠프에서 병이 들었다. 그분은 그래서 죽은 거다."

앙가왕은 롭상의 숙부였다. 그 두 사람은 아주 가까운 사이여서 4월 22일 밤에 앙가왕을 데리고 빙폭을 통과한 구조대에는 롭상도 끼어 있었다. 그리고 페리체에서 앙가왕의 호흡이 잠시 끊어져 카트만두로 급히 후송해야 했을 때 롭상은 피셔의 허락을 받고 베이스캠프에서 급히 달려 내려가 제시간에 페리체에 도착해 앙가왕과 함께 헬기에 탑승했다. 그는 카트만두에 갔다가 다시 급하게 베이스캠프까지 걸어 올라오는 바람에 몹시 지쳤고 또 고도 적응이 제대로 되지 않은 상태였는데 그건 피셔 팀에게는 반갑지 않은 일이었다. 홀이 등반 싸다인 앙 도르제에게 의존하는 것에 못지않게 피셔 역시 롭상에게 크게 의존하고 있었으니까.

1996년, 에베레스트의 네팔 쪽 사면에는 히말라야 등반 경험이 풍부한 뛰어난 산악인이 상당수 포진해 있었다. 이를테면 홀, 피셔, 브리셔즈, 피트 쇼에닝, 앙 도르제, 마이크 그룸, 로버트 샤우어, 아이맥스 팀의 오스트리아 출신 대원 등. 그러나 그들보다 한 층 더 뛰어난 사람들, 곧 베테랑들끼리만 8,000미터급 봉우리를 오르는 가운데 실로 감탄할 만한 용기와 힘과 기술을 보여 준 산악인들 넷이 있었으니 아이맥스 영화에서 주연으로 나오는 미국인 에드 비스터즈, 피셔 팀에서 일하는 카자흐스탄 출신의 가이드 아나톨리 부크레예프, 남아공 팀에 고용된 앙 바부 셰르파, 그리고 롭상이 바로 그들이었다.

호감 가는 인상에 사람을 좋아하고 지나치다 할 정도로 친절한 롭상은 너무 잘난 체하는 게 흠이긴 했지만 대단히 매력적인 성품을 가진 사람이었다. 그는 롤왈링 지역에서 외아들로 자랐으며 술과 담배를 일절 입에 대지 않았는데 그건 셰르파 가운데서는 아주 예외적인 일이었다. 그는 자주 웃었고 그때마다 금으로 된 앞니 하나가 반짝이곤 했다. 골격도 키도 작은 편이었지만 워낙 부지런해서 어려운 일을 마다하지 않았고, 체력이 좋고 순발력도 뛰어난 편이어서 쿰부의 디온 샌더스로 널리 알려졌다. 언제가 피셔는 내게 롭상이 장차 '제2의 라인홀트 메스너'(티롤 출신의 유명한 산악인으로 히말라야를 등반한 산악인 가운데 가장 뛰어난 인물)가 될 가능성이 있는 친구라 말한 적이 있었다.

롭상이 처음으로 남들을 깜짝 놀라게 할 만한 일을 해낸 건 1993년, 스무 살 때의 일이었다. 그가 바첸드리 팔이라는 인도 여성이 이끌고 주로 여성들로 구성된 인도-네팔 혼성팀에서 짐을 나르는 셰르파로 고용되었을 때였다. 롭상은 그 등반대에서 가장 젊은 사람이어서 처음에는 보조적인 역할만 맡았으나, 힘이 워낙 좋아 마지막에는 정상 공격조에 편성되었으며 5월 16일에는 산소 없이 정상에 올랐다.

롭상은 에베레스트에 오르고 나서 5개월 뒤에 일본 팀과 함께 초오유봉에 올랐다. 1994년 봄에는 피셔의 사가르마타 환경 등반대의 일원으로 두 번째로 에베레스트에 올랐는데 이번에도 역시 무산소 등정이었다. 이듬해 9월, 그는 노르웨이 팀과 함께 에베레스트 서쪽 능선을 오르다가 눈사태에 휩쓸려 70미터가량을 굴러 내려갔지만 그 와중에서 용케도 아이스 피켈로 추락을 저지하면서 밧줄로 함께 연결된 다른 두 사람의 목숨까지 구해 냈다. 하지만 다른 대원들과 밧줄로 연결되지 않았던 그의 숙부 밍마 노르부 셰르파는 그대로 쓸려 내려가 죽고 말았다. 숙부의 사망으로 롭상은 큰 충격을 받았지만 그것으로 인해 등반에 대한 열정이 식지는 않았다.

1995년 5월, 그는 세 번째로 에베레스트 무산소 등정에 성공했는데 그때에는 홀의 등반대 대원으로 올라갔다. 그리고 그로부터 3개월 뒤에는 피셔 팀의 일원으로 파키스탄에 있는 해발 8,047미터의 브로드봉에 올랐다. 1996년 봄에 피셔와 함께 에베레스트에 오를 때까지 그의 등산 경력은 불과 3년에 지나지 않았으나 그동안에 열 개 팀 이상의 히말라야 등반대에 참여했으며 가장 탁월한 고산 등반 산악인이라는 명성을 얻었다.

피셔와 롭상은 1994년에 에베레스트에 함께 오르면서 서로에게 크게 감탄했다. 둘 다 한없는 에너지와 강렬한 매력, 여자들의 마음을 단번에 사로잡을 수 있는 재주를 갖춘 사람들이었다. 피셔를 일종의 스승이자 역할 모델로 생각한 롭상은 피셔를 흉내 내어 자기 머리도 말꼬리처럼 묶고 다니기 시작했다. 롭상은 내게 특유의 으스대는 말투로 말한 적이 있었다.

"스콧은 아주 강한 사람이고 나도 아주 강한 사람이다. 우리는 좋은 팀이다. 스콧은 로브나 일본 사람들만큼 많은 돈을 주지는 않는다. 하지만 난 돈 같은 건 필요 없다. 나는 장래를 내다보는 사람이고 스콧은 내 미래다. 스콧은 나한테 말한다. '롭상, 내 강한 셰르파! 널 유명하게 만들어 줄게!' …… 나는 스콧이 마운틴 매드니스와 나를 유명하게 만들어 줄 근사한 계획들을 가지고 있다고 생각한다."

10장
준비 완료

1996년 4월 29일

로체 사면
해발 7,132미터

미국의 일반 대중들은 등산이라는 스포츠를 창안해 낸 영국이나 알프스
주변의 유럽 여러 나라와는 달리 등산에 대한 국민적인 공감대를 갖고
있지 않다. 그런 나라들에는 등산을 이해하는 듯한 분위기가 존재하며,
일반 사람들 가운데 그걸 목숨을 건 무모한 모험으로 보는 사람도 있긴
하나 그들조차도 그것이 해야 할 일이라는 점은 인정한다. 미국에는
그런 식의 수용의 자세가 존재하지 않는다.

— 월트 언스워스, 『에베레스트』

제3캠프에 오르려는 우리의 첫 시도가 바람과 살인적인 강추위 때문에 수포로 돌아간 그 이튿날, 손상된 후두가 낫기를 기다리면서 제2캠프에 머무른 더그 한 사람만 빼고 홀 팀의 모든 사람들은 또다시 제3캠프로 향했다. 나는 한없이 길어 보이는 빛바랜 나일론 밧줄을 붙잡고 300미터 이상 치솟아 오른 경사면을 따라 올라갔다. 위로 오르면 오를수록 움직임은 자꾸 느려지기만 했다. 나는 장갑 낀 한 손으로 고정 밧줄에 걸려 있는 주마를 위로 끌어올린 뒤 그 장치에 체중을 싣고 숨을 쉴 때마다 뜨겁게 타오르는 것 같은 목구멍으로 힘겹게 두 번 심호흡을 한다. 이어서 왼발을 위로 들어 올려 크램폰으로 빙벽을 꽉 밟은 뒤 다시 두 번에 걸쳐 허겁지겁 폐부 가득 공기를 들이마시고는 오른발을 왼발 곁으로 끌어올려 빙벽에 크램폰을 박고 또다시 두 번의 심호흡을 한다. 그러고 나서는 다시 주마를 밧줄 위로 끌어 올린다. 지난 세 시간 동안

혼신을 다해 그 빙벽과 씨름을 해 왔으며 앞으로 적어도 한 시간은 더 그렇게 고투해야만 휴식을 취할 수 있을 것이다. 나는 그렇게 온몸의 에너지를 쥐어짜듯 하면서 그 가파른 사면 저 위 어딘가에 올라앉은 것으로 유명한 텐트촌을 향해 달팽이처럼 느릿느릿하게 기어 올라갔다.

산을 오르지 않는 사람들, 곧 인류의 대다수는 등산을 자꾸 더 강한 자극을 추구하는 방탕하고 무모한 스포츠로 생각하는 경향이 있다. 하지만 산악인들이 법에 저촉되지 않는달 뿐이지 마약이나 다름없는 것을 좇는 일종의 중독자로 치부하는 것은 잘못된 생각이다. 적어도 에베레스트의 경우에는. 그 산에서 내가 하는 행위는 번지 점프나 스카이다이빙, 혹은 오토바이를 타고 시속 200킬로미터로 내닫는 것과는 공통점이 거의 없다.

각종 편의 시설이 갖춰진 베이스캠프를 떠나 위로 올라가는 것은 사실상 금욕주의적인 고행에 가까운 것이 된다. 산의 덩치가 워낙 크기 때문에 즐거움에 대한 괴로움의 비율도 과거에 내가 올라 본 다른 어떤 산보다 더 컸으므로 나는 이내, 에베레스트에 오른다는 것은 기본적으로 고통을 감내하는 것임을 깨닫게 되었다. 그리고 여러 주 동안 끝없이 지루하고 더없이 힘겨운 노역을 거듭하다 보니 우리 대다수가 추구하는 것은 무엇보다도 일종의 은총의 상태 같은 것이 아닐까 하는 생각이 들었다.

물론 몇몇 사람에게는 그다지 고상하지 않은 다른 동기들도 일부 작용하기는 했다. 이를테면 자그마한 명성 내지는 경력을 쌓으려 하거나 에고를 충족시키려 하거나 자랑거리를 만들려 하거나 돈을 벌려고 하는 것 등. 하지만 그런 값싼 동기들은 많은 비판자들이 생각하는 것만큼 큰 요소로 작용하지는 않았다. 사실 나는 지난 몇 주 동안 우리 일행을 지켜보고는 동료들 가운데 몇몇 사람에 대해 갖고 있던 선입견들이 근본적으로 잘못되었다는 걸 깨달았다.

예를 들어 맨 뒤에 처진 탓으로 150미터 저 아래의 빙벽에 달라붙은 조그만 빨간 반점으로 보이는 벡 웨더스의 경우만 해도 그렇다. 벡에 대한 내 첫인상은 그리 좋지 못했다. 평균 이하의 등반 기술밖에 갖추지 못한 데다 괜히 친한 척하면서 호들갑을 떨기 좋아하는 댈러스 출신의 그 병리학자는 얼핏 보기에 에베레스트 정상에 오른 걸 트로피처럼 치켜들고 으스대기 위한 목적으로 여기까지 온 부유한 공화당 허풍선이 정도로 비쳤다. 그러나 그에 대해 좀 더 자세히 알게 되면서 점차 그를 존경하게 되었다. 벡은 딱딱한 새 등산화가 양쪽 발을 씹어 햄버거처럼 만들었는데도 밤이고 낮이고 간에 아픔을 입에 올린 적이 거의 없었다. 그는 강인하고 끈질긴 사람이었고 또 아주 금욕적인 사람이었다. 애초에 내가 거만함으로 봤던 건 시간이 흐르면서 열정과 활력 같은 것으로 달리 보였다. 그는 이 세상 어떤 사람에 대해서도 나쁜 감정을 갖지 않은 듯했다. 힐러리 클린턴만 빼고. 활기에 넘치고 아주 낙천적인 벡의 태도는 대단히 매력적이어서 나는 그를 무척이나 좋아하게 되었다.

미 공군 장교의 아들인 벡은 이 기지에서 저 기지로 옮겨 다니면서 어린 시절을 보내다 대학에 들어가면서 위치토폴스에 정착했다. 그는 의과 대학을 졸업하고 결혼한 뒤 슬하에 두 아이를 뒀으며 댈러스에서 개업하여 안정된 생활을 누렸다. 그러다 1986년에 이르러 콜로라도로 휴가 여행을 떠났다가 높은 산들에서 울려 나오는 매혹적인 노래에 사로잡힌 뒤 로키산맥 국립 공원에서 시행하는 기초 등반 과정에 등록했다.

의사들이 엉뚱한 습관이나 새로운 취미에 극단적으로 빠져드는 건 드문 일이 아니다. 하지만 등산은 골프나 테니스, 혹은 그의 동료들을 사로잡은 그 밖의 무수한 도락들과는 사뭇 달랐다. 육체적으로나 정신적으로 심한 고투를 해야 하고 위험성이 아주 높다는 점에서 등산은 여느 평범한 게임들과는 비교가 되지 않았다. 등산은 인생 그 자체였다. 등산 쪽이 한층 더 기복이 심하긴 하지만. 등산은 무엇보다도 더 강렬하게 벡을 사로잡았다. 벡의 아내인 피치는 그가 정신없이 등산에 빠져들고, 그로 인해 가족과 함께 보내는 시간이 자꾸 줄어드는 것을 점차 걱정하게 되었다. 그리고 벡이 등산을 시작한 지 얼마 되지 않아 일곱 봉우리에 오르기로 결심했다고 선언하자 몹시 불안해했다.

등산에 대한 벡의 집착이 이기적이고 지나치게 강렬하긴 했어도 경박하거나 경솔한 건 절대 아니었다. 나는 블룸필드힐스에서 온 루 카시슈케에게서나 아침마다 국수를 먹는 조용한 일본인 남바 야스코에게서, 혹은 군대에서 전역한 뒤 등산을 하기 시작한 브리즈번 출신의 쉰여섯 살의 마취 전문의 존 태스크에게서도 그와 비슷한 진지한 목적의식을 감지하기 시작했다.

태스크는 오스트레일리아 사람들 특유의 걸쩍한 억양과 함께 개탄조로 말했다.

"군대에서 나오고 나니까 흡사 길을 잃어버린 기분이더군."

그는 미국의 그린베레에 해당하는 공수 특전단 대령으로 오스트레일리아 육군에서는 거물급에 속하는 인물이었다. 베트남 전쟁이 절정에 치달을 무렵 두 번이나 베트남에서 복무하고 나서 자신이 제복을 벗은 뒤의 밋밋한 생활에 적응할 준비가 전혀 되어 있지 않다는 사실을 깨달았다.

"나는 내가 민간인들하고는 얘기도 제대로 할 수 없다는 걸 알았어요. 결혼 생활은 파탄이 났고. 그때 내가 알 수 있는 거라고는 그 길고 어두운 터널이 결국은 병과 노령의 나이와 죽음으로 끝날 거라는 점뿐이었지. 그러다 우연히 산에 오르기 시작했소. 그리고 등산은 내가 민간인 생활에서 잃어버렸던 것들의 대부분을 채워 줬어요. 어려움에 대한 도전, 동지애, 사명감 같은 것들을."

태스크, 웨더스, 그리고 그 밖의 동료들에 대한 이해도가 높아지면서 나는 기자라는 역할을 점차 불편하게 여기기 시작했다. 나는 오랫동안 적극적으로 언론의 주목을 받으려 애써 온 사람들인 홀이나 피셔, 샌디 피트먼에 관해서는 아무 거리낌 없이 솔직하게 쓸 수 있었다. 하지만 내 동료 고객들은 경우가 달랐다. 홀의 등반대에 참여하겠다고 서명했을 때 일행에 기자 한 사람 — 조용히 뒷전에 앉아 언행을 말없이 기록해서 냉정한 대중에게 자기네의 약점이나 결점을 무참히 까발릴 사람 — 이 끼어 있다는 걸 안 사람은 아무도 없었다.

그 등반이 끝난 뒤 웨더스는 「터닝 포인트」라는 TV 프로 진행자와 인터뷰를 했다. 방송망에 내보내기 위해 편집된 필름에 포함되지 않은 그 인터뷰의 한 장면에서 ABC 방송의 뉴스 앵커 포레스트 소여가 벡에게 "통신원 한 사람이 함께 간 것에 대해서는 어떤 기분이 들었습니까?" 하고 묻자 벡은 이렇게 답했다.

그건 많은 스트레스를 안겨 줬어요. '이 친구가 곧 제 나라로 돌아가 몇백만 명이 읽을 이야기를 쓰겠지.' 하는 생각 때문에 늘 마음이 편치 않았습니다. 괜히 그 등반대에 낀 죄로 그 사람 글에 올라 놀림감이 된다면 고약한 일 아니겠습니까. 누군가가 어떤 잡지에 실릴 기사에 나를 익살꾼이나 어릿광대로 그릴지도 모른다는 생각이 들자 괜히 행동에 신경이 쓰이고 좀 더 열심히 올라가야겠다는 마음이 생기더군요. 그리고 그런 생각이 사람들을 부추겨 정도 이상으로 행동하게 할지도 모른다는 점 때문에 걱정이 됐습니다. 가이드들의 경우에는 특히 더 그럴 수 있죠. 그들은 신문 잡지에 자기 얘기가 나와 심판을 받게 될 가능성이 있으니까 어떻게 해서든지 사람들을 산 정상에 올려놓고 싶어 할 거거든요.

잠시 후 소여가 물었다.
"통신원이 낀 것이 로브 홀에게 심한 압박감을 줬다는 느낌이 들던가요?"
벡은 다음과 같이 답했다.

그렇지 않았다고 생각할 수가 없죠. 그건 (로브의) 생계가 걸린 문제니까요. 그리고 만일 고객들 중 한 사람이 부상이라도 입는 날에는 가이드에게는 치명적인 일이 될 겁니다. …… 로브는 2년 전에 최상의 시즌을 맞았더랬습니다. 고객들 전부를 정상에 올려 보냈고 그건 아주 대단한 일이었죠. 로브는 우리 그룹이 그때의 성공을 재연할 수 있을 만큼 강하다고 생각하는 것 같았습니다. …… 그래서 로브가 신문 잡지에 떠들썩한 기사가 나게끔 우리를 한바탕 몰아붙이겠구나 하는 생각이 들더군요.

×   ×   ×

나는 오전 시간이 거의 다 지나갈 무렵 마침내 제3캠프에 도착했다. 현기증이 날 정도로 까마득하게 치솟아 오른 로체 사면 중간쯤, 우리의 셰르파들이 비탈진 얼음벽을 깎아서 만들어 낸 판판한 바닥에 노란 소형 텐트 세 채가 다닥다닥 붙어선 곳에. 내가 도착했을 때 락파 체링과 앙리타가 네 번째 텐트를 가설하기 위해 바닥을 고르느라 애쓰고 있어서 나는 백팩을 벗어 버리고 그들의 일을 도왔다. 나 같은 사람이 해발 7,300미터에서 아이스 피켈로 얼음 찍는 일을 할 경우에는 일고여덟 번쯤 휘두르고서 호흡을 고르기 위해 1분 이상 쉬어야 했으므로 큰 도움이 되지 않을 건 뻔한 일이었다. 그 작업은 근 한 시간쯤 지난 뒤에야 겨우 끝이 났다.

우리의 아담한 캠프는 다른 등반대 캠프보다 30미터 높은, 전면이 훤히 트인 곳에 아슬아슬하게 자리 잡고 있었다. 지난 몇 주 동안 우리는 줄창 협곡 속에서 오르락내리락했는데 이제 우리 시야에는 땅보다 하늘이 더 많이 들어왔다. 둥그렇게 부푼 뭉게구름들이 눈앞의 풍경에 어두운 그림자와 눈부시게 밝은 빛의 선연한 무늬를 드리우면서 빠르게 흘러가고 있었다. 나는 그 심연에 두 다리를 늘어뜨리고 앉아 동료들이 도착하기를 기다리면서 구름을 바라보기도 하고 한 달 전만 해도 내 머리 위로 까마득하게 치솟아 올라 있었던 6,700미터급 봉우리들을 내려다보기도 했다. 드디어 세계의 지붕에 제대로 접근한 것 같은 기분이 들었다.

하지만 산 정상은 아직도 수직으로 1,500미터 이상 되는 곳에 솟아 있었고 그 주위에는 강풍에 휘날린 눈구름이 후광처럼 드리워져 있었다. 산꼭대기에서는 시속 160킬로미터가 넘는 강풍이 휘몰아치는데도 제3캠프 주변의 대기는 거의 미동도 하지 않았다. 시간이 오후로 접어들면서 강렬한 태양광으로 인해 머리가 점차 멍해지는 것 같은 기분이 들기 시작했다. 나는 그것이 고산뇌수종(HACE, 높은 고도로 인한 뇌수종)의 초기 증상 때문이 아니라 열 때문이기를 바랐다.

고산뇌수종은 고산폐부종보다 발생 빈도수가 비교적 적은 편이긴 하나 위험도는 한층 더 높았다. 몹시 당혹스러운 이 병은 산소에 굶주린 뇌혈관에서 체액이 스며 나와 뇌가 심하게 부어오르면서 일어나는데 사전에 아무런 예고도 없이 일어날 수 있다. 두개골 안쪽으로 압력이 가해지면서 신체적·정신적 기능들은 놀랄 만큼 빠른 속도로 떨어진다. 불과 몇 시간 내에. 그리고 환자가 그런 변화를 감지하지 못하는 경우도 드물지 않다. 그다음 단계는 혼수상태다. 그러므로 빨리 낮은 고도로 후송하지 않으면 환자는 사망한다.

그날 오후 내가 혹시 고산뇌수종 증세가 아닐까 싶은 기분이 든건, 피셔 팀의 고객이자 콜로라도에서 온 마흔네 살의 치과의사인 데일 크루즈가 불과 이틀 전에 이곳 제3캠프에서 그 병의 증세가심각해 하산한 일이 있기 때문이었다. 피셔의 오랜 친구인 크루즈는 강인하고 아주 노련한 산악인이었다. 4월 26일, 그는 제2캠프에서 제3캠프로 올라와 자기와 동료들이 마실 차를 끓인 뒤 한숨 자려고 텐트에 들어가 누웠는데, 나중에 그는 그때의 상황을 이렇게 말했다.

"나는 곧장 곯아떨어졌어요. 그리고 다음 날 오후 2시까지 거의 스물네 시간을 줄창 잤어요. 그나마 누군가가 흔들어 깨우는 바람에 일어났죠. 그런데 다른 사람들은 내 정신 상태에 이상이 있다는 걸 금방 눈치챘어요. 나는 잘 몰랐는데 말이죠. 스콧이 나한테 '당신을 당장 하산시켜야겠어.'라고 말하더군요."

크루즈는 몸에 옷을 걸쳐 입는 간단한 일을 하는 데만도 실로 엄청난 어려움을 겪었다. 그는 옷들을 뒤집어 입었고 또 제대로 여미지도 못해 속옷 자락들이 바람막이 밖으로 삐죽삐죽 튀어나왔으며 벨트 버클도 채우지 않았다. 다행히 크루즈가 내려가기 전에 피셔와 닐 베이들맨이 그 실수를 눈치챘다. 그에 대해 베이들맨은 말했다.

"그런 상태로 그냥 밧줄을 타고 내려가려 했다면 그분은 금방 벨트에서 떨어져 나가 로체 사면 밑바닥으로 추락해 버리고 말았을 겁니다."

크루즈는 이렇게 회상했다.

"술에 만취한 것과 비슷했어요. 난 한 걸음도 제대로 옮길 수가 없어 계속 비척거렸죠. 그리고 생각하고 말하는 능력을 완전히 상실했어요. 그건 참 이상한 기분입니다. 마음속에는 뭔가 할 말이 있는데 그 말을 입술로 옮길 방법이 도통 떠오르질 않는 거예요.

그래서 스콧과 닐이 내 옷들을 잘 여며 주고 벨트 버클과 그 밖의 등반 도구들이 제대로 채워졌나 확인해 줬죠. 그런 다음에야 스콧은 나를 고정 밧줄에다 붙잡아 매고 내려가게 했어요."

크루즈는 베이스캠프에 도착한 뒤의 일에 대해 이렇게 얘기했다.

"베이스캠프에 도착하고 나서 사나흘이 지난 뒤에야 비로소 나는 내 텐트에서 식당 텐트까지 가는 동안 비틀거리지 않고 제대로 걸을 수 있었어요."

×　×　×

저녁나절, 태양이 푸모리봉 너머로 침몰하자 제3캠프의 기온은 30도 가까이 곤두박질쳤으며 그 싸늘한 공기에 내 머리는 맑아졌다. 혹시 고산뇌수종 증상이 아닐까 하는 걱정은 적어도 그 당시로서는 근거 없는 것임이 드러났다. 나는 해발 7,300미터 지점에서 괴롭게 몸을 뒤채며 꼬박 밤을 새우다시피 했다. 이튿날 아침이 되자 우리는 제2캠프로 내려갔으며, 하루 뒤인 5월 1일에는 정상 공격을 하기 위한 힘을 되찾기 위해 베이스캠프로 되돌아갔다.

이제 우리의 공식적인 고도 적응 훈련은 완료되었다. 나는 홀의 계획이 실제 현실과 제대로 맞아들어가는 걸 보고 한편으로 은근히 놀랐고 또 한편으로 즐거웠다. 그 산에서 3주를 보내고 난 뒤 베이스캠프의 대기는 위쪽 캠프들의 그 숨막힐 듯이 희박한 대기와 비교할 때 풍요롭다 할 만큼 산소로 가득 찬 것처럼 느껴졌다.

하지만 내 몸 상태는 그리 좋지 않았다. 나는 거의 9킬로그램의 근육을 잃었다. 주로 양쪽 어깨와 허리, 다리의 근육들을. 그리고 피하 지방층이 모조리 에너지로 바뀌어 소진되어 버린 탓으로 추위에 훨씬 더 민감하게 되었다. 그러나 가장 심각한 문제는 가슴이었다. 몇 주 전 로부제부터 마른기침이 터져 나오기 시작한 증세는 몹시 악화되어 제3캠프에서 유난히 더 격렬한 기침 발작이 일어나는 동안 가슴의 연골 조직 일부가 손상되었다. 베이스캠프로 내려온 뒤에도 기침 증세는 수그러들지 않았으며 기침이 한 번씩 일어날 때마다 마치 누가 양쪽 갈빗대 사이를 몽둥이로 후려치기라도 하는 것처럼 격심한 통증이 일었다.

베이스캠프에 있는 다른 산악인들 대다수도 역시 나에 못지않게 각종 증세들로 괴로움을 겪고 있었다. 에베레스트에서 생활할 경우 고통은 피할 수가 없는 모양이었다. 홀과 피셔 팀에 속한 대원들은 앞으로 닷새 안에 베이스캠프를 떠나 정상으로 향할 예정이었다. 나는 몸 상태가 나빠지는 걸 막아 보려는 생각에서 최대한 휴식을 취하고 이부프로펜(소염제 — 옮긴이)을 꼬박꼬박 먹고 가능한 많은 칼로리를 섭취하기로 결심했다.

홀은 처음부터 우리의 정상 등정 날짜를 5월 10일로 잡아 뒀다. 홀은 이렇게 설명했다.

"나는 정상에 네 번 올랐는데 그중에서 두 번은 5월 10일에 올랐어요. 셰르파들의 말마따나 나한테는 10일이 '길일'이에요."

그러나 이 날짜를 선택한 데는 좀 더 현실적인 이유 역시 작용했다. 해마다 밀려왔다 빠져나갔다 하는 계절풍의 작용으로 5월 10일경이 1년 중 가장 날씨가 좋은 때에 해당하기 때문이었다.

에베레스트에서는 4월 내내 제트 기류가 소방 호스에서 뿜어나

오는 물처럼 맹렬하게 흘러가, 허리케인에 버금가는 힘을 지닌 강풍이 피라미드 모양의 산 정상을 강타했다. 베이스캠프 위의 하늘이 더없이 고요하고 햇살이 찬연하게 내리쬐는 날에도 정상에서는 바람에 날린 눈이 거대한 깃발처럼 나부꼈다. 그러나 우리는 5월 초면 벵골만에서 다가오는 계절풍이 그 제트 기류를 산 북쪽인 티베트 방면으로 밀어내 주리라 기대했다. 만일 올해에도 여느 해와 같은 현상이 일어난다면 우리는 제트 기류가 쫓겨나고 계절풍이 몰아치기 직전의 맑고 고요한 며칠 사이에 정상에 오를 수 있으리라.

불행하게도 그런 연례적인 기상 변화의 패턴은 비밀이 아니어서 모든 등반대가 다 비슷한 날짜에 정상에 등정할 계획을 세우고 있었다. 홀은 정상 능선에서 심한 교통 체증이 일어나는 위험스러운 사태를 피하기 위해 베이스캠프에서 다른 등반대 리더들을 소집해 대규모 회의를 했다. 그리하여 스톡홀름에서 네팔까지 자전거를 타고 온 젊은 스웨덴 사람 예란 크로프가 5월 3일에 처음으로 단독 등정을 시도하기로 했다. 다음에는 몬테네그로에서 온 팀이, 그다음 5월 8일이나 9일에는 아이맥스 팀이 오르기로 했다.

홀의 팀은 피셔 팀과 더불어 5월 10일에 정상에 오르기로 했다. 혼자 등정하겠다고 한 노르웨이 청년 페테르 네비는 서남 사면에서 굴러떨어진 돌에 맞아 죽을 뻔한 뒤 어느 날 아침 조용히 베이스캠프를 떠나 스칸디나비아로 돌아가 버렸다. 미국인 가이드 토드 벌리슨과 피트 에이선스가 이끄는 팀과 맬 더프가 이끄는 상업적인 팀, 영국에서 온 또 다른 상업적인 팀, 타이완 팀은 5월 10일에 출발하는 건 피하겠다고 약속했다. 그러나 이안 우달은 남아공 팀은 언제고 마음에 내키는 날에 올라갈 것이며 지금으로 봐서는 5월 10일이 그날이 될 것 같다고, 그게 싫은 사람은 산에서 꺼지든지 말든지 마음대로 하라고 선언했다.

평소에 좀처럼 화를 안 내던 홀도 우달이 협조하기를 거부한 그 때만은 끓어오르는 분노를 참지 못해 으르렁거렸다.

"정말이지 저 청개구리 같은 놈들이 산꼭대기에 오를 때는 그 근 처에 얼씬도 하고 싶지 않군요."

11장
첫 번째 죽음을 등지고 정상으로

1996년 5월 6일

베이스캠프

해발 5,364미터

등산의 매력의 상당 부분은 산에서는 인간관계가 단순해지고, 우정이 매끄러운 상호 작용으로 축소되고(전쟁터에서처럼), 관계 그 자체가 다른 것(산이나 도전 자체)으로 바뀌는 데 있다. 모험의 신비, 견디기 힘들 정도로 혹독한 상황, 마음 내키는 대로 어디든 갈 수 있는 방랑벽 ― 각종 편의 시설의 안락함을 바탕으로 해서 건설된 우리 문화에 대한 해독제로서 꼭 필요한 것들 ― 의 배후에는 속절없이 늙어가는 것과 타인의 연약함, 인간 상호간의 책임, 온갖 종류의 취약함, 한없이 느리게 그리고 따분하게 흘러가는 인생 그 자체를 받아들이기를 거부하는 젊은이들 특유의 마음가짐이 깔려 있을지도 모른다…….

(가장 뛰어난) 산악인들도 …… 때로 깊이 감동하고 눈물을 흘린다. 하지만 그런 경우는 고귀하게 산화한 옛 동지들을 회상할 때만 일어난다. 불, 존 할린, 보나티, 보닝턴, 해스턴의 글들에서는 놀라우리만큼 비슷한 톤의 냉정함이 엿보인다. 탁월한 능력에서 오는 싸늘함과 냉정함. 아마도 이것은 극단적인 등산의 본질을 말해주는 것이리라. "일이 어긋날 경우에는 최후까지 힘겨운 고투가 계속될 것이다. 만일 제대로 훈련받은 사람이라면 생존할 수 있다, 자연이 응징하겠다고 나서지 않는 한."이라는 해스턴의 말로 대변되는 치열하고 격렬한 등산의 본질을.

― 데이비드 로버츠, 『의심의 순간들』 중 「가장 뛰어난 주역들」에서

5월 6일 새벽 4시 30분, 우리는 베이스캠프를 떠나 정상 등정 길에 나섰다. 거기서 수직으로 3,500미터 위에 솟아오른 에베레스트 정상은 아득히 멀게만 느껴져, 나는 생각들을 그날의 행선지인 제2캠프로 한정하려 애썼다. 그날의 첫 햇살이 빙하에 내리비칠 즈음 나는 웨스턴 쿰의 초입에 해당되는 6,100미터 지점에 와 있었다. 고맙게도 빙폭은 이미 내 밑에 있어 그곳을 하산할 때 딱 한 번만 더 지나가면 되었다.

　나는 쿰을 통과할 때마다 그곳의 찜통 같은 더위로 고생을 했는데 이번 여정도 예외가 아니었다. 앤디 해리스와 함께 우리 팀의 선두에서 오르던 나는 태양 복사열에 녹아떨어지기 전에 텐트의 그늘에 들어가고 싶어 모자 속에 눈 뭉치를 거듭거듭 집어넣으면서 다리와 폐가 허용하는 한도 내에서 최대한 빨리 앞으로 나아갔다. 오전 시간이 끝없이 계속되고 뙤약볕이 사정없이 내리쬐자 머리가 지끈거리기 시작했다. 혀가 엄청나게 부풀어 올라 입으로 숨쉬기가 힘들었고 명료한 생각을 하기가 점점 더 어려워졌다.

앤디와 나는 오전 10시 30분에 지친 발걸음으로 제2캠프에 들어섰다. 게토레이 2리터를 벌컥벌컥 들이킨 뒤에야 내 몸의 평형 상태는 정상으로 돌아왔다. 앤디가 말했다.

"드디어 정상 등정 길에 나서니 기분이 괜찮죠?"

앤디는 이번 등반 기간의 대부분을 여러 가지 형태의 장 질환으로 허덕이다가 이제 겨우 힘을 되찾고 있었다. 타고난 교사라 해도 좋을 만큼 대단한 인내심을 지닌 그는 대개 대열의 맨 끝에서 걸음이 느린 고객을 돌보는 역할을 맡곤 했는데 오늘 아침에는 홀이 그를 풀어 줘 선두에 서게 했기 때문에 여간 좋아하지 않았다.

"내 생각에는 우리가 이 덩치 큰 녀석을 무난히 해치우게 될 것 같습니다."

그는 환한 미소를 머금으면서 정상을 올려다봤다.

그날 그보다 좀 더 늦은 시각에, 에베레스트 단독 등정을 시도했던 스물아홉 살의 스웨덴 청년 예란 크로프는 몹시 지친 표정으로 제2캠프를 지나 베이스캠프로 내려갔다. 1995년 10월 16일, 그는 주문 제작한 자전거에 100킬로그램이 넘는 장비들을 싣고 스웨덴의 해수면 높이의 출발 지점에서 에베레스트 정상까지 셰르파의 도움도, 산소 탱크의 도움도 없이 순전히 자기 힘만으로 왕복 여행할 의도로 스톡홀름을 떠났다. 그건 지나치게 야심적인 목표라 할 만한 것이었지만 크로프는 그런 일을 해내기에 충분한 자격을 구비한 청년이었다. 그는 과거 여섯 차례에 걸쳐 히말라야의 여러 봉우리를 올랐고 브로드봉과 초오유, K2는 혼자서 올랐다.

카트만두까지 1만 3000킬로미터를 달려오는 동안 루마니아에서는 학생들이 그의 물건들을 훔쳤고, 파키스탄에서는 군중들이 일제히 그를 공격했으며, 이란에서는 성난 오토바이 운전자가 야구 방망이로 그의 머리를 후려갈겼다.(다행히도 그는 헬멧을 쓰고 있었다.) 그럼에도 4월 초에 그는 그의 여정을 영상에 담아 온 촬영 요원 한 사람을 대동하고 무사히 에베레스트 발치께에 도착했으며, 오자마자 곧바로 고도 적응을 하기 위해 에베레스트 밑자락에 올랐다. 그리고 수요일인 5월 1일에는 정상에 오르기 위해 베이스캠프를 떠났다.

크로프는 목요일 오후에 사우스 콜 7,920미터 지점에 설치해 놓은 자신의 마지막 캠프에 이르렀으며 이튿날 자정 직후에 정상을 향해 떠났다. 그날 베이스캠프에 있던 사람들은 종일 무전기 주위에 모여 그에게서 소식이 날아오기만을 초조하게 기다렸다. 헬렌 윌턴은 우리 식당 텐트에 '고(Go), 예란, 고!'라고 쓴 구호를 걸어 놨다.

산 정상에서는 몇 달 만에 처음으로 바람이 숨을 죽였으나 허벅지 깊이로 쌓인 눈이 크로프의 전진을 방해했다. 그럼에도 크로프는 눈밭을 헤치고 계속 저돌적으로 밀어붙인 끝에 오후 2시경에는 사우스 서밋 바로 아래인 8,748미터 지점에 이르렀다. 이제 60분만 더 오르면 정상이었지만 그는 더 올라갈 경우 너무 지쳐 안전하게 하산하기 어렵다고 판단해 아깝게도 거기서 돌아서기로 결정했다.

5월 6일, 크로프가 제2캠프 곁을 지나 산 아래로 터덜거리고 내려갈 때 홀은 고개를 설레설레 흔들면서 말했다.

"그 정도로 정상 가까이 접근한 상태에서 돌아선다는 건…… 젊은 사람으로서는 참 하기 어려운 일입니다. 크로프는 대단히 현명한 판단을 내린 거예요. 난 감명을 받았어요. 그 사람이 계속 더 올라가 정상을 밟았다 해도 이보다 더 감동스럽지는 않았을 겁니다."

그 전달에 로브는 우리에게 정상에 오르는 날 미리 예정된 하산 시간을 준수하는 것이 얼마나 중요한가 거듭거듭 얘기했다. 그는, 우리의 경우에는 그 시간이 오후 1시가 될 것이고 아무리 늦어도 오후 2시는 넘지 않을 텐데 우리가 정상에 제아무리 가까이 올랐어도 그 규정은 꼭 지켜야 한다고 강조했다.

"충분한 결단력만 갖고 있으면 어떤 바보라도 정상에는 오를 수 있습니다. 하지만 그보다 좀 더 중요한 건 살아서 돌아가는 겁니다."

그렇게 말하는 홀의 담담한 표정의 이면에는 성공하고자 하는 강렬한 열망이 깃들어 있었다. 그는 그걸 "가급적 가장 많은 수의 고객을 정상에 올려놓는 것"이라는 아주 간단한 말로 표현했다. 그는 바라던 바대로의 성공을 이루기 위해 여러 가지 면에서 세심한 신경을 썼다. 셰르파들은 건강한가, 태양 전기 장치는 잘 작동하는가, 고객들의 크램폰 날이 무뎌지지는 않았는가 등등. 홀은 가이드로서의 자신의 역할을 좋아했으며 에드먼드 힐러리 경을 비롯한 몇몇 저명한 산악인이 가이드 역할의 어려움을 제대로 알아주지 않는 것에, 그가 적절히 예우해야 마땅하다고 여기는 그 직업을 제대로 존중해 주지 않는 것에 속상해했다.

×　×　×

로브는 화요일인 5월 7일에는 하루의 휴식 시간을 줄 테니 느지막이 일어나 곧 다가올 정상 공격에 대한 초조한 기대감을 간직한 채 제2캠프 주변에서 각자 편한 대로 시간을 보내라 지시했다. 나는 크램폰과 몇몇 다른 장비를 점검하고 난 뒤 칼 히아센의 문고본을 읽어 보려 했지만 눈길이 거듭거듭 같은 문장에서만 맴돌 뿐 내용은 하나도 들어오지 않았다.

결국 책을 내려놓은 뒤 켄트 초등학교 학생들이 정상까지 갖고 가 달라고 부탁한 깃발을 든 더그의 사진 몇 장을 찍어 주고는, 그에게 정상을 오를 때의 어려움에 관해 상세히 얘기해 달라고 졸랐다. 작년의 기억을 잘 간직하고 있던 더그는 이맛살을 찌푸리면서 말했다.

"정상에 오를 때쯤이면 더없이 고통스러운 상태가 되리라는 건 보장하죠."

더그는 목의 통증이 여전하고 기운이 완전히 빠진 상태임에도 정상에 도전하는 대열에 합류해서 필사적으로 버티고 있었다.

"나로서는 이 산에 너무 많은 공력을 들인 터라 내가 가진 모든 걸 다 쏟아붓지도 않고 여기서 그냥 포기할 수는 없어요."

그날 오후 늦은 시간에 피셔가 어금니를 지그시 문 채 우리 캠프를 가로질러 그답지 않게 아주 느린 속도로 자기네 캠프를 향해 걸어갔다. 평소에는 늘 즐거워 죽겠다는 식의 태도를 보이곤 했으며, "맥없이 늘어진 사람은 정상에 오르지 못해요. 그러니 여기 올라와 있는 동안에는 가급적 즐거운 기분으로 지내는 게 좋아요." 하고 입버릇처럼 중얼거리곤 했는데. 그러나 그 순간 피셔는 전혀 즐겁지 않은 듯했다. 즐겁기는커녕 근심 어린 표정에다 또 아주 피곤해 보였다.

그는 고도에 적응하는 기간에 고객들에게 산을 마음대로 오르내릴 자유를 줬다가 몇 명의 고객에게 문제가 생겨 그들을 에스코트하고 내려와야 했기 때문에 베이스캠프와 그 위에 있는 캠프 사이를 여러 차례 급하게 오르내리는 곤경을 치렀다. 그는 이미 팀 매드슨, 피트 쇼에닝, 데일 크루즈를 돕기 위해 예정에도 없는 왕복 행군을 몇 번이나 했다. 그러고 나서 하루 반가량의 휴식이 절실히 필요한 시점인 어제, 피셔는 친한 친구 크루즈가 고산뇌수종의 재발로 보이는 증세로 쓰러진 뒤 그를 베이스캠프까지 하산시키기 위해 다시 제2캠프를 급하게 떠나야 했다.

어제 피셔는 자기 팀 고객들의 선두에 서서 베이스캠프를 떠난 뒤 앤디와 내가 제2캠프에 이른 직후인 정오경에 그곳에 도착했다. 그리고 그는 베이스캠프를 떠나기 전날에 미리 아나톨리 부크레예프에게 대열의 후미에서 고객들을 잘 살펴보면서 올라오라고 지시해 뒀다. 그런데 부크레예프는 피셔의 지시를 무시하고 팀과 함께 오르지 않았다. 늦게까지 잠을 잔 뒤 샤워를 하고 맨 나중에 떠난 고객보다 무려 다섯 시간이나 늦게 베이스캠프를 출발했다. 그리하여 크루즈가 6,100미터 지점에서 격심한 두통 증세와 함께 쓰러졌을 때 부크레예프는 거기서 까마득히 먼 데 떨어져 있었다. 그 바람에 피셔와 베이들맨은 웨스턴 쿰을 오르는 크루즈가 쓰러졌다는 소식을 전해 듣자마자 그를 후송하기 위해 급히 제2캠프를 떠나야 했다.

피셔와 베이들맨이 크루즈가 있는 곳으로 가서 그를 부축하고 힘겹게 하산하기 시작한 지 얼마 되지 않아 그들 일행은 빙폭 꼭대기 부근에서 혼자 올라오고 있는 부크레예프와 맞닥뜨렸다. 피셔는 부크레예프가 책임을 회피한 것을 심하게 나무랐다. 크루즈는 그때 일을 이렇게 회상했다.

"스콧은 부크레예프를 아주 심하게 몰아붙였죠. 왜 그렇게 뒤처져서 올라왔느냐, 왜 팀과 함께 올라오지 않았느냐 다그쳐 물었어요."

크루즈와 피셔 팀의 다른 고객들의 말에 의하면 피셔와 부크레예프 간의 긴장 관계는 그 등반 기간 내내 증폭해 왔다고 한다. 피셔는 부크레예프에게 2만 5000달러를 줬는데, 에베레스트에서 일하는 대부분의 다른 가이드들이 1만 달러에서 1만 5000달러를 받고 숙련된 등반 셰르파들이 1,400달러에서 2,500달러 정도를 받는 게 고작이라는 점을 감안한다면 그건 파격적이라 할 정도로 후한 금액이었다. 그런데 부크레예프는 피셔의 기대에 전혀 부응하지 못했다. 크루즈는 이렇게 말했다.

"부크레예프는 강인하고 기술적으로도 아주 뛰어난 산악인이었죠. 하지만 그는 사회 생활하는 면에서는 제로였어요. 그는 남들에 대해서는 전혀 신경을 쓰지 않았어요. 팀플레이를 하는 사람이 아니었던 거죠. 그 전에 나는 스콧에게 이렇게 말한 적이 있어요. '산 꼭대기를 올라갈 때는 그 친구하고 같이 가고 싶지 않다, 내가 도움을 절실히 필요로 할 때 과연 그 친구에게 의지할 수 있을지 의문이니까.'라고."

  좀 더 근원적인 문제는 자신의 책임에 대한 부크레예프의 견해
가 피셔의 견해와 본질적으로 다르다는 데 있었다. 러시아인인 부
크레예프는 아무도 알아주지 않는 가운데 험준한 산을 오르내리
는 데 익숙한, 강인하고 오만한 등산 문화에서 잔뼈가 굵은 사람이
었으며, 그런 풍토에서는 약한 사람을 신경 쓰고 돌봐 주는 면 따
위는 좀처럼 찾아보기 힘들었다. 동유럽에서 가이드들은 셰르파처
럼 행동하도록 훈련받았다. 짐을 나르고 고정 밧줄을 설치하고 등
반 루트를 확보하는 등의 일을 하도록. 관리자로서의 역할은 거의
맡지 않았다. 금발에 키가 후리후리하고 전형적인 슬라브인답게
잘생긴 부크레예프는 높은 산을 오르는 산악인들 가운데 가장 뛰
어난 사람의 하나로, 히말라야 등반 경력이 20년이나 되며 산소 탱
크를 사용하지 않은 채 에베레스트를 두 번이나 오른 경력을 갖고
있었다. 그리고 그런 특출한 이력을 쌓는 과정에서 그는 에베레스
트를 오르는 방식에 대해 나름의 아주 이질적이고 고집스러운 견
해를 갖게 되었다. 그는 가이드들이 고객이 하자는 대로 해 주고
일일이 돌봐 주는 건 잘못이라는 소신을 분명히 밝히곤 했다. 그는
나한테 이렇게 말했다.

  "가이드로부터 별다른 도움을 받지 않고 에베레스트에 오를 능
력이 없는 고객이라면 애당초 에베레스트에 오지 말아야 합니다.
그렇지 않으면 높은 고도에 올랐을 때 큰 문제들이 일어날 수 있거
든요."

  하지만 부크레예프가 서구적인 전통에 맞는 가이드 역할을 하기

를 거부하거나 혹은 할 능력이 없었던 점은 피셔를 몹시 화나게 했다. 그리고 그 때문에 피셔와 베이들맨은 자기 팀을 돌볼 책임을 더 많이 짊어져야 했다. 게다가 5월 첫 주 동안 여러 가지 문제로 산을 오르내리는 바람에 피셔의 건강에도 적신호가 왔다. 5월 6일, 피셔는 크루즈를 데리고 베이스캠프에 도착한 뒤 위성통신 전화로 시애틀에 전화를 걸어 자신의 사업 파트너인 카렌 디킨슨과 자기 팀의 홍보 담당자인 제인 브로멧*에게 부크레예프의 비협조적인 태도에 대해 심한 불평을 늘어놨다. 두 사람 다 그것이 피셔와의 마지막 대화가 되리라고는 꿈에도 생각하지 못했다.

× × ×

5월 8일, 홀 팀과 피셔 팀은 제2캠프를 출발해 밧줄을 타고 로체 사면을 오르는 고된 등반길에 올랐다. 그런데 웨스턴 쿰의 바닥으로부터 700미터가량 올라간, 제3캠프 바로 아래 지점에서 작은 TV만 한 돌 하나가 머리 위의 절벽에서 굴러떨어져 앤디 해리스의 가슴을 후려쳤다. 그 타격으로 빙벽을 딛고 있던 두 발이 미끄러지면서 앤디는 몇 분 동안 정신이 몽롱한 상태로 고정 밧줄에 대롱대롱 매달려 있었다. 만일 몸이 주마로 밧줄에 고정되어 있지 않았더라면 그는 분명 떨어져 죽었을 것이다.

제3캠프에 이른 앤디는 안색이 아주 좋지 않아 보였지만 부상을 입지는 않았다고 주장했다.

---

* 브로멧은 4월 중순경에 베이스캠프를 떠나 시애틀로 돌아갔으며, 거기서 아웃사이드 온라인 명의로 인터넷에 올릴, 피셔 등반대에 관한 기사를 작성하는 일을 했다. 그녀는 피셔와 정기적으로 통화하며 기사를 쓰는 데 필요한 정보를 얻었다.

"내일 아침에는 맞은 자리가 좀 뻐근하고 결릴지도 모르겠어요. 하지만 멍이 좀 든 것 외에는 별거 없는 것 같아요."

돌에 맞기 전 앤디는 고개를 숙이고 양쪽 어깨를 앞으로 구부린 자세로 있다가 우연히 잠시 고개를 쳐들었고 바로 그때 돌이 그의 턱을 살짝 스치면서 흉골을 후려쳤다. 하지만 정말 간발의 차이로 두개골이 박살나는 끔찍한 사태를 피한 셈이었다.

"만일 그놈의 돌에 머리를 맞았더라면……."

앤디는 백팩을 벗으면서 그렇게 중얼거리다가는 더 이상 말을 잇지 못했다.

제3캠프는 몇 채의 텐트만 간신히 칠 수 있을 정도로 지대가 아주 비좁아 그 산에서 셰르파들이 없는 유일한 곳이었다. 그 바람에 먹을 것을 우리가 직접 마련해야 했다. 그래 봤자 마실 물을 구하기 위해 얼음을 잔뜩 캐서 녹이는 것이 일의 전부이다시피 했지만. 몹시 건조한 공기 속에서 심하게 헐떡이다 보면 탈수증에 걸리기 쉬우므로 우리는 매일 1인당 4리터가량 물을 마셨다. 그러므로 여덟 명의 고객과 세 명의 가이드가 있는 우리 캠프에서는 대략 45리터가량의 물이 필요했다.

5월 8일, 나는 텐트에 맨 먼저 도착했기 때문에 자연히 얼음 잘라 내는 일을 맡았다. 내 동료들이 하나하나 캠프에 도착해 슬리핑백 속에 들어가 눕는 사이에 나는 세 시간 동안 밖에서 아이스 피켈의 도끼날로 경사진 얼음벽을 두드려 캐낸 얼음 조각들을 비닐봉지에 담아 각 텐트로 나르는 일을 계속했다. 해발 7,300미터에서 그건 아주 고된 일이었다. 내가 얼음을 갖고 갈 때마다 동료들은 "어이, 존! 아직도 밖에 있는 거요? 여기서도 얼음을 캘 수 있는데!" 하고 소리치곤 했다. 그제서야 나는 셰르파들이 평소에 우리를 위해 얼마나 많은 일을 해 줬던가, 그리고 그런 것에 대해 우리가 얼마나 무심했던가를 새삼스레 깨달았다.

저녁나절이 가까워지면서 태양이 들쑥날쑥한 지평선 위에 걸리고 기온이 급강하하기 시작할 무렵 루 카시슈케와 프랭크 피슈벡, 로브를 제외한 나머지 사람은 모두 캠프에 도착했다. 로브는 자진해서 대열의 맨 뒤를 맡아 처진 사람들을 독려하며 올라오는 중이었다. 오후 4시 30분경 가이드인 마이크 그룹은 무전기로 로브한테서 연락을 받았다. 루와 프랭크가 아직도 캠프에서 칠팔십 미터 아래에 있는데 올라가는 속도가 너무 느리다, 그러니 마이크가 그들을 돕기 위해 내려와 줄 수 있느냐는 얘기였다. 마이크는 아무 불평도 하지 않고 급히 크램폰을 묶고는 고정 밧줄을 타고 밑으로 사라졌다.

마이크는 근 한 시간이 지난 뒤에야 다시 나타났으며 그 뒤로 다른 사람들이 줄줄이 따라 올라왔다. 너무 지쳐 백팩을 로브에게 맡기고 올라온 루는 창백한 표정으로 비틀비틀 다가오면서 넋이 나간 사람처럼 중얼거렸다.

"난 끝났어. 난 끝났어. 기운이 완전히 바닥났어."

몇 분 뒤 프랭크가 루보다 더 지친 표정으로 나타났다. 그는 탈진한 상태면서도 백팩을 마이크에게 맡기는 건 거절했다. 불과 얼마 전까지만 해도 아무 탈 없이 잘 올라오던 두 사람이 그런 상태가 된 건 충격적인 일이었다. 프랭크의 기력이 그렇게 떨어진 건 특히 더 놀라운 일이었고. 처음에 나는 프랭크를 우리 팀에서 정상에 올라갈 가능성이 있는 사람 중의 하나로 꼽았다. 그는 이전에 이미 세 번이나 에베레스트의 높은 지점까지 올라가 본 적이 있어 고산을 오르는 요령을 잘 알고 있고 또 아주 강인해 보였으니까.

× × ×

어둠이 캠프를 둘러쌀 무렵 가이드들은 우리가 사용할 산소통과 산소 조절장치, 마스크를 나눠 줬다. 거기서부터 우리는 압축 산소를 들이마시면서 올라가야 했다.

등반하는 데 산소통의 도움을 빌리는 관행은 1921년에 영국인들이 에베레스트에서 시험 삼아 처음으로 산소통을 사용한 이래 줄곧 첨예한 논란을 불러일으켜 왔다.(그에 대해 회의적인 셰르파들은 곧 그 무겁고 거추장스러운 산소통에 '영국 공기'라는 별명을 붙였다.) 산소통 사용을 맨 먼저 비판하고 나선 사람은 조지 리 맬로리였다. 그는 그걸 사용하는 건 '정정당당하지 않은 짓, 따라서 영국인답지 않은 짓'이라 매도했다. 하지만 얼마 지나지 않아 해발 7,600미터를 넘는 이른바 죽음의 지대에서 보조 산소를 사용하지 않는다면 고산폐부종과 고산뇌수종, 체온 저하, 동상을 비롯한 여러 가지 치명적인 증세들이 발생할 가능성이 한층 높아진다는 사실이 분명해졌다. 1924년 맬로리는 에베레스트에 세 번째 도전하고 돌아온 뒤 보조 산소 없이는 정상에 결코 오를 수 없다고 확신하고서 그걸 사용할 수밖에 없다는 쪽으로 기울었다.

그 무렵 감압실에서 행해진 일련의 실험들은 해수면 높이의 대기압을 산소량이 3분의 1밖에 되지 않는 에베레스트산 정상의 대기압으로 떨어뜨릴 때 그 안에 있던 사람은 불과 몇 분 내에 의식을 잃게 되고 곧이어 사망하게 된다는 사실을 입증해 줬다. 그러나 이상주의적인 산악인들의 상당수는 여전히, 남다른 신체적 조건들을 타고난 강건한 사람들은 긴 고도 적응 기간을 거친 뒤 보조 산소의 도움 없이 정상에 오를 수 있다고 주장했다. 그들은 그런 논리를 극단으로 몰고 가 '그러므로 보조 산소를 사용하는 건 속임수'라고 매도해 마지않았다.

1970년대에 이르러 무산소 등반을 주장하는 대표 주자로 떠오른 티롤 출신의 저명한 산악인 라인홀트 메스너는 '공정한 수단'에 의해, 그러니까 보조 산소에 의지하지 않고 에베레스트에 오르겠다고 공언했다. 곧바로 그와 그의 오랜 파트너인 오스트리아인인 페터 하벨러는 그 공언을 현실화시킴으로써 전 세계 산악인들을 깜짝 놀라게 했다. 1978년 5월 8일 보조 산소를 사용하지 않고 사우스 콜과 동남 능선을 경유해 정상에 오른 것이다. 일부 산악인들은 그들의 쾌거를 참된 의미에서 최초의 에베레스트 등정으로 평가했다.

그러나 모두가 다 메스너와 하벨러의 역사적 등정을 호산나를 외치면서 열렬히 맞아 준 건 아니었다. 특히 셰르파 가운데 그런 사람들이 많았다. 그들 대부분은 가장 강한 셰르파들조차도 해내지 못한 일을 서양인이 해낼 수 있다는 걸 믿지 못했다. 그들은 메스너와 하벨러가 옷자락 속에 감춘 소형 산소통으로 호흡을 하면서 올랐을 거라 추측했다. 텐징 노르게이와 그 밖의 저명한 셰르파

들은 네팔 정부가 메스너와 하벨러의 이른바 무산소 등정에 대해
공식적으로 조사해 줄 것을 요구하는 진정서에 서명했다.

그러나 여러 가지 증거로 보아 그들이 보조 산소 없이 등정했다
는 건 반박할 여지가 없는 진실이었다. 그로부터 2년 뒤 메스너는
거기서 한술 더 떠 또다시 보조 산소 없이, 그리고 이번에는 셰르
파나 그 누구의 도움도 받지 않고 완전히 혼자서 에베레스트의 티
베트 사면을 오름으로써 그를 의심했던 모든 사람을 완전히 침묵
시켜 버렸다.

1980년 8월 20일 오후 3시, 짙은 구름과 흩날리는 눈발을 뚫고
에베레스트 정상에 오른 메스너는 "나는 계속 괴로움에 허덕였다.
온 생애를 통틀어 이렇게 지치기는 처음이다."라고 말했다. 그는
그 등정을 기록한 『수정의 지평선』이라는 책에서 정상을 눈앞에
두고 마지막 몇 미터를 허덕이며 올라가던 때의 일을 이렇게 서술
했다.

쉬는 동안 나는 숨을 들이쉴 때 목이 타는 것 같은 통증을 제외하고는
아무런 감각도 느끼지 못했다. …… 더 이상 나아갈 기력이 없었다.
절망감도, 행복감도, 근심 걱정도 없었다. 감정에 대한 통제력을 상실한
건 아니었다. 그저 아무런 감정도 없을 따름이었다. 나는 오로지
의지만으로 이루어진 존재였다. 하지만 몇 미터쯤 더 나아간 뒤에는
끝없는 피로감 속에서 의지마저도 바닥이 났다. 그다음부터는 아무
생각도 떠오르지 않았다. 나는 눈밭에 쓰러져 질펀히 누워 버렸다.
영원만큼 긴 시간 동안 나는 완전히 무력한 상태에 머물러 있었다.
그러고 나서 다시 일어나 몇 걸음 옮겨 디뎠다.

메스너가 문명 세계로 복귀했을 때 전 세계 사람들은 그의 등정을 등반 역사상 가장 위대한 업적이라고 찬양했다.

메스너와 하벨러가 보조 산소 없이도 에베레스트에 오를 수 있다는 걸 입증한 뒤 일군의 야심적인 산악인들은 에베레스트는 '보조 산소 없이 올라야 한다.'는 데 의견의 일치를 봤다. 그 후 엘리트 히말라야 산악인으로 인정받기를 열망하는 이들 사이에서는 보조 산소 없이 오르는 게 일종의 의무 조항 같은 것이 되어 버렸다. 1996년까지 60명의 사람들이 보조 산소 없이 정상에 올랐으며 그중에서 다섯은 살아서 돌아오지 못했다.

홀의 팀에 소속된 우리 동료들 가운데 나름대로 크나큰 야심이나 포부를 품었던 사람들이 있었을지는 모르나 보조 산소 없이 정상에 오를 생각을 한 사람은 하나도 없었다. 3년 전에 산소 없이 에베레스트에 올랐던 마이크 그룹조차도 이번에는 가이드로서 올라가기 때문에 보조 산소를 사용할 작정이라고 내게 말했다. 그는 산소통을 사용하지 않을 경우 자신이 정신적으로나 육체적으로 심한 손상을 입어 직업상의 의무를 다할 수 없으리라는 걸 경험을 통해 알고 있었다. 대부분의 베테랑 에베레스트 가이드들과 마찬가지로 그룹은 아무 부담 없이 오를 때는 보조 산소 없이 오르는 편이 낫고 미관상으로도 그 편이 좀 더 보기 좋기는 하나 그것을 사용하지 않고 고객들을 정상까지 안내하는 건 지극히 무책임한 짓이라 믿었다.

로브가 선택한 러시아제 최신식 산소 호흡장치는 베트남전 때 미그(MiG) 전투기 조종사들이 착용했던 것과 같은 종류의 딱딱한 플라스틱 산소마스크, 오렌지색 강철로 된 케블라 산소통, 그 둘을 이어 주는 고무호스와 단순한 구조의 산소 조절장치로 이루어졌으며 산소통은 스쿠버용 탱크보다 더 작고 훨씬 더 가벼워 산소를 꽉 채웠을 때의 무게가 3킬로그램이 채 안 되었다. 로브는, 저번에 제3캠프에서 숙박한 동안에는 보조 산소 없이 잠을 잤지만 정상 공격 길에 나선 지금은 밤에 보조 산소를 호흡해야 한다고 강조했다. 그는 다음과 같이 경고했다.

"이 정도 이상의 높은 고도에서 머물 때 여러분의 몸과 마음의 기능은 시간이 가면 갈수록 자꾸 더 약화됩니다."

뇌세포들은 죽어 가고 피는 위험스러울 정도로 걸쭉해져 간다. 그와 동시에 망막에 있는 모세 혈관에서는 피가 배어 나온다. 휴식할 때조차도 심장은 격렬하게 들뛰었다. 로브는 "보조 산소는 정신과 육체 기능의 감퇴를 저지해 주고 잠자는 데 도움을 준다."라고 했다.

나는 로브의 충고를 따르려 애썼다. 하지만 내면에 잠재되어 있던 폐소 공포증이 그걸 방해했다. 코와 입에 마스크를 착용하기만 하면 자꾸 그것이 숨통을 틀어막고 있다는 느낌이 들어, 괴로운 한 시간을 보낸 뒤 나는 결국 그걸 벗어 버리고 그 밤의 나머지 시간을 보조 산소 없이 보냈다. 나는 계속 숨을 헐떡이고 안절부절못하면서 일어날 시간이 됐나 확인하려고 20분마다 손목시계를 들여다봤다.

스콧 피셔 팀과 남아공 팀, 타이완 팀을 비롯한 다른 팀들은 대부분 우리 캠프 밑으로 30미터쯤 되는, 우리 캠프 자리만큼이나 비좁고 위태로워 보이는 지점에 텐트를 쳤다. 이튿날 새벽 미명, 그러니까 5월 9일 목요일에 내가 제4캠프로 올라가기 위해 등산화를 신고 있을 때 타이페이에서 온 서른여섯 살의 철강 노동자 첸 유난이 대변을 보기 위해 자기 텐트에서 기어 나왔는데 판단 착오로 밑창이 매끄러운 운동화만 신고 나오는 중대한 실수를 저질렀다.

그는 바닥에 쭈그리고 앉다가 얼음 위에서 발이 미끄러져 로체 사면으로 굴러떨어졌다. 그런데 놀랍게도 그는 불과 24미터 아래에서 빠끔히 아가리를 벌리고 있는 비좁은 크레바스에 거꾸로 처박혀 몸이 걸리는 바람에 더 이상의 추락은 모면했다. 사고를 목격한 셰르파들이 로프를 늘어뜨리고 내려가 그를 크레바스에서 급히 빼내 다시 자기 텐트로 들어가게끔 거들어 줬다. 그는 몸에 심한 충격을 받았고 또 몹시 겁을 집어먹은 상태긴 했지만 중상을 입지는 않은 듯했다. 그런데 그 당시 홀의 팀에서는 그런 사고가 일어났다는 사실을 아무도 알지 못했다.

그 직후 마칼루 고와 타이완 팀의 셰르파들은 몸조리나 하라고 첸 혼자만 남겨 두고 모두 사우스 콜로 떠났다. 고는 로브와 스콧에게 5월 10일에는 정상에 오르지 않겠다고 약속했음에도 중간에 마음이 바뀌었는지 이제 우리와 같은 날 정상에 오르려 하고 있었다.

그날 오후 장부라고 하는 셰르파가 사우스 콜까지 짐을 날라다 놓고 제2캠프로 하산하는 길에 첸의 상태를 살펴보고자 제3캠프에 들렀다가 첸의 증세가 몹시 악화되었다는 걸 발견했다. 그는 정신이 혼미한 데다 심한 통증으로 괴로워하고 있었다. 장부는 그를 후송해야 한다고 판단하고 다른 두 명의 셰르파를 동원해 첸을 도와 로체 사면을 내려가기 시작했다. 첸은 빙벽 바닥에 이르려면 100미터쯤 더 가야 하는 지점에서 갑자기 무릎을 꿇고 쓰러지더니 의식을 잃었다. 잠시 후 제2캠프에 있던 데이비드 브리셔즈의 무선기가 자글자글 끓더니 장부가 겁에 질린 목소리로 첸의 호흡이 끊어졌다고 보고해 왔다.

브리셔즈와 그의 아이맥스 팀 동료인 에드 비스터즈는 첸을 살려낼 수 있을지 알아보기 위해 급히 빙벽을 타고 올라왔다. 그러나 그들이 40분쯤 뒤에 현장에 도착했을 때는 첸의 호흡과 맥박이 다 끊어진 상태였다. 그날 저녁 고가 사우스 콜에 도착한 뒤 브리셔즈는 무선으로 그를 불러냈다.

"첸이 죽었소, 마칼루."

그러자 고는 "오케이, 알려 줘서 고맙소."라 응답했다. 그러고 나서 그는 자기 팀 사람들에게 첸의 죽음이 자정 무렵에 정상을 향하여 떠나려는 계획에 어떤 차질도 주지 않을 거라고 단언했다. 브리셔즈는 그만 어리벙벙해졌다.

"나는 그때 막 마칼루 고를 대신해서 그의 친구의 눈을 감겨 줬어요. 그리고 그 사람의 시신을 방금 전에 빙벽 아래로 끌고 내려왔고요. 그런데 그는 고작 한다는 말이 '오케이'였어요."

브리셔즈는 분노뿐만 아니라 그 밖의 여러 가지 감정이 뒤섞인 착잡한 말투로 말했다.

"뭐가 뭔지 모르겠습니다. 문화적 차이에서 비롯된 것인가 싶기도 하고. 어쩌면 그 친구는 첸의 죽음을 기리기 위한 최선의 방법은 계속 정상으로 올라가는 거라고 생각했을지도 몰라요."

지난 6주간 그곳에서는 몇 건의 큰 사고가 일어났다. 우리가 베이스캠프에 도착하기 전에 텐징이 크레바스에 추락한 사건. 앙가 왕 톱체가 고산폐부종에 걸린 뒤 급격히 증세가 악화된 사건. 맬 더프 팀의 젊은 영국인 대원으로 비교적 산을 잘 타는 것으로 보이던 진즈 풀런이 빙폭 꼭대기 부근에서 심한 심장 발작을 일으킨 사건. 역시 맬 더프 팀의 킴 세이베르라는 덴마크 사람이 빙폭에서 세락이 넘어지는 바람에 갈비뼈 몇 대가 부러진 사건. 하지만 그때까지 사망한 사람은 아무도 없었다.

첸이 사망했다는 소식이 텐트에서 텐트로 퍼져 나가면서 그 사건은 산 전체에 음울한 그림자를 드리웠다. 하지만 그 직후 서른세 명의 등반대원이 정상을 향해 출발했고 앞으로 벌어질 일에 대한 초조한 기대감으로 인해 그 어둠은 금방 씻겨 나갔다. 우리 대부분은 정상에 오르고자 하는 열병에 사로잡혀 있어 우리 중의 한 사람의 죽음에 대해 차분히 성찰할 겨를이 없었다. 나중에, 정상에 올랐다가 하산한 뒤 차분히 돌이켜봐도 늦지 않을 거라고 생각했다.

12장

작은 잘못들이
쌓이고

1996년 5월 9일

제3캠프

해발 7,315미터

나는 아래를 내려다봤다. 하산하고 싶은 마음은 추호도 없었다. ……
우리가 여기까지 오게 된 건 그 무수한 노고, 잠을 설친 그 무수한 밤, 그
무수한 꿈 덕분이었다. 우리는 다음번 주말에 한 번 더 시도하기 위해
가볍게 돌아올 수가 없는 처지였다. 지금 하산한다는 건, 과연 그렇게 할
수 있을지 의문이기는 하지만, 하나의 크나큰 의문부호가 찍힌 미래로
내려간다는 걸 뜻한다. 그냥 계속 올라갔더라면 어떻게 되었을까 하는
의문.

— 토머스 F. 혼베인, 『에베레스트: 서쪽 능선』

5월 9일, 목요일 아침, 나는 제3캠프에서 하룻밤을 꼬박 새우다시피 한 뒤 맥없이 비척거리면서 일어나 천천히 옷을 걸쳐 입고, 얼음을 녹이고 나서 텐트를 빠져나왔다. 내가 백팩을 꾸리고 크램폰을 붙잡아 맬 무렵 홀의 대원들 대부분은 이미 밧줄을 타고 제4캠프로 오르고 있었다. 놀랍게도 루 카시슈케와 프랭크 피슈벡도 그 대열에 끼어 있었다. 그들이 어제저녁 형편없이 지친 모습으로 캠프에 도착했기 때문에 백기를 들 거라고 예상했는데.

"좋았어, 친구들."

나는 미국 함대에서 잘 쓰는 표현을 빌려 크게 소리쳤으며, 동료들은 그 말을 마음 깊이 받아들여 기운차게 전진하기로 마음을 다져 먹은 듯 보였다.

동료들의 대열에 합류하기 위해 밧줄에 매달리면서 문득 아래를 내려다보니 다른 등반대에 소속된 사람들도 역시 50명가량 길게 늘어서서 올라오고 있었으며 그들 중 선두에 선 사람들은 벌써 내 바로 밑에까지 이르렀다. 나는 엄청난 교통 마비 현상(그것은 여러 가지 위험한 사태를 초래할 가능성이 있고 그중에서도 특히 간혹가다 위에서 굴러떨어지는 돌에 노출되는 시간이 늘어난다는 걸 뜻한다.)에 말려들고 싶지 않아 올라가는 템포를 빨리해 대열의 선두에 나서기로 마음먹었다. 하지만 로체 사면에는 단 하나의 밧줄만 걸려 있어 나보다 느린 사람들을 추월하기가 쉽지 않았다.

밧줄에서 주마를 풀고 다른 사람을 돌아서 올라갈 때마다 앤디가 굴러떨어지는 돌에 얻어맞은 일이 자꾸 떠올랐다. 내가 고정 밧줄에서 내 안전 밧줄을 푼 사이에 조그만 돌멩이라도 와서 맞으면 나는 그대로 사면 밑바닥으로 추락할 것이다. 다른 사람들을 추월하는 건 불안한 일일 뿐만 아니라 무척이나 힘이 드는 일이기도 했다. 나는 가파른 언덕길에 길게 늘어선 다른 차들을 추월하려 애쓰는 힘없는 유고 차(낮은 성능과 품질로 유명한 80년대 소형 자동차 — 옮긴이)처럼 한 사람씩 따라잡을 때마다 딱하다 싶을 만큼 한참 동안 액셀을 바닥까지 꽉꽉 밟아야 했으며, 그럴 때마다 숨이 너무 가빠 이러다 산소마스크에다 토하는 게 아닐까 염려가 되었다.

평생 처음으로 산소마스크를 쓰고 오르다 보니 그것에 익숙해지는 데는 한참 시간이 걸렸다. 해발 7,300미터 정도의 높은 지점에서는 보조 산소를 사용하는 게 여러모로 유익하지만 금방 그 이점들을 식별하기는 쉽지 않았다. 세 사람을 추월한 뒤 가쁜 호흡을 가다듬으려 애쓰다 보니 그 마스크가 정말로 나를 질식시킬 것 같은 착각이 일어 그걸 벗어 버렸다. 하지만 그것 없이는 숨쉬기가 더 힘들다는 사실만 확인했을 뿐이었다.

잘 부서지는 황토색 석회암 절벽인 옐로 밴드를 넘어설 즈음 비로소 대열의 선두에 나서게 됐으며 거기서부터는 좀 더 편한 속도로 오를 수 있었다. 나는 느리면서도 꾸준한 속도로 로체 사면 꼭대기 부분을 왼쪽으로 대각선으로 가로질러 이윽고 조각조각 부서져 나가는 검은색 편암이 크게 돌출한 제네바 스퍼라고 하는 곳을 올랐다. 마침내 산소마스크를 통해 숨 쉬는 법을 터득해 가장 가까이에 있는 동료보다 한 시간 거리 이상을 앞섰다. 에베레스트에서 혼자 외따로 떨어진다는 건 쉽게 누리기 어려운 사치여서 나는 그런 뜻깊은 날, 그렇게 장쾌한 풍경 속에서 그것을 조금이나마 허락받은 것에 감사한 기분이었다.

나는 제네바 스퍼의 꼭대기인 7,894미터 지점에 멈춰 서서 물을 마시면서 주위 풍경을 감상했다. 수정처럼 투명하게 아른거리는 희박한 대기로 인해 아주 멀리 떨어진 봉우리들까지 손끝에 잡힐 것처럼 가깝게 보였다. 한낮의 햇살로 부시게 빛나는 에베레스트의 피라미드 모양의 정상이 간간이 지나가는 엷은 구름장들 사이로 성큼 다가왔다. 카메라의 망원 렌즈를 통해 동남 능선 꼭대기를 올려다보자 놀랍게도 개미만큼이나 작아 보이는 네 사람이 사우스 서밋을 향해 나아가는 모습이 시야에 잡혔다. 여기서 보기에 그들은 마치 제자리에서 끝없이 꼬물거리는 듯했다. 나는 그들이 몬테네그로 등반대원들일 거라 짐작했다. 만일 그들이 성공한다면 그들은 올해 들어 최초로 정상에 오르는 팀이 되리라. 그리고 그것은 뚫고 나가기 어려울 정도로 깊은 눈이 쌓였다는 소문이 근거 없는 것이었음을 뜻하리라. 그들이 정상에 오를 수 있다면 우리도 역시 오를 수 있을 것이다. 하지만 지금 정상 능선에서 휘날리고 있는 눈 깃털은 나쁜 징조였다. 몬테네그로 대원들은 격렬한 바람을 뚫고 위로 올라가려 애쓰고 있었다.

오후 1시, 나는 우리의 정상 공격 발진 기지 격인 사우스 콜에 이르렀다. 빙벽들이 성벽의 총안처럼 둘러서 있고 바람에 둥그렇게 깎여 나간 돌들이 사방에 흩어져 있는 해발 7,900미터의 황량한 고원이자 양쪽으로 까마득하게 치솟은 로체와 에베레스트 성벽들 사이에 형성된 넓은 골짜기인 사우스 콜은 직사각형에 가까운 모양으로 가로 길이가 축구장의 네 배였고 세로는 두 배였다. 그리고 그곳의 동쪽 끝을 넘어가면 높이 2,000미터가 넘는 까마득한 낭떠러지인 캉슝 사면으로 해서 티베트로 이어지고, 반대편 끝을 넘어가면 1,200미터의 낭떠러지로 해서 웨스턴 쿰으로 이어진다. 그 골짜기 어귀 바로 뒤편, 콜의 서쪽 맨 끝에 제4캠프의 텐트들이, 버려진 천 개 이상의 산소통*으로 뒤덮인 헐벗은 땅에 자리 잡고 있었다. 이 행성에 그보다 더 황막하고 을씨년스러운 곳은 다시 없을 것이다.

에베레스트산괴와 부딪친 제트 기류가 사우스 콜의 V 자형 골짜

---

* 사우스 콜을 훼손시키는 쓰고 버린 산소통들은 1950년대 이래 줄창 쌓여 온 것들이다. 하지만 1994년 스콧 피셔의 사가르마타 환경 등반대가 제창한 쓰레기 치우기 프로그램 덕에 지금은 많이 줄었다. 그 공의 상당 부분은 그 등반원으로 아주 성공적인 보상 정책을 창안해 낸 브렌트 비숍(1963년에 에베레스트에 등정한, 《내셔널 지오그래픽》의 저명한 사진 기자 故 배리 비숍의 아들)에게 돌려야 마땅할 것이다. 나이키가 자금을 대는 그 정책에 의해 콜에서 빈 산소통을 가져오는 셰르파들은 개당 얼마씩의 현금 보상을 받게 되었다. 에베레스트 등반 안내 회사 가운데 로브 홀의 어드벤처 컨설턴츠와 스콧 피셔의 마운틴 매드니스, 토드 벌리슨의 알파인 어센츠 인터내셔널은 비숍의 프로그램에 열렬히 호응해 줬고, 그 결과 1994년과 1996년 사이에 콜에서 800개 이상의 산소통이 제거되었다.

기를 통해 한꺼번에 빠져나가는 탓으로, 그 바람에는 상상하기 어려울 정도로 엄청난 가속도가 붙으며 콜의 바람이 산 정상을 찢는 바람보다 더 강한 경우도 드물지 않다. 초봄에 콜을 지속적으로 스쳐 가다시피 하는 폭풍은 인근의 산비탈에는 눈이 두껍게 쌓여 있음에도 어째서 콜에는 바위와 얼음밖에 없는가를 설명해 준다. 콜에서 얼어붙지 않은 모든 것은 티베트로 날아가 버린다.

제4캠프로 들어서자 여섯 명의 셰르파가 시속 50노트의 강풍 속에서 홀 팀의 텐트를 세우느라 애쓰는 광경이 눈에 들어왔다. 나는 내 텐트를 세우는 셰르파들을 돕기 위해 내가 들어 올릴 수 있는 가장 큰 바위들 밑에 빈 산소통들을 끼워 넣고 거기다 텐트 끈을 붙잡아 맨 뒤, 안으로 들어가 언 손을 녹이면서 동료들이 오기를 기다렸다.

오후로 접어들면서 기상이 나빠졌다. 피셔의 싸다인 롭상 장부가 등에 40킬로그램에 가까운 짐을 짊어지고 나타났는데, 그 짐에서 15킬로그램 정도는 위성 전화와 그 주변기기가 차지했다. 샌디 피트먼은 7,900미터에서 인터넷에 기사를 올리려 하고 있었다. 우리 팀 동료들 가운데 제일 뒤에 처진 사람은 오후 4시 30분에야 나타났고 피셔 팀의 마지막 주자는 더 늦게 나타났으며, 그 무렵에는 폭풍이 맹위를 떨치고 있었다. 날이 어두워지자 몬테네그로 팀이 콜로 돌아와 정상에는 접근할 수 없었다는 소식을 알렸다. 그들은 힐러리 스텝 바로 밑에서 돌아섰다.

날씨에서부터 몬테네그로 팀의 퇴각에 이르기까지 모든 정황이 다 불길했다. 우리가 정상에 오르기로 예정한 시간이 여섯 시간도 채 남지 않았는데. 사람들은 콜에 오르자마자 각자의 텐트로 기어 들어가 잠을 청해 보려 무진 애를 썼다. 하지만 기관총 소리를 방 불케 하는, 요란하게 펄럭이는 텐트 자락 소리와 앞으로 닥쳐올 일 에 대한 근심으로 대부분은 잠을 이루지 못했다.

나는 캐나다에서 온 젊은 심장 전문의 스튜어트 허치슨과 한 텐 트를 썼다. 로브와 프랭크, 마이크 그룹, 존 태스크, 남바 야스코는 두 번째 텐트를, 루와 벡 웨더스, 앤디 해리스, 더그 한센은 세 번째 텐트를 배정받았다. 루의 텐트에 들어간 사람들이 꾸벅꾸벅 졸고 있을 때 강풍을 뚫고 귀에 선 목소리가 들려왔다.

"그 사람 좀 빨리 들어가게 해 줘요. 계속 밖에 세워 놓았다가는 죽을 거예요!"

루가 텐트의 지퍼를 내리자 잠시 후 턱수염 난 사람이 들어와 무 릎을 꿇고 털썩 주저앉았다. 그는 남아공 팀의 부(副)대장격인 브 루스 헤러드였다. 사근사근한 성격을 지닌 서른일곱 살의 그 사내 는 그 팀에서 에베레스트에 오를 만한 자격을 지닌 유일한 사람이 었다.

루는 그때의 일을 이렇게 회상했다.

"브루스는 대단히 어려운 상황에 처해 있었어요. 온몸을 부들부 들 떨면서 아주 이상하고 엉뚱하게 행동했고 제힘으로는 아무것 도 할 수 없는 처지였죠. 체온이 심하게 떨어져 말도 제대로 할 수 가 없었고요. 그 사람 팀의 나머지 사람들은 콜 어딘가에 있거나 콜로 오르는 중이었어요. 하지만 그는 자기 일행이 어디 있는지 알 지 못했어요. 자기네 텐트를 어떻게 찾아가야 할지도 몰랐고. 그래서 우리는 그에게 마실 걸 주고 몸을 따뜻하게 해 주려 애썼죠.”

더그 역시 상태가 좋지 않았다. 벡은 그때의 일을 이렇게 회고했다.

“더그는 안색이 좋지 않았어요. 그 사람은 이틀 동안 잠도 자지 못했고 먹지도 못했다고 불평했어요. 하지만 정상에 오를 시간이 되면 장비를 착용하고 올라갈 결심을 하고 있었더랬죠. 나는 은근히 걱정되었어요. 그때쯤에는 더그와 꽤 친해져 그가 정상에서 100미터도 채 안 떨어진 곳에서 돌아서야 했다는 사실로 인해 1년 내내 설욕할 마음을 다져 왔다는 걸 잘 알고 있었으니까요. 그 친구는 그때의 일이 못내 분해 두 번째로 오를 때는 절대로 돌아서지 않을 심산이었지요. 숨을 쉴 수 있는 한은 계속 정상에 오르겠다고.”

그날 밤 사우스 콜에서는 다닥다닥 붙은 텐트들 속에 50명도 넘는 사람이 숙박하고 있었으나 모두가 낱낱이 동떨어진 것 같은 묘한 분위기가 어려 있었다. 강풍이 휘몰아치는 바람에 다른 텐트에 있는 사람들과 얘기를 주고받는 것도 불가능했다. 신에게서 버림받은 그 황량한 곳에서 나는 정신적으로나 육체적으로, 그리고 감정상으로 주변 사람들과 완전히 절연된 기분이었다. 예전에 다른 이들과 많은 산을 오르내렸지만 그렇게 심한 절연감을 느껴 본 적은 한 번도 없었다. 그제서야 우리가 이름만 한 팀이라는 서글픈 자각이 찾아왔다. 몇 시간 안에 우리는 한 팀으로서 캠프를 떠날 테지만 밧줄이나 혹은 그 어떤 연대감으로도 묶이지 않은 채 개별적으로 오를 것이다. 각 고객은 그 팀 속에서 홀로 동떨어져 있었다. 그리고 그 점에서는 내 입장도 하등 다를 게 없었다. 예를 들어, 나는 더그가 정상에 오르기를 진심으로 바라지만 그가 돌아선다 해도 나는 계속 온 힘을 다해 오를 테니까.

그런 깨달음은 또 다른 맥락에서도 우울한 기분을 안겨 줬지만 온 신경이 날씨에 가 있어 그 기분은 오래가지 않았다. 만일 강풍이 곧 잦아들지 않으면 우리 모두 정상에 오르는 건 포기해야 했다. 지난주 동안 홀 팀의 셰르파들은 사우스 콜에 산소통 163킬로그램, 즉 55개를 비축해 뒀다. 얼핏 대단히 많은 양처럼 들리겠지만 그 정도면 세 명의 가이드와 여덟 명의 고객, 네 명의 셰르파가 정상에 딱 한 번 오를 수 있을 정도의 양에 불과했다. 그리고 지금도 미터기는 계속 돌아가고 있었다. 우리는 텐트에 누워 있을 때도 그 귀중한 산소를 계속 소비하고 있었다. 부득이한 사정으로 산소를 아끼기 위해 텐트에 머무는 동안 산소마스크를 벗어야 한다면 아마 스물네 시간 정도가 안전의 한계일 것이다. 그 뒤에는 올라가든지 내려가든지 해야 한다.

그러나 오후 7시 30분이 되었을 때 기적이 일어났다. 강풍이 갑자기 뚝 끊긴 것이다. 헤러드는 루의 텐트에서 기어 나와 비틀거리면서 자기 동료들을 찾아 나섰다. 기온은 영하 18도 이하였지만 바람은 거의 없다시피 했다. 정상에 오르기에는 더없이 좋은 조건이다. 홀의 본능은 우리의 정상 공격 타이밍을 신비롭다 할 정도로 완벽하게 잡아냈다. 홀은 우리 곁의 텐트에서 소리쳤다.

"조노! 스튜어트! 우리는 정상에 오르게 될 것 같소, 친구들. 11시 30분에 로큰롤을 출 준비를 해요!"

차를 마시고 장비를 착용하는 동안 사람들은 말을 거의 하지 않았다. 우리 전부 이 순간이 오기까지 실로 엄청난 고통을 겪어 왔다. 나 역시 더그와 마찬가지로 이틀 전에 제2캠프를 떠난 뒤로 거의 먹지 못했고 자지 못했다. 기침할 때마다 가슴의 연골 조직에서는 마치 누군가가 그곳을 칼로 푹 쑤시는 것 같은 격렬한 통증이 일었고 그와 더불어 눈물이 그렁그렁 맺히곤 했다. 하지만 정상에 서기를 원한다면 그런 고통들을 무시해 버리고 계속 오르는 수밖에 없었다.

나는 자정 25분 전에 산소마스크를 쓰고 헤드램프를 켜고 어둠 속으로 나섰다. 홀의 팀 인원은 전부 더해서 열다섯 명이었다. 세 명의 가이드, 여덟 명의 고객 전부, 네 명의 셰르파. 홀은 앙 도르제, 락파 체링, 앙가왕 노르부, 카미는 우리와 함께 올라가게 하고 앙리타와 출둠은 일단 유사시에 우리를 도울 지원 팀으로서 텐트에 남아 있게 했다.

가이드들인 피셔와 베이들맨, 부크레예프, 그리고 고객들인 샬럿 폭스와 팀 매드슨, 클레브 쇼에닝, 샌디 피트먼, 레네 가멜가르드, 마틴 애덤스, 그리고 여섯 명의 셰르파로 구성된 마운틴 매드니스 팀은 우리보다 30분 뒤에 사우스 콜을 떠났다.* 롭상은 마운틴 매드니스의 셰르파들 중에서 다섯 명만 정상 팀에 합류시키고 둘은 지원 팀으로 콜에 남겨 둘 작정이었다. 그러나 일은 롭상의

---

* 피셔의 고객 가운데 데일 크루즈와 피트 쇼에닝은 정상 등정 팀에서 빠졌다. 크루즈는 두 번째로 고산뇌수종 증세가 심해지는 바람에 베이스캠프에 남았고, 예순여덟 살의 전설적인 산악인 쇼에닝은 닥터 허치슨과 태스크가 공동으로 시행한 심전도 검사 뒤에, 그리고 매켄지가 그의 심장 박동 상태에 심각한 이상이 일어날 수 있다고 지적한 뒤에 제3캠프보다 더 높은 곳으로는 올라가지 않기로 했다.

뜻대로 되지 않았다. 롭상은 말했다.

"스콧이 인심을 써서 내 셰르파들에게 '모두 다 정상에 올라가도 좋다.'고 했어."*

결국 롭상은 피셔의 등 뒤로 가서 자신의 사촌 동생인 '큰' 펨바에게 뒤에 남으라 했다.

"펨바는 나한테 화를 냈다. 하지만 나는 펨바에게 말했다. 너는 남아야 해, 안 그러면 다시는 일감을 주지 않을 거다. 그래서 펨바는 제4캠프에 남았다."

마칼루 고는 우리 팀이 정상 등정을 시도하는 날에는 어떤 타이완 대원도 정상에 오르지 않을 거라고 한 애초의 약속을 완전히 무시해 버리고 피셔의 팀이 떠난 직후에 두 명의 셰르파와 함께 정상으로 향했다. 남아공 사람들도 역시 정상에 오를 작정이었으나 제3캠프에서 콜까지 오를 때 무진 고생을 한 탓으로 완전히 진이 빠져 텐트 밖으로 나오지도 않았다.

그날 한밤중에 전부 서른세 명이 정상을 향해 출발했다. 세 등반대로 이루어진 우리는 각자 자기 팀을 따라 콜을 떠났지만 우리의 운명은 이미 얽혀들기 시작하고 있었다. 그리고 그 산을 오르면 오를수록 그 도는 점점 더 심해져 갔다.

---

* 1996년의 에베레스트 등반 셰르파들의 대부분은 정상에 오를 기회를 얻고 싶어 했다. 정상에 오르고 싶어 하는 그들의 근원적인 동기 역시 서구인들에 못지않게 다채로웠다. 하지만 그 동기의 일부는 일자리 확보와 관련되어 있었다. 롭상의 말마따나 "셰르파가 에베레스트에 오른 뒤에는 일감을 얻기가 쉬워진다. 모든 사람이 다 그 셰르파를 고용하고 싶어 하니까."

날선 추위로 투명한 그날 밤은 환상적일 정도로 아름다웠으며 그 아름다움은 산을 오를수록 더했다. 하늘에 별이 그렇게 많은 건 생전 처음 봤다. 8,481미터인 마칼루봉의 어깨에 떠오른 하현달이 내 발밑의 산비탈에 푸르스름한 빛을 흩뿌려 굳이 헤드램프를 켤 필요가 없었다. 동남쪽 저 멀리, 인도와 네팔 간의 국경 부근에서 거대한 소나기구름이 말라리아의 진원지인 테라이의 늪지 위를 떠돌면서 초현실적인 느낌을 주는 오렌지빛과 푸른빛의 번개들이 그쪽 하늘을 환하게 밝히곤 했다.

콜을 떠난 지 세 시간도 채 안 되었을 때 프랭크는 어쩐지 일진이 안 좋을 것 같다는 느낌이 들어 돌아서서 제4캠프로 하산하기 시작했다. 이로써 그의 네 번째 에베레스트 등정 시도는 끝이었다.

그러고 나서 얼마 지나지 않아 더그 역시 대열에서 비켜났다. 루는 이렇게 회상했다.

"당시 더그는 나보다 약간 앞서 있었는데 갑자기 열에서 빠져나오더니 우두커니 서 있더군요. 내가 그 곁을 지나갈 때 더그는 춥고 느낌이 안 좋아 내려갈 참이라 말합디다."

그런데 맨 뒤에서 팀을 독려하면서 올라오고 있던 로브가 더그에게 다가가 잠시 얘기를 나눴다. 그 얘기를 들은 사람이 아무도 없어서 둘 사이에 어떤 얘기가 오갔는지 알 길이 없다. 하지만 그 결과로 더그는 다시 열에 합류해 등반을 계속했다.

×　×　×

베이스캠프를 떠나기 전날, 로브는 식당 텐트에 대원들을 모아 놓고 정상 등반 길에 나서는 날 자기 지시에 따르는 것이 대단히 중요하다는 뜻의 훈시를 했다. 그는 나를 똑바로 쳐다보면서 말했다.

"저 위에서는 어떠한 반대 의견도 받아들이지 않을 겁니다. 내 말은 절대적인 법과 같아서 항의해 봐도 소용없을 겁니다. 여러분이 내가 내린 어떤 결정이 마음에 들지 않는다면 하산한 뒤 얼마든지 함께 따져 볼 용의가 있습니다. 하지만 저 위에 있는 동안에는 안 됩니다."

갈등이 빚어질 소지가 가장 많은 건 로브가 정상에 이르기 전에 우리를 돌아서게 할 경우였다. 하지만 그가 특별히 염려하는 또 다른 문제가 있었다. 고도 적응 훈련이 마지막 단계에 이르렀을 때 그는 우리를 죄던 고삐를 약간 늦춰 각자 능력에 맞는 페이스대로 오르게 했다. 그 바람에 나는 우리 팀의 주류에서 두세 시간 거리 정도 앞서서 오를 수 있었다. 그러나 이제 그는, 정상 공격 날 전반기에는 모든 사람이 바싹 붙어 서서 올라가야 한다는 점을 강조했다.

"우리 전부가 동남 능선 꼭대기에 오를 때까지는 모두들 앞뒤 대원과의 간격을 100미터 이내로 유지해야 합니다. 이건 대단히 중요한 사항입니다. 우리는 어둠 속에서 오르게 될 것이기 때문에 나는 여러분이 가이드들의 시야 내에서 움직이기를 바랍니다."

그는 말하는 동남 능선 꼭대기는 '발코니'로 알려진, 8,412미터 지점에 뾰족하게 튀어나온 곳을 뜻했다.

그리하여 5월 10일 미명의 어둠을 뚫고 오르는 동안 팀의 선두에 선 사람들은 거듭 걸음을 멈추고 뼛속 깊이 파고드는 추위에 떨면서 가장 걸음이 느린 대원들이 가까이 오기까지 기다려야 했다. 한번은 나와 마이크 그룹, 싸다인 앙 도르제 셋이서 눈으로 덮인 바위 선반 위에 앉아 추위에 떨면서 다른 사람들이 도착하기를 기다린 적도 있었다. 우리는 동상에 걸리지 않으려고 손뼉을 치기도 하고 발을 구르기도 했다. 하지만 추위보다 한층 더 견디기 어려운 건 그렇게 해서 귀중한 시간을 하릴없이 낭비한다는 점이었다.

오전 3시 45분, 마이크는 우리가 너무 앞서 왔으니 또다시 걸음을 멈추고 기다려야겠다고 했다. 나는 이제 서쪽에서 불어오는 싸늘한 바람을 피하기 위해 혈암으로 된 바위에 기대선 채 그 가파른 비탈을 내려다보면서 달빛 속에서 우리 쪽을 향해 느릿느릿 올라오는 이들의 얼굴을 식별해 보려 했다. 그들과의 거리가 점차 가까워지면서 나는 피셔 팀의 몇몇 대원이 우리 팀을 따라잡았다는 걸 알았다. 이제 홀의 팀, 마운틴 매드니스 팀, 그리고 타이완 팀은 서로 뒤섞여 하나의 긴 대열을 이루고 있었다. 그러고 나서 한 가지 특이한 광경이 눈길을 끌었다.

20미터 아래에서 산소마스크를 착용하지 않은 조그만 셰르파가 연노랑 다운 재킷과 바지를 입은 키 큰 사람의 몸을 1미터 정도의 밧줄로 자기 몸에 잡아 묶고 흡사 쟁기를 끄는 말처럼 끌어당기면서 힘겹게 비탈을 올라오고 있었다. 그 괴상한 한 쌍은 조금씩 다른 사람들을 추월했으나 약한 사람이나 부상당한 사람을 돕는 기술인 '짧은 줄로 잡아당기기(short-roping)' 방식은 두 사람 모두에게 위험해 보였고 또 몹시 불편해 보였다. 이윽고 나는 그 셰르파가 피셔 팀의 눈에 띄는 싸다인 롭상 장부고 노란 옷을 입은 사람은 샌디 피트먼이라는 걸 알았다.

롭상이 피트먼을 잡아끌던 광경을 목격한 가이드 닐 베이들맨은 이렇게 말했다.

"내가 그 아래에서 올라오며 보자니까 롭상은 허리를 잔뜩 숙인 채 거미처럼 손발로 바위를 짚으면서 팽팽한 짧은 줄로 샌디를 끌어올려 주고 있었어요. 그건 볼썽사납고 아주 위험해 보이는 광경이었죠. 나로서는 그걸 어떻게 받아들여야 할지 잘 모르겠더군요."

오전 4시 15분경, 마이크가 우리더러 다시 전진하라고 해 앙 도르제와 나는 몸을 따뜻하게 하기 위해 최대한 빨리 오르기 시작했다. 막 동쪽 지평선이 희끄무레하게 밝아올 무렵 이제까지 우리가 올랐던 바위투성이의 비탈길은 아직 굳지 않은 넓은 눈길로 변했다. 앙 도르제와 나는 종아리까지 차오르는 눈밭에 교대로 길을 트면서 나아가 해가 뜨기 직전인 5시 30분에는 동남 능선 꼭대기에 올랐다. 이 세상에서 가장 높은 다섯 봉우리 가운데 셋이 파스텔 색조의 새벽하늘을 배경으로 하여 우람하고 험준한 검은 실루엣으로 떠올랐다. 내 고도계는 8,412미터를 가리켰다.

홀이 그 발코니처럼 돌출한 곳에 우리 팀 전원이 모이기 전까지는 더 이상 전진하지 말라고 분명히 못박아 뒀기 때문에 나는 백팩을 깔고 앉아 기다렸다. 90분 이상이나 그렇게 앉아 기다리자 드디어 우리 팀의 맨 후미에서 올라오던 로브와 벡이 나타났다. 기다리는 동안 피셔 팀과 타이완 팀은 나를 앞질러 갔다. 나는 그렇게 많은 시간을 하릴없이 낭비하고 다른 모든 사람들에게 뒤처진 게 몹시 짜증이 났다. 하지만 홀의 논리를 이해했기 때문에 치솟아 오르는 화증을 지그시 억눌렀다.

나는 34년에 걸쳐 산을 타면서 우리가 등산을 통해 얻는 가장 큰 보상은 그 스포츠가 강조하는 원칙들, 곧 자기를 신뢰해야 하고, 스스로 중요한 결정을 내리고 그 결과를 적절히 다스려야 하며, 자기 일은 자기가 책임져야 한다는 원칙들에서 나온다는 걸 깨달았다. 그러나 일단 고객으로 오르겠다고 서명을 할 경우 그 모든 걸, 아니 그 이상을 포기해야 한다. 책임감 있는 가이드는 늘 고객의 안전을 위해 모든 상황을 통제하려 들며, 그것은 각 고객이 독자적으로 중요한 결정을 내릴 수가 없다는 걸 뜻한다.

그러므로 에베레스트 등반 기간 내내 우리 팀 고객들은 가이드들의 지시를 묵묵히 따를 수밖에 없었다. 등반 루트를 확보하고 캠프를 가설하고 요리를 하고 짐을 나르는 일들을 모두 셰르파들이 맡은 덕에 우리는 힘을 비축할 수 있었고 따라서 에베레스트에 오를 가능성도 한층 더 높아졌다. 하지만 나는 그런 상황이 대단히 불만스러웠다. 이따금, 내가 그 산에 오르는 게 아니라 대리인들이 오르는 것 같은 기분도 들었다. 나는 홀과 함께 에베레스트에 오르기 위해 그런 수동적인 역할을 기꺼이 받아들이기는 했으나 그런 관행에 결코 익숙해지지는 않았다. 그리하여 오전 7시 10분에 홀이 발코니에 도착해서 내게 올라가도 좋다고 신호했을 때 몹시 기뻤다.

내가 다시 출발하면서 맨 먼저 추월한 사람 중의 하나는 롭상이었다. 그는 눈밭에 무릎을 꿇은 채 먹은 것을 한 무더기 토해 냈다. 평소에 그는 보조 산소를 사용하지 않고서도 함께 오르는 어떤 사람들보다도 더 강한 면모를 보이는 사람이었다. 그 등반이 끝난 뒤 그는 내게 자랑스럽게 말했다.

"어떤 산을 오르든 나는 맨 먼저 가서 고정 밧줄을 설치한다. 1995년에 로브 홀과 함께 에베레스트에 왔을 때 나는 베이스캠프에서 정상까지 맨 먼저 올라갔다. 게다가 나 혼자 모든 밧줄을 설치했다."

그런데 5월 10일 아침에 그가 피셔 팀의 거의 맨 뒤에 처지고 토하기까지 했다는 사실은 뭔가 크게 잘못되었다는 걸 뜻했다.

전날 오후 롭상은 제3캠프에서 자기 짐에 피트먼의 위성통신 전화기까지 덤으로 짊어지고 제4캠프로 오르느라 몹시 지쳤다. 베이들맨은 제3캠프에서 롭상이 36킬로그램이나 되는 엄청난 짐을 짊어지는 걸 보고 그 전화기를 사우스 콜까지 가져가는 건 불필요하니 두고 가는 게 어떠냐 말했다. 나중에 롭상은 "나도 갖고 가고 싶진 않았다."라고 실토했다. 제3캠프에서도 제대로 작동하지 않았으니 기상 조건이 더 나쁘고 더 추운 제4캠프에서는 더더욱 말을 들어 먹지 않을 게 뻔했다.(실제로 그 전화기는 제4캠프에서 전혀 작동하지 않았다.)

"하지만 스콧이 내게 말했다. '당신이 갖고 가지 않으면 내가 갖고 가겠다.'고. 그래서 나는 그걸 내 배낭 밖에다 묶고 제4캠프까지 짊어지고 갔다……. 그 때문에 나는 몹시 지쳤다."

롭상은 거기에 더해 사우스 콜에서 짧은 밧줄로 피트먼의 몸과 자기 몸을 연결하고서 끌고 올라가느라 피로를 가중시켰고 그로 인해 대열의 선두에서 나아가며 고정 밧줄을 설치하는 일을 할 수 가 없었다. 그가 대열의 선두에 나서지 못한 예기치 않은 사태는 그날 빚어진 여러 결과에 영향을 미쳤으며, 그가 짧은 밧줄로 피트 먼을 끌고 가기로 한 것은 그 뒤 많은 사람에게 당혹감을 안겨 주 고 비판적인 반응을 불러일으켰다. 베이들맨은 말했다.

"어째서 롭상이 샌디를 끌고 갔는지 도무지 이해가 가질 않아요. 그는 자기가 산에서 어떤 일을 해야 하는지, 어떤 일이 더 중요한 지를 망각했어요."

피트먼 쪽에서 끌어 달라고 요청한 건 아니었다. 피트먼이 피셔 팀의 선두에서 제4캠프를 떠났을 때 롭상이 갑자기 그녀를 옆으로 잡아끌더니 밧줄 고리를 그녀의 등산복 앞의 벨트에다 걸었다. 그 러고 나서 상의도 하지 않고 밧줄의 다른 한쪽 고리를 자기 벨트에 걸더니 잡아끌기 시작했다. 그녀는 롭상이 자기 뜻을 거스르다시 피 하고 끌고 갔다고 주장했다. 그것은 한 가지 의문을 불러일으킨 다. 뉴욕 출신답게 자기주장이 강하기로 악명 높은 그녀*가 어째서 자기와 롭상을 연결해 주는 그 1미터짜리 줄을 그냥 풀어 버리지 않았는가 하는. 그녀는 그저 손을 뻗어 카라비너 하나만 풀어 버리 면 그만이었다.

피트먼은 셰르파의 권위를 존중하는 뜻에서 그렇게 하지 않았다

---

* 샌디 피트먼은 너무나 고집스러워 베이스캠프에 있던 일부 뉴질랜드 사람들은 그녀에게 '샌디 핏불'(사나운 개의 한 종류—옮긴이)이라는 별명을 붙였다.

고 설명했다.

"나는 롭상의 기분을 상하게 하고 싶지 않았어요."

그녀는 또 손목시계를 자주 들여다보면서 계산을 해 보지는 않았지만 자기가 기억하기로 롭상이 끌어 준 시간은 몇몇 다른 대원들이 진술하고 롭상이 확인해 준 것처럼 대여섯 시간이 아니라 '한 시간에서 한 시간 반 정도'에 불과했다고 말했다.*

롭상 쪽에서는, 평소에 곧잘 피트먼에 대한 경멸감을 토로하곤 한 사람이 어째서 피트먼을 끌어 줬느냐는 질문을 받고 상호 모순되는 두 가지 대답을 했다. 그는 시애틀의 변호사 피터 골드먼 (1995년에 스콧, 롭상과 더불어 브로드봉에 오른 적이 있고 피셔가 가장 신뢰하는 오랜 친구 중 하나다.)에게, 어둠 속에서 피트먼을 덴마크 출신의 고객인 레네 가멜가르드로 잘못 알았고 날이 밝았을 때 실수를 깨닫자마자 끌기를 중단했다고 말했다. 그러나 테이프에 녹음된 나와의 긴 인터뷰 과정에서는 좀 더 신빙성이 있는 얘기를 했다. 즉, 자기는 피트먼을 끌고 가고 있다는 걸 줄곧 알고 있었고, '스콧은 모든 대원을 정상에 올려놓고 싶어 하는데 내 생각에 샌디가 가장 약한 대원이고 또 속도가 느릴 듯하니 샌디를 맨 먼저 정상으로 끌고 가고 싶어서' 그렇게 했다고.

민감한 젊은이인 롭상은 피셔에게 아주 헌신적이었다. 롭상은 피트먼을 정상에 올려놓는 게 자기 친구이자 고용주에게 얼마나 중요한 일인지 잘 알고 있었다. 사실, 피셔는 베이스캠프에서 제인

---

* 피트먼과 나는 에베레스트에서 돌아온 지 6개월쯤 지났을 때 70분간 전화 통화를 하면서 이 사건과 그 밖의 사건에 관해 이야기를 나눴다. 그때 피트먼은 이 사건에 관한 몇 가지 해명을 빼고는 자기와 나눈 대화를 절대 이 책에 인용하지 말아 달라고 부탁했고, 나는 그녀의 뜻을 존중해 그렇게 했다.

브로멧과 통화하는 자리에서 이렇게 말했다.

"샌디를 정상에 올려놓을 수만 있다면 샌디는 틀림없이 TV 토크쇼들에 나갈 거요. 그럴 경우 당연히 자신의 명성과 팡파레 속에 나를 포함시켜 주지 않겠어요?"

골드먼은 이렇게 말했다.

"롭상은 스콧에게 더없이 충성스러웠어요. 스콧이 바라는 일이라고 확신하지 않은 상태에서 롭상이 누군가를 밧줄로 끌어당겨 주려 했다는 것을 도저히 믿을 수 없습니다."

동기야 어떻든 간에 롭상이 고객 하나를 끌어 주려 결심한 사실은 당시 유달리 중대한 잘못으로 보이지는 않았다. 하지만 결국 그것은 서서히 눈에 띄지 않게 임계 질량(연쇄 반응을 일으키는 데 필요한 방사능 물질의 양 — 옮긴이)을 향해 증폭되어 간 많은 사소한 잘못 중의 하나가 되었다.

13장
반환점

1996년 5월 10일

동남 능선
해발 8,412미터

이곳(에베레스트)에는 나로서는 생전 처음 보는 더없이 가파른 능선들과 보기만 해도 섬뜩한 낭떠러지들이 있다는 것, 그리고 오르기 쉬운 눈 비탈에 관한 얘기는 신화적인 얘기에 불과하다는 점 정도만 말해 두겠소⋯⋯.

이건 더없이 스릴 넘치는 일이오. 이 일이 나를 얼마나 사로잡는지, 나에게 얼마나 큰 기대감을 안겨 주는지 나로서는 도저히 설명할 길이 없소. 이곳의 환상적인 아름다움에 대해서도 그렇고!

— 조지 리 맬로리, 1921년 6월 28일 아내에게 보내는 편지에서

사우스 콜 위, 곧 죽음의 지대 안에 들어서면 우리의 생존은 시간과 각박한 다툼을 벌이게 된다. 5월 10일, 제4캠프에서 출발한 고객들은 3킬로그램짜리 산소통 두 개씩을 짊어졌으며, 나중에 하산할 때 셰르파들이 사우스 서밋에 은닉해 둔 세 번째 산소통을 회수해서 사용하게 되어 있었다. 분당 2리터 정도의 적당한 비율로 산소가 흐르게 할 때 한 통으로 대여섯 시간을 지탱할 수 있는데, 그럴 경우 우리의 산소는 오후 네다섯 시경이면 바닥이 난다. 우리는 각자의 고도 적응 정도와 체질에 따라서 보조 산소 없이도 사우스 콜 위에서 어느 정도까지는 버틸 수 있다. 하지만 그렇게 버티는 것도 한계가 있다. 얼마 지나지 않아 고산폐부종, 고산뇌수종, 체온 저하, 판단력 손상, 동상 등의 증세가 발생한 우려가 있고 그에 따라 죽음을 맞이할 가능성이 크게 높아진다.

홀은 과거에 에베레스트를 네 번이나 오른 경력이 있어서 신속히 올라갔다가 내려와야 할 필요성을 누구보다도 더 잘 알고 있었다. 홀은 자기 팀 고객들 가운데 몇몇이 등반의 기본기들을 제대로 갖추지 못했다는 걸 알고서 자기 팀과 피셔 팀 사람들이 고정 밧줄들에 의지해 가장 험난한 지점들을 안전하고도 손쉽게 통과하게 할 생각이었다. 그런데 올해 들어 아직 아무 팀도 정상에 오르지 못해 위험한 지점의 상당 부분에 고정 밧줄이 설치되어 있지 않을 거라는 점이 문제였다.

혼자 정상 등정을 시도한 예란 크로프는 5월 3일, 정상에서 수직으로 107미터 밑에 있는 지점까지 이르기는 했으나 고정 밧줄은 전혀 설치하지 않았다. 그보다 좀 더 높이 오른 몬테네그로 팀은 어느 정도 설치하기는 했으나 경험 부족으로 갖고 있던 밧줄을 사우스 콜에서 수직으로 430미터 이내에 있는 비교적 완만한 비탈에다 모조리 사용하고 말았다. 고정 밧줄이 거의 필요하지 않은 지점들에다. 그리하여 우리가 정상에 오르는 날 아침, 동남 능선 윗부분의 톱니처럼 들쑥날쑥하고 가파른 지점들에 설치된 밧줄이라고는 예전에 그곳을 오른 등반대들이 남겨 놓고 간 너덜너덜한 것들밖에 없었다. 그나마 그런 것들조차도 어쩌다 한 번씩 눈에 띌 뿐이었다.

홀과 피셔는 베이스캠프를 떠나기 전에 이미 이런 가능성을 예견하고 양 팀 가이드들의 모임을 가졌다. 그 모임에서 그들은 두 팀의 등반 싸다인 앙 도르제와 롭상을 포함하여 총 네 명의 셰르파를 본진이 출발하기 90분 전에 먼저 내보내기로 했다. 고객들이 도착하기 전에 가장 험난한 지형들에 고정 밧줄을 설치하게끔 하기 위해서였다. 베이들맨은 이렇게 회상했다.

"로브는 그렇게 하는 게 얼마나 중요한 일인가를 거듭거듭 강조했어요. 로브는 무슨 일이 있어도 병목에 걸려 시간을 허비하는 사태만은 피하고 싶어 했어요."

그런데 무슨 이유에서인지는 몰라도 5월 9일 밤에 단 한 명의 셰르파도 본진보다 먼저 사우스 콜을 떠나지 않았다. 오후 7시 30분까지 강풍이 분 탓으로 준비할 시간이 얼마 없어 그랬을지도 모른다. 그 등반이 끝난 뒤 롭상은, 홀과 피셔가 몬테네그로 팀이 이미 사우스 서밋까지 고정 밧줄을 설치해 놨다는 잘못된 정보를 입수하고서 고객들보다 먼저 셰르파들을 내보내지 않기로 했다고 주장했다.

그런데 만일 롭상의 주장이 옳다고 한다면 나중에 살아서 그 산을 내려온 가이드들인 베이들맨과 그룸, 부크레예프는 왜 그 계획이 변경되었다는 얘기를 미리 통보받지 못했을까? 그리고 만일 고정 밧줄을 설치하려던 계획을 일부러 취소해 버렸다면 롭상과 앙 도르제는 자기 팀의 선두에서 제4캠프를 떠날 때 왜 굳이 100미터가 넘는 밧줄을 갖고 갔을까?

아무튼 8,352미터 위에는 고객들이 도착하기 전에 단 하나의 고정 밧줄도 설치되어 있지 않았다. 앙 도르제와 내가 오전 5시 30분에 발코니에 맨 먼저 도착했을 때 우리는 홀 팀의 다른 대원들보다 한 시간 거리 이상 앞서 있었다. 그 시점에서 우리는 앞서가서 밧줄들을 미리 설치할 수도 있었다. 하지만 로브가 나더러 앞서가지 말라고 분명히 얘기했고 롭상은 피트먼을 끌고 저 아래에서 올라오고 있어서 앙 도르제를 따라가 도와줄 사람은 아무도 없었다.

천성적으로 과묵하고 뚱한 편인 앙 도르제는 나와 함께 앉아 해가 뜨는 광경을 지켜보는 그 순간 유난히 더 침울해 보였다. 그에게 이리저리 말을 걸어 보려 했지만 소용이 없었다. 나는 그가 지난 2주 동안 괴로움을 겪어 온 치통 때문에 기분이 나빠서 그러는 것이리라 추측했다.

아니면 나흘 전에 본 불쾌한 환상에 대해 생각하느라 그러는 것일 수도 있다. 베이스캠프에서 보내는 마지막 날 밤에 그와 몇몇 다른 셰르파는 내일의 장도를 축하하는 뜻에서 쌀과 조로 빚은 걸쭉한 술인 창을 꽤 많이 마셨다. 이튿날 아침 심한 숙취와 함께 깨어난 그는 몹시 심란한 표정이었다. 그는 빙폭을 오르기 전에 자기 친구 한 사람에게 간밤에 유령들을 봤다고 털어놨다. 영적인 성향이 아주 강한 젊은이인 앙 도르제는 그런 불길한 전조들을 가볍게 넘길 사람이 아니었다.

그러나 어쩌면 그저 롭상에게 화가 나서 그런 것일 수도 있다. 앙 도르제는 롭상을 어릿광대 같은 인간으로 취급했다. 그리고 1995년에 홀이 자신의 에베레스트 등반대에 롭상과 앙 도르제를 함께 고용했을 때 둘의 관계는 그리 원만하지 못했다.

그해 정상으로 오르던 날, 홀의 팀이 좀 늦은 시각인 오후 1시 30분경 사우스 서밋에 도착하고 보니 정상으로 이어지는 마지막 능선이 불안정한 눈더미로 덮여 있었다. 홀은 그곳을 제대로 오를 수 있나 알아보기 위해 가이 코터라고 하는 뉴질랜드 가이드와 롭상을 내보냈다. 그 팀의 등반 싸다인 앙 도르제는 자기가 아니라 롭상을 내보낸 걸 모욕으로 받아들였다. 잠시 후 롭상이 힐러리 스텝의 밑부분까지 올랐을 때 홀은 정상 등정을 포기하기로 결정하고 코터와 롭상에게 돌아오라고 신호했다. 하지만 롭상은 지시를 무시하고 자기 몸과 코터의 몸을 함께 묶은 밧줄을 풀고 혼자서 계속 정상에 올라갔다. 홀은 롭상의 행동에 화를 냈으며 앙 도르제 역시 불쾌감을 금치 못했다.

올해는 각자 다른 팀에 속하게 되었지만 정상에 등정하는 날 앙 도르제는 또다시 롭상과 함께 일하라는 지시를 받았으며 이번에도 역시 롭상은 괴상한 짓을 하고 있었다. 앙 도르제는 지난 6주 동안 자신이 해야 할 일은 물론이고 그 이상의 일까지 열심히 해 왔다. 그런데 이제는 자기 몫 이상의 일을 해야 하는 게 싫은 모양이었다. 그는 밧줄을 풀지도 않은 채 내버려두고 시무룩한 표정으로 내 곁의 눈밭에 앉아 롭상이 오기만을 기다렸다.

그로 인해 나는 발코니 너머로 올라간 지 한 시간 반쯤 되었을 때 8,530미터 지점에서 첫 병목 구간에 걸렸다. 그곳에는 고정 밧줄이 설치되지 않으면 안전하게 오르기 어려운 암벽들로 된 계단이 세 팀 대원들의 앞을 가로막고 서 있었다. 고객들이 근 한 시간가량 그 바위 밑에서 초조한 기색으로 몰려서 있는 동안 롭상의 역할을 대신 떠맡은 베이들맨이 어렵사리 밧줄을 설치했다.

여기서 홀 팀의 고객인 남바 야스코가 기술적인 미숙함과 초조감으로 인해 하마터면 큰일을 낼 뻔했다. 도쿄 페더럴익스프레스의 유능한 직원인 야스코는 일본 중년 여성의 스테레오타입과는 거리가 멀었다. 그녀는 자기 남편이 집에서 요리와 빨래를 다 한다고 웃으며 내게 얘기한 적이 있었다. 그녀의 에베레스트 등반은 일본에서 자그마한 화젯거리가 되었다. 이전에 야스코는 산을 오를 때 동작이 굼뜨고 서툰 편이었으나 에베레스트 정상이 눈앞에 보이는 오늘은 전에 없이 활기에 넘쳐 있었다. 제4캠프에서 야스코와 한 텐트를 썼던 존 태스크는 이렇게 말했다.

"사우스 콜에 도착했을 때부터 야스코의 온 마음은 정상에 가 있었어요. 흡사 무아지경에 빠진 사람 같더군."

야스코는 콜을 떠난 이래 대열의 선두를 향해 지나치다 싶을 정도로 열심히 올라갔다.

이제 베이들맨이 고객들로부터 30미터쯤 위에 있는 암벽에 위태롭게 달라붙어 밧줄 끝을 고정하려는데 지나치게 열의에 넘친 야스코가 바위 아래로 늘어진 밧줄에 주마를 걸었다. 그녀가 그 밧줄에 전신의 무게를 실으려 하는 찰나 — 그렇게 했다간 베이들맨은 곧바로 추락하고 말았을 것이다. — 마이크 그룸이 얼른 나서서 그녀를 제지하고 왜 그렇게 급하게 서두르느냐고 나무랐다.

밧줄을 설치하는 곳마다 일어난 교통 혼잡 상태는 밑에서 각 팀의 대원이 속속 도착함에 따라 자꾸 더 심해져 그 밀집대형의 뒤에 선 사람들은 점점 더 뒤로 처졌다. 오전 후반 무렵 홀과 함께 대열 뒤쪽에서 오르고 있던 스튜어트 허치슨과 존 태스크, 루 카시슈케는 대열의 전진 속도가 늦어지는 것 때문에 몹시 마음을 졸였다. 그들 바로 앞에는 타이완 팀이 오르고 있었는데 그 팀의 속도는 특히나 더 느렸다. 허치슨은 말했다.

"그 사람들은 아주 특이한 방식으로 오르고 있더라고요. 착착 썰어 낸 빵조각들처럼 다다다닥 붙어서. 그러니 그들을 추월하기는 거의 불가능했어요. 그 바람에 우리는 그들이 밧줄을 타고 오르기를 기다리느라 많은 시간을 지체해야 했죠."

정상 등반 길에 오르기 전 베이스캠프에서 홀은 돌아서야 하는 시점을 오후 1시나 2시 정도로 생각하고 있었다. 하지만 둘 중 어느 시간을 선택했는지 일절 말하지 않았다. 그가 데드라인을 정하는 게, 그리고 이유 여하를 불문하고 그 원칙을 지키는 게 얼마나 중요한지 거듭거듭 역설했다는 점을 생각하면 그건 좀 이상한 일이 아닐 수 없었다. 우리는 그저 막연히 홀이 정상 등반 날까지 마지막 결정을 내리는 걸 유보했는가 보다고만 생각했다. 그날 가서 날씨와 다른 요소들을 참작해 적절한 시간에 모든 사람을 돌아서게 하려니 하는 식으로.

5월 10일 오전 중반쯤에도 홀은 여전히 우리의 하산 시간이 몇 시인지 발표하지 않았다. 신중한 성격을 지닌 허치슨은 그 시간이 오후 1시일 거라고 가정하고 움직였다. 11시경, 홀은 허치슨과 태스크에게 정상까지 아직 세 시간 정도 더 가야 한다고 말하고는 부쩍 속도를 높여 타이완 등반대 대원들을 추월하려 했다. 허치슨은 말했다.

"우리가 하산 시점인 오후 1시까지 정상에 오를 가망성은 점점 더 희박해지는 것 같았어요."

그리하여 세 사람 사이에 짧은 논의가 오갔다. 처음에 카시슈케는 패배를 인정하고 싶어 하지 않았으나 태스크와 허치슨의 설득이 주효하여 11시 30분에 그 세 사람은 정상에 등을 돌리고 하산했다. 홀은 셰르파들인 카미와 락파 체링을 그들에게 딸려 보냈다.

그보다 몇 시간 전에 하산하기로 결심한 프랭크 피슈벡의 경우와 마찬가지로 세 고객 역시 그런 결정을 내리기가 아주 어려웠을 것이다. 산을 타다 보면 중간에 목표를 포기하기가 여간 어렵지 않다. 에베레스트 등정의 마지막 단계라 할 수 있는 그 시점에 이르기까지 우리는 많은 고통과 위험들로 점철된 여러 단계를 지나왔으며, 우리보다 좀 더 사리 판단 능력이 있는 사람들이라면 그 고비들을 넘기지 못하고 진작에 보따리를 꾸려 떠났을 것이다. 그러니 그 단계까지 온 사람들이라면 일단은 남다르게 완강하고 끈질긴 성격을 지닌 사람들이라 해야 할 것이다.

자기 몸에 닥친 고통과 피로를 무시하고 무조건 정상을 향해 나아가는 성향을 지닌 사람들은 종종 심각한 위험이 닥쳐오리라는 걸 예고해 주는 징조들 역시 소홀히 보아 넘기는 경향이 있다. 에베레스트를 오르는 사람이라면 누구나 한 번쯤 부딪칠 수밖에 없는 딜레마의 핵심이 바로 여기에 있다. 성공하기 위해서는 자신을 혹독하게 밀어붙일 필요가 있다. 그러나 정도가 너무 지나치면 죽을 가능성이 있다. 게다가 8,000미터 위에서는 적절한 열정과 무모한 정상 정복열의 경계선이 아주 모호해져 버린다. 그리하여 에베레스트 산비탈에는 시체가 즐비하다.

태스크, 허치슨, 카시슈케, 피슈벡은 단 한 번의 정상 등반 기회를 얻기 위해 7만 달러라는 거금을 들였고 몇 주에 걸친 혹독한 괴로움을 겪었다. 모두들 야망이 크고, 지는 일에 익숙지 않으며, 중도 포기하는 것에는 더더욱 익숙지 않은 사람들이었다. 그러나 어려운 결정을 내려야 하는 상황과 직면했을 때 그들은 올바른 방향을 선택했다. 그날 그렇게 현명한 판단을 내린 사람들은 소수에 불과했다.

존과 스튜어트, 루가 돌아선 그 바위 계단을 타고 오르자 고정 밧줄은 끝이 났다. 거기서부터 길은 바람이 다져 놓은 눈밭으로 뒤덮인 아름다운 산등성이를 따라 가파르게 치솟아 올랐으며 그 끝에는 사우스 서밋이 자리 잡고 있었다. 11시에 사우스 서밋에 도착하고 보니 또다시 병목 구간이 나왔으며 이번의 혼잡 상태는 먼젓번보다 한층 더 심했다. 거기서 돌을 던지면 닿을 정도로 가까운 곳에 힐러리 스텝이라는 수직의 암벽이 자리 잡고 있었고 그 너머로 조금만 더 가면 정상이었다. 사우스 서밋에서 나는 경외감과 피로감으로 멍한 상태에서 몇 장의 사진을 찍은 뒤 가이드들인 앤디 해리스와 닐 베이들맨, 아나톨리 부크레예프와 함께 앉아 눈 차양들이 허공으로 치솟아 올라 일대 장관을 이루고 있는 정상 능선에 고정 밧줄들을 설치해 줄 셰르파들이 오기를 기다렸다.

나는 부크레예프 역시 롭상과 마찬가지로 보조 산소를 사용하고 있지 않다는 걸 알았다. 그는 보조 산소 없이 에베레스트에 두 번 올랐고 롭상은 세 번 오른 경력을 갖고 있기는 했지만 나는 피셔가 그들이 산소통 없이 고객들을 안내하게 내버려둔 것에 놀랐다. 고객 입장에서 그건 그리 바람직한 일로 여겨지지 않았다. 나는 또 부크레예프가 백팩을 짊어지지 않은 것에도 놀랐다. 관례상 가이드들은 밧줄과 응급 처치 약품, 크레바스에서 인명을 구조하는 데 필요한 장비, 여분의 옷가지, 그리고 긴급 상황이 벌어질 때 고객들을 돕는 데 필요한 그 밖의 물품들이 들어 있는 배낭을 짊어지고 다녔다. 나는 그때까지 산을 오르면서 많은 가이드를 봐 왔지만 그런 관례를 무시하는 사람은 본 적이 없었다.

알고 보니 그는 제4캠프를 떠날 때는 백팩과 산소통 하나를 짊어지고 있었다. 그가 나중에 나한테 얘기한 바에 의하면, 애초부터 산소통을 사용할 생각은 없었지만 더 높이 올라가서 '기운이 떨어져' 산소통이 필요할 때를 대비해서 하나쯤 갖고 가야겠다고 생각했단다. 그러나 발코니에 이르렀을 때 그는 백팩을 내던지고 산소통과 마스크, 산소 공급 조절장치는 베이들맨에게 줘 버렸다. 부크레예프는 보조 산소로 호흡하지 않았기 때문에 산소가 아주 희박한 공기 속에서 최대한 버티려면 가능한 한 모든 짐을 벗어 버리는 게 좋다고 판단한 듯했다.

20노트의 바람이 능선을 할퀴면서 캉슝 사면 저 멀리로 뿌연 눈보라의 구름을 흩날리고 있었지만 머리 위의 하늘은 눈이 시릴 정도로 푸르렀다. 나는 8,748미터 지점에서 두꺼운 깃털 재킷을 걸친 채 찬연한 햇살 속을 이리저리 거닐고 저산소증이 안겨 주는 멍한 상태에서 세계의 지붕을 응시하느라 시간의 흐름을 완전히 잊고 말았다. 우리 중의 그 누구도 앙 도르제와 홀의 팀의 또 다른 셰르파인 앙가왕 노르부가 우리 곁에 앉아 차를 나눠 마시면서 노닥거리기만 할 뿐 더 이상 올라갈 생각을 하지 않고 있다는 사실에 신경을 쓰지 않았다. 하지만 11시 40분경 베이들맨이 마침내 "어이, 앙 도르제. 밧줄을 설치할 거요, 말 거요?" 하고 묻자 앙 도르제는 아주 간단명료하게 "안 합니다."라고 응답했다. 그는 아마 그 작업을 분담할 피셔 팀의 셰르파들이 하나도 나타나지 않았기 때문에 그렇게 나왔으리라.

베이들맨은 사우스 서밋에 점점 더 많은 사람이 몰려들자 놀란 나머지 해리스와 부크레예프를 일으켜 세워 자기네가 직접 밧줄을 설치하자고 했다. 그 말을 듣고 나는 얼른 그들을 돕겠다고 나섰다. 베이들맨은 백팩에서 50미터짜리 밧줄을 꺼냈고 나는 앙 도르제한테서 또 다른 밧줄을 받아들었다. 그리하여 정오경, 우리는 부크레예프, 해리스와 더불어 정상 능선에 고정 밧줄을 설치하는 작업에 착수했다. 하지만 그러느라 또다시 귀중한 한 시간이 흘러가 버렸다.

× × ×

보조 산소로 호흡한다 해도 에베레스트 꼭대기가 해수면처럼 느껴지지는 않는다. 나는 산소 공급 조절장치의 눈금을 분당 2리터 바로 아래에 맞춰 놓고 사우스 서밋 위를 오르면서 무거운 발을 한 걸음 옮기고 멈춰 서서 서너 차례 심호흡을 하고 다시 한 걸음 옮기고 서너 차례 심호흡하는 과정을 반복해야 했다. 그리고 그 정도가 내가 감당해 낼 수 있는 가장 빠른 속도였다. 우리가 사용하는 산소 공급 장치는 압축 산소와 밖의 희박한 대기가 뒤섞인 공기를 공급해 줬기 때문에 보조 산소를 사용하면서 8,800미터를 오르는 건 산소 없이 7,800미터를 오르는 것과 흡사한 느낌을 줬다. 하지만 보조 산소를 사용하는 건 좀처럼 가늠하기 어려운 다른 이점들 역시 제공해 줬다.

헌털뱅이 같은 폐로 산소를 들이마시면서 칼날 같은 정상 능선을 따라 오르는 동안 나는 이상하다 싶을 정도로 고요한 느낌을 맛봤다. 고무 마스크 너머의 세계는 놀라우리만큼 생생했으나 마치 내 고글 앞에서 슬로 모션으로 펼쳐지는 영화 장면처럼 아주 비현실적으로 보였다. 약물에 마취되어 외적인 자극으로부터 완전히 절연된 듯한 느낌. 그리하여 나는 양옆에 2,000미터가 넘는 까마득한 절벽들이 있고 여기서는 모든 게 다 위태로우며 한 발만 삐끗했다간 목숨을 잃는다는 사실을 스스로에게 거듭거듭 상기시켜 줘야 했다.

나는 사우스 서밋 위로 30분가량 걸어 힐러리 스텝의 발치에 이르렀다. 에베레스트 등반로들에서 가장 유명한 사면 중의 하나로 거의 수직에 가까운, 얼음으로 뒤덮인 14미터의 암벽은 아주 위압적으로 보였다. 그러나 진지한 산악인이라면 누구나 다 그렇듯이 나는 밧줄의 한끝을 붙잡고 맨 먼저 그 암벽을 기어올라 거기다 밧줄을 고정하는 일을 맡고 싶은 마음이 굴뚝같았다. 하지만 부크레예프, 베이들맨, 해리스 역시 나와 똑같은 마음이었으며 그들이 나 같은 고객 나부랭이에게 그런 탐나는 일을 맡기리라 생각한 것은 저산소증이 빚어낸 망상에 불과했다.

결국 고참 가이드이자 과거에 에베레스트에 오른 유일한 사람인 부크레예프가 그 영광을 차지했다. 밑에서는 베이들맨이 밧줄을 풀어 주고 부크레예프는 그 밧줄 한끝을 몸에 건 채 가파른 암벽을 능숙하게 기어올라 갔다. 하지만 여느 산과 비교하면 전진 속도는 꽤 느린 편이었다. 그가 스텝의 정상을 향해 힘겹게 올라가는 동안 나는 산소가 곧 바닥나지 않을까 싶어 초조한 기분으로 손목시계를 들여다봤다. 첫 산소통은 일곱 시간 정도 버틴 뒤 오전 7시경 발코니에서 바닥이 났다. 나는 사우스 서밋에 이르렀을 때 첫 번째 통의 경우를 기준으로 삼아 두 번째 통은 오후 2시경에 바닥이 날 거라 예상했다. 어리석게도 나는 그 정도라면 여유 있게 정상에 올랐다가 사우스 서밋으로 되돌아와 세 번째 산소통을 회수하기에 충분한 시간이 되리라 생각했다. 하지만 이제 벌써 1시가 지났으므로 심한 회의에 빠져들기 시작했다.

나는 힐러리 스텝 꼭대기에서 베이들맨에게 사정을 이야기하고는 그 능선에 마지막 고정 밧줄을 설치하는 일을 거들어 주지 않고 서둘러 정상으로 올라가도 괜찮겠느냐 물었다. 그러자 그는 선선히 대꾸했다.

"올라가요. 여기 일은 내가 알아서 할 테니까."

나는 산꼭대기를 향해 마지막 몇 걸음을 천천히 옮겨 디뎠다. 그건 흡사 물속에서 정상 속도의 4분의 1 정도로 느리게 앞으로 나아가는 듯한 기분이었다. 그러고 나서 버려진 산소통과 부러진 알루미늄제 측량 장대로 장식된 비좁은 얼음 능선 꼭대기가 나왔다. 거기서부터는 더 이상 올라갈 데가 없었다. 바람이 한 줄에 죽 엮인, 불교 주문이 찍힌 깃발들을 사납게 물어뜯고 있었다. 생전 처음 본 그 산의 다른 쪽 사면 저 아래로 티베트 고원에 해당하는 암갈색 대지가 지평선 저 너머까지 끝없이 펼쳐져 있었다.

애초에 나는 산 정상에 이를 때면 온 마음이 벅찬 환희로 들끓어 오를 거라 예상했다. 그리고 결국 내가 어린 시절부터 줄곧 꿈꾸고 열망해 온 목표를 막 성취했다. 하지만 정상은 반환점에 불과했다. 앞으로 길고도 위험한 하산 길이 기다리고 있다는 생각을 하자 암담한 기분에 자축하고 싶은 충동 같은 건 완전히 사그라들고 말았다.

14장
재난의 서막

**1996년 5월 10일
오후 1시 12분**

**정상
해발 8,848미터**

산을 오를 때뿐만 아니라 내려가는 동안에도 내 의지력은 무디어졌다.
산을 오르면 오를수록 애초의 목표는 점점 더 하찮은 것으로 여겨졌으며
나 자신에 대해서도 점점 더 무관심해졌다. 주의력과 기억력도
떨어졌다. 이제는 정신적인 피로감이 육체적인 피로감보다 훨씬 더
컸다. 아무것도 하지 않고 앉아 있는 것이 너무나 좋았다. 그리고
그건 대단히 위험한 일이었다. 탈진 상태로 인한 죽음은 동사(凍死)와
마찬가지로 아늑하고 기분 좋은 죽음이다.

— 라인홀트 메스너, 『수정의 지평선』

내 백팩 속에는《아웃사이드》잡지사의 깃발이 들어 있었다. 아내 린다가 이상한 모양의 도마뱀을 수놓아 준 조그만 페넌트와 내가 정상에 오른 걸 기념하는 사진을 찍을 때 장식물로 늘어놓을 그밖의 물건들도 있었다. 그러나 산소가 달랑달랑하다는 걸 의식하고 그 모든 걸 백팩 속에 그대로 둔 채 그곳이 정상임을 알리는 측량 장대 앞에서 포즈를 취하고 선 앤디 해리스와 아나톨리 부크레예프의 사진을 재빨리 네 장 찍어준 뒤 곧바로 이 세상의 꼭대기에 등을 돌렸다. 나는 정상에서 20미터쯤 내려온 지점에서 정상을 향해 올라오고 있는 닐 베이들맨과 피셔 팀의 고객인 마틴 애덤스를 만났다. 닐과 승리의 V 자 사인을 교환한 뒤 기념품 삼아 혈암이 노출된 땅에서 조그만 돌들을 한 움큼 집어 들어 파카 주머니에 넣었다.

　조금 전에 나는 성긴 구름이 막 남쪽 골짜기들을 채우면서 가장 높은 봉우리만 남기고 모든 걸 뒤덮어 버리는 광경을 목격했다. 체구는 자그마하지만 투지가 좋으며, 호경기 때인 1980년대에 채권을 팔아 부자가 된 애덤스는 많은 시간을 구름을 내려다보면서 지내 온 노련한 항공기 조종사였는데, 그는 그 별 탈 없어 보이는 수증기 덩어리들이 사나운 소나기구름의 꼭대기 부분이라는 걸 정상에 이르자마자 즉각 눈치챘다고 훗날 내게 말했다.

"비행기를 몰고 있을 때 소나기구름을 보면 즉각 그 사정권 밖으로 도망치는 게 상수예요. 그리고 그 구름을 봤을 때 내가 한 게 바로 그겁니다."

하지만 나는 애덤스와는 달리 8,840미터에서 소나기구름 조각들을 내려다본 적이 없어 폭풍이 우리 쪽으로 다가오고 있다는 걸 전혀 눈치채지 못했으며 그저 줄어들고 있는 산소만 걱정했다.

정상을 떠난 지 15분쯤 되었을 때 힐러리 스텝 꼭대기에 이르렀다. 그런데 한 무리의 사람들이 씩씩거리면서 외가닥 밧줄을 붙잡고 차례로 올라오고 있어 자연히 내 하산 길은 막히고 말았다. 하릴없이 그들이 그곳을 통과하기만 기다리고 있는데 어느새 내 뒤로 다가온 앤디가 말했다.

"존, 공기가 제대로 들어오는 것 같지 않아서 그러는데 내 마스크 흡입 밸브가 얼음으로 뒤덮였는지 좀 봐 줘요."

재빨리 살펴보니 주먹만 한 크기의 얼어붙은 침 덩어리가 마스크 안으로 주위의 대기가 빨려 들어오게 해 주는 고무 밸브를 막고 있었다. 나는 아이스 피켈로 그걸 후벼 낸 뒤 밑에 있는 사람들이 스텝을 다 오를 때까지 산소를 보존하고 싶으니 내 산소 공급 조절장치를 잠가 달라고 부탁했다. 그런데 앤디가 실수로 그걸 잠그는 대신 완전히 열어 놓는 바람에 10분 뒤 산소는 바닥이 나고 말았다. 이미 한계에 이르렀던 내 인식 기능들은 그 즉시 곤두박질쳤다. 그건 흡사 강력한 진정제를 과용한 것 같은 기분이었다.

정신이 몽롱한 상태임에도 샌디 피트먼이 스텝을 다 올라와 정상을 향해 나아가던 게 기억난다. 그러고 나서 정신이 없어 몇 분이 흘렀는지는 잘 모르겠으나 아무튼 얼마쯤 뒤에 샬럿 폭스와 롭상 장부가 뒤따라 올라왔다. 그다음에는 불안정하게 버티고 선 내 발밑으로 야스코가 나타났는데 그녀는 스텝의 마지막 부분이자 가장 가파른 부분을 만나 고전을 면치 못했다. 나는 기운이 쪽 빠진 야스코가 그 바위 꼭대기를 타 넘으려고 버둥거리는 광경을 보고서도 달리 어쩔 도리가 없어 15분간 묵묵히 지켜보기만 했다. 그러던 중 야스코 바로 밑에서 초조하게 기다리던 팀 매드슨이 더 이상 참지 못하고 그녀의 엉덩이를 두 손으로 떠받쳐 꼭대기 너머로 밀어 올려 줬다.

얼마 지나지 않아 로브 홀이 나타났다. 나는 점차 부풀어 오르는 두려움을 지그시 억누르고 짐짓 태연한 표정으로 에베레스트 정상에 오르게 해 줘서 고맙다고 치하했다.

"예, 이번 등반은 아주 순조로운 셈이었죠."

그러고 나서 그는 프랭크 피슈벡, 벡 웨더스, 루 카시슈케, 스튜어트 허치슨, 존 태스크는 하산했다고 말했다. 나는 산소 부족으로 인해 멍한 상태면서도 홀이 자기 고객 여덟 명 가운데 다섯이 중도에 돌아선 것에 몹시 실망하고 있다는 걸 알 수 있었다. 내 생각에 그의 그런 기분은 피셔의 고객들이 모두 정상을 향해 나아가고 있는 듯하다는 사실로 인해 한층 더 증폭되지 않았나 싶었다.

"좀 더 많은 고객을 정상에 오르게 하지 못한 게 아쉬워요."

로브는 탄식하듯이 그렇게 말하고는 정상 쪽으로 발걸음을 옮겼다.

직후에 애덤스와 부크레예프가 내려오다 내 바로 위에서 걸음을 멈추고는 그곳의 인파가 다 빠져나가기를 기다렸다. 1분 뒤 마칼루 고와 앙 도르제, 그리고 몇몇 다른 셰르파들이 밧줄을 잡고 올라오는 바람에 스텝 위에서 대기하는 사람들의 숫자는 더 불어났다. 셰르파들 다음에 더그 한센과 스콧 피셔가 올라오는 것을 끝으로 해서 마침내 힐러리 스텝은 텅 비었다. 내가 해발 8,810미터 지점에서 보조 산소도 없이 한 시간 이상을 허비한 뒤에야 겨우.

그 시점에서 내 뇌의 모든 부분들은 기능이 완전히 정지된 듯했다. 머리가 빙빙 도는 바람에 의식을 잃을까 겁이 나 한시바삐 세 번째 산소통이 기다리고 있는 사우스 서밋으로 가려고 허둥거렸다. 나는 정신이 몽롱한 상태에서 두려움으로 빳빳하게 굳은 몸을 놀리면서 고정 밧줄들을 타고 내려가기 시작했다. 간신히 스텝 바로 아래에 이르자 뒤따라 오던 부크레예프와 애덤스가 내 곁을 돌아 서둘러 아래로 내려갔다. 나는 한동안 그 능선에 설치된 고정 밧줄들을 붙잡고 아주 조심스럽게 내려갔으나 산소통들을 은닉해 둔 곳에서 20미터 위에 있는 지점에 이르자 밧줄이 끝났다. 산소도 없는 상태에서 더 이상 앞으로 나갈 자신이 없어 걸음을 멈췄다.

거기서는 앤디 해리스가 사우스 서밋에서 무더기로 쌓인 오렌지색 산소통들을 분류하는 광경이 잘 내려다보여 나는 소리쳤다.

"여, 해럴드! 나한테 새 산소통 하나만 가져다줄 수 있겠소?"

그러자 앤디도 내 쪽에 대고 소리쳤다.

"여기에는 산소가 없어요! 이 통들은 모두 비었어요!"

그 얘기를 듣자 아찔해졌다. 뇌는 산소를 달라고 아우성치고 있는데 어찌해야 좋을지 알 수가 없었다. 바로 그때 정상에서 내려오던 마이크 그룹이 막 내 뒤에 따라붙었다. 마이크는 1993년에 에베레스트 무산소 등정에 성공한 적이 있어 산소가 없는 것에 그다지 신경 쓰지 않는 사람이라 선선히 나한테 자기 산소통을 넘겨줬다. 그런 뒤 우리는 사우스 서밋 위로 재빨리 기어 올라갔다.

우리가 사우스 서밋에 이르러 대충 산소통들을 점검해 본 결과 산소가 꽉 들어찬 통이 적어도 여섯 개는 넘어 보였다. 그런데도 앤디는 우리 말을 믿으려 하지 않았다. 모두 다 비었다고 완강하게 우겨 댔고 마이크와 나는 무슨 말로도 그를 납득시킬 수가 없었다.

통 속에 산소가 얼마나 들었는지 알아보려면 그걸 산소 공급 조절장치에 끼우고 계기를 읽어 보는 수밖에 없다. 아마 앤디가 사우스 서밋에서 통을 점검할 때 썼던 방법이 그것이었으리라. 그 등반이 끝난 뒤 닐 베이들맨은, 앤디의 조절장치가 얼음으로 막혀 있었다면 통들이 꽉 찼더라도 계기 바늘이 계속 0을 가리켰을 거라고 했다. 그런 견해는 앤디가 왜 그렇게 완강하게 나왔는가를 이해할 수 있게 해 준다. 그리고 그럴 경우 앤디의 마스크에도 산소가 들어가지 않았을 테니 그가 유난히 꽉 막힌 사람처럼 행동한 것도 충분히 납득이 간다.

그런데 마이크나 나나 지금으로서는 너무나 자명해 보이는 이런 가능성을 그 당시에는 미처 떠올리지 못했다. 지금에 와서 볼 때 앤디는 비합리적으로 행동했고 심각한 저산소증 징후들을 뚜렷하게 드러냈다. 하지만 나 역시 머리가 제대로 돌지 않아 그런 사실들을 미처 포착하지 못했다.

조금만 주의해 봤다면 금방 알아볼 수 있는 사실들을 알아채지 못하고 넘어간 데는 가이드와 고객 간에 존재하는 기존의 관례도 한몫했다. 앤디와 나는 신체적인 능력이나 등반 기술의 면에서 아주 대등했다. 만일 우리가 가이드가 딸리지 않은 등반대에서 동등하게 대원 자격으로 산행을 했다면 내가 그의 어려운 처지를 알아보지 못하고 넘어갔을 가능성은 거의 없다. 하지만 이번 등반에서 앤디는 나와 다른 고객을 돌봐 줄 의무를 진 무적의 가이드 역할을 맡았다. 우리는 가이드의 판단에 이의를 달지 말아야 한다는 지시를 받았다. 그리하여 내 혼몽한 머릿속에 앤디가 심각한 어려움에 처해 있다는 생각, 그러니까 한 가이드가 내 도움을 절실히 필요로할 수도 있다는 생각 같은 것은 전혀 떠오르지 않았다.

앤디가 산소가 가득 찬 통이 하나도 없다고 계속 우겨 대자 마이크는 난처해하는 표정으로 나를 쳐다봤고 나 역시 마이크를 쳐다보면서 어깨만 으쓱했다. 이윽고 나는 앤디를 쳐다보고 말했다.

"별일 아니오, 해럴드. 사소한 거 갖고 난리칠 거 없어요."

그러고 나서 새 산소통을 집어 들어 내 산소 공급 조절장치에 끼우고는 하산 길을 재촉했다. 뒤이은 몇 시간 동안에 일어난 사태들을 생각해 볼 때, 앤디가 심한 곤경에 처해 있으리라는 걸 전혀 눈치채지 못하고 간단히 하산해 버린 일은, 그리하여 내가 마땅히 해야 할 일을 저버린 실수는 남은 평생 두고두고 나를 괴롭힐 것이었다.

오후 3시 30분경 나는 마이크와 야스코, 앤디보다 앞서서 사우스 서밋을 떠났으며 떠난 지 얼마 되지 않아 곧바로 두꺼운 구름층 속에 들어섰다. 그때부터 가는 눈발이 흩날리기 시작하면서 사방이 다 똑같이 어둠침침한 빛 속에 잠겨 들어 어디가 능선 길이고 어디가 하늘인지 제대로 분간할 수가 없었다. 그리고 능선 길에서 한 발만 삐끗했다간 그대로 천길 낭떠러지로 추락할 판이었다. 정상에서 멀어지면 멀어질수록 상황은 점점 더 악화되어 가기만 했다.

나는 동남 능선에 가로걸린 어느 바위 계단들 아래에서 걸음을 멈추고는 마이크와 함께 서서 야스코를 기다렸다. 그녀는 고정 밧줄을 타고 내려오느라 몹시 애를 먹고 있었다. 마이크가 무선으로 로브를 불러내려 해 봤지만 송신기가 제대로 작동하지 않는 바람에 아무도 불러낼 수가 없었다. 야스코는 마이크가 돌보고 있고 우리보다 위쪽에 있는 유일한 고객인 더그 한센 근처에는 로브와 앤디가 있으므로 나는 상황이 순조롭다고 생각했다. 그리하여 야스코가 우리 곁에 다가오자 나는 마이크에게 혼자 계속 내려가게 해달라고 요청했다. 그러자 마이크는 말했다.

"그렇게 하세요. 눈 차양들 너머로 걸어가지만 말고."

오후 4시 45분경 발코니(동남 능선 8,412미터 지점에 불쑥 튀어나와 있는 곳으로 정상을 향해 오를 때 나는 앙 도르제와 함께 거기 앉아 일출 광경을 지켜봤다.)에 도착한 나는 온몸을 부들부들 떨면서 눈발 속에 홀로 서 있는 벡 웨더스를 발견하고 몹시 놀랐다. 나는 그가 이미 몇 시간 전에 제4캠프로 내려갔을 거라고 생각하고 있었다.

"벡! 아니 도대체 여기 남아서 뭘 하고 있는 거예요?"

몇 년 전 벡은 시력을 교정하기 위해 방사형 각막 절개 수술*을 받은 적이 있었다. 그런데 벡은 에베레스트에 오르고 나서 얼마 되지 않아 그 수술의 부작용으로 높은 산에 오르면 기압이 낮아지면서 시력이 떨어진다는 사실을 발견했다. 높이 오르면 오를수록 대기압은 점점 떨어지고, 그에 따라 그의 시력도 더욱더 나빠졌다.

훗날 벡은 내게 털어놓기를, 제3캠프에서 제4캠프로 오르던 날 오후에 '시력이 아주 나빠져서 1미터 이상은 보이지 않았다.'고 했다.

"그래서 나는 존 태스크 뒤에 바싹 따라붙어 그 사람이 발을 들 때마다 정확히 그 자리를 딛곤 했지요."

그 전에 벡은 시력이 좋지 않다는 얘기를 솔직하게 털어놓곤 했으나 정상에 오를 날이 가까워지면서 로브나 그 밖의 사람들에게 그런 현상이 점점 더 악화된다는 얘기를 해 주지 않았다. 시력이 좋지 않은데도 불구하고 그는 잘 오르고 있었고 이번 등반을 시작한 이래 그 어느 때보다도 더 원기 왕성했다.

"나는 때 이르게 포기하고 싶지 않았어요."

밤새 사우스 콜 위를 오르는 동안 벡은 그 전날 오후에 써먹었던 전략, 즉 바로 앞 사람의 발자국을 밟는 방법을 써서 용케 잘 따

---

* 각막을 바깥 가장자리에서 안쪽으로 바퀴살 모양으로 절개해 각막을 평평하게 만들어 근시를 교정해 주는 외과 수술

라붙었다. 그러나 발코니에 이르러 해가 뜰 무렵 그는 시력이 한층 더 나빠졌다는 걸 깨달았다. 게다가 무심코 눈을 비비다가 빙정(대기의 온도가 영하로 내려갈 때 생기는 대기 중의 얼음의 결정 — 옮긴이)이 눈에 들어가면서 양쪽 눈의 각막이 상했다.

벡은 말했다.

"그 시점에서 한쪽 눈이 뿌옇게 흐려지자 다른 쪽 눈도 거의 보이지 않아 거리 감각을 완전히 상실하고 말았지. 앞이 거의 보이지 않아 계속 그렇게 올라가다가는 스스로 위험한 사태를 불러일으키든가 다른 사람의 짐이 될 것 같더군. 그래 로브에게 사정을 털어놨어요."

그러자 로브는 즉각 말했다.

"미안하지만 그냥 내려가야겠어요. 셰르파 한 명을 딸려 보낼게요."

하지만 벡은 아직 정상을 밟을 희망을 포기할 마음이 없었다.

"난 로브에게 해가 좀 더 높이 떠오르고 내 동공이 수축되면 시력이 회복될지도 모른다고, 그럴 가능성이 아주 많다고 했어요. 그러면서 좀 더 기다려 보고 싶다, 시야가 좀 더 밝아지기 시작하면 다른 사람들 뒤를 따라 계속 정상에 오르고 싶다고 했지."

로브는 한참 생각하더니 단안을 내렸다.

"좋아요, 그것도 괜찮은 생각 같군요. 30분 정도의 여유를 드리죠. 하지만 혼자서 제4캠프까지 내려가게 할 수는 없어요. 30분이 지나도 시력이 좋아지지 않으면 내가 정상에 올라갔다가 돌아올 때까지 여기 그대로 머물러 계셨으면 합니다. 당신이 어디 계신지 내가 정확히 파악하고 있어야 하니까. 그런 다음에 나와 함께 내려 가도록 하죠. 이건 아주 심각하게 얘기하는 거니 잘 들어 주세요. 내려가려거든 지금 내려가야 합니다. 그리고 나중에 내려가게 될 경우에는 내가 돌아올 때까지 여기 그대로 앉아 있겠다고 약속해 주세요."

우리가 암울한 회백색의 공간을 온통 휘젓고 있는 눈보라 속에 서 있었을 때 벡은 나한테 활달하게 말했다.

"그래서 나는 성호를 그으면서 반드시 그렇게 하겠다고 맹세를 했지. 내가 지금까지 여기 서 있는 건 바로 그 때문이오."

정오 직후에 스튜어트 허치슨, 존 태스크, 루 카시슈케가 락파하 고 카미와 더불어 그의 곁을 지나쳤지만 그는 그들을 따라가지 않 았다.

"아직 날씨가 좋았고 또 그 시점에서는 로브와 한 약속을 어길 만한 별다른 이유가 없었거든."

그러나 이제 날은 어두워져 가고 상황은 점차 불길한 조짐을 보 이고 있었다. 나는 그에게 간청하듯 말했다.

"나랑 같이 내려가도록 하세요. 로브가 나타나려면 적어도 두세 시간은 있어야 할 겁니다. 내가 댁의 눈이 되어 드릴게요. 내가 부 축해 드리겠어요. 아무 문제 없어요."

내 설득이 주효해서 벡이 함께 내려가려고 마음먹을 즈음 나는 무심코 내 뒤로 몇 분 거리 떨어진 데서 마이크 그룸이 야스코와 함께 내려오고 있다는 얘기를 하는 실수를 저지르고 말았다. 이날 하루 동안 많은 실수를 저질렀지만 이건 좀 더 큰 실수 중의 하나였다. 벡이 말했다.

"말은 고맙지만 마이크를 기다리는 게 좋을 것 같소. 그 친구한
테는 밧줄이 있거든. 그 친구가 자기 몸과 내 몸을 밧줄로 연결해
서 이끌어 줄 수 있을 거요."

나는 말했다.

"좋아요, 벡. 정히 그렇다면 할 수 없죠. 나중에 캠프에서 만나도
록 해요."

사실 나는 벡을 끌고 고정 밧줄이 거의 설치되어 있지 않은 가파
른 사면을 내려가지 않아도 된다는 것에 은근히 안도했다. 날은 저
물어 가는 데다가 기상은 자꾸 나빠져 가고, 게다가 내 힘은 거의
다 소진된 상태였으니까. 그러나 그때까지도 앞으로 곧 엄청난 참
화가 닥쳐오리라는 것을 전혀 감지하지 못했다. 사실 나는 벡과 얘
기를 나눈 뒤 열 시간 전에 그 길을 오르면서 눈밭에 남겨 두고 간
빈 산소통 하나를 찾으려고 얼마간의 시간을 허비하기까지 했다.
나는 그 산에 어떤 쓰레기도 남기고 싶지 않아 그 통을 찾아 다른
두 통(하나는 텅 비었고 다른 하나는 산소가 조금 들어 있었다.)과 함께 배낭에
쑤셔 넣은 뒤 500미터 아래에 있는 사우스 콜을 향해 서둘러 내려
갔다.

× × ×

발코니에서 수직으로 일이백 미터까지는 넓고 완만하면서 움푹
파인 눈길이 펼쳐져 있어 내려가는 데 별 어려움이 없었으나 그다
음부터는 일이 간단하지 않았다. 그 길은 표면이 마구 부서져 나간

혈암 암반을 따라 구불구불하게 나 있는 데다 새로 내린 눈이 15센 티미터 깊이로 쌓여 있어 계속 정신을 집중하면서 걸어야 했는데 술에 취한 것처럼 머리가 빙빙 도는 상황에서는 그게 거의 불가능했다.

바람이 내 앞에서 내려간 사람들의 발자국들을 쓸어내 버려 길을 찾아 정확하게 나아가기가 여간 어렵지 않았다. 1993년, 마이크 그룹의 파트너였던, 텐징 노르게이의 조카이자 히말라야에서 많은 훈련을 쌓은 노련한 산악인 롭상 체링 부티아는 이 일대에서 길을 잘못 들어 추락사하고 말았다. 나는 현실 감각을 잃지 않으려 애쓰면서 큰소리로 중얼거리기 시작했다.

"정신 바짝 차려, 정신 바짝 차려, 정신 바짝 차려." 나는 만트라를 염송하듯 거듭거듭 중얼거렸다. "여기서 실수하면 안 돼. 이건 위험한 길이야. 정신 바짝 차려."

잠시 휴식을 취하기 위해 넓고 경사진 바위 위에 앉고 나서 몇 분 정도 지났을 때 돌연 귀가 먹먹할 정도로 엄청난 굉음이 들려와 나는 놀란 나머지 벌떡 일어섰다. 새로 눈이 많이 쌓여 위의 경사면들에서 엄청난 눈사태가 일어난 거라는 생각에 공포에 질려 얼른 뒤를 돌아봤지만 아무것도 보이지 않았다. 그러고 나서 하늘이 순간적으로 환하게 밝아지더니 또다시 쾅, 하는 굉음이 들려왔다. 그제서야 나는 그것이 천둥소리라는 걸 깨달았다.

정상으로 오르던 날 아침에 나는 하산할 때 도움이 될 만한 지형지물들을 찾아내려고 자주 주위를 둘러보면서 이 일대의 길을 계속 면밀히 관찰해 뒀다. 지형을 숙지하기 위해서 나는 중얼거렸다.

"뱃머리처럼 생긴 암벽에서 왼쪽으로 돌아야 한다는 걸 잊지 마. 그런 다음에는 얇은 판자처럼 지면을 덮고 있는 눈밭의 선을 따라 나아가다가 급각도로 우회전하도록 해."

전부터 산을 오를 때마다 귀찮은 걸 억지로 참고 그런 식의 훈련을 거듭했으며 어쩌면 그때 익힌 그런 습관이 에베레스트에서 내 목숨을 구해 줬는지도 모른다. 오후 6시경, 60노트가 넘는 강풍이 휘몰아치고 눈발이 점점 더 거세져 완연한 폭풍설의 양상을 띨 무렵 사우스 콜에서 수직으로 200미터 위에 있는 눈 비탈에서 몬테네그로 팀이 설치한 고정 밧줄을 만났다. 폭설과 엄청난 바람에 정신이 좀 들면서 내가 아주 아슬아슬한 순간에 가장 어려운 지점을 빠져나왔다는 걸 깨달았다.

나는 고정 밧줄을 두 팔 둘레에 감은 채 폭풍설을 뚫고 계속 아래로 내려갔다. 몇 분 뒤 또다시 질식할 것처럼 숨이 탁 막히는 순간 이번에도 산소가 다 떨어졌다는 걸 깨달았다. 세 시간 전, 세 번째이자 마지막 산소통에 조절장치를 끼웠을 때 그 계기는 통 속에 산소가 반밖에 차지 않았음을 알려 줬다. 하지만 남은 길을 가는 데는 그 정도로도 되리라 생각해서 그걸 꽉 찬 통으로 바꾸지 않았는데 벌써 산소가 다 떨어진 것이었다.

나는 마스크를 벗어 버리고 그것이 목 주위에서 대롱거리게 내버려둔 채 계속 내려갔다. 놀랍게도 나는 산소가 없는 것에 거의 개의치 않았다. 하지만 산소가 없다 보니 내려가는 속도가 훨씬 더 느려졌고 좀 더 자주 걸음을 멈추고 쉬어야 했다.

에베레스트 등반기들을 보면 저산소증과 피로로 인한 환각 체험에 관한 일화들이 대단히 많이 나온다. 1933년, 영국의 저명한 산악인 프랭크 스마이드는 8,200미터 지점에서 자기 머리 바로 위의 '상공에 이상하게 뵈는 두 개의 물체가 떠 있었다.'고 했다. 그의 말에 따르면 "(하나는) 덜 발육된 짤따란 날개로 보이는 것들을 갖고 있었고 다른 하나는 부리로 짐작되는 것이 뾰족하게 솟아 있었다. 그들은 움직이지 않고 가만히 떠 있었으나 맥박이 느리게 뛰기라도 하듯 일정한 간격을 두고 한 번씩 움찔움찔했다." 1980년 라인홀트 메스너는 에베레스트 단독 등정을 하는 동안 보이지 않는 동료 하나가 자기 곁에서 함께 오르고 있는 듯한 느낌을 받았다. 점차 내 마음 역시 그와 유사한 상태로 빠져들어 가는 걸 의식하게 되었으며 매혹과 공포가 뒤섞인 심경으로 그런 비현실적인 상태를 주시했다.

나는 평소의 피로도를 훨씬 더 넘어서는 심한 탈진 상태에서 나 자신이 내 몸에서 떨어져 나온 듯한 이상한 기분을 맛보았다. 마치 내가 내 머리 위 일이 미터 상공에서 나 자신이 내려가는 광경을 지켜보는 듯한 느낌이었다. 나는 내가 초록색 카디건과 윙팁스를 걸치고 있다고 생각했다. 강풍이 풍속 냉각 현상을 불러일으켜 기온이 영하 60도 가까이 떨어졌으나 이상하게도 따뜻한 기분이 들었다.

오후 6시 30분, 저물녘의 마지막 빛이 주위를 희뿌옇게 감쌀 무렵 나는 제4캠프에서 수직으로 70미터도 안 되는 곳까지 접근했다. 이제 앞에는 단 하나의 걸림돌만이 남아 있었다. 단단하고 매끄러운 얼음으로 뒤덮인 경사진 암벽. 나는 밧줄도 설치되어 있지 않은 그곳을 내려가야 했다. 70노트의 강풍에 날린 눈 탄환들이 계속 얼굴을 후려치는 바람에 얼굴이 얼얼했으며 옷 밖으로 노출된 모든 살은 즉각 얼어붙었다. 수평으로 200미터도 안 되는 곳에 자리 잡은 텐트들이 눈보라 속에서 보였다 안 보였다 했다. 거기서는 실수를 했다 하면 그대로 끝장이었다. 결정적인 실수를 할까 봐 걱정이 되어 그곳을 내려가기 전에 일단 온몸의 에너지를 끌어모으기 위해 잠시 그 자리에 앉았다.

그러나 일단 주저앉고 나자 무력증이 찾아왔다. 위험한 얼음 비탈과 맞붙어 안간힘을 쓰기보다 가만히 앉아 쉬는 게 훨씬 더 편했으므로 근 45분 동안 폭풍이 노호하는 곳에 그대로 앉아 생각이 제멋대로 표류하게 가만히 내버려 둔 채 아무것도 하지 않았다.

내가 후드에 달린 끈들을 잡아 묶어 눈 주위로 조그만 구멍만 남게 하고는 이제 쓸모없이 턱 밑에 매달려 있기만 한 얼어붙은 마스크를 떼어 내고 있을 때 앤디 해리스가 내 곁의 어둠 속에서 불쑥 나타났다. 나는 무심코 헤드램프를 그쪽으로 돌리고 나서 소름끼치는 형상을 한 그의 얼굴을 보고 반사적으로 움찔했다. 두 뺨은 하얀 서리로 뒤덮였고 한쪽 눈은 감긴 채 얼어붙어 있었다. 그는 분명하지 않은 발음으로 뭐라고 웅얼댔다. 그는 큰 곤경에 처해 있는 사람처럼 보였다.

"텐트가 어느 쪽이죠?"

앤디는 절박하게 피난처를 찾고 있었다.

나는 제4캠프 쪽을 가리키고는 폭풍 때문에 큰소리로 우리 밑에 얼음 비탈이 있다고 소리쳤다.

"보기보다 훨씬 더 가팔라요! 내가 먼저 캠프로 내려가 밧줄을 갖고 온 다음에……."

앤디는 내 말이 채 끝나기도 전에 휙 돌아서더니 그 끝을 넘어갔다. 나는 너무나 놀라 제자리에 주저앉은 채 할 말을 잊고 말았다.

앤디는 그 비탈의 가장 가파른 부분에 이르자 엉덩이로 털썩 주저앉은 채 내려가기 시작했다. 나는 소리쳤다.

"앤디, 그렇게 내려가는 건 미친 짓이야! 그랬다가는 큰일 나!"

그도 뭐라고 소리쳤지만 노호하는 바람 소리 때문에 들리지 않았다. 1초 뒤 그의 몸이 중심을 잃으면서 엉덩이가 번쩍 들리더니 얼음 비탈을 거꾸로 미끄러져 내려갔다.

나는 앤디가 70미터 아래에 있는 그 비탈 밑자락에 널브러진 채 꼼짝하지 않고 있는 광경을 겨우 알아볼 수 있었다. 최소한 다리나 목 정도는 부러졌으리라 단정했다. 그런데 바로 그때 놀랍게도 그가 꾸물대고 일어나더니 괜찮다는 뜻으로 손을 한번 흔들어 주고는 얼핏 보기에 100미터도 더 떨어진 듯한 제4캠프 쪽으로 비틀거리며 걸어가기 시작했다.

내가 있는 곳에서도 제4캠프의 텐트들 밖에서 서너 사람이 서 있는 모습이 희미하게나마 보였으며 쏟아지는 눈발의 커튼 사이로 그들의 헤드램프 불빛들이 반짝거렸다. 나는 앤디가 평탄한 지형을 가로질러 그들을 향해 걸어가는 광경을 지켜봤다. 그러나 10분도 채 지나지 않았을 때, 그리고 그가 텐트에서 20미터도 안 되는 곳까지 접근했을 때 짙은 눈구름이 내 시야를 가렸다. 그 뒤로 앤디의 모습을 일절 보지 못했으나 그가 무사히 캠프에 도착했을 거라 확신했다. 출둠과 앙리타가 뜨거운 차를 갖고 대기하고 있는 안온한 곳으로. 가파른 빙벽을 앞에 두고 폭설이 내리는 한데에 주저앉아 있는 내 처지를 생각하니 문득 부러운 마음이 일었다. 또한 내 가이드가 나를 기다려 주지 않은 것에 화가 났다.

내 백팩 속에는 세 개의 빈 산소통과 얼어붙은 반 리터짜리 레모네이드 병 말고는 이렇다 할 만한 짐이 없어 다 합쳐봐야 칠팔 킬로그램 정도에 불과했다. 하지만 피로한 상태였고 또 아무 탈 없이 빙벽을 내려갈 자신이 없어 백팩을 빙벽 너머로 던져 버렸다. 그게 적당한 자리에 떨어져 다시 회수할 수 있게 되기만을 바라면서. 그러고 나서는 몸을 일으켜 빙벽을 내려가기 시작했다. 그곳은 볼링공의 표면만큼이나 단단하고 매끄러웠다.

15분간 크램폰으로 빙벽을 찍으면서 한 발 한 발 내려가는 과정은 힘겹고도 아슬아슬한 것이긴 했지만 결국 안전하게 그 얼음 비탈 밑에 이르렀고 그 근방에서 이내 백팩을 찾아냈다. 그리고 10분 뒤에는 내 텐트 앞에 이르렀다. 나는 크램폰을 묶은 채로 텐트 안으로 들어가 출입문의 지퍼를 단단히 채운 뒤, 가만히 앉아 있을 수도 없을 만큼 지쳐 서리로 뒤덮인 바닥에 그대로 퍼질러 눕고 말았다. 그제서야 내가 심한 탈진 상태에 빠졌다는 걸 깨달았다. 그렇게 지치기는 생전 처음이었다. 하지만 나는 안전했다. 앤디도 안전했다. 다른 사람들은 곧 캠프로 돌아올 것이다. 우리는 해냈다. 우리는 에베레스트에 올랐다. 얼마 동안 약간의 문제가 있기는 했지만 결국 모든 게 다 순조롭게 끝났다.

×　×　×

　한참 시간이 흐른 뒤에야 비로소 나는 모든 게 다 순조롭지만은 않다는 사실을 깨달았다. 열아홉 명의 사람들이 폭설로 그 산에 묶여 있고 살아남기 위해 필사적으로 발버둥 치고 있다는 것을.

15장

악몽의 사우스 콜

1996년 5월 10일
오후 1시 25분
정상
해발 8,848미터

그 모험과 강풍의 위험성에는 다채로운 명암이 존재하며, 사실들의
표면에 의도적인 사악한 폭력이 나타나는 경우는 흔치 않다. 즉 정의할
수 없는 어떤 것이 한 인간의 정신과 마음속에서 그런 것을 불러일으키는
경우는. 그리고 그런 우연한 사건들의 어우러짐 내지는 그런 원초적인
격노가 악의적인 목적, 통제할 수 없는 엄청난 힘, 고삐 풀린 잔혹함과
함께 그에게 다가오는 경우는. 그런 잔혹함은 그에게서 희망과 공포를,
피로의 고통과 휴식에 대한 갈망을 뿌리 뽑아 버리려 한다. 그것은 그가
보고 알고 사랑하고 즐기고 증오해 온 모든 것을 분쇄하고 말살시키려
한다. 극히 소중하고 필요한 모든 것을. 이를테면 햇빛, 기억, 미래를.
그것은 그의 목숨이 걸린 단순하고도 섬뜩한 행위를 통해 더없이 소중한
이 세계를 그의 시계(視界) 내에서 철저히 쓸어내 버리려 한다.

— 조지프 콘래드, 『로드 짐』

닐 베이들맨은 오후 1시 25분에 고객인 마틴 애덤스와 함께 정상에 이르렀다. 그들이 도착했을 때 그곳에는 이미 앤디 해리스와 아나톨리 부크레예프가 와 있었다. 나는 8분 전에 그곳을 떠났고. 자기 팀의 나머지 사람들이 곧 도착하리라 생각한 베이들맨은 몇 장의 사진을 찍고 부크레예프와 가벼운 농담을 주고받으며 바닥에 주저앉아 일행을 기다렸다. 오후 1시 45분, 고객인 클레브 쇼에닝이 마지막 고개에 올라오더니 아내와 자식들의 사진을 꺼낸 뒤 눈물을 글썽이면서 세계의 지붕에 도착한 것을 기념하는 의식을 치르기 시작했다.

마지막 능선 길에는 자그마한 언덕 하나가 돌출해 있어 정상에서는 그 너머의 능선이 보이지 않았다. 예정된 하산 시각인 오후 2시가 되었을 때도 피셔나 다른 고객의 모습은 아직 보이지 않았다. 베이들맨은 시간이 늦어지는 것 때문에 은근히 걱정되기 시작했다.

대학에서 우주 항공학을 전공했고 올해 서른여섯 살인 베이들맨은 조용하고 사려 깊으며 아주 성실한 가이드여서 피셔 팀과 홀의 팀 대원들 대부분이 퍽이나 좋아했다. 그는 또한 산에 와 있는 산악인들 가운데 가장 강인한 축에 들었다. 2년 전 그와 부크레예프(그는 부크레예프를 좋은 친구로 여겼다.)는 보조 산소나 셰르파들의 도움 없이 8,481미터의 마칼루봉을 최단 시간 기록에 거의 근접한 시간 내에 올랐다. 그는 1992년에 K2봉 사면에서 피셔와 홀을 처음 만났는데 거기서 그의 뛰어난 능력과 여유 있는 태도는 두 사람에게 좋은 인상을 남겼다. 하지만 높은 봉우리를 오른 경험이 많지 않은 탓에(히말라야 주요 고봉들 중 마칼루봉 하나밖에 오르지 못했다.) 마운틴 매드니스 팀에서 그의 서열은 피셔와 부크레예프 밑이었다. 그리고 급료 역시 그의 지위를 반영하고 있었다. 그는 1만 달러에 에베레스트 등반 가이드 역할을 맡는 데 동의했다. 부크레예프는 2만 5000달러를 받았다.

베이들맨은 천성적으로 예민한 편이어서 팀의 서열에서 자기가 차지하는 위치를 강하게 의식했다. 그 등반이 끝난 뒤 베이들맨은 이렇게 말했다.

"사람들은 나를 세 번째 가이드로 간주했고 그로 인해 나는 지나치게 앞으로 나서지 않으려 애썼어요. 그 결과 마땅히 말을 했어야 하는 상황에서도 늘 말을 삼갔죠. 지금 와서는 그게 무척이나 후회됩니다."

베이들맨의 말에 의하면 피셔가 엉성하게 짜 놓은 정상 등정일의 계획에 따라 롭상 장부가 무전기 하나와 고객들을 위해 미리 설치해 둘 밧줄 두 사리를 들고 팀의 선두에 서기로 했다. 그리고 부크레예프와 베이들맨은 무전기 없이 고객들의 움직임을 봐 가며 대열 중간이나 선두 가까운 위치에서 가기로 했다.

"두 번째 무전기를 든 피셔는 맨 뒤에서 뒤처진 대원들을 독려하는 역할을 맡았죠. 로브의 제안에 따라 우리는 오후 2시를 돌아서는 시간으로 정하고 이것을 강제 적용하기로 했어요. 2시까지 정상 가까운 곳에 이르지 못한 사람들은 무조건 하산하게 하기로. 고객들을 돌려세우는 일은 스콧이 맡기로 했죠. 우리는 그 문제에 관해 사전에 의논을 했어요. 그 자리에서 스콧에게, 나는 세 번째 가이드라 6만 5000달러를 지불한 고객들에게 하산해야 한다고 말하기가 좀 거북하다고 했죠. 그랬더니 스콧은 수긍하면서 그 역할은 자기가 맡겠다고 하더군요. 하지만 무슨 이유에서인지는 몰라도 그런 원칙은 지켜지지 않았어요."

사실 오후 2시 이전에 정상에 오른 사람들은 부크레예프, 해리스, 베이들맨, 애덤스, 쇼에닝, 그리고 나뿐이었다. 만일 피셔와 홀이 사전에 정해 둔 원칙을 준수했더라면 그 밖의 사람들은 모두 정상에 이르기 전에 돌아서야 했으리라.

베이들맨은 시간이 흘러가는 것에 점차 조바심이 나긴 했지만 무전기가 없어 피셔와 그 상황에 관해 의논해 볼 길이 없었다. 무전기를 가진 롭상은 아직 저 아래 어딘가에 있었고, 그날 아침 이른 시각에 발코니의 눈밭에서 두 무릎 사이에 얼굴을 처박고 토하고 있던 롭상을 만난 베이들맨은 그에게서 위의 가파른 암벽들에 설치할 밧줄 두 사리를 떠맡았다. 그리고 이제 그는 후회해 마지않았다.

"그 친구의 무전기도 맡아 뒀으면 좋았을 텐데 그때는 미처 그런 생각이 나질 않았어요."

그로 인해 그는 정상에 머물러 있었다.

"나는 정상에 앉아 연신 시계를 들여다보고 스콧이 나타나기를 기다리고 하산할 일에 대해 생각하면서 아주 오랫동안 머물러 있게 되었죠. 번번이 그곳을 떠나려고 일어섰지만 그때마다 고객 중 누군가가 능선 꼭대기에 나타나는 바람에 그들을 기다리느라 다시 주저앉곤 했습니다."

오후 2시 10분경 샌디 피트먼이 마지막 고개 위에 나타났다. 곧 이어서 샬럿 폭스, 롭상 장부, 팀 매드슨, 레네 가멜가르드가 차례로 나타났다. 그러나 피트먼은 아주 느리게 움직였으며 정상 바로 아래에 이르러서는 갑자기 눈밭에 두 무릎을 꿇고 털썩 주저앉아 버렸다. 그녀를 돕기 위해 다가온 롭상은 그녀의 세 번째 산소통이 바닥났다는 걸 알았다. 그날 오전 한밤중에 롭상이 피트먼을 짧은 밧줄로 끌어 주기 전에 그녀의 산소통 조절장치를 분당 4리터 정도로 흐르게 활짝 열어 놓은 탓에 그녀는 가진 산소를 남들보다 훨씬 더 빨리 소비해 버렸다. 롭상은 보조 산소를 이용하지는 않았으나 다행히 배낭 속에 여분의 산소통 하나를 갖고 왔다. 그는 피트먼의 마스크와 조절장치를 그 새 산소통에 연결해 주고는 그녀와 함께 마지막 몇 미터를 올라 이미 정상에 오른 기쁨을 나누고 있는 다른 사람들 틈에 끼어들었다.

로브 홀, 마이크 그룸, 남바 야스코 역시 이 무렵에 정상에 이르 렀다. 홀은 무선으로 베이스캠프에 있는 헬렌 윌턴을 불러내 그 기 쁜 소식을 알렸다. 윌턴은 이렇게 말했다.

"로브는 그곳이 꽤 춥고 바람이 거세게 분다고 했어요. 하지만 목소리로 미루어 보아 로브의 컨디션은 괜찮은 것 같더군요. 로브 는 '더그가 막 저 아래에서 올라오는 중이오. 그 사람이 온 다음 곧 바로 하산해야지……. 내가 다시 연락하지 않으면 다 괜찮은 걸로 생각해 줘요.'라 말했어요."

윌턴은 뉴질랜드의 어드벤처 컨설턴츠 사무실에 소식을 알렸으 며, 그 등반대의 빛나는 개가를 알리는 팩스 전문이 세계 곳곳의 친구들과 가족들에게 날아갔다.

하지만 그 무렵 더그 한센은 홀이 믿었던 것처럼 정상 바로 아래 에 있지 않았으며, 피셔 역시 마찬가지였다. 사실 피셔는 3시 40분 이나 되어서야 정상에 올랐고 한센은 4시가 지난 다음에야 도착 했다.

× × ×

전날 오후, 즉 목요일인 5월 9일, 우리 모두가 제3캠프에서 제 4캠프로 올랐을 때 피셔는 오후 5시가 지나도록 제4캠프에 모습을 나타내지 않았다. 그리고 마침내 그곳에 나타났을 때 그는 몹시 피 곤해 보였다. 하지만 그는 자신의 고객들에게 그런 내색을 하지 않 으려 최선을 다했다. 그와 같은 텐트를 썼던 샬럿 폭스는 이렇게 말했다.

"그날 저녁, 스콧의 몸이 좋지 않으리라는 생각 같은 건 들지 않았어요. 그분은 꼭 미스터 겅 호(합심 단결하자는 구호. 2차 대전 때 칼슨 장군 휘하의 미 해병대는 적을 공격할 때 이 구호를 외쳤다.—옮긴이)처럼 행동했어요. 큰 게임을 앞둔 미식축구 코치처럼 모든 대원의 사기를 높여 줬죠."

사실 피셔는 그 전의 몇 주 동안 누적된 정신적, 육체적 긴장과 피로로 몹시 지쳐 있었다. 유별나게 힘이 좋은 사람이긴 했지만 힘을 너무 낭비한 탓에 제4캠프에 오를 즈음에는 기운이 거의 다 빠져 버렸다. 그 등반이 끝난 뒤 부크레예프는 이렇게 털어놨다.

"스콧은 강한 사람이었어요. 하지만 정상으로 오르기 전에 수많은 문제점을 안고 있었고 그 바람에 많은 힘을 소진해 버렸죠. 노상 근심, 근심, 근심이었으니까. 그는 여러 가지 문제로 끊임없이 골머리를 앓았지만 밖으로는 전혀 내색하지 않았어요."

피셔는 또 정상에 오르는 동안 의학상으로 병이라 할 만한 증상을 갖고 있었음에도 그 사실을 모두에게 숨겼다. 1984년 네팔의 안나푸르나봉을 등반하는 동안 그는 장내 기생충인 이질아메바에 감염되었는데, 이후 수년 동안 이를 완전히 제거하지 못했다. 기생충은 불규칙하게 휴면에서 깨어나 심각한 신체적 고통을 일으키고 간에 낭종을 남겼다. 피셔는 극소수의 사람들에게 그 증상에 대해 언급하면서 별로 걱정할 만한 일이 아닌 척하려 애썼다.

제인 브로멧은 질병이 활성화 상태일 때(1996년 봄에 그랬던 것으로 보인다.) 피셔의 상태에 대해 이렇게 말했다.

"스콧은 온몸을 부들부들 떨고 진땀을 뻘뻘 흘리곤 했죠. 그런 뒤에는 녹초가 되었고. 하지만 그런 증상은 불과 10분이나 15분 정도만 지속되다가 끝나곤 했어요. 시애틀에서는 일주일에 한 번꼴로 그런 식의 발작이 일어났는데 스트레스를 받을 경우에는 좀 더 자주 일어났어요. 그리고 베이스캠프에서는 한층 더 빈도가 심해져 이틀에 한 번꼴로 일어났죠. 어떤 때는 매일 일어나기도 했고."

피셔가 제4캠프에서나 그 위에서 그런 식의 발작을 일으켰는지 그 여부는 본인이 얘기한 적이 없으므로 밝혀지지 않았다. 폭스는 목요일 저녁 피셔가 자신의 텐트로 기어들어 간 직후의 일을 이렇게 얘기했다.

"스콧은 그대로 푹 쓰러지더니 두 시간 동안 곤하게 잤어요."

오후 10시에 깨어난 뒤 피셔는 준비를 하는 데 몹시 꾸물댔으며 그의 고객과 가이드, 셰르파들이 모두 정상을 향해 떠나고 나서도 한참 뒤까지 캠프에 남아 있었다.

피셔가 언제쯤 제4캠프를 떠났는지는 명확하지 않으나 대략 따져 볼 때 금요일인 5월 10일 오전 1시경이 아닌가 싶다. 그는 정상에 오르던 날 시종 맨 뒤에 처져 있다시피 했다. 그리고 오후 1시경이 되어서야 사우스 서밋에 도착했다. 내가 그를 처음 본 건 하산하던 중에 힐러리 스텝에서 앤디 해리스와 더불어 그곳을 오르는 사람들의 대열이 끊기기를 기다리고 있을 때인 2시 45분경이었다. 피셔는 마지막으로 밧줄을 타고 올라왔으며 몹시 지쳐 보였다.

피셔는 우리와 가벼운 농담을 주고받은 뒤 나와 해리스 바로 뒤에 서서 힐러리 스텝을 내려갈 차례를 기다리고 있던 마틴 애덤스와 아나톨리 부크레예프하고 짤막한 이야기를 나눴다. 피셔는 산소마스크를 쓴 채 다소 과장된 투로 농담을 건넸다.

"헤이, 마틴. 어때요? 에베레스트 정상에 오를 수 있을 것 같아요?"

애덤스는 피셔가 축하의 말을 건네지 않은 것에 짜증이 났는지 퉁명스럽게 대꾸했다.

"이봐요, 스콧. 난 벌써 올라갔어요."

그다음에 피셔는 부크레예프와 몇 마디를 주고받았는데 그 대화를 기억하고 있던 애덤스의 말로는 부크레예프가 피셔에게 "나는 마틴하고 내려가겠어요."라고 했다고 한다. 그러고 나서 피셔는 정상을 향해 터덜터덜 올라갔고 해리스와 부크레예프, 애덤스와 나는 돌아서서 밧줄을 타고 스텝을 내려갔다. 피셔의 지친 모습에 대해 얘기한 사람은 아무도 없었다. 우리 중의 그 누구도 피셔가 곤경에 처해 있을지도 모른다는 생각을 하지 못했다.

× × ×

베이들맨은, 금요일 오후 3시 10분에도 피셔는 여전히 정상에 오르지 못했다고 하고는 그에 덧붙여 말했다.

"피셔가 나타나지 않았지만 나는 이제 정상을 떠날 때가 됐다고 결정했어요."

그는 피트먼과 가멜가르드, 폭스, 매드슨을 불러 모은 뒤 그들을 이끌고 정상 능선을 내려가기 시작했다. 그로부터 20분 뒤 그들은 힐러리 스텝 바로 위에서 피셔와 만났다. 베이들맨은 그때의 일을 이렇게 회고했다.

"나는 스콧에게 아무 말도 하지 않았어요. 스콧도 그저 한 손만

치켜들고 말더군요. 스콧은 좀 힘들어하는 것처럼 보였어요. 하지만 그 사람이 누굽니까. 그래서 그다지 걱정하지 않았어요. 나는 스콧이 정상을 밟은 뒤 이내 우리를 따라잡아 고객들을 하산시키는 일을 거들어 줄 거라고 생각했죠."

당시 베이들맨이 제일 염려했던 사람은 피트먼이었다.

"그 시점에서는 모두 다 녹초가 되긴 했지만 샌디는 유달리 더 비틀거렸어요. 내가 그녀의 뒤에 바짝 따라붙어 잘 살펴보지 않으면 능선에서 추락할 가능성이 크다고 생각했어요. 그래서, 샌디가 고정 밧줄에 고리를 제대로 걸었나 일일이 확인을 했죠. 밧줄이 없는 곳에서는 샌디가 다음 밧줄에 고리를 걸 때까지 계속 뒤에서 그녀의 벨트를 붙잡고 갔고요. 그때 샌디는 정신이 하나도 없어서 내가 자기 뒤에 붙어서 따라간다는 것도 몰랐을 겁니다."

사우스 서밋을 내려간 지 얼마 되지 않아 그들은 두꺼운 구름장 속으로 들어섰고 사방에 눈발이 흩날렸다. 이 무렵 피트먼은 다시 쓰러졌다. 그녀는 폭스에게 덱사메타손이라고 하는 강력한 스테로이드제를 놔달라고 부탁했다. 줄여서 '덱스'로 알려진 그것은 높은 고도로 인한 악영향을 일시적이나마 덜어 준다. 피셔 팀의 모든 대원은 긴급 사태에 대비해 그 약이 들어 있는 주사기 하나씩을 플라스틱 칫솔 케이스에 집어넣어 파카 속주머니에 휴대하고 다녔다. 그렇게 하면 강추위에도 주사액이 얼어붙지 않으니까. 폭스는 이렇게 회고했다.

"나는 샌디의 바지만 약간 잡아당기고 긴 속내의와 그 안의 것은 그대로 놔둔 채 엉덩이 부분에다 바늘을 꽂았어요."

베이들맨은 산소통이 얼마나 남았나 알아보느라 사우스 서밋에서 얼마간 시간을 지체한 뒤 현장에 도착해서 폭스가 눈밭에 얼굴을 대고 엎드린 피트먼에게 주사 바늘을 꽂는 광경을 목격했다.

"그 봉우리를 넘어가서 샌디는 눈밭에 엎드려 있고 샬럿은 그 위에 서서 피하주사기 바늘을 흔드는 광경을 목격한 순간 나는, '오 맙소사, 문제가 심각해 보이는군.' 하고 생각했죠. 그래서 어떻게 된 일이냐 물었더니 샌디의 입에서는 무슨 뜻인지 알아들을 수 없는 웅얼거리는 소리만 새어 나오더군요."

베이들맨은 몹시 걱정되어 가멜가르드에게 그녀의 새 산소통을 피트먼의 거의 비어 가는 통과 바꿔 달라고 부탁했다. 그러고 나서 피트먼의 조절장치를 활짝 열어 놓은 뒤 반쯤 혼수상태에 빠진 피트먼의 벨트를 움켜쥐고 질질 끌면서 동남 능선의 가파른 눈밭을 내려가기 시작했다.

"나는 일단 샌디를 미끄러져 내려가게 한 뒤 그녀의 몸을 놔주고 그녀 앞으로 미끄러져 내려가곤 했어요. 그리고 50미터 정도마다 한 번씩 내려가는 걸 멈추고 고정 밧줄에 두 손을 감은 뒤 단단히 버티고 서서 위에서 미끄러져 내려오는 그녀를 몸으로 막았죠. 샌디의 몸이 처음으로 내게 돌진해 왔을 때 그녀의 크램폰 날이 내 파카 자락을 베어 내는 바람에 안에 든 깃털들이 사방으로 흩날렸어요."

다행히도 20분쯤 지나자 주사약과 보조 산소 덕에 기운을 되찾은 피트먼이 제힘으로 그 비탈을 내려갈 수 있게 되어 모두 안도의 한숨을 내쉬었다.

오후 5시경, 베이들맨이 자기 팀 고객들을 인솔하여 그 능선을 내려가는 동안 마이크 그룹과 남바 야스코는 거기서 수직으로 150미터 아래에 있는 발코니에 도착했다. 8,412미터에 위치한 그 돌출 지점으로부터 등반로는 능선을 벗어나 제4캠프가 있는 남쪽으로 급히 휘어 돌았다. 그런데 어슴푸레한 빛 속에서 소용돌이치는 눈발 사이로 무심코 그 능선의 북쪽 사면을 돌아본 마이크 그룹의 시야에 등반로를 벗어나 엉뚱한 곳으로 혼자 걸어가는 사람의 모습이 잡혔다. 그는 마틴 애덤스였다. 애덤스는 폭설 속에서 방향 감각을 잃고 막 티베트 방면의 캉슝 사면으로 내려가기 시작하던 참이었다.

애덤스는 위에 있는 그룹과 남바를 보자마자 자신이 실수했다는 걸 깨닫고 서서히 발코니를 향해 되돌아 올라갔다. 그룹은 그때의 일을 이렇게 회고했다.

"야스코와 내가 있는 데로 되돌아왔을 때 마틴은 넋이 나가 있더군요. 산소마스크는 벗겨져 있고 얼굴은 눈으로 한 꺼풀 뒤덮여 있었어요. 그는 '텐트가 어느 쪽이죠?'라 묻더군요."

그룹이 텐트 방향을 가리키자 애덤스는 즉각 그리로 내려가기 시작했다. 10분 전쯤에 내가 발자국을 남겨 놓은 길을 따라.

그룹은 애덤스가 그 능선으로 다시 올라오기를 기다리는 동안 남바를 먼저 내려보낸 뒤 산에 오를 때 남겨 두고 간 카메라 케이스를 찾으려고 그 일대를 두리번거렸다. 그 순간에 이르러서야 비로소 그는 발코니에 또 다른 사람이 있다는 걸 깨달았다.

"그 사람이 눈을 잔뜩 뒤집어쓰고 있어서 나는 피셔 팀 대원으로 생각하고 그냥 무시해 버렸어요. 그런데 내 앞으로 다가오더니 '안녕, 마이크.' 하더군요. 그 사람은 벡이었어요."

벡을 보고 나만큼이나 놀란 그룹은 안전 밧줄을 꺼내 자기 벨트와 그 텍사스 출신 남자의 벨트를 연결한 뒤 사우스 콜을 향해 내려가기 시작했다. 그룹은 말했다.

"벡은 구제 불능일 정도로 앞이 캄캄한 상태라 10미터마다 한 번꼴로 허공을 디뎠고, 그때마다 나는 밧줄로 그를 끌어당겨 줘야 했어요. 나는 그가 나를 허공으로 끌어내릴까 봐 무수히 걱정을 했고 그 때문에 신경이 무척이나 소모되었죠. 한 걸음 한 걸음 내디딜 때마다 언제든지 아이스 피켈로 추락을 저지할 수 있을지, 내가 견고한 지반을 딛고 있는지 일일이 확인하면서 나아가야 했어요."

베이들맨과 피셔 팀의 고객들도 길게 대열을 지은 채 한층 더 악화된 폭설을 뚫고 15분 내지 20분 전에 내가 지나간 길을 따라 내려오고 있었다. 애덤스는 내 바로 뒤, 그리고 다른 사람들 앞에서 그 길을 내려왔다. 그 뒤에는 남바, 그룹, 웨더스, 쇼에닝, 가멜가르드, 베이들맨, 피트먼, 폭스, 매드슨의 순으로 내려오고 있었다.

가파른 혈암의 지반이 좀 더 완만한 눈 비탈로 바뀐, 사우스 콜로부터 150미터 위에 있는 지점에서 남바의 산소가 다 떨어졌다. 그리고 그 자그마한 일본인은 바닥에 주저앉아 움직이기를 거부했다. 그룹은 말했다.

"좀 더 편히 숨 쉴 수 있게 내가 산소마스크를 벗겨 내려 하자 그녀는 굳이 그걸 다시 쓰려고 들었어요. 산소가 다 떨어져 마스크를 계속 쓰고 있으면 질식한다고 아무리 얘기해도 들으려 하지 않았죠. 게다가 이제 벡은 자기 힘으로는 걸을 수 없을 만큼 기운이 떨어져 나는 한쪽 어깨로 그 사람을 떠받쳐 줘야 했어요. 그런데 다행스럽게도 바로 그 무렵에 닐이 우리 대열에 따라붙었어요."

베이들맨은 그룹이 웨더스 한 사람을 감당하기에도 버거운 상태라는 걸 알고 남바를 제4캠프 쪽으로 끌고 가기 시작했다. 그녀는 피셔 팀의 일원이 아니었는데도.

오후 6시 45분경에 날은 거의 완전히 어두워졌다. 베이들맨, 그룹, 그들의 고객들, 그리고 뒤늦게 눈발을 뚫고 나타난 두 명의 셰르파(타시 체링과 앙가왕 도르제)는 하나의 집단이 되어 움직였다. 그들의 전진 속도는 느렸지만 이미 제4캠프에서 수직으로 70미터도 안 되는 지점까지 내려와 있었다. 그 무렵 나는 막 캠프에 도착했으며 나와 베이들맨 그룹의 선두에 선 사람들과는 불과 15분 거리 정도밖에 떨어지지 않았을 것이다. 그런데 그 짧은 시간 사이에 눈보라를 동반한 거센 바람이 갑자기 태풍과 맞먹는 엄청난 위력을 지닌 것으로 급변했으며, 가시거리는 7미터 이내로 떨어져 버렸다.

베이들맨은 그 위험한 빙벽을 피하고 싶어 일행을 멀리 동쪽으로 돌아가는 우회로로 이끌었다. 그쪽 비탈이 훨씬 덜 가팔랐기 때문이다. 그리고 7시 30분경 다소 울퉁불퉁하긴 하지만 비교적 완만하고 널따란 사우스 콜 정상에 무사히 도착했다. 그러나 그 무렵에는 전지가 다 닳지 않은, 그러니까 아직 작동하는 헤드램프를 지닌 사람이 서너 사람밖에 되지 않았고 모두들 지쳐서 쓰러지기 일보 직전이었다. 게다가 폭스는 점차 매드슨의 도움에 의존하게 되었으며 웨더스와 남바는 그룹이나 베이들맨이 부축해 주지 않으면 조금도 걸을 수가 없는 형편이었다.

베이들맨은 자기네가 콜의 동쪽, 곧 티베트 사면 위에 와 있으며 제4캠프는 서쪽 어딘가에 자리 잡고 있다는 걸 잘 알고 있었다. 하지만 그쪽 방면으로 가기 위해서는 부득이 폭풍의 날카로운 이빨을 정면으로 거슬러 올라가야 했다. 바람에 날린 눈가루와 얼음 조각들이 그들의 얼굴을 사정없이 후려치면서 눈을 멀게 해 그들은 자기네가 어디로 나아가는지 알 수가 없었다. 쇼에닝은 그때의 정황을 이렇게 말했다.

"폭풍을 거슬러 가는 건 너무나 힘겹고 고통스러운 일이어서 우리는 무의식중에 바람을 피하기 위해 계속 왼쪽으로 방향을 틀었죠. 그런 상황에서는 저절로 그렇게 될 수밖에 없었어요. 우리가 길을 잘못 든 건 바로 그 때문이었죠."

쇼에닝은 말을 계속했다.

"바람이 너무나 거세 가끔 자기 자신의 발조차도 보이지가 않았어요. 나는 일행 중의 누군가가 주저앉아 버리거나 대열에서 떨어져 나갈까 봐 걱정했어요. 그랬다간 다시는 그 사람을 보지 못하게 될 테니까요. 하지만 콜의 평탄한 지형에 이른 뒤부터 우리는 셰르파들의 뒤를 따라가기 시작했어요. 그들이 캠프가 어디 있는지 잘 알고 있으리라 생각했죠. 그러다 그 사람들이 갑자기 걸음을 멈추더니 되돌아오는 거예요. 그 순간 내 속 저 깊은 데서 구토증이 치밀어 올라오더군요. 그때야 비로소 나는 우리가 곤경에 처했다는 걸 깨달았어요."

다음 두 시간 동안 베이들맨과 그룸, 두 명의 셰르파, 일곱 명의 고객은 우연히라도 캠프와 만나게 되지 않을까 하는 희망을 품고 비틀거리면서 폭풍 속을 헤맸으며, 그로 인해 한층 더 지쳐 버렸다. 한번은 가까운 곳에 텐트가 있다는 걸 알려 주는 버려진 산소통 두 개를 발견했지만 캠프는 찾을 수가 없었다. 베이들맨은 말했다.

"그건 더없이 혼란스러운 상황이었습니다. 사람들이 그 일대를 정신없이 헤매고 다녀 나는 모두에게 소리쳐서 한 명의 리더를 따르게 하려 애썼죠. 그러다 마침내, 10시 정도쯤 되지 않았을까 싶을 무렵 나는 야트막한 언덕에 올랐어요. 그 순간 마치 내가 지상의 끝에 서 있는 것 같은 기분이 들더군요. 그리고 그 너머에는 거대한 허공이 자리 잡고 있다는 걸 감지할 수 있었어요."

그들은 모르는 사이에 콜의 동쪽 끝까지 왔다. 캉슝 사면의 2,000미터가 넘는 까마득한 절벽 끝으로. 그들이 서 있는 지점의 고도는 제4캠프의 고도와 똑같았다. 제4캠프와 수평으로 300미터 정도만 떨어져 있을 뿐이었다.(힘 좋은 산악인이 수직으로 300미터를 오르는 데는 세 시간 정도가 걸리나 이 경우에는 비교적 평탄한 지형만 가로놓여 있어 캠프의 위치를 제대로 알았더라면 15분 만에 캠프에 도착했으리라.) 그러나 베이들맨은 당시의 정황을 이렇게 말했다.

"나는 우리가 폭풍 속을 계속 그렇게 방황하다가는 조만간 누군가를 잃어버리게 되리라는 걸 알았어요. 나는 야스코를 끌고 다니느라 지쳤죠. 샬럿과 샌디는 제대로 서 있을 수도 없었고요. 그래서 모두에게 그곳에 웅크린 채 폭풍이 잠시 그치기를 기다리자고 소리쳤어요."

베이들맨과 쇼에닝은 강풍을 피할 만한 곳들을 찾아다녔지만 숨을 곳은 어디에도 없었다. 모두들 진작에 산소가 떨어진 터라 풍속 냉각 현상으로 인해 영하 70도 이하로 떨어진 강추위에 더욱 취약한 상태가 되었다. 그들은 하는 수 없이 접시 닦는 기계보다 별로 크지 않은 자그마한 바위 뒤편의, 강풍으로 드러난 얼음판 위에 비참한 형국으로 웅크리고 앉았다. 샬럿 폭스는 말했다.

"그즈음 나는 강추위로 거의 다 죽어 가고 있었고 두 눈이 얼어붙어 아무것도 보이지 않았어요. 살아서 그곳을 빠져나갈 방도는 없는 것 같더군요. 추위가 너무나 고통스러워 더 이상 그걸 견뎌 낼 수 없을 것 같았고요. 그저 공처럼 잔뜩 웅크리고 앉아 어서 빨리 죽음이 닥쳐오기만 바랐죠."

웨더스는 이렇게 회고했다.

"우리는 서로의 몸을 주먹으로 두드려 조금이라도 몸을 따뜻하게 하려 애썼지. 누군가가 우리더러 팔다리를 계속 움직이라 소리칩디다. 그리고 샌디는 히스테리컬한 상태가 되어 거듭 소리쳤어요. '난 죽고 싶지 않아! 난 죽고 싶지 않아!' 하지만 그 밖의 사람들은 거의 말이 없었어요."

×　×　×

나는 거기서 서쪽으로 300미터 떨어진 곳에 있는 내 텐트 안에서 걷잡을 수 없이 몸을 떨고 있었다. 파카만 벗었을 뿐 나머지는 그대로 걸친 채 슬리핑 백에 들어가 지퍼를 올린 상태였는데도 그랬다. 강풍은 텐트를 단번에 날려 버릴 기세로 맹위를 떨쳤다. 문이 열릴 때마다 나의 피난처는 눈보라로 가득 차 그 안의 모든 게

2.5센티미터 두께의 눈으로 덮였다. 나는 밖의 폭설 속에서 비극이 일어나고 있다는 사실을 전혀 알지 못한 채 피로와 탈수증, 산소 고갈로 인한 악영향들 때문에 착란 상태에 있었다. 의식이 들락날락했다.

그날 초저녁 어느 시점엔가 같은 텐트를 쓰는 스튜어트 허치슨이 나를 마구 흔들어 깨우고는, 함께 텐트 밖으로 나가 길을 잃고 헤매는 사람들이 캠프로 찾아올 수 있게끔 냄비를 두드리고 하늘에다 손전등을 비춰 보자고 했다. 하지만 나는 기운이 하나도 없고 정신도 없어서 그의 요구에 응할 수가 없었다. 오후 2시경에 캠프로 돌아온 터라 나보다 힘이 덜 빠진 상태인 허치슨은 다른 텐트에 들러 또 다른 고객들과 셰르파들을 깨우려 했지만, 그들 역시 강추위와 피로로 지쳐 떨어져 있었다. 그리하여 허치슨은 하는 수 없이 혼자 폭설 속으로 나갔다.

그는 그날 밤 길을 잃은 사람들을 찾으려고 여섯 번이나 텐트 밖으로 나섰지만, 폭풍설이 너무나 심하게 몰아쳐 캠프 경계선에서 몇 발짝 이상 나서지 못했다. 허치슨은 말했다.

"바람이 어찌나 거센지 얼굴을 후려치는 눈발이 모래알처럼 따끔따끔합니다. 게다가 날이 너무나 추워 한 번에 15분 이상 버티질 못하고 번번이 텐트로 쫓겨 돌아와야 했어요."

× × ×

베이들맨은 폭풍이 잦아들 조짐이 있나 알아보는 역할을 맡기로 마음먹고 콜의 동쪽 끝에 웅크리고 있는 사람들 틈에서 나와 섰다.

그의 노력은 헛되지 않아 자정 직전에 갑자기 머리 위에서 몇 개의 별이 보여 그는 다른 사람들에게 보라고 소리쳤다. 지상에서는 바람이 여전히 눈발을 몰아오고 있었지만 저 위의 하늘은 개기 시작하면서 에베레스트와 로체의 거대한 실루엣을 드러냈다. 클레브 쇼에닝은 그 두 봉우리를 기준으로 삼아 자기네가 제4캠프에서 어느 방향에 떨어져 있는지 가늠할 수 있었다. 그는 베이들맨과 악쓰듯이 소리치면서 대화를 주고받은 끝에 자기가 텐트로 가는 길을 알아냈다는 사실을 베이들맨에게 납득시켰다.

베이들맨은 사람들을 달래서 억지로 몸을 일으켜 쇼에닝이 가리키는 방향으로 가게 하려고 무진 애를 썼으나 피트먼과 폭스, 웨더스, 남바는 너무나 기운이 없어 걸을 수가 없었다. 베이들맨의 생각에 자기네 중에서 몇몇이 서둘러 텐트를 찾아가 구조팀을 불러오지 않는다면 얼마 지나지 않아 모두 다 죽을 것만 같았다. 그리하여 베이들맨은 걸을 수 있는 사람을 모두 불러 모은 뒤 움직일 수 없는 네 명의 고객들은 팀 매드슨에게 맡겨둔 채 쇼에닝, 가멜 가르드, 그룸, 두 명의 셰르파와 함께 도움을 요청하기 위해 폭풍 속으로 비틀거리며 나아갔다. 매드슨은 자기 여자 친구인 폭스를 내버려두고 떠나기가 싫어 도울 사람들이 올 때까지 거기 남아 나머지 사람들을 돌보겠다고 자원했다.

20분 뒤 베이들맨 일행은 비틀거리면서 캠프로 들어가 몹시 근심하고 있던 아나톨리 부크레예프와 극적으로 상봉했다. 쇼에닝과 베이들맨은 말도 제대로 할 수 없는 상태에서 간신히 더듬거리며 부크레예프에게 폭풍설 속에 남아 있는 다섯 고객들의 위치를 알려 주고는 각자의 텐트 속으로 들어가 그대로 쓰러져 버렸다.

부크레예프는 피셔 팀에서 가장 앞선 사람보다 몇 시간 먼저 사우스 콜로 내려왔다. 동료들이 8,500미터 지점쯤에서 눈구름을 뚫고 내려오려고 무진 애를 쓰고 있을 무렵인 오후 5시경, 그는 이미 자기 텐트에 자리 잡고 앉아 뜨거운 차를 마시고 있었다. 훗날 경험 많은 가이드들은 그에게 어째서 고객들보다 훨씬 더 앞서서 내려왔느냐 묻곤 했다. 가이드가 그런 짓을 한다는 건 상례에서 아주 벗어난 일이었으니까. 그 팀의 고객 중 한 사람은 가장 심각한 문제가 일어났을 때 가이드가 '황급히 내빼 버렸다.'고 주장하면서 부크레예프에 대한 노골적인 경멸감을 감추지 않았다.

부크레예프는 오후 2시경에 정상을 떠난 뒤 이내 힐러리 스텝에서 교통 체증에 걸려 버렸다. 그는 스텝 꼭대기에서 피셔에게 마틴 애덤스와 함께 내려가겠다고 말했지만, 그곳의 인파가 다 사라지자마자 그 어떤 고객도 기다려 주지 않고 번개같이 동남 능선을 내려왔고 그 덕에 폭풍과 맞닥뜨리기 훨씬 전에 제4캠프에 도착했다.

등반이 끝난 뒤 내가 부크레예프에게 어째서 그의 팀 대원보다 훨씬 더 앞서서 성급하게 내려왔느냐 묻자 그는 며칠 전에 러시아인 통역을 거쳐 《맨즈 저널》과 한 인터뷰 내용을 복사한 걸 내게 건네줬다. 그는 그 인터뷰를 읽어 준 뒤 그 내용이 정확하다고 말했다. 나는 그 자리에서 그걸 읽은 뒤 곧바로, 그가 그렇게 빨리 내려온 이유에 관해 몇 가지 질문을 던졌고 그는 이렇게 답했다.

나는 (정상에서) 한 시간가량 머물러 있었습니다. …… 그곳은 아주 추워
당연히 체력이 저하되었죠. …… 그때의 입장은 이랬어요. 계속 그대로
머물면서 기다리다 몸이 얼어 버리면 나는 곤란한 처지에 빠지게 될
겁니다. 반면에 제4캠프로 내려가서 돌아오는 고객들에게 산소통을
올려다 준다거나, 하산하는 동안 기운이 떨어진 사람들이 있으면 얼른
올라가서 그들을 도와주는 편이 고객들에게 훨씬 더 보탬이 되겠죠. ……
그 고도에서 추위로 인해 힘이 떨어져 몸이 제대로 말을 안 들을 경우
아무것도 할 수 없는 처지에 빠지게 되죠.

추위에 대한 그의 저항력이 크게 떨어진 건 보조 산소를 사용하
지 않았기 때문일 것이다. 보조 산소가 없었으므로 동상에 걸리거
나 저체온 상태에 빠질 걸 각오하지 않는 한 정상 능선에 멈춰 서
서 느린 고객들을 기다려 줄 수 없었으리라. 이유야 어쨌든 간에
그는 그룹의 선두에서 혼자 달려 내려갔으며 사실상 그 등반 기간
내내 그런 식으로 일관했다. 피셔가 베이스캠프에서 시애틀로 보
낸 마지막 편지들이나 전화 통화가 그런 사실을 확인해 주고 있다.
    내가 정상 능선에 있는 고객들을 내버려두고 떠난 이유에 대해
묻자 부크레예프는 팀을 위해서 그랬다고 주장했다.
    "일단 사우스 콜에서 몸을 따뜻하게 한 뒤에 산소가 바닥난 고
객들에게 산소통을 날라다 줄 준비를 하는 편이 훨씬 더 나았으니
까요."
    실제로 어두워진 직후 베이들맨이 이끄는 일행이 돌아오지 않
고 거센 바람이 강력한 폭풍으로 급변한 뒤 부크레예프는 그들이

곤경에 처했으리라는 걸 깨닫고 산소를 갖다주려는 대담한 시도를 했다. 하지만 그의 전략은 한 가지 중요한 결함을 안고 있었다. 그도, 베이들맨도 무전기를 갖고 있지 않았기 때문에 그는 행방불명된 사람들이 어떤 상태에 처해 있는지, 그리고 그들이 그 거대한 산의 어디쯤 가 있는지 알 길이 없었다.

그럼에도 오후 7시 30분경 부크레예프는 제4캠프를 떠나 그들을 찾아 나섰다. 그때의 일을 그는 이렇게 회고했다.

가시거리가 1미터 정도밖에 안 되었으니 시야가 완전히 막힌 셈이었죠. 나는 전등을 휴대하고 있었고 올라가는 속도를 높이기 위해 보조 산소를 사용하기 시작했습니다. 또 산소통 세 개를 지고 갔지요. 좀 더 빨리 가려 애썼지만 앞이 보이질 않았어요. …… 두 눈이 없이 걷는 것과 비슷해서 아무것도 보이지가 않았죠. 그건 아주 위험한 짓이었어요. 자칫 잘못했다간 크레바스에 떨어지거나 1,000미터가 넘는 로체의 남쪽 사면으로 추락할 염려가 있으니까요. 어쨌든 나는 어둠을 뚫고 올라가려 했습니다만 고정 밧줄을 찾을 수가 없었습니다.

부크레예프는 콜 위로 200미터가량 올라갔다가 그것이 쓸데없는 짓임을 깨닫고 텐트로 돌아왔다. 하지만 그 자신도 그 과정에서 하마터면 길을 잃어버릴 뻔했다고 한다. 어쨌든 간에 그런 식의 구조 노력을 포기한 건 잘한 일이었다. 그 시점에서 다른 동료들은 부크레예프가 올라가던 그 위의 봉우리에는 없었으니까. 부크레예프가 수색을 포기할 무렵 베이들맨 일행은 그 러시아인이 있는 곳에서 200미터 아래에 있는 사우스 콜을 헤매고 있었다.

부크레예프는 오후 9시경 제4캠프에 도착했다. 그는 매우 지친 동시에 행방불명된 팀원들이 극도로 걱정되어, 캠프 가장자리에 배낭을 두고 두 손으로 머리를 감싼 채로 앉아 그들을 어떻게 구출할지 고민했다. 그는 후에 다음과 같이 회상했다.

"바람이 등 뒤로 눈을 몰아치고 있었지만 움직일 힘이 없었습니다. 얼마나 오래 그러고 있었는지 기억이 나지 않아요. 너무 피곤하고 지쳐서 시간 감각을 잃었습니다."

스튜어트 허치슨이 폭풍을 뚫고 로브 홀 팀의 사라진 이들을 찾아가던 중, 그는 눈보라 속에서 혼자 앉아 있는 부크레예프를 우연히 보고 충격을 받았다. 허치슨은 그 상황을 이렇게 기억했다.

"부크레예프는 남아공 팀의 텐트에서 약 30미터 떨어진 곳에서 구토하며 몸을 굽히고 있었어요. 그에게 도움이 필요한지 묻자, 그는 '아니요! 아니요! 아니요!'라고 대답했습니다. 몸 상태가 나빠 보였고, 정신이 완전히 빠져 보였죠. 그래서 그를 피셔의 텐트 중 하나로 데려갔고, 몇몇 셰르파가 그를 안으로 데리고 들어갔습니다."

부크레예프는 행방불명이 된 열아홉 명의 대원들이 걱정되었지만, 그들이 어디 있는지 알 길이 없어 그저 손 놓고 기다리는 것 외에 달리 방법을 찾지 못했다. 그러다 12시 45분에 이르러 베이들맨과 그룸, 쇼에닝, 가멜가르드가 비척거리면서 캠프에 도착했다. 부크레예프는 그때의 일을 이렇게 회고했다.

"클레브와 닐은 완전히 기력을 잃어 말도 제대로 하지 못했어요.

그들은 나한테 샬럿과 샌디, 팀을 도와줘야 한다, 샌디는 거의 다 죽어 가고 있다고 했습니다. 그러고 나서 두 사람은 나한테 그들이 있는 대강의 위치를 알려 줬습니다."

그들이 도착했다는 소식을 듣고 스튜어트 허치슨은 그룹을 도우려고 밖으로 나갔다. 허치슨은 이렇게 회고했다.

"마이크를 부축해서 그의 텐트에 들여보냈는데 정말 기진맥진한 상태더군요. 말을 할 수 있긴 했지만 죽어 가는 사람이 마지막 유언을 하듯 한마디 한마디를 너무나 힘들게 했습니다. 마이크는 내게 말했어요. '셰르파들을 불러야 해요. 그들을 보내서 벡과 야스코를 데려오게 하세요.' 그러고 나서 그는 콜의 캉슝 사면 쪽을 가리켰어요."

그러나 구조 팀을 조직하려는 허치슨의 노력은 아무 소득 없이 끝나고 말았다. 그런 긴급 사태에 대비해 정상 공격 팀에서 빼내 제4캠프에 대기하고 있게 한 홀 팀의 셰르파 출둠과 앙리타는 환기가 잘 안 되는 텐트에서 요리를 하다가 일산화탄소에 중독되어 늘어져 있었다. 출둠은 피를 토하기까지 했다. 그리고 우리 팀의 또 다른 네 명의 셰르파는 정상에 올라갔다 와서 완전히 기진맥진해 늘어져 있었다.

등반이 끝난 뒤 나는 허치슨에게, 행방불명된 사람들의 소재지를 알게 되었을 때 왜 프랭크 피슈벡이나 루 카시슈케, 존 태스크를 깨워서, 혹은 다시 한번 나를 깨워서 구조하는 걸 거들어 달라고 요청하지 않았느냐 물었다.

"완전히 지쳐 떨어졌다는 게 너무나 확연해 부탁할 엄두도 못 냈죠. 모두가 보통의 피로한 상태를 훨씬 더 넘어서 있었으니 당신들이 구조하는 걸 거들려고 나섰다가는 상황을 한층 더 악화시키기만 할 거라는 생각이 들었어요. 당신들이 괜히 한데로 나섰다가는 자신들부터 먼저 구조해야 하는 처지가 됐을 겁니다."

결국 스튜어트 혼자 폭풍 속으로 나서긴 했지만 캠프 가장자리 너머로 나갔다가는 돌아올 길을 찾을 수 없을까 두려워 또다시 돌아서고 말았다.

비슷한 시간대에 부크레예프 역시 구조 팀을 조직하려 애쓰고 있었다. 부크레예프에 따르면, 마틴 애덤스는 정상 등반으로 지친 나머지 '잠에 들었고, 아무 기력이 남아 있지 않아' 절대 도움을 줄 수 있는 상태가 아니었다. 그는 롭상을 발견했지만, 그 역시 폭풍 속으로 나가기에는 체력이 한참 부족한 상태였다. 이어서 부크레예프는 텐트를 돌아다니며 도움을 줄 수 있는 처지의 다른 대원·들을 찾아다녔다. 하지만 허치슨과 내가 함께 사용하던 텐트는 방문하지 않아 그와 허치슨의 노력은 결합되지 못했고, 나는 두 구조 계획에 대해서는 전혀 알지 못했다.

그날 밤 제4캠프에는 몇몇 사람들이 있었는데, 남아공 팀의 이안 우달, 캐시 오다우드, 브루스 헤러드, 그리고 헨리 토드 팀의 닐 로튼, 브리짓 뮤어, 미카엘 요르겐센, 그레이엄 랫클리프, 마크 페처 등이었다. 이들은 아직 정상에 오르지 않아 상대적으로 체력이 남아 있었다. 하지만 혼란스러운 상황 속에서 부크레예프는 이들이 어디 있는지 거의, 혹은 전혀 찾지 못했다. 결국 부크레예프도 허치슨처럼 자신이 깨우려는 사람들이 하나같이 너무 아프거나 탈진 상태에 빠져 감히 나설 엄두를 낼 수 없는 상태라는 걸 알게 되었다.

그래서 부크레예프는 스스로 힘을 내 팀을 구출하기로 결심하고는 극심한 피로를 극복하고 폭풍 속으로 뛰어들어 거의 한 시간 동안 콜을 수색했다. 그것은 놀라운 힘과 용기를 보여 줬지만 행방불명된 이들을 찾을 수는 없었다.

부크레예프는 포기하지 않았다. 그는 캠프로 되돌아와 베이들맨과 쇼에닝으로부터 좀 더 자세한 정보를 얻은 뒤 다시 폭풍 속으로 들어섰다. 이번에 그는 매드슨의 희미한 헤드램프 불빛을 보고 실종된 사람들을 찾아낼 수 있었다. 부크레예프는 말했다.

"그 사람들은 빙판 위에 꼼짝하지 않고 누워 있었어요. 모두들 얼어붙어 말도 못 하더군요."

매드슨은 아직 의식이 있었고 자기 자신만은 그런대로 돌볼 수 있는 처지였으나 피트먼과 폭스, 웨더스는 완전히 무력한 상태였으며 남바는 죽은 듯했다.

베이들맨과 다른 사람들이 도움을 청하기 위해 무리를 떠난 뒤 매드슨은 남은 대원을 한곳에 모아 놓고는 온기를 유지하려면 자꾸 몸을 움직여야 한다고 다그쳤다. 매드슨은 말했다.

"나는 야스코를 벡의 무릎에 앉혔어요. 그런데 그 무렵 벡은 거의 아무런 반응도 보이질 않더군요. 야스코는 전혀 움직이지 않았고. 그러고 나서 조금 뒤에 야스코가 벌렁 드러눕는 광경이 보였어요. 눈발을 동반한 바람이 야스코의 후드 속으로 마구 파고 들어가 후드를 팽팽하게 부풀리는 광경도요. 야스코는 어쩌다가 한쪽 장갑을 잃어버려 오른손이 한데에 노출되는 바람에 손가락들이 어떻게 해도 펼 수 없을 정도로 단단하게 구부러졌어요. 그 손가락들은 뼛속 깊이 얼어 버린 것 같더군요. 나는 야스코가 죽었다고 생각했어요. 그런데 얼마 뒤 그 사람이 갑자기 움직이는 바람에 환각을 본 게 아닌가 싶어 내 눈을 의심했죠. 야스코는 마치 일어나 앉으려는 듯이 목을 활처럼 약간 구부리고 오른팔을 위로 뻗더니만, 그대로 늘어지더군요. 그러고 나서 다시는 움직이지 않았어요."

부크레예프는 그들을 발견하고서 상황을 파악하자마자 자기가 한 번에 한 사람씩밖에 데려갈 수 없다는 걸 깨달았다. 그는 갖고 간 한 개의 산소통을 매드슨의 도움을 받아 피트먼의 마스크와 연결했다. 그러고 나서 부크레예프는 매드슨에게 가능한 한 빨리 되돌아오겠다고 얘기하고는 폭스를 부축하면서 텐트를 향해 떠났다. 매드슨은 말했다.

"그 사람들이 떠난 뒤 벡은 태아 같은 자세로 온몸을 오그리더니 꼼짝하지 않았고 샌디 역시 내 무릎 위에서 잔뜩 웅크린 채 거의 움직이지 않았어요. 그래서 나는 샌디에게 소리쳤어요. '이거 봐요, 손을 계속 움직여요! 나한테 두 손을 보여 줘 봐요!' 내 말에 샌디는 몸을 바로 세우고 앉아서 두 손을 내밀었는데 두 손 다 맨손이더군요. 두 짝의 손모아장갑은 그녀의 양쪽 손목에 매달려 대롱거리고 있었지요.

내가 샌디의 두 손에 장갑을 끼워 주고 있는데 갑자기 벡이 '이봐, 난 모든 걸 다 알았어.'라 중얼거리더군요. 그러고 나서 비척거리면서 얼마만큼 가더니만 큰 바위 위에 올라가 바람을 정면으로 받는 자세로 서서 두 팔을 양쪽으로 쫙 펼치더군요. 바로 그때 갑자기 불어닥친 돌풍이 벡을 후려쳐 그는 밤의 어둠 속으로 벌렁 자빠지고 말았어요. 내 헤드램프의 빛이 미치는 범위 밖으로. 그 뒤로는 다시 그의 모습을 보지 못했죠.

얼마 지나지 않아 아나톨리가 되돌아와 샌디를 붙잡아 일으켰고, 나는 그저 내 배낭만 챙겨 들고는 톨리와 샌디의 헤드램프를 쫓아가려고 애쓰면서 뒤뚱뒤뚱 걸어가기 시작했죠. 그때 나는 야스코는 죽었고 벡은 소생할 가망이 없다고 생각했어요."

그들은 마침내 캠프에 도착했고 그때의 시각은 오전 4시 30분이었다. 동쪽 지평선 위의 하늘이 번하게 밝아 올 무렵. 매드슨으로부터 야스코가 끝내 견뎌 내지 못했다는 소식을 전해 들은 베이들맨은 텐트 속에서 그대로 주저앉아 45분 동안이나 흐느껴 울었다.

16장

믿을 수 없는 착각

1996년 5월 11일
새벽 6시

사우스 콜
해발 7,925미터

나는 요약해서 간추린 내용, 경과하는 시간을 통한 모든 것, 자신이
이야기하는 걸 적절히 통제하고 있다는 호언장담을 불신한다.
이해하고 있다고 주장하면서 아주 고요한 태도를 보이는 사람, 평온한
가운데 떠오른 감정을 갖고서 글을 쓴다고 주장하는 사람은 바보거나
거짓말쟁이다. 이해한다는 건 전율하는 것이다. 회상한다는 건 과거의
그 순간으로 다시 들어가 갈가리 찢기는 것이다. …… 나는 실제로
일어난 일 앞에서 겸허하게 한쪽 무릎을 꿇는 대가를 존경한다.

— 해럴드 브로드키, 『속임수들』

스튜어트 허치슨은 5월 11일 오전 6시에 마침내 나를 흔들어 깨우는 데 성공했다. 그는 어두운 얼굴로 말했다.

"앤디는 텐트 안에 없어요. 다른 텐트 어디에도 없는 듯한데. 아무래도 캠프에 돌아오지 못한 것 같아요."

나는 물었다.

"해럴드가 실종됐다고? 그럴 리가. 내 두 눈으로 그 사람이 캠프로 다가가는 걸 봤는데."

나는 충격과 당혹감에 휩싸인 채 등산화를 신고 해리스를 찾으러 급히 밖으로 나섰다. 바람은 아직도 거세 몇 번이나 휘청거렸다. 하지만 새벽하늘은 환하게 개어 있었고 시계(視界)는 툭 트였다. 나는 한 시간 넘게 콜의 서쪽 지역 전체를 뒤지고 다녔다. 바위들 뒤를 기웃거리고 오랫동안 버려져 갈가리 찢긴 텐트들을 들춰보면서. 하지만 해리스의 자취는 어디에서도 보이지 않았다. 내 혈관 속에서는 아드레날린이 끓어 넘쳤다. 두 눈에 눈물이 그득하게 괴면서 즉시 눈꺼풀들이 얼어붙었다. 어떻게 앤디가 실종될 수가 있지? 도저히 있을 수 없는 일이다.

나는 해리스가 미끄러져 내려간 콜 바로 위의 빙벽으로 갔다. 그리고 그가 캠프를 향해 걸어간 넓고 거의 평탄하며 딴 데보다 약간 파인 빙판길을 찬찬히 되밟았다. 내가 해리스를 마지막으로 본 시점에서 구름층이 낮게 깔려 그의 모습이 사라졌는데, 만일 그가 거기서 왼쪽으로 급각도로 꺾어 들어 15미터가량 바위 비탈을 올라갔다면 바로 캠프가 나왔으리라.

그러나 그가 왼쪽으로 꺾지 않고 움푹 파인 빙판길을 따라 계속 똑바로 나아갔다면 이내 콜의 서쪽 끝에 이르게 되었으리라. 설혹 고산병 증세로 기진맥진해서 정신이 혼미해지지 않았다 할지라도 사방이 온통 눈보라로 뿌옇기만 할 때는 얼마든지 그럴 수 있는 일이다. 그리고 그 서쪽 끝을 넘어가면 높이 1,200미터가 넘는 로체 사면의 깎아지른 빙벽으로 곤두박질치게 되고, 그 밑바닥은 웨스턴 쿰이다. 나는 가장자리로 좀 더 가까이 가는 게 겁나 제자리에 우두커니 선 채 내 곁을 지나 그 심연을 향해 나아간 한 줄의 희미한 크램폰 자국들을 들여다봤다. 이 자국들이 앤디 해리스가 남긴 것이라면?

나는 전날 저녁 캠프로 돌아온 뒤 허치슨에게 해리스가 무사히 캠프에 도착하는 걸 봤다고 했다. 허치슨은 그 소식을 무선으로 베이스캠프에 전했고 그 소식은 다시 베이스캠프에서 위성통신 전화로 뉴질랜드의 피오나 맥퍼슨에게 전해졌다. 해리스의 인생 동반자인 그녀는 해리스가 무사히 제4캠프에 도착했다는 소식을 전해 듣고 안도의 한숨을 내쉬었으리라. 그러나 이제 크라이스트처치에 있는 홀의 아내 잰 아널드는 참으로 괴로운 일을 해야만 할 것이다. 즉 맥퍼슨에게 전화를 걸어 아주 고약한 실수가 일어났다, 앤디는 사실 실종되었으며 사망한 것으로 추정된다는 소식을 전해야 하는 일을. 그런 전화 통화 내용을 상상하고 또 내가 그런 실수를 빚어낸 장본인이라는 생각이 들자 연신 마른기침이 터져 나오면서 나는 땅바닥에 무릎을 꿇고 주저앉았다. 비수 같은 바람이 등을 후려치는 가운데 나는 거듭거듭 헛구역질을 했다.

내가 앤디를 찾아 60분 남짓을 헤맨 끝에 아무 소득 없이 캠프로 돌아왔을 때 때마침 베이스캠프와 로브 홀 간의 무선 교신 내용이 흘러나왔다. 홀은 정상 능선에서 도움을 청하고 있었다. 그러고 나서 허치슨이 벡과 야스코는 죽었으며 스콧 피셔는 저 위의 봉우리 어딘가에서 행방불명됐다는 소식을 내게 전했다. 그 직후 우리 무전기의 전지가 다 닳아 그 산에 있는 다른 사람들과 우리의 연락은 일체 끊겼다. 제2캠프에 있던 아이맥스 팀의 대원들은 우리의 연락이 끊긴 것에 놀라 우리 텐트들에서 몇 미터 떨어지지 않은 곳에 자리 잡고 있는 남아공 팀을 불러냈다. 아이맥스 팀의 리더이자 나와 20년 동안 알고 지낸 친구인 데이비드 브리셔즈는 그때의 상황을 이렇게 말했다.

"우리는 남아공 사람들이 강력한 무전기를 갖고 있으며 그것이 작동되고 있다는 걸 알고 있어서 제2캠프에 있는 그 팀의 한 대원에게 사우스 콜에 있는 우달을 무선으로 불러 달라고 부탁했어요.

그러고는 우달에게 말했죠. '긴급 사태가 일어났다. 저 산 위에서 사람들이 죽어 가고 있다. 우리는 구조 작업을 벌이기 위해 홀의 팀의 생존자들과 교신해야 한다. 부디 부탁이니 당신네 팀의 무전기를 존 크라카우어에게 빌려줬으면 한다.' 그러자 우달은 싫다고 했어요. 그들은 상황이 아주 급박하다는 걸 분명히 알고 있었음에도 무전기를 넘겨주고 싶어 하지 않았죠."

×　×　×

등반이 끝난 직후 나는 《아웃사이드》에 게재할 기사를 쓰면서 홀 팀과 피셔 팀 대원 중에서 정상 공격조에 속했던 사람들의 거의 대부분과 인터뷰를 했고 그들 대부분과 몇 차례에 걸쳐 이야기를 나누었다. 하지만 기자들을 불신하는 마틴 애덤스는 그 비극을 회고하는 자리에 거의 끼지 않았으며 거듭 인터뷰를 요청해도 자꾸 회피하기만 했다.

그러다 마침내 그는 《아웃사이드》에 내 기사가 게재된 뒤인 6월 중순에야 비로소 전화로 나와 이야기하는 것에 동의했다. 나는 정상 등반에 나섰을 때의 일들에 관해 기억나는 대로 말해 달라고 부탁하는 것으로 말문을 열었다. 그날 비교적 체력이 좋은 고객 중 한 사람이었던 그는 시종 대열의 앞부분에서 나아갔으며, 올라가고 내려가는 동안 늘 내 바로 앞이나 뒤에 서 있었다. 그가 남달리 기억력이 좋은 듯해서 나는 그의 기억과 내 기억이 어긋나는 대목들을 특히 더 관심 있게 들었다.

그날 오후 늦은 시각에 애덤스가 8,412미터 높이의 발코니에서 하산할 무렵 그는 자기보다 15분 거리 정도 앞선 내 모습이 여전히 보였으나 내가 그보다 더 빨리 내려가는 바람에 곧 시야에서 사라졌다고 했다.

"그다음에도 당신의 모습이 다시 보입니다. 어둑어둑한 가운데 당신이 캠프에서 30미터쯤 떨어진, 사우스 콜의 평탄한 곳을 가로지르는 모습이. 나는 당신이 입고 있는 연한 붉은색 바지로 그 사람이 당신이라는 걸 알아봤죠."

직후에 애덤스는 나를 무척이나 애먹였던 가파른 얼음 비탈 바로 위에 있는 평탄한 지형에 내려선 뒤 조그만 크레바스에 빠졌다. 그는 그곳을 빠져나오는 데 성공했으나 이내 좀 더 깊은 또 다른 크레바스에 빠졌다.

"크레바스 속에 누워서 생각했어요. '이게 마지막일지도 몰라.'라고. 그러다 한참 시간이 걸리기는 했지만 결국 그 크레바스도 빠져나왔어요. 거기서 나온 뒤 내 얼굴은 눈으로 온통 뒤덮였는데 그건 이내 얼음으로 변해 버렸죠. 그러고 나서 그 빙벽 왼쪽에 헤드램프를 착용한 어떤 사람이 앉아 있는 광경을 봤어요. 그래서 그쪽으로 걸어갔죠. 아직 날이 칠흑같이 어두워지지는 않았지만 꽤 어두운 편이어서 캠프가 보이지 않았거든요.

그 친구 곁으로 가서, '헤이, 텐트가 어느 쪽이죠?'라 물었어요. 그랬더니 그 정체불명의 친구가 그쪽을 가리킵니다. 그래서 나는 '아, 나도 그렇게 생각했어요.'라 말했죠. 그러고 나서 그가 '조심해요. 여기 얼음은 보기보다 가팔라요. 우리가 내려가서 밧줄과 얼음 나사못을 좀 가져와야겠어요.'라는 식으로 지껄입니다. 뭐 그 비슷한 얘기였는데 나는 '엿 먹어라, 나는 여기서 빠져나간다.'고 생각했죠. 그래서 두세 걸음 걷다가 실족하여 가슴을 얼음판에 댄 채 머리부터 미끄러져 내려갔어요. 그렇게 미끄러져 내려가다가 어찌어찌하여 아이스 피켈로 뭔가를 걸었고 그 덕에 몸이 한 바퀴 핑그르르 돌면서 바닥에 안착했죠. 나는 일어나서 비틀거리면서 텐트로 걸어갔고, 이 얘기는 그걸로 끝입니다."

애덤스가 그 익명의 대원과 만난 일에 대해, 그리고 얼음 비탈을 미끄러져 내려가는 대목을 얘기하는 순간 갑자기 내 입속이 바짝 타면서 목 뒷덜미의 털들이 곤두섰다. 그가 얘기를 마쳤을 때 나는 물었다.

"마틴, 거기서 만난 사람이 나였을 수도 있다고 생각합니까?"

"말도 안 되는 소리!" 그는 껄껄거리고 웃었다. "그 사람이 누군지는 모르지만 그쪽은 분명 아니었어요."

하지만 나는 그에게 앤디 해리스와 만난 일과 아울러 그 소름 끼치는 우연의 일치들에 관해 얘기해 줬다. 즉, 애덤스가 수수께끼의 인물과 만난 바로 그 장소에서 바로 그 시간대에 내가 해리스와 마주친 일에 대해. 해리스와 나 사이에 오간 얘기는 애덤스가 그 수수께끼의 인물과 나눈 얘기와 섬뜩할 정도로 흡사했다. 그러고 나서 애덤스는 해리스가 그랬던 것처럼 거꾸로 얼음 비탈을 미끄러져 내려갔다.

몇 분 더 이야기를 나눈 뒤에야 애덤스는 납득을 했다.

"그럼 얼음 비탈 위에서 나랑 얘기한 사람이 바로 당신이었군요."

그는 사뭇 놀랍다는 투로, 어둑어둑해질 무렵 사우스 콜의 평탄한 지형을 가로지르던 사람을 나로 착각했다는 사실을 인정했다.

"당신이 얘기한 사람은 나였고, 그럼 그 사람은 앤디 해리스가 아니었다는 얘기가 되는데. 이럴 수가. 그렇다면 당신은 그런 사실을 밝혀야겠군요."

나는 몹시 당혹했다. 나는 지난 두 달간 사람들에게 해리스가 사우스 콜의 끝으로 걸어가는 바람에 사망했다고 이야기해 왔다. 해리스는 그런 적이 없었는데. 나의 착각은 까닭 없이 피오나 맥퍼슨의 고통을 가중시키기만 했다. 앤디의 부모님인 론 해리스와 메리 해리스, 그의 형인 데이비드 해리스, 그리고 그의 많은 친구들에게도 마찬가지였다.

앤디는 키 185센티미터쯤에 몸무게 90킬로그램이 넘는 거구였고 경쾌한 뉴질랜드식 사투리를 쓰는 반면, 마틴은 그보다 15센티미터쯤 작고 몸무게도 60킬로그램이 채 안 되었으며 질척하고 느린 텍사스 사투리를 썼다. 그런데 어떻게 그런 엉뚱한 착각을 일으켰을까? 낯선 사람이나 다름없는 이의 얼굴을 보고 6주 동안 많은 시간을 함께 보낸 가까운 사람이라 생각할 정도로 내가 넋이 나갔던 것인가? 그리고 만일 앤디가 정상에 오른 뒤 제4캠프에 이른 적이 없다면 도대체 그에게 어떤 일이 일어난 것일까?

17장

저 위에 그가
아직 살아 있다

1996년 5월 10일
오후 3시 40분

정상
해발 8,848미터

우리가 조난된 것은 갑자기 악천후가 닥쳐왔기 때문이긴 하나
그것만으로 모든 게 다 만족스럽게 설명되는 건 아닌 듯하다. 나는
일찍이 그 어떤 인간도 우리가 겪어 온 지난 한 달간의 험난한 시련 같은
걸 이겨 낸 적은 없었으리라 생각한다. 비록 일기가 지독히 나쁘기는
했지만 두 번째 동료, 곧 오츠 선장의 발병과 나로서는 설명할 길이
없는 우리 물자 저장소의 연료 부족, 그리고 마지막 보급품을 얻을 수
있으리라 기대했던 저장소로부터 17킬로미터도 떨어지지 않은 곳에서
몰아닥쳐 온 폭풍만 아니었더라면 우리는 기필코 시련을 이겨 냈으리라.
그 폭풍이야말로 우리에게 그 어떤 재난보다도 더 혹심한 타격을 안겨
줬다. …… 우리는 수많은 모험과 위기를 겪었으며 스스로 그것을 알고
있었다. 하지만 그건 모든 사태가 우연히 불리한 방향으로 전개되었을
뿐이므로 우리로서는 하등 불평할 이유가 없었다. 그저 신의 뜻을
겸허히 받아들여 마지막까지 최선을 다하기로 결심했을 뿐…….
우리가 무사히 살아남을 수만 있었다면 나는 모든 영국인에게 그들의
심금을 울릴 내 동료들의 대담함과 인내심, 불굴의 용기를 반드시 전했을
텐데. 하지만 이 거친 기록과 우리의 시신이 그 일을 대신해 주리라.

— 로버트 팔콘 스콧, 1912년 3월 29일 남극 대륙에서 죽기 직전에 쓰인 「국민에게 보내는
　 메시지」의 일부, 『스콧 최후의 원정』에서

5월 10일 오후 3시 40분경에 정상에 오른 스콧 피셔는 자신의 헌신적인 친구이자 등반 셰르파 대장인 롭상 장부가 자기를 기다리고 있다는 걸 알았다. 롭상은 바지 주머니에서 무전기를 꺼내 베이스캠프에 있는 잉그리드 헌트와 교신한 뒤 그것을 피셔에게 건네줬다. 피셔는 3,500미터 아래에 있는 헌트에게 말했다.

"우리 모두가 다 해냈어요. 난 피곤해요."

그로부터 몇 분 뒤 마칼루 고가 두 명의 셰르파와 함께 도착했다. 불길한 구름의 파도가 정상 능선에 서서히 차오를 무렵 로브 홀 역시 정상에 올라 더그 한센이 올라오기만 고대하고 있었다.

롭상의 말에 의하면 피셔는 정상에서 보낸 15분 내지 20분 동안 거듭 기분이 좋지 않다고 불평을 했다 한다. 그 타고난 금욕적인 가이드는 그런 말을 한 적이 거의 없었다는데. 롭상은 이렇게 회고했다.

"스콧은 내게 말했다. '난 너무 피곤하다, 아프다, 위장약이 필요하다.'라고. 나는 그에게 차를 줬지만 그는 조금밖에 마시지 않았다. 반 컵 정도만. 그래서 그에게 말했다. '스콧, 우리 빨리 내려갑시다.' 그리하여 우리는 내려왔다."

피셔는 3시 55분에 거기 있던 사람 중에서 맨 먼저 내려가기 시작했다. 롭상은 스콧이 정상에 오르는 동안 내내 보조 산소를 사용했고 정상을 떠날 무렵 세 번째 산소통이 4분의 3 이상 차 있었는데도 무슨 이유에서인지 마스크를 벗어 버리고 산소 사용을 중단했다고 말했다.

피셔가 정상을 떠난 직후 마칼루 고와 그의 셰르파들도 떠났고 한센을 기다리는 홀 한 사람만 정상에 남겨 놓고 마지막으로 롭상도 하산했다. 롭상이 내려가기 시작한 지 얼마 지나지 않은 4시경에 한센이 드디어 나타났다. 한센은 안간힘을 쓰면서 능선의 마지막 고개를 천천히 고통스럽게 넘어섰다. 홀은 한센을 보자마자 급히 내려가 그를 맞았다.

그 무렵 홀이 반드시 돌아서야 할 때로 정한 시간에서 이미 두 시간이나 지나 있었다. 지나치게 신중하고 치밀한 성격을 지닌 홀이 그답지 않게 그런 판단 착오를 일으킨 것에 대해 많은 그의 동료들은 이구동성으로 당혹스러운 심경을 토로했다. 그들은 한센이 제시간 내에 올라가지 못하리라는 것이 분명해졌을 때 왜 홀이 즉각 한센을 더 낮은 지점에서 돌아서게 하지 않았는지 의아해했다.

그로부터 정확히 1년 전, 홀은 오후 2시 30분에 사우스 서밋에서 한센을 돌아서게 했으며 한센은 정상과 아주 가까운 지점에 이르러 하산하게 된 걸 못내 안타깝게 여겼다. 그는 내게 자기가 1996년에 에베레스트에 돌아온 가장 큰 이유는 홀의 권유 때문이라는 얘기를 몇 차례나 했다. 그는 로브가 뉴질랜드에서 '열두 번도 더' 전화를 걸어 다시 한번 시도해 보라고 권했다고 했다. 이번에 더그는 기필코 정상을 밟기로 마음먹었다. 사흘 전 그는 제2캠프에서 내게 말했다.

"무슨 일이 있어도 꼭 정상에 오르고 싶어요. 다시 이곳에 돌아오고 싶지는 않거든요. 이제 이런 일을 하기에는 너무 나이가 들어버려서."

홀이 한센에게 에베레스트에 돌아오라고 거듭 권했으니 이번에 또다시 한센을 돌아서게 하기는 특히 더 어려웠으리라. 1992년에 홀과 함께 에베레스트에 올랐고 1995년에 한센이 첫 등정 시도를 했을 때 정상에 오르는 고객들을 안내했던 뉴질랜드인 가이드 가이 코터는 이렇게 말했다.

"정상 가까이 오른 사람들을 돌아서게 하기는 아주 어렵습니다. 정상이 눈앞에 보일 경우 고객들은 기필코 오르려 하고, 돌아서게 하려 들면 면전에서 코웃음을 치고 계속 그냥 올라가고 맙니다."

이번에 에베레스트에서 일어난 참사 뒤에 경험 많은 미국인 가이드 피터 레브는《클라이밍》에 이렇게 술회했다.

"우리는 사람들이 좋은 판단을 내려 달라는 뜻에서 우리한테 돈을 지불한다고 생각하는데, 사람들이 돈을 내는 참뜻은 정상에 오르게 해 달라는 데 있습니다."

어쨌든 간에 홀은 오후 2시경에 한센을 돌아서게 하지 않았다.

그리고 오후 4시에 정상 바로 아래에서 한센과 만났을 때, 롭상의 말에 의하면 홀은 한센의 목에 한쪽 팔을 두른 채 기진맥진한 그 고객을 부축해 마지막 15미터를 함께 올라갔다고 한다. 그들은 정상에서 불과 일이 분 정도만 머문 뒤 곧바로 기나긴 하산길에 올랐다.

한센이 비틀거리는 걸 본 롭상은 그냥 내려가지 않고 한센과 홀이 정상 바로 아래에 있는 위험한 눈 차양 지대를 무사히 통과하는 걸 지켜봤다. 그 뒤 롭상은 자기보다 30분 거리 정도 앞서 있는 피셔를 따라잡으려는 마음에서 한센과 홀을 힐러리 스텝 위쪽에 남겨 둔 채 능선길을 부지런히 내려갔다.

롭상이 스텝에서 사라진 직후 산소가 다 떨어진 한센은 바닥에 주저앉았다. 그는 정상에 오르는 데 모든 힘을 다 소진해 버려 하산할 때 쓸 힘이 하나도 남아 있지 않았다. 코터와 마찬가지로 1995년에 홀의 팀에서 정상에 오르는 고객들을 안내하는 역할을 맡았던 에드 비스터즈는 이렇게 말했다.

"1995년에도 더그한테 아주 비슷한 일이 일어났더랬죠. 더그는 정상에 오르는 동안은 괜찮았는데 하산하기 시작하자마자 정신적으로나 육체적으로 심한 탈진 상태에 빠져 버렸어요. 그는 모든 걸 다 소진한 사람처럼 얼빠진 상태가 되어 버렸죠."

오후 4시 30분에, 그리고 4시 41분에 다시 홀은 자신과 한센이 정상 능선 높은 지점에서 곤경에 처했으며 시급히 산소가 필요하다는 사실을 무전으로 알렸다. 사우스 서밋에는 산소가 꽉 찬 두 개의 통이 그들을 기다리고 있었다. 만일 홀이 이런 사실을 알았더라면 재빨리 내려와서 새 산소통을 집어 들고 한센에게 되돌아갈 수 있었으리라. 하지만 그때까지도 산소 저장소에 머물러 있었으며 저산소증으로 인한 치매 상태에 빠져 있던 앤디 해리스가, 중간에서 이 연락을 듣고 마이크 그룹과 내게 그랬던 것처럼 홀에게 사우스 서밋에 있는 산소통들이 다 비어 있다는 식의 부정확한 정보를 알렸다.

그룹은 남바 야스코와 함께 발코니 바로 위의 동남 능선을 내려가던 중에 무전기를 통해 해리스와 홀 사이에 오가는 대화를 들었다. 그는 홀에게 연락해 그 정보가 잘못된 것이며 사우스 서밋에는 꽉 찬 통들이 있다는 사실을 알리려 했다. 그러나 그룹의 설명에 따르면 그의 무전기가 제대로 작동하지 않았다.

"다른 사람들이 송신하는 내용은 대부분 들을 수 있었지만 내가 송신하는 내용은 다른 사람들이 거의 들을 수 없었죠. 로브가 두어 번 내 호출을 포착했을 때 나는 꽉 찬 통들이 어디 있는지 얘기하려 했지만, 그때마다 앤디가 즉각 끼어들어 사우스 서밋에는 꽉 찬 산소통이 하나도 없다고 얘기하곤 했어요."

사우스 서밋에 과연 산소가 있는지 확신할 수가 없었던 홀은, 그 상황에서 택할 수 있는 최선의 길은 한센과 함께 머무르면서 산소가 없는 상태로 어떻게 해서든지 그 무력한 고객을 데리고 내려가도록 하는 것이라 판단했다. 하지만 힐러리 스텝 꼭대기에 이르렀을 때 홀은 한센이 수직으로 15미터나 되는 그 암벽을 내려가게 할 수가 없었고 그로 인해 그들의 하산길은 딱 막혀 버렸다.

5시 직전, 그룹은 간신히 홀과 교신이 되어 사우스 서밋에 산소가 있다는 사실을 알렸다. 그로부터 15분 뒤 롭상은 정상에서 내려오는 길에 사우스 서밋에 이르러 해리스와 만났다.* 롭상의 말에 의하면 그 시점에서 해리스는 마침내 그곳에 꽉 찬 산소통이 최소한 두 개 이상 있다는 사실을 깨달았던 듯하다. 해리스가 힐러리 스텝에 있는 홀과 한센에게 산소통들을 날라다 달라고 롭상에게 통사정했다고 하니까. 롭상은 이렇게 회상했다.

"앤디는 내게 로브와 더그한테 산소통을 날라다 주면 500달러를 주겠다고 했다. 하지만 나는 우리 팀 대원들을 돌봐야 할 입장이었다. 스콧을 돌봐야 했고. 그래서 나는 앤디에게 안 된다고 말하고 서둘러 내려갔다."

5시 30분, 롭상이 사우스 서밋을 떠나 다시 하산하다 뒤돌아보니 해리스는 홀과 한센을 돕기 위해 비틀거리면서 정상 능선을 향해 느리게 올라가고 있었다. 두 시간 전에 사우스 서밋에서 나와 만났을 때의 해리스의 상태가 심상치 않았다면 이 무렵에는 증상이 한층 더 심해졌을 것이다. 그건 영웅적인 행동이었으며 그로 인해 해리스는 목숨을 잃는 대가를 치렀다.

×　×　×

거기서 수직으로 백여 미터 아래에서 동남 능선을 내려가고 있

---

* 나는 1996년 7월 시애틀에서 롭상과 인터뷰한 뒤에야 비로소 그가 5월 10일 저녁나절에 해리스를 봤다는 사실을 알게 되었다. 이전에 롭상과 몇 차례 짧막한 이야기를 나누긴 했으나 그 시점에는 여전히 오후 6시 30분에 사우스 서밋으로부터 1,000미터 아래에 있는 사우스 콜에서 해리스를 봤다고 확신했기 때문에 그가 사우스 서밋에서 해리스를 만났는지를 물어볼 생각을 전혀 하지 못했다. 게다가 가이 코터가 롭상에게 해리스를 본 적이 있느냐 물었을 때 롭상은 무슨 이유에서인지는 몰라도 아니라고 답했다. 아마 그는 상대의 질문의 뜻을 잘못 알아들어서 그렇게 답했으리라.

던 피셔는 점점 더 기운을 잃어 갔다. 8,656미터 지점에 있는 바위 계단 꼭대기에 이른 그는 그리 높지는 않으나 험준하게 튀어나온 암벽을 내려가야 했는데, 너무 지쳐서 밧줄을 감고 내려오는 그 복잡한 기술을 감당해 낼 수가 없었다. 그리하여 피셔는 그 곁의 눈비탈에 주저앉아 곧바로 미끄러져 내려갔다. 그러는 편이 고정 밧줄을 타고 내려가는 것보다 훨씬 쉽긴 했다. 하지만 그는 그 바위 계단들보다 훨씬 더 아래쪽에 이르는 바람에 원래의 길로 올라서기 위해 부득이 무릎 깊이까지 빠지는 눈밭을 110미터나 힘겹게 거슬러 올라가야 했다.

베이들맨 일행과 함께 내려가고 있던 팀 매드슨은 5시 20분경 무심코 발코니에서 위를 올려다보다가 피셔가 눈밭을 가로지르는 광경을 목격했다. 매드슨은 그 광경을 이렇게 회고했다.

"스콧은 몹시 지쳐 보였습니다. 열 걸음 정도를 가다가 주저앉아 쉬더니 두어 걸음 걷고 나서 다시 쉬더군요. 스콧은 아주 느리게 움직였습니다. 하지만 나는 그 위의 능선에서 롭상이 내려오는 걸 보고 '잘 됐군, 롭상이 돌봐 줄 테니 무사히 내려올 수 있겠어.'라 생각했습니다."

롭상은 오후 6시경에 발코니 바로 위에서 피셔를 따라잡았다고 했다.

"스콧은 산소를 사용하지 않았다. 그래서 나는 그에게 마스크를 씌워 줬다. 스콧은 '나는 아프다, 너무 아파 내려갈 수가 없다, 난 뛰어내릴 거다.'라 말했다. 스콧이 미친 사람처럼 행동하며 자꾸 그렇게 말해서 나는 얼른 그를 밧줄로 붙들어 맸다. 안 그러면 티베트 사면으로 뛰어내릴 것 같았다."

25미터 길이의 밧줄로 피셔를 붙잡아 맨 롭상은 제발 뛰어내리지 말라고 사정하면서 그를 데리고 사우스 콜을 향해 천천히 내려가기 시작했다. 롭상은 이렇게 말했다.

"이제 폭풍은 아주 험악해졌다. 쾅! 쾅! 두 번이나 대포 터지는 소리가 났는데 그건 엄청나게 큰 천둥소리였다. 나와 스콧 아주 가까운 데서 두 번이나 벼락이 쳤는데 그 소리는 너무나 컸고 또 아주 무서웠다."

얼마 지나지 않아 피셔와 롭상이 휴식을 취하고 있을 때, 마칼루고와 그의 두 세르파에게 추월당했다. 짧은 담화 끝에 고와 두 세르파는 계속 내려갔다. 피셔와 롭상도 곧 하강을 재개했고, 타이완 팀이 남긴 희미한 흔적을 최선을 다해 따라갔다. 오후 8시경, 그들은 발코니 아래 약 90미터 떨어진 곳에 혼자서 있는 고를 만났다. 고는 계속 내려갈 수 없을 정도로 기진맥진한 상태라 그의 세르파들은 그를 눈 비탈에 남겨 두고 떠났다.

피셔와 롭상이 완만한 눈 골짜기를 따라 나아가자 푸석푸석하고 가파른 혈암 지대가 나왔다. 피셔는 고처럼 몸이 아픈 상태에서 그 까다로운 구역을 제대로 걸을 수가 없었다. 롭상은 말했다.

"이제 스콧이 걸을 수가 없어 나는 큰 문제에 부딪혔다. 스콧을 업으려고 했지만 나 역시 아주 피곤했다. 스콧은 덩치가 크고 나는 아주 작아서 스콧을 업을 수가 없었다. 스콧은 '롭상, 당신은 내려가, 당신은 내려가.' 하고 말했다. 나는 '안 돼요, 나는 여기서 당신과 함께 있겠어요.' 했다.

나는 스콧과 마칼루 고와 한 시간, 어쩌면 더 오래 있었다. 나는 매우 춥고 매우 피곤했다. 스콧이 '당신이 내려가서 아나톨리를 보내.'라고 말했다. 그래서 '좋아요, 내려가서 셰르파와 아나톨리를 올려 보낼게요.'라고 답했다. 그러고 나서 스콧을 위해 좋은 자리를 마련하고 하산했다."

롭상은 사우스 콜에서 수직으로 400미터 위에 있는 바위 선반에 피셔와 고를 남겨 둔 채 폭풍설을 뚫고 힘겹게 하산하기 시작했다. 앞이 보이지 않아 그는 정상적인 코스를 벗어나 서쪽으로 멀리 나아갔다가 사우스 콜보다 훨씬 더 아래쪽에 이르러서야 자신의 실수를 깨닫고 로체 사면의 북쪽 가장자리를 허우적거리며 거슬러 올라 간신히 제4캠프를 찾아냈다.* 하지만 그가 캠프에 도착한 건 자정이 다 될 무렵이었다. 롭상은 이렇게 말했다.

"나는 아나톨리의 텐트로 가서 그에게 말했다. '제발 위로 올라가 봐. 스콧은 몹시 아파서 걸을 수가 없다.' 그러고 나서 나는 텐트로 가서 그대로 나가떨어져 죽은 사람처럼 잤다."

×　×　×

홀과 해리스의 오랜 친구였던 가이 코터는 5월 10일 오후에 푸모리봉을 오르던 등반대의 가이드 역할을 하느라 우연히도 에베레스트 베이스캠프에서 몇 킬로미터쯤 떨어진 곳에 있어서 그날 내내 홀의 무선 송신 내용을 청취할 수 있었다. 오후 2시 15분에

---

* 그 이튿날 새벽, 나는 앤디 해리스를 찾으려고 콜을 헤매다가 로체 사면 끝머리를 따라 위로 이어진 롭상의 희미한 크램폰 자국들을 발견하고는 그게 사면 아래로 내려가던 해리스의 발자국이라 잘못 생각했다. 내가 해리스가 콜의 절벽을 넘어갔다고 생각한 건 바로 그 때문이었다.

그는 정상에 있는 홀과 이야기를 나눴는데 그때는 모든 게 다 순조로워 보였다. 그러나 오후 4시 30분에 홀이 무선으로 더그의 산소가 떨어져 움직일 수가 없다는 소식을 전했다. "산소통이 필요해요!" 홀은 산에서 듣고 있을 누군가에게 절박하고 숨가쁜 목소리로 간청했다. "누구든지, 제발! 부탁합니다!"

코터는 내용을 듣고 몹시 놀랐다. 4시 53분에 그는 무전을 통해 홀에게 어서 빨리 사우스 서밋으로 내려가라고 강력하게 다그쳤다. 코터는 말했다.

"그 교신 내용의 핵심은 홀에게 어서 내려가서 새 산소통을 회수하라는 것이었어요. 우리는 보조 산소가 없다면 로브가 더그를 위해 할 수 있는 게 아무것도 없으리라는 걸 잘 알고 있었으니까요. 그러자 로브는, 자기는 내려갈 수 있으나 더그를 함께 데려갈 수가 없다고 말했어요."

그러나 40분 뒤 홀은 어디에도 가지 않고 여전히 힐러리 스텝 꼭대기에서 한센과 함께 있었다. 코터는 5시 36분과 5시 57분에 연이어 홀과 무선 교신하면서 제발 한센을 내버려두고 혼자 하산하라고 사정사정하다시피 말했다. 코터는 이렇게 실토했다.

"로브에게 고객을 포기하라고 말하는 건 참으로 파렴치한 짓이죠. 나도 그렇다는 건 잘 압니다. 하지만 그 무렵 더그를 포기하는 것 외에는 달리 길이 없다는 게 명백했거든요."

그러나 홀은 한센을 버려두고 내려가려 들지 않았다.

그날 한밤중까지 홀한테서는 더 이상 아무 소식도 날아오지 않았다. 오전 2시 46분, 코터는 푸모리봉 밑에 있는 텐트 속에서 끊어졌다 이어졌다 하면서 한동안 계속된 송신음을 듣고 깨어났다. 코터가 생각하기에 그건 의도적으로 송신한 게 아닌 듯했다. 홀은 자신의 백팩 어깨끈에 원격 조종 마이크를 달고 있었는데 그건 이따금 실수로 켜지곤 했으니까. 코터는 이렇게 말했다.

"로브는 자기가 송신을 하고 있다는 걸 알지도 못했을 겁니다. 나는 누군가가 고함치는 소리를 들었어요. 로브의 목소리 같기는 한데 함께 끼어든 바람 소리가 워낙 요란해 자신할 수가 없었어요. 어쨌든 그 사람은 한센으로 여겨지는 사람에게 '계속 움직여요! 계속 가요!'라 다그치더군요."

만일 그곳에서의 정황이 정말로 그랬다면 그건 그날 새벽까지 홀과 한센이 — 아마 해리스도 그 곁에 있었을 것이다. — 힐러리 스텝에서 강풍을 뚫고 사우스 서밋을 향해 나아가려고 몸부림치고 있었다는 걸 뜻한다. 그리고 그건 또 보통의 산악인들이라면 내려가는 데 30분도 채 안 걸릴 능선 길에서 열 시간 이상 악전고투하고 있었다는 걸 뜻한다.

물론 이건 추정에 불과하다. 확실한 건 홀이 오후 5시 57분에 코터와 교신을 했고 그 시점에서 그와 한센은 여전히 힐러리 스텝 위에 있었다는 것, 5월 11일 오전 4시 43분에 그가 베이스캠프와 교신했을 때는 사우스 서밋에 내려와 있었다는 것, 그리고 그 무렵 그의 곁에는 한센도 해리스도 없었다는 것 정도다.

로브는 다음 두 시간 동안 연이어 송신하면서 당혹스러울 정도로 혼란스럽고 맥락이 닿지 않는 이야기들을 했다. 오전 4시 43분에 송신을 할 때 그는 베이스캠프 의사인 캐롤라인 매켄지에게 다리가 더 이상 말을 듣지 않으며 '온몸이 굳어서 움직일 수가 없다.' 고 했다. 그는 목이 완전히 쉬어 제대로 알아들을 수 없는 목소리로 말했다.

"간밤에 해럴드가 나와 함께 있었는데 지금은 내 곁에 없는 것 같아요. 그 친구는 몹시 기진맥진했죠."

그런 다음 그는 어리둥절한 듯이 물었다.

"해럴드가 나와 함께 있었다고? 당신이 그걸 어떻게 알아요?"*

이 시점에서 홀은 산소로 꽉 찬 두 개의 통을 갖고 있었지만 마스크의 밸브가 얼음으로 꽉 막혀 산소를 흡입할 수가 없었다. 그러나 그는 산소 흡입장치에서 얼음을 떼어 내고 있다고 말했다. 코터는 말했다.

"그 말에 우리는 약간 안도했습니다. 그에게서 조금이나마 낙관적인 얘기를 들은 건 그게 처음이었죠."

오전 5시, 베이스캠프에서는 위성통신 전화로 홀과 뉴질랜드 크라이스트처치에 있는 홀의 아내 잰 아널드를 연결해 줬다. 그녀는 1993년에 홀과 함께 에베레스트 정상에 오른 적이 있어 통화하는 즉시 남편이 심한 곤경에 처했다는 것을 명확히 파악했다. 그녀는 이렇게 말했다.

"남편의 목소리를 들었을 때 가슴이 덜컥 내려앉았죠. 그의 발음은 유난히 불명확했어요. 막 물에 떠내려 가는 사람처럼 정신없이

---

* 그 전에 이미 나는 5월 10일 오후 6시 30분에 사우스 콜에서 해리스를 봤다는 걸 절대적인 확신에 차서 보고했다. 그리하여 홀이 해리스가 사우스 서밋(내가 해리스를 봤다고 말한 곳에서 1,000미터나 더 높은 곳)에서 자기와 함께 있었다고 말하자 대부분의 사람들은 내 착오로 인해 홀의 얘기가 피로에 지치고 심한 저산소증에 걸린 사람의 횡설수설에 불과한 것으로 잘못 생각했다.

웅얼거리더군요. 나는 거기 올라가 본 적이 있어서 악천후를 만날 때의 상황이 어떨지 잘 알고 있었어요. 로브와 나는 정상 능선에서는 구조받는 것이 불가능하다는 얘기를 나눈 적이 있었죠. 그의 말마따나, '차라리 달에 가 있는 편이 더 나을' 거예요."

5시 31분, 홀은 내복약 형태로 된 덱사메타손 4밀리그램을 복용했으며 여전히 산소마스크에서 얼음을 떼어 내려 애쓰고 있다고 말했다. 그는 베이스캠프와 통화하면서 마칼루 고와 피셔, 벡 웨더스, 남바 야스코를 비롯한 그 밖의 고객들이 어떻게 됐느냐고 거듭 물었다. 그는 앤디 해리스가 가장 염려가 되는 듯 앤디가 어디 있느냐는 질문을 자꾸 했고. 코터는 이미 죽은 게 분명한 듯한 해리스 이야기를 딴 데로 돌리려고 무진 애를 썼다고 했다.

"우리는 로브가 거기서 내려오지 않으려 들 만한 또 다른 이유를 갖게 되기를 원치 않았거든요. 그러는 중에 제2캠프에 있던 에드 비스터즈가 끼어들어 '앤디는 걱정하지 말라, 앤디는 여기서 우리와 함께 있다.'고 거짓말을 했어요."

잠시 후 매켄지가 로브에게 한센은 어떻게 됐느냐 묻자 로브는 "더그는 갔어요."라 대꾸했다. 그는 그 말을 마지막으로 한센에 대해서는 일절 언급하지 않았다.

5월 23일에 정상에 오른 데이비드 브리셔즈와 에드 비스터즈는 한센의 시신을 발견하지 못했다. 그러나 그들은 사우스 서밋에서 수직으로 15미터쯤 되는 곳, 그러니까 고정 밧줄이 끝나고 그 능선에서 가장 우뚝하게 튀어나온 부분에 꽂혀 있는 아이스 피켈 하나를 발견했다. 정황으로 보아 홀과 해리스가, 혹은 그 둘 중의 한 사람이 밧줄을 따라 그 지점까지 한센을 끌고 내려오긴 했는데 거기서 한센이 아이스 피켈을 꽂아 놓은 채 발을 헛디뎌 높이 2,000미터가 넘는 까마득한 서남사면 밑으로 추락했을 가능성이 많았다. 하지만 이것 역시 순전히 추측에 불과하다.

해리스에게 어떤 일이 일어났느냐 하는 것은 한층 더 추정하기 어렵다. 롭상의 증언, 홀이 무선을 통해서 한 얘기들, 앤디의 것으로 여겨지는 또 다른 아이스 피켈이 사우스 서밋에서 발견되었다는 사실들을 종합해 볼 때 앤디가 5월 10일 밤에 홀과 함께 사우스 서밋에 있었다는 건 확실한 듯하다. 그러나 그 젊은 가이드가 어떤 식으로 최후를 맞이했느냐 하는 점에 관해서는 알려진 바가 전혀 없다.

오전 6시, 코터가 홀에게 햇살이 그곳에 닿았느냐 묻자 홀은 '거의'라 답했다. 조금 전에 엄청나게 추워 온몸이 걷잡을 수 없이 떨린다고 말했고 그 전에는 더 이상 걸을 수 없다고 실토하기도 해서 밑에서 그의 말에 귀기울이던 사람들은 몹시 걱정하던 참이라 그건 좋은 소식이었다. 그러나 홀이 엄청난 폭풍이 휘몰아치고 풍속 냉각 현상으로 기온이 영하 70도 이하로 떨어진 해발 8,748미터 지점에서 피난처도 산소도 없이 하룻밤을 보내고도 여전히 살아남았다는 건 실로 놀라운 일이 아닐 수 없었다.

코터와 햇살 얘기를 할 때 홀은 또다시 해리스에 관해 물었다.

"나 말고 간밤에 해럴드를 본 사람 또 없어요?"

그로부터 세 시간 뒤에도 홀은 여전히 앤디가 어디 있느냐 물었다. 오전 8시 43분, 그는 생각에 잠긴 사람처럼 말했다.

"앤디의 장비 일부가 아직 여기 있는데. 난 그 친구가 밤사이에 우리를 앞질러 내려갔다고만 생각했는데. 이봐요, 도대체 앤디에 대해 얘기해 줄 수 있는 거요, 없는 거요?"

베이스캠프 매니저인 윌턴이 그 질문을 슬쩍 회피하려 했지만 홀은 여전히 그 문제에 집착했다.

"내 말은 그 친구의 아이스 피켈과 재킷 같은 것들이 여기 그대로 있다는 거요."

제2캠프에서 비스터즈가 말했다.

"로브, 당신이 그 재킷을 입을 수 있다면 그냥 입도록 해요. 계속 내려오고, 자기 자신만 걱정해요. 다른 사람들은 서로서로 돌봐 주고 있으니 당신만 내려오면 돼요."

홀은 네 시간 동안 마스크를 붙잡고 씨름한 끝에 마침내 얼음을 떼어 내는 데 성공했다. 그리고 오전 9시에 처음으로 보조 산소를 호흡했다. 그즈음 그는 산소도 없이 8,748미터 지점에서 열여섯 시간 이상을 보냈다. 그곳으로부터 몇천 미터 아래에 있는 그의 친구들은 어떻게 해서든지 그를 내려오게 하려고 온갖 노력을 다했다. 윌턴은 울먹이면서 끈질기게 매달렸다.

"로브, 베이스캠프의 헬렌이에요. 당신의 아기에 대해 생각해 봐요. 두 달만 지나면 당신은 세상에 태어난 그 아기의 얼굴을 보게 될 거예요. 그러니 제발 내려와요."

홀은 몇 번이나 내려갈 준비를 하고 있다고 했고 그즈음 우리는 그가 마침내 사우스 서밋을 떠났다고 확신했다. 락파 체링과 나는 제4캠프의 텐트 밖에서 바람에 떨면서 동남 능선 저 위에서 천천히 움직이는 조그만 점을 올려다봤다. 우리는 그게 드디어 하산하고 있는 로브라 생각하고 서로의 등을 두드리면서 그에게 성원을 보냈다. 그러나 한 시간 뒤 그 점이 여전히 같은 자리에 있는 걸 깨닫고 내 낙관적인 전망은 물거품처럼 꺼져 버렸다. 그건 바위에 불과했다. 높은 고도로 인해 일어난 또 하나의 환각 증세. 사실 로브는 사우스 서밋을 결코 떠나지 않았다.

× × ×

오전 9시 30분경 앙 도르제와 락파 체링은 홀을 구하기 위해 여분의 산소통 두 개와 뜨거운 차가 든 보온병을 들고 제4캠프에서 사우스 서밋을 향해 출발했다. 그들은 실로 엄청나게 어려운 일을 감당하려 하고 있었다. 전날 밤에 부크레예프가 샌디 피트먼과 샬럿 폭스를 구해 낸 일도 대단히 놀랍고 용기 있는 일이긴 하나 이때 두 명의 셰르파가 하려는 일에 비하면 아무것도 아니었다. 피트먼과 폭스는 캠프에서 비교적 평탄한 지형을 따라 20분 정도 걸어가면 나오는 곳에 있었던 반면 홀은 제4캠프에서 수직으로 1,000미터 위에 있었으니까. 거기까지 가려면 최적의 상황에서도 여덟 내지 아홉 시간 정도 걸린다.

그리고 그들은 분명 최적의 상황에 놓여 있지 않았다. 40노트를 넘는 강풍이 불고 있는 데다 앙 도르제와 락파는 전날에 정상을 올랐다 내려오느라 몹시 지쳐 있었기 때문이다. 게다가 설사 천신만고 끝에 홀이 있는 곳까지 다다른다 해도 때는 이미 오후 이슥한 시간이 되어 한두 시간만 지나면 날이 어두워질 테니 홀을 데리고 내려오는 일은 더없이 고통스런 일이 될 것이다. 그러나 그들은 홀에 대해 더없이 충직한 마음을 갖고 있어 온갖 악조건들을 무릅쓰고 최대한 빠른 속도로 사우스 서밋을 향해 올라가기 시작했다.

직후에 마운틴 매드니스 팀의 두 명의 셰르파(롭상의 아버지로 체구가 자그마하고 단아하게 생겼으며 양쪽 관자놀이께가 희끗희끗한 앙가왕 샤 키아와 타시 체링)와 타이완 팀의 셰르파 한 사람도 스콧 피셔와 마칼루 고를 데려오기 위해 산으로 올라갔다. 그 세 명의 셰르파는 사우스 콜에서 수직으로 400미터 위에 있는 바위 선반에서 롭상이 떠난 뒤 제자리에 그대로 머물러 있던 두 사람을 찾아냈다. 피셔는 실낱같이 가늘게 숨 쉬고 있기는 했으나 이빨을 앙다물고 있었고 두 눈동자는 고정된 채 꼼짝도 하지 않았다. 그들은 피셔의 경우에는 희망이 없다는 결론을 내리고는 그대로 둔 채 고에게 뜨거운 차를 주고 새 산소통을 연결해 준 뒤 고만 데리고 내려가기 시작했다. 그들이 간신히 제 발로 걸을 수 있는 고를 짧은 밧줄로 이끌어 주고 여러모로 도와준 덕에 고는 결국 캠프에 도착할 수 있었다.

그날은 화창하게 갠 날씨로 시작되었으나 바람은 여전히 거세게 불었으며 오전 시간이 거의 다 지나갈 무렵 두꺼운 구름층이 산 윗부분을 뒤덮었다. 제2캠프에 있던 아이맥스 팀은 정상에서 2,000미터 아래에 있는 그 지점에서조차도 정상을 휩쓰는 바람이 보잉 747기 대대가 날아갈 때의 굉음을 방불케 하는 소리를 내고 있다고 보고했다. 한편 앙 도르제와 락파 체링은 점차 강도를 더해 가는 폭풍에도 굴하지 않고 단호한 태도로 동남 능선을 전진해 갔다. 그러나 오후 3시경 사우스 서밋에서 수직으로 230여 미터 밑에까지 이르렀을 때 두 사람은 살인적인 폭풍과 추위로 인해 더 이상 앞으로 나아갈 수가 없었다. 참으로 용기 있게 행동했으나 결국 그 노력은 실패로 돌아갔다. 그리고 그들이 돌아서서 하산함에 따라 홀이 살아날 가능성은 아주 희박해졌다.

홀의 친구들과 동료들은 5월 11일 오후 내내 끊임없이 그에게 제힘으로 내려오도록 애써 보라고 애원했다. 홀은 몇 번이나 내려갈 준비를 하고 있다고 말하긴 했으나 이내 마음을 바꿔 사우스 서 밋에서 꼼짝하지 않았다. 오후 3시 20분, 푸모리봉 밑에 있는 자기네 캠프에서 에베레스트 베이스캠프로 걸어오고 있던 코터는 무선으로 꾸짖었다.

"로브, 어서 그 능선에서 내려와요."

그러자 홀은 짜증스러운 목소리로 대꾸했다.

"이거 봐, 친구. 내가 동상에 걸린 두 손으로 고정 밧줄에 내 안전 밧줄을 걸 수 있다고 생각했다면 여섯 시간 전에 내려갔을 거야. 뜨거운 차가 든 큼직한 보온병 하나를 들려서 두 사람만 올려 보내 줘. 그럼 난 괜찮아질 거야."

코터는 그를 구조하려고 올라갔던 사람들이 포기하고 내려온 사실을 가급적 완곡하게 전달하려 애쓰면서 응답했다.

"실은, 오늘 올라갔던 친구들이 강풍을 만나는 바람에 부득이 돌아서야 했어요. 그러니 당신이 할 수 있는 최선의 길은 조금이라도 더 낮은 데로 내려오는 거요."

그 말에 로브는 이렇게 응답했다.

"자네들이 셰르파 차를 든 두 사람을 아침 일찍, 9시 30분이나

10시 전에 올려 보내 준다면 난 또다시 하룻밤을 버텨 낼 수 있을 거야."

코터는 떨리는 목소리로 말했다.

"당신은 정말 강한 사람이오. 정말 대단해요. 내일 아침에 몇 명을 올려 보내 줄게요."

오후 6시 20분, 코터는 홀을 불러내 잰 아널드가 크라이스트처치에서 위성통신 전화를 걸어 그와 통화하려고 대기하고 있다는 말을 전했다. 그러자 로브는 말했다.

"잠깐만 시간을 줘. 입이 바싹 말라서 눈을 좀 먹은 뒤에 아내와 얘기하고 싶어."

잠시 후 그가 다시 나와 잔뜩 쉰 목소리에 혀가 제대로 말을 안 들어 느리고도 힘겹게 웅얼거렸다.

"안녕, 여보. 난 당신이 따뜻하고 포근한 침대에 들어가 있었으면 하는데. 그래 어때?"

아널드는 말했다.

"내가 당신 생각을 얼마나 많이 하는 줄 알아? 예상했던 것보다는 훨씬 더 괜찮은 것 같네. …… 따뜻해, 여보?"

홀은 아내를 놀라게 하지 않으려고 최선을 다하면서 말했다.

"워낙 고도가 높은 데다 상황도 상황이니만큼 이 정도면 그런대로 괜찮다고 할 만하지."

"발은 어때?"

"부츠를 벗어 보지 않아서 모르겠어. 하지만 가벼운 동상에 걸린 것 같아……."

"당신이 집에 돌아와 내가 완벽하게 치료해 줄 날이 오기만을 고대하고 있어. 당신은 틀림없이 구조될 거야. 당신이 혼자라고 생각하지 마. 나는 지금 내 모든 적극적인 에너지를 당신한테 보내고 있어!"

통화가 끝나기 전에 홀은 아내한테 말했다.

"사랑해, 여보. 잘 자요. 너무 걱정하지 말고."

이 말은 그가 아내와 그 밖의 모든 사람에게 남긴 마지막 말이 되었다. 그날 밤, 그리고 그 이튿날 낮에 홀과 교신하려는 모든 시도는 무위로 끝나고 말았다. 그로부터 12일 후 브리셔즈와 비스터즈는 정상으로 오르던 길에 사우스 서밋에 이르러 얕은 얼음구덩이에 모로 누운 홀을 발견했다. 그의 상체는 바람에 날린 눈으로 덮여 있었다.

18장

조난자를 버려두고
오른 사람들

1996년 5월 10일

동북 능선

해발 8,702미터

에베레스트는 이 세상 물리적인 힘들의 화신이었다. 그는 인간의
영혼으로 그것과 맞붙어야 했다. 그는 자기가 성공할 때 동료들의 얼굴에
어릴 기쁨을 상상할 수 있었다. 또한 자기 성공이 모든 산악인에게
불러일으킬 짜릿한 전율을 그려 볼 수 있었다. 그것이 영국에 안겨다
줄 영예, 전 세계적인 관심, 그것이 자신에게 가져다줄 명성, 자기가
자신의 삶을 가치 있는 것으로 만들었다는 영속적인 만족감⋯⋯. 아마
그는 그 성공이 가져다줄 영예와 환희를 구체적으로 따져 본 적은 결코
없었으리라. 하지만 그것은 그의 내면에 '전부 아니면 무'라는 생각을
불러일으켰으리라. 세 번째로 돌아서느냐, 아니면 죽느냐의 두 가지
대안 가운데서 맬로리에게는 후자 쪽이 훨씬 더 쉬운 길이었으리라.
첫 번째의 대안이 안겨 주는 고통은 인간으로서, 산악인으로서, 그리고
예술인으로서 그가 도저히 견뎌 낼 수 없는 것이었으리라.

—프랜시스 영허즈번드 경, 『에베레스트산의 서사시』, 1926년

5월 10일 오후 4시, 더그 한센이 로브 홀의 어깨에 기대어 고통스럽게 헐떡이면서 정상에 도착할 무렵 북부 인도 라다크 지방 출신의 세 산악인은 무선으로 팀 리더에게 자기네 역시 에베레스트 정상에 올랐다는 사실을 알렸다. 인도-티베트 국경 경비대가 조직한, 서른아홉 명으로 구성된 등반대 대원인 체왕 스만라, 체왕 팔조르, 도르제 모룹은 에베레스트의 티베트 사면으로부터 동북 능선을 따라 올랐다. 1924년 저 유명한 조지 리 맬로리와 앤드루 어빈이 실종되었던 루트로.

여섯 명으로 구성된 라다크 대원들은 오전 5시 45분*이 지나서야 8,300미터에 설치된 마지막 캠프를 떠났다. 오후 중반 무렵 그들이 정상에서 수직으로 350미터 밑의 지점까지 왔을 때, 그 산의

---

* 이번 장에 서술하는 사건들은 티베트에서 발생했지만 혼란을 피하기 위해 모든 시간을 네팔 시간으로 바꾸었다. 티베트의 시계들은 베이징 표준시간에 맞춰지므로 네팔 시간보다 2시간 15분 빠르다. 즉 네팔 시간으로 오전 6시는 티베트 시간으로 8시 15분이 된다.

다른 사면에서 우리가 만난 바로 그 폭풍설 구름대가 그들을 덮쳤다. 그 팀의 세 대원은 그만 백기를 들고 오후 2시경에 돌아섰다. 그러나 스만라, 팔조르, 모룹은 점차 악화되어 가는 기상을 무릅쓰고 계속 전진했다. 돌아선 세 대원 중의 한 사람인 하르바잔 싱은 이렇게 말했다.

"그 사람들은 정상 정복 열병에 사로잡혀 있었습니다."

다른 세 대원은 구름층이 아주 두터워져 가시거리가 30미터 이내로 떨어진 오후 4시에 정상으로 믿어지는 곳에 이르렀다. 그들은 무선으로 롱북 빙하에 있는 자기네의 베이스캠프에 정상에 올랐다는 사실을 알렸고, 그곳에 있던 팀의 리더 모힌도르 싱은 위성통신 전화로 뉴델리의 나라시마 라오 수상에게 승리의 소식을 자랑스럽게 전했다. 정상 공격 팀은 지상에서 가장 높은 지점으로 보이는 곳에서 승리를 자축하고는 피톤(밧줄을 꿰는 고리가 달린 금속 못─옮긴이), 기도 깃발과 카타 등을 남겨 놓고는 빠르게 올라오고 있는 폭풍설 속으로 내려갔다.

사실 그들이 오른 곳은 8,702미터 지점으로, 거기서 두 시간 거리 정도 떨어진 진짜 정상은 그 무렵 가장 높은 구름대 위로 불쑥 솟아올라 있었다. 그들이 목표에서 150미터나 떨어진 지점에서 멈췄다는 사실은 그들이 어째서 정상에서 한센과 홀, 롭상을 보지 못했는가를 설명해 준다. 반대로 한센 등이 그들을 보지 못한 것도 마찬가지 이유다.

어둠이 내린 직후 북동 능선 아래쪽에 있던 대원들은 8,626미터 지점 근방, 곧 제2스텝으로 알려진 저 악명 높은 험준한 절벽 바로 위에서 두 개의 헤드램프 불빛이 어른거리는 걸 목격했다고 보고했다. 그러나 세 사람 중 그 누구도 그날 밤 자기네 캠프로 돌아오지 못했으며 무선 연락도 일절 없었다.

이튿날인 5월 11일 오전 1시 45분, 곧 아나톨리 부크레예프가 샌디 피트먼과 샬럿 폭스, 팀 매드슨을 찾아 미친 듯이 북동 능선을 헤매고 있을 무렵에 엄청난 강풍이 그 봉우리를 두드려 대고 있음에도 세 명의 셰르파를 대동한 두 명의 일본 산악인은 라다크 사람들이 마지막 전진 기지로 이용한 북동 능선의 마지막 캠프를 떠나 정상을 향해 나아갔다. 오전 6시, 스물한 살의 시게카와 에이스케와 서른여섯 살의 하나다 히로시는 제1스텝으로 알려진 험준한 바위 벼랑을 돌아 올라가다 눈밭에 쓰러진 라다크 사람들 중의 한 사람, 곧 팔조르로 추정되는 사람을 보고 깜짝 놀랐다. 피신처도 산소도 없이 하룻밤을 보낸 그는 심한 동상에 걸리긴 했으나 살아남아 알아들을 수 없는 말을 신음하듯 웅얼거리고 있었다. 그 일본인 팀은 그를 돕다가는 정상에 오르지 못하게 될까 봐 그를 버려두고 내처 올라갔다.

그들은 오전 7시 15분에 푸석푸석한 편암이 완전한 수직으로 치솟아 오른 제2스텝의 발치에 이르렀다. 원래 그곳은 1975년 중국 등반대가 설치해 놓은 알루미늄 사다리를 타고 오르게 되어 있었다. 그런데 당혹스럽게도 사다리를 붙잡아 맨 밧줄이 풀어져 일부가 바위에서 떨어져 있었다. 그 바람에 그들은 90분간 악전고투한 끝에 7미터가 넘는 그 절벽을 간신히 타고 넘었다.

그들은 제2스텝 꼭대기를 넘어서자마자 또 다른 라다크 대원인 스만라와 모룹을 만났다. 그 등반 직후 6,400미터 지점에서 하나다, 시게카와와 인터뷰한 적이 있는 영국인 기자 리처드 카우퍼가 쓴 《파이낸셜 타임스》의 기사에 의하면, 그 라다크 대원 중 한 사람은 "죽기 일보 직전이었고, 다른 한 사람은 눈밭에 웅크리고 앉아 있었다. 그 일본인들은 그들에게 말 한마디 걸지 않았고 물이나 음식, 산소통도 건네주지 않았다. 일본인들은 내처 나아가다 수직으로 50미터쯤 올라간 곳에서 휴식을 취하면서 산소통을 새것으로 교환했다."

하나다는 카우퍼에게 이렇게 말했다.

"그 사람들은 우리하고는 안면이 없는 사람들이었습니다. 우리는 그들에게 물을 주지 않았고, 말도 걸지 않았습니다. 그들은 고산병 증세가 심해 목숨이 위태로워 보이더군요."

시게카와는 이렇게 말했다.

"너무나 피로해서 도와줄 수가 없었어요. 8,000미터 이상 되는 곳에서는 도덕적인 원칙을 따를 수가 없습니다."

일본인 팀은 스만라와 모룹에게 등을 돌리고서 계속 올라가 라다크 사람들이 8,702미터 지점에 남겨 놓고 간 기도 깃발과 피톤들을 지나쳐(그 일본인들은 놀라우리만큼 기억력이 좋았다.), 오전 11시 45분에 강풍이 휘몰아치는 정상에 올랐다. 바로 그 시각에 로브 홀은 그들이 동남 능선으로 30분가량 내려가면 나오는 사우스 서밋에 웅크리고 앉아 필사적으로 버티고 있었다.

그들은 동북 능선을 따라 마지막 캠프를 향해 내려오는 동안 제2스텝 위에서 또다시 스만라와 모룹을 만났다. 이즈음 모룹은 죽은 듯했고, 스마라는 아직 살아 있기는 했으나 고정 밧줄에 뒤엉켜 꼼짝하지 못했다. 일본인 팀의 셰르파인 파상 카미는 스마라를 밧줄에서 풀어 주기만 하고서는 계속 능선을 따라 내려갔다. 그들이 제1스텝을 지나칠 무렵, 올라갈 때 눈밭에 웅크리고 누워 웅얼거리던 팔조르의 모습은 어디에도 보이지 않았다.

그로부터 이레 뒤 인도-티베트 국경 경비대의 또 다른 팀이 정상 등정을 시도했다. 5월 17일 오전 1시 15분에 마지막 캠프를 떠난 두 명의 라다크인과 세 명의 셰르파는 얼마 지나지 않아 얼어붙은 동료들의 시신과 만났다. 그들은 쓰러진 동료 하나가 자연의 힘에 굴복하기 전에 죽음의 고통 속에서 자기 옷을 갈가리 찢었다고 보고했다. 그 다섯 대원들은 스마라와 모룹, 팔조르를 현장에 그대로 눕혀 둔 채 계속 전진해 오전 7시 40분에 정상에 이르렀다.

19장

벡 웨더스의 기적적인 생환

1996년 5월 11일
오전 7시 30분

사우스 콜
해발 7,925미터

매는 점점 더 넓은 원을 그리면서 돌고 도느라

매사냥꾼의 소리를 듣지 못한다.

모든 건 산산이 흩어지고, 중심은 버텨 내지 못한다.

온 세상이 완연한 혼돈에 빠져들고

피로 물든 조수가 밀려들면서 도처에서

순수의 의식(儀式)은 익사한다.

― 윌리엄 버틀러 예이츠, 「재림」

토요일인 5월 11일 아침 7시 30분경에 제4캠프로 되돌아왔을 때 이미 일어난, 그리고 아직도 일어나고 있던 난마 같은 현실은 모든 사람에게 무력감을 안겨 주면서 가라앉기 시작했다. 나는 앤디 해리스를 찾아 한 시간가량 사우스 콜을 헤매고 돌아다닌 끝에 정신적으로나 육체적으로 완전히 기진맥진했다. 그 수색의 결과 나는 그가 죽었다는 확신만 얻었을 뿐이다. 그리고 동료 스튜어트 허치슨이 로브 홀이 사우스 서밋에서 발하는 무선 송신을 청취한 결과는 우리의 리더가 절망적인 상태에 처했고 더그 한센은 죽었다는 점을 분명하게 해 줬다. 그날 밤의 대부분을 사우스 콜에서 헤매면서 보냈던 스콧 피셔 팀의 대원들은 남바 야스코와 벡 웨더스가 죽었다고 보고했다. 그리고 우리는 스콧 피셔와 마칼루 고가 캠프에서 400미터 위의 지점에서 죽었거나 죽어 가고 있다고 믿었다.

이런 참담한 결과들과 직면해, 내 정신은 로봇을 방불케 하는 이

상하리만큼 초연한 상태로 퇴행해 갔다. 정신은 더없이 초롱초롱
했지만 감정은 완전히 마비되었다. 마치 내가 내 두개골 깊숙한 데
자리 잡은 벙커 속으로 달아나, 잘 엄폐된 좁은 틈으로 주위의 황
량한 난파 현장을 내다보고 있는 듯한 기분이었다. 멍하니 하늘을
올려다보자 그것은 초자연적인 엷은 푸른빛으로 화해 버린 듯했
다. 그리고 모든 것이 하얗게 바래 아주 희미한 빛깔의 자취만 남
은 듯한 형국이었다. 톱날같이 들쑥날쑥한 지평선에는 내 눈앞에
서 연신 가물거리고 맥동하는 햇무리 같은 빛이 드리워져 있었다.
나는 내가 악몽 같은 광기의 영역으로 소리 없이 빨려들어 가는 게
아닌가 싶어 두려웠다.

나는 해발 7,925미터 지점인 제4캠프에서 하룻밤을 보낸 뒤 전
날 저녁에 정상에서 내려왔을 때보다 훨씬 더 지치고 약해졌다. 우
리가 새 산소통들을 구하지 못하거나 더 낮은 캠프로 내려가지 않
는다면 동료들과 나의 정신과 육체는 급속히 허물어질 것이었다.

홀과 근래에 에베레스트를 오르는 대부분의 사람이 따르는 속성
고도 적응 스케줄은 상당히 효율적이다. 그 스케줄을 따를 경우 산
악인들은 해발 5,200미터 위에서 4주라는 비교적 짧은 시간을 보
내고 그사이에 7,300미터 위로 하룻밤의 나들이를 하고 나서 바
로 정상 등반 길에 나설 수 있다.* 그러나 이런 전략은 모든 사람이

---

* 1996년 로브 홀 팀은 6,492미터에 있는 제2캠프나 그보다 더 높은 지점에서 여덟 밤만 보낸 뒤
베이스캠프에서 정상을 향해 출발했는데 그건 오늘날 통용되는 고도 적응 훈련 기간의 표준이 되다시피 했다.
1990년 이전의 산악인들은 대체로 제2캠프나 그보다 더 높은 지점에서 훨씬 더 많은 시간을 보냈고, 또 그동안
최소 한 번은 8,000미터 지점으로 하룻밤의 나들이를 나간 뒤에야 비로소 정상 등반 길에 나서곤 했다. 고도
적응을 하기 위해 8,000미터까지 오르는 것이 과연 이득이 되는가 하는 데는 의문의 여지가 있다. 그렇게 높은
데까지 올라가는 데 따르는 악영향이 이점을 상쇄해 버릴 수도 있으니까. 하지만 6,400미터에서 7,300미터에

7,300미터 위에서 계속 보조 산소를 공급받는다는 가정 위에서 수립된 것이다. 그리고 보조 산소를 공급받지 못한다면 그 전략은 무의미해진다.

나는 우리 팀 대원들을 찾아다니다 근처의 텐트 속에 누워 있는 프랭크 피슈벡과 루 카시슈케를 발견했다. 루는 착란 상태에 빠진 데다 혼자서는 아무것도 할 수 없을 만큼 눈이 멀어 있었으며, 알아들을 수 없는 말들을 웅얼거리고 있었다. 프랭크는 심한 충격에 빠져 보였는데도 최선을 다해 루를 돌보고 있었다. 존 태스크는 마이크 그룸과 또 다른 텐트에 누워 있었는데 두 사람 다 잠들었거나 의식이 없는 듯했다. 나 역시 기운이 없어 연신 휘청거렸다. 스튜어트 허치슨을 제외한 다른 모든 대원의 상태는 점점 더 악화해 가고 있었다.

나는 다른 사람들의 텐트를 돌아다니면서 산소를 찾아보려 했지만 찾아낸 산소통들은 죄다 비어 있었다. 몸속 깊숙이 배어든 피로감과 저산소증이 겹쳐 혼란하고 절망스러운 느낌은 한층 더 깊어졌다. 강풍으로 텐트의 나일론 천이 쉴 새 없이 펄럭였기에 텐트와 텐트 간의 대화는 불가능했다. 하나 남은 우리 무전기는 전지가 거의 다 닳았다. 캠프를 뒤덮고 있는 어둡고 암담한 분위기는 갑자기 우리 팀을 이끌 사람들이 없어져 버렸다는 사실로 인해 한층 더 심화되었다.(우리는 지난 6주 동안 가이드의 지시에 철저히 따르라고 교육받아 왔다.) 로브와 앤디는 죽었고, 그룸은 우리 곁에 있기는 하나 전날 밤

이르는 지점에서 8~9일을 보내는 오늘날의 적응 훈련 기간을 조금 더 연장할 경우 안전의 한계도 조금 더 넓어지리라는 점은 확실하다.

혹독한 시련을 겪은 탓에 심한 동상에 걸려 텐트 속에 늘어져 있었으며 말조차 할 수가 없었다.

이렇게 우리의 모든 가이드가 공석 상태가 되자 허치슨이 빈자리를 메우기 위해 나섰다. 몬트리올 영어권 사회의 상류 계층 출신에 아주 민감하고 자부심 강한 그 청년은 뛰어난 의학 연구자로 이삼 년에 한 번씩 높은 산들을 오르곤 했지만 그 밖의 경우에는 산을 타는 경우가 드물었다. 그는 제4캠프에 위기가 닥치자 난국에 대처하기 위해 최선을 다했다.

내가 해리스를 찾지 못하고 돌아온 뒤 그 괴로움에서 벗어나려 애쓰는 동안 허치슨은 웨더스와 남바의 시신을 찾아보려고 네 명의 셰르파로 이루어진 팀을 조직했다. 그 두 사람은 아나톨리 부크레예프가 샬럿 폭스와 샌디 피트먼, 팀 매드슨을 데려왔을 때 사우스 콜 한끝에 그대로 남겨졌다. 락파 체링이 이끄는 셰르파 수색대는 허치슨보다 먼저 떠났다. 허치슨은 너무 피곤하고 정신이 없어 등산화를 신는 걸 깜박하고 밑창이 미끄러운 가벼운 운동화를 신고 캠프를 떠나려다 락파가 지적해 주자 그제야 실수했다는 걸 깨닫고 등산화로 바꿔 신기 위해 캠프로 되돌아왔다. 부크레예프가 가르쳐 준 대로 나아가던 셰르파들은 이내 캉슝 사면 가장자리 부근의, 둥근 돌들이 점점이 흩어지고 잿빛 빙판으로 뒤덮인 비탈에서 두 구의 시신을 발견했다. 다른 많은 셰르파와 마찬가지로 그들 역시 미신 때문에 죽은 사람 가까이 다가가기를 몹시 꺼려해 이삼십 미터 떨어진 데서 허치슨이 오기만 기다렸다.

허치슨은 그때의 일을 이렇게 회고했다.

"두 사람은 눈으로 덮여 있었습니다. 그들의 백팩은 위쪽으로 30미터쯤 떨어진 곳에 뒹굴고 있었고요. 얼굴과 상반신은 눈으로 덮이고 팔다리만 밖으로 나와 있더군요. 사우스 콜은 그때도 여전히 바람이 맹위를 떨치고 있었습니다."

그가 먼저 다가간 사람은 남바임이 확인되었다. 하지만 강풍 속에서 무릎을 꿇고 그 얼굴에서 칠팔 센티미터 두께의 얼음 껍질을 떼어 낸 뒤에야 비로소 그 사람이 누군지 알 수 있었다. 그런데 놀랍게도 남바는 여전히 숨을 쉬고 있었다. 두 짝의 장갑이 빠져 달아나 그녀의 양손은 단단히 얼어붙은 듯했다. 양쪽 눈의 동공은 팽창되어 있었고, 얼굴 피부는 하얀 도자기 빛을 띠고 있었다.

"그 광경은 정말이지 끔찍해서 나는 완전히 얼이 빠져 버렸어요. 남바는 죽기 직전이었습니다. 나는 어찌해야 좋을지 알 수가 없었어요."

그는 거기서 칠팔 미터 떨어진 곳에 쓰러져 있는 벡 쪽으로 주의를 돌렸다. 벡의 머리 부분 역시 두터운 서리 갑옷을 한 겹 뒤집어쓰고 있었다. 그의 머리칼과 눈꺼풀은 포도송이만 한 얼음 구슬들로 덮여 있었다. 벡의 얼굴에서 얼음 부스러기를 거둬 낸 허치슨은 그 역시 아직 살아 있다는 걸 알았다.

"벡이 뭐라고 웅얼거리는 것 같았는데 무슨 말을 하려는지 알 수가 없었습니다. 오른쪽 장갑이 빠져 달아나 그의 손은 심한 동상에 걸려 있더군요. 나는 그를 똑바로 앉히려 했지만 그는 앉아 있을 수가 없었어요. 거의 죽어 가고 있었으나 숨은 쉬고 있었습니다."

몹시 당황한 허치슨은 셰르파들이 있는 곳으로 가서 락파의 조언을 구했다. 산에 관한 일이라면 뭐든지 훤해 모두가 존경하는 에베레스트 베테랑인 락파는 허치슨에게 벡과 야스코를 그 자리에 그대로 놔두라고 권했다. 설사 그들이 제4캠프까지 가는 동안은 목숨을 부지한다 해도 베이스캠프에 이르기 전에 죽을 게 분명했고, 괜스레 그들을 구하려 들었다가는 사우스 콜에 있는 다른 대원들의 목숨까지도 위태롭게 할 우려가 있었다. 콜에 있는 대원들 대부분은 몹시 지치고 약해져 자기 하나만을 돌보기에도 벅찬 상태였으니까.

허치슨은 락파의 말이 옳다고 판단했다. 선택하는 건 아주 어려운 일이었지만, 길은 단 하나밖에 없었다. 벡과 야스코는 자연의 필연적인 흐름에 맡기고, 약간만 도와주면 무사히 살아남을 수 있는 사람들을 위해 팀의 자원을 아끼는 것. 그것은 비상시 우선순위 결정의 고전적인 예였다. 캠프로 돌아왔을 때 허치슨의 두 눈에는 눈물이 그렁그렁했고 얼굴은 유령처럼 창백했다. 허치슨의 주장에 따라 우리는 태스크와 그룸을 깨우고는 벡과 야스코 문제를 의논하기 위해 텐트에 모여 앉았다. 우리는 마음이 너무 괴로워 하나같이 제대로 입을 열지 못했으며 서로 시선이 마주치는 걸 피했다. 그러나 5분쯤 지난 뒤 의견의 일치를 봤다. 벡과 야스코를 거기 그대로 놔두기로 한 허치슨의 결정은 적절한 것이었다고.

우리는 또 그날 오후 제2캠프로 내려가는 문제를 논의했는데, 태스크는 홀이 사우스 서밋에서 홀로 외로이 버티고 있는 동안 우리가 콜에서 내려가서는 안 된다고 주장했다.

"홀을 놔두고 떠난다는 건 생각도 할 수 없어요."

그는 분명히 잘라 말했다. 하지만 사실 그건 논의할 가치도 없는 문제였다. 카시슈케와 그룸의 상태가 몹시 좋지 않은 터라 그 시점에서 어디로 떠난다는 건 생각도 할 수 없는 일이었기 때문이다.

허치슨은 말했다.

"그때 나는 우리가 1986년에 K2에서 일어난 사건의 전철을 밟을까 봐 몹시 걱정되었습니다."

그해 7월 4일, 전설적인 명성을 지닌 오스트리아 산악인 쿠르트 딤베르거를 포함한 일곱 명의 히말라야 베테랑은 세계에서 두 번째로 높은 봉우리 정상을 향해 출발했다. 일곱 명 가운데 여섯이 정상에 이르렀으나 하산하는 동안 심한 폭풍이 K2의 위쪽 사면들을 강타해 그들은 8,000미터에 있는 마지막 캠프에서 꼼짝도 못 했다. 폭풍설은 닷새 동안 끊임없이 계속되었고 그들은 점점 더 약해져 갔다. 마침내 폭풍이 지나갔을 때 마지막 캠프에서 살아서 내려온 사람은 딤베르거와 다른 한 대원뿐이었다.

× × ×

토요일 아침, 우리가 남바와 웨더스를 어떻게 할 것인가, 그리고 하산할 것인가 말 것인가를 의논하고 있을 때 닐 베이들맨은 피셔 팀 대원들을 텐트에서 끌어내 사우스 콜에서 내려가야 한다고 다그쳤다. 베이들맨은 말했다.

"모두들 전날 밤의 사건으로 얼이 빠져서 우리 팀을 일으켜 세워 텐트에서 나오게 하기는 정말 어려웠습니다. 심지어 강제로 등산화를 신게 하기 위해 몇몇 사람에게 주먹다짐까지 해야 할 정도였으니까요. 하지만 나는 무슨 일이 있어도 즉각 떠나기로 굳게 마음 먹고 있었습니다. 7,900미터 지점에서 필요 이상으로 오래 머무는 건 곤경을 자초하는 것이나 다름없거든요. 나는 스콧과 로브를 구하려는 노력이 진행되고 있다는 걸 알고 있었기에 우리 고객들을 콜에서 그 아래에 있는 캠프로 내려가게 하는 일에 내 모든 관심을 집중했습니다."

부크레예프는 피셔를 기다리기 위해 제4캠프에 남았고, 베이들맨은 일행을 이끌고 콜에서 천천히 내려갔다. 7,600미터 지점에서 그는 피트먼이 또다시 덱사메타손 주사를 맞을 수 있도록 잠시 하산하는 걸 멈췄으며, 제3캠프에 이른 뒤에는 일행이 휴식을 취하고 몸에 충분한 수분을 공급할 수 있도록 오랫동안 머물렀다. 베이들맨 일행이 도착했을 때 제3캠프에 있었던 데이비드 브리셔즈는 이렇게 말했다.

"그 사람들을 봤을 때 나는 무척이나 놀랐어요. 흡사 다섯 달 동안 전쟁을 치른 사람들처럼 보이더군요. 샌디는 무너져 내리기 시작했어요. 그녀는 '아주 끔찍했어요! 난 전부 포기하고 죽으려고 드러누워 버렸다고요!'라며 울부짖더군요. 모두 다 심한 충격을 받은 듯했습니다."

어두워지기 직전, 베이들맨 일행의 후미가 로체 사면 아랫부분의 가파른 얼음 비탈을 내려가고 있을 때 고정 밧줄 맨 밑으로부터 150미터 되는 곳에서 그들은 자기네를 돕기 위해 올라온 네팔 정화(淨化) 등반대의 몇몇 셰르파와 만났다. 그런데 그들이 다시 내려가기 시작했을 때 산 위쪽에서 자몽만 한 돌들이 쏜살같이 굴러 내

378

려오더니 그중 하나가 셰르파 한 사람의 뒤통수를 후려쳤다. 바로 위에서 그 사건을 목격한 베이들맨은 말했다.

"돌덩이는 그를 정통으로 맞췄습니다."

클레브 쇼에닝은 이렇게 회고했다.

"그건 정말 끔찍했어요. 마치 야구방망이로 후려친 것 같은 소리가 났거든요."

뒤통수에서 은화만 한 두피 조각이 떨어져 나가면서 그 셰르파는 혼절했고 심폐 기능까지 정지되었다. 그가 그대로 쓰러져 고정 밧줄에 매달린 채 미끄러져 내려가기 시작해 쇼에닝은 얼른 그의 앞으로 뛰어내려 간신히 그의 추락을 저지했다. 하지만 잠시 후 쇼에닝이 두 팔로 셰르파를 끌어안았을 때 또 다른 돌덩이가 굴러 내려와 그 셰르파의 뒤통수를 정통으로 맞췄다.

다행히 그 셰르파는 두 번씩이나 돌덩이에 얻어맞고도 몇 분 뒤 심하게 헐떡이면서 다시 숨을 쉬기 시작했다. 베이들맨이 그를 간신히 로체 사면 밑바닥으로 끌고 내려가자, 대기하고 있던 열 명가량의 셰르파 동료가 그들을 맞이해 부상당한 사람을 제2캠프로 데려갔다. 베이들맨은 말했다.

"클레브와 나는 그런 일이 일어날 수 있다는 게 도저히 믿기지 않아 서로의 얼굴만 멍하니 쳐다봤습니다. '여기서 도대체 어떤 일이 일어나고 있는 거지? 우리가 무슨 짓을 했기에 이 산이 이렇게 노여워하는 거지?' 하는 표정으로 말입니다."

× × ×

4월과 5월 초에 걸쳐 로브 홀은 능력이 떨어지는 한두 팀이 실수를 범해 곤경에 처하는 바람에 그들을 구조하느라 우리 팀이 정상 등정을 할 기회를 놓치게 될까 봐 걱정된다는 얘기를 자주 했다. 그런데 이제 얄궂게도 큰 곤경에 처해 다른 팀들의 도움을 받는 처지로 전락한 건 바로 홀의 팀이었다. 토드 벌리슨의 알파인 어센츠 인터내셔널 등반대, 데이비드 브리셔즈의 아이맥스 등반대, 영리적인 목적으로 조직된 맬 더프의 등반대는 조난된 사람들을 돕기 위해 아무 불평도 하지 않고 즉각 정상 등정 계획을 연기했다.

그 전날인 5월 10일 금요일, 홀 팀과 피셔 팀 대원들이 제4캠프를 떠나 정상으로 오르는 동안 벌리슨과 피트 에이선스는 제3캠프에 도착했다. 그리고 토요일 아침 그 위에서 재앙이 벌어지고 있다는 소식을 들은 벌리슨과 에이선스는 7,300미터에 올라와 있는 자기 고객들을 세 번째 가이드 짐 윌리엄스에게 맡겨 두고 조난당한 사람들을 돕기 위해 사우스 콜로 급히 올라왔다.

그 무렵 브리셔즈와 에드 비스터즈를 포함한 아이맥스 등반대원들은 제2캠프에 올라와 있었는데 브리셔즈는 자기네 등반대의 모든 자원을 구조하는 일에 집중시키기 위해 즉각 촬영을 중단했다. 그는 우선 사우스 콜로 올라오는 사람들을 통해 사우스 콜에 있는 아이맥스 팀 텐트에 여분의 전지가 비축되어 있다는 소식을 나한테 전했다. 오후 중반경 내가 그것들을 찾아내어 홀 팀과 그 아래 캠프에 있는 사람들이 무선 교신을 할 수 있는 길이 다시 열렸다. 그러고 나서 브리셔즈는 7,900미터 지점까지 힘겹게 올려다 놓은 자기네의 산소통 쉰 개를 사우스 콜에서 고통받고 있는 사람들과 구조 대원들에게 제공했다. 그로 인해 550만 달러짜리 촬영 프로젝트를 망칠 우려가 있음에도 그는 주저하지 않고 귀중한 산소통들을 넘겨줬다.

오전 중반 경에 제4캠프로 올라온 에이선스와 벌리슨은 즉각 아이맥스 팀의 산소통을 산소에 굶주린 우리에게 골고루 나눠준 뒤 홀과 피셔, 고를 구하려 나선 셰르파들에게서 소식이 오기를 기다렸다. 오후 4시 35분, 벌리슨이 텐트 밖에 서 있었을 때 누군가가 뻣정다리처럼 완전히 굳은 두 무릎을 힘겹게 움직이면서 천천히 캠프 쪽으로 다가오고 있었다. 그는 에이선스에게 소리쳤다.

"어이, 피트, 저기 좀 봐. 누군가가 캠프로 오고 있는데."

그는 장갑을 끼지 않아 괴상하게 오그라든 채 강풍에 그대로 노출된 오른손을 쭉 뻗고 있어 흡사 인사하는 모양으로 한쪽 팔을 뻗은 로봇 같았다. 에이선스는 그 사람을 보고 저예산 공포 영화에 나오는 미라를 연상했다. 벌리슨은 그 미라가 기우뚱거리며 캠프 영역 내로 들어왔을 때야 비로소 그가 죽음의 음침한 골짜기에서 벗어난 벡 웨더스라는 걸 알았다.

전날 그룹과 베이들맨, 남바를 비롯한 일행의 다른 사람들과 더불어 웅크리고 앉았을 때를 웨더스는 이렇게 말했다.

"의식이 점점 더 흐려지는 걸 느꼈어요. 나는 오른쪽 장갑을 잃어버렸죠. 얼굴은 얼어붙고 있었고요. 나는 점점 더 몽롱해져 정신을 집중하기가 아주 어려웠어요. 그러다 마침내 망각 상태에 빠져 들어 갔죠."

그 이후의 밤과 이튿날 낮의 대부분 동안 벡은 빙판에 널브러져 무자비한 강풍에 온몸을 드러낸 채 카탈렙시(히스테리나 최면 상태에서 흔히 나타나는, 감각이 없고 근육 경직이 계속되는 증상—옮긴이) 상태에서 서서히 죽어 가고 있었다. 그는 부크레예프가 와서 피트먼과 폭스, 매드슨을 데려간 사실을 기억하지 못했다. 또 아침에 허치슨이 와서 자기 얼굴에서 얼음 조각들을 거둬 낸 사실도 기억하지 못했다. 그는 열두 시간 이상 혼수상태에 빠져 있었다. 그러다 토요일 오후 늦게 알 수 없는 어떤 이유로 해서 그의 무력한 뇌의, 파충류 단계의 심층부에서 불이 반짝하면서 의식을 되찾았다.

웨더스는 이렇게 회고했다.

"처음에는 꿈을 꾸고 있는 거라 생각했어요. 그러다 정신이 약간 들었을 때는 내가 침대에 누워 있다고 생각했고요. 추위도 불편함도 느끼지 못했어요. 나는 몸을 모로 굴려 두 눈을 떴어요. 그러자 내 오른손이 나를 빤히 바라봅디다. 그러고 나서 날이 엄청나게 춥다는 걸 알았고 그 덕에 현실 감각을 되찾았어요. 마침내 내가 큰 곤경에 처해 있고 기병대 같은 건 오지 않을 테니 스스로 뭔가를 하는 게 좋으리라는 걸 깨달을 만큼 정신을 차렸죠."

오른쪽 눈은 거의 보이지 않았고 왼쪽 눈으로는 반경 일이 미터 내의 사물들만 겨우 식별할 수 있었음에도 벡은 바람 부는 쪽에 캠프가 있으리라 정확히 추론해 내고는 바람을 정면으로 거스르며 앞으로 걸어 나가기 시작했다. 만일 그때 착오를 일으켰다면 즉시 캉슝 사면으로 곤두박질했으리라. 그가 걸어 나간 반대편으로 불과 10미터만 가면 그 사면 가장자리가 나왔으니까. 90분쯤 뒤에 그는 '자연물이라기에는 지나치게 매끄럽고 푸르스름해 보이는 바위들'에 부딪쳤는데 알고 보니 그건 제4캠프의 텐트들이었다.

허치슨과 내가 우리 텐트에서 무전기로 사우스 서밋에 있는 로브 홀이 송신하는 내용을 청취하고 있는데 벌리슨이 그리로 달려와 문 바로 밖에서 스튜어트에게 소리쳤다.

"의사 선생! 당신이 급히 필요해요! 당신의 물건들을 챙겨 들어요. 벡이 막 걸어 들어왔는데 상태가 아주 나빠요!"

피로한 상태였던 허치슨은 벡이 기적적으로 부활했다는 소식에 넋이 나간 채 허겁지겁 밖으로 기어 나갔다.

그와 에이선스, 벌리슨은 벡을 빈 텐트로 데리고 들어가 슬리핑백 두 장으로 그의 몸을 감싸 주고 몇 개의 뜨거운 물병들을 넣어 준 뒤 얼굴에 산소마스크를 씌웠다. 허치슨은 이렇게 털어놨다.

"그 시점에서 우리 중 그 누구도 벡이 그날 밤을 넘기리라 생각하지 않았습니다. 그의 경동맥을 짚어 봤지만 맥이 제대로 잡히지도 않았습니다. 왜 사람이 죽기 전에 맥이 서서히 떨어지는 그런 상태 있잖아요. 벡의 상태는 아주 안 좋았어요. 그리고 설사 그가 다음 날 아침까지 살아남는다 해도 어떻게 데리고 내려가야 할지 그저 막막하기만 했죠."

그즈음 스콧 피셔와 마칼루 고를 구조하러 올라갔던 세 셰르파가 피셔는 가망이 없다는 결론을 내리고 8,300미터 지점에 그대로 내버려둔 채 고만을 데리고 캠프로 돌아왔다. 하지만 모두 죽었다고 포기한 벡이 방금 전에 캠프로 걸어들어온 걸 목격한 아나톨리 부크레예프는 피셔를 그대로 단념하고 싶지가 않아 폭풍이 한층 더 심해진 오후 5시에 피셔를 구하기 위해 혼자 산으로 올라갔다.

부크레예프는 이렇게 말했다.

"스콧을 발견한 건 7시경이었어요. 어쩌면 7시 30분이나 8시쯤 인지도 모르고. 이미 날은 어두워졌죠. 폭풍은 아주 거셌고. 스콧의 얼굴에는 산소마스크가 씌워져 있었지만 통은 비었더군요. 스콧은 장갑을 끼고 있지 않아 양손이 완전히 노출되어 있었습니다. 거위털 파카는 지퍼가 내려진 채 한쪽 어깨 밑으로 흘러내려 한쪽 팔이 밖으로 나와 있었지요."

부크레예프는 피셔의 백팩을 수의 삼아 얼굴에다 씌워 놓고는 그의 카메라와 아이스 피켈, 그가 좋아했던 주머니칼을 거둬들인 뒤 침통한 심경으로 그의 곁을 떠나 폭풍 속을 뚫고 내려갔다. 그 유품들은 훗날 베이들맨이 시애틀에 사는 스콧의 아홉 살 난 아들에게 전했다.

토요일 저녁을 강타한 강풍은 전날 밤 콜을 휩쓸었던 강풍보다 한층 더 거셌다. 부크레예프가 제4캠프로 귀환했을 때의 가시거리는 불과 몇 미터에 불과해 그는 캠프를 찾는 데 무척이나 애를 먹었다.

나는 아이맥스 팀 덕분에 서른 시간 만에 처음으로 보조 산소를 호흡하면서 미친듯이 펄럭이는 텐트 천의 소음에도 불구하고 잠들었다 깨어났다 하기를 반복하는 괴로운 잠의 늪에서 허덕였다. 자정 직후 내가 앤디에 관한 악몽 ── 그는 밧줄의 한쪽 꼬리를 잡고 로체 사면을 떨어져 내려가면서 나에게 왜 그 끝을 붙잡지 않았느냐고 소리쳤다. ── 속에서 허덕이고 있을 때 허치슨이 나를 흔들어 깨웠다. 그는 포효하는 폭풍 때문에 악을 썼다.

"존, 텐트가 걱정돼요. 이대로 괜찮을까요?"

내가 깊은 바다 밑바닥에서 표면으로 떠오르는 사람처럼 혼곤한 망상의 심연에서 허우적거리며 빠져나오는 데는 거의 1분가량이 걸렸다. 간신히 정신이 들어서 보니 허치슨이 왜 그렇게 걱정을 하나 이해가 갔다. 바람이 우리 텐트의 반을 무너뜨린 데다 강풍이 한 번씩 몰아칠 때마다 텐트 전체가 미친 듯이 요동을 했다. 헤드 램프로 비치면서 살펴보니 텐트를 떠받치는 폴대 몇 개가 심하게 휘어졌고 텐트 한가운데를 가로지르는 이음매 두 군데가 터져 금방이라도 찢어져 나갈 것처럼 위태로워 보였다. 텐트 안에서는 수많은 눈송이가 휘날리면서 모든 걸 하얗게 뒤덮었다. 그렇게 거센 바람은 생전 처음 겪어 봤다. 지상에서 바람이 가장 거세기로 유명한 곳인 파타고니아의 아이스 캡의 강풍도 그것에는 미치지 못했다. 날이 밝기 전에 텐트가 찢어지면 우리는 큰 곤경에 처하게 될 상황이었다.

허치슨과 나는 옷을 죄다 걸치고 등산화를 신은 뒤 우리 텐트의 바람맞이 쪽에 자리 잡았다. 우리는 심한 피로에도 불구하고 그 망가진 나일론 돔에 목숨이 걸리기라도 한 것처럼 등과 어깨로 구부러진 폴대들을 떠받친 채 세 시간 동안 폭풍과 맞섰다. 머릿속에서는 높이 8,748미터의 사우스 서밋에서 산소도 피난처도 없이 그 야만적인 폭풍에 고스란히 노출된 채 버티고 있는 로브의 모습이 자꾸 떠올랐다. 하지만 그건 생각만 해도 끔찍해 나는 그 영상을 물리치려고 애를 썼다.

일요일인 5월 12일 새벽 직전에 허치슨의 산소가 다 떨어졌다. 허치슨은 뒤에 말했다.

"산소가 떨어지자 춥고 떨리면서 저체온 증상이 일어나는 걸 느낄 수가 있었어요. 손발의 감각이 없어지기 시작했으니까요. 나는 회복 불능의 상태로 떨어지게 될까 봐, 콜에서 내려갈 수 없게 될까 봐 겁이 났습니다. 그날 아침 내려가지 못한다면 영영 내려가지 못하게 될까 두려웠고요."

나는 허치슨에게 내 산소통을 주고는 텐트 안을 이리저리 뒤진 끝에 산소가 얼마쯤 남은 또 다른 통을 찾아냈다. 그러고 나서 우리 둘은 하산하기 위해 짐을 꾸리기 시작했다.

폭풍이 부는 텐트 밖으로 감연히 나선 나는 최소한 한 채 이상의 주인 없는 빈 텐트가 콜 너머로 날아가 버렸다는 걸 알았다. 잠시 후 나는 앙 도르제가 엄청난 강풍 속에 홀로 서서 로브를 잃은 절망감에 고통스럽게 흐느끼고 있는 광경을 목격했다. 등반이 끝난 뒤 내가 그의 캐나다 친구인 매리언 보이드에게 그 얘기를 하자 그녀는 이렇게 말했다.

"앙 도르제는 자기가 맡은 역할이 이 지상에서 사람들을 안전하게 지키는 것이라 생각하고 있어요. 그와 나는 그 점에 대해 많은 얘기를 나눴죠. 그가 믿는 종교적인 관점에서 그 책임을 다하는 건 더없이 중요한 일이었어요. 후생(後生)에 대비하는 면에서도 그렇고요.* 로브가 등반대 대장이긴 했으나 앙 도르제는 로브와 더그

---

* 믿음이 깊은 불교 신자들은 선한 행위들의 총결산이라 할 수 있는 '소남'을 믿는다. 즉 선행을 많이 했을 경우에는 탄생과 재탄생의 순환을 벗어나 고통과 번민으로 가득한 이 세상을 영원히 초월할 수 있다는 믿음이다.

한센과 그 밖의 대원들을 보호해 주는 걸 자기 책임이라 생각했어요. 그래 그 사람들이 죽었을 때 자책할 수밖에 없었던 거죠."

허치슨은 앙 도르제가 슬픔과 절망감에 하산하기를 거부할까 염려가 되어 그를 달래 즉시 콜에서 내려보냈다. 그러고 나서 오전 8시 30분(그 무렵 우리는 로브와 앤디, 더그, 스콧, 야스코, 벡이 모두 죽었다고 믿었다.), 마이크 그룸이 심한 동상에 걸린 상태임에도 텐트에서 나와 꿋꿋한 자세로 허치슨과 태스크, 피슈벡, 카시슈케를 불러 모아 하산시키기 시작했다.

가이드라고는 그룸 한 사람밖에 없어 나는 빈자리를 채우기 위해 자진해서 대열 맨 뒤에서 대원들을 보살피는 역할을 맡았다. 의기소침해진 우리 일행이 서서히 제4캠프를 떠나 제네바 스퍼를 향해 내려갈 때 나는 마지막으로 벡을 찾아보기로 마음먹었다. 나는 그가 간밤에 죽었으리라 생각했다. 그의 텐트를 찾아내고 보니 그건 폭풍으로 납작하게 주저앉았고 텐트 양쪽 문은 훤히 열려 있었다. 그런데 안을 들여다본 나는 벡이 여전히 살아 있다는 걸 알고 기겁을 하며 놀랐다.

그는 무너진 텐트 바닥에 누워 와들와들 떨고 있었다. 얼굴은 섬뜩할 정도로 부어올랐고 코와 양 뺨은 동상으로 인해 잉크처럼 새카만 반점들로 뒤덮여 있었다. 폭풍으로 슬리핑 백이 벗겨져 영하 18도의 추위 속에 노출되었지만, 두 손이 얼어붙어 슬리핑 백을 끌어당겨 덮거나 텐트 문의 지퍼를 내릴 힘이 없어 속수무책으로 누워 있었던 것이다. 나를 보자 그는 고통과 절망의 벌건 생채기가 드러난 온 얼굴을 뒤틀면서 울부짖듯 소리쳤다.

"하느님 맙소사! 약간의 도움을 줄 사람 하나쯤은 이 근처에 있어 줘야 하잖아!"

두세 시간 동안 도와달라고 외치고 있었지만 폭풍이 그의 외침을 삼켜 버렸던 것이다. 벡은 한밤중에 깨어났다고 했다.

"폭풍이 텐트를 무너뜨려 미친 듯이 뒤흔듭디다. 강풍이 텐트 벽을 얼굴에다 마구 짓눌러 숨을 쉴 수가 없었어요. 텐트 벽이 잠시 부풀어 올랐다가 곧바로 얼굴과 가슴을 호되게 후려치는 걸 반복하는 거야. 거기다 설상가상으로 오른팔이 부어오르고. 난 이 염병할 손목시계를 차고 있었는데 팔이 점점 더 굵어지자 손목시계가 자꾸 팔을 조여들어 손에 피가 통하질 않는 거야. 그런데 두 손 다 엉망이 되어 버려 내 힘으로는 이놈의 시계를 풀 수가 없었지. 그래서 도와달라고 소리쳤지만 아무도 오지 않았어. 정말 지옥처럼 길고 긴 하룻밤이었어요. 저 문 안으로 고개를 들이민 당신 얼굴을 봤을 때 정말 반갑더군."

텐트 안에서 벡을 처음 본 순간 그 처참한 상태에 너무나 충격을 받았고 우리가 또다시 그를 방치하는 용서할 수 없는 실수를 저질렀다는 생각에 눈물이 터져 나오려 했다. 나는 솟아오르는 흐느낌을 지그시 억누른 채 그의 몸에 슬리핑 백들을 덮어 주고 텐트 문의 지퍼를 내리고 무너져 내린 텐트를 다시 일으켜 세우면서 거짓말을 했다.

"다 잘 될 테니 걱정하지 마세요. 이제는 모든 게 다 제대로 돌아가고 있어요."

나는 벡을 최대한 편하게 해 주자마자 무전기로 베이스캠프의 닥터 매켄지를 불러냈다. 나는 히스테리컬한 목소리로 애원하듯 말했다.

"캐롤라인! 벡을 어떻게 하면 좋죠? 그 사람은 아직 살아 있어요. 하지만 내가 보기에는 오래 살 것 같지가 않아요. 그는 최악의 상태예요!"

그녀는 말했다.

"우선 좀 진정하도록 하세요, 존. 당신은 마이크 일행과 함께 내려와야 해요. 피트와 토드는 어디 있죠? 그들에게 벡을 돌봐 달라고 부탁하고는 바로 출발하세요."

내가 정신없이 달려가 에이선스와 벌리슨을 깨우자 그들은 즉각 뜨거운 차가 든 물통을 들고 벡의 텐트로 달려갔다. 내가 우리 일행과 합류하기 위해 서둘러 캠프를 벗어날 무렵 에이선스는 죽어가는 그의 허벅지에다 덱사메타손 4밀리그램을 주사할 준비를 하고 있었다. 그건 찬양할 만한 제스처긴 했으나 그 약이 무슨 효과가 있으리라 기대하기는 어려웠다.

20장

이 사람들을
살려야 한다

**1996년 5월 12일
오전 9시 45분**

**제네바 스퍼
해발 7,894미터**

경험 미숙이 초보 산악인에게 안겨 주는 최대의 이점은 그가 전통이나 선례에 좌우되지 않는다는 점이다. 그에게는 모든 게 다 간단해 보이며, 자기가 직면한 문제들에 대해 간명한 해결책을 선택한다. 물론 그로 인해 종종 추구하는 목표가 실패로 돌아가고 비극적인 결과가 일어나기도 한다. 하지만 그 자신은 모험을 시작할 때 그것을 알지 못한다. 모리스 윌슨, 얼 덴먼, 클라브스 베커-라르센은 하나같이 등산에 관해 아는 게 별로 없었다. 그렇지 않았다면 그들은 가망 없는 시도를 하지 않았을 것이다. 하지만 기술에 구속받지 않은 단호한 결단으로 그들은 먼길을 갈 수 있었다.

—월트 언스워스, 『에베레스트』

5월 12일 토요일 아침, 사우스 콜을 떠난 지 15분쯤 되었을 때 나는 제네바 스퍼 꼭대기에서 내려가고 있는 동료들을 따라잡았다. 그건 비참한 광경이었다. 우리는 아주 쇠약해져서 바로 밑에 있는 눈 비탈까지 불과 일이백 미터밖에 되지 않는 곳을 믿기지 않을 만큼 오랜 시간을 들여 내려갔다. 하지만 가장 쓰라린 건 우리 숫자가 대폭 줄어들었다는 점이었다. 사흘 전 그곳을 올라갈 때만 해도 일행이 열한 명이나 되었으나 이제는 여섯 명에 불과했다.

　내가 스퍼에 이르렀을 때 대열의 후미에 처져 있던 스튜어트 허치슨은 아직 스퍼 꼭대기에서 고정 밧줄을 타고 내려갈 채비를 하고 있었다. 나는 그가 고글을 쓰지 않았다는 걸 발견했다. 구름 낀 날씨긴 하나 그렇게 높은 고도에서는 강렬한 자외선으로 인해 금방 설맹이 되어 버리기 십상이다. 나는 바람 때문에 그의 눈을 가리키며 크게 소리쳤다.

"스튜어트! 고글!"

허치슨은 피로한 목소리로 말했다.

"아, 맞아. 지적해 줘서 고마워요. 곁에 있는 동안 수시로 내 장비들을 점검해 주지 않겠어요? 너무 피곤해서 머리가 제대로 돌아가질 않으니 계속 날 좀 살펴봐 줬으면 좋겠어요."

나는 그의 장비를 죽 훑어보고는 이내 버클이 반만 채워졌다는 걸 알았다. 만일 그런 상태로 고정 밧줄에 안전 밧줄을 걸었다가는 체중으로 인해 버클이 풀어져 그대로 로체 사면으로 굴러떨어지리라. 내가 그 점을 지적해 주자 그는 말했다.

"맞아요. 나도 그 점을 생각하긴 했어요. 하지만 손이 너무 곱아 제대로 채울 수가 없었어요."

나는 싸늘한 바람 속에서 장갑을 벗고 급히 그의 버클을 단단히 채워 준 뒤 다른 사람들의 뒤를 따르게 했다.

허치슨은 고정 밧줄에 자신의 안전 밧줄을 걸더니 아이스 피켈을 바닥에 내던져 둔 채 막 암벽을 타고 내려가기 시작했다. 나는 급히 소리쳤다.

"스튜어트! 피켈!"

그러자 허치슨은 소리쳤다.

"너무 피곤해서 가져갈 수가 없어요. 그냥 놔두세요."

나 역시 기진맥진한 상태라 그와 더 이상 실랑이하지 않았다. 나는 그걸 그대로 놔둔 채 고정 밧줄에 내 안전 밧줄을 채우고는 허치슨을 따라 제네바 스퍼의 가파른 측면을 타고 내려갔다.

한 시간 뒤 우리는 옐로 밴드 꼭대기에 이르렀다. 일행이 차례로 수직의 석회암 절벽을 조심조심 내려가느라 병목 현상이 빚어져 대열의 맨 끝에서 차례를 기다리고 있는데, 스콧 피셔 팀의 셰르파 몇 명이 내 뒤에 따라붙었다. 그들 가운데는 슬픔과 피로로 정신이 반쯤 나간 롭상 장부도 끼어 있었다. 나는 그의 어깨에 한 손을 얹으면서 스콧의 일은 정말 안타깝다고 말했다. 롭상은 가슴을 치고 울먹이면서 말했다.

"난 불행하다. 매우 불행하다. 스콧은 죽었다. 그건 내 잘못이다. 난 정말 운이 없었다. 그건 내 잘못이다. 난 매우 불행하다."

× × ×

나는 말라빠진 엉덩이를 이끌고 오후 1시 30분경에 제2캠프에 도착했다. 그 어떤 합리적인 기준으로 따져 봐도 나는 아직도 높은 고도, 즉 6,492미터에 서 있었지만 그곳은 사우스 콜과는 아주 다르게 느껴졌다. 살인적인 강풍은 완전히 가라앉았고 온몸이 으슬으슬해 동상이 걱정되는 일 같은 것도 사라졌다. 대신 작열하는 태양 아래 진땀을 흘렸다. 이제 살기 위해 다 닳아 버린 너덜너덜한 줄에 매달리는 듯한 아슬아슬한 느낌은 들지 않았다.

우리 팀의 큰 텐트는 야전 병원으로 급조되어 맬 더프 팀의 덴마크인 의사인 헨리크 제센 한센과 토드 벌리슨 팀의 미국인 고객이자 의사인 켄 캐믈러가 그 안에서 대기하고 있었다. 오후 3시경 내가 차를 마시고 있는데 여섯 명의 셰르파가 멍한 표정을 한 마칼루 고를 데리고 급히 텐트 안으로 들어와 의사들은 곧바로 행동을 개시했다.

그들은 즉시 그를 침상에 눕히고 옷을 벗긴 뒤 팔에다 정맥 주사용 바늘을 꽂았다. 캐믈러는 지저분한 사기 욕조처럼 희뿌연 빛을 띤 그의 얼어붙은 손과 다리를 진찰해 보더니 혀를 차면서 말했다.

"이렇게 심한 동상은 처음 보는군."

그가 고에게 진찰 기록을 만들기 위해 팔다리를 촬영해도 되겠느냐 묻자 그는 헤벌쭉 웃으면서 고개를 끄덕였다. 전쟁터에서 부상당한 상처를 보여 주는 군인처럼 자신이 입은 끔찍한 상처들을 내보이는 걸 자랑스럽게 여기는 듯했다.

90분 뒤 의사들이 아직도 마칼루 고를 치료하고 있는데 데이비드 브리셔즈가 무선으로 소리쳤다.

"우리는 벡을 데리고 하산하고 있다. 우리는 어두워질 무렵 제2캠프에 도착할 것이다."

한참 시간이 지난 뒤에야 비로소 나는 브리셔즈가 시신을 끌고 내려온다는 얘기를 한 게 아니라는 사실을 깨달았다. 그와 그의 동료들은 살아 있는 벡을 데리고 내려오고 있었다. 나는 그 사실을 믿을 수가 없었다. 일곱 시간 전에 벡을 사우스 콜에 남겨 두고 떠나올 무렵 나는 그가 그날 아침을 넘기지 못하리라 생각하면서 가슴 아파했다.

또다시 죽은 사람으로 치부되었던 벡은 죽음에 굴복하기를 거부했다. 나중에 피트 에이선스에게 들은 말에 의하면 그 텍사스인은 덱사메타손을 맞은 직후 놀랄 만큼 생생하게 살아났다고 한다.

"10시 30분경 우리가 그 사람에게 옷을 입히고 등산 장비를 채워 주자 그는 자리에서 일어났을 뿐만 아니라 걸을 수도 있더라고요. 모두들 놀라서 혀를 내둘렀죠."

그들은 벡에게 발을 놓을 위치를 알려 줄 에이선스를 벡 바로 앞에 세우고 사우스 콜에서 내려오기 시작했다. 벡이 에이선스의 어깨에 한쪽 팔을 걸치고 벌리슨은 벡의 벨트를 뒤에서 단단히 붙잡은 상태로 그들은 조심스럽게 하산했다. 에이선스는 말했다.

"이따금 우리가 그를 들어 옮기다시피 해야 할 때도 있긴 했지만 그는 놀랄 만큼 잘 걸었어요."

석회암 절벽인 옐로 밴드 바로 위인 7,620미터에 도착했을 때 그들은 에드 비스터즈와 로버트 샤우어를 만났고, 그 두 사람은 벡이 가파른 암벽을 내려가는 걸 잘 거들어 줬다. 그리고 제3캠프에 이른 뒤에는 다시 브리셔즈와 짐 윌리엄스, 베이카 구스타브손, 아라셀리 세가라가 따라붙으면서 거들어 줬다. 그 건장한 여덟 명의 산악인들은 심한 부상을 입은 벡을 데리고 그날 오전 중에 우리 일행과 내가 내려갔던 것보다 훨씬 더 빠른 속도로 로체 사면을 내려갔다.

벡이 내려오고 있다는 소식을 들은 나는 피곤함을 무릅쓰고 텐트로 가서 등산화를 신고 구조팀을 맞기 위해 캠프 위로 터덜터덜 올라갔다. 로체 사면 아랫부분쯤에서 그들과 만나게 되리라 예상했으나 제2캠프에서 불과 20분 거리 떨어진 곳에서 그 일행 아홉 명과 마주치는 바람에 은근히 놀랐다. 벡은 앞에 있는 사람이 짧은 밧줄로 끌어 주기는 했지만 제힘으로 움직이고 있었다. 브리셔즈와 그 일행이 너무나 빠른 속도로 벡을 끌고 빙하를 내려가는 바람에 피로한 나는 그들을 제대로 따라잡을 수가 없었다.

병원 텐트에서 의사들은 벡을 고 곁에다 눕히고는 그의 옷을 벗기기 시작했다. 닥터 캐믈러는 벡의 오른손을 보더니 놀라서 소리 쳤다.

"맙소사! 이건 마칼루의 경우보다 더 심하네."

세 시간 뒤 내가 슬리핑 백 속으로 기어들어 갔을 때도 의사들은 여전히 헤드램프 불빛에 의지한 채 단지에 든 미지근한 물 속에 벡의 얼어붙은 손발을 담그고 아주 조심스럽게 녹이고 있었다.

이튿날 아침인 5월 13일 월요일, 나는 새벽빛이 밝아오기가 무섭게 웨스턴 쿰을 따라 4킬로미터를 걸어 쿰부 빙폭 입구에 이르렀다. 거기서 나는 베이스캠프에 있는 가이 코터의 무선 지시에 따라 헬기 착륙장으로 쓸 만한 평탄한 지면을 찾아다녔다.

코터는 이틀 전부터 쿰의 아랫부분에서 헬기로 환자를 실어나르게끔 주선하기 위해 위성통신 전화기를 붙잡고 열심히 알아봤다. 그렇게만 되면 벡이 빙폭에 부실하게 설치된 로프나 사다리를 타고 내려가지 않아도 되기 때문이다. 양손을 그렇게 심하게 다친 사람이 빙폭을 내려가는 건 아주 어렵고 위험한 일이었다.

과거에 쿰에 헬리콥터가 착륙한 적이 있기는 했다. 1973년에 이탈리아 등반대가 베이스캠프에서 위쪽으로 짐을 실어나르기 위해 헬기 두 대를 동원했을 때였다. 그러나 그건 그곳이 헬기가 비행할 수 있는 고도 한계점에 해당하는 곳이어서 아주 위험한 짓이었고 결국 이탈리아 팀의 헬기 한 대는 빙하 위에 추락하고 말았다. 그 후 23년 동안 누구도 빙폭 위에 헬기를 착륙시키려는 시도를 하지 못했다.

그러나 코터는 집요하게 매달렸고 그의 노력은 헛되지 않아 미

대사관에서 네팔 군 당국을 설득해 헬기 한 대를 쿰으로 보내게끔 하는 데 성공했다. 월요일 아침 8시경 내가 수많은 세락이 흩어진 빙폭 어귀에서 헬기 착륙장으로 쓸 만한 곳을 정신없이 찾아다니고 있을 때 무전기에서 코터의 목소리가 자글거렸다.

"헬기가 그리로 가는 중이오, 존. 곧 거기에 도착할 거요. 빨리 헬기가 착륙할 만한 곳을 찾아내야 해요."

나는 거기서 좀 더 높은 곳에서 쓸 만한 데를 찾을 수 있지 않을까 싶어 위로 달려 올라가다 벡을 짧은 로프로 끌고 쿰을 내려오던 에이선스와 벌리슨, 구스타브손, 브리셔즈, 그리고 비스터즈를 비롯한 아이맥스 팀과 맞부딪쳤다.

오랫동안 영화 일에 종사해 온 뛰어난 영화인으로 헬기를 타고 일해 본 적이 많은 브리셔즈는 이내 6,053미터 지점에 있는 두 개의 크레바스 사이에서 착륙할 만한 곳을 찾아냈다. 내가 풍향 지시표시로 쓰기 위해 대나무 장대에 비단 카타를 붙잡아 매는 동안 브리셔즈는 착륙장 중앙의 눈밭에다 물감 대용으로 깡통에 든 빨간색 쿨에이드를 이용해서 크게 X 자를 그려 놓았다. 몇 분 뒤 여섯 명의 셰르파가 비닐 포장 위에 앉힌 고를 끌고 빙하를 내려왔다. 그리고 잠시 후 헬리콥터의 회전 날개들이 희박한 공기 속에서 맹렬하게 돌아가는 소리가 들려왔다.

네팔 육군의 마단 카트리 체트리 중령이 조종하는 황갈색 B2 스쿼럴 헬기(불필요한 연료와 장비를 모조리 제거해 버렸다.)는 두 번이나 착륙을 시도했으나 그때마다 마지막 순간에 가서 실패했다. 그러나 세 번째 가서 헬기는 바닥이 없는 크레바스 위에 꼬리를 늘어뜨린 채 온몸을 들썩이며 빙하 위에 착륙했다. 마단 중령은 회전 날개를 계속 전속력으로 돌아가게 하고 시종 계기반에서 눈을 떼지 않은 채 한 명의 승객만 태울 수 있다는 뜻으로 손가락 하나만 쳐들었다. 그렇게 높은 고도에서 한 사람을 더 태웠다가는 헬기가 이륙하다 추락해 버릴 염려가 있었다.

마칼루 고는 제2캠프에서 동상에 걸린 두 발을 간신히 녹인 터여서 걸을 수 없는 건 물론이고 설 수도 없어 브리셔즈와 에이선스와 나는 고를 태워야 한다는 데 의견의 일치를 봤다. 나는 헬기의 터빈 소리 때문에 악을 쓰다시피 하면서 벡에게 소리쳤다.

"미안해요. 헬기가 다시 올 수 있을 거예요."

그러자 벡은 달관한 사람처럼 차분한 표정으로 고개를 끄덕였다.

우리가 헬기의 뒷좌석에 고를 태우자 헬기는 비틀비틀하면서 힘겹게 허공으로 날아올랐다. 마단이 조종하는 헬기는 썰매처럼 생긴 긴 대들이 빙하 위로 떠오르자마자 곧장 앞으로 튀어 나가면서 빙폭의 어귀로 날아가는 돌멩이처럼 떨어져 내려 그 그늘 속으로 사라져 버렸다. 이제 쿰에는 깊은 침묵이 감돌았다.

30분 뒤 우리가 착륙장 근처에 서서 벡을 어떻게 데리고 내려갈 것인가를 의논하고 있는데 골짜기 저 아래에서 타- 타- 타- 타 하는 희미한 소리가 들려왔다. 그 소리는 서서히 높아지더니 마침내 조그만 초록색 헬기가 허공으로 튀어 올라왔다. 마단 중령은 쿰 위로 조금 더 올라가더니 방향을 돌려 주둥이를 아래로 내렸다. 그러고 나서 마단은 주저하지 않고 스쿼럴 기를 쿨에이드 X 자 표시 위에 사뿐히 앉혔고 브리셔즈와 에이선스는 얼른 벡을 헬기 속에 밀어 넣었다. 몇 초 뒤 헬기는 이륙하여 괴상하게 생긴 금속 잠자리처럼 유유히 날아 에베레스트의 '서쪽 어깨'를 스쳐 지나갔다. 그로부터 한 시간 뒤 벡과 마칼루 고는 카트만두에 있는 한 병원에서 치료를 받고 있었다.

구조 팀이 흩어진 뒤 나는 오랫동안 눈밭에 홀로 앉아 등산화를 멀거니 내려다보면서 지난 72시간 동안 일어난 일들을 파악해 보려 애썼다. 어떻게 상황이 그렇게 난마처럼 뒤얽힐 수가 있지? 어떻게 앤디와 로브, 스콧, 더그, 야스코가 죽을 수 있다지? 그러나 내가 아무리 용을 써도 해답은 나오지 않았다. 참사의 규모가 내 상상의 한계를 훨씬 넘어설 만큼 엄청나서 내 뇌는 그만 불이 나가 버리고 말았다. 나는 일어난 일들을 나름대로 이해해 볼 수 있지 않을까 하는 희망을 포기하고 백팩을 짊어진 뒤, 무너져 가는 세락의 미로를 가로지르는 마지막 여행을 하기 위해 고양이처럼 조심스럽게 빙폭의 그 매혹적인 마법 세계로 들어섰다.

21장

끝나지 않는 비극

1996년 5월 13일

에베레스트 베이스캠프

해발 5,364미터

사람들은 반드시 내게, 목표를 거의 다 이뤄 놓고 막판에 가서 벽에 부딪힌 그 원정에 대한 성숙한 판단을 요구할 것이다. …… 아문센은 곧장 전진해 먼저 그곳에 이르렀으며, 자신이나 대원들 모두 남극점 근방을 답사할 때 외에는 별다른 고생을 하지 않고 단 하나의 인명도 잃지 않은 채 무사히 돌아왔다. 반면 우리 원정대는 남극에 도착하기는 했으나 우리의 참담한 여행이 쓸모없는 짓이었다는 걸 확인했을 뿐이고, 장엄한 대성당에서의 연설과 많은 조각상을 통해 영원히 기념될 만한 엄청난 위기들과 초인적인 고초를 겪은 끝에 우리의 가장 뛰어난 대원을 빙판에 남겨 두고 비참하게 돌아왔다. 그런 대조를 무시한다는 건, 그리고 그에 대한 평가를 하지 않은 채 책을 쓴다는 건 어리석은 일일 것이다.

— 앱슬리 체리-개러드, 『세상에서 가장 참혹했던 여행』, 1912년 로버트 팰콘 스콧의 비참한 남극
　 원정에 대한 전말기

월요일인 5월 13일 오전, 쿰부 빙폭을 통과한 나는 마지막 비탈을 내려가 빙하 가장자리에서 나를 기다리고 있던 앙 체링과 가이 코터, 캐롤라인 매켄지를 만났다. 가이는 내게 맥주를 건네줬고 캐롤라인은 나를 끌어안았다. 그런 다음 나는 빙판에 털썩 주저앉아 두 손으로 얼굴을 가리고 눈물을 펑펑 쏟으면서 흐느꼈다. 어릴 적 이래로 그렇게 심하게 울어 보기는 처음이었다. 그 전의 며칠 동안 어깨를 짓눌렀던 혹심한 긴장감에서 놓여나 무사히 살아 있다는 것이 고마워서, 다른 사람들은 죽었는데 나는 살아남았다는 것이 괴로워서 흐느껴 울었다.

화요일 오후 닐 베이들맨은 마운틴 매드니스 팀 야영지에서 장례식을 주재했다. 롭상 장부의 아버지이자 정식 라마 승려인 앙가 왕 샤 키아는 희뿌연 잿빛 하늘 밑에서 향을 사르면서 불경을 낭송했다. 닐은 몇 마디 소감만 간단히 말했고 가이는 추모 연설을 했으며 아나톨리 부크레예프는 스콧 피셔를 잃은 걸 애도했다. 나도 일어나서 더듬거리면서 더그 한센을 추모하는 말을 몇 마디 했다. 피트 쇼에닝은 뒤돌아보지 말고 앞을 바라봐야 한다고 하면서 우리의 사기를 돋우려 애썼다. 그러나 장례식이 끝나자 우리는 각자의 텐트로 뿔뿔이 흩어졌으며 베이스캠프에는 암울한 분위기가 감돌았다.

이튿날 아침 일찍 헬기 한 대가 발 동상으로 즉각 치료를 받아야 하는 샬럿 폭스와 마이크 그룸을 데려가기 위해 도착했다. 의사인 존 태스크 역시 병원까지 가는 동안 그 둘을 돌보기 위해 헬기에 함께 탔다. 그리고 정오 직전에 나와 루 카시슈케, 스튜어트 허치슨, 프랭크 피슈벡, 캐롤라인은 어드벤처 컨설턴츠 텐트를 해체하는 일을 감독할 헬렌 윌턴과 가이 코터를 남겨 놓은 채 고향으로 돌아가기 위해 베이스캠프를 떠났다.

화요일인 5월 16일, 우리는 페리체에서 헬기를 타고 남체 장터 바로 위에 있는 상보체 마을에 도착했다. 우리가 또 다른 헬기를 이용해 카트만두로 가기 위해 포장이 되지 않은 착륙장을 가로지를 때 어두운 표정을 한 세 사람의 일본인 남자들이 나와 스튜어트, 캐롤라인에게 접근해 왔다. 맨 앞에 선 사람이 누키타 무네오 (에베레스트 정상에 두 번이나 오른 적이 있는 경험 많은 히말라야 산악인이었다.) 라고 자기소개를 한 뒤 정중한 말투로 자기는 다른 두 사람의 가이드 겸 통역이라 하면서 남바 야스코의 남편인 남바 겐이치와 그녀의 오빠를 우리에게 소개했다. 그들은 45분간 우리한테 수많은 질문을 던졌지만 나는 그 질문에 제대로 답변할 수가 없었다.

그 무렵 남바 야스코의 죽음은 일본 전역에서 톱뉴스로 다뤄졌다. 사실 야스코가 사우스 콜에서 사망하고 나서 스물네 시간도 채 지나지 않은 5월 12일에는 헬기 한 대가 베이스캠프 중앙에 착륙하면서 두 명의 일본인 기자가 산소마스크를 착용한 채 뛰어내린 일이 있었다. 그들은 맨 처음 만난 스콧 다스니라 하는 미국인 산악인을 붙잡고 야스코에 관해 물었다. 그러고 나서 나흘이 지난 지금 누키타는 야스코에 관한 기삿거리를 얻으려 혈안이 된 일본인 신문 잡지 기자들 한 떼가 카트만두에서 우리를 만나기 위해 대기하고 있다고 경고해 줬다.

그날 오후 늦은 시각에 여러 사람 틈에 간신히 끼여 탄 거대한 Mi-17 헬기는 구름장 사이로 난 틈을 뚫고 솟아올랐다. 그리고 한 시간 뒤 그 헬기가 트리부반 국제공항에 도착해 우리가 문밖으로 나서자 수많은 마이크와 TV 카메라의 숲이 우리를 에워쌌다. 기자로서 인터뷰를 당하는 입장이 되어 보는 건 내게 그런대로 유익한 경험이라 할 만했다. 일본인이 주류를 이루는 그 수많은 기자들은 하나같이 그 참사를 가지런하게 정리해 놓은, 영웅들과 악당들이 여럿 등장하는 완벽한 대본 같은 걸 원했다. 그러나 내가 목격한 혼돈과 고통은 몇 마디 말로 쉽게 요약할 수 있는 성질의 것이 아니었다. 그리하여 활주로에 서서 20분 동안 진땀을 흘리며 심문을 당하고 있는데 다행히 미 대사관의 영사인 데이비드 셴스테드가 나를 끌어내 가루다 호텔까지 데려다줬다.

그러나 거기에도 역시 기자들이 기다리고 있어 그들한테서 좀 더 힘겨운 인터뷰를 당한 뒤 잔뜩 인상을 구긴 네팔 관광부 관리들에게 또다시 한참을 시달렸다. 금요일 저녁 나는 자꾸 깊어져 가는 우울증에서 벗어나기 위해 카트만두 타멜 지구의 골목길을 돌아다니다 비쩍 마른 한 네팔 소년한테 한 움큼의 루피를 집어 주고는 포효하는 호랑이 무늬가 그려진 조그만 종이봉투에 든 걸 받아들었다. 나는 호텔 방에 돌아와 포장을 풀고 담배 종이에 들어 있는 내용물을 눌러 부스러뜨렸다. 그 연초록 봉오리들은 진으로 끈적거렸고 썩어 가는 과일 냄새가 났다. 나는 한 대를 말아 다 피운 뒤 두 번째는 좀 더 두텁게 말았다. 그리고 그걸 반 가까이 피우자 방이 빙빙 돌기 시작해 불붙은 부분을 비벼 껐다.

나는 알몸으로 침대에 누워 열린 창문을 통해 흘러들어 오는 밤의 소리에 귀 기울였다. 인력거 종이 딸랑거리는 소리, 차량의 경적 소리, 행상인들이 손님을 부르는 소리, 한 여자의 웃음소리, 가까운 바에서 들리는 음악 소리 등. 정신이 몽롱해 꼼짝도 할 수 없게 된 나는 반듯하게 누운 채 두 눈을 감고 아스라한 향기처럼 나를 뒤덮는, 계절풍이 불어오기 전의 습한 열기에 몸을 내맡겼다. 흡사 몸 전체가 매트 속으로 녹아드는 기분이었다. 정교한 모양의 바람개비들과 만화에 잘 나오는 코주부 같은 인물들이 망막의 네온 빛 속에서 떠돌아다녔다.

고개를 모로 돌리자 귀가 축축한 곳에 닿았다. 그제야 눈물이 얼굴을 타고 흘러내려 시트를 적시고 있다는 걸 깨달았다. 나는 내면 저 깊은 곳 어딘가에서 쓰라리고 수치스러운 마음이 척추를 타고 거품처럼 끓어오르는 걸 느꼈다. 코와 입에서 흥건한 콧물과 함께 첫 번째 흐느낌이 터져 나온 뒤 곧바로 또 다른 흐느낌이 이어졌고

408

뒤이어 그건 봇물 터진 듯이 거듭되었다.

× × ×

5월 19일, 나는 더그 한센을 사랑한 사람들에게 돌려줄, 그의 소지품들이 든 두 개의 더플백을 들고 미국으로 돌아갔다. 시애틀 공항에서 그의 두 자녀인 앤지와 제이미, 그의 여자 친구인 캐런 마리, 그리고 그 밖의 친지들과 만났다. 그들이 눈물을 흘리는 광경과 맞닥뜨리자 나는 그만 멍해지면서 더없이 무력한 기분에 빠져들었다.

나는 잔잔하게 밀려드는 조수의 갯내음을 동반한 해변의 그 농밀한 대기를 호흡하면서 시애틀의 봄의 풍요로움에 새삼 경탄을 금치 못했고, 생전 처음으로 그 매혹적인 습한 대기에 고마움을 느꼈다. 린다와 나는 서서히, 머뭇거리면서 다시 가까워지는 과정을 밟아 나갔다. 네팔에서 잃어버린 11킬로그램의 몸무게는 고스란히 되돌아왔다. 가정생활의 평범한 즐거움, 즉 아내와 함께 아침을 먹고 푸젯 사운드로 해가 넘어가는 광경을 지켜보고 한밤중에 일어나 따뜻한 욕실에서 맨발로 걸을 수 있는 것 등은 황홀경에 가까운 기쁨의 불꽃들을 점화시켰다. 그러나 그런 순간은 에베레스트가 드리운 어두운 그림자에 가려지곤 했다. 시간이 지나도 그 그림자는 좀처럼 희미해지지 않았다.

내가 저지른 태만과 부주의에 대한 가책 때문에 앤디 해리스의 파트너 피오나 맥퍼슨과 로브 홀의 아내 잰 아널드에게 전화 거는 걸 너무나 오래 미뤄 두는 바람에 마침내는 그들 편에서 뉴질랜드

에서 내게 전화했다. 전화가 왔을 때 나는 피오나의 분노나 당혹감
을 덜어 줄 만한 어떤 말도 할 수가 없었다. 그리고 잰과 통화하는
동안에는 내가 아니라 그녀 편에서 나를 달래느라 더 애를 썼다.

나는 산을 오르는 건 많은 위험 부담이 따르는 행위라는 걸 잘
알고 있었다. 나는 위험이야말로 그 게임의 필수 요소라는 걸 인정
했다. 위험이 없다면 등산은 수백 가지의 다른 오락거리와 하등 다
를 바가 없으리라. 죽음의 수수께끼와 수시로 몸 비비고 그 금단의
영역을 몰래 훔쳐보는 일은 아주 자극적이었다. 나는, 등산은 본질
적으로 파멸의 가능성을 내포하고 있음에도 매혹적인 것이 아니
라, 바로 그렇기 때문에 매혹적이라는 확고한 믿음을 갖고 있었다.

그러나 사실 나는 히말라야에 가기 전까지만 해도 죽음을 가까
이에서 목격한 적이 없었다. 에베레스트에 가기 전에는 장례식장
에도 가 본 적이 없었고. 죽음은 편리한 가설적 개념에 머물렀다.
추상적으로 생각해 보는 관념에 불과했던 것이다. 조만간 그런 무
지의 특권을 박탈당하는 건 필연적인 일이었다. 그러나 마침내 그
런 일이 일어났을 때 충격은 사망자의 엄청난 숫자로 인해 한층 더
증폭되었다. 1996년 봄에 에베레스트는 열두 명의 남녀를 죽였으
며, 75년 전 산악인들이 그 산에 첫발을 들여놓은 이래 한 시즌에
그렇게 많은 사람이 죽은 건 처음이었다.

정상에 오른 홀의 등반대원 여섯 명 중에서 마이크 그룸과 나만
이 살아서 내려왔다. 나와 함께 웃고 토하고 오랜 시간 마음을 터
놓고 이야기를 주고받았던 네 명의 동료가 목숨을 잃었다. 내 행동
(혹은 행동하는 데 실패한 것)은 앤디 해리스의 죽음에 직접적인 역할을

했다. 그리고 남바 야스코가 사우스 콜에서 죽어 가고 있는 동안 아무것도 모른 채 거기서 불과 350미터 떨어진 텐트 속에 웅크리고 누워 나 자신의 안위만 걱정했다. 그런 일들이 혼에 남긴 얼룩은 몇 달간의 슬픔이나 자책 정도로는 결코 씻겨 나가지 않으리라.

결국 나는 우리 집에서 그리 멀지 않은 데서 사는 클레브 쇼에닝에게 오래도록 불안하게 뒤흔들리는 마음 상태에 관해 이야기했다. 클레브는 자기 역시 그렇게 많은 사람이 죽은 것을 생각하면 끔찍한 기분이 든다고 말했다. 하지만 그는 나와는 달리 '생존자의 죄책감'을 갖고 있지 않았다. 그는 말했다.

"그날 밤 나는 콜을 헤매면서 나 자신과 나와 함께 있는 사람들을 구하려 애쓰느라 모든 기력을 다 소진해 버려 텐트로 돌아왔을 때는 손가락 하나 까딱할 힘도 남아 있지 않았어요. 거기다 한쪽 각막이 얼어 버려 사실상 시각 장애인이나 다름없었고요. 완전히 기진맥진한 데다 정신이 희미했고 온몸이 걷잡을 수 없이 떨렸더랬죠. 야스코를 잃은 건 끔찍한 일이었지만 그를 구하기 위해 내가 할 수 있는 게 없었다는 걸 잘 알고 있기에 그 일로 괴로워하지는 않았어요. 자기를 그렇게 너무 가혹하게 책망하지 마세요. 그건 정말 지독한 폭풍이었어요. 당시 그런 악조건 속에서 당신이 야스코를 위해 뭘 할 수 있었겠어요?"

아무것도 없었겠지. 하지만 나는 쇼에닝과는 대조적으로 정말 그렇다고 확신하지는 못했다. 그리고 쇼에닝이 그렇게 평온한 마음을 지닐 수 있다는 건 부러운 일이었지만 내게는 결코 그런 평화가 찾아오지 않았다.

x x x

근래에 와서 높은 산에 오를 능력이 거의 없다시피 한 수많은 사람이 에베레스트로 몰려드는 걸 보면서 이런 엄청난 비극이 때늦은 감마저 있다고 생각하는 사람들이 많다. 그러나 로브 홀이 이끄는 등반대가 참사의 주역이 되리라고는 아무도 상상하지 못했다. 홀은 그 산에서 아주 빈틈없고 더없이 안전한 산행을 이끌었다. 강박적이라 할 만큼 조직적이고 꼼꼼한 사람인 그는 그런 참사를 예방해 줄 만한 정교한 시스템들을 가동했다. 그런데 실제로는 어떤 일이 일어났던가? 뒤에 남은 사랑하는 사람들뿐만 아니라 비판적인 대중에게도 그걸 어떻게 설명할 수 있을 것인가?

아마 지나친 자신감이 참사의 한 원인이 되었을 것이다. 홀은 등반 능력을 제대로 갖춘 산악인들을 이끌고 에베레스트를 오르내리는 데 익숙해져 있어 약간 자만하지 않았나 싶다. 그는 웬만한 능력을 갖춘 사람이라면 누구나 정상에 올려 보낼 수 있다고 몇 번이나 자랑하곤 했으며 그의 기록은 실제로 그 말을 뒷받침해 줬다. 그는 또 자기가 재난을 이겨 낼 수 있는 뛰어난 능력을 지닌 사람이라는 걸 입증해 왔다.

예컨대 1995년에 홀과 그의 가이드들은 정상 가까운 곳에서 한센이 안고 있는 문제들을 해결해 줘야 했을 뿐만 아니라 에베레스트 무산소 등정에 일곱 번째로 도전한 저명한 프랑스 산악인이자 또 다른 고객인 샹탈 모뒤가 기진해서 쓰러지는 바람에 그녀를 데리고 내려와야 하는 힘겨운 과제를 안고 있었다. 모뒤가 8,748미터 지점에서 완전히 의식을 잃어 그들은 그녀를 사우스 서밋에서 사우스 콜까지, 가이 코터의 표현을 빌자면 '감자 자루처럼' 줄곧 끌고 내려와야 했다. 모두가 살아서 내려온 뒤 홀은 아마 자신이 처리할 수 없는 문제는 없다고 생각했을 공산이 크다.

그러나 홀은 그해 전까지만 해도 줄곧 예외적이라 할 만큼 좋은 날씨만 만났으며, 그것은 그의 판단을 흐리게 하는 작용을 했을 것이다. 히말라야에 열두 번 이상 올랐고 에베레스트에 세 번이나 오른 적이 있는 데이비드 브리셔즈의 말은 그런 심증을 뒷받침해 준다.

"매년 로브가 정상 등반을 시도하려 할 때마다 날씨가 기막히게 좋았어요. 로브는 에베레스트 정상 부근에서 폭풍을 만난 적이 한 번도 없었죠."

사실 5월 10일의 강풍은 아주 거세기는 했지만 예외적인 건 아니었다. 그건 에베레스트 돌풍으로는 아주 전형적인 것이었다. 만일 그것이 두 시간 뒤에 불어오기만 했다면 아무도 죽지 않았을 것이다. 반대로 만일 그게 한 시간 전에 불어닥쳤다면 나까지 포함해서 열여덟 명 내지 스무 명 정도가 사망했을 공산이 크다.

시간은 날씨 못지않게 그 참사와 많은 관련이 있다. 시간을 무시한 건 좀처럼 변명하기 어려운 중대한 과오일 것이다. 고정 밧줄을 설치하는 일이 지체된 건 사전에 대비해서 충분히 예방할 수 있었다. 사전에 정해진 돌아서는 시간을 무시한 것 역시 돌이킬 수 없는 과오였다.

돌아서는 시간이 연장된 데는 피셔와 홀의 경쟁심이 적지 않게 작용한 것으로 보인다. 피셔는 1996년 이전에는 에베레스트 등반 안내를 한 적이 한 번도 없었다. 피셔는 사업적인 관점에서 반드시 성공해야 한다는 심한 정신적인 압박감을 받고 있었다. 그는 어떻게 해서든지 고객들을 정상에 올려놓아야 했다. 그중에서도 특히 저명한 산악인 고객인 샌디 힐 피트먼을.

그와 마찬가지로 1995년에 한 명의 고객도 정상에 올려놓지 못한 홀 역시 1996년에도 다시 실패한다면 사업에 큰 타격을 받게 될 입장이었다. 특히 피셔는 성공했는데 그는 실패한다면 더더욱 그럴 것이고. 스콧 피셔는 카리스마적인 개성을 지닌 사람이었으며 제인 브로멧은 그 카리스마를 적극적으로 홍보해 왔다. 피셔는 홀의 기반을 잠식하려 애쓰고 있었고 로브도 그걸 잘 알고 있었다. 그런 상황에서 상대 팀 고객들이 열심히 정상을 향해 올라가고 있는데 자기 고객들을 돌려세우기는 정말 싫었을 것이고 그로 인해 홀의 판단력이 흐려졌을 가능성이 크다.

게다가 홀과 피셔를 비롯한 모두가 저산소증으로 인해 정신이 몹시 흐려진 상태에서 중요한 판단을 내려야 하는 입장이었다는 점은 아무리 강조해도 모자랄 것이다. 어떻게 해서 그런 참사가 일어날 수 있는지를 규명해 보려 할 때 해발 8,840미터에서는 명확하게 생각하고 판단한다는 게 거의 불가능하다는 점을 반드시 기억해 둬야 할 것이다.

사건이 일어난 뒤에는 지혜가 쉽게 우러나오는 법이다. 엄청난 인명 피해에 큰 충격을 받은 비판적인 사람들은 이번 시즌의 참사 같은 것이 재발하지 않도록 하기 위한 정책과 절차들을 재빨리 제시했다. 에베레스트에 오를 때는 반드시 가이드 대 고객의 비율을

일 대 일로 하자는 제안이 그 한 예다. 즉 모든 고객이 각기 전속 가이드 한 사람과 함께 산에 오르고 늘 안전 밧줄로 가이드와 자기 몸을 연결한 채 움직여야 한다는 식의 제안이다.

아마 미래의 참극을 줄이는 가장 간단한 방법은 환자가 발생한 긴급한 사태를 제외하고는 보조 산소를 사용하는 걸 일절 금지하는 방법일 것이다. 그럴 때 소수의 무분별한 사람들이 산소 없이 정상에 오르려 하다가 참변을 당하는 경우도 간혹 나오겠지만 고산 등반 능력을 제대로 갖추지 못한 대다수의 사람은 심각한 곤경에 처할 만큼 높이 오르기 전에 자신의 육체적인 한계를 자각하고 하산하고 말 것이다. 그리고 보조 산소를 사용할 수 없다는 사실을 알게 되면 에베레스트에 오르려는 사람들의 숫자가 현저히 줄어들 테니 자연히 쓰레기의 양도 줄어들 것이다.

그러나 에베레스트 등반 안내 사업은 그 사업을 규제하는 행정 주체인 제3세계 관료의 전형에 해당하는 사람들이 가이드나 고객들의 자격을 평가할 만한 능력을 제대로 갖추지 못한 터라 매우 느슨한 규제만을 받는다. 게다가 그 산 출입을 통제하는 두 나라, 곧 네팔과 중국은 놀라울 만큼 빈곤한 나라들이다. 외화를 절실히 필요로 하는 두 나라 정부는 시장이 지탱하는 한도 내에서 최대한의 등반 허가증을 발부해 줘야 하는 입장이라 자기네 수입을 현저하게 감소시킬 정책은 결코 펼치지 않으려 들 것이다.

에베레스트에서 어떤 점이 잘못되었나를 분석하는 일은 혹시 일어날지도 모를 사망 사고들을 예방해 줄 수 있다는 점에서 아주 유용한 작업일 것이다. 그러나 1996년의 참사를 정밀 분석할 때 미래의 사망률이 획기적으로 줄어들 거라고 믿는 건 지나치게 낙관적인 생각일 것이다. '실수로부터 배우기' 위해 수많은 과오를 일목요연하게 정리하려 드는 건 대체로 부정과 자기기만의 연습으로 끝날 공산이 크다. 누군가가 로브 홀은 어리석은 실수를 연속적으로 저질러 사망했으며 자신은 너무 영리해 그런 전철을 밟지 않을 것이라는 확신을 갖게 될 경우, 그 사람은 자기가 에베레스트에 오르는 게 무분별한 짓이라는 게 불을 보듯 뻔한데도 전보다 더 자신을 갖고 덤벼들기가 쉽다.

사실상 1996년의 참사는 여러 가지 면에서 전례로부터 크게 벗어나지 않는 사건이었다. 12명이라는 숫자는 에베레스트 봄 시즌의 사망자 숫자로는 기록적인 숫자이긴 하나 그 시즌에 베이스캠프 위로 올라간 398명 중에서 3퍼센트에 불과하고 그런 비율은 역대 평균 사망률인 3.3퍼센트보다도 낮다. 또 다른 관점에서 살펴보도록 하자. 1921년에서 1996년 5월 사이에 총인원 630명이 정상을 밟았는데 그중에서 144명이 사망했으니 대략 정상을 정복한 네 명에 한 명꼴로 사망한 셈이다. 그런데 지난봄에는 정상을 밟은 총인원이 84명이고 사망자는 12명이니 일곱 명에 한 명꼴로 사망한 셈이다. 이런 역사적인 기준에 비춰 볼 때 1996년은 평균적인 해보다 훨씬 더 안전한 해였다고도 할 수 있다.

진실은, 에베레스트에 오르는 일이 유달리 위험한 일이며 앞으로도 늘 그럴 것이라는 점을 말해 준다. 그 산을 오르는 사람들이 가이드의 안내를 받아 올라가는 초보자든 아니면 국제적인 수준의 베테랑급 산악인이든 간에 상관없이 그렇다. 그 산이 홀과 피셔를 삼켜 버리기 전에 이미 다른 수많은 엘리트 산악인의 목숨을 빼앗아 갔다는 점을 지적하고 넘어가는 것이 좋을 것이다. 피터 보드맨, 조 태스커, 마티 호이, 제이크 브레이튼바크, 믹 버크, 미셸 파르망티에, 로저 마셜, 레이 제넷, 조지 리 맬로리 등등을.

다음에는 가이드의 안내를 받는 고객의 경우를 들어 보자. 나는 올봄의 참사를 경험한 뒤 그 봉우리에 오르는 고객(나까지 포함해서) 중에서 자신이 얼마나 심각한 위험 부담을 안고 있는지, 해발 7,600미터 위에서 인간의 목숨이 얼마나 아슬아슬한 경계선을 딛고 있는지를 제대로 인식한 사람은 거의 없었다는 걸 확연히 깨닫게 되었다. 에베레스트 등정의 꿈을 지닌 월터 미티들은 '죽음의 지대'에서 일이 잘못될 때(그렇게 될 가능성은 항상 있다.)에는 세상에서 가장 강한 가이드도 무력한 상태에 빠져 고객의 목숨을 구할 수 없는 경우가 발생한다는 사실을 명심해 두는 게 좋을 것이다. 사실 1996년의 참사가 입증해 주듯 세상에서 가장 강한 가이드도 때로는 무력한 상태에 빠져 자기 자신의 목숨도 구하지 못할 수 있다. 우리 동료 네 명이 죽은 건 로브 홀의 시스템이 좋지 않아서가 아니라(사실 그 누구의 시스템도 그의 것보다 더 낫지 않았다.), 에베레스트에서는 본질적으로 모든 시스템이 철저히 붕괴될 수 있다는 점 때문이었다.

사건이 일어난 뒤 행해진 수많은 추론의 와중에서 자칫 잘못하면 산을 오르는 게 결코 안전하거나 예측 가능한 일이 아니며 일정한 원칙의 지배를 받는 일도 아니라는 사실을 망각하기 쉽다. 등산은 위험 부담을 이상화한 활동이다. 스포츠계에서 가장 유명한 인물들은 늘 위험의 경계선을 넘어 가장 멀리 갔다가 그 위기에서 무사히 빠져나온 사람들이었다. 산악인들은 지나치다 싶을 정도로 조심스럽거나 신중한 사람들이 못 된다. 그리고 그런 경향은 에베레스트를 오르는 사람들의 경우에 특히 더하다. 역사는, 사람들이 이 지상에서 가장 높은 봉우리에 오를 기회가 눈앞에 보일 때면 놀라우리만큼 간단하게 올바른 판단에 등을 돌린다는 사실을 적나라하게 보여 준다. 서쪽 능선을 오르고 나서 3년이 지난 뒤 톰 혼베인은 이렇게 경고하고 있다.

"결국 이번 시즌에 에베레스트에서 일어난 참사는 다시 일어날 게 분명합니다."

사람들이 5월 10일에 저질러진 여러 가지 과오에서 거의 아무런 교훈도 얻지 못했다는 증거는 멀리 갈 것도 없이 그저 그날에 뒤이은 몇 주 동안 에베레스트에서 일어난 일들에서도 얼마든지 찾아볼 수 있다.

×　×　×

홀 팀이 베이스캠프를 떠나고 나서 이틀 뒤인 5월 17일, 그 산의 티베트 사면에서 라인하르트 블라지히라는 한 오스트리아인과 그의 헝가리 출신 동료는 보조 산소 없이 동북 능선 8,300미터에 있는 마지막 캠프에 올라 불운했던 라다크 등반대가 버리고 간 한 텐트에 들었다. 이튿날 아침 블라지히는 몸이 아프다고 불평을 하더니 의식을 잃었다. 마침 그곳에 와 있던 한 노르웨이인 의사는 폐부종과 뇌수종이 겹쳤다고 진단했다. 그 의사가 산소를 공급하고 약물치료를 했지만 블라지히는 자정께 숨을 거뒀다.

한편 에베레스트의 네팔 사면에서 데이비드 브리셔즈의 아이맥스 등반대는 팀을 재정비하고는 앞으로 어떻게 할 것인가를 논의했다. 그들은 자기네의 영화 프로젝트에 550만 달러를 투자했으므로 그 산에 남아 정상 등정을 시도할 만한 강력한 동기를 갖고 있었다. 브리셔즈와 에드 비스터즈, 로버트 샤우어 같은 사람들이 주축이 된 그 팀이 그 산에 있는 등반대 중에서 가장 강하고 가장 유능한 팀이라는 데는 의문의 여지가 없었다. 그리고 그들은 산소를 필요로 하는 구조 대원들과 곤경에 처해 있는 사람들을 돕기 위해 비축해 뒀던 산소통의 반을 넘겨줬지만 그 뒤 산에 남아 있는 다른 등반대의 협조를 얻어 자기네가 잃은 산소통 대부분을 보충할 수 있었다.

5월 10일에 산 정상 부근에서 조난 사건이 일어났을 때 아이맥스 팀의 베이스캠프 매니저였던 에드의 아내 폴라 바톤 비스터즈는 줄곧 무선 교신 내용을 청취했다. 홀의 친구이며 피셔와도 친구였던 그녀는 그날 일어난 참변에 심한 충격을 받았다. 폴라는 그런 끔찍한 비극이 일어난 뒤니 아이맥스 팀은 자동적으로 텐트를 걷고 고국으로 돌아갈 거라 믿었다. 그러다 그녀는 아이맥스 팀의 리더인 브리셔즈가 다른 한 대원에게 마치 아무 일도 없었던 것처럼 무심한 어조로 자기 팀은 베이스캠프에서 잠시 휴식을 취한 뒤 정상으로 올라갈 거라고 선언하는 무선 교신 내용을 엿들었다.

폴라는 이렇게 말했다.

"그런 끔찍한 일이 일어난 뒤라 난 그들이 산 위로 되돌아가리라고는 꿈에도 생각하지 않았어요. 그래서 그 무선 교신 내용을 들었을 때 그만 넋이 나가 버렸죠."

그녀는 심한 충격을 받은 나머지 마음을 가라앉히기 위해 베이스캠프를 떠나 텡보체에서 닷새를 보냈다.

5월 22일 수요일, 아이맥스 팀은 완벽한 기후 조건 속에서 사우스 콜에 도착하여 그날 밤 정상을 향해 출발했다. 그 영화에서 주역을 맡은 에드 비스터즈는 목요일 오전 11시에 보조 산소 없이 정상에 올랐다.* 브리셔즈는 20분 뒤에 올랐으며 그 뒤로 아라셀리 세가라, 로버트 샤우어, 잠링 노르게이 셰르파가 줄줄이 따라 올라왔다. 잠링 노르게이는 최초로 에베레스트 정상에 오른 텐징 노르게이의 아들로 이로써 그는 그 집안 출신 사람 가운데서 정상에 오른 아홉 번째 인물이 되었다. 그날 정상에는 총 열여섯 명이 올랐는데 그 가운데에는 스톡홀름에서 네팔까지 자전거를 타고 온 스웨덴 청년 예란 크로프와 열 번째로 정상에 오른 앙 리타 셰르파도 포함되어 있었다.

정상으로 올라갈 때 비스터즈는 피셔와 홀의 얼어붙은 시신들 곁을 지나갔다. 비스터즈는 소심하게 말했다.

"진(피셔의 아내)과 잰(홀의 아내) 둘 다 내게 남편의 소지품을 가져다 달라고 부탁했어요. 나는 스콧이 목에 결혼반지를 줄에 꿰어 걸고 있다는 걸 알고 있어서 그걸 지니에게 가져다주고 싶었는데 차마 스콧 시신 주위의 땅을 팔 수가 없었죠. 내겐 그럴 뱃심이 없었

---

* 비스터즈는 1990년과 1991년에도 보조 산소 없이 에베레스트에 올랐다. 하지만 1994년에 로브 홀 팀의 가이드로서 세 번째로 정상에 오를 때는 산소 없이 오른다는 게 무책임한 일이라 생각해서 산소를 사용했다.

어요."

그래서 그는 유품이 될 만한 것들을 수집하는 대신 하산 길에 죽은 피셔 곁에서 그와 단둘이 몇 분쯤 앉아 있었다. 에드는 서글픈 기분으로 친구에게 말을 붙였다.

"이봐요, 스콧, 뭐 하고 있는 거요? 도대체 무슨 일이 일어난 거죠?"

5월 24일 금요일 오후에 아이맥스 팀은 제4캠프에서 제2캠프로 하산하는 길에 옐로 밴드에서 정상에 오르기 위해 사우스 콜로 향하고 있는 남아공 팀 대원들과 맞부딪쳤다. 그때까지 그 산에 남은 이안 우달, 캐시 오다우드, 브루스 헤러드, 그리고 세 명의 셰르파들과. 브리셔즈는 이렇게 회고했다.

"브루스는 원기 왕성해 보이고 얼굴빛도 좋아 보이더군요. 그는 나와 악수할 때 내 손을 꽉 쥐면서 축하한다고, 자기도 정말 기쁘다고 말했어요. 그 뒤로 30분쯤 지나자 얼굴이 흙빛이 된 이안과 캐시가 아이스 피켈에 온몸을 의지한 채 헐떡이며 올라오더군요. 둘 다 반쯤 넋이 나간 듯했어요. 나는 그 사람들과 약간의 시간을 보냈죠. 그들이 아주 미숙한 사람들이라는 걸 잘 알고 있어서 이렇게 말해 줬어요. '부디 조심하도록 해요. 이번 달 초에 여기서 어떤 일이 일어났는지 잘 알 거요. 정상에 오르기는 쉽지만 내려가기는 어렵다는 걸 명심해요.'"

그날 밤 남아공 대원들은 정상을 향해 출발했다. 오다우드와 우달은 그들이 사용할 산소통을 짊어진 셰르파들, 곧 펨바 텐디, 앙 도르제(이 남아공 팀의 셰르파는 로브 홀 팀의 앙 도르제와는 다른 사람이다.), 장부와 함께 자정에서 20분 정도 지난 뒤 텐트를 떠났다. 헤러드는 본진이 떠나고 나서 몇 분 뒤에 떠난 듯하나 시간이 지날수록 점점 더 뒤처졌다. 5월 25일 토요일 오전 9시 50분, 우달은 베이스캠프 무선 기사인 패트릭 콘로이를 불러 자신이 펨바와 함께 정상에 올랐으며, 오다우드는 앙 도르제하고 장부와 더불어 15분 내에 정상에 도착할 예정이라 말했다. 무전기를 갖고 있지 않은 헤러드는 저 아래 어딘가에 있다고만 했다.

나와 에베레스트에서 몇 번 마주친 적이 있는 헤러드는 서른일곱 살에 곰처럼 우람한 체구를 지닌 싹싹한 사람이었다. 그는 고봉들을 오른 경험은 없으나 지구물리학자로서 남극 대륙의 동토에서 열여덟 달이나 보낸 적이 있고, 남아공 팀에 남아 있는 대원 가운데 누구와도 견줄 수 없을 만큼 뛰어난 산악인이었다. 1988년 이래 그는 프리랜서 사진작가로 성공하기 위해 열심히 일해 왔고 에베레스트에 오른다면 자기 경력에 큰 보탬이 되리라는 희망을 품고 있었다.

우달과 오다우드가 정상에 올랐을 때 헤러드는 거기서 한참 낮은 동남 능선을 혼자서 더없이 느린 속도로 악전고투하며 올라가고 있었다. 정오에서 30분쯤 지났을 때 그는 하산 중인 우달과 오다우드, 세 명의 셰르파를 만났다. 헤러드는 앙 도르제에게 무전기를 건네받고 자신이 쓸 산소통 하나가 은닉된 장소에 대한 자세한 설명을 들은 뒤 계속 혼자서 정상으로 올라갔다. 그는 다른 사람들보다 일곱 시간이나 늦은 시각인 오후 5시 직후에야 비로소 정상에 올랐다. 그 무렵 우달과 오다우드는 이미 사우스 콜에 있는 텐트로 돌아가 있었다.

헤러드가 베이스캠프에 연락해 정상에 올랐다는 소식을 전할 때 마침 우연히도 그의 여자 친구인 수 톰프슨이 자신의 런던 집에서 위성통신 전화로 베이스캠프에 있는 콘로이에게 전화를 걸었다. 톰프슨은 이렇게 회상했다.

"패트릭한테서 브루스가 정상에 있다는 소식을 전해 들었을 때 저는 말했어요. '맙소사! 이렇게 늦은 시간에 정상에 있을 리가 없는데. 지금 시각은 5시 15분이에요! 어쩐지 기분이 좋지 않군요.'"

잠시 후 콘로이는 톰프슨을 에베레스트 정상에 있는 헤러드와 연결해 줬다. 그녀는 말했다.

"브루스는 말짱한 사람처럼 얘기했어요. 그이는 정상까지 오르는 데 너무 오래 걸렸다는 걸 잘 알고 있었어요. 하지만 산소마스크를 벗고 얘기하는 그의 말투는 정상적이었어요. 물론 평소와 약간 다르긴 하지만 그렇게 높은 데 올랐다는 걸 감안하면 별로 이상할 것도 없죠. 특별히 헐떡이는 것 같지도 않았고요."

그러나 헤러드가 사우스 콜에서 정상까지 오르는 데는 무려 열일곱 시간이나 걸렸다. 바람은 거의 없었지만 이제 구름장이 산 윗부분을 감싸고 있었고 어둠이 빠르게 잦아 내리고 있었다. 그는 세계의 지붕 위에서 완전히 혼자가 되고 극도로 피로한 상태에 빠진 데다가 산소도 다 떨어졌거나 거의 떨어져 가고 있었을 것이다. 그의 옛 동료였던 앤디 데클레르크는 말했다.

"그렇게 늦은 시각에 주위에 아무도 없이 혼자 정상에 오른 건 미친 짓입니다. 그건 더없이 무모한 짓이에요."

헤러드는 5월 9일 저녁에서 12일에 이르기까지 사우스 콜에 있었다. 그는 폭풍의 광포함을 직접 체험했고 무선으로 도움을 요청하는 절망적인 외침을 들었으며 웨더스가 온몸에 동상이 걸려 제대로 걷지도 못하는 광경을 목격했다. 5월 25일에 정상을 향해 출발한 지 얼마 안 되어 스콧 피셔의 시신 바로 곁을 지나갔고, 그로부터 몇 시간 뒤 사우스 서밋에서는 로브 홀의 얼어붙은 두 다리 위를 넘어가야 했으리라. 그러나 전진 속도가 무척이나 느렸고 시간이 그렇게 지체되었는데도 계속 정상을 향해 올라간 걸 보면 헤러드는 시신들을 보고도 별다른 인상을 받지 못한 모양이었다.

5시 15분에 정상에서 무선 연락이 온 뒤로 그에게서는 더 이상 아무 소식도 오지 않았다. 오다우드는 요하네스버그에서 발간되는 《메일&가디언》과 가진 인터뷰에서 이렇게 말했다.

"우리는 제4캠프에서 무전기를 켜 놓은 채 그가 오기만을 기다렸어요. 그러다 너무 피곤해 마침내 곯아떨어졌어요. 나는 이튿날 새벽 5시에 깨어났는데 그때까지 그에게서 아무 연락도 없었으므로 우리가 그를 잃었다는 걸 깨달았죠."

브루스 헤러드는 이제 사망한 것으로 추정되고 있다. 그 시즌의 열두 번째 사망자로.

22장

돌아온 사람들의 이야기

1996년 11월 29일

시애틀

해발 82미터

이제 나는 여자의 부드러운 손길, 새들의 노래, 내 손가락 사이에서
부서지는 흙냄새, 내가 열심히 키우는 식물들의 환한 초록빛을 꿈꾼다.
나는 팔려고 내놓은 땅을 찾고 있다. 그리고 그런 땅에다 씨를 뿌리고
사슴과 멧돼지를 풀어놓을 것이다. 포플러와 플라타너스를 심고 연못을
팔 것이다. 그러면 오리들이 찾아올 것이고, 초저녁 나절에는 물고기들이
수면 위로 튀어 올라 곤충들을 낚아챌 것이다. 이 숲에는
여러 갈래의 오솔길이 나 있을 것이고, 그대와 나는 높고 낮은 땅과
완만한 커브를 그리며 돌아가는 그 길들 사이에서 방향을 잃고
헤맬 것이다. 우리는 물가에 이르러 풀밭에 누울 것이다. 그곳에는
조촐한 표지판이 하나 서 있으리라. "이곳은 참된 세상이다,
무차초스(Muchachos), 우리 모두 이 안에 존재한다.
　— B. 트레븐"

　— 찰스 보든, 『블러드 오키드』

지난 5월에 에베레스트에 올랐던 몇몇 사람은 내게 본인들이 그럭저럭 그 비극을 딛고 일어섰다고 말했다. 11월 중순 나는 루 카시슈케에게 다음과 같은 편지를 받았다.

내 경우 긍정적인 측면이 떠오르기 시작하기까지는 몇 달이 걸렸지만 어쨌든 결국 그런 것들이 마음속에 자리 잡았어요. 에베레스트에서의 체험은 내 평생 최악의 체험이었죠. 하지만 그건 과거예요. 지금은 지금이고. 나는 긍정적인 측면에 초점을 맞추고 있어요. 인생과 타인, 그리고 나 자신과 관련된 몇 가지 중요한 점을 배웠어요. 이제는 좀 더 명확한 관점으로 인생을 바라보게 된 것 같은 느낌이에요. 이제 나는 과거에는 전혀 보지 못했던 것들을 봐요.

루는 댈러스에서 벡 웨더스와 주말을 보내고 나서 막 돌아온 참이었다. 벡은 웨스턴 쿰에서 헬기를 타고 떠난 뒤 병원 수술실로 옮겨져 오른쪽 팔꿈치 밑으로 반 가까이 팔을 잃었고 왼손의 다섯 손가락을 모조리 잃었다. 그리고 의사들은 그의 코를 절단한 뒤 귀와 이마 조직들을 떼어 내서 코를 복원시켰다. 루는 벡을 방문한 일을 이렇게 회고했다.

우리는 슬프면서도 의기양양한 기분이었소. 복원 수술을 받은 코와 그밖의 상처로 뒤덮인 벡의 얼굴을 보고, 또 일평생 무력한 상태로 지내야 하는 그의 처지를 생각하면 가슴이 아파요. 벡은 자신이 다시 환자들을 볼 수 있을지 궁금해해요. 하지만 그가 참혹한 현실을 있는 그대로 받아들이고 삶을 계속해 나갈 태도를 갖추는 걸 봤을 때, 내 내면에서는 놀라움과 아울러 경이로운 느낌까지 들었어요. 벡은 그 모든 괴로움을 딛고 일어서고 있어요. 그는 결국 승리하고 말 거예요.
벡은 모든 사람에게 들려줄 근사한 얘깃거리만 가지고 있어요. 벡은 누구도 비난하지 않아요. 당신은 벡의 정치적인 견해에는 동조할 수 없을지도 몰라요. 하지만 그가 어려움을 극복해 나가는 걸 보면서 내 마음속에서 일었던 자랑스러운 기분에는 기꺼이 공감할 거예요. 언제고 이 모든 일은 벡에게 긍정적인 결과를 안겨줄 거예요.

나는 벡과 루, 그리고 그 밖의 사람들이 그 체험의 긍정적인 측면을 볼 수 있다는 것에 감동했고 또 그들이 부러웠다. 아마 좀 더 많은 시간이 흐르면 나 역시 심한 고통의 과정을 거친 끝에 그보다 훨씬 더 유익한 몇 가지 측면을 인식할 수 있게 되리라. 하지만 지금으로서는 그게 불가능하다.

나는 네팔에서 돌아온 지 반년이나 지난 시점에서 이 글을 쓰고 있는데, 지난 6개월 동안 에베레스트의 기억들이 두세 시간 이상 내 마음을 사로잡지 않은 날은 하루도 없다시피 했다. 심지어 잠자는 동안에도 내 마음은 쉬지 못했다. 등반에 관한 갖가지 인상과 느낌들이 줄곧 꿈속에 침투해 들어왔으니까.

그 등반에 관한 내 기사가 《아웃사이드》 9월호에 나가자 잡지사에는 기사에 관한 소감을 적은 우편물이 엄청나게 쏟아져 들어왔다. 편지들 가운데는 네팔에서 돌아온 우리 처지에 동정을 표하고 격려해 주는 것들이 많았으나 또 우리를 통렬하게 매도해 마지않는 편지도 적지 않았다. 예컨대 플로리다의 어느 변호사는 이렇게 나무랐다.

> 내가 말할 수 있는 건 그저 크라카우어 씨가 "내 행동(혹은 행동하는 데 실패한 것)은 앤디 해리스의 죽음에 직접적인 역할을 했다."라고 한 말에 동의한다는 것뿐이오. 또 "아무것도 모른 채 거기서 불과 350미터 떨어진 텐트 속에 웅크리고 누워……."라고 술회한 내용에도 동의하고요. 그런 사람이 자신과 어떻게 화해하면서 살아갈 수 있을지 궁금합니다.

아주 심한 분노를 드러내 읽기가 괴로웠던 편지 중의 일부는 죽은 이들의 친척들한테서 왔다. 스콧 피셔의 누이 리사 피셔-루켄바크는 이렇게 썼다.

> 당신이 쓴 글에 비추어 볼 때 당신은 그 산을 오른 모든 사람의 머리와 가슴속에 어떤 생각과 감정이 흐르고 있는지 정확하게 꿰뚫어 볼 수 있는 초인적인 능력이 있는 사람 같더군요. 당신은 무사히 살아 돌아와

집에서 잘 지내면서 남들의 판단을 심판하고 그들의 의도와 행위, 개성과 동기를 분석하고 있어요. 당신은 그 리더들과 셰르파들, 고객들이 어떻게 했어야 옳았는지 점잖게 논평하고 있어요. 오만한 자세로 그들의 잘못을 비난하고 있고요. 하지만 당신 말마따나, 존 크라카우어는 파멸의 조짐이 다가오고 있다는 걸 감지했을 때 목숨을 구하기 위해 자기 텐트로 기어들어 갔다고 하지 않았나요……

당신은 모든 걸 다 아는 척하지만 그런 짓을 통해 자기가 뭘 하고 있는지 한 번 돌아보는 게 좋을 거예요. 당신은 이미 앤디 해리스에 관해 엉뚱한 착각을 일으켜 그의 가족과 친지들에게 엄청난 슬픔과 고통을 안겨 주는 잘못을 저질렀어요. 그리고 나서는 롭상 장부에 관해 '시시껄렁한 이야기들'을 늘어놓음으로써 그의 사람됨을 왜곡시켜 놓았고요.

내가 읽고 있는 건 이미 일어난 사건의 의미를 파악하려고 미친 듯이 몸부림치는 당신의 에고예요. 당신의 분석과 비평, 판단, 가설의 그 어느 것도 당신이 찾고 있는 평화를 가져다주지는 못할 거예요. 거기에는 어떤 해답도 없어요. 잘못한 사람은 아무도 없어요. 나무랄 만한 사람은 아무도 없다고요. 모두 주어진 시간, 주어진 정황 속에서 최선을 다했어요.

그 누구도 다른 사람에게 피해를 줄 의도는 없었어요. 그 누구도 죽고 싶어 하지 않았고요.

나는 희생자 명단에 롭상 장부가 추가되었다는 걸 알고 난 직후에 이 편지를 받았기 때문에 이것을 읽고 특히나 더 마음이 괴로웠다. 롭상은 히말라야에서 계절풍이 물러난 8월에 사우스 콜과 동남 능선 루트를 오르려던 한 일본인을 안내하기 위해 에베레스트로 돌아왔다. 9월 25일, 그들이 정상을 밟기 위해 제3캠프에서 제4캠프로 올라가는 도중에 눈사태가 일어나 제네바 스퍼 바로 아래에서 롭상과 또 다른 셰르파, 프랑스인 하나를 덮치면서 로체 사면을 휩쓸고 내려갔다. 롭상은 카트만두에 젊은 아내와 두 달 된 아기를 남겨 놓은 채 죽었다.

좋지 않은 소식은 또 있었다. 아나톨리 부크레예프는 에베레스트에서 내려와 베이스캠프에 불과 이틀간만 머문 뒤 5월 17일에 혼자서 로체 정상에 올랐다. 그때 그는 내게 말했다.

"나는 피곤해요. 하지만 스콧을 위해서 올라갑니다."

그는 8,000미터급 봉우리 열네 개를 모두 오르려는 계획의 일환으로 9월에는 티베트로 가서 초오유봉과 8,013미터인 시샤팡마봉을 올랐다. 하지만 11월 중순에 카자흐스탄에 있는 자기 집으로 가던 도중에 그가 타고 있던 버스가 전복되어 운전사는 사망했고 아나톨리는 머리에 심한 부상을 입은 데다 한쪽 눈이 손상되어 영원히 볼 수 없게 되었다.

1996년 10월 14일, 남아공에서 벌어진 에베레스트에 관한 한 토론회에 인터넷을 통해 다음과 같은 내용이 접수되었다.

저는 셰르파족의 고아입니다. 우리 아버지는 1960년대 후반에 한 등반대를 위해 짐을 나르다 쿰부 빙폭에서 돌아가셨습니다. 우리 어머니는 1970년에 또 다른 등반대를 위해 짐을 나르다 페리체 바로 아래에서 짐의 무게에 못 이겨 심장이 멎어 돌아가셨고요. 그리고 우리 형 셋마저 여러 가지 이유로 죽어 제 누이와 저는 유럽과 미국에 양자로

갔습니다.

저는 제 고향 땅이 저주받은 곳이라는 느낌 때문에 그리로는 결코
돌아가지 않았습니다. 제 조상들은 저지대에서의 박해를 피해 솔로 쿰부
지역에 도착했습니다. 그분들은 '사가르마타지', 곧 '대지의 어머니이신
여신'의 그늘 밑에서 성스러운 안식처를 찾아냈습니다. 그분들은
여신께서 당신들의 성소를 외지인으로부터 보호해 주리라 믿었습니다.
그러나 우리 민족은 엉뚱한 길로 들어섰습니다. 그들은 외지인들이
그 성소로 들어오는 걸 거들어 줬고, 외지인들은 여신의 정수리 위에
올라서서 승리의 환호성을 올림으로써 여신의 성스러움을 무참히 짓밟고
여신의 가슴을 더럽히고 훼손했습니다. 그 대가로 그들 중의 일부는 자기
목숨을 바쳐야 했고 또 다른 일부는 구사일생으로 도망쳤거나 자기 대신
다른 사람들의 목숨을 바쳤습니다…….

그리하여 나는 셰르파들조차도 1996년에 '사가르마타'에서 일어난
비극에 책임이 있다고 믿습니다. 나는 그리로 돌아가지 않은 걸 후회하지
않습니다. 그 지역 사람들이 파멸의 운명에 처해 있으며, 자기네가 세상을
정복할 수 있다고 생각하는 부유하고 거만한 외지인들도 마찬가지라는
걸 잘 알고 있으니까요. 타이태닉호의 비극을 잊지 마세요. 도저히
침몰할 수 없는 배라고 여겨지던 그 배도 침몰했으니 '어머니이신 여신'과
맞선 웨더스, 피트먼, 피셔, 롭상, 텐징, 메스너, 보닝턴 같은 어리석은
인간들의 경우야 더 말할 나위도 없죠. 그러므로 나는 고국에는 결코
돌아가지 않겠다고, 성역을 침입하는 그런 신성 모독적인 행위에는 결코
가담하지 않겠다고 맹세했습니다.

×　×　×

에베레스트는 많은 사람의 생활에 악영향을 미친 듯하다. 그것

은 인간관계를 망쳐 놓았다. 희생자 중 한 사람의 아내는 우울증으로 입원했다. 에베레스트에 함께 올랐던 동료 한 사람은 내게 자기 생활이 큰 혼란에 빠졌다고 이야기했다. 그는 등반의 후유증과 싸우는 과정에서의 긴장감으로 인해 결혼 생활이 위기에 처했다고 했다. 그는 좀처럼 일에 집중할 수가 없었고 낯선 사람들로부터 조롱과 모욕을 받았다.

샌디 피트먼은 맨해튼으로 돌아오고 나서 자신이 에베레스트에서 일어난 일들에 대한 대중의 엄청난 분노를 고스란히 받는 피뢰침 같은 존재가 되어 버렸다는 걸 깨달았다. 《배니티 페어》는 1996년 8월호에 그녀를 심하게 깎아내리는 기사를 게재했다. 선정적인 TV 프로그램 「하드 카피」의 촬영 기사 하나가 그녀의 아파트 밖에서 잠복하고 있다가 그녀의 모습을 찍는가 하면, 크리스토퍼 버클리라는 작가는 피트먼이 에베레스트에서 겪은 시련을 《뉴요커》 후반 페이지에 나오는 재담의 주요 소재로 써먹었다. 가을로 접어들면서 사태는 더욱 악화되어 그녀는 한 친구에게 자기 아들이 상류층 자제가 다니는 사립 학교의 반 아이들에게 놀림과 따돌림을 당하고 있다고 울면서 호소했다. 피트먼은 에베레스트에 대한 집단적인 분노의 엄청난 강도, 그리고 그 분노의 상당 부분이 자신에게로 향하고 있다는 사실에 경악했고 정신적으로 심한 타격을 받았다.

닐 베이들맨은 다섯 명의 고객을 이끌고 하산함으로써 그들의 목숨을 구하는 데 큰 역할을 했지만 자기가 막을 수 없었던 죽음 때문에 여전히 괴로워했다. 그 고객은 그의 팀 소속이 아니었고 따라서 공식적으로는 그의 책임 소관이 아니었는데도 그랬다.

고향 집에서의 생활에 어느 정도 익숙해진 뒤 나는 베이들맨과 이야기를 나눴는데 그때 그는 사우스 콜의 그 끔찍한 폭풍 속에서 일행과 함께 웅크리고 앉아 그들이 쓰러지지 않게 하려고 안간힘을 쓰던 때의 느낌이 어땠는지 이야기했다.

"캠프가 어디쯤인지 대충이나마 파악할 수 있을 정도로 하늘이 맑아졌을 때 하늘이 내게 이렇게 말하는 것 같은 느낌이 듭디다. '이봐, 폭풍이 자는 이런 순간은 오래가지 않을 수도 있으니 어서 가!' 나는 일행에게 움직이라고 악을 썼어요. 하지만 몇몇 사람은 힘이 없어 걷는 것은 물론이고 일어설 수도 없었어요.

사람들은 울고 있었어요. 누군가가 '여기서 날 죽게 하지 말아 줘요!'라 외치는 소리가 들리더군요. 그때가 아니면 거기서 벗어날 기회는 영영 오지 않을 게 분명했죠. 그래서 나는 야스코를 일으켜 세우려 했어요. 야스코는 내 팔을 붙잡긴 했지만 기운이 너무 없어 무릎을 세우고 일어설 수가 없었죠. 나는 걷기 시작했고 야스코는 한두 걸음쯤 끌려오더니 손아귀의 힘이 풀리면서 바닥에 쓰러졌어요. 나는 계속 가야만 했죠. 누군가가 캠프를 찾아가 도움을 요청하지 않으면 모두 죽을 판이었으니까."

베이들맨은 잠시 말을 멈췄다간 숨죽인 목소리로 나직하게 말했다.

"하지만 야스코 생각이 자꾸 나요. 야스코의 체구는 너무나 작았죠. 나는 내 팔에서 미끄러지던 그 사람의 손가락 감촉을 아직도 느낄 수 있어요. 그러고 나서 나는 뒤도 돌아보지 않고 앞으로 나갔죠."

후기

　1997년 11월 『등반(The Climb)』이라는 책 한 권이 서점에 도착했다. 아나톨리 부크레예프가 미국인 G. 웨스턴 디월트에게 털어놓은 1996년 에베레스트 재난의 전말을 담은 책이었다. 부크레예프의 관점으로 바라본 1996년의 사건을 읽는 것은 내게는 흥미진진한 일이었다. 책에서 힘주어 말해진 부분들은 나를 깊이 감동시켰다. 그러나 부크레예프는 『희박한 공기 속으로』에서 자신이 그려진 방식에 강한 이의를 제기했기에, 내 보고서의 정확성에 맞서고 언론인으로서의 나의 성실성을 문제 삼으며 『등반』의 상당 부분을 에베레스트에서의 자신의 행동을 방어하는 데 바쳤다.

　디월트는 놀랄 만한 힘과 열정으로 『희박한 공기 속으로』를 깎아내리는 데 여념이 없었다. 그는 조사 결과를 검토한 뒤 『등반』을 쓰면서 부크레예프의 대변인을 자임했다. 그는 지치지도 않고 내 책과, 그리고 내 인격에 관한 자신의 생각을 내놓았다. 인쇄물과 라디오 인터뷰,

인터넷, 그리고 그 산에서 죽은 자들의 가족들에게 보낸 개인적인 편지에서도 말이다. 이러한 선전 활동을 하는 도중에, 디월트는《컬럼비아 저널리즘 리뷰》1998년 7/8월호에 실린 기사 하나를 특별한 관심을 가지며 보란 듯이 내걸었다. 미주리주에서 주로 활동하는 작가이자 언론학 강사인 스티브 와인버그가 쓴「책들은 왜 이리 자주 잘못을 저지르나」라는 제목의 그 기사는, 최근에 나온 세 권의 베스트셀러의 정확성에 의문을 제기했다. 비판의 표적이 된 책 중 한 권이 바로『희박한 공기 속으로』였다. 디월트는 와인버그의 기사를 기쁘게 반겼으며 종종 인용하곤 했다.

그 기사가 발행되었을 때, 와인버그는 자기가 기껏 디월트의 책만 읽고서 그것에 기대어『희박한 공기 속으로』를 비판한 것이라고 쭈뼛거리며 내게 시인했다. 와인버그는 디월트의 주장들을 단지 되풀이한 것에 지나지 않았다. 그 주장들의 정확성을 따로 확인해 보지도 않고서 말이다. 그 기사의 출판 후, 와인버그는《컬럼비아 저널리즘 리뷰》에 후속 해명 기사를 실었다.

내 기사는 크라카우어의 책을 지난번 비판한 다른 베스트셀러들에서 따로 떼 놓는다. 비록 그 책의 소소한 부분에 대한 이의 제기가 있기는 했지만, 어떤 비평가도 실체적 실수를 증명하지 못했다. 『희박한 공기 속으로』는 그것을 깎아내리기 위해서가 아니라 출판 관행을 문제 삼는 과정에서 내 기사에 포함된 것뿐이다. A라는 책이 나오고 B라는 책이 그것에 이의를 제기하는데, A라는 책의 저자도 편집자도 출판사도 혼란스러운 독자들에게 어떤 대답도 하지 않는다.

이 글을 읽고 나서 나는 와인버그에게 상세한 설명을 요청했다. 『희박한 공기 속으로』의 무선제본 초판(이 책은『등반』보다 5개월 늦게 나왔다.)이 디월트의 주장들에 대한 반박을 담고 있지 않았기 때문에 내가 그의 주장들의 타당성을 받아들인 것이라고 오해했다고 와인버그는 설명했다. 뒤이어 그는 저자가 자신의 신뢰성이 공격당했을 때는 언제든지, 독자들이 잘못 읽지 않도록 시기적절하게 반박을 출판할 직업적 의무가 있다고 역설했다. 이는 상당히 설득력이 있었다. 와인버그의 말을 끝까지 듣고 나서, 떠들썩한 공적 논쟁에 휘말려 들지 않으려는 나 자신의 조심스러움을 고쳐 생각했다.

『등반』의 초판이 나왔을 때 나는 공적인 토론의 장에서 디월트의 죄과를 따지지 않겠다는 신중한 결정을 내렸다. 대신에, 디월트와 세인트마틴 출판사에서 일하는 그의 편집자에게 보낸 일련의 편지들에 적은 그 책의 수많은 오류 중 일부만을 정리해서 문서화해 두었다. 출판사의 대변인은 뒤이은 판본에서는 수정될 것이라고 알려 주었다.

믿을 수 없게도, 1998년 7월 세인트마틴 출판사가『등반』의 무선제본 판본을 배포했을 때, 내가 7개월 전에 지적한 대부분의 오류가 새로운 판본에서도 그대로 실려 있었다. 디월트와 그 출판사가 저지른 진실에 대한 명백한 모독 때문에 나는 괴로웠다. 새로운 판본과 거기에 실린 수정되지 않은 오류들에 정신을 바짝 차리게 되었으며, 그와 동시에 며칠 뒤 와인버그가 언론인은 자기 작업을 방어할 의무가 있다고 내게 가르침을 주었다. 이러한 상황의 결합으로 인해 나는 나의 과묵함을 끝내고, 『희박한 공기 속으로』의 정확성과 진실성을 지켜야 한다는 확신을 품게 되었다. 안타깝게도 이를 위해 할 수 있는 것은 오로지 『등반』의 몇몇 허위들을 밝히는 것뿐이었다. 나는 자진해서 선택한 침묵을 깨고 1998년 여름 인터넷 잡지 《살롱》의 기자에게 이야기했으며, 1998년 11월에 출간된 『희박한 공기 속으로』 삽화판의 부록에서 디월트의 죄과에 대해 하나하나 따졌다. 1999년 6월, 세인트마틴 출판사는 『등반』의 표지를 바꾼 확장판을 배포하였는데, 거기에는 나의 신뢰성을 맹렬하게 비난하는 내용이 담긴 새로 쓴 긴 글이 포함되어 있었다. 최근에 디월트가 쓴 이 장황한 글이 다음의 후기를 쓸 마음을 먹게 했다.

1996년 5월 10일, 폭풍이 몰아친 에베레스트의 고지대에 갇힌 여섯 명의 전문 등산 가이드들 중에서 세 명만 살아남았다. 부크레예프, 마이클 그룸, 닐 베이들맨. 추측건대 복잡함으로 가득한 그 비극을 정확하게 기술하려는 의도를 가진 신중한 언론인이라면 (내가 『희박한 공기 속으로』에서 한 것처럼) 살아남은 가이드 각각을 인터뷰하려고 할 것이다. 가이드 각자가 내린 결정들은 결국 재난의 결과와 깊은 연관을 가질 수밖에 없었다. 불가사의하게도, 디월트는 부크레예프하고만 인터뷰했을 뿐 그룸이나 베이들맨과의 인터뷰를 무시했다.

그 못지않게 당황스러운 것은, 디월트가 스콧 피셔의 등반 셰르파 대장인 롭상 장부와 연락하지 않는 실책을 범했다는 것이다. 롭상은 재난에서 가장 중추적이고 논란의 여지가 있는 역할 중 하나를 맡고 있었다. 샌디 힐 피트먼에게 짧은 줄을 매어 준 사람이 바로 그다. 마운틴 매드니스의 리더가 하산하는 도중 쓰러졌을 때 그는 피셔와 함께 있었다. 롭상은 피셔가 죽기 전에 그와 마지막으로 대화한 사람이었다. 또한 로브 홀, 앤디 해리스, 더그 한센이 죽기 전 그들을 마지막으로 목격한 사람이기도 하다. 그럼에도 디월트는 롭상에게 연락하려는 시도조차 하지 않았다. 심지어 그 셰르파가 1996년 여름을 대부분 시애틀에서 보냈으며 전화로 쉽게 연락이 닿을 수 있었는데도 말이다.

셰르파 롭상 장부는 1996년 9월 에베레스트에서 일어난 눈사태로 사망했다. 디월트는 자신이 롭상을 인터뷰하려는 뜻을 가지고 있었지만 그것이 성사되기 전에 그가 죽었음을 힘주어 말했다. 이는 편리한 설명이기는 하지만(아마도 사실이겠지만), 그가 재난에서 중요한 역할을 맡았던 다른 셰르파 중 누구와도 인터뷰를 하지 않은 것을 설명하기에는 턱없이 부족하다. 또한 왜 그가 부크레예프 팀의 여덟 명의 고객 중 세 명은 인터뷰하지 않았는지, 그 비극 그리고(혹은) 잇따른 구조 활동에서 결정적 역할을 한 몇몇 다른 산악인들을 인터뷰하지 않았는지 설명하기는 힘들다. 아마도 우연의 일치겠지만, 디월트가 접촉하지 않으려고 골라낸 대부분의 사람은 에베레스트에서 부크레예프가 한 행동에 비판적이었다.*

디월트는 앞서 언급한 주요 인물 중 두 명과 인터뷰하려고 노력했지만 거절당했다고 주장했다. 적어도 클레브 쇼에닝에 관해서라면 이는 정확하다. 그러나 디월트는 자신이 『등반』이 출판된 '뒤'까지 쇼에닝에게 인터뷰를 요청하지 않았던 사실을 언급하지 않으려고 애를 썼다. 쇼에닝은 그의 지역 서점 서가에 그 책이 이미 다 꽂히고 난 뒤에야 디월트에게 인터뷰 요청을 받았고, 그때 곧바로 그에게 다음과 같이 썼다.

"이제야 내게 연락한 것이 어리둥절하기만 합니다. 당신은 분명 자신의 목적을 좇았겠지만, 내 관점에서 그것은 진실과 사실, 인정이나 화해를 우선시하지 않은 것 같습니다."

디월트가 보고자로서 저지른 과오의 원인이 무엇이든, 그 결과는 심각하게 훼손된 문서라는 것이다. 아마도 이는 에베레스트 재난이 일어난 뒤에야 부크레예프와 처음 알게 된 아마추어 영화 제작자인 디월트가 산악 등반에 대한 사전 지식이 없고, 네팔산맥을 방문한 적이 없다는 사실과 관계될 것이다. 어떻든, 베이들맨은 이 책에 심한 환멸을 느껴서 1997년 12월 디월트에게 편지를 써 정식으로 따졌다.

"내 생각에 『등반』은 5월의 비극에 대한 부정직한 보고서인데, …… 당신이나 당신의 동료들 누구도 단 하나의 세부 사항이라도

---

* 부크레예프를 혹독하게 비판한 사람들 가운데는 재난에서 핵심적인 역할을 한 몇몇 셰르파들이 있다. 나는 지금까지 활자로는 이를 언급한 적이 없었지만 이제는 그렇게 할 것이다. 그 이유는 단지 디월트 자신이 『등반』의 1999년 판에서 그 문제를 먼저 제기했기 때문이다.

디월트는 새로운 개정판에서 1998년에 유명한 산악인인 갤런 로웰에게 내가 편지를 썼다는 것을 폭로했는데, 거기서 나는 많은 셰르파가 "모든 비극을 부크레예프의 탓으로 돌렸다."라고 보고했다. 디월트는 곧이어 "로웰이 비극을 부크레예프의 탓을 돌린 셰르파를 보지 못했을 뿐만 아니라, 누가 했는지 아는 셰르파 또한 보지 못했"음을 지적했다.

그러나 로웰은 롭상 장부나 앙 도르제(로브 홀 팀의 등반 셰르파 대장)와 이야기를 나눈 적이 없다. 별개의 상황에서, 롭상과 앙 도르제 둘 다 아주 강경한 어조로 그들이(그리고 그들이 존경하는 팀에 속한 모든 다른 셰르파들이) 재난을 부크레예프의 탓으로 돌렸다고 말했다. 그들의 견해는 수기, 인터뷰 녹음, 서신으로 문서화되어 있다.

하지만 디월트는 이 모든 쟁점을 무가치한 것으로 만드는 결정적인 세부를 빠트렸다. 그는 로웰에게 내가 쓴 편지가 다음의 중요한 두 문장이 포함되어 있음을 언급하는 것을 소홀히 했다. "무엇보다, 한마디 하자면 내 생각에 셰르파들이 아나톨리를 비난하는 것은 전적으로 옳지 않으며, 그런 이유로 내 책에서 그들의 관점을 언급하지 않았습니다. 그 말을 꺼내는 것만으로도 불공정하며 자극적으로 보였을 것입니다." 그렇기에 자신의 책에서 이 쟁점을 꺼내기로 한 디월트의 결정이 어떤 의도인지 알아내기가 어렵다. 그것에 대해서는 나의 편지 외에는 어디에도 언급된 적이 없다.

나에게 사실 확인을 요청한 적이 없습니다."

디월트의 엉터리 조사 탓에 『등반』은 오류들로 넘쳐난다. 하나의 예만 들어 보자. 앤디 해리스의 아이스 피켈이 어디에 있었는지는 그가 어떻게 죽었는지에 관한 중요한 단서를 제공하는데, 그것은 디월트가 발견되었다고 한 곳에서 발견되지 않았다. 이는 1997년 11월 『등반』의 초판이 출간되자마자 디월트와 그의 편집자에게 지적한 수많은 오류 중 하나에 지나지 않는데, 그마저도 7개월이 더 지난 뒤에 출판된 무선제본판에서도 여전히 수정되지 않았다. 어처구니없게도, 이 오류는 1999년 7월에 무선제본으로 출간된 개정증보판에서도 수정되지 않은 채로 있다. 디월트의 명백한 보증에도 불구하고 그 반대로인 것이다.* 그와 같은 무관심이 그 재난으로 다른 삶을 살게 된 우리 같은 사람들을 화나게 하며, 거기에서 정말로 무슨 일이 일어났는지 가려내려고 시도하는 데 여전히 힘을 쓰게 한다. 앤디 해리스의 가족도 확실히 그의 아이스 피켈이 어디에서 발견되었는지의 문제를 사소한 세부 사항이라고 여기지 않을 것이다.

슬프게도, 『등반』의 몇몇 오류는 단순한 부주의의 산물이 아니라, 오히려 『희박한 공기 속으로』에서의 나의 보고를 신빙성 없는 것으로 만들고자 고의적으로 진실을 왜곡하려 한 것으로 보인다. 예를 들면, 디월트는 『등반』에서 《아웃사이드》에 실린 내 기사의

---

* 디월트는 1999년 판 그의 책에서 이 특별한 오류에 관해 언급하면서 이렇게 썼다. "『등반』의 모든 무선제본 판본에서, 의도치 않은 뼈아픈 실수를 수정하기 위해 사진 설명 하나를 지웠다." 그 허위로 달아 놓은 사진 설명은 정말 마침내 제거되었다. 그러나 말을 꺼낸 김에 하자면, 그때까지 디월트뿐만 아니라 그의 출판사도 1999년 판의 본문 228쪽에 실린 그 오류를 수정하지 않으려고 고심했다.

중요한 세부들이 사실 확인이 되지 않은 것이라고 보고하는데, 심지어 그가 《아웃사이드》의 존 올더먼이라는 편집자가 부크레예프와 시간을 두고 만났으며 개인적으로 산타페에 있는 사무실에서 잡지 발간 전에 나의 원고 전체의 정확성을 분명히 확인해 주었다는 사실을 알고 있음에도 그렇게 보고한 것이다. 덧붙여 말하자면, 나는 직접 부크레예프와 2개월에 걸쳐 몇 번이나 대화를 나누었는데, 그때 나는 진실을 판별하려고 최대한 애를 썼다.

부크레예프가 디월트가 쓴 사건의 판본은 내가 진실이라고 알아낸 판본과는 확연히 다르지만, 《아웃사이드》는 부크레예프의 판본이 아니라 편집자들과 내가 사실에 입각한 판본이라고 믿었던 것을 발표했다. 아나톨리와 수많은 인터뷰를 거치면서 중요한 사건에 대한 보고가 말할 때마다 의미심장하게 달라지는 것을 발견했는데, 이 때문에 나는 그의 기억의 정확성을 의심할 수밖에 없었다. 그리고 특정 사건에 대한 아나톨리의 판본은 그 후에 다른 목격자들, 가장 대표적으로 데일 크루즈, 클레브 쇼에닝, 롭상 장부, 마틴 애덤스, 닐 베이들맨에 의해 진실이 아니라는 것이 밝혀졌다.(디월트는 오로지 애덤스하고만 인터뷰했다.) 요컨대, 나는 아나톨리의 기억 중 상당수가 매우 신뢰할 수 없다는 것을 알게 되었다.

『등반』과 다른 곳에서, 디월트는 『희박한 공기 속으로』를 쓰는 나의 의도가 아나톨리 부크레예프의 명성을 훼손하는 것이라고 주장했다. 이 비열한 책망을 뒷받침하기 위해 디월트는 다음의 두 가지 문제를 제기한다. 첫째, 전해지는 바에 따르면 피셔가 부크레예프에게 그의 고객들보다 앞서 하산하라고 허락했다는, 소위 '힐러리 스텝 위에서의 대화'라고 하는 부크레예프와 스콧 피셔와의 대화를 내가 언급하지 않았다는 점. 둘째, 피셔는 아마도 적당한 장소에서 부크레예프를 그의 고객들보다 먼저 하산시키려는 계획을 애초에 마음먹고 있었을 것이라는 사실을 내가 인정하기를 거부했다는 점.

첫 번째에 관해서라면, 힐러리 스텝의 꼭대기 부근에서 피셔와 부크레예프 사이에 오간 대화에 관해 내가 진실이라고 알고 있는 것은 다음과 같다. 분명 쇠약한 몸으로 피셔가 정상으로 가는 길에 도달했을 즈음 부크레예프, 마틴 애덤스, 앤디 해리스, 그리고 나는 그 스텝에서 함께 기다리고 있었다. 피셔는 처음에 애덤스와 몇 마디 말을 나누었고, 그 뒤 부크레예프와 훨씬 더 짧은 대화를 나누었다. 이 나중의 대화에 관한 애덤스의 기억에 따르면, 부크레예프는 피셔에게 "나는 마틴하고 내려가겠어요.(I am going down with Martin.)"라고 말하고는 어떤 말도 더 하지 않았다. 이 여섯 단어가 그들 대화의 전부이며, 피셔는 내게 짧게 말하고는 우리로부터 등을 돌려 정상을 향해 다시 터벅터벅 걷기 시작했다. 해리스, 애덤스, 그리고 내가 그 현장에서 떠나고 나서 그와 피셔가 두 번째 대화를 나누었는데, 거기서 피셔가 그에게 고객들을 위한 차를 준비하고 "하방 지원(support below)"을 하기 위해 고객들보다 먼저 하산할 것을 허락했음을 부크레예프는 나중에 강조했다.

에베레스트 재난에 뒤이은 몇 주 또 몇 달 동안, 부크레예프의 친한 친구이자 그의 열렬한 옹호자 중 한 사람인 애덤스는, 나와 닐 베이들맨, 그리고 다른 사람들에게 이 두 번째 대화가 실제로 있었는지 의심스럽다고 말했다. 이후 그는 자신의 입장을 다소 수정했다. 애덤스의 가장 마지막 입장은 그가 피셔와 부크레예프 사이의 대화가 일어났다고 증언할 만한 곳에 있지 않았기 때문에 그 대화가 있었는지 없었는지 알 수 없다는 것이다.

분명히 말하자면, 나 또한 거기에 없었다. 그런데도 나는 왜 두 번째 대화에 대한 아나톨리의 기억을 의심하는가? 부분적으로는 처음에 부크레예프는 나에게 피셔가 그에게 고객들보다 먼저 하산하라고 권하는 긴 대화가 오갔다고 말했으며, 분명히 그것이 피셔가 처음 힐러리 스텝 정상 부근에 도착했을 때라고 진술했기 때문이다. 애덤스와 해리스, 그리고 내가 그곳에 있었던 바로 그때 말이다. 시간이 지난 뒤, 애덤스가 이 대화를 완전히 다르게 기억하고 있음을 지적한 후, 아나톨리는 말을 바꾼다. 이제 그는 애덤스와 해리스, 그리고 내가 하산하고 나서 피셔와 두 번째 대화를 나누었다고 이야기했다.

하지만 내가 두 번째 대화를 의심하는 주된 이유는 힐러리 스텝으로 내려가기 시작했을 때 보았던 장면 때문이다. 하산 전 고정 밧줄을 지탱하는 앵커를 확인하기 위해 마지막으로 한번 올려다보았을 때 피셔가 해리스, 애덤스, 부크레예프, 그리고 내가 고정 밧줄에 고리를 걸고 모여 있던 장소인 작은 집결지를 벗어나 이미 꽤 이동해 있었음을 알아보았다. 부크레예프가 피셔에게 다시 되돌아가 두 번째 대화를 나누지 않았다는 것을 확신하느냐고? 그건 아니다. 그러나 당시 아나톨리는 우리처럼 오한에 시달리고 지쳤으며 내려가는 것을 대단히 걱정하고 있었다. 내가 스텝의 가장자리에서 하강할 때 아나톨리는 내 바로 위 좁은 능선 마루에서 조바심으로 떨고 있었다. 그런 그가 다시 기어올라 피셔와 또 다른 대화를 나눌 이유가 무엇인지 나로서는 상상조차 하기 힘들다.

그렇기 때문에 나는 피셔와 부크레예프의 대화가 있었는지 회의적일 수밖에 없다. 그럼에도 돌이켜보면 내 책에서 그것을 전혀 언급하지 않는 것보다는 두 번째 대화에 대한 그의 회상을 보고하고 내가 그것을 왜 의심하는지 설명하는 편이 나았을 것이다. 나는 그것이 불러온 악감정과 가시 돋친 말들을 후회한다.

하지만 나는 의문이 든다. 디월트가 논란의 여지가 있는 두 번째 대화를 보고하지 않기로 한 나의 결정에 그토록 격분을 표하면서 동시에 『등반』에서 그는 피셔와 부크레예프 사이의 첫 번째 대화를 보고할 필요성을 전혀 느끼지 못했는지. 첫 번째 대화에 관해서라면 논쟁거리가 되지 않기 때문이다. 부크레예프는 피셔에게 자신이 "나는 마틴하고 내려가겠어요."라고 말했다. 비록 애덤스가 내가 그들이 이야기했던 말들을 건너 듣기 힘든 위치에 있었다는 견해를 표하기는 했지만, 이 짧은 언명이 정확히 아나톨리가 말한 것이라는 데 이의를 표한 적이 없다. 그러나 『등반』에서 디월트가 제시한 사건들의 판본에서 이 대화는 단지 일어나지 않은 것으로 되어 있다. 게다가 부크레예프가 피셔에게 말했던 대로 하산하는 동안 애덤스와 함께 있지 않았던 것은 애덤스의 목숨을 앗아 갈 뻔했다는 점도 기록되어야 했다.

마이클 그룸은 그의 책 『순전한 의지(Sheer will)』에서 그와 남바 야스코, 그리고 내가 8,412미터에 있는 발코니를 향해 내려오던 중에 애덤스와 조우하게 된 그 순간을 기술했다. 그룸에 따르면, 애덤스는 "우리 왼편으로 걷잡을 수 없이 굴러떨어지고 있었다. 내가 서 있는 그 자리에서 그는 통제력을 잃은 것처럼 보였고, 그것을 되찾을 생각조차 힘든 상황이었다." 굴러떨어지는 것이 다소 멈춘 후에야 그룸은 아래로 더 내려가서 그와 다시 만날 수 있었다.

이제 겨우 두 발로 일어설 무렵 …… 술에 취한 것처럼 연달아 눈에 푹푹 빠지면서 그 산의 엉뚱한 쪽 가까이 위험하게 방향을 틀었는데, 그들 중 하나는 티베트 사면 모서리에서 겨우 멈출 수 있었다. 나는 나의 경로를 벗어나 그에게 말을 건넬 수 있을 만큼 가까이 다가갔다. 그의 산소마스크는 벗겨져 턱 아래로 내려가 있었고 얼음 덩어리가 눈썹과 턱에 매달려 있는 것을 볼 수 있었다. 눈 속에 반쯤 파묻혀 누워서 그는 낄낄대고 있었다. 산소 부족이 뇌에 영향을 준 것이다. 나는 그에게 산소마스크를 입으로 끌어올리라고 말했다. 그런 뒤 아버지 같은 말투로 달래면서 산등성이의 꼭대기 부근으로 계속 더 가까이 가게 했다. …… "자, 저기 아래 붉은 옷을 입은 산악인 두 명이 보이지? 그들을 따라가기만 해." 나는 저 아래 협곡에 여전히 보이는 존과 야스코를 가리키면서 말했다. 그는 그와 같은 엉터리 방식으로 산등성이를 걸어 내려갔는데, 나는 그가 자신의 생사를 가늠하기는 하는지조차 의심스러웠다. 그의 판단력이 우려되었기에, 나는 그의 곁에 꼭 붙어 있기로 결정했다.

만약 그룸이 부크레예프가 남기고 간 뒤 완전히 잘못 방향을 잡은 애덤스와 우연히 만나지 않았더라면, 애덤스는 산의 엉뚱한 쪽으로 계속 내려가 죽었을지도 모른다. 그렇지만 이 중에서 어떤 것도 『등반』에 보고되지 않는다.

아마도 『등반』에서 가장 혼란을 주는 허위 진술은 스콧 피셔와 제인 브로멧이 나눈 대화를 다룬 부분이다.(피셔의 홍보 담당이며 절친한 동료인 그는 피셔와 베이스캠프까지 동반했다.) 이 대화에 대한 브로멧의 기억은, 피셔가 부크레예프가 정상에 도달한 후에 그의 고객들보다 먼저 재빨리 하산하도록 애초에 계획했음을 독자에게 확신시키려는 의도로 디월트에 의해 인용된다. 이 편집된 인용이 디월트의 두 번째 주요한 진술의 기초가 된다. 즉 『희박한 공기 속으로』에서 소위 그 계획을 언급한 나의 과오는 "사후에도 어떤 변명으로도 정당화할 수 없는 악의적인 인격 살해"라는 것이다.

실제로 나는 소위 이 계획을 언급하지 않았는데, 그러한 계획 따위는 존재하지 않았다는 강력한 증거를 찾았기 때문이다. 조용한 겸손과 정직함, 그리고 산악인으로서의 강인함과 경험이 널리 존경받는 베이들맨은, 만약 애초에 그러한 계획이 있었다 하더라도 5월 10일 마운틴 매드니스 팀이 정상을 향해 갈 때는 결단코 그것을 인지하지 못했고 부크레예프 또한 마찬가지였음을 확신한다고 나에게 말했다. 그해 곧바로 뒤따른 비극이 일어나는 동안, 부크레예프는 고객들보다 먼저 하산하기로 한 결정을 TV, 인터넷, 잡지와 뉴스 인터뷰에서 수없이 설명했다. 그렇지만 이러한 기회들이 있던 기간에 그는 단 한 번도 자신이 미리 설정된 계획을 따랐음을 내비친 적이 없었다. 사실대로 말하면, 1996년 여름 ABC 방송 인터뷰를 녹화하는 동안 스스로 어떤 계획도 없었다고 분명히 말했다. 부크레예프는 특파원 포레스트 소이어에게 정상에 도달하기 전까지의 자기 생각을 다음과 같이 설명한다.

"내 계획이 무언지도 몰랐습니다. 나는 상황을 살펴야만 했고 그런 다음에 결정해야 했습니다. …… 왜냐하면 우리는 이러한 계획을 세우지 않았기 때문입니다."

분명 부크레예프의 말을 알아듣는 데 실패해서 소이어는 잠시 후 질문했다.

"그러니까 그때, 당신의 계획이라는 것은, 당신이 모두를 지나치고 나면 한 무리를 이루어서 모두 올라올 때까지 정상에서 기다리는 것이었다는 거지요."

부크레예프는 쓴웃음을 지은 뒤 어떤 것도 미리 설정된 것은 없었다고 되풀이했다.

"그, 그러니까 정확히 계획이란 건 없었어요. 우리는 계획을 세우지 않았어요. 그러나 나는 상황을 살펴야 했어요. 그런 뒤 내 계획을 세워야 했어요."

『등반』의 1999년 판에서 디월트조차 뒤늦게나마 인정한다. "부크레예프 자신도 피셔의 계획을 정상 등반 날 이전에 알았다고 말한 적이 없다." 더 나아가 미리 설정된 계획에 대한 그의 추측을 뒷받침하는 유일한 증거가 피셔와의 단 한 번의 대화에 대한 브로멧의 기억뿐임을 인정한다. 그렇기는 하지만 브로멧은 우리 각자의 책이 나오기 전에 디월트와 나 둘 다에게 힘주어 강조했다. 피셔의 발언이 적당한 장소에서의 실제적인 계획과 비슷한 어떤 것을 가지고 있었음을 뜻한다고 가정하는 것은 틀린 것이라고. 1997년 『등반』이 출간되기 직전, 브로멧은 디월트와 세인트마틴 출판사에 디월트가 자신의 말을 인용할 때 그 뜻을 상당히 왜곡하는 방식으로 편집했다고 항의하는 한 통의 편지를 보냈다. 그는 브로멧과 피셔의 의미 있는 대화가 정상을 공략하기 며칠 전에 있었던 것처럼 보이도록 그녀의 말을 수정했지만, 사실 정상 공략 3주도 더 전에 그러한 대화가 오고 갔다. 이는 사소한 어긋남이 아니다.*

　디월트와 그의 편집자들에게 보낸 편지에서 브로멧은 『등반』에 실린 그녀의 말들이 편집된 판본이 다음과 같다고 말한다.

　완전히 틀렸어요! 그 왜곡이 사고를 유발한 가장 중요한 요인 중 많은
　것에 관해 독자를 잘못된 결론에 이르게 할 거예요. 그 왜곡 때문에 ……
　(고객들보다 먼저) 부크레예프가 하산하는 것이 확고한 계획이었다고 믿게
　독자들을 잘못 인도할 거예요. 다른 이들에게 허물을 뒤집어씌우려고
　시도해서 부크레예프에게 면죄부를 주려는 단 하나의 목적 때문에 책에
　적힌 인용은 사고에 대한 (부분적으로) 철저히 계산되고 왜곡된 분석으로
　이해될 소지가 다분해요. …… 사고가 일어나기까지의 사건들을
　구성하는 데 이 인용 구문이 상당히 신뢰가 가는 지점은 …… 스콧이

---

* 디월트는 『등반』 1999년 판에서 다음과 같이 밝혔다. "나는 정확한 날짜를 특정하는 데 관심이 없다. 왜냐하면 피셔가 브로멧에게 한 발언이 3월 25일 카트만두에서 있었든 4월 2일 에베레스트 베이스캠프로 가는 길에 있었든 그 중요성이나 의미가 달라지지 않았을 것이라고 생각했기 때문이다." 그러나 디월트가 간과한 것이 있었는데, 부크레예프에 관한 피셔의 의견이 원정 후반 몇 주에 걸쳐 바뀌었다는 점이다. 이는 철저하게 문서화되어 있다.
브로멧과 피셔 사이의 그 악명 높은 대화는 피셔 팀이 베이스캠프에 도착한 후 겨우 한 주 정도 된 4월 15일경에 일어났다. 그 당시, 피셔는 여전히 그의 가이드 대장을 칭찬하는 데 여념이 없었다. 하지만 3주가 지나 마운틴 매드니스 팀이 정상 공략을 감행할 때까지 피셔는 부크레예프의 가이드 방식에 부쩍 실망한 태도를 보였으며, 자주 그에게 화를 냈다.(이 책 227~228쪽 참고) 디월트는 3주차로 그 날짜를 얼버무리려 하지만, 피셔가 브로멧과 대화를 나눈 실제 날짜는 그러므로 정확히 맞아떨어진다. 그의 팀이 정상 공략을 하기 직전까지의 여러 날 동안, 피셔는 심하게 그리고 자주 가장 가까운 대원들에게 불만을 토로했다. 부크레예프를 계속 타일렀음에도 그가 자신의 말을 알아먹지 않는다고. 그리하여 5월 10일 정상 능선에 다다르자마자, 피셔가 부크레예프더러 다른 모든 사람보다 먼저 혼자서 내려가라고 결정했다는 주장은 믿기 힘들다.

결코 다시는 이 계획을 입에 올린 적이 없다는 것뿐이에요. 게다가 스콧은 터놓고 이야기하길 상당히 좋아하는 사람이에요. 만약 스콧의 '계획'이 있었다면 그는 닐과 아나톨리에게 그것에 대해 필히 이야기했을 거예요. (이어지는 닐과의 대화에서 그는 스콧이 그와 같은 계획에 대해 이야기한 적이 없다고 했다.) 진술한 것을 가져온 이 인용 구문은 상당한 오해의 소지가 있다고 느껴요.

디월트와 나 사이에 오고 간 언쟁은 참호전의 양상으로 굳어 가면서, 그는 위에 인용한 그 편지의 명확하고 분명한 의미를 설명해 내려고 필사적으로 노력했다. 주로 비상한 재주로 혼란을 야기함으로써, 그리고 인용 구문들을 복잡 미묘하게 분석함으로써. 하지만 논쟁이 오고 가는 동안 브로멧은 단호한 자세를 유지했다. 그녀는 설명한다.

"나보다 내 마음을 그가 더 잘 안다고 디월트가 말하는 건 터무니없는 소리예요. 1997년 10월 그에게 보낸 그 편지는 내가 느낀 것을 정확하게 진술한 것이에요. 그가 내 말과 주장을 그렇지 않은 것처럼 아무리 뒤틀려고 시도한다고 해도 말이죠."

브로멧이 자신이 보낸 편지의 정확성에 대해 한 치도 양보하지 않으려는 뜻을 분명히 하자 디월트는 『등반』 1999년 판에서 그녀의 신뢰성을 공격했다. 이는 기이한 작전인데, 왜냐하면 그 반대라는 압도적인 증거에도 불구하고 그가 정립한 이른바 피셔의 계획에 관한 자신의 이론이 전적으로 브로멧의 진술에 대한 해석을 기반으로 한 것이었기 때문이다. 만약 그가 브로멧을 신뢰할 수 없다고 생각한다면 그에게 남은 것이 무엇인지 알 수 없다.

피셔는 부크레예프의 특출한 강인함, 용기, 경험을 높이 평가했다. 누구도 이를 부정하기 힘들다. 또한 마침내 피셔가 부크레예프의 능력을 확신했다는 것이 사실로 밝혀진 데 대해서도 누구도 이의를 제기하지 않는다. 아나톨리는 그가 아니었다면 분명 목숨을 잃었을 두 사람의 목숨을 구했다. 그러나 피셔가 부크레예프를 그의 고객들보다 먼저 정상에서 내려보내려는 계획을 줄곧 가지고 있었다는 디월트의 주장이 그 사실들로 뒷받침되지 않는 것은 명백하다. 그리고 있지도 않았던 계획을 언급하지 않았다는 이유로 내가 아나톨리의 인격을 모독하려 했다는 디월트의 주장은 터무니없는 소리다.

× × ×

피셔가 부크레예프에게 그의 고객들보다 먼저 내려가라는 허락을 했는지 안 했는지의 문제는 사후에 아나톨리에게 분명 아주 중요한 것이었다. 주제를 벗어난 이 문제에 대한 격렬한 논쟁은 더 중요한 쟁점, 즉 보충 산소 없이 에베레스트 등반 가이드를 하는 것의 신중성에 관한 문제를 묻어 버리면서 모든 부분으로 번져 나갔다. 그리고 누구도, 심지어 디월트조차도 더 중요한 이 쟁점 아래에 깔린 결정적 사실에 관해 이의를 제기하지 않았다. 전 세계적으로 표준적인 전문 산악 가이드의 관행을 무시하고 아나톨리는 정상으로 향하는 날 보충 산소를 사용하지 않기로 마음먹었으며, 정상에 도달한 뒤 그의 고객들보다 몇 시간이나 앞서 내려왔다. 부크레예프가 피셔의 승인을 받고 행동한 건지 안 받고 행동한 건지를 따지는 와중에 더 크게 놓치는 점이 있다. 바로 원정 초반에 아나톨리가 산소통 없이 가이드를 하기로 결정한 순간인데, 이는 아마도 그의 이어지는 결정들, 즉 정상 능선에 그의 고객들을 남겨 두고 재빨리 하산하기로 한 결정을 필연적으로 수반할 수밖에 없었다. 산소통 없이 오르기로 한 결정은 아나톨리 자신을 궁지로 몰아넣었다. 산소통이 없었기 때문에 그의 유일한 합리적인 선택은 정상에 오른 날 일찍 내려가는 것밖에 없었다. 피셔가 허락했든 하지 않았든.

게다가 그 문제의 핵심은 피로가 아니었다. 바로 추위였다. 극한의 고도에서 기력 소진, 고산병, 그리고 흐리멍덩해지는 생각을 피하는 데 산소통이 얼마나 중요한지 누구나 다 알고 있다. 앞서 얘기한 것들보다 더 중요하다고 말할 수는 없지만, 산소 또한 높은 고도에서의 추위라는 치명적인 결과를 예방하는 데 똑같이 중요한 역할을 한다는 것은 훨씬 덜 알려진 사실이다.

5월 10일 부크레예프가 다른 모든 이들보다 먼저 사우스 서밋에서 하산하기 전까지 그는 8,748미터에서 보조 산소 없이 숨을 쉬면서 서너 시간을 보냈다. 그 많은 시간 동안 영하의 혹독한 바람을 맞으며 그는 앉아서 기다렸다. 그와 같은 상황이라면 어떤 등반가도 그랬겠지만 그는 점점 더 추위에 시달렸다. 출간 전 그의 승인을 받은 《맨즈 저널》과의 인터뷰에서 아나톨리 스스로 다음과 같이 설명했다.

나는 한 시간가량을 (정상에서) 머물렀어요. …… 당연히 너무 춥고 당신도 힘이 들 것인데…… 이렇게 얼어붙은 채 서서 기다린다면 좋지 않을 것이라는 생각이 들었어요. …… 만약 당신이 그런 고도에서 움직이지 않는다면 추위로 힘을 다 소진하고 아무것도 할 수 없게 될 거예요.

위험할 정도로 오한에 떨면서, 동상과 저체온증에 맞닥뜨리면서, 부크레예프는 피로 때문이 아니라 심각한 추위 때문에 하산할 수밖에 없었다.

산악인이 보충 산소를 사용하지 않았을 때 높은 고도에서 치명적인 풍속 냉각이 얼마나 심해지는지 제대로 알고 싶다면, 1996년의 재난이 일어난 후 13일이 지나 아이맥스 팀과 정상에 오른 에드 비스터즈에게 무슨 일이 있었는지를 생각해 보라. 5월 23일, 비스터즈는 제4캠프를 그의 동료들보다 20분 내지 30분 정도 더 일찍 출발했다. 부크레예프처럼 그는 산소를 사용하지 않았기 때문에 다른 모든 이들보다 먼저 떠났다.(비스터즈는 그해 가이드를 하는 대신 아이맥스 영화에 출연하고 있었다.) 산소통을 사용한 영화 제작진들의 속도를 자신이 따라잡지 못할까 봐 걱정되었기 때문이었다.

하지만 비스터즈는 상당히 강인해서 누구도 그의 속도를 따라잡을 수 없었는데, 심지어 무릎까지 쌓인 눈 때문에 그의 발자국마저 남지 않았다. 비스터즈는 데이비드 브리셔즈에게 정상에 오르는 동안의 자기 모습이 찍히는 것이 중요하다는 것을 알았기에 그는 영화 제작진이 가능한 자신을 따라잡을 수 있도록 상당히 자주 멈춰서 기다렸다. 그러나 5월 10일보다는 5월 23일이 훨씬 더 따뜻한 날이었는데도 움직임을 멈출 때마다 그는 즉각적으로 추위가 좀먹어 들어오는 것을 체감했다. 동상에 걸릴 것을, 또는 동상이 더 심해질 것을 두려워하면서, 그는 동료들이 자신을 찍기에 충분할 만큼 가까이 오기 전까지 몇 번이나 등반을 반복하도록 요청받았다. 브리셔즈는 설명했다.

"에드는 적어도 아나톨리만큼 강인하긴 하지만, 산소도 없이 우리를 기다리느라 멈추어 설 때마다 추위에 시달렸어요."

결과적으로 브리셔즈는 제4캠프 위에서의 비스터즈의 아이맥스 장면 없이 끝낼 수밖에 없었다.(그 영화에서 나온 비스터즈의 '정상 등반 날' 장면은 실제로 나중에 찍은 것이었다.) 여기서 내가 지적하고자 하는 것은 비스터즈와 같은 이유로 부크레예프 또한 계속 움직여야 했다는 것이다. 바로 얼어붙는 것을 막기 위해서. 보충 산소 없이는 누구도 에베레스트의 혹한의 상층부에서 늑장을 부릴 수 없다.

브리셔즈는 다음과 같이 강조했다.

"미안하지만 아나톨리가 산소 없이 등반한 것은 믿을 수 없이 무책임한 것이었어요. 당신이 얼마나 강한지와 상관없이, 산소 없이 에베레스트를 오를 때는 당신의 한계까지 올라가 봐도 괜찮아요. 하지만 고객들을 도와야 하는 입장이라면 그렇지 않죠. 아나톨리가 스콧이 차를 준비하기 위해 자신을 먼저 보내서 내려왔다고 이유를 둘러대는 것은 시치미를 떼는 것이에요. 오로지 에베레스트 가이드가 있어야 할 곳은 고객들 옆이나 그들 바로 뒤예요. 산소통으로 숨을 쉬면서, 원조를 제공할 준비를 하면서."

실수를 저지르지 말 것. 고산 치료 생리학이라는 난해한 분야에서의 탁월한 전문가들뿐만 아니라 가장 존경받는 고산 등반 가이드들 사이에는 강력한 합의가 있는데, 그것은 바로 산소통 없이 에베레스트에서 고객들을 인도하는 것은 심각한 위험이 있다는 것이다. 공교롭게도, 그의 책을 쓰기 위한 준비 조사 기간 동안 디윌트는 산소 쟁점에 관한 의사의 전문적인 소견을 구하기 위해 극한의 고도에서의 쇠약 효과에 관한 세계 최고 권위자인 의학박사 피터 해킷의 도움을 받았다. 닥터 해킷은 1981년 의학 조사 원정대와 함께 에베레스트 정상에 오르기도 했는데, 그의 소견으로는 부크레예프처럼 강인한 사람이라 하더라도 산소를 사용하지 않으면서 에베레스트 가이드를 하는 것은 위험하고 경솔한 일이라고 명확하게 답변했다. 의미심장하게도, 해킷의 소견을 구해서 받은 후 디윌트는『등반』에서 고의로 그것에 관한 언급을 하지 않으면서, 1996년 부크레예프가 더욱 유능하게 가이드를 한 것은 어쨌든 산소통을 사용하지 않았던 덕분이라고 계속해서 주장했다.

부크레예프와 디윌트는 그들의 책을 진척시켜 나가는 동안, 금세기 가장 뛰어난 성취를 보이며 가장 존경을 받는 산악인인 라인홀트 메스너가, 산소통을 사용하지 않은 결정을 포함해서 부크레예프가 에베레스트에서 한 행동을 지지했다고 수도 없이 역설했다. 1997년 11월 아나톨리와의 대화에서 그는 내 면전에 대고 말했다.

"메스너는 내가 에베레스트에서 옳은 일을 했다고 말합니다."

『등반』에서 내가 에베레스트에서의 부크레예프의 행동을 비판한 것을 거론하면서 디윌트는 부크레예프의 말을 인용한다.

"나는 미국 언론출판사의 상상력에 사로잡힌 몇몇 목소리가 나를 혹독하게 비난하는 것을 느꼈다. 라인홀트 메스너 …… 같은 유럽 동료들의 지지를 받지 않았다면, 나의 전문 기술을 제공해야 했던 것에 대한 미국적인 관점 때문에 우울했을 것이다."

애석하게도, 『등반』의 다른 단언들처럼, 부크레예프/디월트가 주장한 메스너의 지지는 허위로 밝혀졌다.

1998년 2월, 뉴욕에서 나와 미팅을 하는 동안 메스너는 아나톨리가 그의 고객들보다 먼저 하산한 것은 틀렸다고 생각한다고 테이프 녹음기에 대고 얼버무리지 않고 진술했다. 메스너는 그 녹음에서 아나톨리가 그의 고객들과 함께 남았다면 비극의 결말은 상당히 달랐을 거라고 추측했다. 메스너는 "산소통도 사용하지 않으면서 에베레스트를 가이드하는 사람은 없어야" 하며, 부크레예프는 에베레스트에서 그가 한 행동을 자신이 지지했다고 생각하는 잘못을 저질렀다고 분명히 말했다.

존경받는 산악인 중에 메스너만이 나의 신뢰성을 폄훼하려고 노력하는 디월트가 그것을 잘못 전달했다고 보는 것은 아니다. 디월트는 또한 1997년 간행된 《임프로퍼 보스토니언》과의 인터뷰에서 데이비드 브리셔즈가 한 말을 인용했는데, 거기서 브리셔즈는 그의 가까운 친구인 샌디 힐 피트먼에 대한 나의 묘사에 이의를 제기했다고 한다. 나는 브리셔즈가 보여 준 피트먼에 대한 충정심을 존경한다. 브리셔즈는 때로는 잔인할 정도로 속내를 그대로 드러내는 것으로 유명한데, 나는 그 자질 또한 존경한다. 심지어 그의 비판이 나를 향할 때마저도. 브리셔즈는 디월트와 『등반』에 대한 평가에서도 상당히 솔직했다는 것이 밝혀졌다. 다음은 부탁한 적도 없었는데 1998년 7월 브리셔즈가 나에게 보낸 이메일을 발췌한 것이다.

(디월트는) 그 사건으로부터 16,000킬로미터나 떨어져 있었기에 신빙성을 가질 수 없다는 것이 제 생각이에요. 등반 경험이 상당하다 해도 거기에 있지 않고서는 고도가 높은 곳에서의 일에 대해 정확하게 쓸 수 없다는 데 당신도 동의할 것이라 확신해요. 산소 없이 등반하는 것에 관한 디월트의 진술과는 반대로, 대부분의 경험 많은 고산 등반가들은 그의 결론에 동의하지 않아요. …… 모든 증거와 모든 논리(산소=연료=힘=온기, 강인함 등)가 디월트의 주장에 단호하게 이의를 제기합니다. …… 일설에 따르면 아나톨리는 원조를 제공하는 위치에 있기 위해 하산했습니다. 그러나 그는 결코 자신의 고객들을 찾지 않았고, 그들은 사우스 콜을 가로지르면서 얼어 죽어 가고 있었어요. 구조에 필수적인 정보를 가지고 비틀거리며 캠프로 찾아 들어가는 것을 그들은 고스란히 감당해야 했어요. 길을 잃은 산악인들의 위치를 전해 듣기까지 아나톨리는 누구도 원조하지 않으면서 텐트에서 앉아 있었어요. 그만합시다! 아나톨리가 이 대화를 이어 갈 수 없다는 것이 안타깝네요. 그는 춥고 지쳐서 정상에서 고객들을 기다리면서 (비교적 움직이지 않은 채) 남아 있을 수 없었기 때문에 하산할 수밖에 없었다는 확신을 저는 고수합니다. …… 끝으로, 왜 당신 책에 관한 논쟁이 계속되고 있지요? 진짜 쟁점에 관한 분노는 어디 있나요? …… 당신은 글에다 모든 것을 쏟아 넣을 근성이 있잖아요.

그해 5월에 에베레스트에 있었던 우리 대부분은 잘못을 저질렀다. 앞서 이 책의 여러 곳에서 밝힌 것처럼, 나의 행동이 두 명의 동료들의 죽음에 원인을 제공했다. 나는 정상 등반 날 부크레예프의 의도는 좋은 것이었음을 의심하지 않는다. 그가 좋은 뜻을 가지고 있었다고 완전히 확신한다. 그럼에도 나를 혼란스럽게 하는 것은 아나톨리가 단 한 번의 잘못된 결정을 내렸다는 가능성을 인정하지 않는 것이었다.

디월트는『희박한 공기 속으로』에서 나의 "욕망"이 부크레예프를 비판하는 동기가 되었다고 썼다. "1996년 에베레스트의 비극 후 몇 주 만에 어렴풋이 일기 시작한 질문을 해결하면서 세간의 주목을 받으려는 욕망. 어드벤처 컨설턴츠 원정대에서 (《아웃사이드》의 필자로서) 크라카우어의 존재는 서서히 밝혀진 비극에 원인을 제공하지 않았는가?"

솔직히, 언론인으로서 나의 존재, 그리고 샌디 힐 피트먼의 참여가 확실히 그 재난에 직접적인 원인을 제공했다는 가능성 때문에 나는 아직도 몹시 괴롭다. 하지만 디월트의 냉소적인 단언과는 반대로 나는 결코 그 논쟁을 이 주제로부터 돌리게 하려고 노력한 적이 없다. 실제로 이 책은 말할 것도 없고 수많은 인터뷰에서 스스로 그 문제를 제기해 왔다. 나는 디월트에게 책을 되짚어 가면서 바로 이 주제에 관해 길게 서술한 210~211쪽을 읽기를 권한다. 그렇게 했던 것이 여전히 고통스럽기는 하지만 내가 에베레스트에서 저지른 과오들을 인정하는 것을 피한 적은 없다. 오직 바라는 것이 있다면 다른 이들이 동등한 솔직함으로 그 참사에 대한 자신의 판본을 제시하는 것이다.

아나톨리의 몇몇 행동을 비판적으로 쓰기는 했지만, 나는 항상 5월 11일 동트기 전의 시간 동안 재난이 닥쳤을 때 그가 보여 준 영웅적인 행동을 강조했다. 아나톨리가 상당한 위험을 무릅쓰고 샌디 힐 피트먼과 샬럿 폭스의 목숨을 구했다는 것은 의문의 여지가 없다. 이에 대해 시도 때도 없이 많은 장소에서 이야기했다. 우리 나머지 사람들이 텐트에서 무력하게 누워 있을 때 아나톨리가 폭풍을 홀로 헤쳐 나가 길을 잃은 등반가들을 불러들인 것에 대단한 존경을 표한다. 그러나 그날의 초반과 원정의 초반에 내린 그의 몇몇 결정들은 어쨌거나 곤란을 초래했으며, 그 재난에 대해 충실하고 정직한 보고서를 써야 할 의무가 있는 언론인으로서 그것을 무시할 수 없을 따름이었다.

공교롭게도 에베레스트에서 내가 목격한 많은 것들은 곤혹스러운 것들이었으며, 설령 참사가 일어나지 않았다 하더라도 곤란을 야기했을 것이다. 《아웃사이드》는 세계에서 가장 높은 산에서 가이드가 있는 원정대에 관한 기사를 쓰라는 특별한 임무를 주면서 나를 네팔로 보냈다. 나의 과제는 가이드와 고객들의 자격을 냉정하게 평가하고 실제로 가이드가 있는 에베레스트 등반이 어떻게 수행되는지를 눈으로 직접 날카롭게 목격한 것을 독자 대중에게 제공하는 것이었다. 그 보고가 어떻게 받아들여지든지 상관없이, 1996년 에베레스트에서 무슨 일이 일어났는지에 관한 상세한 보고를 다른 생존자들, 비탄에 빠진 가족들, 역사적 기록, 집으로 돌아오지 못한 나의 동료들에게 제공하는 것은 나의 의무라는 것 또

한 믿어 의심치 않는다. 그리고 그것이 내가 한 일이었다. 언론인과 산악인으로서 나의 방대한 경험에 기대어 가능한 가장 정확하고 정직한 보고를 제공하는 것 말이다.

× × ×

1996년에 에베레스트에서 어떤 일이 일어났는지에 관한 논쟁은 『등반』이 출간되고 나서 6주가 흐른 1997년 크리스마스에 심각한 전환을 맞았다. 아나톨리 니콜라예비치 부크레예프가 세계에서 열 번째로 높은 안나푸르나에서 눈사태로 죽은 것이다. 그의 사망은 전 세계를 슬픔에 빠트렸다. 서른아홉 살의 이른 죽음을 맞은 그는 엄청난 용기를 소유한 최상급의 스포츠맨이었다. 누가 보더라도 그는 놀랍고도 매우 복잡한 사람이었다.

부크레예프는 소비에트 연합의 남쪽 우랄산맥에 위치한 지저분한 탄광촌에서 자랐다. 런던의 《메일 온 선데이》에 기고한 영국 언론인 피터 길먼은 아나톨리의 소년기를 다음과 같이 설명했다.

(그의 아버지는) 신발을 만들고 시계를 고치는 일로 간신히 생계를 꾸려 나갔다. 배관 시설도 없는 비좁은 목조 주택에서 다섯 명의 아이들이 있었다. …… 부크레예프는 탈출을 꿈꾸었다. 그 산들이 그에게 기회를 주었다.

부크레예프는 아홉 살에 등반을 배웠으며, 그의 남다른 육체적 재능은 곧 밖으로 드러났다. 열여섯 살에 그는 카자흐스탄의 톈산

산맥에 있는 소비에트 산악 캠프에 들어가 모두가 탐내는 자리를 얻었다. 스물네 살 때 그는 엘리트 국가 등반 팀의 구성원으로 선발되었는데, 그것은 그에게 재정적 급료, 높은 위상, 유형무형의 다른 이득을 가져다줬다. 1989년 소비에트 원정대의 일원으로 그는 세계에서 세 번째로 높은 정상인 칸첸중가에 올랐으며, 카자흐스탄 알마티에 있는 집으로 돌아오자마자 미하일 고르바초프로부터 '소비에트 스포츠 거장(Soviet Master of Sport)'이라는 영예를 얻었다.

하지만 새로운 세계 질서에 수반된 격변으로 인해, 이러한 장밋빛 나날은 오래가지 않았다. 길먼은 다음과 같이 설명한다.

> 소비에트 연합은 붕괴되었다. 2년이 흐른 뒤 고르바초프는 사임했고, 당시에 막 혼자서 에베레스트 등정을 완수한 부크레예프는 그의 지위와 특권이 사라진 것을 알게 되었다. "아무것도 남은 게 없어." 그는 (그의 미국인 여자 친구인) (린다) 와일리에게 말했다. "한 푼도 없어. 당신은 빵 배급 대기 줄에 서 있어야 해." …… 부크레예프는 굴하지 않기로 했다. 공산주의 질서가 사라졌다면, 산악인의 기술과 결단력을 자산으로 써먹으면서 그는 민간 기업이라는 신세계에 적응해야 했다.

1997년 초반 인터넷에 올린 아나톨리에 관한 기억에서 그의 친구 프란 디스테파노-아르센티프*는 다음과 같이 떠올렸다.

> (부크레예프에게는) 절박한 시기였다. 단지 음식값을 지불할 수 있다는 것만 해도 사치스러웠다. …… 소비에트 등반가가 히말라야에 가기 위한 유일한 기회는 시스템 안에서 완수하고 그러한 특권을 얻는 것이었다.

당신이 등반가로서 충분한 능력이 있든 없든, 단지 히말라야에 갈 수 있는 자유를 가지는 것은 선택 사항이 아니었다. …… 부카(부크레예프의 애칭 — 옮긴이)가 유명해지기 전에 어떤 것도 녹록지 않은 시절이 있었다. 그러나 그는 내가 아는 사람들과는 달리 남다른 활력을 가지고 끈질기게 자신의 꿈을 좇았다.

겨우 먹고살기 위해 산과 돈 모두를 좇으면서 부크레예프는 전 지구적 유목민 같은 사람이 되었다. 근근이 생계를 꾸려 나가기 위해서, 그는 히말라야, 알래스카, 카자흐스탄에서 가이드로 고용되기도 했고, 미국 등산용품점에 슬라이드 쇼를 제공하기도 했으며, 때로는 흔한 일거리에 의존하기도 했다. 하지만 그러는 동안에도 그는 계속 고산 등반이라는 비범한 기록을 세워 나갔다.

등반을 사랑하고 산에 있는 것을 사랑했음에도, 부크레예프는 가이드를 즐기는 척하며 꾸민 적이 없다. 『등반』에서 그는 이에 대해 매우 숨김없이 말했다.

나는 먹고살 수 있는 다른 기회가 있을 것이라고 온 힘을 다해 소망했다. …… 내 개인적 목적을 달성하는 데 자금을 댈 다른 방법을 찾기에는 늦었다. 하지만 경험 없는 남자와 여자 들을 (위험한 고산 등반이라는) 이

---

* 콜로라도주 노우드에 사는 프란 디스테파노-아르센티프는 그녀의 남편인 저명한 산악인 세르게이 아르센티프를 통해 부크레예프와 만났다. 1998년 5월, 프란과 세르게이는 보충 산소 없이 동남 능선을 경유해서 함께 에베레스트 정상에 도달했다. 그리하여 산소에 의지하지 않고 에베레스트 등정에 성공한 최초의 미국인 여성이 되었다. 하지만 정상에 오르기에 앞서 부부는 보충 산소 없이 사흘 밤을 8,230미터 위에서 보냈으며, 그들은 하산하는 동안에는 더 높은 곳에서 나흘째 밤을 보내야만 했다. 이번에는 산소, 텐트 또는 슬리핑 백도 없이 비바람에 완전히 노출되었다. 끔찍하게도 두 등반가가 모두 더 아래에 있는 안전한 캠프에 도달하기 전에 사망했다.

세계로 데려다주는 일을 하는 것에 대단히 유보적일 수밖에 없었다.

그래서 그는 심지어 1996년 재난에 따른 공포와 논전을 경험한 후에도 초보 등반가들을 높은 봉우리로 데려가는 일을 계속했다.

1년 뒤인 1997년 봄, 부크레예프는 그들 섬나라에서 최초로 에베레스트를 등반한 일원이 되기를 바라는 인도네시아 육군 장교 팀을 이끄는 것을 수락했다. 그 인도네시아인 중 누구도 등산 경험이라고는 없는, 심지어 그전에 눈을 본 적도 없었다는 사실에도 불구하고. 초보 고객들과 함께하는 그를 보조하기 위해 부크레예프는 두 명의 고숙련 등반가인 블라디미르 바시키로프와 예브게니 비노그라드스키, 그리고 일곱 번이나 에베레스트에 오른 아파 셰르파를 고용했다. 게다가 1997년에는 1996년과는 달리 부크레예프를 포함한 팀의 모두가 산소통에 의지해 정상 공략에 나섰다. "보조 산소 공급이 고갈되었을 때 일어나는 갑작스러운 적응력 상실을 피하기 위해서 산소 없이 등반하는 것"이 더 안전하다는 그의 주장이 있었음에도 불구하고 말이다. 주목할 만한 점은, 1997년 정상 등반 날에 아나톨리가 그의 인도네시아 고객들로부터 단 몇 걸음도 떨어져 있었던 적이 없었다는 것이다.

그 팀은 4월 26일 자정을 막 지나서 꼭대기를 향해 사우스 콜을 출발했다. 정오 무렵, 선두에 있던 아파 셰르파는 힐러리 스텝에 도착했는데, 거기서 그는 오래된 고정 밧줄에 매달려 있는 브루스 헤러드*의 시체를 맞닥뜨렸다. 고인이 된 영국 사진작가 위로 기어 오르면서 아파, 아나톨리, 그리고 인도네시아 팀의 나머지 대원들은 천천히 힘겹게 정상을 향해 나아갔다.

인도네시아인 중에서 처음으로 아스무지오노 프라주리트가 부크레예프를 따라 정상에 도달했을 때 3시 30분을 가리키고 있었다. 그들은 내려오기 전 10분만 정상에서 머물렀으며, 이때 부크레예프는 두 명의 다른 인도네시아인을 억지로 돌려세웠는데, 심지어 그중 하나는 정상을 겨우 30미터만 남겨 두고 있었다. 그 팀은 그날 밤 겨우 발코니까지만 내려올 수 있었고, 거기서 그들은 8,412미터에서의 끔찍한 비박을 견뎠으나 부크레예프의 통솔력과 바람 한 점 없는 드문 밤에 감사를 표했다. 그리고 4월 27일 모두 무사히 사우스 콜을 내려왔다. "우리는 운이 좋았다."라고 아나톨리는 인정했다.

부크레예프와 비노그라드스키는 제4캠프로 하산하는 동안 8,291미터에서 암석과 눈으로 뒤덮인 스콧 피셔의 시신을 덮어 주기 위해 잠시 멈추었다. 부크레예프는 『등반』에서 생각에 잠겨 다음과 같이 말했다.

"이 마지막 존경의 표시는 한 사람으로서 내가 보내는 최선의, 그리고 가장 빛나는 미국식 표현이었다. 나는 종종 그의 눈부신 미소와 긍정적인 태도를 생각한다. 나는 까다로운 사람인데, 그를 본

---

* 헤러드는 밧줄에 걸려 거꾸로 뒤집힌 채로 발견되었다. 그는 1996년 5월 25일 저녁 힐러리 스텝에서 고정 밧줄을 타고 내려오는 동안 뒤집어졌고 혼자서는 바로 설 수 없었던 것으로 보인다. 아마도 기력이 너무 소진되었기 때문이거나 의식을 잃었기 때문인 듯하다. 여하간 부크레예프와 인도네시아인들은 그의 시신을 그대로 두고 떠났다. 그리고 1년이 지난 1997년 5월 23일, 피트 에이선스가 PBS TV 프로그램인 「노바」를 촬영하는 원정대의 일원으로 정상에 오르는 동안 헤러드를 밧줄에서 벗겨 내었다. 그를 풀어 주기 전에 에이선스는 헤러드의 카메라를 수습했는데, 거기에는 그의 마지막 사진이 담겨 있었다. 에베레스트 정상 부근에서 본인이 찍은 자신의 모습이었다.

보기 삼아 좀 더 살면서 그를 항상 기억하고 싶다."

하루가 지나 부크레예프는 사우스 콜을 가로질러 캉슝 사면 모서리로 걸어갔다. 거기서 그는 남바 야스코의 시신이 있는 위치를 알아내 그가 할 수 있는 최선을 다해 그녀를 돌로 덮어 주었으며, 그녀의 소지품들을 가족에게 돌려주기 위해 수습했다.

인도네시아인들과 함께 에베레스트를 등반하고 한 달 뒤, 부크레예프는 서른 살의 영민한 이탈리아 등반가인 시모네 모로*와 함께 로체와 에베레스트 신속 횡단을 시도했다. 부크레예프와 모로는 5월 26일 로체 정상을 향해 출발했다. 같은 날, 별도의 러시아인 팀의 여덟 명의 대원 또한 로체로 오르기 시작했다. 거기에는 인도네시아인들이 에베레스트에 오르는 데 도움을 주었던 부크레예프의 친구인 블라디미르 바시키로프도 포함되어 있었다. 열 명의 등반가 중 누구도 보충 산소를 사용하지 않았다.

모로는 오후 1시에 정상에 도달했다. 부크레예프는 25분 후에 도착했지만, 몸이 좋지 않아서 정상에서 겨우 몇 분을 보낸 뒤 내려오기 시작했다. 모로는 정상에서 아마도 40분을 더 머문 뒤 혼자서 아래로 향했다. 하산하는 동안 그는 바시키로프와 마주쳤는데,

---

* 1997년 부크레예프와의 미팅 후 모로는 그의 가장 친한 친구가 되었다. 모로는 내게 말했다. "나는 아나톨리 부크레예프를 (물론, 친구로서) 사랑했고 지금도 사랑해요. 그를 만난 후 내 삶, 내 계획, 내 꿈을 바꿨죠. 아마도 그의 어머니와 여자 친구인 린다만이 나보다 그를 더 사랑했을 거예요." 공교롭게도 모로는 이 책에서 부크레예프에 대한 나의 묘사에 강한 반발 의사를 표시했다. 모로는 설명했다. "당신은 그가 진짜 어떤 사람인지 몰라요. 당신은 미국인이고 부크레예프는 러시아인이에요. 당신은 8,000미터 정상들에 처음 가 보았지만, 그는 그러한 고도에서 언제나 최고였어요.(8,000미터가 넘는 정상에 스물한 번이나 오른 사람은 그가 유일해요.) 당신은 평범한 등산가이고 그는 환상적인 스포츠맨이자 생존의 달인이에요. 당신은 경제적으로 안정적이지만 그는 배고픔을 알았어요. …… 내 생각에 당신은 치료에 관한 책 한 권을 읽고 나서 세계에서 가장 유명하고 능력 있는 외과 의사에게 의사가 되는 방법에 대해 가르치려는 사람과 다름없어요. …… 1996년에 아나톨리가 내린 결정에 대해 심판할 때 당신은 이걸 반드시 기억해야 해요. 그의 팀에 있는 고객들 누구도 죽지 않았다는 것을."

그 또한 몸이 좋지 않았음에도 여전히 억지로 올라가고 있었다. 오후 늦게 바시키로프와 나머지 러시아인들 모두 정상에 도달했다.

러시아인이 전부 정상에 도달하고 얼마 지나지 않아 모로와 부크레예프는 텐트로 다시 돌아와 잠자리에 들었다. 다음 날 아침, 잠에서 깨자마자 모로는 그의 라디오를 켰고 로체 등반 중인 몇몇 이탈리아 친구들이 전송하는 것을 우연히 건너 듣게 되었다. 그 이탈리아인들은 불안에 떨며 정상 높은 곳에서 초록색 옷을 입고 노란 부츠를 신은 등반가의 시신 한 구를 맞닥뜨렸다고 보고했다. 모로는 말했다.

"그 순간 그것이 바시키로프일 거라는 것을 알았어요."

그는 즉시 부크레예프를 깨웠고, 부크레예프는 러시아인 팀에게 무전을 날렸다. 러시아인들은 그날 밤 바시키로프가 정말 죽었다고 보고했다. 그는 정상에서 내려오던 중 고도 관련 질병 때문에 죽었다.

비록 부크레예프는 고지에서 또 한 명의 친구를 잃었지만, 그것이 세계에서 가장 높은 산들을 오르려는 그의 열정을 꺾지는 못했다. 바시키로프가 사망하고 6주가 흐른 1997년 7월 7일, 부크레예프는 파키스탄에 있는 브로드봉을 단독 등정했다. 그리고 정확히 일주일 뒤 근처에 있는 가셔브룸 2봉의 신속 등정을 완수했다. 비록 모로는 8,000미터급 봉우리 열네 개 모두를 오르는 것이 부크레예프에게 특별히 중요한 것은 아니었다고 말하지만, 그는 이제 막 열네 개 중에서 열한 개를 오른 상황이었다. 낭가파르바트, 히든피크, 그리고 안나푸르나만 남겨 두고 있었다.

그해 늦여름 아나톨리는 라인홀트 메스너를 약간 여유로운 톈산 산맥 등반에 함께하자고 초대했다. 메스너가 방문한 동안, 부크레예프는 그 전설적인 이탈리아 등산가에게 자신의 등반 경력에 대한 조언을 구했다. 1989년 히말라야를 처음 방문한 이래로 부크레예프는 고산 등반에서 놀라운 기록들을 쌓아 나갔다. 하지만 이 등반 중 두 개를 제외하고는 모두 기술적인 문제가 거의 없는, 전통적이고 비교적 잘 알려진 경로를 따랐다. 메스너는 만약 부크레예프가 세계적으로 진정 위대한 산악인으로 여겨지기를 원한다면 그의 초점을 더 가파르고 매우 어렵고 이전에는 등반하지 않은 코스로 옮겨야 한다고 지적했다.

아나톨리는 이 조언을 마음 깊이 새겼다. 사실, 메스너와 상담하기 전에도 부크레예프와 모로는 안나푸르나 1봉을 그 산의 거대한 남쪽 사면에 있는 어렵기로 악명 높은 경로로 오르기를 시도하려고 결정했었다. 그쪽은 1970년에 강인한 앵글로아메리카 팀만이 정복한 곳이었다. 그리고 난이도를 높이기 위해 부크레예프와 모로는 안나푸르나 등반을 겨울에 감행하기로 했다. 그것은 대단히 야심 차고 위험한 일이 될 것이었다. 상상할 수조차 없는 바람과 추위가 있는 고도에서의 극한의 기술적 등반이 필요하기 때문이었다. 최상의 조건으로 오를 때조차 8,063미터의 높이를 가진 안나푸르나는 세계에서 가장 치명적인 산들 가운데 하나다. 정상에 도달한 등반가 두 명당 한 명꼴로 목숨을 잃었다. 만약 부크레예프와 모로가 성공했다면, 그것은 히말라야 등반 역사에서 가장 대담한 등반의 하나가 될 것이었다.

1997년 늦은 11월, 『등반』이 출간되고 나서 곧바로 부크레예프와 모로는 카자흐스탄 사진작가 드미트리 소볼레프를 동반하고서 네팔로 이동해서 안나푸르나 베이스캠프에 헬리콥터로 날아갔다. 하지만 예년과는 다른 초겨울이었다. 엄청나게 많은 눈을 쏟아붓는 폭풍이 자주 몰아쳤고 거대한 눈사태가 우레와 같은 소리를 내며 그들이 예정한 경로를 내려 덮었다. 그 결과, 원정에 돌입하는 달에 그들은 애초의 계획을 포기하고 대신 안나푸르나의 남쪽 사면의 동쪽 가장자리에 있는 다른 경로로 시도하기로 결정했다. 성공한 적은 없지만 뛰어난 등반가들이 몇 번 시도했던 경로였다. 부크레예프 팀이 정상으로 가는 길에 팡이라 불리는 무시무시한 위성 봉을 오르기도 해야 하는 등 어려움은 극심했지만 눈사태의 위험만은 이 새로운 경로 쪽이 현저히 낮은 것으로 보였다.

　새로운 경로의 험준한 지형의 초입 아래 5,182미터 고지에 제1캠프를 세우자마자, 크리스마스 날 일출 무렵 부크레예프, 모로, 소볼레프는 넓은 협곡을 따라 그들의 캠프에서 대략 820미터로 치솟은 능선까지 고정 밧줄을 설치하려고 텐트를 나섰다. 선두에 선 모로는 정오에 능선 꼭대기에서 61미터를 남겨 둔 지점까지 올랐다. 오후 12시 27분, 백팩에서 뭔가를 꺼내기 위해 멈추었을 때 그는 날카롭게 울리는 소리를 들었다. 올려다보았을 때 그는 자신을 향해 곧바로 돌진해 오는 엄청나게 큰 얼음 덩어리들로 된 눈사태를 보았다. 눈과 얼음으로 된 벽이 서 있던 곳에서 그를 휩쓸어 산 아래로 끌고 내려가기 바로 직전에, 그는 210미터 정도 아래의 협곡을 올라오고 있던 부크레예프와 소볼레프에게 간신히 비명을 질러 경고를 보냈다.

　모로는 손가락과 손바닥 들에 깊은 홈이 파이면서 불에 덴 것처럼 화끈거리는 것을 감수하고 잠시 고정 밧줄을 꽉 쥐면서 미끄러지는 것을 막으려고 애썼지만 소용없었다. 그는 폭포처럼 쏟아져 내리는 얼음과 함께 대략 800미터를 굴러떨어져서는 추위로 기절했다. 제1캠프 위 완만한 경사에서 얼어붙은 돌무더기가 서서히 멈추기 시작했을 때, 모로는 운 좋게도 눈사태 잔해의 상부에 있었다. 의식이 들자마자 그는 미친 듯이 동료들을 찾았지만 그들의 흔적은 어디에서도 찾을 수 없었다. 그다음 주 내내 공중과 지상에서 수색했지만 헛수고로 돌아갔다. 부크레예프와 소볼레프는 죽은 것으로 추정되었다.

　아나톨리의 부고는 여러 대륙에 충격으로 다가왔고 믿기지 않는 것이었다. 그는 놀라울 정도로 많이 이동했으며 전 세계에 친구들이 있었다. 많은, 정말 많은 사람이 그가 가 버린 것에 큰 타격을 입었지만, 그들 중 누구도 그와 삶을 함께 나눈 여성인 뉴멕시코 산타페에 있는 린다 와일리만큼 그런 것은 아니었다.

　여러 가지 복잡한 이유로 그의 죽음에 나 또한 극도의 혼란에 빠졌다. 안나푸르나에서의 사고를 계기로 1996년 에베레스트에서 무슨 일이 있었는지에 관한 논쟁은 새로운 국면을 맞았다. 아나톨리와 나 사이에 오간 사태가 어떻게 이 지경에 이르렀는지 곰곰이 생각했다. 우리 둘 다 고집스러웠고 자신에 차 있었으며 싸움에서 한 발짝도 물러서지 않았기 때문에 우리의 불화는 걷잡을 수 없이 크게 번져 갔다. 그 과정에서 우리 둘의 명예 또한 손상되었다. 그리고 솔직히 말하자면, 이에 대한 책임은 부크레예프만큼이나 나에게도 많이 있음을 인정해야 한다.

그렇다면 나는 이 책에서 쓴 것과 다르게 아나톨리를 묘사했기를 바라는 것인가? 아니, 그렇게 생각하지 않는다. 『희박한 공기 속으로』나 『등반』이 출간된 이래로 내가 잘못 알고 있었다고 믿을 만한 어떤 이유도 찾지 못했다. 바라는 것이 있다면, 1996년 11월 《아웃사이드》에 나의 최초의 에베레스트 기사가 나간 즉시 인터넷에 게시된 아나톨리와 나 사이에 오간 유명한 편지들에서 내가 조금은 덜 공격적이어야 했다는 것이다. 그 온라인상에서의 승강이는 그 후 몇 달 동안 격화되어 그 논쟁마저 극단으로 치달아 불운한 분위기를 만들어 냈다.

비록 《아웃사이드》에 실린 내 기사와 내 책에서 부크레예프를 겨냥한 비판이 꼼꼼하게 평가받고 진심 어린 칭찬으로 균형을 잡기는 했지만, 그럼에도 아나톨리는 그것들에 상처받고 격분했다. 그와 디월트는 나에 대한 인신공격, 그리고 몇몇 사실을 매우 창조적으로 해석하여 제시하는 것으로 응수했다. 나의 정직함을 주장하기 위해, 나는 쓸데없이 부크레예프를 상처 주는 것을 막기 위해 그전부터 가지고만 있었던 몇몇 해로운 자료를 부득이하게 제시할 수밖에 없었다. 부크레예프, 디월트, 그리고 세인트마틴 출판사는 인신공격의 강도를 높였으며, 뒤따르는 기간 동안 토론의 취지는 무색해지기만 했다. 아마도, 디월트가 『등반』에서 썼듯이, 1996년에 에베레스트에서 무슨 일이 있었는지에 관한 공개적이고 지속적인 논쟁으로 얻은 것이 없지는 않았다. 그의 책, 그리고 내

책도, 덕분에 확실히 많이 팔렸다. 그러나 거기서 생겨난 모든 쓰라린 상처들에도 불구하고 영구적으로 중요한 상당 부분이 해명되었는지 확신이 서지 않는다.

그 논쟁은 밴프 마운틴 북 페스티벌이 열린 1997년 11월에 최악의 국면을 맞았다. 부크레예프는 탁월한 산악인들로 구성된 포럼의 토론자였다. 그 사건이 목소리가 누가 더 큰지 겨루는 시합으로 변질될까 봐 두려워서 토론자로 참석하라는 초대를 거절했지만, 나는 청중의 한 사람으로 참석하는 실수를 저지르고 말았다. 아나톨리의 발언 순서가 돌아왔을 때, 그는 (그의 통역을 맡은) 린다에게 내가 그에 대해 쓴 대부분은 '개소리(bullshit)'라는 선언으로 시작하는 미리 준비된 성명서를 읽게 했다. 그 결과 나는 아나톨리의 미끼에 걸려들었고 경솔하고 심한 말들이 청중으로 가득한 강당에서 오갔다.

나는 소란을 피운 것을 곧바로 후회했다. 포럼이 종료되어 청중이 흩어지고 난 뒤 서둘러 밖으로 나가 아나톨리를 찾았고 와일리와 함께 밴프 센터의 부지를 가로지르는 그를 발견했다. 나는 그들에게 내 생각에 우리는 함께 사적인 대화를 짧게 주고받을 필요가 있다고 말하면서 오해를 풀려고 시도했다. 아나톨리는 또 다른 북 페스티벌 행사에 늦었다고 거절하면서 처음에는 이 제안에 주저했다. 그러나 내가 고집을 부리자 결국 잠시 시간을 내주었다. 그 다음 30분 동안 그와 와일리 그리고 나는 차가운 캐나다 아침에 바깥에 서서 솔직하지만 차분하게 우리의 차이에 관해 이야기했다.

한순간에 아나톨리는 내 어깨에 손을 얹으며 말했다.

"나는 당신에게 화난 것이 아니에요, 존, 하지만 당신은 이해를 못 하고 있어요."

토론이 끝나고 우리가 각자의 길로 걸어갈 때까지, 아나톨리와 나 모두 그 논쟁의 분위기를 누그러뜨리려고 노력해야 한다는 결론에 이르렀다. 우리 사이의 분위기를 감정이 실리고 적대적으로 만들 필요가 없다는 데 의견이 모였다. 우리는 특정 사항들에는 의견이 다르다는 것에 동의했다. 주로 산소통 없이 에베레스트를 가이드하는 것의 타당성, 힐러리 스텝 정상 부근에서 부크레예프와 피셔가 마지막으로 나눈 대화의 내용 등. 그러나 우리 둘 다 그 외의 중요한 모든 것에 대해서는 거의 의견이 일치함을 깨닫는 데 이르렀다.

비록 부크레예프의 공동 집필자인 디월트 씨가 논쟁을 감칠맛 나게 계속 부추겼지만(그는 앞서 언급한 포럼에 없었다.), 나는 조금이라도 그와 화해하기를 바라는 뜻을 품고 밴프에서 아나톨리와의 만남에서 물러났다. 아마도 내가 지나치게 낙관적이어서 그랬겠지만, 난국이 끝났다고 내다보았다. 하지만 7주 후 아나톨리가 안나푸르나에서 죽음을 맞았을 때, 내 화해의 시도가 너무 많이 늦었다는 것을 깨달았다.

1999년 8월
존 크라카우어

작가의 말

《아웃사이드》에 실린 기사에서 내가 언급한 몇몇 사람은 그 기사를 보고 분노했으며 에베레스트에서 희생당한 몇몇 사람의 친구나 친지들 역시 몹시 기분 나빠했다. 이에 대해 나는 진심으로 유감을 표한다. 나는 그 누구의 마음도 다치게 할 의도가 없었다. 그 잡지 기사에서(이 책의 경우에는 더 말할 나위도 없고), 나는 에베레스트에서 일어났던 일들을 가급적 있는 그대로 정확하고 정직하게 기록하려는 마음밖에 없었다. 그 사건과 관련된 사람들에 대해 서술할 때는 최대한 신중하고 정중한 자세를 잃지 않으려 애썼다. 나는 그 이야기는 반드시 기록되어야 한다는 신념을 갖고 있다. 하지만 모든 사람이 다 나처럼 생각하지만은 않을 것이고 따라서 내 글로 인해 본의 아니게 상처를 받은 분들께 깊이 사과드린다.

옮긴이의 말

　10년 전 유난히 무더웠던 한여름에 이 책을 번역했다. 지구 온난화의 영향이 유난히 실감나던 여름이었다. 아무래도 지구에 이상이 있는 것 같았다. 그런데도 나는 거실에 있는 에어컨과 선풍기는 아내와 딸애한테 양보하고 아무것도 없는 내 방에서 진땀을 흘려 가며 일했다. 아문센은 남극 탐험을 하기 전에 노르웨이의 한겨울에도 창문을 열어 놓고 지냈다는데 나는 한여름에도 창문을 열어 놓고 지냈다. 줄창 담배를 피워 가며 일하기 때문이다. 에어컨을 켠 상태에서 담배를 피우는 건 피우는 당사자인 나도 싫다. 게다가 나는 별로 깔끔한 사람이 아님에도 선풍기를 켜고 담배를 피울 때 재가 풀풀 날리는 게 싫어서 일할 때는 선풍기 바람을 일절 쐬지 않는다.

　가만히 앉아 있어도 땀이 줄줄 흘러내리는 살인적인 더위가 연일 계속되는 바람에 나는 부득이 윗몸을 다 벗은 채 일했는데 며칠 그렇게 지내다 보니 땀에 젖은 의자의 비닐 등받이에 닿은 등에 뾰루지가 잔뜩 나서 여간 가렵지 않았다. 그런데도 나는 책이 재미있어서 더운 줄도 몰랐다.

그때 나는 정말 덥지 않았다. 그건 내가 더위를 대단히 잘 참는 사람이어서가 아니라 이 책을 번역하다 보니 저절로 더위가 가셨기 때문이다. 해발 8,000미터가 넘는 고봉에서 폭설과 강풍, 영하 70도가 넘는 추위, 산소 부족 등으로 허덕이며 생사의 갈림길에서 헤매는 사람들의 이야기를 번역하다 보니 내가 처한 환경은 그야말로 파라다이스였다.

산소 하나만 놓고 생각해 보자. 해발 5,400미터인 에베레스트 베이스캠프의 산소 농도는 해수면의 반밖에 되지 않으며 8,848미터인 에베레스트 정상의 경우에는 해수면의 3분의 1에 지나지 않는다. 에베레스트를 오르는 사람들은 정상 등반의 전진 기지이자 맨 아래 캠프 격인 베이스캠프에서부터 산소 부족으로 심하게 헐떡이기 시작하는데 그렇게 숨 막히는 생활을 근 한 달 가까이 계속해야 한다. 그리고 산소 부족으로 갖가지 고산병이 발생한다. 호흡기 장애는 물론이고 저체온증, 동상, 착란증, 폐부종, 뇌수종 등등. 산소가 부족하면 상처가 잘 낫지 않고 소화도 잘 되지 않으며 잠도 잘 오지 않는다는 걸 이 책을 번역하면서 처음 알았다. 그리고 제2캠프를 떠나 높이 1,200미터가 넘는 로체 사면으로 올라가면서부터는 기온이 섭씨 영하 40도가 넘는 건 다반사며 노상 폭풍과 눈사태, 낙석, 추락사 등의 위협에 떨어야 한다.

그러니 해발 50미터가 넘을까 말까 한 서울 한복판에서 오염이 좀 되었기는 하나 넘칠 만큼 풍부한 산소를 마음껏 호흡하면서 기온이 영상 30도가 좀 넘는다 하여 호들갑을 떨어야 할 이유가 있겠는가. 게다가 모든 물이 얼음으로만 존재하고 몇십 년이 지나도 시체가 썩지 않는 춥고 살풍경하고 황량하기만 한 에베레스트와 비교할 때 내가 처한 일상은 얼마나 풍요로웠던지.

이 책의 저자 존 크라카우어는 1996년 봄 시즌에 로브 홀이라는 세계적인 명성을 지닌 가이드가 인솔하는 등반대의 일원으로 에베레스트 정상에 올랐다가 무사히 살아서 내려왔다. 하지만 로브 홀을 비롯한 다른 네 대원은 산 정상 부근에서 폭풍과 폭설을 만나 조난당했다. 다른 팀들의 대원 여덟 명 역시 에베레스트 부근에서 비슷한 운명에 처했고.

이 책『희박한 공기 속으로』는 바로 그 사건들에 대한 면밀하고도 정직한 기록이다. 그는 기자이자 작가답게 그 사건을 있는 그대로 서술하려 애썼으며 또 친소 관계에 좌우되지 않고 그 참사와 관련된 사람들에 대해 냉철하게 기록하는 바람에 훗날 같이 에베레스트에 올랐던 사람들이나 거기서 희생당한 사람들의 친지들로부터 많은 비난을 받기까지 했다.

이 책은 단순히 1996년 봄 시즌의 로브 홀 등반대의 조난기에만 머물지 않고 에베레스트를 오르는 과정 전체, 그리고 에베레스트 등반과 관련된 모든 사람(이를테면 셰르파가 어떤 사람들인가를 포함하여), 에베레스트 등반의 전 역사를 망라하고 있다. 한마디로 에베레스트에 관한 모든 것이라 할 수 있다.

로브 홀 등반대와 스콧 피셔 등반대의 조난은 미국뿐만 아니라

전 세계적인 뉴스거리가 되었으며 그 참사를 면밀하게 기록한 이 책은 발간된 뒤 미국의 비소설 분야 베스트셀러 상위권에 오래 머물렀다.

× × ×

올해는 고(故) 고상돈 대원이 한국 최초로 에베레스트에 오른 지 30년이 되는 해다. 그 당시 이 소식을 처음 접했을 때 가슴이 뛰었던 기억이 새롭다. 전쟁과 빈곤으로 찌들었던 나라가 서서히 기지개를 켜면서 일어서던 시절, 이런 쾌거들은 민족적인 자부심을 한껏 북돋워 주는 역할을 하곤 했다.

그러나 이 책의 저자도 이미 지적했다시피 이제 에베레스트는 상업적인 등반대들의 활동으로 보는 이에게 절로 외경심을 안겨 주던 신비로운 여신의 산이라는 본래 면모를 잃고 시즌 때면 거의 장바닥같이 변한다고 한다. 칠십 대 노인도, 불구자도 큰 어려움을 겪지 않고 오를 수 있는 산. 하지만 자연은 이를 경시하는 이들에게 언제나 예측불허의 재난을 내리곤 했다. 이 책은 바로 그와 같은 재난의 한 예를 제공한다고도 할 수 있다.

이 책은 에베레스트와 고산 등반에 관심이 있는 산악인들의 마음에 호소하는 바가 클 것이다. 하지만 감히 그들의 뒤를 따를 엄두를 내지 못하고 그저 안온한 환경에 주저앉아 단조롭고 따분한 생활에서 벗어나기 위해 모험에 찬 찬란한 삶을 꿈꾸기만 하는(영어로 이런 사람들을 월터 미티라 부른다고 한다.) 나 같은 이에게도 이 책 속의 일화들과 인물들은 강렬한 인상으로 다가왔다. 그러니 산을 잘 모르시는 나 같은 월터 미티들에게도 일독을 권하고 싶다. 특히 더위와 추위에 약한 분들께.

2007년 초여름
옮긴이 김훈

등장인물

어드벤처 컨설턴츠 가이드 전문 등반대

로브 홀	뉴질랜드, 등반대장 겸 수석 가이드
마이크 그룸	오스트레일리아, 가이드
앤디 '해럴드' 해리스	뉴질랜드, 가이드
헬렌 윌턴	뉴질랜드, 베이스캠프 매니저
닥터 캐롤라인 매켄지	뉴질랜드, 베이스캠프 전속 의사
앙 체링 셰르파	네팔, 베이스캠프 셰르파 대장
앙 도르제 셰르파	네팔, 등반 셰르파 대장
락파 체링 셰르파	네팔, 등반 셰르파
카미 셰르파	네팔, 등반 셰르파

텐징 셰르파	네팔, 등반 셰르파
앙리타 셰르파	네팔, 등반 셰르파
앙가왕 노르부 셰르파	네팔, 등반 셰르파
출둠 셰르파	네팔, 등반 셰르파
총바 셰르파	네팔, 베이스캠프 요리사
펨바 셰르파	네팔, 베이스캠프 셰르파
텐디 셰르파	네팔, 보조 요리사
더그 한센	미국, 고객
닥터 시본 벡 웨더스	미국, 고객
남바 야스코	일본, 고객
닥터 스튜어트 허치슨	캐나다, 고객
프랭크 피슈벡	홍콩, 고객
루 카시슈케	미국, 고객
닥터 존 태스크	오스트레일리아, 고객
존 크라카우어	미국, 고객 겸 기자
수전 앨런	오스트레일리아, 도보 여행자
낸시 허치슨	캐나다, 도보 여행자

마운틴 매드니스 가이드 전문 등반대

스콧 피셔	미국, 등반대장 겸 수석 가이드
아나톨리 부크레예프	러시아, 가이드
닐 베이들맨	미국, 가이드
닥터 잉그리드 헌트	미국, 베이스캠프 매니저 겸 전속 의사
롭상 장부 셰르파	네팔, 등반 셰르파 대장
앙기마 칼레 셰르파	네팔, 베이스캠프 셰르파 대장

480

앙가왕 톱체 셰르파	네팔, 등반 셰르파
타시 체링 셰르파	네팔, 등반 셰르파
앙가왕 도르제 셰르파	네팔, 등반 셰르파
앙가왕 샤 키아 셰르파	네팔, 등반 셰르파
앙가왕 텐디 셰르파	네팔, 등반 셰르파
텐디 셰르파	네팔, 등반 셰르파
'큰' 펨바 셰르파	네팔, 등반 셰르파
펨바 셰르파	네팔, 베이스캠프 보조 요리사
샌디 힐 피트먼	미국, 고객 겸 기자
샬럿 폭스	미국, 고객
팀 매드슨	미국, 고객
피트 쇼에닝	미국, 고객
클레브 쇼에닝	미국, 고객
레네 가멜가르드	덴마크, 고객
마틴 애덤스	미국, 고객
닥터 데일 크루즈	미국, 고객
제인 브로멧	미국, 기자

맥길리브레이 프리먼 아이맥스/아이웍스 등반대

데이비드 브리셔즈	미국, 등반대장 겸 영화감독
잠링 노르게이 셰르파	인도, 부대장 겸 출연 배우
에드 비스터스	미국, 대원 겸 출연 배우
아라셀리 세가라	스페인, 대원 겸 출연 배우
스즈키 스미요	일본, 대원 겸 출연 배우
로버트 샤우어	오스트레일리아, 대원 겸 촬영 기사

폴라 바톤 비스터즈	미국, 베이스캠프 매니저
오드리 샐켈드	영국, 기자
리즈 코헨	미국, 제작부장
라이즐 클라크	미국, 영화 제작자 겸 작가

타이완 등반대

'마칼루' 고 밍호	타이완, 등반대장
첸 유난	타이완, 대원
카미 도르제 셰르파	네팔, 등반 셰르파 대장
앙기마 곰부 셰르파	네팔, 등반 셰르파
밍마 체링 셰르파	네팔, 등반 셰르파

요하네스버그 《선데이 타임스》 등반대

이안 우달	영국, 등반대장
브루스 헤러드	영국, 부대장 겸 사진작가
캐시 오다우드	남아프리카공화국, 대원
데션 데이젤	남아프리카공화국, 대원
에드먼드 페브루어리	남아프리카공화국, 대원
앤디 데클레르크	남아프리카공화국, 대원
앤디 해클랜드	남아프리카공화국, 대원
켄 우달	남아프리카공화국, 대원
티에리 르나르	프랑스, 대원
켄 오웬	남아프리카공화국, 스폰서 겸 도보 여행자
필립 우달	영국, 베이스캠프 매니저

알렉상드린 고댕	프랑스, 보조 관리 직원
닥터 샬럿 노블	남아프리카공화국, 전속 의사
켄 버논	남아프리카공화국, 기자
리처드 쇼리	남아프리카공화국, 사진 기자
패트릭 콘로이	남아프리카공화국, 무선 기사
앙 도르제 셰르파	네팔, 등반 셰르파 대장
펨바 텐디 셰르파	네팔, 등반 셰르파
장부 셰르파	네팔, 등반 셰르파
앙 바부 셰르파	네팔, 등반 셰르파
다와 셰르파	네팔, 등반 셰르파

알파인 어센츠 인터내셔널 가이드 전문 등반대

토드 벌리슨	미국, 등반대장 겸 가이드
피트 에이선스	미국, 가이드
짐 윌리엄스	미국, 가이드
닥터 켄 캐믈러	미국, 고객 겸 전속 의사
찰스 코필드	미국, 고객
베키 존스턴	미국, 도보 여행자 겸 시나리오 작가

인터내셔널 커머셜 등반대

맬 더프	영국, 등반대장
마이크 트루먼	홍콩, 부대장
마이클 번즈	영국, 베이스캠프 매니저
닥터 헨리크 제센 한센	덴마크, 전속 의사

베이카 구스타브손	핀란드, 대원
킴 세이베르	덴마크, 대원
진즈 풀런	영국, 대원
야코 쿠르비넨	핀란드, 대원
유언 던컨	영국, 대원

히말라야 가이즈 커머셜 등반대

헨리 토드	영국, 등반대장
마크 페처	미국, 대원
레이 도어	미국, 대원
마카엘 요르겐센	덴마크, 대원
브리짓 뮤어	오스트레일리아, 대원
닐 로튼	영국, 대원
그레이엄 랫클리프	영국, 대원

스웨덴 단독 등반대

예란 크로프	스웨덴, 대원
프레데릭 블룸퀴스트	스웨덴, 영화 제작자
앙 리타 셰르파	네팔, 등반 셰르파 겸 촬영 요원

노르웨이 단독 등반대

| 페테르 네비 | 노르웨이, 대원 |

뉴질랜드-말레이시아 가이드 전문 푸모리 등반대

가이 코터	뉴질랜드, 등반대장 겸 가이드
데이브 히들스턴	뉴질랜드, 가이드
크리스 질렛	뉴질랜드, 가이드

아메리칸 커머셜 푸모리/로체 등반대

댄 매주르	미국, 등반대장
조너선 프랫	영국, 공동 등반대장
스콧 다스니	미국, 대원 겸 사진 기자
샹탈 모뒤	프랑스, 대원
스티븐 코크	미국, 대원 겸 스노보더
브렌트 비숍	미국, 대원
다이앤 탤리어페로	미국, 대원
데이브 샤먼	영국, 대원
팀 호바스	미국, 대원
대너 린즈	미국, 대원
마사 린즈	미국, 대원

네팔 에베레스트 정화 등반대

소남 겔첸 셰르파	네팔, 등반대장

히말라야구조협회 진료소 (페리체 마을 소재)

닥터 짐 리치	미국, 의사
닥터 래리 실버	미국, 의사
로라 지머	미국, 사무 요원

인도-티베트 국경 경비대 에베레스트 등반대 (에베레스트 티베트 사면으로 등반)

모힌도르 싱	인도, 등반대장
하르바잔 싱	인도, 부대장 겸 대원
체왕 스만라	인도, 대원
체왕 팔조르	인도, 대원
도르제 모룹	인도, 대원
히라 람	인도, 대원
타시 람	인도, 대원
상제 셰르파	인도, 등반 셰르파
나드라 셰르파	인도, 등반 셰르파
코싱 셰르파	인도, 등반 셰르파

일본 후쿠오카 에베레스트 등반대 (에베레스트 티베트 사면으로 등반)

야다 고지	일본, 등반대장
하나다 히로시	일본, 대원
시게카와 에이스케	일본, 대원
파상 체링 셰르파	네팔, 등반 셰르파
파상 카미 셰르파	네팔, 등반 셰르파
아니 겔젠 셰르파	네팔, 등반 셰르파

참고문헌

Armington, Stan. *Trekking in the Nepal Himalaya*. Oakland, CA: Lonely Planet, 1994.

Bass, Dick, and Frank Wells with Rick Ridgeway. *Seven Summits*. New York: Warner Books, 1986.

Baume, Louis C. *Sivalaya: Explorations of the 8,000-Metre Peaks of the Himalaya*. Seattle: The Mountaineers, 1979.

Cherry-Garrard, Apsley. *The Worst Journey in the World*. New York: Carroll & Graf, 1989.

Dyrenfurth, G. O. *To the Third Pole*. London: Werner Laurie, 1955.

Fisher, James F. *Sherpas: Reflections on Change in Himalayan Nepal*. Berkeley: University of California, 1990.

Holzel, Tom, and Audrey Salkeld. *The Mystery of Mallory and Irvine*. New York: Henry Holt, 1986.

Hornbein, Thomas F. *Everest: The West Ridge*. San Francisco: The Sierra Club, 1966.

Hunt, John. *The Ascent of Everest*. Seattle: The Mountaineers, 1993.

Long, Jeff. *The Ascent*. New York: William Morrow, 1992.

Messner, Reinhold. *The Crystal Horizon: Everest-the First Solo Ascent*. Seattle: The Mountaineers, 1989.

Morris, Jan. *Coronation Everest: The First Ascent and the Scoop That Crowned the Queen*. London: Boxtree, 1993.

Roberts, David. *Moments of Doubt*. Seattle: The Mountaineers, 1986.

Shipton, Eric. *The Six Mountain-Travel Books*. Seattle: The Mountaineers, 1985.

Unsworth, Walt. *Everest*. London: GraftonBooks, 1991.

옮긴이 | 김훈

고려대 사학과를 졸업했다. 1981년 《동아일보》 신춘문예 희곡부문에 당선되었다. 전문번역가로 활동하며, 경북 봉화군에 있는 대안학교인 '내일학교' 교사로도 일했다. 옮긴 책으로는 『패디 클라크 하하하』, 『환상 여행』, 캐드펠 시리즈 중 『99번째 주검』과 『성소의 참새』, 『메디슨 카운티의 추억』, 『피아니스트』, 『지터버그 향수』 등이 있다.

희박한 공기 속으로

1판 1쇄 펴냄 1997년 11월 20일
2판 1쇄 펴냄 2007년 6월 17일
3판 1쇄 찍음 2025년 1월 20일
3판 1쇄 펴냄 2025년 2월 12일

지은이 | 존 크라카우어
옮긴이 | 김훈
후기 옮긴이 | 신철규
발행인 | 박근섭
책임편집 | 김하경
펴낸곳 | ㈜민음인

출판등록 | 2009. 10. 8 (제2009-000273호)
주소 | 06027 서울 강남구 도산대로 1길 62 강남출판문화센터 5층
전화 | 영업부 515-2000 **편집부** 3446-8774 **팩시밀리** 515-2007
홈페이지 | minumin.minumsa.com

도서 파본 등의 이유로 반송이 필요할 경우에는 구매처에서 교환하시고
출판사 교환이 필요할 경우에는 아래 주소로 반송 사유를 적어 도서와 함께 보내주세요.
06027 서울 강남구 도산대로 1길 62 강남출판문화센터 6층 민음인 마케팅부

한국어판 ⓒ ㈜민음인, 2025. Printed in Seoul, Korea
ISBN 979-11-7052-557-8 03840

㈜민음인은 민음사 출판 그룹의 자회사입니다.